BASTEI
LÜBBE
TASCHENBUCH

Gerd Schilddorfer

DER NOSTRADAMUS-COUP

Thriller

BASTEI LÜBBE
TASCHENBUCH

BASTEI LÜBBE TASCHENBUCH
Band 17 425

Dieser Titel ist auch als E-Book erschienen

MIX
Papier aus verantwortungsvollen Quellen
FSC www.fsc.org
FSC® C014496

Originalausgabe

Titelillustration: Johannes Wiebel ¦ punchdesign, München,
unter Verwendung von Motiven von © shutterstock/dani3315;
shutterstock/Filip Fuxa; shuttestock/Carlos Amarillo
Umschlaggestaltung: Johannes Wiebel ¦ punchdesign, München
Satz: Urban SatzKonzept, Düsseldorf
Gesetzt aus der Garamond
Druck und Verarbeitung: GGP Media GmbH, Pößneck
Printed in Germany
ISBN 978-3-404-17425-6

5 4 3 2 1

Phantasie ist wichtiger als Wissen.
Albert Einstein

Geh nicht nur die glatten Straßen.
Geh Wege, die noch niemand ging,
damit du Spuren hinterlässt und nicht nur Staub.
Antoine de Saint-Exupéry, Flieger und Autor

Ich will lieber aufrecht sterben, als auf Knien zu leben.
Stéphane Charbonnier (»Charb«),
Chefredakteur von »Charlie Hebdo«

How many roads you've traveled
How many dreams you've chased
Across sand and sky and gravel
Looking for one safe place …
Mark Cohn, aus seinem Album »Live«

I feel like Garbo in this late night grande hotel
Cause living alone is all I've ever done well.
Nancy Griffith, aus ihrem Album »Late Night Grande Hotel«

1

CODE GREEN

Prolog

13. JULI 1781, STRASSE NACH CAMBRON, ÖSTERREICHISCH-HABSBURGISCHES FLANDERN

»Halt Er hier an!« Graf Joseph von Falkenstein, den man in eingeweihten französischen Kreisen auch den »illustren Reisenden« nannte, beugte sich vor und klopfte energisch gegen die tapezierte Holzwand der Kutsche. »Wir machen eine kurze Pause im Wald.«

Während die Kutsche langsamer wurde und Falkenstein sich den Schweiß von der Stirne wischte, sah er seinen Mitreisenden, Fürst Charles de Ligne, aus den Augenwinkeln an. De Ligne sah beneidenswert frisch aus ... Die Kleidung makellos, selbst auf dem Gesicht des Fürsten war kein Schweißtropfen zu sehen.

Vielleicht wäre es doch besser gewesen, in dessen nahe gelegenem Schloss Belœil bis zum Abend abzuwarten und sich erst dann auf den Weg zu machen, dachte Falkenstein. Selbst nach der kurzen Fahrt war es heiß in der Kutsche, unerträglich heiß, und der warme Sommerwind, der durch die offenen Fenster strich, hatte in der vergangenen Stunde kaum Linderung gebracht.

De Ligne erwiderte Falkensteins Blick unbewegt und nickte dann etwas gedankenverloren, erneut vertieft in seine Reisenotizen. »Ja, in der Tat, ein guter Einfall, bevor wir im eigenen Saft sieden ...«

Der hochgewachsene Fürst mit seiner ungebändigten grauen

Mähne galt nicht nur als ausgezeichneter Militärexperte und einfallsreicher Diplomat, sondern wurde von vielen als geistvoller und aufgeklärter Denker, Essayist und Biograf geschätzt. Für Falkenstein, der ausgedehnte Reisen durch Europa unternahm, war er der ideale Reisegefährte, der ihn leider viel zu selten begleitete. Der Fürst stand in regem Gedankenaustausch mit den geistigen Größen seiner Zeit, wie etwa Voltaire, Rousseau oder Goethe, war europaweit mit einflussreichen Männern von Kirche und Staat befreundet und aufgrund seiner Intelligenz, seines elegant-gewandten Auftretens und seiner manchmal spitzen Zunge in den höchsten Kreisen sehr beliebt.

Als die Tür aufschwang und einer der Diener den Schemel unter den Ausstieg stellte, drang erfrischend kühle Waldluft ins Innere der Kutsche, und Falkenstein atmete auf.

»Ich habe uns einen Korb mit kühlen Getränken einpacken lassen.« De Ligne lächelte wissend und steckte seine Notizen ein. »Champagner aus Epernay, einen jungen Rosé aus dem Elsass und kaltes Wasser aus der Schlossquelle. In dieser Reihenfolge, Exzellenz?«

»Beginnen wir einfach mit dem Wasser«, erwiderte Falkenstein und atmete auf, als er den moosigen, kühlen Boden unter seinen Sohlen spürte. Zwei Bedienstete wollten eine schwere Decke darauf ausbreiten, aber der Graf winkte ab. »Es wird nur eine kurze Rast«, meinte er, »wir haben noch ein ordentliches Stück Weg vor uns.«

Sofort trat ein weiterer Diener mit Tablett, Karaffe und Gläsern vor, doch der Fürst kam ihm zuvor.

»Darf ich Euch einschenken?«, erkundigte sich de Ligne und ergriff die beschlagene Kristallflasche.

»Nur zu«, Falkenstein nickte, »schließlich seid Ihr es, der mich durch diesen unglaublich heißen wallonischen Sommer treibt. Und mir dabei Geheimnisse vor die Nase haltet wie eine Möhre dem störrischen Esel.« Dankbar ergriff er das dargebotene Glas mit Wasser, leerte es in einem einzigen Zug. »Aah, das war gut! Wollt Ihr Euch nicht ein wenig mehr erklären? Dies wäre jetzt ein guter Zeitpunkt, mein Freund.«

De Ligne blickte sich vorsichtig um, nachdem er sein Glas auf das Tablett zurückgestellt hatte. »Kommt, gehen wir ein wenig spazieren«, meinte er schließlich nach einem Augenblick des Nachdenkens und wies auf einen ebenen Weg, der sich durch die Bäume ins dunkelgrüne Unterholz schlängelte.

Falkenstein sah sich etwas ratlos um. »Aber warum? Hier sind nur Eure Diener und sonst weit und breit niemand.«

»Manchmal hat sogar der Wald Ohren ...«, antwortete de Ligne, verschränkte die Hände hinter seinem breiten Rücken und ging ohne weitere Bemerkung los.

Falkenstein sah ihm kurz nach, zuckte mit den Schultern und schloss sich schließlich dem als geistreichen Kosmopoliten bekannten Fürsten an. Seine Neugier hatte erneut über seine Bequemlichkeit gesiegt.

Und der kühle Wald war verlockend.

»Was sagt Euch der Name ›Cambron‹?«, begann de Ligne leise, als Falkenstein zu ihm aufgeschlossen hatte.

»Klingt wie eine Ortschaft«, erwiderte der Graf nachdenklich. »Sollte es sich etwa um das Ziel unserer heutigen Fahrt handeln?«

Der Fürst nickte und verjagte mit der Hand einige Fliegen, die summend um seinen Kopf schwirrten. »Genauer gesagt handelt es sich um den Namen eines Klosters, das ursprünglich als Abtei ›Notre Dame de Cambron‹ bekannt geworden war. Von den Zisterziensern im Jahr 1148 gegründet.«

Falkenstein sah ihn erstaunt an. »Ihr kennt mich nun schon

so lange und wollt mich in ein Kloster führen? Alte Mauern, in denen unnütze und untätige Mönche ihre Gebete herunterleiern?«

De Ligne lächelte verschmitzt. »Vergebt mir, Exzellenz, aber Ihr werdet gleich verstehen. Cambron ist ... anders, war von Beginn an etwas Besonderes. Zwölf Mönche erschienen hier in der Gegend mit einem Mal im Jahr 1148, direkt vom Kloster Clairvaux und seinem berühmten Abt, dem heiligen Bernhard, gesandt.«

»Bernard de Clairvaux?«, stieß Falkenstein erstaunt nach.

»Genau, *der* berühmte Bernard de Clairvaux. Vehementer Unterstützer der Kreuzzüge, erbitterter Gegner der Katharer, Teilnehmer am berühmten Konzil von Troyes 1129. Unter seiner Ägide gelang es Bernard, die Statuten des Templerordens, an deren Erstellung er maßgeblich beteiligt war, vom Konzil und damit von der Kirche anerkennen zu lassen. ›Der Orden der bewaffneten Mönche‹, wie einige die Templer bezeichneten, dessen Aufgabe im Schwingen des Schwertes und im Vergießen von heidnischem Blut bestand. Dieser Orden war damit institutionalisiert, anerkannt von Kirche und Papst. Eines der Gründungsmitglieder, André de Montbard, war übrigens der Onkel des heiligen Bernhard.«

Falkenstein schwieg und ging nachdenklich neben de Ligne her.

»Damit war der Begriff ›Heiliger Krieg‹ zum ersten Mal, aber für immer in der offiziellen Begriffswelt der katholischen Kirche eingeführt, wenn ich Euch daran erinnern darf.« Der Fürst blieb stehen und sah sein Gegenüber durchdringend an. »1130 ist es Bernard, der in einem Brief an die Templer erklärt, sie hätten disziplinierte Gotteskrieger zu sein, die zwar den Tod bringen würden, ohne jedoch Hass und Stolz zu zeigen. Er war es auch, der der katholischen Kirche 1145 einen neuen

Papst gab, Eugen III., seinen eigenen Schüler, dessen wichtigster Berater er auch blieb. Er hatte also sowohl den obersten Hirten der Kirche inthronisiert als auch dessen bewaffnete Truppe aufgestellt. Auf seinem Weg durch den Süden Frankreichs im selben Jahr, einer bekannten Hochburg der Katharer, meinte er nur lakonisch: ›Ergreift sie und haltet nicht inne, bevor sie nicht alle vernichtet sind, denn sie haben bewiesen, dass sie lieber sterben, als sich zu bekehren.‹ Damit stand er am Ursprung des Kreuzzuges gegen die Albigenser und die Katharer, der Zehntausenden das Leben kostete und der schlussendlich die kirchliche Inquisition hervorbrachte.«

»Und drei Jahre später lässt genau jener Bernard de Clairvaux das Kloster Cambron gründen, eine Abtei unweit Eures Schlosses.« Falkenstein war mit einem Mal interessiert.

»Ein Stück Land am Fluss Dendre wurde ihnen sofort zur Schenkung gemacht, die Zisterzienser genossen damals überall hohes Ansehen. War nicht Papst Eugen III. einer der ihren? Das Kloster und seine Errichtung waren nur mehr eine reine Formsache.«

Für einige Minuten gingen die beiden Männer schweigend nebeneinander, jeder in Gedanken versunken. Sie überquerten vorsichtig ausgetrocknete Furchen, die von den schweren Rädern der Holzfällerfuhrwerke in den Boden gegraben worden waren und den Weg umpflügten.

»Doch weiter in der Geschichte, die uns interessiert, wenn Ihr erlaubt«, fuhr de Ligne fort. »Am 14. September 1307 wurde, wie Ihr wisst, der Haftbefehl Philipps IV. ausgefertigt, der alle Templer ohne Ausnahme betraf und der pflichtbewusst am 13. Oktober 1307 – also einen Monat später, und das ist äußerst wichtig – von den Schergen des Königs ausgeführt wurde. Seitdem spricht man abergläubisch von Freitag, dem 13., als einem Unglückstag.«

»Mein Aberglaube hält sich in Grenzen«, warf Falkenstein leichthin ein und sah hinauf zum Sommerhimmel, der sich über einer Kuppel aus grünen Zweigen spannte. »Wir schreiben heute den 13. Juli, und es ist ein Freitag.«

Irgendwo tief drin im Wald schrie ein Käuzchen.

»Also an einem Tag wie heute?«

De Ligne nickte und blickte düster drein. »An einem Tag wie heute«, bestätigte er. »Im Frühjahr 1312 jedenfalls löste Papst Clemens V. den Templerorden auf und beendete mit seiner Bulle fast zweihundert Jahre Ordensgeschichte. Zwei Jahre später, am 18. März 1314 schließlich, wurde der Großmeister Jacques de Molay zusammen mit Geoffroy de Charnay auf dem Scheiterhaufen in Paris verbrannt.« Der Fürst machte eine Pause, bevor er leise fortfuhr. »Euer Exzellenz werden sich fragen, was das alles mit Cambron, dem Ziel unserer Fahrt, zu tun hat? Nun, wartet ab. Ich habe Euch ein wahrhaft königliches Geheimnis versprochen, und Ihr sollt es bekommen.«

Die beiden Männer erreichten eine kleine Lichtung, und de Ligne blieb stehen.

»Zurück in den Hennegau, nach Cambron. Im Jahre 1322 ereignete sich etwas Seltsames in der Zisterzienserabtei. Wie man aus einigen noch erhaltenen Dokumenten ersehen kann, wurde eine Statue der Jungfrau Maria durch Beschädigung entweiht, Genaueres ist nicht bekannt. Weder der Verursacher noch der Grund der Profanation wurden jemals ermittelt. Aber das Vorkommnis musste etwas ausgelöst haben, denn im selben Jahr begann der Prior des Klosters, ein gewisser Yves de Lessines, an einem Text zu schreiben.« De Ligne machte eine effektvolle Pause. »An einem langen Text, Exzellenz, denn es dauerte ganze sechs Jahre, bis er damit fertig war.«

Falkenstein runzelte die Stirn und überlegte kurz. »Lasst

mich raten, denn ich kenne Eure Begeisterung für die Vergangenheit und die Literatur, mein Teurer. Dieser Lessines schrieb eine geheime Geschichte des Templerordens, die in den Jahrhunderten verloren ging und die Ihr nun wiedergefunden habt.«

»Falsch, Exzellenz, ganz falsch«, versicherte ihm de Ligne energisch und blickte sich erneut um. Doch bis auf das Vogelgezwitscher blieb alles ruhig im Wald, sie waren die einzigen Menschen weit und breit. »Der Text des Priors verschwand angeblich nach der Fertigstellung und tauchte erst rund zweihundert Jahre später wieder auf, jedoch in einem anderen Teil Europas. Ab da allerdings begann sein Siegeszug. Ja, man möchte fast sagen, seitdem spricht die ganze Welt davon.«

Der Graf sah ihn verwirrt und fragend an.

»Man zitierte ihn seither tausendfach in den vergangenen Jahrhunderten, er wurde zur Legende, und doch ...« De Ligne zögerte einen kurzen Moment, dann beugte er sich zu Falkenstein, bis sein Mund nur mehr Zentimeter von dessen Ohr entfernt war. Atemlos flüsterte er: »... und doch kennt man ihn heute unter einem ganz anderem Namen. Man nennt die Verse allgemein die ›Centurien des Michel de Nostredame‹, besser bekannt als Nostradamus.«

19. Juli 2014

Via Carona, Lugano, Tessin/Schweiz

Noch vierzehn Minuten und zwanzig Sekunden.

Die Sonne war längst hinter der Bergkette des Monte Tamaro verschwunden, und der fast violette Himmel mit den ersten Sternen im Osten spiegelte sich im Luganer See. Die Landschaft an der Grenze zwischen Italien und der Schweiz, mit ihren Palmen vor der beeindruckend schönen Bergkulisse, wurde zu dieser Stunde in ein fast unwirkliches Licht getaucht. Einige Boote zogen noch ihre silbernen Linien auf das Wasser, in dessen leichten Wellen sich die Lichter der Uferpromenade spiegelten.

Nach und nach nahm der See die Farbe tiefblauer Tinte an.

Doch für dieses sommerliche Naturschauspiel, das Abend für Abend Hunderte Schaulustige an die Riva Vincenzo Vela lockte, hatte der Mann auf dem kleinen Parkplatz neben der Standseilbahn keinen Blick übrig. Er hatte seit mehr als einer Stunde ein rostrotes, vierstöckiges Haus mit großzügigen weißen Balkonen beobachtet, das sich auch auf den zweiten Blick nicht von den anderen Neubaublöcken in Lugano unterschied.

Vier Etagen, Flachdach, großzügige Balkone. Apartments für Reiche.

Nun war er auf die Rücksitzbank des schwarzen Mercedes-Busses umgezogen und blickte konzentriert auf einen kleinen Bildschirm, der in der Mitte eines tragbaren Pults angeordnet war. Auf dem Display waren Glastüren zu sehen, überraschend deutlich, in denen sich die Berge und die Lichter der Stadt spiegelten, und dahinter ein elegantes Wohnzimmer.

Behutsam nahm der Mann einen Hebel zwischen Daumen und Zeigefinger und drückte ihn nach links. Die Bilder wechselten rasch, die Kamera bewegte sich auf die Fensterfront zu. Bald konnte man erkennen, dass eine der Balkontüren ein paar Zentimeter offen stand und ein Mann im dunklen Anzug sich anschickte, sie zu schließen.

»Hast du die Autoschlüssel?«, erkundigte er sich, und der Mann an den Kontrollhebeln des Steuerpultes zuckte ein wenig zusammen. Die ausgezeichnete Qualität der Ton-Übertragung überraschte ihn immer wieder.

»Aber klar, Giovanni, und ich fahre auch«, antwortete eine weibliche Stimme aus den Tiefen des Raumes. »Wir nehmen meinen Wagen. Damit finden wir leichter einen Parkplatz als mit deinem Schlachtschiff.«

Der Spalt zwischen Tür und Rahmen begann sich zu schließen, und die Kamera schoss im letzten Moment hindurch, vorbei an Giovanni, einem distinguiert aussehenden Mann in den Sechzigern, und hinein in den weitläufigen Salon.

»Ich glaube, wir haben gerade eine Biene eingesperrt«, erklang die tiefe Stimme etwas irritiert.

»Macht nichts, die kann gleich meine Azaleen bestäuben.« Die weibliche Stimme lachte im Hintergrund. »Lass sie ja in Frieden!«

Der Mann im Mercedes stieß erleichtert den Atem aus. Das war knapp gewesen!

Geschickt lenkte er die Kamera in die dunkleren Regionen des großen Raumes, weg von dem Paar, das sich zum Ausgehen bereit machte. Dann leitete er einen 360-Grad-Schwenk ein. Eine schlanke, dunkelhaarige Frau in Dessous und High

Heels kam ins Blickfeld, die sich gerade ein kurzes schwarzes Abendkleid überstreifte, während sich ihr Begleiter eine Zigarette anzündete.

Die roten Ziffern der Stoppuhr auf dem Kontrollpult glühten im Dunkel.

Noch zwölf Minuten und acht Sekunden.

Die Kamera schwenkte weiter. Über Wände voller Gemälde, über dekorativ platzierte moderne Möbel mit alten Uhren und geschmackvollen Blumenarrangements, Designerteppiche und eine lange, riesige Fensterfront, die einen atemberaubenden Blick auf den Luganer See bot.

»Ich werde noch kurz Sergio anrufen, ob er schon auf dem Weg ist«, meinte der Hausherr und zog ein Handy aus seiner Tasche, »oder ob er vor der Mattscheibe eingeschlafen ist.«

»Ich bin fast fertig, also mach schnell«, forderte ihn die Dunkelhaarige auf, die ihrer Frisur vor einem venezianischen Spiegel mit Bürste und Haarspray den letzten Schliff gab. »Wir sind sowieso schon spät dran. Und wir müssen nicht immer die Letzten sein, weil du wieder einmal nicht aus dem Haus kommst!«

Meine Worte, dachte der Mann am Kontrollpult bitter und schwenkte die Kamera auf die Bilder an den Wänden. Ihr hättet schon vor drei Minuten in den weißen Mini-Cooper einsteigen und in Richtung Innenstadt verschwinden sollen.

»Ciao Sergio!«, tönte es durch den Kopfhörer. »Come va? Tutto bene? Bist du schon unterwegs zu Antonia?«

Zielsicher steuerte die Kamera an den Bildern vorbei, und der Mann im Mercedes konzentrierte sich voll auf die Meisterwerke, blendete die Unterhaltung aus. Matisse, Renoir, dazwischen ein paar holländische Maler. War das ein Roy Lichtenstein? Sieht ganz so aus, dachte er, als plötzlich das Bild verschwamm und ein ohrenbetäubender Krach in seinen Ohren tönte. Die Gemälde schienen nach oben zu rasen, obwohl er vergebens an den Kontrollhebeln zog.

»Tut mir leid, Sergio, aber wir haben hier eine Biene, die nervt!«, hörte er aus nächster Nähe die Stimme von Giovanni. »Hab sie knapp verfehlt!«

»Jetzt lass die Biene in Ruhe!« Die Dunkelhaarige klang verärgert. »Und mit Sergio kannst du von mir aus stundenlang reden, wenn wir da sind. Andiamo!«

Das Bild auf dem kleinen Bildschirm stabilisierte sich, und der Mann im Mercedes atmete auf. Versuchsweise drückte er den Hebel nach links und rechts. Die Kamera sprach an, reagierte allerdings etwas verzögert.

Nach rechts ging gar nichts mehr!

Noch neun Minuten und zwanzig Sekunden.

Der Schlag des Hausherrn musste den vermeintlichen fliegenden Störenfried tatsächlich nur knapp verfehlt oder zumindest gestreift haben, und der Mann am Kontrollpult versuchte, die genauen Schäden zu erfassen.

»Ich muss noch mal zur Toilette«, sagte Giovanni, als er sein Gespräch beendet hatte. »Gruß von Sergio, er ist gerade bei Antonia eingetroffen.«

»Nur wir kommen wieder mal nicht aus dem Haus. Und da heißt es immer, Frauen seien langsam! Ihr Männer seid noch viel schlimmer, und du ganz speziell! Ich geh schon vor zum Wagen und hol ihn aus der Garage. Und bitte beeil dich, Giovanni! Du bist eine wahre Schnecke!«

»Ich mach ja schon«, grummelte der Hausherr halblaut und trabte aus dem Zimmer.

Noch acht Minuten und fünfzehn Sekunden.

Der Mann im Mercedes stabilisierte die Kamera, ergriff sein Kontrollpult und stieg aus. Die Luft war warm, und es duftete nach Rosen. Der Verkehrslärm aus der Stadt drang nur gedämpft hier herauf.

Keine schlechte Gegend zum Wohnen, dachte er und holte aus dem Kofferraum eine große, flache Tasche, die er sich umhängte. Dann klemmte er sich die zusammengelegte Staffelei unter den Arm. Als er den Wagen absperrte, fiel sein Blick auf die Reihe von Garagen, die das Erdgeschoss des Mehrfamilienhauses bildeten. Eines der strahlend weißen Tore schwang auf, gelber Lichtschein fiel auf den Vorplatz, und schließlich rollte der Mini heraus.

»Na endlich«, flüsterte er, verließ den Parkplatz neben der Seilbahn und schlenderte ohne erkennbare Eile über die Straße. Im Licht der Straßenlaterne leuchteten seine kurz geschnittenen blonden Haare auf. Er war schlank, mittelgroß, trug ausgebleichte Jeans und ein verwaschenes T-Shirt und sah mit seiner Umhängtasche, der Staffelei und dem kleinen Kästchen in der Hand aus wie ein Maler, der tagsüber die Schönheit des Tessin auf seine Leinwand gebannt hatte und nun nach getaner Arbeit heimwärts strebte.

Die Lenkerin des Mini hupte ungeduldig drei Mal.

Noch sieben Minuten und zehn Sekunden und noch immer keine Spur von Giovanni.

Erneutes Hupen.

»Ich bin ja schon da, jetzt nerv nicht!«

Drüben, vor dem rostroten Haus, stieg nun auch Giovanni etwas umständlich in den kleinen Wagen, der sofort anrollte und aus der Hauseinfahrt auf die Straße abbog. Durch die offenen Fenster des Minis erklang »Sunrise« von Norah Jones und verwehte rasch, als die Fahrerin in Richtung Stadt beschleunigte.

Der blonde Mann verlor keinen Augenblick, überquerte die Fahrbahn und ging zielstrebig zum Hauseingang, drückte auf alle Klingelknöpfe zugleich und sagte einfach: »Expresssendung für Signore Bartholdi!«, in die Gegensprechanlage.

Licht flammte auf, beleuchtete sein Gesicht. Er war Mitte vierzig, braungebrannt, mit blauen Augen und einem leicht spöttischen Zug um den Mund, unauffällig, vertrauenserweckend.

Einen Augenblick später ertönte der Summer des Türöffners, und während er alle Rückfragen der Hausparteien aus dem Lautsprecher ignorierte, drückte der Mann die schwere Eingangstür aus Metall auf, stand auch schon im erleuchteten Flur, ließ die Treppen links liegen und setzte ohne Zögern seinen Weg tiefer ins Haus fort, in Richtung des Kellers und der Garagen. Dann hielt er an und wartete.

Wenige Augenblicke später verstummten die Stimmen im Hausflur, Türen schlugen zu, und das Licht verlöschte wieder.

Ruhe kehrte ein.

Noch fünf Minuten und fünf Sekunden.

Diesmal würde es knapp werden, dachte er, drehte sich rasch um, lief zu den Treppen, nahm jeweils zwei Stufen auf einmal und eilte ungestört hoch bis in den letzten Stock. Die Straßenbeleuchtung, die durch die Gangfenster hereinfiel, spendete genügend Licht, und so konnte er die beiden Mahagonitüren gut erkennen, die sich gegenüberlagen. Das Messingklingelschild der rechten verkündete in geschwungenen Lettern »Familie Bartholdi«.

Der Mann in Jeans lauschte kurz. Auf diesem Absatz war alles ruhig, während aus den unteren Wohnungen ab und zu Musik oder der Ton einer bekannten Quizshow erklang.

Abendverblödung, dachte er, lehnte behutsam die Staffelei in eine Ecke und aktivierte das kleine Kontrollpult. Giovanni hatte in der Eile offenbar vergessen, eine der Stehlampen im

Salon auszuschalten. Das Bild auf dem Display war klar, wackelte aber etwas und zeigte eine unruhige Ansicht der Wand mit den Gemälden.

Die Kamera schien stärker zu schwanken, und er hatte Mühe, sie zu stabilisieren.

Nicht gut, dachte der Mann, gar nicht gut.

Mit einer kurzen Fingerbewegung lenkte er die Kamera weiter nach rechts, entlang der Wand, bis er die Tür erreicht hatte und in den Flur einbog. Je weiter er sich vom Salon entfernte, umso dunkler wurde es, und so musste er wohl oder übel die eingebaute LED einschalten. Wieder eine Minute weniger. Er korrigierte rasch den Timer, der die Zeit herunterzählte.

Nun waren es nur noch zwei Minuten und zwanzig Sekunden.

Die Kamera zeigte einen langen, modernen Schuhschrank, auf dem eine Armbanduhr, eine Brieftasche und etwas Kleingeld lagen, Drucke und Grafiken, einige Wandhaken mit Garderobe. Rasch schwenkte er auf die gegenüberliegende Wand, drehte die Kamera in einem großen Schwenk durch den Flur. Er vermeinte, das Summen auf der anderen Seite der Wohnungstüre hören zu können.

Da war es!

Das Kontrollfeld der Alarmanlage.

Strahlend rote Leuchtdiode neben dunkler grüner, zehn glänzende Metalltasten mit Ziffern von Null bis Neun. Sie spiegelten im starken Licht der LED; das machte es schwierig, die Zahlen abzulesen. Und er durfte keine Zeit mehr verlieren.

»7918« lautete der Code, und der Mann steuerte, sein Blick gebannt auf dem Display, die Kamera auf die Sieben zu. Nach rechts konnte er nicht mehr korrigieren, also musste er jedes Mal sein Ziel genau anfliegen und treffen.

Noch eine Minute und vierzig Sekunden.

Als die Mini-Drohne gegen die Taste mit der Sieben prallte, klickte es vernehmlich. Über das Display zuckten ein paar Lichtblitze, dann wurde das gestörte Bild wieder klar, die Verbindung aufs Neue hergestellt, und die Kamera zeigte eine Großaufnahme des Teppichs im Flur.

Ein paar Hebelbewegungen brachten die bienengroße Drohne erneut in die Luft.

»Links herum!«, ermahnte er sich leise und leitete einen neuen Anflug ein.

Täuschte er sich, oder reagierte die Drohne noch schwerfälliger als zuvor?

Die Taste mit der Neun wurde immer größer auf dem Display, und wieder klickte es.

Als das Bild der Kamera erneut stand, erkannte er, dass die Drohne diesmal auf einen niedrigen Schrank unter dem Kontrollfeld gefallen war.

Noch genau eine Minute, dann würden die Batterien des kleinen Flugobjekts endgültig erschöpft sein.

Diesmal gab es keine Reaktion auf die Hebelbewegungen am Steuerpult, das Bild der Kamera veränderte sich nicht.

Hatte er die Drohne zu heftig auf die Taste aufprallen lassen?

Mit fliegenden Fingern schaltete er die Steuerung aus und wieder ein, bewegte den Hebel. Los jetzt! Das kleine Flugobjekt reagierte, hob endlich ab!

Noch vierzig Sekunden, und zwei weitere Tasten musste er treffen!

Keine Zeit mehr für Flugfehler, dachte er sich und steuerte die Taste mit der Eins an. Doch diesmal erwischte er sie nur am Rand, war sich nicht sicher, ob er den Impuls überhaupt ausgelöst hatte. Die Tonübertragung schien nicht mehr zu funktionieren, weil kein Klick zu hören gewesen war.

Und die Drohne?

Die lag erneut auf dem Teppich, abgestürzt.

Unerbittlich verrann die Zeit, und die roten Leuchtziffern der Uhr begannen hektisch zu blinken.

Noch zwanzig Sekunden.

Und die Drohne bewegte sich nicht!

Das Bild der Kamera funktionierte noch, aber ansonsten schien nichts mehr auf seine Steuerbefehle zu reagieren.

Einschalten. Ausschalten. Tief durchatmen.

Nichts.

Der blonde Mann fuhr sich mit der Hand über die Narbe auf seiner Stirn. War alles umsonst gewesen?

Erneut schaltete er die Steuerung aus und wieder ein. Vom Stockwerk unter ihm hörte er, wie ein Schloss aufgesperrt wurde, die Tür aufschwang und Stimmen lauter wurden. »Sollen wir dich zur Haustür hinunterbegleiten?«

Genau in diesem Moment bewegte sich das Bild auf dem Display wieder. Die Drohne hatte noch Strom und reagierte auf die Steuerbefehle!

Noch zehn Sekunden.

Träge, fast wie in Zeitlupe hob die Drohne vom Boden ab. Das Summen schien immer leiser zu werden, tiefer. Die Batterien waren an ihrem Ende angelangt, der kleine Flugkörper hielt sich nur mehr mühsam in der Luft, taumelte ein wenig. Entschlossen visierte der Mann die Taste mit der Acht an, hielt darauf zu und schaltete die LED aus. Vielleicht schenkte ihm das ein paar Milliwatt mehr, nur einige Sekunden ...

Das Display wurde schlagartig finster. Der Flur lag im Dunkel.

Oder war die Kamera bereits ausgefallen?

Oder die Drohne abgestürzt, ohne die Taste überhaupt zu erreichen?

Egal, dachte der blonde Mann und schaltete die Fernsteuerung aus.

No risk, no fun.

Auf zum zweiten Teil!

Er öffnete eines der beiden Flurfenster und schwang sich hinaus. Das schmale weiße Sims, das entlang der Hauswand zu den Balkonen verlief, war schmäler und abschüssiger, als es von unten ausgesehen hatte. Mit einer raschen Handbewegung entriegelte der Mann die Staffelei, klappte die Streben auf und hakte eine der geschwungenen Fußplatten in die Regenrinne des Flachdaches ein. Dann zog er probeweise dran. Es knirschte ein wenig, hielt aber.

Wenige Augenblicke später stand er sicher auf dem Balkon der Familie Bartholdi und atmete tief durch. Was für ein Panoramablick! Für einen Moment nahmen ihn die Lichter und der blauschwarze See, die Berge, deren Gipfel im letzten Tageslicht leuchteten, gefangen. Dann wandte er sich um. Drinnen, im Salon, warf die Tischlampe einen gelben Schein durch die Vorhänge und beleuchtete matt die Gemälde an der Wand.

Zwei Türen, drei Fenster – eine einzige große Glasfront zum See. Zielstrebig ging der Mann zur zweiten Tür, einer Schiebetür, und wollte vorsichtig an der üblichen Stelle einen Keil zwischen Rahmen und Tür treiben, da bemerkte er, dass sie gar nicht verschlossen war, sondern sich frei zurückschieben ließ.

»Das kommt von der Eile, mein lieber Giovanni!« Er lächelte, während er den schweren Flügel weiter aufschob.

Die Vorhänge bauschten sich etwas im Abendwind – und der Eindringling hielt den Atem an.

Alles blieb ruhig. Kein Alarm ertönte.

Er holte tief Luft und nahm die Tasche von seiner Schulter, zog seine Handschuhe an.

Beim ersten Schritt in den Raum könnte die Hölle losbrechen ... War die Anlage auf Grün geschaltet, oder stand sie immer noch auf Rot?

Dann betrat er den Salon und sah sich rasch um, lauschte auf verdächtiges Schrillen oder auf das Kreischen der Sirenen. Doch noch immer war kein Laut zu hören. Handelte es sich vielleicht um einen stillen Alarm über eine direkte Leitung zur Polizei?

Mit großen Schritten eilte er zum Flur, warf einen Blick zur Wohnungstür und der Kontrolltafel daneben. Die Leuchtdiode der Alarmanlage schimmerte beruhigend grün im Dunkel. Zufrieden zog er eine winzige Taschenlampe hervor und begann, nach der kleinen Drohne zu suchen, bis er sie schließlich unweit der Kontrolltafel, zwischen zwei Herrenschuhen, auf dem Teppich fand und sie sorgsam in die Tasche steckte.

Die Türen, die vom Flur abgingen, führten in die Küche, in die Gästetoilette und ins Schlafzimmer. Rasch kontrollierte er jeden Raum, ließ den Kegel der Taschenlampe über die Wände wandern. Überall hingen zahlreiche Gemälde, teilweise wild zusammengewürfelt, moderne Kunst neben alten Meistern, oft ohne Rahmen.

Wo zum Teufel war der Picasso?

Als er zurück in den Salon ging, bemerkte er zu seiner Rechten eine Tapetentür, die er vorher übersehen hatte. Vorsichtig stieß er sie auf und leuchtete in den dahinterliegenden Raum. Es war ein Rauchsalon, mit dunklen Möbeln und Regalen voller Bücher, Lehnstühlen und einigen halbleeren Cognac-Flaschen neben übervollen Aschenbechern.

Da!

Zwischen zwei Bücherregalen, halbversteckt hinter einem alten, zurückgeschlagenen Vorhang, hing der Picasso. »Taube mit grünen Erbsen«, gemalt 1912, aus der kubistischen Periode des spanischen Malers.

Der Mann in Jeans lehnte sich gegen den Türrahmen und atmete auf. Bingo! Er nahm die kleine Taschenlampe zwischen die Zähne, trat zu dem Gemälde, holte es vorsichtig von der Wand und betrachtete es kurz. Ocker-, Grau- und Brauntöne, eine etwas verzerrte, kantige Taube, Erbsen in ihrer Kralle.

Schätzwert derzeit 23 Millionen Euro.

Gestohlen aus dem Pariser Museum für Moderne Kunst am 20. Mai 2010.

Nicht versichert.

Der blonde Mann griff in die mitgebrachte Tasche und holte eine exakte Kopie des Picasso heraus, die er anstelle des Originals an die Wand hing. Dann zog er den Vorhang halb drüber, zupfte so lange, bis er zufrieden war, verstaute das wertvolle Originalgemälde Picassos in seiner Tasche und verließ den Rauchsalon.

Als er wieder im Flur stand, kam ihm eine Idee. Er ging zur Wohnungstür und drückte probeweise die Klinke. Offen.

»Wie nachlässig«, murmelte der Eindringling kopfschüttelnd. »Frauen können manchmal ganz schön überzeugend sein – vor allem wenn sie ungeduldig hupen ...«

Erleichtert eilte er zum Balkon, holte seine Staffelei, zog die große Schiebetür zu und vergaß nicht, die Alarmanlage wieder scharf zu stellen, bevor er leise die Eingangstür der Wohnung hinter sich schloss und ungesehen das Haus verließ.

Kaum zehn Minuten später parkte er den schwarzen Mercedes-Bus mit dem französischen Kennzeichen nahe des Bahnhofs und legte die Schlüssel auf den rechten Hinterreifen. Dann warf er seinen Seesack über die Schulter und verschwand in der Dunkelheit.

*

Die beiden Männer, die um Mitternacht aus einem Taxi stiegen, schienen von einem Fest zu kommen und ein wenig angetrunken zu sein. Sie lachten und stützten sich gegenseitig, schwankten ein wenig und trotteten schließlich einträchtig Arm in Arm davon. Als sie in die Via Montarinetta einbogen und den schwarzen Mercedes Viano vor sich stehen sahen, wurden sie offenbar schlagartig nüchtern. Sie liefen zu dem Bus, holten die Schlüssel aus ihrem Versteck und drückten die Taste der Zentralverriegelung. Dann rissen sie die Heckklappe auf und sahen sich an. Die Umhängetasche lag vor ihnen, eine Staffelei mit seltsam geformten Füßen daneben.

»Wenn sie jetzt leer ist?«, gab der Kleinere von beiden zu bedenken und wies auf die schwarze Tasche.

Der andere schüttelte nur stumm den Kopf. Dann griff er zu und öffnete sie vorsichtig. Im Licht der Innenraumbeleuchtung sah er die Signatur, erkannte die Taube.

»Und?«, stieß sein Begleiter atemlos hervor.

»Man sollte ihn nicht unterschätzen«, antwortete der Größere ruhig, »niemals.« Er zog eine Lupe aus seiner Jackentasche und untersuchte das Gemälde kurz, nickte dann zufrieden. »Der Picasso ist hiermit wieder im Besitz des Museums. Ruf den Direktor an!«

20. Juli 2014

Flughafen Ghad, im Südwesten der Provinz Fessan/ Libyen

»Du scherzt, oder?« Amber Rains schob die Sonnenbrille hoch und warf einen zweiten Blick auf die alte DC-3, die zwischen zwei Hangars wie ein Relikt aus lang vergangener Zeit parkte.

Ein paar Mechaniker in kurzen Hosen, T-Shirts und Basecaps waren dabei, einen der Turboprop-Motoren wieder einzubauen. Sie hatten dazu jede Menge Schraubenschlüssel und einen simplen Flaschenzug zur Verfügung. Der Motor lag vor dem Flügel auf etwas, das dem übergroßen Einkaufswagen eines Baumarkts ähnelte.

»Seh ich so aus?« John Finch blieb stehen, stemmte die Hände in die Hüfte und blickte ebenfalls zu den Männern hinüber, die inzwischen lautstark diskutierten. »Das ist die beste Mechaniker-Crew, die es hier für Geld zu kaufen gibt.«

»Sag bloß …« Die schlanke, drahtige Frau in Fliegerjacke und Cargo-Hose lehnte ihren Seesack gegen das sandgestrahlte Wellblech und runzelte die Stirn. »Lass mich raten. Es stand gerade keine andere zur Verfügung …«

John klopfte ihr auf die Schulter. »Deswegen habe ich dich ja mitgenommen. Jetzt bist du da, und das potenziert den Qualitätslevel des lokalen Trupps gleich um den Faktor zehn.«

Die Frau mit den kurz geschnittenen dunkelblonden Haaren und dem schmalen Gesicht, in dem große braune Augen etwas skeptisch in die Welt blickten, sah ihn an und schüttelte den Kopf. »Das war also der Haken an deiner Geschichte«, murmelte sie und beobachtete die Männer, wie sie die Ketten an den Motorbefestigungspunkten festmachten.

Amber Rains, eine begnadete Mechanikerin und begeisterte Pilotin, war vor etwas mehr als fünfzig Jahren in London zur Welt gekommen. Ihre Eltern, weitgereiste Diplomaten im Dienst der Krone, hatten es keineswegs als lustig empfunden, als sich ihre Tochter lieber einen Werkzeugkasten als ein Puppenhaus zu Weihnachten wünschte und nach der Bescherung sofort Anstalten machte, den familieneigenen Mini in alle Einzelteile zu zerlegen. Nachdem sie ihn wieder fehlerfrei zusammengebaut hatte, dachte ihr Vater, damit sei die technische Neugierde seiner heranwachsenden Tochter befriedigt und man könne zu Schulabschluss, Studium und diplomatischer Laufbahn übergehen.

Doch weit gefehlt.

Der geniale Sturkopf Amber beendete die Schule ein Jahr früher als vorgesehen und dachte trotzdem nicht daran, sich an der Universität einzuschreiben. Viel lieber trampte sie nach Duxford, dem einstigen Flugfeld der Royal Air Force nördlich von London, und sah den alten Mechanikern bei der Restaurierung von Lancaster Bombern und Sternmotoren über die Schulter. Zudem war sie hartnäckig, aufgeweckt und hübsch genug, um rasch auf die andere Seite der Absperrung in den Werkshallen zu gelangen.

Bald waren ihre Hände schwarz vom Öl, ihre Nägel abgebrochen und sie glücklich.

Anders ihr Vater.

Sir Arthur Rains war »definitely not amused«, drohte mit Enterbung und sprach von Jugendflausen, die er seiner Tochter rasch austreiben würde. Was damit endete, dass einige Tage später Amber ihre Koffer packte, aus dem Haus in Mayfair aus- und in eine kleine Pension in Duxford einzog, jeden Tag an den alten Maschinen schraubte und bald in einem der angeschlossenen Restaurierungsbetriebe als Lehrling aufgenommen wurde. Ihr Chef merkte nur zu schnell, dass er ein Naturtalent vor sich hatte, und unterstützte sie mit allen Kräften. Er bezahlte ihr sogar die Pilotenausbildung, die sie in Rekordzeit absolvierte und mit Bravour bestand.

Die Folgen waren weitreichend – zumindest was die Familie betraf. Ihr Vater sprach nicht mehr mit ihr, ihre Mutter versuchte, sie zu verstehen, und überwies Amber jeden Monat ein wenig Geld. Als ihre Eltern eines schönen Tages an die Botschaft nach Algier versetzt wurden, machte Amber ihre Gesellenprüfung und – aufgrund ihrer außergewöhnlichen Begabung – wenig später ihren Meister.

Dann ging auch sie nach Afrika – einerseits, um mit diesem Schritt ihren Vater zumindest ein wenig zu versöhnen und näher bei ihren Eltern zu sein, andererseits, weil Amber nach einer missglückten Beziehung und den damit verbundenen tränenreichen Szenen ein Wechsel des Landes reizvoll erschien.

So lief eines Tages eine blasse, übernächtigte Amber Rains in Kairo, an der Bar des legendären Continental-Savoy, einem gewissen John Finch über den Weg. Der, nach etlichen Flaschen Sakkara-Bier und einigen Gläsern Islay Single Malt Whisky in leichter Schräglage, suchte für einen Flug tags darauf nach Gabun einen Copiloten. Amber wiederum machte ihm klar, dass er ihn gerade gefunden hatte, und John willigte schulterzuckend ein. Später behauptete er immer wieder wenig charmant, dass er in diesem promilleträchtigen, illuminierten Zustand selbst einen Gorilla engagiert hätte.

Ab da waren beide unzertrennlich, flogen mit einer alten

DC-3, die John gekauft hatte und die Amber in der Luft hielt, bis nach Kapstadt und Tansania, transportierten Waffen und Flüchtlinge, Diamanten und Soldaten, Schmuggelgut oder auch die Lebensmittelhilfe der Vereinten Nationen. Sie waren ein eingespieltes Team, am Boden und in der Luft. Für einige Jahre waren sie ein Paar, doch dann entschloss sich Amber spontan – nach einem der unzähligen schiefgegangenen Versuche, sich mit ihrer Familie auszusöhnen – wieder nach Duxford zurückzukehren.

John akzeptierte ihren Entschluss und legte ihr nichts in den Weg. Er wusste selbst am besten, wie schwer es war, den Virus Afrika loszuwerden.

Und sich im engen England wieder zurechtzufinden …

Wenige Jahre später, die zum Ende hin ein einziges emotionales und wirtschaftliches Fiasko gewesen waren, kehrte auch Finch Afrika den Rücken und ging nach Brasilien, an die Ufer des Rio Negro, um eine private Charterfluglinie zu eröffnen. Doch das war nun auch schon ein paar Jahre her …

Ein glühend heißer Wind wehte von Osten her, aus der Sahara und dem Akakus-Gebirge, das die Eingeborenen respektvoll den »Berg des Teufels« nannten. Der gelbe Sand der Dünen, der manchmal wie ein wütender Derwisch zwischen den Flughafengebäuden in der Luft tanzte, überzog alles mit einem feinen, allgegenwärtigen Staub, der in jede Ritze eindrang und einem den Atem raubte. Er hatte auch die ehemals rot-gelbe Bemalung der DC-3 fast zur Gänze abgeschliffen. Ein unermüdlicher, natürlicher Sandstrahler unter der sengenden afrikanischen Hitze.

»Ich frage mich ja, wie du diese fliegenden Antiquitäten immer wieder auftreibst.« Amber wunderte sich. »Die findet man doch nicht bei Ebay, Rubrik ›gebrauchtes Fluggerät‹. Hier *ist* der Arsch der Welt. Bis vor einem halben Tag wusste ich nicht einmal, dass es diesen Flughafen überhaupt gibt. Das Grenzgebiet zwischen Algerien und Libyen ist nicht gerade ein Hotspot der Tourismus-Industrie, sondern selbst nach internationalen Standards lebensgefährlich. Hierher gibt niemand eine Reiseempfehlung aus. Eher eine Fluchtempfehlung …«

»Was ist los?«, unterbrach John sie. »Hast du deinen Badeanzug vergessen und deshalb schlechte Laune?«, stichelte er weiter. »Ghad war seit jeher ein wichtiger Umschlagplatz für Karawanen, eine bedeutende Station des Transsahara-Handels.«

»Ach ja? Lass mich raten. Das war vor gefühlten tausend Jahren? Sieh dich um! Wenn ich einen Kreis ziehen würde von – sagen wir – einem Radius von fünfhundert Kilometern, dann hätte ich was genau abgedeckt? Eine Million Dünen, zehntausende Kamele, eine Hand voll Tuareg, dafür jede Menge Quadratkilometer an heißer, öder, menschenfeindlicher Landschaft?«

»Immerhin gibt es im Zentrum des Kreises einen Flughafen mit zwei asphaltierten Lande- und Startbahnen.«

»Und weißt du auch, warum?« Amber hatte sich in Rage geredet. »Weil wir genau zwölf Kilometer von der algerischen Grenze entfernt sind und Oberst Gaddafi damals einen strategisch günstig platzierten Nachschub-Flughafen auf dem Weg nach Süden einrichten wollte. Das ist ein Geisterflugplatz mitten in der Wüste, John. Kein Taxi, kein Bus, kein Hotel. Nein, ich möchte auch keinen Ausflug in die Metropole Ghad unternehmen. Mir reicht schon der Flughafen. Und eine einzige Verbindung jeden Tag von und nach Tripolis würde ich jetzt nicht unbedingt einen ausgefüllten Flugplan nennen.«

»Korrekt, aber da ist noch die alte Lady …«

Er wies auf die DC-3. Der Motor hing am Haken und war

auf dem Weg nach oben. Der Pilot hielt die Luft an, als das provisorische Gestell mit dem Seilzug bedrohlich schwankte.

»Wie charmant«, fuhr Amber unbeirrt fort. »Wenn meine Crew in Duxford den Vogel sehen würde, dann gäbe es Daumen runter und eine einhellige Meinung: Streichholz!«

Nachdem sie von Kairo nach England zurückgekehrt war, hatte Amber Rains die ARC gegründet, die sich in wenigen Jahren zum größten Unternehmen in Duxford entwickelt hatte und sich mit dem Service und der Restaurierung von Flugzeugen beschäftigte. Doch auch das hatte ihren Vater nicht darüber hinweggetröstet, dass seine Tochter völlig aus der Art geschlagen war. Er war mit seiner Frau am Ende seines aktiven Dienstes von Ägypten nach London zurückgekehrt und hatte sich hartnäckig geweigert, auch nur ein einziges Mal nach Duxford zu fahren.

»Streichholz? Ja, um die Feiertagszigarre anzuzünden«, gab John trocken zurück. Er fuhr sich mit der Hand über die grauen, kurz geschnittenen Haare und fragte sich zum ersten Mal, ob er nicht einen Fehler gemacht hatte, als er sich entschieden hatte, die betagte Douglas DC-3 einem Waffenhändler abzukaufen, der im Zuge des Umsturzes in Libyen rasch aus dem Land verschwunden war. »Die trockene Luft hier hat sie perfekt konserviert. Fast so gut wie in Arizona.«

»Hä?« Amber fuhr herum und funkelte ihn an. »Du bist und bleibst ein unverbesserlicher Optimist, John Finch. Nur hast du ganz nebenbei vergessen, dass es in Arizona keinen Sand gibt, der tonnenweise durch die Luft fliegt, wie in diesem natürlichen Sandstrahler hier. Weiß Fiona überhaupt, dass wir hier sind?« Amber Rains schaute ihm aufmerksam in die Augen.

Fiona Klausner, Johns Freundin, war vor einigen Tagen aus beruflichen Gründen nach Zürich geflogen. Nach ihrem letzten gemeinsamen Abenteuer in Nordafrika hatte sie mit Finch erst einmal einen Monat Urlaub im altehrwürdigen Hotel Cecil in Alexandria gemacht. Es hatte ihrer Beziehung gutgetan.

Fiona und John hatte im Jahr davor eine kurze, aber heftige Affäre verbunden. Nachdem Wilhelm Klausner, Fionas Großvater, am Rio Negro bei der Sprengung von Johns Wasserflugzeug, der Albatross, ums Leben gekommen war, hatte Fiona dem Wunsch ihres Großvaters entsprechend eine Stiftung gegründet und deren Vorsitz übernommen. In dieser Aufgabe war sie um die ganze Welt geflogen, und so war auch die Liebesgeschichte zwischen John und Fiona im Sand verlaufen, mangels Zeit und Nähe.

Doch der Urlaub im Cecil hatte alles geändert. Die Suite mit dem Blick aufs Mittelmeer hatte den beiden so gut gefallen, dass John sie, einer alten Tradition folgend, nun schon fast drei Jahre mit Beschlag belegt hatte.

»Fiona? Gute Frage, nächste Frage«, konterte Finch. »Ein alter Freund von mir würde sagen – no need to know.«

»Auch dein alter Freund lügt manchmal, wenn es ihm in den Kram passt. Und das letzte Mal ist doch noch nicht so lange her, wenn ich genauer darüber nachdenke … Ich nehme doch an, du sprichst von Peter Compton, der grauen Eminenz der britischen Geheimdienste.«

Der Pratt-&-Whitney-Sternmotor hatte seinen Platz am Flügel erreicht, und die Mechaniker machten sich daran, ihn auszurichten und die ersten Bolzen einzusetzen.

Amber sah genauer hin, dann stürmte sie mit einem lauten: »Herrjeh! Nein! Doch nicht *den* zuerst!«, los.

John sah ihr lächelnd nach. Amber war die beste Mechanikerin, die er sich wünschen konnte. Gerade bei alten Flugzeugen kam es auf Intuition, Geschick und viel Erfahrung an.

Und wann die DC-3 das letzte Mal überprüft worden war, das stand in den Sternen. Die beiden nicht gerade leistungsstarken Motoren mussten auf jeden Fall einwandfrei funktionieren, denn die Gegend zwischen Ghad und Tunis war keineswegs für Not-, sondern nur für Bruchlandungen geeignet.

In einem hatte Amber recht gehabt, musste sich John allerdings eingestehen und runzelte die Stirn: Hier gab es nur Sand, Felsen und Einsamkeit, so weit das Auge reichte. Selbst auf dem kürzesten Weg nach Tunesien, entlang der Grenze, war gerade mal ein einziger offener Ausweichflughafen eingezeichnet. Das war einer der Gründe, warum er Fiona nichts von seinem Vorhaben erzählt hatte. Sie wäre keineswegs begeistert gewesen und hätte darauf bestanden, dass John sie nach Zürich begleitete. So hätte sie ihn unter Kontrolle gehabt…

Unwillkürlich musste John lächeln. Er war nicht leicht zu kontrollieren, war es nie gewesen. Seine Entscheidungen waren immer spontan gewesen, sein ganzes Leben lang. Überraschend war, dass er fast nie auf die Nase gefallen war.

Fast nie…

Nachdenklich betrachtete er die Douglas DC-3 mit seinen grüngrauen Augen, die von Lachfalten umrahmt waren. Amber gab inzwischen lautstarke Kommandos in einem Mischmasch aus verschiedenen Sprachen, von dem John nur einen Bruchteil verstand. Durch das Cockpitfenster konnte er Sparrow erkennen, den Papagei, der ihn vor zwei Jahren in Südamerika adoptiert hatte und seither nicht von seiner Seite wich. Aufgeregt trippelte er auf dem rissigen Armaturenbrett hin und her und wartete auf den Abflug.

Die alte Propellermaschine erinnerte John an seine Jugendtage, damals in Kairo, als Afrika noch sein Abenteuerspielplatz war, wie er es immer bezeichnete. John Finch, geboren und aufgewachsen in Crawley, im Süden Englands, war 1962 nach Kairo gekommen, gerade einmal achtzehn Jahre alt.

Dank seines Vaters hatte er damals bereits zehn Jahre lang in Flugzeugcockpits gesessen. Erst auf dem Schoß des berühmten Jagdfliegers der Royal Air Force, dann daneben. Der alte Martin Finch hatte nie viel von Vorschriften gehalten. »Die Freiheit da oben gehört dir«, hatte er immer zu seinem Sohn gesagt, »lass sie dir nicht von Kleingeistern vermiesen.« Dann hatte er John den Steuerknüppel in die Hand gedrückt und demonstrativ die Augen geschlossen. Und so hatte John seinen Vater geflogen, durch Gewitterfronten und Regenschauer, Luftlöcher und Sturmböen. Hatte neben dem schweigsamen Fliegerass gesessen und sich gefragt, ob sein Vater hin und wieder blinzelte ... So hatte John Fliegen gelernt wie andere Jungs Radfahren. Instinktiv, wie selbstverständlich, unter den aufmerksamen, geschlossenen Augen seines Vaters.

Nur das eine Mal war er nicht dabei gewesen ... Jenes eine Mal, das sein ganzes Leben verändern sollte.

Als John an dem Wrack angekommen war, während die Rettungsmannschaften noch verbissen arbeiteten und seinem Vater doch nicht mehr helfen konnten, da wurde ihm klar, dass er ab nun alleine würde fliegen müssen.

Sein Vater hatte die Augen für immer geschlossen.

Er hatte lange dagestanden, an der Absturzstelle, stundenlang. Die Hände tief in den Taschen vergraben, den Kopf gesenkt, die Gedanken in den Wolken.

Erst waren die Rettungsmannschaften abgezogen und hatten die Leiche seines Vaters mitgenommen, dann die Beamten der Untersuchungsbehörde. Zuletzt hatten sie die Reste des Flugzeugs abtransportiert und mit ihnen Johns heile Welt und alles, woran er glaubte.

Die Nacht war gekommen, und er hatte immer noch dagestanden.

Endlich, lange nach Einbruch der Dunkelheit, hatte er sich vor Kälte zitternd umgedreht und geschworen, entweder bald genauso zu sterben oder zum Andenken an seinen Vater noch besser zu werden.

Am Limit zu fliegen und trotzdem zu überleben.

An die nächsten Tage konnte sich John nicht mehr erinnern. Sie waren ein Wirrwarr aus Emotionen und Verzweiflung, aus Trotz und Angst. Er wusste nicht, wo er gewesen war. Irgendwann war er wieder nach Hause gekommen.

Die Behörden hatten seiner Mutter den Tascheninhalt ihres Mannes ausgehändigt, darunter einen Silberdollar von 1844. Es war das einzige Erinnerungsstück an seinen Vater, das John einsteckte und mitnahm – auf die Reise seines Lebens.

Wortlos packte er seinen kleinen Koffer, hängte sich seine Fliegerjacke um die Schultern und stopfte das wenige Geld, das er gespart hatte, in die Tasche. Nachdem er seine Mutter flüchtig umarmt hatte, machte er sich auf den Weg zum Bahnhof, zu Fuß, durch den strömenden Regen.

So sah niemand seine Tränen.

Er wollte weg, nur weg.

Weg aus dem engen, kalten und nassen England, weg von den Erinnerungen an sein einziges Idol, weg von seinem bisherigen Leben.

Früh genug musste er erkennen, dass man nicht vor allem davonlaufen konnte.

Einiges trug man im Herzen bis ans Ende aller Tage.

Doch diese Erkenntnis kam erst in Afrika.

Am Bahnsteig angekommen, schlenderte er ziellos auf und ab. Der Regen hatte nachgelassen, und Windböen trieben Zeitungsfetzen über den feuchten Asphalt. John hatte noch immer keine Ahnung, wohin er fahren sollte.

Der nächste Zug? Fuhr nach London …

Auch gut, sagte sich John und steuerte die einzige Bank unter dem Vordach an, auf der eine alte Frau trotz der Kälte vor sich hin döste. Da fiel ihm plötzlich ein verblasstes Plakat ins Auge, das neben einem zerschrammten Zigarettenautomat hing und im Wind flatterte. Es machte Werbung für das Continental-Savoy Hotel in Kairo. Im Schattenriss thronte die Sphinx vor drei Pyramiden unter einem heißen Himmel, umgeben von Sanddünen und beschienen von einer glutroten Sonne.

Plötzlich wusste John, wohin ihn sein erster Weg führen würde.

So geschah es, dass ein blasser, junger Mann einen Tag später durch die Drehtür mit den geschliffenen Gläsern ging und zum ersten Mal das ehrwürdige Hotel an der Shareh Gomhouriah in der ägyptischen Hauptstadt betrat.

Nach einem Blick auf die Zimmerpreise beschloss er, mit dem Schicksal zu pokern. Seine Ersparnisse reichten nämlich gerade mal für sieben Nächte. Danach war er entweder pleite, oder er hatte einen Job, der ihm sein Leben im Hotel finanzieren würde.

Vier Tage später verlängerte er seine Zimmerbuchung auf unbestimmte Zeit und flog seinen ersten Auftrag. Der Algerienkrieg tobte, und man suchte junge, unerschrockene Männer, die Geld brauchten, nichts zu verlieren hatten und flogen wie der Teufel. Man stellte keine Fragen und erwartete auch keine. Fluglizenz? Erfahrungen? Nebensächlichkeiten.

»Bring die Kiste heil wieder zurück, und du bekommst den nächsten Auftrag«, hieß es. »Brauchst gar nicht duschen gehen, kannst gleich wieder starten.«

So war John ins Cockpit gestiegen, immer und immer wieder, und in den folgenden Jahrzehnten zu einer Legende geworden. Er flog für alle und jeden, der genug bezahlte und das Glück hatte, ihn auf dem Boden zu erwischen. Er war fast immer unterwegs, flog durch Wüstenstürme und Bürgerkriege, in der Dunkelheit über Grenzen oder schlüpfte unter dem feindlichen Radar hindurch. Er schmuggelte Goldbarren aus Südafrika, Sklaven aus Nigeria oder Diamanten aus den Minen von Botswana, schaffte Soldaten nach Äthiopien und holte Söldner aus schwarzafrikanischen Krisenherden. Er wurde in Dollar oder ägyptischen Pfund bezahlt, manchmal auch mit Taschen voller Maria-Theresien-Taler.

Das Leben war ein großes Abenteuer, und John genoss es in vollen Zügen, auch wenn in der Zwischenzeit seine Schläfen bereits grau und die Lachfalten um seine Augen tiefer geworden waren.

Und nun? Nun stand er auf einem verlassenen Flughafen an der libysch-algerischen Grenze und fragte sich, ob er die fünfzig Jahre alte DC-3 jemals in die Luft bekommen würde. Und dann über Tunis heil zurück nach Kairo gelangen würde.

Aus dem heißen Griff der Wüste hinaus aufs blaue Mittelmeer.

Zwei Stunden später spuckten die Motoren der alten Propellermaschine lautstark, stießen Qualmwolken aus, stotterten und spotzten und husteten und zögerten noch einmal. Dann sprangen sie schließlich an.

»Freu dich nicht zu früh«, warnte Amber und steckte ihren Kopf aus dem Cockpitfenster, um besser zu sehen und zu hören. »Das klingt bescheiden. Den Kaufpreis für dieses fliegende Wrack musst du aus der Portokasse bezahlt haben.«

Während sich draußen vor der Maschine die Mechaniker lachend und begeistert auf die Schulter klopften, betrachtete

Amber mit gerunzelter Stirn die Skalen der Anzeige-Instrumente, lauschte den Motoren und drückte Knöpfe. John ging die Steuerung durch, die Ausschläge der Ruder, kontrollierte den Funk und die Kanäle, bevor er aufstand, aus der Maschine auf den heißen Beton sprang, um die Reifen und das Fahrwerk samt Hydraulik auf Lecks hin zu überprüfen.

Die Motoren liefen nun regelmäßiger, und als Amber die Drehzahl erhöhte, blies es auch die letzten Zylinder frei.

John, der sich bereits auf einen etwas längeren rustikalen Aufenthalt in einem der Hangars eingerichtet hatte, atmete auf. Nachdem die Propeller wieder zur Ruhe gekommen waren, begannen die Mechaniker nach einer letzten Sichtkontrolle die Motorabdeckungen zu montieren.

»Weißt du, dass du mehr Glück als Verstand hast?« Amber, Sparrow auf ihrer linken Schulter, trat zu Finch unter die DC-3 und schob ihre Ray-Ban auf die Stirn. »Ich habe in den Unterlagen einen D-Service-Report gefunden, der rund ein knappes Jahr alt ist. Da haben sie den Vogel in Algier komplett durchgecheckt.« Sie hob die Augenbrauen und fixierte den Piloten. »Ob die Bodencrew ihre Arbeit verstanden hat, steht nicht drin. Aber es gibt einem zumindest ein besseres Gefühl vor dem Abheben.« Ihr schelmisches Lächeln beruhigte John allerdings nicht im Mindesten. »Oder sollte ich sagen – vor dem Ableben?«

»Dir vielleicht«, meinte John trocken. »Bleibt die Frage, warum sie die DC-3 dann wieder nach Libyen zurückbrachten, nachdem sie schon im Ausland war.« Er löschte die Taschenlampe und sah Amber eindringlich an. »Das wäre, als würden die Ratten aufs sinkende Schiff zurückkehren«, meinte er leise. »Gefällt mir ganz und gar nicht. Vielleicht sollten wir so rasch wie möglich von hier verschwinden.« John warf einen letzten misstrauischen Blick auf die Reifen.

»Was ist so Merkwürdiges daran, die DC-3 wieder von Algier nach Libyen zurückzufliegen nach der Durchsicht?« Amber lehnte sich gegen die Motorabdeckung und schaute John fragend an.

Sparrow kreischte: »Alle Mann an die Kanonen!«, und flatterte auf Johns Schulter.

»Wenn du in Zeiten einer Staatskrise ein Flugzeug im Ausland hast, dann lässt du es da«, erwiderte Finch ungerührt. »Selbst als reicher, libyscher Waffenhändler. Wozu sollte es gut sein, es in ein umkämpftes, halb zerstörtes Land zurückzubringen, in dem das politische Chaos herrscht?« Er warf einen vorsichtigen Blick in die Runde. »Egal. Von mir aus können wir starten, und angesichts des sehr überschaubaren Flugaufkommens sollte die Startfreigabe jetzt gleich auch kein größeres Problem darstellen.«

»Ist der Tower überhaupt besetzt?«, erkundigte sich Amber misstrauisch und sah einer kleinen Sandhose nach, die zwischen den Hangars im heißen Wind tanzte, während sie Plastiktüten und Papierfetzten vor sich her trieb. »Irgendwie gespenstisch hier. Zu ruhig für einen internationalen Flughafen. Zwei verlassene Startbahnen in einer menschenleeren Gegend.«

Die Mechaniker verabschiedeten sich einer nach dem anderen mit Handschlag, kassierten ihren Lohn und verschwanden eilig in einem rostigen, japanischen Kleinbus, eingehüllt in eine hellgelbe Staubwolke. John sah ihnen nach und fragte sich, wo und wann sie das nächste Mal einen Flugzeugmotor reparieren würden. Oder kehrten sie alle in irgendwelche Autowerkstätten der Umgebung zurück und hämmerten eifrig wieder Beulen aus Motorhauben? Oder dengelten Kotflügel aus Ölfässern?

»Kümmerst du dich um den Papierkrieg? Ich bereite alles

für den Start vor«, riss ihn die Stimme Ambers aus den Gedanken. Sie kletterte erneut in die DC-3, ohne eine Antwort abzuwarten.

John nickte stumm und sah den Runway hinunter.

Die Hitze flimmerte Wellen in den Asphalt. Es war höchste Zeit zu verschwinden.

Die Büros im Tower waren tatsächlich besetzt, und der Papierkrieg nicht einmal ein Scharmützel. John hatte den Eindruck, dass die wenigen gelangweilten Mitarbeiter nur sehnlichst darauf warteten, ihn mitsamt der DC-3 starten und zwischen den träge dahintreibenden Kumulus-Wolken verschwinden zu sehen. Dann würde der Flughafen erneut in einem Dornröschenschlaf versinken, zumindest bis zur nächsten, fast leeren Maschine aus Tripolis am nächsten Tag.

Mit den nötigen Papieren bewaffnet warf John die Tür der DC-3 zu, setzte Sparrow auf eine der Sitzlehnen und verriegelte den Einstieg sorgfältig. Amber hatte erneut die beiden Motoren gestartet und ließ sie warmlaufen. Ihr gleichmäßiges Brummen hatte etwas Vertrauenserweckendes. Doch das flaue Gefühl in Johns Magen blieb. Der Gedanke an den ehemaligen Besitzer der alten Dame ließ ihn nicht los. Ein Waffenhändler auf der Flucht, der sein Flugzeug nach der Durchsicht und Wartung wieder in das krisengeschüttelte Libyen zurückkehren ließ?

Seltsam …

John blickte durch das Fenster der Tür nach draußen. Weit und breit war niemand zu sehen. Nur Steinwüste und tanzender Sand und die Berge des Teufels am Horizont …

Der Pilot schüttelte den Kopf und ging den leicht ansteigenden Mittelgang nach vorne zum Cockpit. Noch ein paar Stunden länger in dieser Steinwüste, und er würde anfangen, Geister zu sehen.

»Machen wir, dass wir wegkommen!«, rief er Amber zu und wollte sich durch die enge Tür ins Cockpit zwängen, da bemerkte er eine schattenhafte Bewegung in der vordersten Sitzreihe zu seiner Linken.

»Ich bin ganz Ihrer Meinung, Mr. Finch. Sie haben Verspätung.«

Der schlanke, hochgewachsene Mann im Tarnanzug, mit dem schwarzen Béret auf dem Kopf, war bis an die Zähne bewaffnet. Sein modernes Sturmgewehr hatte er auf den grauen Klapptisch vor sich gelegt, die Desert Eagle, deren Lauf auf John zeigte, hätte mit einem Schuss selbst die Motoren der DC-3 in die ewigen Jagdgründe befördern können.

»Und ich hoffe, Sie machen heute Ihrem Namen alle Ehre«, fuhr er fort. »Man behauptet ja von Ihnen, dass Sie jede Fracht rasch und zuverlässig an ihr Ziel bringen. Und meines ist Tunis.«

»Normalerweise schießt meine Fracht nicht auf mich«, entgegnete John mit einem Blick auf die großkalibrige Pistole. »Damit können Sie mich nicht beeindrucken. Wenn Sie mit der hier herumknallen, dann fliegen wir nirgendwo mehr hin.«

Mit einem schmallippigen Lächeln, das seine Augen nicht erreichte, schwenkte der Mann, der etwas über dreißig Jahre alt sein mochte, den Lauf der Waffe in Richtung der dünnen Verbindungswand zum Cockpit, hinter der Amber Rains im Pilotensessel Platz genommen hatte und die Skalen der Anzeigeinstrumente überwachte. »Glauben Sie mir, Mr. Finch, im Ernstfall fliegen Sie diese Maschine doch auch allein, oder? Wer braucht schon eine Copilotin?«

John beobachtete den Unbekannten, taxierte ihn, suchte den Blick seiner dunkelbraunen Augen. Die kurz geschnittenen schwarzen Haare und die Ausrüstung sprachen für einen Soldaten, aber die weichen Lippen und der etwas unsichere

Zug um die Mundwinkel erzählten noch eine ganz andere Geschichte.

»Sie haben jetzt die Wahl«, fuhr der Uniformierte fort. »Entweder Sie bringen mich nach Tunis, und da trennen sich unsere Wege. Sie haben mich nie gesehen und setzen Ihren Flug nach Kairo fort.«

»Oder?«, fragte John lauernd.

»Oder Ghad wird der letzte Flughafen auf Ihrer langen Reise von England durch die Welt. Ich war in diesem Land zu Hause und kenne mich aus. Hier verschwindet man in den politischen Wirren schneller als ein Wassertropfen auf einer heißen Herdplatte. Niemand wird jemals Ihre Leichen finden ...«

»... und Sie sitzen hier fest«, lächelte John grimmig, »mit einer alten DC-3 ohne Piloten, auf einem Flughafen im Nirgendwo, von der eine einzige Maschine jeden Tag startet. Und Sie sehen nicht so aus, als könnten Sie ein Ticket auf diesem Linienflug buchen, ohne einen Volksauflauf zu verursachen. Patt!«

Ein wachsamer Ausdruck trat in die Augen des Unbekannten, doch der Lauf der Desert Eagle zeigte unverwandt auf die Zwischenwand und Amber. Mit einem lauten Klick entsicherte er die Waffe. »Dann lassen Sie es einfach drauf ankommen«, grinste er. »Frauen in diesem Alter sind sowieso zu nichts mehr zu gebrauchen ...«

»Ich kenne Sie von irgendwoher«, murmelte Finch nachdenklich, ohne den Einwurf zu beachten. Er verschränkte die Arme vor der Brust und lehnte sich gegen die Trennwand zum Cockpit. »Wenn ich Sie schon ausfliegen soll, dann möchte ich zumindest Ihren Namen wissen. Sonst geht von hier kein Flug für Sie nach draußen.«

Für einen Moment arbeitete es in dem Gesicht des Uniformierten. Dann lächelte er überheblich. »Mein Name ist Khamis Al-Gaddafi, Sohn von Muammar Al-Gaddafi, und ehemaliger Kommandeur einer Eliteeinheit, der 32. Brigade. Leutnant Umar, mein Begleiter, leistet gerade Ihrer Copilotin Gesellschaft. Und jetzt, Mr. Finch, bewegen Sie Ihren Arsch ins Cockpit, und bringen Sie uns nach Tunis. Ich habe bereits vier Mal meinen Nachruf in den internationalen Medien gelesen und nichts mehr zu verlieren. Offiziell bin ich bereits lange tot.«

Verschiebebahnhof »Porta Nuova«, Turin/Italien

Der Güterzug stand nun schon seit Stunden in der prallen Juli-Sonne. Neben einem halben Dutzend fast neuer Containerwagen und zwei Agip-Tankwagen bestand er ausschließlich aus gedeckten Waggons, die im Laufe der Jahre rostbraun und fleckig geworden waren. Nur die Laufzettel hinter ihrem dünnen Gitter leuchteten weiß, als wären sie soeben aus dem Drucker gekommen.

Als die Diesellok der italienischen Staatsbahnen sich vor den ersten Wagen setzte, ging ein Ruck durch den gesamten Zug. Puffer stießen aneinander, Kupplungen quietschten. Ein Junge, der über den Sottopassagio Lingotto gelaufen war, beugte sich neugierig über das Brückengeländer und schaute hinunter. Er liebte Züge, den Geruch nach Öl und Metall und Diesel. Fast ein wenig sehnsüchtig betrachtete er den Bahnarbeiter in der orangen Warnweste, der geschickt die Kupplung des ersten Wagens mit der Lokomotive verband, bevor er mit einem Handzeichen an den Lokführer bedeutete, dass alles in Ordnung sei.

»Ciao, Roberto!«, rief der Mann vom Führerstand herunter, winkte zurück und verschwand im Inneren.

*

Im vierten Waggon hinter der Lokomotive, inmitten von Paletten mit Badezimmerarmaturen und Kisten mit sizilianischem Wein, streckte sich ächzend ein blonder Mann, den der Ruck und der Lärm aufgeweckt hatten. Trotz der Hitze war er eingeschlafen, und so blickte er als Erstes auf seine Armbanduhr.

12.22 Uhr. In drei Minuten sollte es weitergehen.

Planmäßig – und das war überraschend genug bei den italienischen Eisenbahnen, dachte er schmunzelnd und zog das verschwitzte T-Shirt über den Kopf. Dann stand er auf, balancierte zwischen Paletten und Kistenstapeln zur Tür und zog sie einen Spalt weit auf. Frische Luft strömte herein.

Noch eine Stunde …

Es war wie immer: Einerseits war er traurig darüber, dass die Reise zu Ende ging, andererseits tat es gut, wieder nach Hause zu kommen.

Nach Hause …

Gab es das für ihn überhaupt? Wo war er eigentlich zu Hause auf dieser Welt? Er beobachtete den Bahnarbeiter mit seiner orangen Weste, wie er über die Gleise zu den nächsten Zügen lief. Stand da nicht immer ein nächster Zug, ein neuer Waggon auf einem anderen Gleis, wartete nicht immer jemand auf dem nächsten Bahnhof?

Zu Hause? Er schüttelte den Kopf. Vielleicht eher eine vorübergehende Bleibe. Irgendwo endgültig ankommen, so weit war er lange noch nicht. Bis dahin lag noch ein Stück Weg vor ihm.

Für einen Augenblick dachte er an Selina, die er vor einigen Monaten in Antwerpen kennengelernt hatte, unter falschem Namen, und die er wahrscheinlich nie mehr wiedersehen würde. Sie war ein liebes Mädchen gewesen, nett und zutraulich, anlehnungsbedürftig, und deshalb erschreckte es ihn, dass er kein Bedauern spürte, tief drin.

Seine Beziehungen waren wie sein ganzes Leben – einmal hier, dann wieder da. Und am Ende? Aus, vorbei und nichts wie weg, weg in eine Zukunft, die doch Vergangenheit war, weil er sie bereits kannte und wusste, wie es ausgehen würde. Der erste Kuss war immer auch der Anfang vom Ende ...

Nachdenklich drehte er sich um und legte sein T-Shirt auf eine Kiste Gurgò Nero d'Avola zum Trocknen, als er hörte, wie die Waggontür weiter aufgeschoben wurde. Ein Rucksack flog herein, dem ein pickeliger Junge mit schwarzen, strähnigen Haaren und Sonnenbrille folgte. Die weiten Cargo-Hosen schlotterten um seine dünnen Beine, das einst schwarze »Meet me in Hell«-T-Shirt war ausgeblichen wie ein Zirkuszelt nach einem langen Sommer. Rasch steckte der Junge den Kopf wieder hinaus, warf einen Blick über die Gleise des Güterbahnhofs, dann stemmte er sich gegen die Schiebetür und wollte sie zudrücken.

»Lass besser offen, sonst ist dein T-Shirt Programm.«

*

Die Stimme in seinem Rücken ließ den Jungen herumfahren. Er nahm die Sonnenbrille ab, und als seine Augen sich an die Dunkelheit gewöhnt hatten, sah er einen durchtrainierten, braungebrannten Mann mit nacktem Oberkörper und zerrissenen Jeans im Halbdunkel zwischen den Kisten stehen. Er hatte kurz geschnittene dunkelblonde Haare, mochte etwas über vierzig Jahre alt sein und musterte ihn aufmerksam aus strahlend blauen Augen.

»Aber wenn jemand die offene Tür bemerkt ...«, wandte der Junge ein und griff nach seinem Rucksack.

»Wird niemand«, versicherte ihm der Mann mit Überzeugung. »Wir fahren gleich los, die Lok ist angekuppelt. Keiner mehr da, um noch eine letzte Kontrolle zu machen. Wir sind schließlich in Italien.«

In diesem Moment ging ein Ruck durch den Zug, und die Bremsen lösten sich zischend.

»Ecco …«, sagte er und machte eine einladende Handbewegung. »Komm nach hinten, da ist es bequemer.« Damit drehte er sich um und verschwand hinter einem mannshohen Kistenstapel.

Der Junge zögerte erst, dann folgte er ihm, während der Waggon über die ersten Weichen ratterte.

Der Sonnenschein, der durch eine Reihe von Lüftungsklappen filterte, tauchte ein überraschend großes, zwischen weißen Weinkisten und bunt bedruckten Kartons bequem eingerichtetes, mit Decken improvisiertes Abteil in ein diffuses Zwielicht.

»Wohin willst du?« Der blonde Mann zog eine Thermoskanne aus seinem Seesack und schraubte sie auf.

»Südwärts«, antwortete der Junge einsilbig und setzte sich auf die Kante einer der Kisten.

Aufmerksam betrachtete er seinen Reisegefährten. Das Gesicht war früher vielleicht einmal ebenmäßig gewesen, doch irgendwann musste ihm jemand die Nase gebrochen haben, und über die Stirn verlief eine dünne, helle Narbe.

»Dann wirst du nicht weit kommen, der Zug endet in Cuneo. Vielleicht gehen ein paar Wagen über den Col de Tende weiter nach Frankreich, aber die wirst du suchen müssen.« Der blonde Mann sah den Jungen über den Rand seines Bechers hinweg an. »Und der Bahnhof in Cuneo ist klein und überschaubar. Schwer, da unbemerkt einzusteigen.«

Der Junge zuckte gleichmütig mit den Schultern. »Irgendwann wird es überall Nacht …«, sagte er und blickte sich um. Die Decken des Fremden sahen teuer aus, nach Schafwolle.

Der Seesack war von Jack Wolfskin. Die Uhr am Handgelenk seines Gegenübers war ein Breitling-Chronograph. Mit einem Mal war er auf der Hut. »Fährst du öfters auf Güterzügen?«, fragte er misstrauisch.

»So oft es geht«, wich der Mann kurz angebunden aus und verschraubte die Thermoskanne wieder.

SIG, registrierte der Junge, Schweizer Qualität. Alles vom Feinsten … Die Fahrkarte erster Klasse hätte der Typ aus der Portokasse bezahlen können, dachte er. Dann musste er grinsen. War bei ihm genauso. Er ging in eine Privatschule in Turin, eine der besten, und seine Eltern hatten ihn rechtzeitig mit den richtigen Statussymbolen vertraut gemacht. Und mit ihrem Preis. Aber das Abenteuer Güterzugfahren war unbezahlbar …

Wer also war der Typ?

»Wo kommst du her?«, fragte er weiter.

»Aus dem Norden«, antwortete der Mann und lächelte. Doch das Lächeln erreichte seine Augen nicht, die den Jungen nachdenklich fixierten. »Und du?«

»Ich bin hier zu Hause. Ich meine, in Turin.« Seine Finger drehten die Sonnenbrille unentwegt. Irgendwie machte ihn sein Reisegefährte nervös.

Der Mann nickte. »Ausgerissen?«

Der Junge schüttelte den Kopf. »Ich muss in zwei Wochen wieder zurück sein. Die Schule …« Er zuckte erneut mit den Schultern, als wolle er sich entschuldigen.

»War damals bei mir genauso.« Sein Gegenüber setzte sich auf die improvisierte Bank aus Weinkisten.

Der Zug beschleunigte und rollte durch die Vororte von Turin. Die Lokomotive pfiff laut und lang.

»Wie heißt du?«

Der Junge sah ihn überrascht an. Was sollte das? War es

nicht egal, wie er hieß? Doch bevor er länger darüber nachdenken konnte, kam die Antwort auch schon automatisch über seine Lippen. »Domenico.«

»Schöner Name«, erwiderte der Mann gedankenverloren, »schöner Name.«

Das hatte seine Großmutter auch immer gesagt, dachte Domenico und ärgerte sich. Bei dem Gedanken an seine Nonna kam er sich mit einem Mal doch vor wie ein Ausreißer. Dabei wollte er nur an die Côte d'Azur, das Meer an seinen Füßen spüren, und danach noch ein wenig in die Pyrenäen.

»Und du?«, fragte er hartnäckig.

Sein Mitreisender warf ihm einen seltsamen Blick zu. Dann zog er ein abgegriffenes Taschenbuch aus seinem Seesack und blätterte darin, begann zu lesen. Schließlich sagte er, ohne die Augen von den Zeilen zu nehmen: »Alessandro.«

Domenico lehnte sich zurück. Es war heiß im Waggon, und er wischte sich den Schweiß von der Stirn. Dabei fiel sein Blick auf das Buch, das sein Mitreisender las. »Die katholische Kirche und die Gewalt« von einem gewissen Dr. Alessandro Benotti.

Alessandro Benotti.

Alessandro.

Ich wette, das ist nicht sein wirklicher Name, dachte Domenico, aber egal.

Der Zug ratterte über Weichen, das Klingeln eines Bahnübergangs rauschte vorüber und vertönte in der Ferne.

Durch das Schlingern der Wagen war der Seesack Alessandros von einer der Weinkisten gerutscht, und der Junge erkannte im Halbdunkel den Griff einer Pistole, bevor der blonde Mann den Sack wieder aufhob und wie beiläufig schloss.

Mit einem Mal wünschte sich Domenico in einen anderen Waggon ...

Vierzig Minuten später rollte der Zug in den Bahnhof von Cuneo ein, fuhr langsam an den Bahnsteigen vorbei und hielt kurz an, bevor er auf einem Abstellgleis etwas weiter draußen endgültig zum Stehen kam.

Der blonde Mann hatte kein weiteres Wort mehr mit Domenico gewechselt. Nach kurzem Blättern in seinem Buch hatte er die Augen geschlossen und eine Decke unter seinen Kopf gestopft, die Beine hochgelegt und war offenbar eingeschlafen.

Domenico hätte gewettet, dass der angebliche Alessandro keine einzige Sekunde geschlafen, sondern ihn beobachtet hatte.

Nun standen beide nebeneinander an der halboffenen Tür und sahen hinaus auf die Gleise und die Berge darüber. Die Luft war klar, und die schneebedeckten Gipfel der Dreitausender schienen zum Greifen nah.

*

»Endstation für mich.« Alessandro lächelte und streifte sein T-Shirt über. Dann schwang er seinen Seesack über die Schulter und sprang auf den Bahndamm. »Pass auf dich auf und bon voyage, wo immer es auch hingehen soll. Grüß mir Frankreich.« Damit warf er einen letzten Blick auf den Jungen, der seinerseits etwas überrascht und gleichzeitig verloren in der breiten Schiebetür stand, den Rucksack in beiden Händen, und verwundert auf ihn herabblickte.

Endlich wandte sich Alessandro um und wanderte den Zug entlang in Richtung Bahnhof. Am letzten Waggon angekommen, überquerte er rasch die Gleise, verschwand im Unterholz einiger Büsche, sprang über das alte Geländer, das den Bahnbereich von der Via Deposito trennte, und trabte los.

Den alten Bahnhof von Cuneo, einen Ziegelbau im Stil des Historismus, ließ er links liegen, überquerte den neuen Kreisverkehr mit seiner modernen Plastik aus fliegenden Herzen und Menschen und stand wenig später in der Tür eines kleinen Geschäfts, über dem ein weißes Schild »Jeanette – acconciaturi« prangte.

Jeanette, die junge Besitzerin des Friseursalons, war vor einigen Jahren aus dem französischen Hochsavoyen gekommen, hatte sich in die Landschaft und in einen Bergführer aus Cuneo verliebt und war ihm treu geblieben. Ihr Salon wiederum war nach und nach zu einem In-Treffpunkt der Jugend von Cuneo geworden, die sich zwischen lila Irokesen, Siebzigerjahre-Retro und Bubikopf oder ganz kahl nicht wirklich entscheiden konnte. Einig waren sich alle jedoch in einem – bei Jeanette gab es die geilste Musik!

Alessandro verzog das Gesicht, als er die Tür aufstieß und ihm Ice T die Wortkaskaden seiner letzten CD *Gangsta Rap* in atemberaubender Lautstärke entgegenschleuderte.

»Wartet mal, wir haben Besuch von der älteren Fraktion«, rief Jeanette grinsend und regelte den Rapper auf ein erträgliches akustisches Niveau herunter.

Eine Reihe junger Gesichter zwischen sechzehn und zwanzig wandte sich dem Neuankömmling zu.

»Mit so einem Krach vertreibt man in Turin eigentlich jeden Abend die Junkies vom Hauptbahnhof.« Alessandro schüttelte den Kopf. »Aber lasst euch nicht stören, ich bin schon wieder weg.«

Jeanette drehte den MP3-Spieler erneut etwas lauter und winkte ihn in ihr Büro, während die Teenies sich wieder um ihren Haarschnitt, ihre Computerspiele und ihre Hormone kümmerten.

»Du warst lange fort«, stellte Jeanette fest, nachdem sie die

Tür zugezogen hatte. Die schmale Brünette mit den großen braunen Augen fiel Alessandro um den Hals und drückte ihn. »Alles okay?«

Er nickte. »Keine Sorge, ich lebe noch. Und hier? Hab ich was versäumt?«

»Tu fais des blagues?« Sie ließ ihn los und zog eine Schublade des Schreibtischs auf. »Du scherzt wirklich, mon ami. Seit wann spielt hier das Leben? Berge, Felsen, Einsamkeit. Cuneo ist nicht Nizza oder Marseille. Deswegen bin ich ja hier.« Sie lachte und reichte Alessandro einen Schlüssel, wuschelte mit ihrer Hand durch seine kurz geschnittenen Haare. Dann wurde sie wieder ernst. »Es hat niemand nach dir gefragt, wenn du das meinst.« Die blauen Augen unter der Narbe schienen für einen Moment dunkler zu werden, wie tieferes Wasser in einer Bucht.

»Danke, Jeanette«, sagte er, küsste die kleine Französin auf beide Wangen, nahm den Motorradhelm vom Haken und trat durch die Hintertür auf einen kleinen, sonnenbeschienenen Innenhof.

Zwischen Mülleimern, abgestellten Autos ohne Kennzeichen, den Resten einer alten Einbauküche und Dutzenden leeren Bierkisten parkte eine staubige Honda Varadero 1000 mit verbeultem Tank. Nachdem er seinen Seesack auf den Beifahrersitz geschnallt hatte, drückte Alessandro den Anlasser, und der Zweizylinder startete augenblicklich, fiel in einen regelmäßigen Leerlauf.

»Braves Mädchen.«

Aus irgendeinem Grund musste er an Domenico denken, der wohl inzwischen auf dem Verschiebebahnhof den passenden Waggon über die Grenze nach Frankreich suchte.

Und weiter ans Meer.

Wie sang Jimmy Buffett? »Boats, beaches, bars and ballads.«

Altes Lied, lange her, dachte er und hatte für einen Moment den Geruch von Salz und Seetang in der Nase, hörte das Kreischen der Möwen und die Wellen an eine alte Kaimauer schlagen.

Er war versucht, links abzubiegen und nicht rechts.

Wie in seiner Jugend, als er mit Freunden auf alten Motorrädern in Wien unterwegs gewesen war. Die Regeln waren einfach gewesen: rote Ampel – links abbiegen, gelbe Ampel – rechts abbiegen, grüne Ampel – geradeaus. So hatten sie stets neue Teile der Stadt entdeckt, waren in unbekannten Lokalen eingekehrt, hatten andere Mädchen angelacht, waren in manchmal abenteuerlichen Betten gelandet.

Wien und die »bande à jojo« …

Doch das war lange her, und die Erinnerung daran versetzte ihm einen Stich. Er hörte die Motoren, das Lachen von Paul, seinem besten Freund und Sohn des französischen Botschafters. Paul – mit seinen gelockten rabenschwarzen Haaren und den Hunderten Sommersprossen im stets grinsenden Gesicht, immer eine Gauloise im Mundwinkel und völlig irre Ideen im Kopf. Paul, der später nach Paris zurückging, studierte, Bankkaufmann wurde und die Lederjacke gegen den Nadelstreif eintauschte. Das Motorrad verkaufte, heiratete, Kinder bekam, in der Schweiz sesshaft wurde und voriges Jahr an Lungenkrebs gestorben war. Nicht mit Vollgas und röhrendem Auspuff, sondern still und leise in einem Bett in irgendeinem Krankenhaus, wie ein Schatten, der diese Welt auf Zehenspitzen verlassen hatte.

Paul und Frank und Marius und Jaquot und all die anderen …

Mit Wehmut musste er feststellen, dass ihre Gesichter sich langsam im Nebel der Erinnerung auflösten, undeutlicher wurden, wie zerfasernde Leinwand. Sie hatten sich seit mehr als zwei Jahrzehnten nicht mehr gesehen, zerstreut in alle Windrichtungen, ungültige Adressen, längst gelöschte Telefonnummern.

Ob sich noch jemand an ihn erinnerte, von Zeit zu Zeit?

Links abbiegen, flüsterte eine innere Stimme. Ans Meer, an die Corniche, nach Nizza ...

Ob Marie noch da war?

Oder war sie auch schon weitergezogen, in ein anderes, bürgerliches Leben wie alle die anderen? Die kleine Marie, die ihn nie aus ihrem Bett lassen wollte, dem großen Bett, von dem aus man das Meer und die Wolken sehen konnte. Sie hatte in einem der alten bürgerlichen Häuser mit den schmalen Balkonen und der längst unbesetzten Portiersloge gewohnt, in einem kleinen Apartment ganz oben, unter dem Dach, mit schrägen Wänden voller Kinoplakate, Hunderten von Kerzen und Räucherstäbchen und dem Bild von Che Guevara an der Badezimmertür.

Er klappte das Visier herunter.

Konnte man das Rauschen des Meeres und die Erinnerungen damit ausblenden? Unwillig schüttelte er den Kopf und bog schließlich doch rechts ab.

Weg vom Meer, von Nizza und der Vergangenheit.

Hinauf in die vergessenen Berge des Piemont.

Auf dem Flug nach Tunis – Luftraum über dem Al-Wafa-Ölfeld/Libyen

Die beiden Motoren der DC-3 brummten vertrauenseinflößend gleichmäßig.

Amber hielt die betagte Maschine bemerkenswert ruhig auf Kurs entlang der algerischen Grenze. Zwischen den blendend weißen Kumulus-Wolken hindurch konnte man erkennen, dass die helle Stein- und Sandwüste einer dunkelgrünen, fast schwarzen Landschaft mit niedriger Vegetation Platz gemacht hatte.

»Stah Airport wäre der nächste algerische Flughafen westwärts von hier, keine fünfzehn Kilometer über die Grenze«, stellte John nach einem Blick auf die Karte fest. »Etwas schwierig zu erreichen, nur mit einem diplomatischen Zwischenfall. Das Wafa-Ölfeld liegt vor uns. Da gäbe es im Notfall eine schmale provisorische Landebahn, sollte die alte Dame herumzicken. Wäre zwar auch nicht legal, aber ...«

»Von mir aus ist alles klar«, gab Amber ruhig zurück und kontrollierte ein weiteres Mal die Skalen der Instrumente. »Alles dreht sich, alles bewegt sich, und wir scheinen kein Leck in der Hydraulik oder in den Tanks zu haben. Irgendwie hast du meistens mehr Schwein als Verstand, John Finch, wenn du dir alte Damen anlachst.«

»Nur bei den jüngeren bin ich nicht so erfolgreich.« John lächelte und wechselte ins Französische. »Was machen wir mit unseren Passagieren?«

Al-Gaddafi und sein Adjutant hatten sich in die erste Reihe zurückgezogen, die Pistolen im Schoß, und lugten hin und wieder durch die offene Türe ins kleine Cockpit.

»Wir bringen sie nach Tunis, lassen sie aussteigen und vergessen sie«, antwortete Amber schulterzuckend. »Wäre nicht das erste Mal, dass wir Illegale außer Landes gebracht hätten. Oder soll ich dich an den Sudan, den Kongo oder Ruanda erinnern, an Simbabwe, an Äthiopien und Eritrea, an Nigeria oder Südafrika?«

John schüttelte den Kopf. »Diesmal ist es anders. Wir standen bisher immer auf der Seite der Schwächeren und Verfolgten, und ich lasse mich ungern mit vorgehaltener Waffe zwingen, meine Prinzipien zu verraten. Schon gar nicht vom Gaddafi-Clan, der weltweit auf den schwarzen Listen steht. Und zwar zu Recht.«

»Niemand interessiert sich für Ihre Philosophie, Mr. Finch«, ertönte da eine leicht amüsierte Stimme aus dem Passagierraum. »Ich habe in Moskau studiert, und glauben Sie mir, selbst da ist Französisch als Diplomatensprache noch immer Unterrichtsfach. Also behalten Sie Ihre Weisheiten für sich, und machen Sie das, wofür Sie bekannt sind. Fliegen Sie, und denken Sie daran, dass diese Zwischenwand nur aus dünnem Sperrholz ist...«

»... und Leutnant Umar selbstverständlich von der Fliegertruppe und Spezialist für alte Propellermaschinen ist«, gab Finch zurück. »Nun denn, keine Schüchternheit, dann nehmen Sie doch Platz.«

Damit schnallte er sich los, stand auf und gab Amber einen Wink. »Genießen wir die Aussicht von den hinteren Plätzen. Die Herren übernehmen...« Er drängte sich durch die schmale Cockpittür und blickte in überraschte Gesichter. »Sie übernehmen – wie sagt man so schön? – fliegend?« Mit diesen Worten spazierte er seelenruhig den Gang nach hinten.

Amber regelte die Trimmung und die Motordrehzahl und fädelte sich aus dem Pilotensitz, bevor sie ihm mit einem kurzen Kopfnicken in Richtung Gaddafi folgte. »Ihr Spiel, Oberst.«

»Haben Sie den Autopiloten aktiviert?«, erkundigte sich Gaddafi misstrauisch, während er mit großen Augen Finch und Amber nachblickte, die sich einen Platz in einer der hinteren Reihen aussuchten.

»Welchen Autopiloten?«, fragte John herausfordernd. »Damit kann eine DC-3 nicht dienen. Der Erstflug dieses Typs erfolgte 1935. Die steuert man noch nach der althergebrachten Methode. Sie wissen schon, Hände am Steuerrad, Füße auf den Pedalen und so. Aber das weiß Leutnant Umar ganz sicher.« Damit lehnte er sich zurück und schloss demonstrativ die Augen.

Die DC-3 schien unmerklich die Nase höher zu nehmen. Das Brummen der Motoren wurde tiefer, die Maschine verlor langsam, aber stetig an Geschwindigkeit.

»Sie sollten vielleicht nicht zu lange warten, bis Sie übernehmen«, gab Amber zu bedenken. »Unter sechzig Knoten schmieren wir ab.« Dann tat sie es Finch gleich und lehnte sich in die Polster zurück.

»Was zum Teufel bezwecken Sie damit?«, ertönte die erregte Stimme Gaddafis aus der ersten Reihe. »Leutnant Umar ist von den Panzertruppen abgestellt worden. Er hat in Ostdeutschland studiert, kann genauso wenig fliegen wie ich. Also gehen Sie gefälligst ins Cockpit zurück.«

»Und wenn nicht, was wollen Sie dann machen? Uns erschießen?«, erkundigte sich Amber spöttisch, ohne die Augen zu öffnen. »Das hier ist ein Flugzeug und keine Galeere. Die schwimmt auch noch, nachdem die Ruderer gemeutert und die Arbeit niedergelegt haben. Dummerweise fällt die DC-3 wie ein Stein zu Boden, wenn sie nicht aktiv geflogen wird.«

Das Brummen wurde noch tiefer, die Windgeräusche schwächer. Die Nase der alten Maschine deutete noch immer auf einen Punkt über dem Horizont. Es war, als würde sie eine leichte Steigung bergan fliegen und in allernächster Zukunft wie ein ausrollender Wagen stehen bleiben.

Doch vorher würde sie vom Himmel fallen …

In Gaddafis Gesicht arbeitete es. Er sah hinaus und dann wieder auf Umar, der nervös mit den Fingern auf den Lehnen trommelte.

»Ich habe Sie nicht eingeladen mitzufliegen, Oberst Gaddafi, und Sie haben mich nicht gefragt«, stellte John kategorisch fest. »Hätten Sie vielleicht machen sollen. Denn jetzt haben Sie ein Problem. Ihre Piloten meutern, und Sie haben in der Eile vergessen, einen Fallschirm einzupacken. Apropos Absturz … Wie haben Sie eigentlich die letzten Jahre überlebt, nachdem Ihr Vater gestürzt wurde?«

Die DC-3 wurde noch langsamer.

Der Mann im Tarnanzug versuchte ein Lachen, aber es misslang kläglich. »Sie werden dieses Flugzeug nicht abstürzen lassen, Mr. Finch«, stieß er hervor. »Dann würden Sie selbst dran glauben.«

»Haben Sie mir nicht genau damit gedroht?«, gab John spöttisch zurück. »Dass Ghad der letzte Flughafen in meinem Leben sein würde? Dass Frauen in Ambers Alter sowieso zu nichts mehr gut seien? Worüber beschweren Sie sich also? Alles geschieht genau so, wie Sie es geplant haben. Das war doch Ihr Plan B, oder? John Finch funktioniert nicht so wie geplant. Also weg mit ihm. Dumm nur, dass Sie die dritte Variante nicht durchgespielt haben: John Finch funktioniert nicht mehr, nachdem dieses Flugzeug auf dem halben Weg nach Tunis und viertausend Meter hoch am Himmel ist!« John stand auf und schlenderte betont lässig nach vorn zu den beiden Libyern. »Sie sind bereits vier Mal für tot erklärt worden?«, fuhr er Gaddafi an. »Warum haben Sie dann Schiss, endlich wirklich ins Gras zu beißen? Vielleicht ist es mir ein persönliches Bedürfnis, auch das letzte noch in Libyen lebende Mitglied des Gaddafi-Clans ins Jenseits zu befördern. Als Vergeltung für die Verbrechen, die Sie und Ihr größenwahnsinniger Vater seit Jahrzehnten am libyschen Volk begangen haben. Was machen Sie dann? Wollen Sie mich erschießen? Amber allein kann diese Maschine nicht landen.« Insgeheim hoffte Finch, dass Gaddafi keine Ahnung von einer DC-3 hatte. »Wie dumm, dass ein Extremist auf einen Idealisten trifft, der mit einem Mal alle Trumpfkarten in der Hand hält. Und nun?«

Die DC-3 schien in der Luft stehen zu bleiben.

Amber saß noch immer mit geschlossenen Augen in ihrem Sitz.

Unbewegt, unbeweglich.

Das Brummen wurde noch tiefer. Amber griff verstohlen nach den Sicherheitsgurten und schnallte sich leise an.

»Haben Sie Angst, Oberst Gaddafi?«, fragte John leise. »Sind Sie gläubig? Beten Sie schnell, an wen oder was immer Sie glauben. Es bleibt Ihnen nicht mehr viel Zeit. Das ist mein Flugzeug, mein Kommando, mein Leben, meine Entscheidung.« Er lächelte grimmig. »Aber Ihr Tod.« John lehnte sich gegen die Trennwand am Cockpitdurchgang und verschränkte die Arme vor der Brust. »Schauen Sie aus dem Fenster. Einsamkeit bis zum Horizont. Niemand wird Sie finden. Oder wenn, dann wird man Sie nicht mehr erkennen. Ein Stück verbranntes Fleisch in der Weite der Wüste, bald vom Sand verschluckt. Haben Sie das sonst nicht immer mit Ihren Gegnern gemacht? Nachdem sie bis aufs Blut gefoltert wurden?«

»Was wollen Sie, Finch?«, zischte der Oberst und schluckte

schwer, befeuchtete seine Lippen. »Geld? Kein Problem. Ein neues Flugzeug? Lässt sich machen …«

Ein Zittern ging durch die DC-3. Sparrow kreischte auf einem der hinteren Sitze, flog auf und landete auf Johns Schulter.

Umar brach der Schweiß aus, und seine Hände krampften sich um die Armlehne. Er sah panisch abwechselnd auf Gadafi und wieder nach vorn, auf den Horizont, der zu schwanken schien.

Finch verlagerte sein Gewicht auf den linken Fuß.

Dann geschah es.

Ohne jede weitere Vorwarnung kippte die DC-3 über die rechte Tragfläche ab. Es war, als hätte jemand alle Schnüre durchgeschnitten, die das alte Flugzeug am Himmel gehalten hatten.

Darauf hatte John gewartet. Er stieß sich ab, dem protestierenden Papagei zum Trotz, benutzte die Rollbewegung des Flugzeuges und flog geradezu in den dünn gepolsterten Copilotensitz. Die Fliehkraft versuchte, ihn wieder herauszupressen, aber Finch verspreizte sich mit den Beinen und nahm das Steuerrad fest in seine Hände.

Jetzt galt es, zu warten und die Nerven zu bewahren. Die DC-3 fiel in einer Korkenzieherbewegung geradewegs aus den Wolken. Alles drehte sich – der Horizont, die weißen Wolken, der Boden, der mit einem Mal gar nicht mehr so weit entfernt aussah.

*

In der Passagierkabine war das totale Chaos ausgebrochen.

Leutnant Umar war aus seinem Sitz geschleudert worden, gegen die Seitenwand der Passagierkabine geprallt und dann, sich überschlagend, in den Tiefen des Ganges verschwunden. Das achtlos zur Seite gelegte Sturmgewehr hatte Gaddafi voll im Gesicht getroffen und war dann durch die Kabine gesegelt wie ein Bumerang, der außer Kontrolle geraten war. Der Oberst selbst war durch die Trudel-Bewegung der DC-3 über die Rückenlehne der Sitzreihe katapultiert worden, schwer auf dem nächsten Klapptisch gelandet und dann auf den Boden gerutscht.

Das Geräusch seiner brechenden Knochen jagte Amber eine Gänsehaut über den Rücken. Ihr Sicherheitsgurt hielt sie bombenfest in den Sitz gepresst, nahm ihr aber auch den Atem. Sie drehte mühsam den Kopf und blickte keuchend aus dem Seitenfenster. Die Welt drehte sich immer noch mit atemberaubender Geschwindigkeit in einem Kaleidoskop von Farben.

Selbst Sparrow schien verwirrt, flatterte hilflos umher und wusste nicht, wohin er sich setzen sollte.

Die Wüste stürzte näher.

Die DC-3 schien völlig außer Kontrolle, das Trudeln nahm kein Ende.

Saß John überhaupt noch in seinem Sitz, fragte sich Amber, oder war er durch die Zentrifugalkraft herausgeschleudert worden?

Plötzlich heulten die Motoren auf, und die alte Maschine schien aufzustöhnen. Das Brausen des Windes wurde zu einem Orkan, und ein paar Wolken flogen vorbei wie dünne Wattebäusche. Wieder ging ein Zittern durch die DC-3, die in allen Fugen ächzte. Sie hatte ihre maximale Geschwindigkeit längst überschritten.

Amber hoffte, dass die alte Dame sich nicht im Flug in alle Einzelteile zerlegte.

Dann stabilisierte sich der Sturz allmählich. Die Nase der

Maschine deutete steil nach unten, aber die Welt hatte aufgehört sich zu drehen.

Amber riss das Schloss des Sicherheitsgurtes auf und schlidderte mehr, als sie ging den Weg nach vorn zum Cockpit. Sie stolperte über den Oberst, der blutüberströmt und bewusstlos am Boden lag, und stützte sich an der Tür ab.

John saß auf seinem Sitz, hochkonzentriert, und fing mit eiserner Kraft, aber auch mit jeder Menge Fingerspitzengefühl den Sturz der DC-3 ab.

Als Amber einen Blick nach vorne durch die Scheibe warf, konnte sie einen Aufschrei nicht unterdrücken. Dreißig Meter tiefer raste die schmutzig gelbe Steinwüste unter ihnen hinweg.

Die Raffinerie des Wafa-Ölfelds lag genau vor ihnen!

Die Reihen der silbern glänzenden, haushohen Kühltürme und Leitungsgeflechte dehnten sich weit nach beiden Seiten aus – und die DC-3 stürmte geradewegs auf sie zu wie einer der Reiter der Apokalypse.

Colle dell'Intersile, Valle Maira, Piemont/Italien

Das Hinterrad der Varadero drehte auf dem losen Schotter der Bergstraße immer wieder aufs Neue durch, als Alessandro seine Maschine schnell und konzentriert über die ihm vertraute Strecke jagte. Das Heck der Enduro brach aus, fing sich wieder, schleuderte in die andere Richtung. Eine Staubfahne hinter sich herziehend, trieb er das Motorrad durch das verlassene Valle Maira, mal auf den Fußrasten stehend wie ein Geländefahrer, mal vorgebeugt, aber stets hochkonzentriert.

Das Tal in den vergessenen Bergen des Piemont war uraltes Siedlungsgebiet. Trotz seiner Lage östlich des Alpenkamms wurde es zuerst von der Provence aus besiedelt. Damit hielten die mittelalterliche okzitanische Kultur, die Sprache und die Bräuche der Provence Einzug in den Alpen. Als durch die Katharer-Kriege im dreizehnten Jahrhundert das Languedoc und Okzitanien verwüstet wurden, blieb die ursprüngliche mittelalterliche Sprache der Provence im Maira-Tal erhalten. Bis heute.

Alessandro wich geschickt einigen großen Felsbrocken aus, die nach einem Steinschlag mitten auf der unbefestigten Straße lagen. Die leeren Fensterhöhlen der verlassenen grauen Granithäuser hoch oben am Hang schienen ihn zu beobachten. Es war eine Landschaft, in der sich in den letzten hundert Jahren kaum etwas verändert hatte.

Von der Pest-Katastrophe 1630, die damals die Bevölkerung

der Cottischen Alpen halbiert hatte, erholte sich das Gebiet an der Grenze überraschenderweise wieder. Im neunzehnten Jahrhundert war das Valle Maira sogar so stark besiedelt, dass jeden Winter die Hälfte der Bevölkerung in die weiter unten gelegenen Regionen emigrieren musste, weil der karge Boden und die schwierige Viehzucht sie nicht über die kalten Monate ernähren konnte. Die Abwanderung und damit der Todesstoß für die Täler begann nach dem Ersten Weltkrieg und beschleunigte sich noch weiter nach 1945. Italien war geschlagen, Mussolini tot, die Partisanen kehrten in ihre angestammten Berufe zurück, und die Menschen aus den Hochtälern versuchten ihr Glück in der Stadt.

Die neue Zeit zog an den Tälern des Piemont vorbei.

Zurück blieben Leere und Resignation, inzwischen längst verfallene Häuser und Höfe, verlassene Orte, in denen hie und da eine Hand voll Alte mehr schlecht als recht überlebten. Die Jungen standen längst in den Fabriken Turins und Mailands, am Fließband bei Fiat oder in den Supermärkten an der Kasse oder suchten ihr Glück im boomenden Tourismus.

Die Grenzregion zwischen Italien und Frankreich, für manche das Herz des Piemont – dem Land »am Fuße der Berge« –, fiel langsam aus der Zeit und wurde zu der am dünnsten besiedelten Landschaft Europas.

Doch sie fiel nicht nur aus der Zeit, sie fiel vor allem in Vergessenheit …

Alessandro schaltete herunter, ließ den Blick einen Moment lang über die Gipfel und die Granitmoränen gleiten. Er spürte, wie die Ruhe der Landschaft auf ihn überging, ihn erfüllte, wie immer, wenn er hierherkam.

Nach Hause?

Der Gipfel des Chersogno schimmerte in der Ferne in der Sonne, die Kastanienwälder an den Hängen waren tiefgrün, volle Himbeersträucher bildeten das Unterholz. Doch kein Mensch war zu sehen. Nicht auf den Wegen, auf den Wiesen oder bei den wenigen Häusern, an denen die Varadero brummend vorbeizog.

Wie nannten die Geografen das Maira-Tal? Ein »buca nera«, ein schwarzes Loch inmitten Europas.

Ein perfekter Platz für Alessandro, der vor Jahren nach einer Flucht quer durch halb Europa in Dronero gestrandet war, damals, nach einer Aktion in Kopenhagen, die ihn fast das Leben gekostet hätte. Schwer verletzt, von der Kunsthändlermafia gesucht und von niemandem beschützt, war er in einem kleinen Haus in Dronero untergetaucht, einfach vom Erdboden verschwunden. Damals war der kleine Ort am Eingang des Valle Maira für drei Monate sein Startpunkt auf dem Weg zurück ins Leben gewesen. Mit seinen verschlossenen, aber herzlichen Menschen, den mittelalterlichen Arkadengängen, dem kleinen Markt und den oft winzigen Läden war ihm Dronero schnell ans Herz gewachsen. Als es ihm dank der aufopfernden Pflege von Signora Anna-Maria, seiner Vermieterin, wieder besser ging, hatte er oft am Ponte del Diavolo gestanden, in die Berge hinaufgeschaut und über sein Leben nachgedacht.

Und über seine Zukunft.

Wo sollte er hingehen? Er hatte noch eine Wohnung in Wien, ein kleines Apartment in Rom, ein altes Boot in West Palm Beach, das seit Jahren im Trockendock lag und aus dessen Deckplanken inzwischen wahrscheinlich das Unkraut wuchs.

Zu Hause? Wo war zu Hause?

Egal, wohin er ging, sie würden ihn schnell finden.

In dem verstaubten Buchladen in der Via Giuseppe Garibaldi hatte er eines Tages einen Wanderführer entdeckt, verlegt in den frühen Achtzigerjahren, noch in Lire ausgepreist. Er kaufte ihn und begann so seine Entdeckung des Valle Maira und der Nachbartäler, des Colle dell'Intersile, und der Berge rundum. Mit einem Rucksack und festem Schuhwerk ausgestattet, war er aufgebrochen, erst zu kürzeren Touren, die schließlich immer länger und anspruchsvoller wurden.

Fast immer war er allein in den Bergen unterwegs gewesen, hatte mit niemandem gesprochen, aus dem einfachen Grund, weil er keine Menschenseele getroffen hatte. Hie und da, in den abgelegenen Weilern, hatten ihm Einheimische zugenickt oder ihn auf Okzitan angesprochen. Alessandro war sich vorgekommen wie ein Eindringling. Das war der Moment gewesen, an dem er beschlossen hatte, die mittelalterliche Sprache zu lernen.

Als er Monate später einem weißhaarigen, zahnlosen, alten Mann auf einem der schmalen Eselswege begegnete, verstand er ihn nur zu gut, als dieser sagte: »Fremde sieht man hier von Weitem, wenn man weiß, wohin man schauen muss.« Er zwinkerte listig. »Aber noch früher hört man sie kommen.«

Und Alessandro hatte in Okzitan geantwortet: »Und besser noch, man hört sie wieder gehen.«

Das hatte den Ausschlag gegeben.

Die alten Orte mit ihren windschiefen Häusern, die schwindelerregend hoch auf Felsspornen thronten, die Stille und die menschenleere Landschaft hatten es ihm bereits vorher angetan.

Nun sprach er auch die Sprache der Verschwundenen.

Wenig später hatte sein Haus ihn gefunden.

Es lag hoch droben, knapp unter der Baumgrenze, ein Adlerhorst inmitten eines kleinen Ortes mit weitem Blick über die Bergkämme der Cottischen Alpen.

Verlassen, verfallen, vergessen.

Ein alter, aus Granitsteinen erbauter Bauernhof mit Nebengebäuden und drei Quellen, deren eiskaltes und glasklares Wasser sich in einer Zisterne sammelte. Rundum lagen die Häuser eines verlassenen Weilers. Direkt darunter begann ein riesiger Wald mit Kastanienbäumen.

Alessandro bremste vor der Abzweigung ab und hielt an. Während die Schotterstraße im Tal blieb, bog ein alter Schmugglerpfad nach rechts ab, den Berghang hinauf.

Kein Schild, keine Markierung, kein Wegweiser. Perfekt.

Er schob die Varadero hinter einen großen Haselnussstrauch und zog den Helm vom Kopf. Dann setzte er sich auf einen großen Stein am Wegesrand und wartete. Die Nachmittagssonne tat gut. Nachdenklich beobachtete er weiße Kumulus-Wolken, die sich nach und nach zu Türmen aufbauten, sich im klaren blauen Himmel bauschten.

Zehn Minuten später war er sicher, dass ihm niemand gefolgt war.

Zufrieden holte er das Motorrad aus seinem Versteck und begann das letzte Teilstück der Strecke in Angriff zu nehmen. In einer knappen halben Stunde würde er in seinem Haus sein.

*

Der Mann, der am Hang gegenüber seit sieben Tagen in einem gut getarnten Zelt campiert hatte, horchte auf, als das Geräusch des Motorrads das Tal erfüllte. Er schob die Zweige vom Eingang weg, robbte bis zu dem starken Fernglas vor, das neben einem Baumstamm auf einem Stativ stand, und begann fieberhaft, die Landschaft abzusuchen.

Der kunstvoll gemauerte, alte Mulattiere auf der anderen Seite des Tales lag verlassen da. Die Hochalmen und entlegenen Dörfer in den Talschüsseln waren seit Jahrhunderten nur über Schmugglerwege und schmale Saumpfade erreichbar gewesen. Die meisten dieser engen Wege waren inzwischen verschwunden, überwuchert und nie wieder freigelegt worden.

»Komm schon, ich weiß, dass du da draußen bist«, murmelte der Mann im grün-braunen Tarnanzug. Er strich sich über die Bartstoppeln, während er mit dem Fernglas den Hang weiter absuchte.

Der Klang des Motors wurde wieder leiser.

»Verdammt!« Der Beobachter drehte hektisch den Feldstecher von links nach rechts, suchte, schwenkte hinunter zur Straße, dann hinüber zu dem zweiten Pfad, der sich den Berghang hochschlängelte und in die Berge führte.

Da!

Endlich sah er die gebückte Gestalt über dem Lenker des Geländemotorrads hinter Felsen und Büschen entlanghuschen.

Zufrieden griff er hinter sich, zog das Mikrofon eines großen Funkgeräts zu sich und sagte, ohne die Varadero aus den Augen zu verlieren: »Spotter an Fox. Code Green. Er ist zurück.«

Auf dem Flug nach Tunis – Luftraum über dem Al-Wafa-Ölfeld/Libyen

»Zieh hoch!«, schrie Amber und biss sich gleich wieder auf die Lippen. Sie konnte ihre Augen nicht von den immer näher rasenden Gebäuden der Raffinerie abwenden.

Die hohen Kessel und übereinander verlaufenden Leitungen der Rohöldestillationsanlage schienen wie eine moderne Stadt mitten in der trockenen Einöde, die Metallröhren glänzten in der Sonne. Hohe Schlote ragten hie und da auf, zwei Gasfackeln schossen ihre Flammen Dutzende Meter hoch in den Himmel. Die Luft flimmerte, und wie eine Fata Morgana spiegelten die heißen Luftschichten die Raffinerie in den Wüstensand.

Die DC-3 donnerte so knapp über den Boden, dass sie einen Schweif aus Staub und Sand hinter sich herzog. Amber versuchte erst gar nicht, sich auszumalen, was von der Raffinerie übrig bliebe, wenn John die alte Maschine in die Destillationsanlagen fliegen würde.

Von den Passagieren jedenfalls würde man nichts mehr finden, nicht mal Asche zum Verstreuen.

Amber beobachtete John, der abschätzte, den Motoren zuhörte. Sie fühlte das Zittern der DC-3, den Druck auf den Rudern, die Reaktion der Maschine auf kleine Ausschläge. Das Ende der Parabel war noch nicht erreicht, ihr Sturzflug noch nicht zu Ende. Wenn John jetzt das Flugzeug hochriss, dann würden die alten Nieten und Verstrebungen aufgeben. Sie würden wie eine Bombe mit Spätzünder durch die Tanks und Destillationsanlagen pflügen, bevor die Hölle ihre Tore öffnen und alles in einem gigantischen Feuerball enden würde.

Es war der Tanz auf einem Vulkan, der schon lange ausgebrochen war.

Die ersten Zäune rasten unter ihnen hindurch, die DC-3 verfehlte LKWs und Tankwagen nur knapp. Verschreckte Menschen stoben in Panik auseinander, bevor sie von der Sandschleppe der Motoren verschluckt wurden.

Langsam, ganz langsam hob die Propellermaschine die Nase. Trotzdem schienen sich die Schlote immer höher aufzurecken, das Gewirr der Leitungen nach dem Flugzeug zu greifen.

»Zu spät ...«, flüsterte Amber und schloss die Augen.

Dann spürte sie plötzlich, wie John die DC-3 auf die Seite legte. Alles kippte, und sie riss die Augen wieder auf, sah die Schlote vorbeihuschen, die Tanks und die Rohre. Gleichzeitig gewann die alte Maschine wieder an Höhe.

»War ein bisschen knapp, aber die Lücke war groß genug«, sagte John, grinste zufrieden und lehnte sich entspannt in seinem Sitz zurück. »Wäre nur dumm gelaufen, wenn uns irgendwelche gespannten Kabel dazwischengekommen wären ...«

Amber ließ sich in ihren Sitz fallen und atmete tief durch. »Trainierst du für das nächste Red Bull Air Race, oder was soll das?«, fragte sie fassungslos. »Für den alten Trick mit dem Abschmieren waren wir definitiv nicht hoch genug. Und dann war da noch die Raffinerie ...«

»Manchmal klingst du wie Fiona«, meinte John trocken. »Ihr Frauen müsst immer nörgeln, auch wenn alles gut gegangen ist. Die Raffinerie steht noch, und wir sind nach wie vor in der Luft. Was willst du mehr? Wie geht es unseren Passagieren?«, erkundigte er sich, während er den Flug der DC-3 stabilisierte und weiter an Höhe gewann.

Die Kumulus-Wolken rückten wieder in eine beruhigende Nähe.

Ein etwas mitgenommener Sparrow steckte neugierig den Kopf in das Cockpit und gurrte wie eine Taube.

»Komm her, du alter Pirat, es geht wieder gesittet zu!« Finch lachte, und der Papagei flatterte prompt auf seine Schulter und rieb seinen Kopf an Johns Ohr.

»Unsere Passagiere? Die waren über die gesamte Kabine verstreut, als ich das letzte Mal vorbeikam«, meinte Amber, ließ sich in den Pilotensitz fallen und schnallte sich an. »Was das betrifft, so hat dein Plan funktioniert. Ich übernehme ab hier, und du wirfst besser einen Blick nach hinten. Sollen wir Ghadames anfliegen, oder bleibt es bei Tunis?«

»Ich will raus aus Libyen«, antwortete John und stemmte sich aus dem Sitz. »Drei Stunden Flugzeit noch, und wir sind am Mittelmeer und übergeben unsere blinden Passagiere den Behörden. Und dann – volltanken und ab nach Kairo!«

*

Oberst Gaddafi lag nach wie vor bewusstlos im Mittelgang der Passagierkabine, während das Blut aus seiner Gesichtswunde auf den Teppich tropfte. Finch zog die Desert Eagle aus dem Halfter des Libyers und steckte sie in eine der Sitztaschen. Dann hievte er Gaddafi auf einen der Sitze und schnallte ihn fest.

Leutnant Umar war quer durch den gesamten Innenraum der DC-3 ganz nach hinten geschleudert worden. John kauerte sich neben ihn und bemerkte, dass sein Kopf seltsam verdreht war. Er fühlte nach dem Puls, aber es war keiner mehr zu spüren. Der Offizier musste sich bei seinem Sturz das Genick gebrochen haben. Das Sturmgewehr Gaddafis lag neben ihm, und John schob es nach kurzem Überlegen rasch unter eine der Sitzreihen.

Dann begann er die Taschen Umars zu durchsuchen, während er in Gedanken seine Optionen durchging. Sie konnten es sich nicht leisten, mit einem toten Soldaten an Bord in Tunis zu landen. Die Untersuchungen würden endlos sein, die Befragungen ebenfalls. Schon die Tatsache, Khamis Al-Gaddafi, den Sohn des toten Revolutionsführers Muammar Al-Gaddafi, als schwer verletzten Passagier dabeizuhaben, würde verdammt viele Fragen aufwerfen. Die Familie stand international auf der schwarzen Liste. Es war bei Strafe verboten, sie auszufliegen, egal wohin, und Finch befand sich in einem Erklärungsnotstand. Er würde einen lebenden Gaddafi brauchen, um seine Version der Geschichte zu bestätigen.

Oder gute Argumente, die unwiderlegbar waren …

Das allein war prekär genug. Man sollte die tunesischen Behörden nicht noch mit einem Toten überfordern.

Neben ein wenig Bargeld, Ausweisen und einem Pass trug Umar nicht viel bei sich. Das dicke, abgegriffene Notizbuch in einer der vielen Taschen des Tarnanzugs hätte John fast übersehen. Er steckte es ein, ebenso wie die Ausweispapiere Umars. Dann ging er zurück ins Cockpit, vorbei an dem Oberst, der nach wie vor ohne Bewusstsein in seinem Sitz hing.

»Wie weit noch bis zur Grenze?«, fragte er Amber und ließ sich wieder in den Copilotensitz gleiten.

»Zehn Minuten vielleicht«, antwortete Amber, »ich habe mich schon bei der tunesischen Luftüberwachung angemeldet. Wir können unsere Flughöhe bis Tunis beibehalten.«

»Können wir leider nicht«, gab Finch zurück und sah aus dem Fenster. »Wir müssen irgendwo tiefergehen, um gefahrlos die Tür zu öffnen und die Leiche von Umar loszuwerden. Er hat sich das Genick gebrochen. Erzähl der Flugsicherung etwas von einem technischen Defekt, der uns zwingt, tiefer zu fliegen. Später gehen wir wieder auf normale Flughöhe.«

»Und Gaddafi?«, erkundigte sich Amber. »Ich habe mir eingebildet, seine Knochen krachen gehört zu haben, als er gegen den Tisch geschleudert wurde.«

Finch zuckte mit den Schultern. »Keine Ahnung, der ist noch immer bewusstlos. Hoffen wir, dass er bis Tunis aufwacht, sonst haben wir ein Problem. Oder besser gesagt, eines mehr ...«

Unter der DC-3 zog ein endloses gelbes Meer aus Sanddünen hinweg. Hie und da waren schwarze Flecken auf den Hängen zu sehen – Hunderte genügsame Wüstenziegen, die von der niedrigen und dornigen Vegetation lebten, die schmutzig grün in den Wadis aus dem Boden brach.

»Jetzt kann man sich vorstellen, wie einsam sich Saint-Exupéry manchmal gefühlt haben muss bei seinen Alleinflügen«, gab Amber zu bedenken. »Die Maschine und er und Tausende Quadratkilometer Wüste.«

»Und wie groß das Hochgefühl gewesen sein musste, wenn er allen Widrigkeiten zum Trotz den Flughafen erreicht hatte«, antwortete John und blickte auf die Abfolge von Dünen, die bis zum Horizont reichte. »Sprich bitte mit der Flugsicherung, geh runter auf achtzig Meter und drossle die Geschwindigkeit. Und gib mir ein Zeichen, wenn ich die Tür öffnen kann.«

Fünfzehn Minuten später hatte die DC-3 wieder ihre Reisehöhe erreicht und flog mit beruhigendem Brummen in Richtung Norden.

»Zwei Stunden noch bis Tunis!«, hatte Amber aus dem Cockpit gerufen, nachdem John in den Sitz gegenüber dem Oberst gesunken war.

Für einen kurzen Augenblick war er versucht, die Augen zu schließen und eine Mütze Schlaf zu nehmen vor dem Kampf mit den Behörden, aber dann spürte er das Notizbuch Umars in seiner Tasche und zog es hervor. Es war ungewöhnlich dick, schien aus allen Nähten zu platzen. Seiten waren eingeschoben worden, andere mit Klebeband fixiert, dann wieder Blätter zu wahren Leporellos gefaltet. Viele Eintragungen waren auf Arabisch, stellte Finch fest, als er es aufgeschlagen hatte und durchblätterte. Nur einige wenige waren in einer anderen Sprache, die John nicht kannte, mit lateinischen Buchstaben geschrieben. Andere wieder waren völlig verschlüsselt.

Gaddafi stöhnte leise, und John wollte das Büchlein wieder zuklappen, als eine Farbfotografie zwischen den Seiten herausrutschte. Es handelte sich seltsamerweise um die Aufnahme eines Gemäldes, das Finch irgendwie bekannt vorkam. Vier Personen hatten sich um einen Sarkophag versammelt, einer der Männer kniete davor und wies mit dem Finger auf eine Inschrift, die unleserlich war.

»Wo ist Leutnant Umar? Was ist passiert?«, stieß Gaddafi mit schmerzverzerrtem Gesicht hervor. »Ich kann meine Beine nicht bewegen, und mein Becken schmerzt furchtbar …«

»Ich habe das Blatt im wahrsten Sinne des Wortes zu unseren Gunsten gewendet«, gab John ungerührt zurück und steckte das Notizbuch Umars wieder ein. »Wir sind auf dem Weg nach Tunis, wo ich Sie den Behörden übergeben werde. Da wollten Sie ja auch hin. Allerdings gelten ab jetzt meine Bedingungen. Leutnant Umar hat uns verlassen, da er sich bei dem Beinahe-Absturz den Hals gebrochen hat. Offiziell hat es ihn an Bord dieser Maschine nie gegeben. Verstehen wir uns?«

Der Oberst sah Finch lange an. Schließlich nickte er langsam. Dann kam ein verschlagener Ausdruck in seine Augen. »Was habe ich davon, wenn ich Ihre Version der Geschichte unterstütze?«

»Dass ich Sie bis Tunis mitnehme und nicht vorher aus dem Flugzeug werfe«, antwortete Finch kalt. »Und wenn Sie es sich nach der Ankunft anders überlegen sollten, dann übergebe ich das Sturmgewehr und die Desert Eagle den zuständigen Behörden. Auf beiden Waffen ist Ihr Name eingraviert, wenn ich die arabischen Schriftzüge richtig deute, und mit Gold ausgelegt. Das dürfte selbst den argwöhnischsten Beamten überzeugen, dass Sie mit Gewalt dieses Flugzeug unter Ihre Kontrolle gebracht haben.« Er sah Gaddafi in die Augen. »Außerdem habe ich eine Zeugin und Sie nicht.«

Der Oberst sackte zusammen und schloss die Augen.

»Es bleiben uns noch etwa neunzig Minuten bis zur Landung. Erzählen Sie mir von Umar«, forderte ihn Finch auf.

»Ein normaler Leutnant der libyschen Armee wird nicht in der DDR ausgebildet, und in seinem Alter hätte er bereits einen höheren Rang bekleiden müssen. Also – welche Story steckt dahinter?«

»Umar war führendes Mitglied des libyschen Geheimdienstes«, antwortete der Oberst nach kurzem Zögern und presste beide Hände auf die Hüfte. »Mussa Kussa, der ehemalige Leiter und spätere Außenminister hatte sich, wie Sie sicher wissen, im März 2011 nach London abgesetzt. Die Ränge dünnten aus, und nach dem Tod meines Vaters waren praktisch alle auf der Flucht. Umar war einer der letzten meiner treuen Weggefährten …«

»… und wollte mit Ihnen ins Ausland flüchten, weil er sonst früher oder später in die Hände der neuen Machthaber in Libyen gefallen und für seine Taten zur Rechenschaft gezogen worden wäre«, ergänzte Finch. »Einer der willigen Handlanger des Gaddafi-Regimes. Plündern, foltern und morden im Auftrag der Familie.«

»Was sind Sie, Mr. Finch, ein fliegender Moralapostel?«, stöhnte Gaddafi und hielt sich die schmerzende Hüfte. »Vergessen Sie nicht, dass mein Vater von zahlreichen westlichen Regierungen unterstützt wurde. Und den dazugehörenden Geheimdiensten. CIA, MI6, der BND sind nur die bekanntesten. Spätestens nach 2004 stand das Ausland Schlange, um sich Einfluss zu sichern und einen Fuß in einem Nordafrika zu haben, das immer mehr in Richtung Islamismus und Extremismus abdriftete. Und dann war da noch das libysche Öl, von dem vor allem Frankreich und Italien abhängig waren.«

»Das alles macht es nicht besser«, wehrte John ab. »Moral richtet sich nicht nach politischen Vorstellungen, und die Politiker wiederum richten sich schon lange nicht mehr nach der Moral. Aber zurück zu Umar.« Er zog das Notizbuch aus seiner Tasche und suchte nach dem Foto, das er Gaddafi hinhielt. »Sagt Ihnen das etwas? Warum könnte ein führendes Mitglied des libyschen Geheimdienstes das Bild eines barocken Gemäldes in seinem Notizbuch haben? Wollte er es stehlen?«

»Weil er kulturliebend war?«, versuchte es der Oberst und blickte Finch spöttisch an. »Soviel ich weiß, handelt es sich um ein Bild eines bekannten französischen Malers und hängt im Louvre. Aber fragen Sie mich nicht nach dem genauen Titel.«

John betrachtete das Foto aufmerksam. Am unteren Rand standen ein paar Worte in Arabisch. »Was heißt das?«, erkundigte er sich und zeigte Gaddafi die Aufschrift.

Mit einem Mal wurden die Augen des Oberst hart, und er schien seine Schmerzen mit aller Kraft zurückzudrängen. »›Die Drei. Der erste Kreis des Wissens‹«, übersetzte er und musterte John lauernd, dann streckte er die Hand aus. »Das ist zu groß für Sie, Finch, viel zu groß. Geben Sie mir das Buch, und vergessen Sie, dass Sie das Foto je gesehen haben. Weil Sie sonst schnurstracks in Ihr Verderben rennen.«

2

DER ERSTE ALARM

Prolog

13. Juli 1781, Abtei Cambron, österreichisch-habsburgisches Flandern

Die Kutsche mit den beiden adeligen Reisenden rollte über gepflegte Kieswege, entlang einer parkähnlichen Gartenanlage, an deren Ende man einen riesigen, aufgestauten Teich mit künstlichen Inseln und Rosenrabatten an seinen Ufern erkennen konnte. Die Alleen, gepflegt und von Blumenbeeten unterbrochen, liefen auf ein imposantes Einfahrtstor zu, das sogar einem fürstlichen Schloss zur Ehre gereicht hätte.

Die Abtei selbst, auf einer Anhöhe am Ende einer majestätischen und beeindruckend langen Freitreppe gelegen, zeugte vom Reichtum und der Macht der Zisterzienser. Hinter der Treppe erhob sich ein mehr als sechzig Meter hoher Turm zwischen den ausgedehnten Bauten.

»Der Leuchtturm des heiligen Bernhard!« De Ligne lächelte.

Graf Falkenstein hatte sich weit aus dem Fenster gelehnt und war vom Glanz und der Eleganz der Anlage sichtbar überrascht. »Ich habe selten ein so ... prächtiges Kloster gesehen«, gestand er seinem Begleiter, nach Worten suchend, während die Kutsche das hohe Tor im klassischen Stil, mit Säulen und Heiligennischen, passierte. »Alles sieht so ... neu aus.«

»Das kann Eure Exzellenz kaum verwundern, wenn man bedenkt, dass die letzten Bauarbeiten vor kaum zehn Jahren beendet wurden«, gab de Ligne zu bedenken, bevor er sich wieder seinen Reisenotizen zuwandte. »Und das Wort, das Eure Exzellenz gesucht haben, lautet wohl – opulent.«

»Wie recht Er hat«, murmelte Falkenstein, »wie recht Er hat. Opulent.«

Die Kutsche rollte an den Wirtschaftsgebäuden vorbei und hielt auf den Eingang der Abtei zu.

»Hat Er uns angemeldet?«, wollte Falkenstein wissen.

»Ich habe heute Morgen einen Boten gesandt«, antwortete de Ligne. »Man sollte uns also erwarten.«

Wie auf ein Stichwort öffnete sich die Doppelflügeltür, und ein massiger, großgewachsener Mönch trat auf den Vorplatz. Seine wachen Augen schauten den Neuankömmlingen in der Kutsche ein wenig besorgt entgegen. Während er sich mit der Hand über seinen grauen Haarkranz strich, der eine spiegelnde Glatze umrahmte, flatterten die graue Tunika und das schwarze Skapulier im Sommerwind. Hinter ihm erschienen nach und nach rund ein Dutzend Mönche, die etwas zögerlich Aufstellung links und rechts des Portals nahmen.

»Seht, der Empfang ist bereitet.« De Ligne selbst wartete nicht ab, bis einer der Diener den Schlag der Kutsche geöffnet hatte. Er sprang aus der noch rollenden Kutsche und eilte geradewegs auf den Geistlichen zu, um ihm die Hand zu schütteln.

»Durchlaucht, es ist uns eine große Ehre, Sie in unserer Abtei willkommen zu heißen …« Florent Pépin, Stellvertreter des todkranken Abtes, schaute neugierig über de Lignes Schulter und fragte: »Wer begleitet Euch auf Eurer heutigen Reise? Ist …?« Pépin verstummte überrascht, als Graf Falkenstein aus der Kutsche stieg und sich kurz umsah, bevor er auf die Gruppe von Mönchen zuschritt. »Mein Gott, es ist …« Der große, selbstsichere Mann sank in die Knie und konnte seine Augen nicht von Falkenstein abwenden. »Majestät, welche Ehre …«

Die Mönche standen erst erstarrt, dann taten sie es Pépin gleich, knieten nieder und senkten die Köpfe.

De Ligne hingegen lächelte seinem Reisebegleiter zu. »Ihr seid einfach zu bekannt, Majestät. Euer Inkognito ist dünn wie Seidenpapier. Da nützt keine Verkleidung und kein staubiger Mantel.«

Joseph II., Kaiser des Heiligen Römischen Reiches, König von Böhmen, Kroatien und Ungarn, Herrscher über halb Europa, nickte nachdenklich und bedeutete Pépin und den anderen Mönchen, sich zu erheben.

»Wahrscheinlich habt Ihr recht, mein Freund«, meinte er an Fürst de Ligne gewandt. »Die Zeit der unbeschwerten Reisen geht zu Ende. Man erkennt mich ja schon überall. Selbst in abgelegenen wallonischen Zisterzienser-Klöstern ...«

»Vor allem in Klöstern und Abteien«, ergänzte de Ligne ironisch. »Da kennt und fürchtet man Euch.«

Der Kaiser winkte ab. Als in diesem Moment ihm zu Ehren die Glocken der Klosterkirche zu läuten begannen, verzog er das Gesicht. »Die Glocken sind die Artillerie der Geistlichkeit. Damit schießen sie uns in Grund und Boden.«

Eine Stunde später, nach einer ausgedehnten Führung durch Park und Abtei, hatte Pépin seine illustren Gäste zu einem rasch improvisierten Mahl eingeladen, für dessen Einfachheit er sich immer wieder aufs Neue entschuldigte. Selbst als de Ligne den Wein, das Bier und die ausgezeichnete Wildpastete lobte, sagte der Stellvertreter des Abtes: »Wenn ich gewusst hätte, dass Majestät uns die Ehre geben, dann wäre ich ... hätte ich ...«

Joseph II. unterbrach ihn mit einer ungeduldigen Handbewegung. »Haben sich die Zisterzienser nicht einer einfachen

Lebensweise verschrieben? Nun, dieses Mahl hätte auch am Hof in Wien jedermann zufrieden stellen können. Und ich bin an diesem heißen Tag nicht wegen der Völlerei nach Cambron gekommen. Fürst de Ligne deutete an, Ihr würdet mir von einer ganz besonderen Geschichte berichten, die sich im vierzehnten Jahrhundert hier abgespielt hat.«

Pépin nickte eifrig und erhob sich. »Nur zu gerne, Majestät. Wenn Ihr mich begleiten würdet?«

Joseph II. stand auf und bedeutete de Ligne, hier zu warten, was sich der Fürst angesichts der Köstlichkeiten auf der langen Tafel nicht zweimal sagen ließ. Dann folgte er Pépin.

»Was soll das?«, fragte der Kaiser wenig später irritiert, als er neben dem Mönch vor einem der eindrucksvollen, ausladenden und reich verzierten Beichtstühle in der Klosterkirche stand.

»Nun, Majestät, wie Ihr wisst, sitze ich normalerweise in der Mitte und die bußwilligen Sünder in den Seitenflügeln«, erklärte Pépin leise. »Sie beichten ihre Sünden, ich erteile ihnen Absolution und erlege ihnen eine Buße auf.« Er schaute auf den Kaiser hinunter, der einen guten Kopf kleiner war als er. »Diesmal ist es umgekehrt. Seid Ihr nicht Kaiser von Gottes Gnaden? Seid Ihr es nicht, der auf eine Rückbesinnung auf den katholischen Glauben und damit auf einen religiös begründeten Zusammenhalt des Staates abzielt? Unterstehen wir unsererseits nicht Eurer Gnade und Eurem Wohlwollen? Nun, dann ist Euer Platz diesmal in der Mitte des Beichtstuhls, während ich den harten Sitz des armen Sünders einnehmen werde. Denn glaubt mir eines, Majestät, der Beichtstuhl ist der einzig richtige Platz für die Einzelheiten dieser Geschichte, die Ihr von mir fordert. Danach sollt Ihr darüber entscheiden, was mit meiner Beichte geschieht. Die Verantwortung liegt dann bei Euch.«

Damit ließ er Joseph II. stehen und ging mit raschen Schritten zur rechten Seite des Beichtstuhls, zog die hölzerne Tür auf und verschwand im Inneren.

Der Kaiser blieb zurück, verwirrt und für einen Moment unschlüssig. Doch dann siegte seine Neugier, und er folgte Pépin in den Beichtstuhl.

Mehr als eine halbe Stunde war vergangen, als Joseph II. bleich und angespannt wieder ins Kirchenschiff trat.

Pépin kniete bereits im Mittelgang, tief versunken im Gebet. Es roch nach Weihrauch und erloschenen Kerzen.

Der Kaiser überlegte für einen Moment, zu ihm zu gehen, weiter nachzufragen, doch dann drehte er sich abrupt um und verließ die Klosterkirche. Er hatte genug gehört, ja, bereits zu viel.

Wie in Trance ging er zur Kutsche, stieg ein und schickte einen der Diener nach de Ligne. Dann lehnte er sich zurück und schloss die Augen. Seine Gedanken rasten, und er fragte sich zum hundertsten Mal, ob das möglich sei, was Pépin ihm geschildert hatte. An den Schritten, die sich der Kutsche näherten, erkannte er den Fürsten, und er öffnete die Augen wieder. Da fiel sein Blick auf ein kleines Päckchen, das wohl einer der Mönche auf der Sitzbank gegenüber deponiert hatte.

»Geht es euch gut, Exzellenz?«, hörte er de Ligne besorgt fragen und nickte nur, wog den Umschlag in seiner Hand, zögerte hineinzusehen.

»Was habt Ihr da?«, erkundigte sich der Fürst weiter und beugte sich neugierig vor. »Eine Wegzehrung für die Reise zurück auf mein Schloss? Ich für meinen Teil brauche heute nichts mehr zu essen …«

Stumm riss Joseph II. den Umschlag auf. Darunter kam ein altes, in rötliches Leder gebundenes Büchlein zum Vorschein, und der Kaiser wusste mit einem Mal, was es war.

»Hat der Abt Euch etwa …?«, setzte de Ligne mit großen Augen an, aber der Kaiser wehrte ab.

»Fahren wir!«, entschied Joseph II. und nahm das Buch in beide Hände. »Ich muss zurück nach Wien. Wenn Nostradamus gewusst hätte, was er in Händen hielt, dann hätte er es niemals veröffentlicht. Ganz im Gegenteil.«

*

Pépin und die Mönche blickten der Kutsche lange hinterher. In einer Staubwolke, die in der späten Sommersonne golden glänzte, wurde sie immer kleiner und verschwand schließlich am Ende der Allee.

»Gott allein weiß, ob ich der Abtei, unserem Orden und dem Andenken Bernard de Clairvaux heute ein gutes Werk getan habe«, sagte Pépin nachdenklich. »Vielleicht gibt es auf dieser Welt Geheimnisse, die besser im Verborgenen bleiben sollten.«

*

Die Befürchtungen bewahrheiteten sich rasch. Zwei Jahre nach seinem Besuch stufte Joseph II. die Abtei in die Kategorie der »unnützen Klöster und Abteien« ein und beschloss deren Aufhebung.

Am Vormittag des 26. Mai 1789 traf eine Delegation berittener Soldaten ein, die sämtliche Bilder, Dokumente, Handschriften, Inkunabeln und Akten aus dem Kloster einsammelten, in Kisten verpackten und auf einen vierspännigen Wagen verluden, der ohne Umwege, aber unter schwerer militärischer Bewachung nach Wien zurückkehrte.

Einen Tag später wurden die Mönche verjagt, die Abtei blieb menschenleer zurück.

Einige Wochen später waren die zurückgelassenen Bücher der Bibliothek bereits in alle Winde zerstreut.

Einige Monate später war der Großteil der verbliebenen Möbel gestohlen, verschwunden in nahe gelegenen Bauernhöfen, den Wohnungen und Häusern des Landadels oder von Händlern verschachert.

Einige Jahre später wurden die noch verbliebenen Gebäude verkauft und von den jeweiligen Besitzern nach und nach demoliert.

Joseph II. hatte sein Ziel erreicht. Cambron war nur noch ein Schatten seiner selbst, die Erinnerungen an die Verse des Yves de Lessines getilgt.

Der Kaiser hatte die späte Schlacht gegen den heiligen Bernhard gewonnen.

Doch genießen konnte er seinen Sieg nicht mehr. Er starb im Februar 1790 an Tuberkulose.

Nur wenige trauerten um ihn.

Das Buch mit den Versen von Yves de Lessines jedoch, das Pépin dem Kaiser zum Geschenk gemacht hatte, war spurlos verschwunden.

20. Juli 2014

Valle Maira, Piemont/Italien

Alessandro rollte durch die kleine Ortschaft am Berghang wie durch eine vergessene Filmkulisse. Der kleine Weiler hatte keinen Namen mehr, war von der Landkarte ausradiert worden, nachdem auch der letzte Bewohner aufgegeben und sich auf dem Dachboden seines bescheidenen Hauses erhängt hatte. Alle Häuser waren verlassen und verfallen, selbst die kleine Kapelle hatte kein intaktes Fenster mehr. Ihr Dach war schon vor langer Zeit eingestürzt. Irgendwo flog laut kreischend eine Gruppe von Krähen auf, erbost über die unerwartete Störung.

An einem kleinen Feldweg vor der Kapelle bog Alessandro links ab, dann parkte er die Varadero hinter einem verwitterten Verschlag, über dem sich ein Holunderbusch im Wind wiegte. Bevor er sich auf den steinigen Weg zu seinem Haus machte, hielt er an, lauschte und wartete.

Nichts rührte sich. Aus dem Tal war außer dem fernen Gekreisch der Krähen und dem über die Berghänge streichenden Wind nichts zu hören. Es war ein ruhiger Sommernachmittag.

Als Alessandro das erste Mal in den kleinen Weiler gekommen war – auf einer Wanderung von Aosta nach Nizza, einer Art Auszeit, die er sich nach seinem Auftrag genommen hatte –, war er verwundert stehen geblieben. Eine Eule war auf einem der Querbalken eines verfallenen Daches gelandet und hatte ihn mit schräg gelegtem Kopf unverwandt angeschaut.

Unbeweglich, wie ein Standbild.

Er hatte sich ihr gegenüber auf die Stufen eines Hauses gesetzt, seinen Rucksack abgenommen und abwechselnd ins Tal und auf sein seltsames gefiedertes Gegenüber geschaut.

Als er zwei Tage später in der Gemeinde nachgefragt hatte, ob er den alten Weiler kaufen könne, hatte ihn die Sekretärin angeschaut, als hätte er den Verstand verloren. Nach kurzem Zögern war sie wortlos im Zimmer des Bürgermeisters verschwunden, der wenige Augenblicke später aus seinem Büro gestürmt war und mit offenem Mund den Fremden in seinem Vorzimmer betrachtet hatte.

»Sie wollen … Ich meine, ich weiß nicht, ob ich das richtig verstanden …« Dem Bürgermeister waren die Worte ausgegangen.

»Ich möchte die paar Häuser kaufen, wenn das möglich ist.«

»Da gibt es keinen Strom, keine Wasserleitung, keine Zufahrtsstraße, kein Telefon, kein Kanalsystem«, hatte der Bürgermeister zu bedenken gegeben, »keinen Nachbarn, keine Post, keinen Laden, und selbst die Mobiltelefone funktionieren da oben nur mit gutem Zureden. Genau genommen gibt es da oben gar nichts außer Steine, Wind und Wetter und viel Landschaft.«

»Perfekt«, war Alessandros kurze Antwort gewesen.

Das allerdings hatte den Bürgermeister völlig aus dem Konzept gebracht, und er hatte hilflos die Arme gehoben. »Was soll ich Ihnen dann verkaufen?«

»Das Land mit den verfallenen Höfen und einer Baugenehmigung für die Restaurierung eines der Häuser?«, hatte es Alessandro versucht.

»Für private Zwecke?«

Er hatte nur genickt.

»Sind Sie mit einem symbolischen Euro einverstanden?« Der Bürgermeister hatte nach kurzem Nachdenken gelächelt und seiner Sekretärin einen Wink gegeben. »Restaurierung? Ich frage mich nur, wie Sie die Baustoffe da hinaufbringen wollen. Aber – das ist nicht mein Problem, und meinen Segen haben Sie. Willkommen im Valle Maira!«

Alessandro hatte einen Euro auf den Tisch gelegt und war damit Besitzer eines Haufens alter Mauern hoch oben im Tal geworden. »Grazie. Schicken Sie mir die Papiere an meine neue Adresse?«

»Papiere? Adresse?«, hatte der Bürgermeister nachgefragt und den Kopf geschüttelt. »Sie haben keine Adresse, den Ort gibt es offiziell nicht mehr. Er ist als Weidefläche ausgewiesen. Sie können ihn nennen, wie Sie wollen. Er gehört jetzt Ihnen.«

Alessandro kehrte der Kapelle den Rücken, schnappte sich Helm und Rucksack und machte sich an den Aufstieg. Die Varadero knisterte leise, als der Motor abkühlte.

Der jahrhundertealte Schmugglerpfad, der vom französischen Teil der Alpen über Hochalmen und Kare bis in die italienischen Täler des südlichen Piemont führte, war früher einmal die »Hauptstraße« der Ansiedlung gewesen. Doch die illegalen Transporte waren bereits vor Jahrzehnten immer weniger attraktiv geworden. Mit dem Fall der Grenzen waren dann auch die letzten Schmuggler in Pension gegangen oder auf schnelle Autos umgestiegen. So kam es vor, dass selbst im Sommer, wenn die Pässe eisfrei waren, wochenlang kein Mensch durch den kleinen Ort stiefelte.

Ihm war das nur recht. Alessandro hatte endlich einen Platz mitten in Europa gefunden, an dem er jederzeit untertauchen und ungestört leben konnte.

Sein Haus lag bald vor ihm, an der höchsten Stelle des Ortes, mit einem atemberaubenden Blick auf das Tal und die Gipfel der Dreitausender. Von außen sah es aus wie die übrigen Gebäude des Weilers. Vernachlässigt, mit fehlenden Fenstern, einer Eingangstür, die nur noch von einer Angel gehalten wurde und im Wind quietschte. Der kleine Bauerngarten war lange schon von Unkraut überwuchert worden. Nun blühten Kornblumen und roter Mohn um die Wette, während sich der niedrige Holzzaun nur noch stellenweise aufrecht hielt.

Doch all das täuschte gewaltig.

Es war nur Fassade für den flüchtigen Beobachter …

Hinter die Mauern des großen, alten Bauernhofs hatte Alessandro von verschwiegenen Spezialisten ein gut gesichertes High-Tech-Haus bauen lassen. Mit perfekt getarnter Photovoltaik am Dach, großen Stromspeichern im Keller, zusätzlicher Erdwärme-Energie, einer ununterbrochenen Frischwasserversorgung durch drei Quellen, die eine riesige, gekachelte Zisterne befüllten. Hinter die verwitterte graue Granitfassade hatte der Bauherr von außen so gut wie unsichtbare Glaswände einziehen lassen, während er die Fensterhöhlen im ursprünglichen Zustand beließ. Alle Mauern wurden von innen verstärkt, ohne das äußere Erscheinungsbild zu verändern. Das Resultat war verblüffend: Egal, von welcher Seite man sich dem Haus näherte – es sah aus wie einer der vielen verlassenen Höfe im Tal.

Das Sicherheitssystem hingegen war das beste, das man für Geld kaufen konnte. Für viel Geld.

Aus Erfahrung wusste Alessandro, dass man in seinem Job entweder viel Geld für seine Sicherheit ausgab – oder für seine

Beerdigung. Also ließ er zusätzlich noch ein paar Feinheiten einbauen, deren Bedeutung die Handwerker nicht ganz verstanden hatten oder bei denen er selbst Hand angelegt hatte, als alle das Grundstück verlassen hatten.

Sein Haus, das er »Casa Nascosta« getauft hatte, war genau das: ein perfektes Versteck hoch oben in den Bergen, in das man nicht unbemerkt eindringen konnte.

Seine Burg in den Alpen.

Aber war es auch sein zu Zuhause?

Alessandro konnte die Frage nicht beantworten, so oft er sie sich auch bereits gestellt hatte.

Vielleicht gehörte er nirgendwohin und war doch überall zu Hause, überlegte er.

Wie sagte ein altes Sprichwort? Zu Hause ist man, wo einen jemand liebt.

Dann, dachte Alessandro bitter, dann bin ich seit Jahren nirgendwo zu Hause.

Karthago International Airport, Tunis/Tunesien

»Höhe achthundert Meter und stetig fallend.« John las die Zahlen vom Höhenmesser laut vor und warf einen Blick durch das Cockpitfenster, auf das Häusermeer, die blaue Fläche des Haffs von Tunis, die Landebahnen des Flughafens dahinter und schließlich das Mittelmeer weit draußen, am Horizont, das im Dunst gerade noch zu erahnen war.

Amber Rains steuerte mit sicherer Hand die DC-3 nordwärts, in Richtung des internationalen Flughafens. Ausgedehnte Glashaus-Komplexe zogen unter der alten Maschine hinweg, während sie der Wind vom Meer her etwas weiter nach Westen schob als geplant.

»Siehst du die kleine Insel vor uns, mitten im See von Tunis?« Finch wies nach vorne auf das alte Fort St. Jacques auf Chikly, das wie ein gelber Farbklecks im tiefblauen Wasser lag. »Halte genau darauf zu, dann kannst du die Landebahn gar nicht verfehlen.«

»John Finch, ich bin weder blind noch vergesslich«, gab Amber spitz zurück. »Wenn ich mich recht erinnere, dann hab ich nach zwanzig Landungen in Tunis aufgehört zu zählen. Bete du lieber, dass dieser Vogel noch so lange durchhält, und halte gleichzeitig den Tower bei Laune. Wir schleichen durch die Luft, verglichen mit den üblichen Touristenjets. Wie geht es unserem Passagier?«

»Noch immer festgeschnallt auf seinem Sitz, und er flucht.«

John grinste. »Er scheint sich bei seinem Sturz tatsächlich das Becken gebrochen zu haben. Wir sollten vorsichtshalber einen Krankenwagen anfordern.«

»Überlass das den Behörden.« Amber schüttelte den Kopf. »Die Aufregung wird sowieso groß genug sein, wenn wir mit einem der Söhne Gaddafis an Bord einreisen, und Ambulanzen stehen am Flughafen zu jeder Zeit genügend in Wartestellung. Tunis ist da keine Ausnahme.« Sie kontrollierte die Sinkrate und nahm die Schubhebel weiter zurück. Die kleine Insel blieb hinter ihnen zurück, wurde ein verwischter grüner Fleck in der flachen Lagune. »Außerdem landen wir in nicht mal zwei Minuten. Macht also keinen Unterschied mehr.«

John fuhr das Fahrwerk aus, hörte zufrieden, wie es einrastete. »Jetzt drücken wir die Daumen, dass die Bremsen funktionieren, und alles wird gut«, sagte er leichthin, während Amber das Gas noch weiter zurücknahm.

Das Brummen der Motoren wurde tiefer.

»Warum sollten ausgerechnet die nicht funktionieren?«, fragte Amber. »Ich habe diesen Vogel vor dem Start durchgecheckt, und er hat überraschenderweise selbst deine Flugkünste über der Raffinerie heil überstanden. Oder sollte ich sagen – in der Raffinerie?«

Während John noch nach einer passenden Entgegnung suchte, schwebte Amber über die weißen Streifen am Anfang der Piste, legte eine Bilderbuchlandung hin, bremste die DC-3 sanft ab und nahm den ersten Taxiway zu den Terminals. Dann griff sie zum Mikrofon und rief die Bodenkontrolle.

John nickte anerkennend, schnallte sich ab und ging zu Oberst Gaddafi, der düster auf seine gefesselten Handgelenke blickte, in die Passagierkabine. »Willkommen in Tunis!«, sagte Finch und schnallte Gaddafis Sicherheitsgurt los. »Das Ende der Reise ist gekommen, zumindest für Sie. Amber fordert gerade eine offizielle Eskorte an, und die wird sich nicht lange bitten lassen. Es bleiben uns also nur mehr einige ungestörte Augenblicke. Zum letzten Mal – was wollte Umar mit dem Gemälde aus dem Louvre? Was steckt dahinter?« John zog das Tagebuch des Geheimdienstoffiziers aus seiner Tasche und hielt es Gaddafi vor die Nase. »Was hat es mit dieser großen Geschichte auf sich, aus der ich meine Nase heraushalten soll? Und erzählen Sie mir nichts von einem Bildungsprogramm für libysche Führungskräfte zum Thema französische Malerei. Ihr Regime ist am Ende, die Familie Gaddafi entmachtet und auf der Flucht, Ihr Geheimdienst zerstört, alle Konten sind eingefroren. Sie werden von hier aus vermutlich nirgendwohin mehr gehen, außer ins Gefängnis. Also …?«

»Kein Kommentar«, zischte der Oberst mit schmerzverzerrtem Gesicht, »vergessen Sie es! Und sollten Sie auf den Gedanken kommen, auf eigene Faust Recherchen anzustellen, dann unterzeichnen Sie Ihr Todesurteil. Das werden Sie rasch merken. Geben Sie mir das Buch, oder vernichten Sie es selbst, Finch. Es gibt Dinge, an die rührt man besser nicht.«

Durch eines der Seitenfenster sah John drei Geländewagen mit rotierenden Blaulichtern heranrasen und die DC-3 zu ihrer endgültigen Position etwas abseits des großen Terminals begleiten. Kaum war das Flugzeug zum Stillstand gekommen, sprangen Uniformierte mit gezogenen Pistolen aus den Wagen. Einer lief schnurstracks auf die Maschine zu und hämmerte mit der Faust gegen die Tür.

»Öffnen Sie sofort!«, rief er ungeduldig erst auf Arabisch, dann auf Englisch. »Polizei!«

»Denken Sie daran«, raunte der Oberst mit schmerzverzerrtem Gesicht John zu. »Ein arabischer Spruch besagt: ›Wer alles haben will, der verliert alles.‹«

»Wer nichts mehr zu verlieren hat, ist wirklich frei«, erwiderte John lächelnd. »Zeit, Adieu zu sagen.« Er richtete sich auf und steckte das Notizbuch zurück in die Tasche seiner Jacke. »Ein altes Sprichwort sagt auch: ›Kein Freund stirbt einsam.‹ Ich hoffe, Sie haben noch einen.« Damit nickte er Gaddafi zu, trat an die Tür und entriegelte sie.

Sekunden später stürmten Einsatzkräfte der tunesischen Polizei mit gezogener Waffe und schusssicheren Westen die DC-3.

Abgesehen von den Aussagen Amber Rains' waren es die Desert Eagle und das Sturmgewehr mit dem eingravierten Namen Gaddafis, die schließlich den Ausschlag gaben, dass John und Amber heil aus der ganzen Sache rauskamen.

Während der Oberst selbst hartnäckig schwieg und sich zu den Ereignissen in Ghad überhaupt nicht äußerte, hatte Finch seinerseits geduldig jede Frage des etwas verdrießlich dreinschauenden Polizei-Offiziers beantwortet. Seine Taktik der unbeirrbaren Freundlichkeit machte sich nach fast zwei Stunden bezahlt.

Zum ersten Mal lächelte der hagere Mann, gab Finch und Rains die Pässe zurück und sagte: »Ich glaube Ihnen, Mr. Finch. Wie es aussieht, waren Sie zur falschen Zeit am falschen Ort, aber damit ist andererseits auch das Schicksal des letzten Mitglieds aus der Familie des Diktators geklärt. Das endgültige Wort über Gaddafis Verhaftung oder Auslieferung werden Politik und Justiz haben. Und damit wünsche ich Ihnen einen guten Weiterflug in Ihrem Oldtimer, wo immer es hingehen soll.«

»Eigentlich wollten wir nach Kairo, aber … mal sehen«, sagte John unverbindlich, verabschiedete sich und schob Amber aus dem klimatisierten Büro auf den stickigen Gang.

»Was heißt hier ›eigentlich‹?« Die Pilotin wunderte sich. »Ich hab morgen Abend eine Verabredung im Kebabgy, direkt am Ufer des Nils. Spitzen Essen, nette Gesellschaft, das möchte ich um keinen Preis der Welt versäumen.«

»Wie wär's, wenn du einen Kaffee trinkst und mich in Ruhe telefonieren lässt?« John wich ihrer Frage aus und blickte auf die Uhr. »Heute ist es sowieso zu spät, um weiterzufliegen. Außerdem müssen wir noch auftanken, eine kurze Rast kann der alten Dame auch nicht schaden, und dann nehmen wir uns Zimmer im Les Berges Du Lac Concorde Hotel gleich um die Ecke und lassen die Mechaniker in Ruhe einen kurzen Check abarbeiten. Das Abendessen geht auf mich.«

»Warum bin ich bloß immer so misstrauisch?« Amber runzelte die Stirn und warf John einen warnenden Blick zu. »Versuch erst gar nicht, platte Ausreden zu erfinden, selbst wenn das Dinner phänomenal sein sollte. Kairo wartet auf mich, und du, John Finch, komm ja nicht auf irgendwelche anderen Ideen! Ich kümmere mich inzwischen um Benzin und um die Service-Crew. Wir treffen uns dann im Air-Lounge-Café.« Sie winkte Finch zu und eilte davon.

John sah ihr kurz nach, dann drehte er sich um und schlenderte den Gang hinunter, auf der Suche nach einem ruhigen Platz zum Telefonieren.

Warum ließ ihm dieses Foto in Umars Notizbuch keine Ruhe? War es die Hartnäckigkeit, mit der Gaddafi ihn gewarnt hatte? War es nur die offene Drohung eines abgehalfterten und verzweifelten Militärs oder eine echt gemeinte Warnung? Was genau waren diese Dinge, an die man besser nicht rührte? Und welche Rolle, zum Teufel, spielte das barocke Gemälde im Louvre in dieser bizarren Geschichte? Noch seltsamer – wie kam das Foto mit der Unterschrift »Die Drei. Der erste Kreis des Wissens« in die Tasche eines libyschen Geheimdienstoffiziers auf der Flucht? Und gab es noch weitere Geheimnisse in den Aufzeichnungen?

Für einen Augenblick spielte John mit dem Gedanken, nach Paris zu fliegen und sich das Originalgemälde an Ort und Stelle anzusehen. Aber würde ihn das weiterbringen? Im Louvre würde er sicherlich Fachleute finden, die stundenlang über das Bild referieren könnten. Doch welche schlafenden Geister würde er wecken, wenn sein Interesse ein zu offensichtliches wäre? Und wohin würde die Spur weiterführen? Oder würde sie einfach irgendwo im Sand verlaufen?

Je mehr er darüber nachdachte, umso mehr war John davon überzeugt, dass es sich bei dem Bild nur um den ersten Teil eines Puzzles handelte. Aber gab es irgendwo, an einer strategischen Stelle entlang des Weges zum Ziel, in den inneren Kreis des Wissens, einen stillen Alarm, falls jemand der Lösung zu nahe kommen sollte? Und wo, zwischen Kapstadt und Reykjavik, zwischen Buenos Aires und Moskau, würden die roten Warnlampen angehen?

Das Air-Lounge-Café hinter dem Zoll war erstaunlich leer. Die wenigen Gäste saßen an der Bar, lasen Zeitung oder beobachteten mit gleichgültigen Mienen ein Fußballspiel auf einem riesigen Flatscreen hinter der Theke.

John ließ sich in einen der einladenden dunkelroten Leder-Fauteuils fallen, die dem Café den Hauch eines englischen Clubs verleihen sollten, und bestellte ein großes Mineralwasser mit Eis und Zitrone. Dann zog er sein Handy aus der Tasche und begann, die richtige Nummer zu suchen. Schließlich drückte er auf »Wählen«.

Und genau damit löste er das aus, was er eigentlich um jeden Preis hatte vermeiden wollen …

Den ersten Alarm.

Casa Nascosta, Valle Maira, Piemont/Italien

Alessandro war aus irgendeinem Grund nervös, als er den Retina-Scanner betätigte, die Tür aufstieß und die Alarmanlage mit ein paar lauten Code-Worten deaktivierte. Er konnte seine Unruhe nicht begründen, aber diesmal fiel nicht wie üblich alles von ihm ab, sobald er sein großes Wohnzimmer mit dem dunkelbraunen Schiffboden betreten hatte.

Im Gegenteil.

Er war seit zwei Monaten nicht hier gewesen und drehte zuerst einmal eine ausgedehnte Kontrollrunde durch das moderne, spärlich, aber edel eingerichtete Haus. Das war eigentlich völlig unnötig, weil er seinem Sicherheitssystem blind vertraute. Und doch ... irgendetwas ließ ihm diesmal keine Ruhe.

Wenig später musste er sich eingestehen, dass alles in Ordnung war, jedes Stück an seinem angestammten Platz stand, selbst die von ihm angebrachten, versteckten und lautlosen Fallen, die jedes Öffnen einer Schranktüre sofort verraten hätten, waren unberührt.

Schulterzuckend ließ er seinen Seesack im Schlafzimmer fallen, holte das dicke Kuvert mit den zweihunderttausend Euro hervor und wog es in der Hand, bevor er es im Kleiderschrank ganz hinten deponierte. Lugano war leichter gewesen, als er es erwartet hatte. Ein sauberer Job. Der echte Picasso war sicher wieder auf seinem Weg zurück nach Paris, der Direktor des Museums ohne Zweifel glücklich – und Giovanni Bartholdi?

Der würde nichts merken. Die Fälschung war erstklassig und museumsreif.

Schließlich zog er die Beretta aus dem Seesack und steckte sie in seinen Hosenbund – und kam sich wegen seiner übertriebenen Vorsicht ein wenig lächerlich vor.

»Willst du etwa damit duschen und Löcher in die Brause schießen?«, fragte er sich halblaut, bevor er grinsend T-Shirt und Schuhe auszog und sich auf den Weg ins Badezimmer machte.

Müde fuhr er sich mit der flachen Hand über die Narbe auf seiner Stirn. Zeit für einen Drink, einen Blick auf den Sonnenuntergang und dann für einen langen, erholsamen Schlaf, dachte er. Sein Magen allerdings protestierte und erinnerte ihn knurrend daran, dass er seit mehr als vierundzwanzig Stunden nichts gegessen hatte.

Als er sich wenig später, mit einem Bademantel bekleidet und einem Glas Rotwein in der Hand, in seinem Wohnzimmer auf das riesige Sofa fallen ließ, spürte er, wie die Müdigkeit in seine Knochen kroch. Er schaltete den Fernseher ein und suchte kurz nach den neuesten Nachrichten. Auf BBC wurde berichtet, dass das letzte noch flüchtige Mitglied der Familie Gaddafi in Algier gefasst worden war. Da noch keine weiteren Details bekannt waren, wurde der Bericht mit Filmmaterial aus dem Archiv aufgepolstert.

Darüber schlief Alessandro ein.

*

Rund sechshundertdreißig Kilometer nordwestlich, in der Avenue du Président Wilson am rechten Ufer der Seine, betrat in diesem Moment eine langhaarige, attraktive Frau den kleinen Sitzungssaal des Musée d'Art Moderne de la Ville de Paris, in dem bereits zwei Männer auf sie warteten. Aurélie Bernadetti, die französische Kulturministerin, bedeutete ihren beiden Leibwächtern, vor der Tür zu warten. Nach einer kurzen Begrüßung durch den Direktor des Museums für Moderne Kunst und dessen Stellvertreter trat sie an den Tisch.

»Er ist also wieder da«, stellte sie erfreut fest und strich behutsam mit den Fingern über die Leinwand des Picasso.

Die Braun-, Gelb- und Ockerfarben schienen unter den Deckenstrahlern zu leuchten.

»Unbeschädigt.« Der Direktor, Hugo Schneider, ein gebürtiger Elsässer, nickte stolz.

»Erzählen Sie mir mehr«, verlangte Bernadetti und setzte sich auf die Tischkante wie ein junges Schulmädchen. »Fünf Bilder gestohlen, nur eines wieder aufgetaucht. Der Picasso. Immerhin ... Wo haben Sie es gefunden?«

»In der Schweiz, im Tessin. Bereits verkauft an einen Sammler.« Der Direktor setzte sich neben die Ministerin. »Wir haben einen Spezialisten engagiert ...«

»Sie meinen ...« Bernadetti ließ den Satz offen, aber ihr alarmierter Blick sprach Bände.

»Ich meine, wir sind jahrelangen Streitigkeiten zuvorgekommen«, wehrte Schneider ab. »Eine, wie ich finde, ausgezeichnete Lösung, die noch dazu günstig war und kein großes Loch in den Säckel der Steuerzahler reißt. Versicherungen machen das jeden Tag.«

»Geht das auch genauer?«, fragte die Ministerin nach.

»Zweihunderttausend Euro in bar, keine Verbindung zum Museum nachweisbar. Wir haben den Besten engagiert. Ich garantiere Ihnen, keiner wird etwas merken.« Schneider rieb sich die Hände und grinste lausbübisch. »Unser Mann hat das Original durch eine perfekte Kopie ersetzt, an der jeder Sammler noch jahrelang Freude hätte.«

»Und wer ist … ›unser Mann‹?«, wollte Bernadetti wissen.

»Ehrlich gesagt? Keine Ahnung. Ich habe ihn nie gesehen, und er kennt keinen von uns.«

Die Kulturministerin runzelte die Stirn. »Wie bitte funktioniert das? Wer sollte Ihnen ein gestohlenes Dreiundzwanzig-Millionen-Gemälde für zweihunderttausend Euro zurückbringen und es Ihnen noch dazu frei Haus liefern? Klingt zu schön, um wahr zu sein …«

»In Versicherungskreisen und im internationalen Kunsthandelsnetzwerk kennt man ihn unter dem Namen ›Rebus‹«, begann Schneider und bot der Ministerin ein Glas Perrier an. »Seine Spezialität ist die Wiederbeschaffung gestohlener Kunstwerke, egal ob im Auftrag einer Versicherung oder einer Privatperson. Ausschlaggebend für ihn ist lediglich, dass er den Auftrag vom rechtmäßigen Besitzer oder der betroffenen Versicherung erhält. Alles andere liegt bei ihm. Er bestimmt den Zeitpunkt, erledigt die Vorrecherchen, klärt die Details. Wenn er einen Auftrag übernimmt, dann liegt seine Erfolgsquote bei hundert Prozent.«

»Ein Wunder, dass ihn die internationale Kunsthandelsmafia noch nicht beseitigt hat«, sagte Bernadetti halblaut. »Er spuckt ihnen wohl regelmäßig in die profitablen Geschäfte.«

»Rebus hat vorgesorgt«, führte Schneider weiter aus und konnte seinen Respekt nur schwer verhehlen. »Keiner kennt sein Gesicht, seinen richtigen Namen, seine Nationalität oder seinen Wohnort. Er akzeptiert nur Barzahlung, hat kein Handy und keine Kreditkarten, keine Postadresse und kein Bankkonto.«

»Wie nimmt man dann Kontakt mit ihm auf, wenn man einen Auftrag zu vergeben hat?« Die Ministerin lehnte sich interessiert vor. »Das stelle ich mir ein wenig schwierig vor bei einem Mann, der mehr oder minder ein Phantom auf der Flucht ist.«

»Man schaltet eine Anzeige in der ›London Times‹ und wartet.« Der Direktor betrachtete seine Hände, die er flach auf die Schreibtischunterlage gelegt hatte. »Bei gestohlenen Gemälden kommt es erfahrungsgemäß nicht auf ein oder zwei Wochen an. Wichtig ist, dass sie am Ende der Aktion auch tatsächlich wieder zu ihrem rechtmäßigen Besitzer zurückkommen, meinen Sie nicht auch?«

»Und dann? Was geschieht, nachdem die Anzeige erschienen ist?« Bernadetti ließ nicht locker.

»Dann kommt irgendwann ein Anruf, wahrscheinlich aus einer Telefonzelle irgendwo zwischen Kopenhagen und Palermo. Man vereinbart die Details, klärt das Finanzielle und wartet erneut. Einige Tage vor der Übergabe erfolgt ein weiterer Anruf mit den Einzelheiten. Das ist alles.«

Die Ministerin stieß sich vom Tisch ab und begann, im Sitzungssaal auf und ab zu wandern, den Finger auf den Lippen, tief in Gedanken versunken.

Schneider beobachtete sie. Schlank und groß, knapp über vierzig, nach wie vor einen jugendlichen Zug in ihrem Gesicht, das von langen braunen Haaren umrahmt wurde. Das wohl hübscheste Mitglied der Regierung Hollande, dachte er.

Endlich blieb sie vor dem Direktor stehen, und ihr Parfum wehte zu ihm herüber.

»Eines verstehe ich nicht. Warum nimmt er nicht das Bild und versucht, so viel Geld wie möglich herauszuholen, indem er es irgendeinem reichen Sammler verkauft? Für weit mehr als die zweihunderttausend Euro, die Sie ihm gezahlt haben? Warum gibt er es tatsächlich seinem Eigentümer zurück?«

Schneider zuckte mit den Schultern. »Das müssen Sie ihn

schon selbst fragen, sollten Sie ihn irgendwann einmal treffen«, antwortete er ironisch. »Vielleicht hat er einfach Prinzipien? Etwas so Veraltetes wie Moral?«

Jene Moral, die unsere Politiker schon lange nicht mehr haben, dachte er, hütete sich aber, es laut zu sagen.

»Rebus beschafft gestohlene Bilder wieder, meist im Auftrag von Versicherungen, doch er entscheidet, welche Gemälde ihn interessieren und wann er mit seiner Aktion startet. Er recherchiert zuvor selbst, will mehr über seinen Auftraggeber, die Umstände des Diebstahls, den Verbleib der Bilder erfahren. Etwa, ob ein Sammler sie gekauft hat, obwohl er wissen musste, dass es sich um Diebesgut handelte.«

»Wurden bei dem Diebstahl hier im Museum vor zwei Jahren nicht fünf Gemälde gestohlen? Was ist mit den anderen?« Bernadetti sah Schneider fragend an.

Der Direktor nickte schweigend, seine Finger trommelten auf die Schreibtischplatte. Nach einigen Augenblicken sagte er: »Rebus interessierte nur der Picasso, aus welchem Grund auch immer. Die Entscheidung liegt bei ihm und ...«, Schneider sah Bernadetti offen in die Augen und wies auf das Bild vor ihm, »der Erfolg gibt ihm recht.«

Die Ministerin hielt seinem Blick stand. »Wie haben Sie ihn bezahlt?«

»Er forderte ein neutrales Fahrzeug mit unverdächtigen Nummernschildern und einem Umschlag mit dem Geld im Handschuhfach«, antwortete Schneider. »Abgestellt an einem der Park-and-Ride-Parkplätze nahe einer Autobahnabfahrt in Tirol, in Westösterreich. Eine ehemalige französische Besatzungszone übrigens.«

»Ein verstecktes historisches Augenzwinkern?« Bernadetti lächelte.

»Der Schlüssel sollte auf dem rechten Hinterreifen liegen«,

fuhr der Direktor fort, ohne den Einwurf zu beachten. »Als wir den Mercedes wieder zurückbekamen, lag das Bild im Gepäckraum, gemeinsam mit einer Staffelei, die er offenbar nicht mehr brauchte. Er kontaktierte uns zuvor, wo und wann das Fahrzeug mit dem Picasso abgeholt werden könne.«

»Wo?« Bernadetti setzte ihren Gang durch den Saal fort.

»Nahe des Bahnhofs von Lugano, im Tessin, im Süden der Schweiz.«

Die Ministerin wanderte minutenlang stumm an den großen Fenstern des Saals entlang, blickte hinunter auf den weiten Platz vor dem Museum, wo sich gerade ein junges Paar umarmte. Schließlich sagte sie: »Ich möchte die Staffelei mitnehmen …«

»Wie bitte? Was wollen Sie mit der Staffelei?« Schneider war erstaunt. »Ich habe sie in unser Depot bringen lassen …«

»Dann holen Sie sie wieder heraus«, forderte Bernadetti bestimmt. »Und setzen Sie eine Annonce in die ›London Times‹. Ich möchte Rebus kennenlernen …«

3

ET IN ARCADIA EGO

Prolog

25. August 1939, im Hof von Kloster Admont, Steiermark/Österreich

Die Nacht war sternenklar, und die Milchstraße spannte sich von Horizont zu Horizont. Alle im Ort waren bereits vor langer Zeit schlafen gegangen, und eine fast unwirkliche Stille lag über der Landschaft. Der Mond, der dick und feist am südlichen Himmel über den Gipfeln aufging, strahlte wie ein heller gelblicher Ballon, der gemächlich immer höher stieg. Über die Hänge der Berge strich ein leichter Wind ins Tal. Er fühlte sich an wie kühle Seide, die raschelnd über die Haut glitt.

Es war endlich Hochsommer geworden, ein heißer Sommer in einem ereignisreichen Jahr, das zu einem Schicksalsjahr für Europa werden sollte. Die Stürme zeichneten sich bereits ab, dunkle Wolken ballten sich zusammen. Doch der politische Alltag, der die Mächtigen in aller Welt bewegte und viele auch besorgte, lag für das junge Paar, das sich unter einem ausladenden Baum im parkähnlichen Hof des großen Klosters umschlungen hielt, scheinbar unendlich fern.

»Ich hab dich lieb, Matthias«, flüsterte das junge Mädchen und schmiegte sich eng an den großen, breitschultrigen Soldaten in der Uniform der Gebirgsjäger, der kaum älter war als sie. »Aber es ist spät, und ich muss früh aufstehen. Du weißt ja, zuerst die Tiere am Hof versorgen, dann zur Großmutter, und dann muss ich in der Traube in der Küche aushelfen. Die haben morgen eine große Sonntags-Gesellschaft.«

Die Uhr am Kirchturm schlug halb zwei, und der junge Soldat unterdrückte ein Gähnen. Er wollte das Mädchen nicht gehen lassen, noch nicht ... »Noch einen Kuss, nur einen«, flüsterte er und zog sie an sich. »Wenn die kleine Türe in der Mauer schon mal offen steht, dann sollten wir die Gelegenheit nützen und nicht schon schlafen gehen.«

Katharina, genannt Kati, wehrte sich nicht. Sie schmiegte sich an ihn, und er spürte durch den Uniformstoff ihren fast jungenhaften, muskulösen Körper. Die kurzen blonden Haare leuchteten für einen Moment im Mondlicht, als sie den Kopf in den Nacken legte. »Dann hol ihn dir«, neckte sie ihn. »Und wo der herkommt, da gibt es vielleicht noch mehr ...« Sie kicherte und drückte ihren Busen an ihn.

Kati war eine Freundin aus Kindertagen. Aus jener Zeit, als er noch eine kurze rote Lederhose und sie ein Hängekleidchen aus Gardinenstoff getragen hatten und beide barfuß gelaufen waren. Gemeinsam hatten sie die Kühe der Großeltern gehütet, auf nebeneinanderliegenden Almen, weit oben auf den Bergen. Beide waren sie in die gleiche Schule gegangen, bevor Matthias einrückte und Kati in die Lehre ging. Die Stationierung der Gebirgsjäger in dem kleinen Ort hatte das Schicksal die beiden wieder zusammengeführt. Und, wenn es nach Kati ging, dann sollte das auch so bleiben.

»Ich hol mir gleich noch viel mehr«, raunte Matthias und lachte leise. Dann küsste er das junge Mädchen leidenschaftlich.

Der Wind wurde stärker und rauschte in den Haselnusssträuchern an der hohen Mauer und in den Kronen der alten Bäume im Park. So hörte Matthias die Motoren der schweren Wagen erst, als sie auf der asphaltierten Straße bereits um die Ecke der Klostermauer bogen und auf dem Platz vor der Pforte anhielten.

Irritiert löste er sich von Kati und schaute auf. »Wer ist um diese Zeit noch unterwegs?«, murmelte er, beugte sich vor und versuchte, durch die tiefhängenden Zweige und die Büsche in der Dunkelheit mehr zu sehen.

Im Kloster war alles ruhig, die Fenster waren dunkel. Was hinter der Mauer lag, das konnte er nur hören, aber nicht sehen. Der Mond verschwand hinter einer der wenigen Wolken, und mit einem Mal schien die Nacht rabenschwarz zu werden. Wagentüren schlugen zu, Motoren erstarben, und halblaute Befehle hallten durch die Stille. Dann wurde die Torglocke des Klosters geläutet.

»Die wollen hierher«, flüsterte Kati überrascht. »Jetzt, mitten in der Nacht!«

»Die haben sich vielleicht verfahren«, erwiderte Matthias halbherzig, »ich werde gehen und …«

»Nein, bleib da! Bitte!« Das junge Mädchen sah ihren Freund alarmiert an. »Wer weiß, wer das ist.«

Die Glocke schellte erneut.

»Wen würdest du fragen, wenn du dich in der Nacht verfahren hättest?«, gab Matthias zurück. »Also ich würde auch bei einem Kloster klingeln, wenn ich an einem vorbeikäme.«

»Hier kommt man nicht einfach so vorbei.«

Im Stillen musste Matthias seiner Freundin recht geben. Die Straße durch das Tal war nicht gerade eine Hauptverkehrsader.

»Ich glaube aber kaum, dass Bruder Bernardus die Glocke hört«, gab er zu bedenken, »der ist schon tagsüber und wach taub wie eine Nuss. Um zwei Uhr früh müssten die hier eine Kanone abfeuern, damit er aus dem Schlaf gerissen wird und sich dann noch dazu aus dem Bett bequemt. Da können die läuten, solange sie wollen.«

Er wollte loslaufen, aber Kati hielt ihn zurück. »Dann sollen sie weiterfahren und jemand anderen nach dem Weg fragen!«

Doch die nächtlichen Besucher fuhren nicht weiter, sondern läuteten Sturm.

Von seiner Position unter dem Baum konnte das Paar weite Teile des Klosterhofs überblicken. Das große, weitläufige Gebäude, drei Stock hoch und mit klassizistischen Anklängen im Baustil, lag noch immer ruhig und dunkel da. Nichts rührte sich in dem alten Kloster, in dem nur mehr dreiundzwanzig Mönche wohnten und arbeiteten.

»Komm mit!« Matthias nahm Kati bei der Hand und zog sie mit sich. »Hinter dem Holunderbusch gibt es doch die alten Stufen! Da können wir hinaufsteigen und über die Mauer auf den Vorplatz sehen. Ich möchte wissen, wer da unbedingt mitten in der Nacht das gesamte Kloster aufwecken will.«

Hand in Hand liefen sie über den Rasen. Sie kannten den Klosterhof bereits seit Jahren, umrundeten geschickt ein paar Gemüsebeete und sprangen über Reihen von Blumen. Schließlich hatten sie die alte Treppe erreicht, die früher einmal zu einem kleinen Fenster in der Klostermauer geführt hatte, das bereits vor Jahrzehnten zugemauert worden war. Von da hatte früher der Pförtner der Benediktinerabtei unbemerkt einen Blick auf Besucher werfen können, bevor er die nahegelegene Pforte öffnete. Doch das war lange vorbei. Nun waren nur mehr die verwitterten Stufen übrig geblieben, die bis zwei Meter unter die Mauerkrone führten und dann einfach in einer kleinen Plattform endeten.

»Ich mach dir Räuberleiter, und du steigst hinauf«, flüsterte Matthias, stellte sich mit dem Rücken zur Wand und verschränkte die Hände in Bauchhöhe zu einer improvisierten Trittstufe.

Kati streifte die Schuhe ab und kletterte geschickt hoch,

stellte sich auf die Schultern ihres Freundes und blickte hinunter.

In diesem Moment erschien der Mond wieder hinter der Wolke und beleuchtete eine Gruppe von acht schweren dunklen Wagen mit schwarzen Standarten auf den Fendern. Männer in schwarzen Uniformen und mit Maschinenpistolen standen in einem weiten Halbkreis und sicherten die Fahrzeuge, während drei Mann ungeduldig an der Pforte warteten und nun hin und wieder mit der Faust auf die massive Holztür hämmerten. Einer von ihnen zog unentwegt am Klingelzug. Ein paar weitere Männer schienen noch in den Wagen zu sitzen und abzuwarten.

Kati sah hinter einer der Windschutzscheiben eine Zigarette aufglühen.

Die junge Frau schlug die Hand vor den Mund, als sie die Standarten im Wind flattern sah. Sie unterdrückte einen Schrei, ging schnell in die Knie und rutschte von Matthias' Schultern. »Es ist die SS«, flüsterte sie aufgeregt, »viele Wagen, Männer mit Maschinenpistolen. Deutsche Kennzeichen.«

»Die SS?« Matthias konnte es nicht glauben. »Hier habe ich noch niemals einen einzigen SS-Mann gesehen. In meinem ganzen Leben nicht und schon gar nicht aus Deutschland. Wehrmacht ja, aber SS?«

Kati schüttelte entschieden den Kopf. »Das ist nicht die Wehrmacht, die Wimpel an den Wagen tragen alle die weißen Runen der SS ...«

Für einen Moment schwieg der junge Soldat verwirrt. Das ununterbrochene Läuten der Glocke zerrte an seinen Nerven.

Forschend warf Matthias einen Blick zurück aufs Kloster. Eines der Gangfenster war nun erleuchtet, dann öffnete sich eine der schweren, doppelflügeligen Türen zum Hof quietschend. Die Laterne in der Hand des Mönches warf einen gelblichen Kreis auf den Kiesweg, als er aus der Tür trat und sich auf den Weg zur Pforte machte. Die schwarze Kutte der Benediktiner machte den Mann fast unsichtbar, für einen Moment sah es so aus, als schwebte das gelbe Licht von allein durch den Hof.

»Das ist nicht Bruder Bernardus«, sagte Matthias nach einigen Augenblicken, »der kann nicht mehr so schnell gehen.«

Kati nahm ihren Freund wortlos an der Hand und wollte ihn die wenigen verwitterten Stufen hinunterziehen. »Los, lass uns verschwinden«, flüsterte sie hastig.

Aber der junge Soldat schüttelte den Kopf. »Nein, ich will hören, was hier los ist. Heb mich hinauf.«

»Ich komme ja schon!«, rief der Mönch in die Dunkelheit, und das Gebimmel der Glocke hörte endlich auf.

In dem Moment, als Matthias auf Katis Schultern stand und durch die Zweige blickte, schloss der Mönch die Pforte auf, trat hinaus und hielt die Laterne hoch.

»Gott zum Gruß«, sagte er und blickte sich etwas verwirrt um. »Gibt es einen Notfall?«

»Das kommt auf Sie an.« Die Stimme des Obersturmführers war gefährlich leise, aber Matthias konnte sie deutlich verstehen. »Öffnen Sie das Einfahrtstor. Sofort!«

Das ist Bruder Innozenz, ging es Matthias durch den Kopf, der konnte wohl wieder nicht schlafen.

»Dies hier ist ein Benediktinerkloster und keine Herberge«, entgegnete der Mönch mit fester Stimme. »Die Traube ist ein paar Häuser weiter auf der rechten Seite. Da bekommen Sie sicher Zimmer, selbst um diese Zeit.«

Der Obersturmführer trat einen Schritt vor und gab seinen Männern mit der rechten Hand ein kurzes Zeichen. Drei SS-Männer entsicherten ihre MP42 und luden durch. Dann richteten sie die Läufe auf Bruder Innozenz.

»Dieses Gebäude ist nur so lange ein Kloster, als Mönche darin leben«, stellte der Obersturmführer kühl fest. »Mit Betonung auf ›leben‹. Wenn in demselben Komplex fünfhundert Soldaten untergebracht werden, dann ist es mit einem Mal eine Kaserne. So ändern sich die Zeiten, die Schicksale und die Bestimmungen. Meinen Informationen zufolge sind es derzeit noch genau dreiundzwanzig Benediktiner, die dieses Gebäude zu einem Kloster machen. Ein kleiner Wink von mir, und es sind nur mehr zweiundzwanzig.«

Bruder Innozenz schwieg. Die Laterne schwankte etwas in seiner Hand, als er einen Schritt zurückwich.

»Eine weitere Stunde später, und dieses Kloster gibt es nicht mehr. Weil es keine Mönche mehr gibt.« Der Obersturmbannführer klang wie ein leicht ungeduldiger Lehrer, der ein besonders verstocktes Kind vor sich hatte. »Habe ich mich klar ausgedrückt? Und jetzt öffnen Sie das Tor!«

Ein Wink, und die Läufe ruckten nach oben.

Bruder Innozenz zögerte noch immer. Er trippelte unsicher von einem Fuß auf den anderen.

Schließlich trat ungeduldig ein weiterer SS-Offizier hinzu, nahm dem Mönch den Schlüsselbund aus der Hand und warf ihn einem der Männer zu. »Richtigen Schlüssel finden, Tor aufsperren.«

»Aber …« Bruder Innozenz versuchte einen Einwand. »… was wollen Sie denn überhaupt hier?«

Von unten kam ein leises Zischen, und Matthias ging in die Knie, sprang von Katis Schultern zu Boden.

»Willst du ewig da oben bleiben? So leicht bist du jetzt auch wieder nicht«, sagte die junge Frau vorwurfsvoll.

»Die SS will das Kloster requirieren, und die sehen nicht so aus, als würden sie morgen wieder verschwinden. Ich muss sofort Feldwebel Richter Bescheid geben«, sagte Matthias.

»Los, durch die kleine Tür und nichts wie weg. Du gehst nach Hause schlafen, und ich schleich mich in die Kaserne zurück und wecke Richter. Rudi hat heute Wache, der verrät mich nicht.«

Rasch liefen sie die wenigen Stufen hinunter und immer an der Mauer lang zu der kleinen Holztür, durch die sie in den Park des Klosters gelangt waren. In der Ferne hörte man das Schlagen der Türen, das Starten der Motoren.

Die Wagen der SS rollten ins Kloster.

Kati zog die Türe auf und drehte sich um. »Wir sehen uns morgen Abend, so gegen zehn?« Die junge Frau lächelte. »Vielleicht gibt's dann mehr ...« Mit einem Mal stockte sie, riss ihren Mund auf, wollte noch etwas sagen, doch nur ein Gurgeln ertönte. Dann brach sie mit einem leisen Stöhnen zusammen.

Matthias stand wie erstarrt. Er wollte sie auffangen, doch als sie fiel, tauchte direkt hinter ihr, wie aus der Versenkung, ein Gesicht auf, aus denen ihn kalte Augen durch Brillengläser wie ein unerwünschtes Insekt musterten. Der Mann trug einen langen schwarzen Mantel, war einen Kopf kleiner als der junge Soldat, und in seiner Hand glänzte ein seltsames Messer mit einer dreieckigen Klinge.

»Sieh an, ein Gefreiter der Gebirgsjäger«, zischte er, und seine Stimme war ungewöhnlich hoch für einen Mann. »Weiße Blusen in der Nacht sind verräterisch, und ich schätze es nicht, wenn meine Einsätze verraten werden. Einer der Gründe, warum wir nicht bei Tageslicht angekommen sind, Herr Gefreiter. Und das Prinzip der Geheimhaltung sollte auch weiter bestehen bleiben, finden Sie nicht?« Er griff mit der freien Hand in den Mantel.

Matthias sah die Bewegung, wollte seine Dienstwaffe ziehen, doch die lag in der Kaserne.

Die Pistole, die der Unbekannte auf ihn richtete und entsicherte, sah seltsam aus. »Keine Angst, niemand wird Sie sterben hören, alle werden weiterschlafen«, stellte der Mann im Mantel wie nebenbei fest. »Schalldämpfer, ganz neue Entwicklung.«

Mit dem Mut der Verzweiflung stürzte sich Matthias nach vorne, den Kopf voran, die Hände geballt. Er sah nicht mehr, wie der Mann abdrückte, spürte nur einen Schlag an der Schulter, der ihn von den Füßen riss. Er stürzte schwer, und Sterne tanzten vor seinen Augen. Der kantige Splitt der Straße schnitt in seine Wangen, es roch nach warmem Staub, Sommerhitze, sonnigen Tagen.

»Kati ...« Matthias hörte sich selbst stöhnen, während die Schmerzen in Wellen durch seinen Körper jagten.

*

Seelenruhig trat der Unbekannte zur Seite, legte an und jagte dem jungen Soldaten, der sich vor Schmerzen krümmte, zwei Kugeln in den Kopf. Es machte zweimal leise »Plopp«, als hätte jemand zwei Bierflaschen entkorkt.

Dann war es still.

Der Mann im schwarzen Mantel sah sich forschend um, lauschte in die Nacht. Alles war ruhig, selbst die letzten Motoren waren wieder verstummt.

Das Kloster Admont war in der Hand der SS. Der Reichsführer würde zufrieden sein.

Rasch steckte er die Pistole wieder ein, wischte das blutige Stilett an der Uniform des toten Soldaten ab und verstaute es wieder in einem Etui an seinem Unterarm.

Zufrieden bückte er sich und packte den weiblichen Leichnam unter den Achseln, schleifte ihn durch die Maueröffnung zurück auf den Grund des Klosters.

Dann drückte er die Tür zu.

Seine Blicke gingen zwischen der Leiche der jungen Frau und des Soldaten hin und her, bevor er sich für den Mann in Uniform entschied. Im Mondlicht konnte er etwas weiter entfernt einen Brunnen erkennen, den die Mönche für die Bewässerung des Gemüsegartens benutzten. Neben der gemauerten Umrandung stand eine ganze Reihe von Wasserkübeln bereit.

Ideal, dachte er, bückte sich und begann den Leichnam des Soldaten über die Kieswege und die Wiese zu schleifen. Zwei Mal musste er kurz verschnaufen, doch dann war er am Brunnen angekommen, wuchtete den Körper über die niedrige Umrandung und sah zu, wie die Leiche in der Tiefe verschwand. Er hörte, wie der Körper zwei Mal gegen die gemauerte Röhre schlug, doch es dauerte überraschend lange, bis ein platschendes Geräusch ertönte.

Der Brunnen war tiefer, als der Unbekannte vermutet hatte. Viel tiefer.

Gut, dachte er, drehte sich um und ging, um den Körper der jungen Frau zu holen. Ein ironisches Lächeln spielte um seine dünnen Lippen. Im Tode vereint, was wollt ihr mehr?

Im Kloster gingen nun immer mehr Lichter an. Leise Befehle schallten über den Hof und durch den Park. Kegel von Taschenlampen schnitten durch die Dunkelheit.

Alles war genau so gelaufen, wie er es geplant hatte.

Niemand hatte sie kommen sehen, und morgen würde keiner von ihnen mehr eine SS-Uniform tragen.

Die beiden jungen Beobachter waren eine unvorhergesehene Unbill gewesen, ein Körnchen im Getriebe. Wer konnte schon ahnen, dass sich ein Liebespaar im Klosterhof mitten in der Nacht ein Stelldichein gab? Aber auch dieses Problem hatte er gelöst.

Erneut an der kleinen Türe angekommen, blickte er sich

suchend um. Dann, verwirrt, zur Sicherheit nochmals. Er runzelte die Stirn. Spielten ihm seine Augen einen Streich?

Schließlich ging er in die Knie und tastete im Gras, bis er die feuchte Stelle gefunden hatte. Als er die Hand zurückzog, waren die Fingerspitzen blutig.

Der Leichnam der jungen Frau war verschwunden.

Wütend riss er die Holztür in der Mauer auf, stürzte hinaus auf die Straße, die menschenleer vor ihm lag, so weit er in der Dunkelheit schauen konnte.

Alles war ruhig, kein Laut war zu hören.

Es war, als hätte die junge Frau der Erdboden verschluckt.

»Ich hoffe, der Teufel hat dich geholt, und du bist direkt in der Hölle gelandet«, zischte der Mann im Ledermantel in die Nacht, wütend über seine Unaufmerksamkeit und das unerklärliche Verschwinden der Leiche.

Das würde Himmler ganz und gar nicht gefallen …

Rasch trat er zurück in den Park und schlug die Pforte zu. Dann wandte er sich um, überquerte mit großen Schritten die Rasenfläche und eilte zielstrebig auf den Eingang des Klosters zu.

Jetzt waren die Mönche an der Reihe.

Er hatte keine Zeit zu verlieren, aber alles zu gewinnen. Die »Operation Nostradamus« war angelaufen, und nichts sollte sie mehr aufhalten.

21. Juli 2014

Aeroporto internationale di Fiumicino, Rom/Italien

»Ich hasse dich!« Amber Rains blitzte John Finch von der Seite her an, während der die DC-3 auf dem ihnen zugewiesenen Platz vor dem Hangar der Delta Aviazione ausrollen ließ. »Da geht mein Abendessen an den Ufern des Nils dahin! Du bist ein elendiger Spielverderber!«

»Ich weiß nicht, worüber du dich aufregst«, gab John unschuldig zurück und kappte die Benzinzufuhr zu den Motoren. »Zuerst passt dir Ghad nicht, jetzt bist du in Rom, im Einkaufsmekka der modebewussten Frau. Gucci, Fendi, Dolce & Gabbana, Prada, Armani ... was immer das Herz begehrt, die Edel-Boutiquen liegen in Reichweite. Da wirst du doch einem läppischen Abendessen in Kairo nicht nachtrauern. Bei diesen Pizzen, Cannelloni und Vitello tonnato, bei Parma-Schinken und Carpaccio ...«

»Wenn ich nach Rom fliegen will, dann fliege ich nach Rom«, unterbrach ihn Amber giftig und schnallte sich los. »Ich bin schon groß und erwachsen, John Finch. Aber ich wollte nach Kairo!«

»Und ich musste nach Rom«, erwiderte John lächelnd. »Danke, dass du mitgekommen bist, Amber. Dafür geht das Essen heute Abend auf mich.«

»Denkste, so billig kommst du diesmal nicht davon«, widersprach Amber, hängte sich die Jacke um die Schultern und schnappte ihre Tasche. »Du kannst es dir aussuchen – Kleider oder Schuhe. Und ich verspreche dir eines: Es wird nicht billig werden. Du findest mich im Indigo St. George, in der Via Giulia, einen Steinwurf vom Tiber.«

Damit rauschte sie grußlos aus dem Cockpit und ließ John mit dem gesamten Papierkram allein.

Die DC-3 war über Nacht in Tunis durchgecheckt worden, und nachdem die Profis im Blaumann ihr Okay gegeben hatten, waren John und Amber nach einem ausgiebigen Frühstück gestartet.

Nach Kairo, wie Amber annahm.

Nach Rom, wie sich rasch herausstellte.

»Hey! Seit wann liegt Kairo im Norden?«, hatte sich Amber gewundert, als John die DC-3 in eine langgezogene Linkskurve gelegt hatte und aufs Mittelmeer hinausflog. »Wir können einfach der Küste folgen ...«

»Wir machen einen kurzen Ausflug«, hatte Finch geantwortet. »Ich habe einen dringenden Termin auf der Piazza Navona. Sollte ich vergessen haben, das zu erwähnen?«

Amber hatte ihn zuerst verwirrt angesehen, sich dann in ihren Sitz zurückgelehnt und aus Protest die Arme vor der Brust verschränkt. Inzwischen war ihr wohl auch klar geworden, warum John so zuvorkommend das Einreichen des Flugplans in Tunis übernommen hatte – des Flugplans nach Rom!

»Du bist eine hinterhältige Nervensäge«, hatte sie sich beschwert und John anklagend angesehen, »und gönnst mir nicht mal ab und zu mein karges Privatleben ...«

Die Piazza Navona im Herzen Roms war ein länglicher, überraschend weiter Platz mit drei großen Brunnen in der Nähe des Pantheon. Horden von Touristen in kurzen Hosen und mit

Kameras bis an die Zähne bewaffnet strömten aus allen Richtungen in einem steten Strom auf die Piazza zu.

John ließ sich mittreiben, und als sich die schmalen Gassen öffneten, spazierte er auf den langgezogenen, freundlichen Platz, in dessen Mitte ein schlanker Obelisk in den strahlend blauen Himmel ragte. Der Brunnen darunter war blendend weiß und dicht von Menschentrauben umlagert.

Die Terrassen der Cafés waren voll, der Platz selbst mit Hunderten von Schaulustigen bevölkert, die sich vor der historischen Kulisse fotografierten, die Mittagssonne genossen oder in den Reiseführern blätterten. Hin und wieder stand einer der obligaten Pantomimen auf einer der ebenso obligaten schlecht tapezierten Bierkisten und versuchte, den Besuchern ein paar Euros aus den Taschen zu locken.

Eine französische Reisegruppe zog hinter einer hochgehaltenen Trikolore an John vorbei, während die junge Führerin unentwegt in einem breiten südfranzösischen Dialekt, der ihn an seine Urlaube in den Pyrenäen und an der Côte d'Azur erinnerte, von der Schönheit der Brunnen schwärmte. John hörte mit halbem Ohr ihren launigen Geschichten zu, die sie über die Entstehung und die Symbolik des Vier-Ströme-Brunnens, des größten in der Mitte des Platzes, zum Besten gab.

Wenig später schlenderte John weiter, in Richtung einer großen, weißen, barocken Kirche, Sant'Agnese in Agone.

In regelmäßigen Abständen hatte man steinerne Bänke auf der gesamten Länge der Piazza errichtet, auf denen Touristen in der Sonne lagen und sich ausruhten oder, an ihre Rucksäcke gelehnt, die Reiseführer studierten.

Neben der vollbesetzten Bank vor dem Restaurant »Tre scalini« stand ein einzelner, hünenhafter Mann, der in der neuen Ausgabe des »Guardian« blätterte. Er trug ein T-Shirt, Jeans und Dockers, und seine eisgrauen Augen beobachteten über die Zeitung hinweg aufmerksam das Treiben auf dem Platz. Die weiß-grauen, militärisch kurz geschnittenen Haare Major Llewellyns leuchteten in der Sonne.

Finch und er hatten sich bei einem Abenteuer in der Schweiz vor fünf Jahren kennengelernt und waren seit einem Flug durch den Hindukusch in einem Düsenjet, den John für Llewellyn unternommen hatte, eng befreundet. Nach unzähligen Einsätzen für den britischen Geheimdienst MI5 und MI6 war der Major nun seit einigen Jahren im Unruhestand, wie er es nannte.

Als Llewellyn John kommen sah, faltete er den »Guardian« zusammen und schlenderte auf ihn zu. »Und ich dachte schon, das wird ein ruhiger Urlaub.« Er lächelte. »Aber da wusste ich noch nicht, dass du in der Stadt bist.«

»Seit wann machst du Urlaub?« John grinste und schüttelte dem Grauhaarigen die Hand. »Ist ja etwas ganz Neues. Wirst du alt, oder hat dich das englische Wetter aus dem Land getrieben?«

»Eher die Langeweile«, gab Llewellyn zu. »Und ein wenig Kultur ab und zu ...«

»... umrahmt von gutem Essen und Trinken ...«, unterbrach ihn John verschmitzt.

»... schadet keinem«, vollendete der Major und wies auf die weiße Kirche, die in der Sonne wie frisch gewaschen strahlte. »Die ist Agnes von Rom geweiht, die der Legende nach an dieser Stelle im Stadion nackt zur Schau gestellt werden sollte, woraufhin ihr Körper auf wunderbare Weise von ihren langen Haaren bedeckt und so den Blicken der Schaulustigen entzogen wurde.«

John pfiff lautlos durch die Zähne. »Du bist tatsächlich auf Bildungsurlaub!« Er nickte anerkennend. »Es geschehen noch Zeichen und Wunder. Walisisches Urgestein trifft auf italienische Kultur. Ein denkwürdiges Ereignis.«

»Und damit genug der Kultur – Zeit für den kulinarischen Teil.« Llewellyn wies auf eine schmale Straße am oberen Ende der Piazza. »Nicht weit von hier ist ein kleines Restaurant, fernab der Touristenströme. Da kocht die Mamma noch selbst, und der Sohn serviert. Nach deinem Anruf gestern hab ich einen Tisch für uns reserviert und mich darauf verlassen, dass du pünktlich bist. Komm, gehen wir.«

»Dafür habe ich mir die Feindschaft von Amber eingehandelt«, erklärte John, »die jetzt eine Bresche in den Warenbestand der römischen Nobelboutiquen schlägt und mir danach die Rechnung zuschickt.«

»Fliegt sie wieder mir dir?«, fragte der Major erstaunt. »Warum hast du sie nicht mitgebracht? Ich hätte sie gerne wiedergesehen. Seit dem Abenteuer mit Salam und der Ju 52 in Paris sind mehr als drei Jahre vergangen.«

»Erinnere mich nicht daran«, winkte John ab. »Wenn du möchtest, können wir heute Abend gemeinsam essen. Sie wohnt im St. George in der Via Giulia.«

Der Major pfiff anerkennend durch die Zähne. »Amber war nie günstig unterwegs, das muss sie von ihrem Vater haben. Sir Rains hatte während seiner Zeit als Diplomat den Ruf, einen wahrhaftigen Hofstaat in jeder seiner Residenzen aufrechtzuerhalten. Die britische Krone erholte sich nie ganz von seinen Spesenabrechnungen, so munkelt man. Eine Abwertung des Pfunds war die Folge.«

Die beiden Männer verließen die Piazza Navona und tauchten in das Straßengewirr der Altstadt ein.

»Aber jetzt würde ich gerne wissen, was dich so dringend nach Rom führt«, sagte der Major. »Hast du eine Privataudienz beim Heiligen Vater und brauchst Personenschutz?«

John griff in seine Tasche und zog das Notizbuch Umars heraus, blätterte kurz darin, fand dann das Foto des Gemäldes und hielt es Llewellyn vor die Nase. »Das hier!«

Dann begann er zu erzählen.

Als sie beim Ristorante »Due Ladroni« ankamen, begrüßte der Sohn des Hauses Llewellyn wie einen alten, verschollen geglaubten Familienangehörigen, der nun überraschenderweise wieder von den Toten auferstanden war: lautstark und gestenreich, überschwänglich und begeistert. Finch wurde gleich mit in den engeren Freundeskreis des Ristorante aufgenommen.

»Bist du hier seit Jahren Stammgast, und ich weiß nichts davon?«, erkundigte sich John misstrauisch und warf im Vorübergehen einen Blick auf die handgeschriebene Speisekarte hinter Glas am Eingang. »Wenn ja, dann werde ich eifersüchtig. Das klingt alles köstlich ...«

»... und das ist es auch, sonst wären wir nicht hier«, sagte der Major. »Lass uns einen Tisch draußen nehmen. Man sollte das südliche Wetter bis zur Neige auskosten, vor allem wenn man aus England kommt, wo der Herbst schon nach dem Frühling vor der Tür steht und hinter ihm der Winter in den Startlöchern scharrt. Apropos, der Name des Lokals passt hervorragend zu uns beiden: Zu den zwei Straßenräubern ...« Llewellyn grinste und schob Finch sanft zu einem der kleinen Tische an der Hauswand, auf den der kellnernde Sohn gestenreich hinwies, bevor er ohne weitere Aufforderung eine Karaffe Wein mit zwei Gläsern auftrug. »Du kennst ja das Prinzip der Italiener – sehen und gesehen werden. Hier sind wir strategisch günstig positioniert für den Boulevard der Eitelkeiten. Die üblichen Geheimdienst-Bedenken vergessen wir jetzt mal ... urlaubshalber. Oder ist dir jemand auf den Fersen?«

»Nicht, dass ich wüsste.« John vertiefte sich in die Speisekarte, auf deren Vorderseite zwei wenig vertrauenerweckende Gestalten, auf den Stufen eines Hauses sitzend, Karten spielten. »Und überhaupt – was heißt hier ›passt zu uns beiden‹? Due Ladroni passt eher zu dir und Peter Compton. Wie geht es dem listigen, alten Fuchs in seinem Londoner Bau eigentlich?«

Compton, ehemaliger Geheimdienstchef und unentbehrlicher Berater von einigen britischen Premierministern, konnte und wollte sich trotz seines hohen Alters nur ungern aufs Altenteil zurückziehen. Seine Verbindungen und seine ungebrochene Durchsetzungskraft, ein eiserner Wille und eine schier unerschöpfliche Energie waren bereits in den letzten Abenteuern, die Finch und Llewellyn in den vergangenen Jahren zu bestehen hatten, ausschlaggebend gewesen.

»Der Puppenspieler hat seine Finger nach wie vor in allen wichtigen Geheimdienstaktionen, die das Empire betreffen, im Spiel, auch wenn er es nicht zugibt«, brummte Llewellyn und schenkte Rotwein in die Gläser, während der Sohn des Hauses unaufgefordert zwei Teller köstlich duftende Spaghetti servierte – ein erster Gruß aus der Küche.

»Noch so ein Salutschuss von Mamma, und ich brauche die Speisekarte nicht mehr«, stellte John fest.

»Die kannst du sowieso vergessen.« Llewellyn nickte und nahm seinem Freund kurzerhand die braune Mappe aus der Hand. »Paolo kommt immer wieder vorbei und bringt das, was seine Mutter am Herd gerade fertig gekocht hat. Du schüttelst ganz einfach den Kopf oder winkst ab, wenn du nicht mehr kannst. Ansonsten nickst du, und es geht weiter. Am Schluss gibt's Kaffee und die Rechnung. So einfach ist das hier.«

»Beeindruckend«, stellte der Pilot fest und kostete die Spaghetti Bolognese. »Köstlich! Jetzt weiß ich, warum du hier Stammgast bist. Amber hat definitiv etwas versäumt.«

»Wo hast du eigentlich dein gefiedertes Plappermaul gelassen? Captain Sparrow?«, erkundigte sich Llewellyn und rollte die ersten Spaghetti auf die Gabel.

»Fehlt er dir?« Finch grinste. »Er bewacht meine DC-3 auf dem Flughafen. Zuerst wollte ich ihn während meines Ausflugs nach Libyen im Cecil in Alexandria lassen, habe ihn aber dann doch mitgenommen. Fiona musste geschäftlich wieder einmal in die Schweiz, und obwohl unser gefiederter Schwerenöter inzwischen einen eigenen Gesundheitspass hat und für sein Leben gern Erster Klasse fliegt, ist er bei mir besser aufgehoben. Die Stewardessen verwöhnen ihn sonst zu viel.«

»Erste Klasse? Ein Papagei?« Llewellyn wunderte sich. »Ich hab eindeutig etwas falsch gemacht in meinem Leben. Bei mir reicht's meist nur für Economy oder für gerade noch fliegende Oldtimer, die Amber oder du aus irgendwelchen Hangars voller Spinnweben zerren. Aber jetzt zu dir.« Er wies mit dem Zeigefinger auf die Fotografie des Gemäldes, die zwischen den Rotweingläsern lag. »Gaddafi, sein Geheimdienstmann und ein altes Bild. Alle drei Vergangenheit. Gaddafi ist inzwischen sicherlich in tunesischer Gefangenschaft, Umar tot und in der Wüste begraben, und das Gemälde?« Er zog die Augenbrauen hoch. »Wenn mich nicht alles täuscht, hängt das auch schon länger im Louvre. Deswegen störst du mich im Urlaub?«

»Da ist dann noch das Notizbuch ...«, erinnerte ihn Finch, »... und etwas, das Gaddafi gesagt hat und das mich aufhorchen ließ.«

»Nämlich?« Llewellyn schaufelte genussvoll die Spaghetti vom Teller.

»Sollte ich auf den Gedanken kommen, auf eigene Faust Recherchen anzustellen, dann wäre das mein Todesurteil«, wiederholte der Pilot sinngemäß. »Ich sollte das Buch Umars schnellstens vernichten, meinte er. Es gäbe Dinge, an die rühre man besser nicht.«

»Hmm ...«, machte der Major nachdenklich. »Umar war

nicht gerade erste Garde im libyschen Geheimdienst, er rückte erst im letzten Moment auf. Zu dem Zeitpunkt nämlich, als eigentlich schon alles verloren war. Ich bin ihm selbst nie begegnet, aber Peter hat ein oder zwei Mal über ihn gesprochen, als die Lage im Land bereits kippte.«

»Gut oder schlecht über ihn gesprochen?«, wollte Finch wissen und winkte Paolo ab, der eine weitere Ladung Teller über die Terrasse balancierte und sich suchend umschaute.

»Peter ließ kein gutes Haar am libyschen Geheimdienst, ebenso wenig wie am gesamten Regime«, erinnerte sich der Major. »Als sich Mussa Kussa nach London absetzte, war das für unseren gemeinsamen Freund im Londoner Westend Wasser auf seine Mühlen. Compton hatte jahrzehntelang allen, die es hören wollten, geraten, sich um keinen Preis an das Gaddafi-Regime anzubiedern. Er hielt den selbsternannten großen Führer der Revolution gelinde gesagt für wahnsinnig, unberechenbar und selbstherrlich, und den Preis, den Großbritannien für die Anbiederung zahlen würde, für zu hoch. Die erhoffte Bestätigung seiner geheimdienstlichen Strategie der reservierten Beobachtung – allen verlockend sprudelnden Öl- und Erdgasquellen zum Trotz – kam mit der Flucht des Geheimdienstchefs, der sich ausgerechnet in die englische Hauptstadt absetzte und schließlich mit Gaddafis Tod. Der Westen eierte plötzlich herum, versuchte den neuen Machthabern den vorherigen Schmusekurs irgendwie zu erklären. Allen voran die Briten.«

»Peter Compton was not amused«, Finch lächelte, »das kann ich mir gut vorstellen.«

»Ab da war er endgültig zur Legende geworden.« Llewellyn nickte bestätigend. »Galt er vorher als graue Eminenz hinter den geheimdienstlichen Winkelzügen Englands, zehrte von seinem Ruhm als unentbehrlicher Berater von diversen Premierministern, so wurde er nun zu einer Mischung aus Stratege und Wahrsager, einem wahrhaftigen geheimdienstlichen Orakel.«

»Delphi ist in der Londoner Charlotte Road wiederauferstanden?«, fragte Finch ironisch.

»Du sagst es.« Der Major nahm einen großen Schluck Barbera. »Selbst seine Gegner aus dem Amt krochen zu Kreuze. Die Umbrüche in Nordafrika bedeuteten einen Sieg auf der ganzen Linie für den alten Fuchs am Kamin. Aber nun zu deinem Abenteuer im libyschen Luftraum. Kann ich das Notizbuch Umars sehen?«

*

Der Mann, der auf der anderen Straßenseite in einem Hauseingang die Namen auf den Klingelschildern studierte und hin und wieder einen Blick auf das weiße Blatt Papier in seiner Hand warf, zog wie nebenbei sein klingelndes Handy aus der Tasche seiner kurzen Hose, sah auf das Display und nahm das Gespräch an. Ohne den Blick von den Namensschildern zu nehmen, lauschte er. Dann, wie zufällig, drehte er sich in Richtung der Terrasse des »Due Ladroni«, beobachtete kurz die Gäste und wandte sich dann wieder den Klingelschildern zu.

»Sie essen gemeinsam«, sagte er einfach und legte wieder auf.

Dann trat er zurück auf die Gasse, bog um die Ecke und verschwand eilig zwischen Gruppen von Touristen, die alle in Richtung der Fontana di Trevi strömten.

Edge Hill 8, Wimbledon, London/England

Rodney McFarlane genoss den sonnigen Tag und schnitt seine Rosen zurück. Er tat es – wie alles, was er machte – mit Bedacht, voll konzentriert und offenbar äußerst erfolgreich. Die Teerosen-Büsche in seinem Vorgarten waren mit Blüten nur so übersät. Ein Farbenmeer, das sich in Kaskaden bis zum Boden ergoss. Bienen und Hummeln schwirrten herum, es roch betörend nach Pfirsich und Vanille, nach süßen und schweren Düften. Das einstöckige, unverputzte Ziegelhaus im Hintergrund mit den beiden Balkonen verschwand fast hinter ausladenden Bäumen und Sträuchern, den Rosenbüschen und einem halbhohen grauen Zaun, der hie und da verrostet war und auf einen neuen Anstrich wartete.

Der Lärm der Großstadt kam nicht bis in die ruhige Wohngegend in Wimbledon, einem Londoner Bezirk im Südwesten, der vor allem durch sein internationales Tennisturnier weltbekannt geworden war. Hier gab es noch freie Parkplätze, Vorgärten mit offenen Einfahrten und einen Plausch mit den Nachbarn, wenn man sich auf der Straße traf. Edge Hill, zwischen dem Wimbledon College of Art Theater und der King's College School gelegen, war eine gute, aber keine extrem teure Londoner Wohngegend.

McFarlane war schon vor Langem hier eingezogen. Vor genau achtunddreißig Jahren, damals jung verheiratet und mit einer bescheidenen Erbschaft in der Tasche, mit der er das schmucke Häuschen sofort bar bezahlt hatte. Aus dieser Zeit stammten auch die Beete und Wege, der kleine Teich und die Rosen, die er mit Bedacht ausgesucht und gepflanzt hatte.

Jeden Tag war McFarlane mit dem Motorrad ins Ministerium gefahren. Sein Job verlangte nicht nach Anzug und Krawatte, eher nach Intuition, scharfem Denkvermögen und einem Gefühl für Ungewöhnliches. Er war Kryptologe und Kryptoanalytiker, der wohl beste Dechiffrierexperte des Empires, nachdem die Bletchley-Boys in Pension gegangen waren und den Stab an die nächste Generation weitergegeben hatten. Er liebte Mathematik, tolerierte Computer und verfügte über eine beeindruckende Bibliothek, die in den Jahrzehnten auf mehr als zehntausend Bände angewachsen war und deren Regale nach und nach so gut wie alle Bilder von den Wänden verdrängt hatten.

Seine Chefs betrachteten Rodney als Genie, als einen der wenigen umfassend gebildeten Menschen, der trotzdem auf sein Bauchgefühl vertraute, wenn er an die Entzifferung von geheimen Botschaften oder verschlüsselten Texten heranging. Für die Geheimdienste war McFarlane eine unverzichtbare Stütze. Seine Sicherheitsstufe war astronomisch hoch, sein Ansehen bei den Kryptographen dieser Welt ebenfalls.

Als sich 2002 der Unfall ereignete, warf er Rodney zwar zurück, aber nicht aus der Bahn. Ein betrunkener Fahrer hatte eines Abends ein Stopp-Schild übersehen und war ohne zu bremsen in die Vorfahrtstraße eingebogen. McFarlane, mit seiner schweren Honda CB1000R unterwegs, konnte nicht mehr ausweichen, wurde über den Wagen hinweg und an einen der Laternenpfähle geschleudert. Als er auf der Intensivstation aufwachte, sich umblickte, seinen Körper spürte und – immer noch benommen – wie durch einen Nebel den Berichten der Ärzte lauschte, zählte er analytisch eins und eins zusammen: Er würde nie wieder gehen können.

Das Ministerium schickte ihn prompt wenige Monate später in Pension, mit einer großzügigen Abfindung, und nahm ihm gleichzeitig das Versprechen ab, in schwierigen Fällen auf ihn zurückgreifen zu dürfen. Seitdem arbeitete Rodney mehr als vorher, wie er stets lächelnd betonte, wenn man ihn nach seinem Tagesablauf befragte.

Der schmale, fast schmächtige Mann im Rollstuhl hätte es auch nicht anders haben wollen.

Als er den Korb in seinem Schoß mit einem duftenden Berg an Blüten gefüllt hatte, drehte er geschickt den Rollstuhl, umrundete eine Hecke mit blutroten Rosen, die bereits seit Jahrhunderten in England gezüchtet wurden, und rollte durch die Haustür in den Flur.

»Hannah! Nachschub für die Vasen!«, rief er laut und verstaute die Schere in einem der Wandschränke.

»Wir brauchen mehr Vasen!«, schallte es von oben zurück.

Bevor Rodney etwas erwidern konnte, läutete sein Handy, und er zog es aus seiner Brusttasche.

»Und ich dachte schon, es ist die Regierung«, meldete er sich nach einem Blick aufs Display. »Aber nein, verzaget nicht, es kommt noch schlimmer!«

»Rodney, du alter Zahlenjongleur, wir sitzen gerade in Rom beim Essen und haben von dir gesprochen. Nur Gutes, übrigens«, ertönte die Stimme Llewellyns, und McFarlane verzog das Gesicht.

»Der Schlag soll dich treffen, Waliser! Bella Italia, Sonne von früh bis spät, hübsche gebräunte Frauen mit endlos langen Beinen, an jeder Ecke eine feine Trattoria und Kulturdenkmäler bis zum Horizont.« Rodney stockte, als seine Frau ihm von den Treppen spielerisch mit dem Finger drohte. »Gut, vergiss das mit der Weiblichkeit, ich wurde gerade zensiert. Aber der Rest ist schon Grund genug, dir die Freundschaft aufzukündigen. Was treibt dich in die Stadt am Tiber? Wo sitzt du genau, und wer ist ›wir‹?«

»In dieser Reihenfolge?«, fragte Llewellyn vergnügt. »Urlaub, Due Ladroni, John Finch.«

»Lass mich raten«, erwiderte Rodney. »Ihr rollt Tonnen von Spaghetti, trinkt Rotwein und lästert über die Daheimgebliebenen. Ich sag Hannah schon mal, sie soll die Koffer packen ... Und dabei dachte ich, John ist in Ägypten verschollen, irgendwo zwischen dem Tal der Könige und der klimatisierten Bar des nächsten Grandhotels.« Er wendete den Rollstuhl erneut und blickte durch die offene Tür hinaus in den Vorgarten. »Due Ladroni? Die müssen das Lokal nach euch benannt haben ...«

»Genau das habe ich John eben auch gesagt!«, antwortete Llewellyn. »Seitdem ist er wortkarg geworden, weil er ständig isst. Wie geht es dir?«

»Wie du hörst, lebe ich noch«, gab McFarlane zurück. »Wir Schotten sind hart im Nehmen. Zweimal pro Woche zur Dialyse, die Pillendose mit den täglichen Rationen hat inzwischen den Umfang einer CD, und wenn ich bis in den Garten zu meinen Rosen komme, dann fühle ich mich wie Indiana Jones auf abenteuerlicher Entdeckungstour. Ach ja, die Regierung nicht zu vergessen, die mich mit Arbeit zudeckt und wach hält, damit ich nicht aus Versehen im Schlaf sterbe. Frag mich ja, wozu die Computer haben. Aber die nützen ihnen bei den alten Geschichten nichts ... Bis unsere Archive digitalisiert sind, werden geschätzte zweihundert Jahre vergehen. Bis dahin sind die Blechtrottel nur bessere Rechenmaschinen ... Egal, reden wir von etwas anderem. Du rufst doch nicht nur aus karitativen Zwecken an. Das letzte Mal, als du etwas von mir gebraucht hast, warst du in der Schweiz, hattest keine Zeit, dafür aber jede Menge Probleme. Und dabei war es nur eine Fingerübung mit Kindergartenniveau.«

»Ist lange her, aber ich bessere mich, versprochen«, brummte Llewellyn und blickte aus den Augenwinkeln auf das Notizbuch des libyschen Geheimdienstmannes, das neben dem Rotweinglas auf der karierten Tischdecke lag. »Diesmal wird es schwieriger. Viel schwieriger.«

»Alles leere Versprechungen«, kam es postwendend aus London zurück. »Ich hab schon lange nichts mehr wirklich Anspruchsvolles auf dem Tisch gehabt. Was ist es diesmal?«

»Hmm, nicht leicht zu beschreiben«, meinte Llewellyn. »Ein Notizbuch, stellenweise codiert, dann wieder in einer unbekannten Sprache geschrieben, oft mit rätselhaften Hinweisen gespickt. Und das Foto eines Gemäldes.«

»Das genügt mir«, warnte Rodney, »das ist eine offene Leitung. Wer war der Besitzer? Denn entweder er hat es ... verloren ... oder ...«

»Oder«, antwortete Llewellyn lakonisch.

»Wir können ihn also nicht mehr fragen.«

»Negativ. Leitender libyscher Geheimdienstmann mit Ausbildung in der ehemaligen DDR.«

»Dann wird es wirklich interessant«, murmelte McFarlane und runzelte die Stirn. »Was hat es mit diesem Gemälde auf sich?«

»Ein Foto, das aus dem Notizbuch gerutscht ist. Vermutlich eine mythologische Szene, drei Männer, eine Frau vor einem Sarkophag. Soll angeblich im Louvre hängen und aus dem Barock stammen. Auf dem unteren Rand des Fotos steht auf Arabisch: ›Die Drei. Der erste Kreis des Wissens‹.«

McFarlane stieß sich vom Wandschrank ab, ohne das Telefon vom Ohr zu nehmen, und lenkte den Rollstuhl geschickt wieder in den Garten. Vor einem großen Busch mit weißen Rosen blieb er stehen. Er streckte die Hand aus und strich sachte über eine der großen Blüten.

Kreise des Wissens?

Irgendwo ganz hinten in seinem Kopf war da etwas, eine Erinnerung, ganz blass ...

Bienen summten in dem Busch, und irgendwo in der Ferne tönte Kinderlachen bis in den Vorgarten.

Die Drei.

Bilder rasten durch seinen Kopf. Rodney war nicht nur ein begnadeter Dechiffrierer, er besaß auch ein hervorragendes fotografisches Gedächtnis, das ihn nun mit Informationen überschüttete.

»Hast du das Foto zur Hand?«

»Liegt vor mir«, meldete Llewellyn. »Es zeigt ...«

»Sag nichts!«, unterbrach ihn Rodney rasch. »Farbfoto?«

»Ja, ein wenig ausgebleicht und zerknittert an den Rändern«, bestätigte Llewellyn.

»Gut.« Rodney schloss die Augen, atmete tief den betörenden Duft der Rosen ein. »Ich habe einen Verdacht. Gemälde, Louvre, Barock, drei Männer, eine Frau, ein Sarkophag mit Aufschrift. Der eine Mann kniet und zeigt auf den Sarkophag. Er trägt eine Art dunkelblauen Umhang.«

»Stimmt!«

»Dachte ich mir's doch. Die drei Männer haben jeder einen Stab in der Hand, sogenannte Hirtenstäbe. Die Frau steht ganz rechts und legt dem am nächsten bei ihr Stehenden die Hand auf die Schulter. Der trägt einen roten Umhang. Ein einfaches Grab. Die Aufschrift am Sarkophag lautet übrigens ›et in arcadia ego‹.«

»Das kann man auf dem Foto leider nicht erkennen«, gab Llewellyn zu.

»Ist aber so«, sagte Rodney. »Nicolas Poussin, 1594 in der Normandie geboren, 1665 in Rom gestorben. Sein wohl bekannteste Bild, und es heißt ›Die Hirten von Arkadien‹. Es existieren zwei Fassungen von dem Bild. Die erste malt Poussin um 1630, sie hängt heute in der Devonshire Collection in Chatsworth. Die zweite Fassung malt er um 1655, wobei sich da die Experten streiten. Das ist jene, die euer Foto zeigt und die heute im Louvre hängt.«

»Gibt es etwas, das du nicht weißt?« Llewellyn wunderte sich, es klang ehrlich beeindruckt.

»Ja, wann ich sterben werde, und das ist gut so«, gab McFarlane grinsend zurück. »Weil ich mich dann in meinen letzten Monaten mit anderen, vergnüglicheren Dingen beschäftigen würde als mit deinen Rätselaufgaben. Was die Hirten allerdings mit der Zeile ›Die Drei. Der erste Kreis des Wissens‹ zu tun haben, das erschließt sich mir noch nicht. Es sind drei Hirten, das ist klar, ich wette, es gibt einen Zusammenhang, aber was genau ... Er lehnte sich vor und zupfte ein angetrocknetes Blatt von einer der Blüten. »Hör zu, alter Legionär. Es gibt Gemälde von Poussin, bei denen seit jeher versucht wird, eine versteckte Symbolik hineinzudeuten. Dazu gehören ›Die vier Jahreszeiten‹, ›Das Urteil des Salomon‹ oder auch ›Die Hirten von Arkadien‹. Da haben sich sogar richtige Deutungsschulen gebildet, die sich seit Jahren heftig widersprechen. Bücher sind darüber geschrieben, ganze Schatzkarten dahinter vermutet worden. Bewiesen werden konnte bis heute gar nichts. Der Satz mit dem Kreis des Wissens ist allerdings etwas Neues. Und wenn es einen ersten Kreis gibt, dann muss es auch weitere geben. Vielleicht enthält das Notizbuch nähere Aufschlüsse darüber. Wie komme ich zu den Aufzeichnungen?«

»Daran arbeiten wir noch«, antwortete Llewellyn nach kurzem Zögern. »Danke für deine Auskünfte, Rodney, das war schon mal eine Menge Information. Ich melde mich wieder bei dir.«

»Warte!«, unterbrach ihn McFarlane. »Ich habe da eine Idee. Ihr seid doch in Rom?! Warum besucht ihr nicht Professore Gabriele Briseno an der Universität La Sapienza? Ich habe früher viel mit ihm zusammengearbeitet, wenn es um Malerei und Symbolismus ging.«

»Heißt ›sapienza‹ nicht ›Weisheit‹?«, fragte Llewellyn.

»Si, signore, das heißt es, und die Università di Roma ist die größte Europas und die älteste in Rom. Gegründet 1303, ursprünglich eine päpstliche Universität. Mehr als zweiundzwanzigtausend Studenten, hundertfünfundfünfzig Bibliotheken, hundertdreißig Institute, einundzwanzig Museen und genauso viele Fakultäten. Ein unerschöpflicher Pool der Geisteswissenschaften. Ich wollte, ich wäre bei euch und wir würden gemeinsam losziehen ...«

»Wie und wo erreichen wir den Professor?«, erkundigte sich Llewellyn und notierte den Namen.

»Die Universität liegt nur einen kurzen Spaziergang vom Bahnhof Stazione Termini entfernt«, präzisierte Rodney. »Der Haupteingang ist an der Piazzale Aldo Moro 5, aber es gibt jede Menge Seiteneingänge. Briseno ist auch Vize-Direktor des Museums für antike Kunst, seine Privatissime sind regelmäßig überbucht, seine Vorlesungen bis auf den letzten Platz gefüllt und er selbst gleichermaßen bewundert wie gefürchtet. Wegen seines umfassenden Wissens, aber auch wegen seines Sarkasmus und seiner spitzen Zunge. Ich schicke dir seine Telefonnummer per SMS und kündige euch an.«

»Danke, Rodney, wir machen uns nach dem Essen auf den Weg, wenn der Professor Zeit für uns hat!« Damit beendete Llewellyn endgültig das Gespräch.

McFarlane ließ das Telefon sinken, lehnte sich zurück und sah hinauf in den tiefblauen Himmel. Die Sonne tut gut, dachte er, ihre Wärme würde er am meisten vermissen. Und seine

Rosen. Wenn man dann überhaupt noch irgendetwas vermisste …

Bevor er nach einem letzten, fast bedauernden Blick auf das Blütenmeer den Rollstuhl in Richtung Haus drehte, murmelte er mit schmerzverzerrtem Gesicht: »Lass dir bloß nicht zu viel Zeit, Waliser. Meine Uhr läuft bald ab.«

Dann zwang er sich rasch wieder zu lächeln, weil er wusste, dass seine Frau ihn beobachtete. Und wählte die Nummer von Professor Briseno.

Ristorante Due Ladroni, Rom/Italien

»Et in arcadia ego.« Llewellyn legte das Telefon beiseite, nahm einen großen Schluck Rotwein und gab John das Notizbuch Umars wieder zurück.

Der Pilot sah seinen Freund fragend an.

»Das steht auf dem Sarkophag, vor dem die drei Hirten knien«, erklärte Llewellyn. »Et in arcadia ego. Deswegen heißt das Gemälde von Nicolas Poussin auch ›Die Hirten von Arkadien‹. Schönen Gruß von Rodney. Er kennt das Bild in- und auswendig.«

»Warum verwundert mich das nicht?« John lächelte und gab Paolo nickend zu verstehen, dass der den nächsten Gang servieren konnte.

Llewellyn hielt nur vielsagend zwei Finger in die Höhe. Und die leere Weinkaraffe.

»Außerdem hat er einen Kontakt an der Universität hier für uns«, fuhr der Waliser fort. »Einen Spezialisten für antike Kunst, Malerei und, laut Rodney, eine wahre Plage für alle Studenten. Professor Gabriele Briseno. Wenn wir diese Völlerei hier überlebt haben und noch gehen können, dann sollten wir ihn nach dem Essen aufsuchen.«

»Lass mich raten – Rodney wäre gerne dabei …« John sah auf den riesigen Teller mit Vitello tonnato, den Paolo mitten auf dem Tisch platzierte. »Das schaffen wir nicht mal, wenn wir beide uns sehr anstrengen. Danach ist eindeutig Schluss!«

»Das wird unseren jungen Gastronomen enttäuschen«, antwortete Llewellyn grinsend, »das waren erst die Vorspeisen …« Er wurde wieder erst. »Und was Rodney betrifft … Er weiß, dass er nirgends mehr hingehen wird. Italien ist für ihn so unerreichbar wie der Mond für uns beide. In Wahrheit ist er todkrank, und niemand kann sagen, wie lange er noch hat.«

»›Les Bergers d'Arcadie‹. Nicolas Poussin. Das Bild kennt so ziemlich jeder, der sich auch nur marginal mit Kunstgeschichte, Geometrie in der Malerei oder einfach mit dem Louvre beschäftigt.« Professor Gabriele Briseno ließ das Foto sinken und blickte Llewellyn und John über seine randlose Brille hinweg ein wenig strafend an, als wären sie zwei ahnungslose Studenten.

Er hatte sofort zugesagt, die beiden unerwarteten Besucher aus Großbritannien zu treffen, als Rodney ihn darum gebeten hatte. Nun saßen sie in seinem Büro im ersten Stock der Universität, das mit einem überfüllten Schreibtisch, zahllosen vollen Bücherregalen an der Wand und Stapeln von Papier auf dem Fußboden entweder von konsequenter Überarbeitung oder von der Chaosliebe des Professors zeugte.

»Ich weiß allerdings wirklich nicht, was ich Ihnen dazu erzählen soll.«

Briseno, attraktiver Mittfünfziger mit perfekt getrimmtem Schnurrbart und leicht gelockten Haaren, schien direkt einem italienischen Modemagazin entstiegen zu sein. Inklusive den emaillierten Manschettenknöpfen und einem goldenen, skelettiertem Breguet-Chronographen am Handgelenk.

»Vielleicht weniger das Übliche als eher das Sonderbare?« John beugte sich vor. »Sehen Sie, Professor, ich bin Pilot und kenne mich bei alten Flugzeugen aus, auf exotischen Flugplätzen und mit ausgefallenen Transporten. Ich habe mein halbes Leben in der Luft zugebracht und nicht in Museen. Betrachten Sie mich also als Student im ersten Semester, wenn es um Gemälde und ihre Geschichte geht. Oder, anders gesagt, was würden Sie von mir erwarten, wenn Sie etwas mehr über eine alte Douglas DC-3 erfahren möchten?«

Briseno sah den Piloten lächelnd an, und seine Augen blitzten. »Touché, Punkt für Sie«, gestand er Finch zu. »Verzeihen Sie meine Ungeduld, aber das Leben im wissenschaftlichen Elfenbeinturm färbt manchmal ab. Man nimmt zu vieles als gegeben an. Und das Niveau der Studenten tendiert gerade in den letzten Jahren zu Meereshöhe.« Er griff zu seinem Montblanc-Kugelschreiber und klopfte leicht auf die Fotografie. »Wissen Sie, was die Zeile auf Arabisch am unteren Rand heißt?«

»›Die Drei. Der erste Kreis des Wissens‹«, antwortete John.

»Seltsame Unterschrift.« Der Professor wunderte sich.

»Ein Rätsel, an dem wir arbeiten«, brummte Llewellyn. »Wenn Sie eine Eingebung haben ...?«

»Eingebung? Kein schlechter Ansatz. Ist nicht die Wahrheit die Tochter der Eingebung?«, dozierte Briseno vor sich hin. »Khalil Gibran. Sie sollten ihn mal lesen.«

»Es gibt ein dünnes Büchlein von ihm mit dem Titel ›Der Prophet‹«, warf John ein, »es hat mich durch meine Jugend begleitet. Mein Vater hatte es mir geschenkt.«

Briseno schaute verblüfft auf. »Sie erstaunen mich, Mr. Finch. Ich habe hier meist mit ignoranten Studenten zu tun und hätte Rodney wohl mehr vertrauen sollen ... Er wusste ganz genau, warum er Sie zu mir geschickt hat. Mein Fehler. Also, ich werde versuchen, Sie nicht zu langweilen und auch meine Eingebungen nicht für mich zu behalten.« Damit stand er auf und zog ein schweres Buch aus einem der Bücherregale. »Nicolas Poussin, der wohl wichtigste französische Barockmaler, stammte aus einem kleinen Ort an der Seine in der Normandie. Mit dreißig Jahren verließ er Frankreich und kam hierher, nach Rom, um die Werke von Tizian und Raffael zu studieren. Er heiratete die Tochter eines französischen Kochs, erhielt aber nicht viele Aufträge in der Ewigen Stadt und kehrte ihr deswegen 1641 vorübergehend den Rücken. Er reiste zwar widerstrebend, aber auf Wunsch des Königs und Richelieus nach Frankreich zurück, hielt es aber auch in der Heimat nur knapp zwei Jahre aus. Dann trieben ihn Spannungen mit den etablierten Künstlern wieder zurück nach Rom, das er bis zu seinem Tod 1665 nicht mehr verlassen sollte. Poussin wurde in der Kirche San Lorenzo in Lucina begraben, auf seinem Grabmal ist ein Relief, das seinem wohl bekanntesten Bild nachempfunden ist – ›Et in arcadia ego‹.« Der Professor hielt Llewellyn und John das Buch hin. Über eine Doppelseite waren »Die Hirten von Arkadien« abgebildet. In Hochglanz und Farbe. »Soweit zum Leben Poussins. Das Originalbild, dessen Fotografie Sie hier sehen, war eines der späten Werke, wurde nach Poussins Tod von Ludwig XIV. erworben und ging dann in die Sammlung des Louvre ein, aber das wissen Sie sicherlich bereits. Ich nehme an, Rodney hat Ihnen schon das Wichtigste erzählt.« Briseno tippte mit dem Zeigefinger auf das Farbfoto. »Es ist kein sehr großes Gemälde, etwa hundertzwanzig auf siebenundachtzig Zentimeter. Aber kommen wir zu dem Satz, der nicht nur Sie interessiert, sondern durch die Jahrhunderte auch viele Wissenschaftler beschäftigt hat – ›Et in arcadia ego‹. Sprachwissenschaftlich handelt es sich um eine sogenannte Ellipse, also einen Satz, der von Weglassungen geprägt ist. Wie etwa ›Ende gut, alles gut‹ oder ›Erst die Arbeit, dann das Vergnügen‹. Wir könnten ihn mit ›Auch ich in Arkadien‹ übersetzen. Somit haben sich in den Jahrhunderten unterschiedliche Interpretationen und Übersetzungen ergeben. Während die einen vermuteten, Poussin wolle damit ausdrücken, dass das Grab sich noch in Arkadien befindet und der Tod selbst inmitten des Glücks seinen Platz hat, haben die anderen vermutet, dass der, der in diesem Grab liegt, in dem Land Arkadien gelebt hat. Das sind, in aller Kürze, die wichtigsten Fakten. Sozusagen die technische Konstruktion der DC-3.« Der Professor lächelte Finch an. »Kommen wir also zu den Besonderheiten.« Briseno zog ein Blatt Papier näher, faltete es und begann darauf eine Liste zu kritzeln, während er sprach. »›Et in arcadia ego.‹ Poussin hat zwei Versionen gemalt, die zweite ist jene, die Sie hier im Buch sehen und die im Louvre hängt. Die beiden Fassungen wurden im Abstand von zehn Jahren gemalt. Die erste hängt heute in England, in Chatsworth House in Devonshire. Sie zeigt im Hochformat eine Waldlandschaft mit einem Sarkophag, auf dem ein Totenkopf liegt. Im Vordergrund lagert ein mit Lorbeer oder Olivenzweigen bekränzter Flussgott. Es handelt sich um Alpheios, der durch Arkadien fließt. Neben ihm lesen zwei Hirten und eine Hirtin offenbar erregt die Inschrift.« Der Professor schrieb ein weiteres Stichwort nieder. »Auf der zweiten Version sind es drei Hirten, in blau, creme und rot gewandet, und eine Hirtin, die in blau und gelb gekleidet ist. Kein Totenkopf mehr, kein symbolisierter Fluss, von Erregung nichts mehr zu merken.«

»Gibt es Arkadien eigentlich tatsächlich, oder ist es eine rein fiktive Landschaft?«, wollte Llewellyn wissen.

»Gute Frage! Es ist eine sehr reale Landschaft im Zentrum des Peloponnes«, antwortete Briseno und nickte. »Das heutige Verwaltungsgebiet ist allerdings größer als das antike Arkadien, das ursprünglich nur aus dem Hochland abseits der Küsten bestand. Die Bewohner, die Arkadier, galten im Altertum als raues Hirtenvolk, das sich als das älteste griechische Volk überhaupt sieht. Das und die Lage im Zentrum des Peloponnes führte dazu, dass schon in der Zeit des Hellenismus Arkadien

verklärt wurde, zu einem Ort des Goldenen Zeitalters, wo Menschen unbelastet in idyllischer Natur als zufriedene und glückliche Hirten lebten. Das führte dazu, dass die Hirtenliteratur oder -malerei der Renaissance und des Barock diese Zeit idealisierte. Allerdings wird in der antiken lateinischen Literatur der ursprünglich in Griechenland befindliche Ort oft nach Sizilien verlegt. Denken Sie an Goethe, dessen ›Italienische Reise‹ den Satz ›Auch ich in Arkadien!‹ als Leitmotiv und Motto hat.«

»Wer liegt eigentlich im Grab, auf das der Hirte weist und das im Zentrum des Bildes steht?« John sah Briseno fragend an, doch der zuckte mit den Schultern.

»Das ist bis heute ein Rätsel geblieben, und wenn Sie mich fragen, ist es auch nur von zweitrangiger Bedeutung. Hier geht es um Symbolismus, um den Tod im Allgemeinen und nicht um einen tatsächlichen Toten. Sonst gäbe es Namen und Daten auf dem Sarkophag, was nicht der Fall ist. Da ist nur die Inschrift.«

John klappte das Buch zu. »Bisher sehe ich – bis auf genau diese etwas vage Inschrift – keine großen Geheimnisse in dem Bild. Oder habe ich etwas übersehen?«

Der Professor dachte einen Moment lang nach, bevor er antwortete. »Bilder können für Eingeweihte mehr verbergen, als es den Anschein hat, andererseits kann man oft mehr hineininterpretieren, als der Maler tatsächlich beabsichtigt hat. Gerade in den letzten dreißig Jahren haben sich Verschwörungstheoretiker auf Poussin gestürzt und in seine Gemälde Schatzkarten, Sternenkonstellationen, Ortshinweise, codierte Mitteilungen oder Lagepläne hineingedeutet. Manche haben seine Bilder zu ganzen Panoramen zusammengesetzt, um alles Mögliche zu beweisen. Meist gibt es nach diesen Betrachtungen mehr Fragen als Antworten. Darauf einzugehen, würde den Rahmen Ihres Besuchs sprengen. Da gab es Wichtigtuer, die einen ganzen Orden wie etwa den Prieuré de Sion konstruierten, um sich wichtigzumachen und Malern wie Poussin oder Teniers Geheimnisse unterzuschieben. Oder dort welche zu finden, wo keine waren. Stichwort Rennes-le-Château, der kleine Ort in den Pyrenäen mit seinem reichen Priester, die Suche nach dem Heiligen Gral, oder gar Sternbilder von Außerirdischen, die uns irgendwann bereits besucht haben. Wenn sich der erste Kreis des Wissens darauf bezieht, dann haben Sie eine geradezu endlose Suche vor sich.«

»Es gibt noch einige mögliche Hinweise in einem Notizbuch«, erklärte John vorsichtig, »die unter Umständen die Richtung der Suche eingrenzen könnten.«

Professor Briseno schaute überrascht von seinen Notizen auf. »Ein Notizbuch? Dann erscheint es mir in Ihrer Lage angeraten, zuerst das zu durchforsten, bevor Sie sich den möglichen versteckten Botschaften in dem Bild widmen.« Er reichte John die Fotografie zurück. »›Die Drei‹ in der arabischen Zeile könnte sich auf die drei Hirten beziehen, die allerdings keinen Namen haben. Sie könnten den ersten Kreis des Wissens bilden, nachdem sie die Inschrift entziffert und gelesen haben – ›Et in arcadia ego‹. Aber das ist nur eine der möglichen Theorien, eine Eingebung, wenn Sie so wollen. Woher stammen Foto und Notizbuch eigentlich?«

»Danke für Ihre Hilfe und vor allem für Ihre wertvolle Zeit, Professor«, antwortete Llewellyn kurz angebunden und stand auf, bevor John irgendetwas sagen konnte. »Sie haben uns bereits viel über das Bild erzählt, und wir sollten Sie nicht länger aufhalten.«

Briseno lachte leise, nickte und erhob sich ebenso. »Falsche Frage, tut mir leid. Grüßen Sie Rodney von mir.« Er reichte John und Llewellyn seine Visitenkarte. »Sollten Sie noch weitere Informationen benötigen, dann lassen Sie es mich wissen.«

*

Als seine beiden Besucher gegangen waren, saß Briseno für einen Augenblick unbeweglich an seinem Schreibtisch, den Blick auf die Doppelseite mit dem Gemälde geheftet. Dann griff er zum Telefon und wählte eine Nummer, die er auswendig wusste. Als am anderen Ende der Leitung abgehoben wurde, blieb es ruhig.

Niemand meldete sich.

Briseno legte auf und wählte die Nummer erneut. Wieder wurde abgehoben und diesmal sagte jemand: »Sì?«

Der Professor atmete tief durch und raunte »Fratelli Neri« ins Telefon. Dann legte er erneut auf und wartete gespannt auf den Rückruf, der in wenigen Augenblicken kommen würde.

*

In dem Moment, als das Telefon in Brisenos Büro klingelte, traten John Finch und Llewellyn aus dem Haupteingang der Universität. Sie hatten unverschämtes Glück: Vor ihnen stand ein Taxi, das mit offenen Türen auf Fahrgäste wartete und dessen Fahrer gelangweilt in einer Society-Zeitschrift blätterte.

»Und was jetzt?« Llewellyn ließ sich auf die Rückbank des neuen Mercedes fallen und zog die Tür zu. »Briseno hat viel geredet, aber für meinen Geschmack wenig gesagt. Wenn wir die Lebensgeschichte Poussins und die Beschreibung des Bildes weglassen, dann sind wir genau so klug wie vorher.«

John schien in Gedanken weit weg zu sein, lehnte neben der offenen Wagentür und blickte auf die Vespas, die kreuz und quer über den kleinen Platz schossen. Der Fahrer ließ inzwischen den Motor an, schaltete den Taxameter ein und wartete geduldig.

Endlich hatte John sich entschieden. Er stieg ein, nannte die Via Giulia, Hotel Indigo St. George, als Fahrziel und lehnte sich zurück. Instinktiv tastete er nach dem Notizbuch Umars in seiner Hosentasche.

»Lass uns Kriegsrat mit Amber halten«, sagte er zu Llewellyn. »Und sollte sie noch immer auf Einkaufstour sein, dann ist das St. George ein perfekter Platz, um auf sie zu warten und dabei über unsere nächsten Schritte nachzudenken. Obwohl – wenn ich mich richtig erinnere, dann hast du Urlaub. Also genieße ihn und löse nicht die Probleme eines alten Piloten, die dich nichts angehen.«

»Mir wäre die Kultur sowieso schon bald über den Kopf gewachsen.« Llewellyn grinste und wies auf eine Ansammlung alter Steine und Säulenreste, um die, inmitten einer gepflegten Grünfläche, Trauben von Touristen lagerten und sich gegenseitig fotografierten.

»Dann gibt es noch das Meer und den Strand ...«, erinnerte ihn John.

»Und pünktliches Wenden alle zehn Minuten, damit man nicht nur auf einer Seite durch ist, sondern rundherum gar wird«, gab der Waliser unbeeindruckt zurück. »Ich bin Engländer. Mit Nebel kann ich umgehen, aber mit zu viel Sonne?«

»Schönes Wetter ist für britische Seelen zutiefst beunruhigend, nicht wahr?« Der Pilot lachte. »Geradezu bedrohlich. Wie müssen sich erst die Kolonialsoldaten in Burma oder in Palästina gefühlt haben?« John verstummte mit einem Mal und wurde ernst. »Warte mal, du hast mich auf eine Idee gebracht.« Er lehnte sich vor. »Das alte jüdische Viertel liegt doch auf unserem Weg, oder?«, fragte er den Fahrer.

»Sì, Signore, Sie meinen das ursprüngliche Ghetto, nahe dem Tiber?«

»Genau das.« John nickte. »Wenn ich mich recht erinnere, dann gibt es ein koscheres Restaurant unweit der großen Synagoge. Es heißt Bar Ghetto oder so ähnlich.«

»Esatto, das Ba Ghetto Milky in der Via del Portico di Ottavia«, bestätigte der Fahrer. »Soll ich Sie zuerst dahin bringen?« Er schaute seinen Fahrgast im Rückspiegel fragend an.

John nickte, während Llewellyn die Stirn runzelte.

»Hast du etwa noch immer Hunger?«, fragte der Waliser seinen Freund überrascht. »Ich könnte höchstens einen Espresso vertragen …«

»Du wirst schon sehen«, wehrte John ab und kramte in seinen Erinnerungen.

Es war schon lange her, aber vielleicht gab es das altehrwürdige Geschäft noch, vielleicht war der mürrische Ettorio noch immer da.

»Das römische jüdische Ghetto wurde schon im sechzehnten Jahrhundert eingerichtet, und eine hohe Mauer wurde drumherum gezogen, was die meisten Bewohner damals begrüßten«, erklärte er Llewellyn. »Sie meinten, so wären sie sicherer. Was auch der Fall war. Allerdings waren dafür die Wohnbedingungen miserabel. Zu viele Menschen auf zu kleinem Raum, schlechte hygienische Bedingungen, dazu trat der Tiber regelmäßig über die Ufer und überschwemmte das Viertel. Seuchen und Krankheiten dezimierten die Bewohner, bis 1870 das Ghetto aufgelöst, die alten Gebäude dem Boden gleichgemacht und eine große Synagoge gebaut wurde, mit viel Freiraum drumherum. Damit waren die Juden zu gleichwertigen Bürgern in Rom geworden. Bis der Faschismus kam …«

»… und Europa in den Krieg stürzte«, vollendete Llewellyn. »Was noch immer nicht erklärt, was wir im alten Ghetto suchen.«

»*Wen*, nicht *was*. Signore Ettorio und sein Geschäft«, antwortete John, »wenn es ihn noch gibt. Ettorio Palladini. Seine Großmutter war polnische Jüdin, sein Großvater Palästinenser, er selbst bezeichnet sich stets als ›überlebender Kosmopolit‹. Tatsächlich ist er der Einzige seiner Familie, der die Vernichtungslager überlebte, weil er sich damals als kleiner Junge mehr als zwei Jahre lang in den Abbruchhäusern und Vorstadtkaschemmen der römischen Arbeiterviertel herumgetrieben und versteckt hatte und so der Deportation entkam. Ende der Fünfzigerjahre eröffnete er mit der Erbschaft eines fernen Verwandten, der in Palästina das Zeitliche gesegnet hatte, einen kleinen Laden für Bilderrahmen.« John lächelte, als er das etwas ratlose Gesicht Llewellyns sah. »Ich lernte Ettorio kennen, als er in den Siebzigerjahren in Palästina auf die Suche nach den Wurzeln seiner Familie ging und wir uns in den Bars einiger Hotels immer wieder über den Weg liefen. Dann besuchte ich ihn einige Jahre später in Rom, im Souterrain einer schmalen Gasse im jüdischen Ghetto, und er führte mich ziemlich wortkarg durch sein verwinkeltes Geschäftslokal. Ettorio hatte nichts renoviert, als er den Laden übernommen hatte. Er liebte damals schon die Patina, den drohenden Verfall, das Zeugnis der vergangenen Zeit, und so blieb alles beim Alten.«

Das Taxi rollte über die Piazza Venezia und musste an einer Kreuzung anhalten, wo sich ein Touristenbus mühsam um die Ecke quälte.

»Wir blieben stets in mehr oder weniger lockerem Kontakt«, erklärte John. »Ich war viel unterwegs, und seine Briefe erreichten mich oft erst vier oder sechs Wochen später. Mit der Zeit erweiterte Ettorio sein Angebot, zu den Bilderrahmen kamen Gemälde, Bücher, Drucke, Autographen, alte Dokumente und ab und zu auch einmal das eine oder andere Bild vom Schwarzmarkt, wie man zwischen den Zeilen seiner Briefe herauslesen konnte. Doch nach und nach wurden die Schreiben und Ansichtskarten weniger, und nachdem ich Afrika verlassen hatte und nach Südamerika gegangen war, habe ich von Ettorio gar nichts mehr gehört.«

»Vielleicht lebt er nicht mehr oder hat lang schon sein Geschäft verkauft?«, warf Llewellyn ein.

»Das werden wir gleich feststellen«, sagte John und wies auf ein großes weißes Gebäude inmitten hoher Bäume. »Da ist schon die große Synagoge.«

»Wir biegen gerade in die Via del Portico di Ottavia ein, Signore«, erklärte der Fahrer und drehte sich halb zu John um. »Soll ich Sie direkt vor dem Restaurant aussteigen lassen? Oder möchten Sie bis zum Beginn der Fußgängerzone vorfahren?«

»Ich denke, der Laden war in einer Seitengasse am Ende der Straße«, erinnerte sich John.

»Nessun problema«, murmelte der Fahrer und hielt vor einem dreistöckigen Gebäude, auf dem die italienische, die israelische und die europäische Flagge wehten.

Hier, auf dem kleinen dreieckigen Platz, lagen mehrere koschere Restaurants nebeneinander, und alle hatten lange Tische auf die Straße gestellt, an denen sich Touristen und Einheimische drängten.

Nachdem John den Fahrer gebeten hatte, auf sie zu warten, schaute er sich suchend um und ging dann mit Llewellyn im Schlepptau zielstrebig tiefer in eine der schmalen Gassen hinein. Die Via della Reginella war kaum breit genug für einen Fiat 500, und die Häuser schienen dichter zusammenzurücken.

»Von hier aus ist es nicht mehr weit bis in das Herz der Stadt«, erklärte John. »Das Pantheon liegt genau vor uns. Aber so weit gehen wir nicht.«

Er wies auf eine Reihe von Schaufenstern, die schon länger nicht mehr geputzt worden waren. Kleine Plakate waren nur flüchtig entfernt worden, Papierfetzen klebten noch auf dem Glas. Dazwischen lehnte ein alter Tretroller an der Wand. Irgendwo in den oberen Stockwerken zeterte eine Frauenstimme, und es roch nach Stockfisch. Mit einem Mal schien die touristische Weltstadt Rom meilenweit entfernt.

Die beiden Männer hielten auf eine hellgrün gestrichene Eisentür zu, deren Scheiben gesprungen waren und auf die jemand mit schwarzem Filzstift »Se c'è un inferno, si chiama Roma« geschrieben hatte. Der Staub und die verwelkten Blätter, die auf den Stufen lagen, verhießen nichts Gutes. Die fleckigen Messingbuchstaben über dem Eingang verkündeten: »ornici«. Irgendjemand musste das »C« abmontiert und mitgenommen haben.

»Ich denke, Ettorio ist schon vor einiger Zeit in Pension gegangen oder hat seinen Sarg bezogen«, murmelte Llewellyn und versuchte, durch die Scheiben ins Innere des Ladens zu schauen.

Alles war dunkel.

Versuchsweise drückte er auf die Klinke. Es quietschte erbärmlich, aber die Tür blieb zu.

»Ruhestand passt nicht zu Ettorio, den tragen sie eher aus seinem Laden, mit den Füßen nach vorn«, erwiderte John leise in seinem Rücken. »Kennst du die Morsezeichen für SOS?«

Der Major zuckte mit den Achseln. »Ich kann hier auch den Text von ›Rule, Britannia!‹ klopfen, das wird nichts nützen, der Laden ist verwaist. Du hättest früher kommen sollen. So ein, zwei Jahrzehnte vielleicht?«

Trotzdem streckte John seinen Arm über die Schulter Llewellyns und klopfte einen Rhythmus an das Glas.

Nichts.

Ein Moped röhrte viel zu schnell durch die enge Gasse, und die Lärmwellen brachen sich an den Hauswänden. Jemand schimpfte lautstark dem Fahrer hinterher.

Im Laden rührte sich noch immer nichts.

Llewellyn versuchte, den Staub von den Scheiben der Tür

zu wischen und einen Blick die Stufen hinab zu ergattern, doch dahinter war es schwarz. »Wenn du mich fragst, dann hat dein überlebender Kosmopolit Ettorio seine letzte Reise angetreten, und wir können hier klopfen, so lange wir wollen«, stellte er fest und trat resigniert zurück. »Komm, lass uns lieber Amber auf einen Drink einladen.«

In diesem Moment geschah etwas Seltsames.

Mit einem Summen sprang die Tür auf, einen Spalt breit. Doch niemand zog sie weiter auf, niemand stieg die Stufen herauf, aus dem Laden drang kein Laut. Hinter den Schaufenstern blieb es stockdunkel.

Llewellyn sah John misstrauisch an, blickte die schmale Gasse hinauf und hinunter.

Sie war menschenleer.

Plötzlich lag eine Pistole in der Hand des Majors, er stieß die Tür auf und ging in die Hocke. Vor ihm lag ein Dutzend Stufen, die in die Tiefe führten.

»Warte, Llewellyn«, raunte John und legte dem Waliser die Hand auf die Schulter. Dann stieg er an ihm vorbei die Treppe hinunter in das Halbdunkel des Ladens. »Ettorio?«

Die Stimme des Piloten verebbte zwischen den Regalwänden mit Rahmen, Kunstbüchern und verstaubten Büsten längst verstorbener Persönlichkeiten. Rasch sah John sich um. Die Schaufenster waren nach innen mit dicken schwarzen Vorhängen abgehängt, die keinen Lichtschein durchließen. Das erklärte das Dunkel.

»Ettorio! Bist du da?«

Stille.

Es roch nach abgestandener Luft, altem Papier und Ölfarbe. Vorsichtig tastete sich John weiter. Langsam gewöhnten seine Augen sich an das Zwielicht. Die Deckenbögen, hie und da gesprungen, schienen die Last des darüber liegenden Hauses gerade noch tragen zu können. Große Spinnweben hingen von der Decke.

»Wo soll ich sonst sein?«

Die gespenstisch heisere Stimme direkt neben ihm ließ John zusammenzucken.

»John Finch ist nach zehn Jahren wieder aus der Versenkung aufgetaucht, in Rom gelandet und steht mit einem Mal in meinem Laden. Sollte ich geschmeichelt sein?«

»Sie sollten vor allem Ihre Hände so halten, dass ich sie sehen kann«, kam die ruhige Stimme von Llewellyn aus der Dunkelheit und ersparte John eine Antwort. »Und bevor wir die Honneurs machen, schalten Sie in diesem verdammten Loch die Beleuchtung ein. Ich sehe gerne, wen ich erschieße.«

Das Lachen Ettorios klang wie Sandpapier, das aneinanderrieb, raschelte noch ein wenig und ging dann in ein Husten über. Nach und nach flammten einige Glühlampen über den Regalen auf, tauchten das Gewölbe in gelbliches Licht.

»Ich hoffe, jetzt können Sie mich nicht mehr verfehlen.« Der schmächtige, alte Mann mit dem krausen grauen Haar und dem wirren Bart warf Llewellyn über die randlose Brille einen ironischen Blick zu. »Aber glauben Sie mir, ich bin für niemanden mehr eine Gefahr.«

»Ich glaube gar nichts, deswegen bin ich noch immer hier«, gab Llewellyn trocken zurück. Seine Pistole zeigte unverwandt auf Palladini.

»Das bringt sein Beruf mit sich, Ettorio.« John lehnte an einem der Regale und betrachtete den Kunsthändler in seinem abgetragenen schwarzen Mantel mit einem dünnen Lächeln. »Der Laden sieht von außen nicht sehr vertrauenserweckend aus. Eher verlassen und vergessen.«

Er gab Llewellyn ein Zeichen, und der Major steckte die Pistole weg.

Der alte Mann senkte den Blick und nickte gedankenverloren, strich mit einer faltigen Hand über die Bilderrahmen neben ihm. »Verlassen und vergessen, ja. Du weißt gar nicht, wie recht du damit hast. Ich bin nur mehr ein Schatten in der Erinnerung dieser Stadt. Zu nichts mehr nutze. Seit Jahren kreisen die Immobilienhändler des Vatikans wie die Geier um mich herum, um endlich an mein Haus zu kommen und den Laden zu überhöhten Preisen weitervermieten zu können. Das alte Ghetto ist ein angesagtes Viertel, mit Steigerungspotential, wie man heute sagt.« Er humpelte los und streckte seine Hand aus. Das breite Lächeln wirkte ehrlich und nicht aufgesetzt. »Willkommen in meinem kleinen Reich. Schön, dass du doch noch einmal hierhergefunden hast. Ich habe dich allerdings nicht so schnell erwartet.«

John runzelte verwirrt die Stirn und schüttelte die kalte, knochige Hand. Schnell? War Ettorio in seinem dunklen Laden und seiner Einsamkeit mit den Jahren auch sein Verstand abhandengekommen?

»So schnell? Wieso? Ich verstehe nicht …?«, begann John etwas verwirrt, doch der alte Mann drehte sich nur um, griff nach seinem Stock und humpelte weiter in den Laden hinein. Dabei redete er unentwegt vor sich hin.

»Ich glaube, wir sollten wieder verschwinden«, flüsterte Llewellyn und schaute dem alten Mann nach. »Dein Ettorio hat nicht mehr alle Tassen im Schrank. Wir vergeuden hier unsere Zeit. Außerdem wartet noch immer unser Taxi. Und Amber …«

»Wo bleibt ihr denn?«, ertönte es da aus den Tiefen des Regallabyrinths. »Kommt ihr endlich?«

John zuckte mit den Schultern und folgte der Stimme Ettorios. Am Ende eines der Gänge sah er den Kunsthändler im Lichtschein einer Schreibtischlampe stehen, auf seinen Stock gestützt.

»Oder habt ihr Angst, dass ich den letzten Rest Verstand verloren hätte?«

Als John den erstaunlich aufgeräumten Schreibtisch neben dem überfüllten Kleiderständer erreichte, sah er zu seiner Überraschung einen aufgeklappten Laptop mit großem Bildschirm. Daneben standen noch sechs weitere Bildschirme, offenbar an Überwachungskameras im Laden angeschlossen. Auf einem waren John, Llewellyn und Ettorio vor dem Schreibtisch zu sehen.

Auf dem Flatscreen jedoch …

»Es ist seit Stunden in den Nachrichten, auch in den italienischen«, unterbrach Ettorio seine Gedanken. »Du hast also einen Gaddafi ausgeflogen, den letzten der Sippe. Hast ihn in Tunis schwer verletzt den Behörden übergeben.«

… auf dem Flatscreen Gaddafi auf einer Trage, umringt von Ärzten, Sanitätern und Polizisten …

»Allerdings muss der Oberst ziemlich sauer auf dich gewesen sein und hat dich verpfiffen«, fuhr der alte Mann unbeirrt fort. »Du hättest seine rechte Hand, einen gewissen Leutnant Umar, nach dem Start getötet und ihn einfach aus dem Flugzeug geworfen.«

Der Nachrichtensprecher erschien, darunter ein Laufband mit arabischen Buchstaben, und ein Foto von John wurde eingeblendet.

»Was du hier siehst, ist Hannibal-TV, ein tunesischer Online-Privatsender. Man sollte nämlich einen alten, unrasierten Mann nicht dem ersten Anschein nach beurteilen.« Ettorio warf einen Seitenblick auf Llewellyn, der ebenfalls gebannt die News verfolgte. »Die tunesischen Behörden haben eine Suchmannschaft auf den Weg gebracht, um Umars Leiche zu finden …« Ettorio ließ sich in seinen Schreibtischsessel sinken und las weiter vor. »… und einen internationalen Haftbefehl ausgestellt. Auf den Namen John Finch.«

Héliport de Monaco, Monte Carlo/Monaco

»Nein, wir können Ihnen keinen Helikopter ohne Piloten verchartern«, antwortete die Dame am Telefon von Helifly Monaco nachdrücklich. »Das ist eine Versicherungssache, und da können wir Ihnen leider unter keinen Umständen entgegenkommen.«

»Hmm, ich verstehe.« Der Anrufer schien kurz zu überlegen. »Ist es dann möglich, uns unterwegs zusteigen zu lassen? Das würde uns wenigstens die Fahrt nach Monaco ersparen.«

»Sie meinen eine Außenlandung? Wenn es nicht gerade im Naturpark ist oder in einer Zone, in der wir keine Erlaubnis erhalten, sollte das kein Problem sein.« Sie zog eine der Schubladen ihres Schreibtisches auf und nahm eine Karte heraus, die sie etwas mühsam mit einer Hand ausbreitete. »Wann und wo haben Sie sich das vorgestellt?«

»Am Ufer des Lac du Boréon, oberhalb von Saint-Martin-Vésubie«, antwortete der Anrufer prompt. »Wir würden gerne einen Flug über die Alpes-Maritimes machen, das Licht am frühen Abend auf den Bergen genießen und dann nach Nizza zurückkehren. Heute noch.«

Die Angestellte der Helifly warf einen kurzen Blick auf die Flugpläne und suchte dann auf der Karte den Bergsee, der auf tausendfünfhundert Metern Höhe lag und oftmals als Ausgangspunkt für Touren in die umliegenden Berge genutzt wurde.

»Das lässt sich einrichten, allerdings unter zwei Bedingungen: Der Pilot startet sofort, weil es sonst zu spät wird, und Sie bezahlen den Flug im Voraus inklusive eines Deposits von zweitausend Euro. Da Sie keiner unserer Stammkunden sind ...«, es klang entschuldigend, »... und für den Fall, dass der Flug länger dauert als geplant«, fügte sie rasch hinzu.

»Das ist kein Problem«, erwiderte der Anrufer. »In fünfzehn Minuten kommt einer meiner Mitarbeiter bei Ihnen im Büro vorbei und erledigt das. Am Südufer des Sees gibt es eine Art Scheune mit einer großen Lichtung. Windgeschützt und ein perfekter Landeplatz für den Hubschrauber. Welches Modell würden Sie uns schicken?«

»Wie viele Passagiere werden es insgesamt?«

»Ach, drei oder vier, das hängt davon ab, ob gute Freunde uns begleiten werden«, antwortete der Anrufer.

»Dann empfehle ich einen Eurocopter AS350 B2 mit einer Einsatzhöhe von bis zu viertausend Metern, das sollte für die Alpes-Maritimes reichen«, sagte die Sekretärin geschäftsmäßig. »Der Start erfolgt in wenigen Minuten, die Flugstrecke beträgt keine fünfzig Kilometer Luftlinie. Erwarten Sie den Heli also in rund dreißig Minuten.« Sie machte sich eine Notiz. »Danke für Ihren Anruf und Ihren Auftrag. Gibt es eine Telefonnummer, unter der ich Sie erreichen kann, falls es noch Rückfragen geben sollte?«

Doch der Anrufer hatte bereits aufgelegt.

Valle Maira, Piemont/Italien

Alessandro öffnete die Haustür der Casa Nascosta und hängte den Helm mit den Handschuhen an den Haken. Dann ging er in die Küche und holte sich ein Mineralwasser aus dem Kühlschrank.

Wer zum Teufel wollte in Frankreich erneut etwas von ihm?

Am späten Vormittag hatte er einen Ausflug nach Cuneo gemacht, Einkäufe erledigt und war bei Jeanette ins Internet gegangen. Nachdem er die Verschlüsselungssoftware Tor gestartet und bei der »London Times« routinemäßig die Anzeigen kontrolliert hatte, war er überrascht gewesen, tatsächlich erneut eine Annonce zu finden. Unter »Geburten« stand: »Ein Sohn mit Namen Rebus wurde John und Harriet Smith in Ipswitch geboren.« Daneben eine Telefonnummer, die mit »0033« begann.

Frankreich. Eine Mobilnummer.

Alessandro hatte sie notiert, die Verbindung gekappt und war durch den Hintereingang wieder aus dem Friseursalon verschwunden.

Der gelbe Post-it-Zettel mit der Telefonnummer klebte nun an seinem Kühlschrank und schien ihn anzustarren.

Er mochte es nicht, zwei Mal hintereinander Aufträge aus demselben Land anzunehmen. Es war gegen sein Prinzip. Dazu war sein Job zu subtil, zu sehr auf Geheimhaltung und

Diskretion gegründet. Die Chance, schlafende Hunde zu wecken, an den Falschen zu geraten, die Polizei aufzuschrecken oder sein Gesicht in einem der Magazine zu sehen, und sei es nur aus Zufall, war einfach zu groß.

Oder war es Aberglauben?

Er dachte an die zweihunderttausend Euro im ersten Stock, in seinem Schrank versteckt. Genug, um ein Jahr zu pausieren, wieder unterzutauchen, sich anderen Dingen zu widmen. Etwa in aller Ruhe den alten Maserati zu restaurieren, der noch zugedeckt in Wien in der Garage stand und darauf wartete, irgendwann wieder einmal auf den Straßen der Mille Miglia zu fahren. Nach Florenz, Siena oder Rom.

Eine Versicherung, die gestohlene Kunstwerke suchen lassen wollte?

Alessandro stand vor dem Kühlschrank und überlegte, hypnotisierte den gelben Zettel. Bisher war er vorsichtig gewesen und immer auf Nummer sicher gegangen. Keiner kannte seinen richtigen Namen, sein Gesicht oder nur die kleinste Einzelheit seines Lebens. Es gab keine Rückverfolgung über Telefonnummern oder Bankkonten, keine Versicherungen oder Kreditkarten, ganz einfach, weil er keine hatte. Selbst die Varadero war auf Jeanette zugelassen. Und die wusste wiederum zu wenig über ihn, um irgendetwas ausplaudern zu können. Keine losen Enden. Er nahm einen tiefen Zug aus der kalten Flasche.

Ein bestohlener Sammler?

Natürlich hatte er sich mit seinen Wiederbeschaffungsaktionen über die Jahre genügend Feinde gemacht. Es würde ihn nicht wundern, wenn die internationale Kunstmafia inzwischen einen Kopfpreis auf ihn ausgesetzt hätte. Ein Grund mehr, vorsichtig zu sein.

Wieder ein Museum?

Es gab Hunderte Bilder, die in den letzten Jahrzehnten in

Europa und Übersee gestohlen worden und nie wieder aufgetaucht waren. Jobs für die nächsten Generationen, dachte Alessandro und leerte die Mineralwasserflasche endgültig. Zeit für einen Nachmittagstee.

Entschlossen riss er den Zettel von der Kühlschranktür, zerknüllte ihn und steckte ihn in seine Hosentasche.

Lac du Boréon/Frankreich

Der rot-weiße Eurocopter mit der großen Aufschrift »Helifly Monaco« schwenkte pünktlich über dem Stausee ein und flog von Norden einen direkten Anflug auf die große Wiese, die sich bis zum Ufer erstreckte. Zwei kurze rote Fahnen waren auf dem gemähten Rasen in den richtigen Abständen platziert, und der Pilot, angenehm überrascht, reduzierte weiter die Geschwindigkeit. Es war windstill, und über den grauen Bergen der Alpes-Maritimes spannte sich ein tiefblauer Himmel. Vereinzelt waren Wanderer zu sehen, die mit Rucksäcken und Wanderstöcken bewaffnet die Straße weiter in Richtung Boréon-Hochtal in Angriff nahmen.

Nach einem letzten Kontrollblick – keine Stromleitungen, keine Kabel von Lastenseilbahnen, nach wie vor kein Wind – setzte der Pilot den Eurocopter sanft auf, wartete kurz und fuhr dann die Turbine herunter.

Ideales Flugwetter, dachte er, betrachtete die in der Abendluft scharf umrissenen Hänge und Kare. Er freute sich über den Auftrag, der ihn zum ersten Mal seit Langem aus dem Steindschungel der Küstenstädte heraus in die Berge gebracht hatte.

In diesem Moment quäkte das Funkgerät. »Heli fünf, bitte melden.«

Der Pilot griff zum Mikrofon.

»Hier ist Heli fünf, was ist los, Yolande? Ich bin gerade gelandet und …«

»Dein Fluggast hat bisher noch nicht bezahlt, es kam niemand mit der Kohle vorbei, wie er es angekündigt hatte. Also entweder er zahlt cash bei dir, oder ...«

*

Der Mann, der wie aus dem Nichts neben dem Helikopter auftauchte, trug einen Parka, Bergschuhe und eine dunkelgrüne Cargo-Hose. Seine Basecap war tief ins Gesicht gezogen, und er hielt sie mit einer Hand fest, damit der Sog der Rotorblätter sie ihm nicht vom Kopf wehte. In der anderen hielt er eine Beretta-Pistole, und als er sah, dass der Pilot stirnrunzelnd ins Mikrofon sprach, zögerte er keinen Moment. Er riss die Cockpit-Tür auf, holte aus und zog dem völlig überraschten Piloten den Lauf der Waffe quer übers Gesicht. Der brach leise aufstöhnend bewusstlos in seinem Sitz zusammen.

»Georges? Hörst du mich noch?«, kam es aus dem Lautsprecher. »Hast du mich verstanden?«

Der Angreifer zog dem Piloten Kopfhörer und Mikro vom Kopf und schaltete kurzerhand das Funkgerät aus. Dann gab er zwei Männern, die unter den Bäumen gewartet hatten, ein Zeichen, und sie liefen los. »Den Piloten nach hinten auf die Bank, schnell! Wir sitzen hier auf dem Präsentierteller«, zischte er den beiden zu, die mit ihren ausladenden Rucksäcken und den roten Anoraks wie Bergsteiger vor einer ausgedehnten Tour durch das französisch-italienische Grenzgebiet aussahen.

Vier Minuten später war Heli fünf wieder in der Luft und folgte der unbefestigten Straße Richtung Dronero.

»Wie lange noch bis zum Ziel?«, erkundigte sich einer der Männer. Er hatte neben dem besinnungslosen Piloten auf der Rückbank Platz genommen, rollte den Ärmel des Ohnmächtigen hoch und setzte ihm gekonnt eine Spritze.

»Rund zwanzig Minuten. Ihr könnt schon mal das GPS starten.«

Der Angreifer hatte den Platz des Piloten eingenommen und steuerte den Eurocopter sicher durch das Berglabyrinth.

»In drei Minuten sind wir am Col de Fenestre, an der italienischen Grenze, ab da fliegen wir in Augenhöhe der Murmeltiere. Ich möchte keinesfalls die italienische Luftabwehr auf dumme Gedanken bringen.«

Der Mann neben ihm zog ein kleines GPS-Gerät aus dem Anorak, startete es und wartete auf das Signal.

Der Rundum-Blick war atemberaubend. Bergketten, so weit das Auge reichte, weit im Nordosten leuchteten die schneebedeckten Gipfel der Alpen, im Südosten lagen die grünen Täler des Piemonts und Liguriens.

In 2490 Meter Höhe donnerte der Eurocopter über den verschneiten Bergkamm ostwärts. Sobald er die Grenze überflogen hatte, drückte der Pilot den Hubschrauber nach unten, und die Flanken des Abhangs schienen bedrohlich schnell auf den Hubschrauber zuzurasen. Dann startete er die Stoppuhr und konzentrierte sich auf das schroffe Gelände.

»Signal ist da«, meldete der Mann neben ihm nach einem Blick auf das Display des GPS.

»Dann wollen wir mal talwärts rodeln!« Der Pilot grinste und drückte die Nase des Hubschraubers weiter nach unten. »Wir bleiben unterhalb der Gipfel, dann werden uns die Italiener nicht erfassen, aber uns steht ein Slalom durch drei weitere Bergketten bevor. Dann werden die Alpes-Maritimes flacher und die Fliegerei einfacher. Zwanzig Minuten noch, wenn uns der Teufel nicht in die Suppe spuckt.«

Valle Maira, Piemont/Italien

Alessandro hatte sich mit seinem Tee und einem Tablet-PC aufs Sofa zurückgezogen und spielte Mah-Jongg, im Hintergrund lief der Fernseher. Irgendein Knabenchor schmalzte Großmutter-Geburtstags-Lieder, aber die Fernbedienung lag außer Reichweite und damit auch außerhalb des Wendekreises des inneren Schweinehundes. So durften die Jungspatzen noch etwas länger trällern, während er fast automatisch die Spielsteine verschob und dabei über seine nächsten Schritte nachdachte.

West Palm Beach? Eindeutig zu heiß um diese Jahreszeit, die alte Chris Craft würde noch etwas warten müssen.

Wien? Einen Zug nach Wien zu nehmen wäre eine Option, er war bereits mehr als ein halbes Jahr nicht mehr da gewesen. Ein paar Abende beim Heurigen, ein Eis bei Tichy am Reumannplatz, ein Spaziergang mit Freunden im Wienerwald, inmitten einer Meute schwanzwedelnder Hunde. Und dann war da noch der Maserati …

Alessandro lächelte. Wien war der richtige Platz zum Ausspannen nach der langen Suche nach dem Picasso.

Die Recherche hatte ihn mehr als sechs Monate auf Trab gehalten und ihn fast fünfzigtausend Euro gekostet. Er hatte seine besten Quellen anzapfen, alle Register ziehen müssen. Die Schweizer Kunstbranche war traditionell eine der verschwiegensten und elitärsten der Welt. Einige Male war er kurz davor gewesen, das Projekt abzubrechen, nachdem er in Sackgassen der Recherche gelandet war. Informationen, auf die er gebaut hatte, hatten sich nur zu oft als Legenden herausgestellt. Die Wege des Picasso hatten sich nach dem Diebstahl im Zwielicht eines parallelen Kunstmarkts verloren, einer Halbwelt zwischen Hehlern und Händlern, Sammlern und Versicherungen, hochwertigem Angebot und diskreter Nachfrage. Eine eingeschworene Gesellschaft, in der sich viele kannten, mit zweistelligen Millionenbeträgen nach Bedarf spielten, Informationen unter der Hand austauschten und eifersüchtig darüber wachten, dass ihr weltweites Spielfeld nicht durch zu viele Neulinge entweiht wurde. Exklusivität, Ruhe, strikte Kontrolle und der Erhalt der Strukturen, das waren die Säulen dieser Welt.

Bis er das erste Mal vor dem Wohnhaus in Lugano gestanden und herausgefunden hatte, dass der Picasso tatsächlich in dem Penthouse hing …

Oder vielleicht doch Rom? Seine kleine, verwinkelte Dachgeschosswohnung in Trastevere, mit der großzügigen Terrasse zwischen Schornsteinen und Fernsehantennen und dem unvergesslichen Blick über die Landschaft der Hunderte Hausdächer bis zu den Hügeln vor den Toren der Stadt, hatte er bis vor einigen Wochen einem Freund zur Verfügung gestellt, der in den Archiven des Vatikans recherchiert hatte. Nun war sie wieder frei, der Journalist nach Berlin zurückgekehrt. Zeit also für ein frisches Panini und einen Espresso im Likeat oder einen Cocktail im SoCo? Oder die Spaghetti alle vongole in der Osteria von Francesco? Und ansonsten ziellos durch die engen Straßen der Ewigen Stadt wandern, sich treiben lassen und in einer der alten, kühlen Kirchen zur Ruhe kommen?

Im Fernseher waren die Domspatzen einer Reisedokumentation über das kulinarische Kanada gewichen. Vermont und Quebec.

Die französische Telefonnummer kam ihm wieder in den Sinn.

Also definitiv kein Urlaub in Paris.

*

»Ihr könnt euch vorbereiten«, sagte der Pilot und schwenkte den Hubschrauber, die Karte auf den Knien, ins Maira-Tal ein. »Wir sind in zwei Minuten da.«

Der Mann neben ihm griff in seine Tasche und zog ein Metall-Ei hervor, das unwesentlich größer war als ein Hühnerei und matt glänzte. Dann kontrollierte er erneut das GPS-Signal. »Soviel ich weiß, ist es das letzte Haus zum Berghang hin. Graues Dach, getarnte Photovoltaik.«

»Korrekt. Wie soll ich anfliegen?«

»Höhe hundert Meter über dem Ziel, kurz langsamer werden, Abwurf, dann weite Kurve nach rechts mit Vollgas.« Der Mann auf dem Rücksitz schob den noch immer bewusstlosen Helifly-Piloten zur Seite und schulterte seinen Rucksack. Dann zurrte er ihn fest.

Der Pilot warf dem Mann neben ihm einen Blick zu. Als er das Ei in dessen Hand sah, wurden seine Augen groß. »Das ist alles? Was willst du damit? Seine Dachluken einwerfen?«

Der Mann lächelte sparsam. »Neuester Sprengstoff, dagegen ist TNT eine lahme Ente. Sollte ein Medikament für Herzkranke werden, ging aber schon im Labor hoch. Zwanzig Milligramm reichten, um den Raum zu verwüsten und einen der Forscher ins Krankenhaus zu bomben. Die größte Herausforderung der letzten Jahre war es, das Zeug stabil und transportabel zu machen. Das hier …«, er wog das Ei in seiner Linken,

»... sollte reichen, um den gesamten Ort auszuradieren. Ist also nicht so wichtig, ob wir genau treffen. Du solltest uns nur rasch genug wegbringen, damit uns die Explosion nicht vom Himmel fegt.«

*

Flogen die Kanadier ihre Top-Restaurants jetzt schon mit dem Hubschrauber an? Alessandro wunderte sich und schaute auf. Doch im Fernsehen zerkleinerte ein etwas verwirrt dreinschauender Küchenchef mit zerzausten Haaren messerschwingend die Zutaten für eine Bouillabaisse. Kein Hubschrauber weit und breit.

Und doch ...

Das Geräusch von Rotorblättern schien näher zu kommen ...

Er sprang auf und rannte zum Fenster. Ein rot-weißer Hubschrauber flog das Tal herunter, kam von den Cottischen Alpen her. Er mochte noch einen halben Kilometer entfernt sein, wenn überhaupt. Und hielt genau auf ihn zu.

»Scheiße!«, stieß Alessandro hervor, hastete zum Schrank, ergriff das Päckchen mit dem Geld und der Pistole und stürzte die Treppe hinunter.

*

»Drei – zwei – eins – Go! Nichts wie weg von hier!«

Das unscheinbare Ei fiel aus der offenen Türe, wurde immer kleiner und verschwand schließlich aus dem Blickfeld der Helikopter-Besatzung.

Sofort gab der Pilot Vollgas, riss den Hubschrauber hoch und legte ihn gleichzeitig in eine Rechtskurve, weg vom

Haus und der verlassenen Ansammlung halbverfallener Steinbauten.

Dann ging die Welt im oberen Maira-Tal unter.

Eine gleißend weiße Stichflamme schien erst in den Himmel zu schießen, dann verwandelte sie sich in einen Feuerball, der immer weiter wuchs. Unmittelbar danach fegte eine unglaubliche Druckwelle erst durch den Ort, dann weiter durch das Hochtal. Sie legte die alten Steinhäuser wie Kartenhäuser um, riss Bäume aus und zerstörte im Bruchteil einer Sekunde die kleine Kapelle. Doch sie raste noch weiter. Grollend und mit elementarer Kraft, begleitet von Donner und tosendem Lärm, brandete sie an die Berghänge.

Der Pilot im flüchtenden Hubschrauber hatte Mühe, den Helikopter unter Kontrolle zu halten. Eine eiserne Faust schien ihn gepackt zu haben, zu schütteln und nicht mehr loszulassen.

»Was ist das für ein Teufelszeug!?«, schrie er in einem Anflug von Panik, während er verzweifelt versuchte, der Druckwelle zu entkommen.

Doch der Hubschrauber stand fast still in den brausenden Luftmassen, wurde geschüttelt, hin und her gestoßen.

»Ein Gruß aus der Hölle!« Der Mann auf dem Sitz neben ihm hatte gewusst, was kommen würde, hatte sich mit den Füßen verkeilt und zurrte nun seinen Rucksack ebenfalls fest. Der Höhenmesser zeigte sechshundert Meter über Grund. Er gab dem Mann auf der Rückbank ein Zeichen. Der öffnete sofort die Tür und ließ sich aus dem Helikopter fallen.

Der Pilot schaute verwirrt über seine Schulter nach hinten, auf die offene Tür, den bewusstlosen Monegassen, dann auf den Mann neben sich. »Was soll das? Ich dachte …«, stotterte er.

Doch der Mann auf dem Copiloten-Sitz schnallte sich los,

öffnete die Tür, griff in seinen Anorak und zog eine kleine .22er-Pistole hervor. »Planänderung«, rief er über den Turbinenlärm hinweg und drückte zweimal den Abzug. Dann ließ er sich ebenfalls aus dem Hubschrauber fallen.

Via della Reginella, Rom/Italien

»Du hast also ein Notizbuch von Umar…« Ettorio drehte nachdenklich die Fotografie des Poussin-Gemäldes zwischen den Fingern und legte sie dann neben den Laptop.

Der Pilot hatte ihm den Ablauf der Ereignisse geschildert, vom Start in Ghad bis zur Landung in Tunis. Inklusive seiner Verhandlung mit den Polizeibehörden. Nur Amber hatte er außen vor gelassen.

»Ja, aber dieses Notizbuch ist ein Sammelsurium von verschiedenen Schriften und Sprachen, teilweise verschlüsselt«, antwortete John ausweichend und tippte mit dem Finger auf das Foto. »*Das* ist unser erstes Rätsel und derzeit wohl unser vordringlichstes.«

»Vielleicht hat das Bild Umar einfach nur gefallen, hast du das schon einmal bedacht?« Ettorio lachte ein wenig. »Manchmal sind einfache Erklärungen die zielführendsten.«

»Dann erklär uns die arabische Zeile am unteren Rand: ›Die Drei. Der erste Kreis des Wissens‹. Und die Warnung Gaddafis, sich lieber nicht in die Geschichte einzumischen.«

»Hmm… Da ist was dran.«

Llewellyn schaute ungeduldig auf die Uhr. Das Taxi wartete noch immer auf der Straße. Amber im Hotel. Hoffentlich.

Der Haftbefehl hatte so ziemlich alle Pläne über den Haufen geworfen, und ohne Amber würde die DC-3 nicht so schnell vom Flughafen Fiumicino abheben.

»Was weißt du über das Gemälde?«, erkundigte sich der alte Mann unvermittelt. »Poussin war ein komplexer Maler, vielschichtig und tiefgründig. Ein neugieriger Mensch, tief verbunden mit der Welt der Symbole, der Farben, der Numerologie, aber auch politisch interessiert und umfassend gebildet. Er war gut vernetzt in seiner Zeit. Ich hatte einmal ... Egal. Wie weit seid ihr gekommen?«

»Wir haben mit einem Kunstexperten der Universität gesprochen, bevor wir zu dir gekommen sind«, sagte John, »der erzählte uns von Poussin, seinem Leben und dem Bild.«

»Kunstexperte ...« Ettorios Stimme klang abfällig. »Das heißt nichts und alles. Die gibt es hier wie Sand am Meer. Was konnte er euch zu den ›Hirten von Arkadien‹ sagen?«

»Grundsätzliches.« Llewellyn war der alte Mann suspekt. »Ich denke, wir sollten jetzt gehen.«

»Ich denke, ihr solltet mir jetzt gut zuhören«, gab Ettorio zurück, und ein trockener Husten schüttelte ihn, »denn Grundsätzliches hilft euch in diesem Fall gar nichts. Zuerst zum Inhalt. Das Bild zeigt drei Hirten – die Drei – und eine Hirtin oder Göttin vor einem Sarkophag. Wo die Szene spielt, das lassen wir erst einmal dahingestellt. Einige interpretieren die Gegend von Rennes-le-Château in Südfrankreich in den Hintergrund hinein, andere sprechen vom mythischen Land Arkadien. Von den drei Hirten sind zwei mit Lorbeer bekränzt. Lorbeer, das Symbol des Ruhms und der Unsterblichkeit. Einer von ihnen trägt keinen Kranz, nämlich der bärtige, dunkelhaarige Hirte, der vor dem Grabmal kniet und mit seinem Finger auf die Inschrift zeigt oder versucht, sie zu entziffern.« Ettorio nahm das Foto wieder in die Hand und runzelte die Stirn. »Poussin hatte eine erste Version des Themas gemalt, was euch der Kunstexperte ja vielleicht schon gesagt hat. Es sieht nicht nur formal ganz anders aus als die zweite Version, sondern auch inhaltlich. Mit einem Totenkopf, einem alten Mann, der einen Fluss symbolisiert, und einem Sarkophag, der eher barock und nicht so streng geometrisch ist wie das Grabmal auf dem zweiten Gemälde. Und – es sind nur zwei Hirten und eine Hirtin in der ersten Version. Die Unterschrift des Bildes ...«, er tippte mit dem Finger auf den Text am unteren Ende des Fotos, »... bezieht sich also eindeutig auf die zweite Version. Aber nicht nur die Anzahl, auch die Anordnung der Personen ist eine ganz andere. Auf diesem Gemälde hat Poussin den gesamten Aufbau an einem Pentagramm orientiert. Darüber sind sich alle Experten einig. Nun, wenn man um das Pentagramm einen Kreis zieht, auf dem alle fünf Punkte liegen, dann befindet sich das Zentrum genau auf der Hand des knienden Hirten. Jener Hand, die auf den Schriftzug ›Et in arcadia ego‹ zeigt. Das ist euer erster Kreis des Wissens. Es geht um Geometrie, die Inschrift und die Unterschiede zur ersten Version des Themas.«

»Ich bin beeindruckt«, brummte Llewellyn und schaute dem alten Mann über die Schulter. »Aber woher kommt das Pentagramm? Einfach so, auf gut Glück drauflos zeichnen?«

Ettorio schüttelte den Kopf. »Das Gemälde hat die Maße 120 mal 87 Zentimeter, was ein Verhältnis von 1,3793:1 darstellt. Also nicht der so viel gerühmte goldene Schnitt, von dem Poussin hier abgekommen ist. In dem Bild lässt sich anhand eindeutiger Punkte ein Pentagon zeichnen. Und wer ein Pentagon hat, der hat auch ein Pentagramm. Symbol der Venus und von Abraxas, dem Gott der Gnostiker, Hüter eines religiösen Geheimwissens. In der christlichen Deutung steht der Fünfstern für die fünf Wunden des gekreuzigten Jesus. Das geflochtene Pentagramm, ein altes Glückssymbol, hat weder Anfang noch Ende und übernimmt damit im magischen Denken die Vollkommenheit des Kreises. Euer erster Kreis des Wissens.«

»Woher weißt du das alles?« John wunderte sich.

»Warum geht die Sonne im Osten auf? Wieso können Vögel fliegen?« Ettorio lächelte müde. »Ich habe in Rom mehr als fünfzig Jahre lang mit Kunst gehandelt, Bilder gerahmt, unzählige Menschen getroffen, die sich ebenfalls ein Leben lang mit Malerei beschäftigt haben. Weißt du, ohne Familie, ohne Frau und Kinder, hat man viel Zeit. Zeit zu lesen, zu forschen und zu studieren. Nachzudenken.« Er strich sich mit der Hand durch den Bart. »Kennst du das alte Sprichwort: ›Nur wer vergessen wird, ist wirklich tot‹? Ich bin schon lange tot, John, vor Jahren gestorben.«

Stille senkte sich über die Runde. In der Ferne konnte man die Glocken der Kirche San Nicola in Carcere hören.

»Ihr habt also hier ein Rätsel in Form eines Gemäldes von Nicolas Poussin. Und dieser Umar wusste entweder mehr darüber und hat das Foto selbst mit der arabischen Zeile versehen, oder er hat es bereits so bekommen. Und biss sich auch die Zähne aus. Also wenn überhaupt, dann kann euch nur das Notizbuch weiter Auskunft geben.« Ettorio schloss die Augen. »Bisher ergeben sich mehr Fragen als Antworten, fürchte ich. Wie viele Kreise des Wissens gibt es? Wenn der erste Kreis die Hirten von Arkadien sind, sozusagen der Startpunkt auf diesem Weg zum Licht der Erkenntnis, wohin sollen sie euch dann weisen?«

»Hier muss es um etwas äußerst Handfestes gehen«, wandte John ein, »und nicht nur um eine Art von Erleuchtung. Gaddafis Warnung war klar und deutlich. Und sehr eindringlich.«

»Dann solltet ihr vielleicht auch das Leben und Wirken von Umar recherchieren und versuchen, etwas mehr über ihn herauszufinden.« Ettorio öffnete die Augen wieder und fixierte

John. »Oder ihr lasst es sein und vergesst Poussin, die Hirten und den libyschen Leutnant. Du hast genug Probleme am Hals, meinst du nicht auch?«

John stieß sich von dem Regal ab, an dem er gelehnt hatte, und nickte Llewellyn zu. »Zeit, die Zelte abzubrechen.« Er ging zu Ettorio und legte dem alten Mann die Hand auf die Schulter. »Danke für alles. Ich halte dich auf dem Laufenden. Und wie du siehst, habe ich dich nicht vergessen, Ettorio. Du bist also noch nicht tot. Nicht mal im Ansatz.«

Als Llewellyn und John die grüne Metalltür hinter sich zuzogen und auf die Via della Reginella traten, fiel die Ladentür fast lautlos ins Schloss. Touristen wanderten in Gruppen in Richtung Pantheon, um in einem der bekannten Restaurants im Herzen Roms zu Abend zu essen.

»Er weiß viel, aber ich mag ihn nicht«, stellte der Waliser kurz angebunden fest.

»Vielleicht weiß er sogar zu viel«, murmelte John. »Zum Beispiel, dass Umar den Rang eines Leutnants in der libyschen Armee bekleidete. Das hat keiner von uns erwähnt.«

*

Ettorio blieb noch ein paar Minuten bewegungslos sitzen und starrte vor sich hin. Als das altmodische Telefon auf seinem Schreibtisch klingelte, hob er nach dem zweiten Läuten ab.

»Sie haben also ein Notizbuch von Umar.« Die Stimme war tief und sprach akzentfreies Englisch.

»Ja, es sieht so aus«, antwortete Ettorio kurz.

»Die Verbindung zu Ihrem Computer und der Kamera des Laptops war hervorragend, aber ich konnte das Farbfoto nicht richtig sehen. Waren das arabische Zeichen am unteren Rand?«

»Wer war der Mann, der John begleitete?« Der alte Mann ignorierte die Frage und schaute direkt in die Webcam des Laptops.

»Ein ehemaliger Spitzenagent des MI5, Major Llewellyn Thomas. Geborener Waliser, aus dem kleinen Ort Llandrindod Wells. Seine Eltern besaßen die lokale Gemischtwarenhandlung. Nach der Schule und einem abgebrochenen Studium machte er eine glanzvolle Karriere im Geheimdienst. War nicht überall beliebt, weil eher unbequem und sehr kritisch gegenüber seinen Vorgesetzten. Seit vier Jahren ist er im Unruhestand, wie er es selbst bezeichnet. Gefährlich, hartnäckig, ein Querkopf, der noch immer seine eigenen Wege geht. Hat nach wie vor sein altes Team im Hintergrund, Männer, die für ihn durchs Feuer gehen.«

Ettorio nickte gedankenverloren. »Ich hätte wetten können …«

»Sie hätten gewonnen«, lautete die lakonische Antwort. »Die Zeichen?«

»Ja, es waren arabische Zeichen, Sie haben richtig gesehen. Aber …«

»Aber?« Die Stimme klang etwas angespannt.

»Gaddafi hat nicht alles übersetzt.«

Damit legte Ettorio den Hörer sanft auf die Gabel zurück, bevor der Mann am anderen Ende der Leitung weitere Fragen stellen konnte.

Altes Jüdisches Ghetto, Rom/Italien

»Was machen wir jetzt?« Llewellyn zögerte. »Sollen wir uns den Touristen anschließen, einen Spaziergang machen und überlegen, oder nehmen wir das Taxi zu Ambers Hotel?«

»Wir trennen uns«, entschied John. »Du hast noch immer Urlaub ... und ich werde gesucht.«

»Träum weiter, John Finch«, gab Llewellyn zurück. »Ich habe gerade meinen Urlaub abgebrochen und meine Strandliege untervermietet. Was hast du vor?«

John lächelte, griff in die Tasche und zog Umars Taschenkalender hervor. »Wenn dem so ist ... dann nimm das Notizbuch, und bring es so schnell wie möglich zu Rodney. Ich denke auch, dass die Lösung – oder zumindest ein Teil davon – auf diesen Seiten zu finden ist. Wir würden daran wochenlang herumrätseln, Rodney ist der Experte. Du könntest Amber mit deinem walisischen Charme motivieren, die DC-3 zu nehmen und sie nach Duxford zu fliegen. Da sitzt ihre Firma, wie du weißt. Eine Rundum-Kur könnte der alten Dame guttun.« Er zwinkerte Llewellyn zu, der ihn erstaunt ansah. »Der DC-3 natürlich, was hast du gedacht ...? Ich behalte die Fotografie des Gemäldes und werde versuchen, so unauffällig wie möglich nordwärts zu fahren. Der große Vorteil der EU sind die offenen Grenzen. Solange ich also nicht auf einem Flughafen auftauche oder in eine überraschende Kontrolle gerate, sollte alles gut gehen. Haftbefehl hin oder her.«

»Und wohin willst du?« Llewellyn steckte sorgfältig das kleine Buch ein und schaute auf die Uhr.

»Wir bleiben telefonisch in Kontakt«, antwortete John ausweichend, winkte kurz und tauchte hinter einer Gruppe von jungen Römern unter, die fröhlich lachend die nächste Bar ansteuerten.

*

Als Llewellyn auf dem kleinen dreieckigen Platz ankam, war das Taxi auf den ersten Blick nirgendwo zu sehen. Gerade als der Major von einem Restaurant aus einen anderen Wagen rufen wollte, sah er den schwarzen Mercedes mit dem gelben Schild in einer der Seitenstraßen stehen. Im Innenraum brannte das Leselicht, und der Fahrer döste seelenruhig in seinem Sitz, das Society-Magazin aufgeschlagen auf seinem Schoß. Erleichtert ließ sich Llewellyn auf die Rücksitzbank fallen.

»Danke, dass Sie gewartet haben. Es hat etwas länger gedauert. Wir können jetzt ...«

Der Fahrer bewegte sich nicht, und bei Llewellyn begannen mit einem Schlag alle Alarmglocken zu schrillen. Da öffneten sich auch schon beide rückwärtigen Türen, und zwei Männer stiegen ein. Sie trugen elegante Jacketts und Leinenhosen und sahen so aus, als wären sie unterwegs zu einer Soiree. Die beiden Pistolen auf ihren Schößen zeigten unverwandt auf Llewellyn.

»Guten Abend, Major, und bitte bleiben Sie ruhig sitzen«, sagte der eine leise. »Der Fahrer schläft seinen Chloroform-Rausch aus und wird in wenigen Minuten wieder einsatzbereit sein. Dann wird er Sie auch gerne ins Hotel St. George bringen. Und wundern Sie sich nicht, wie gut wir informiert sind.

Sie wissen ja, wie das ist. Wenn einem langweilig ist, dann plaudert man gerne. Gilt auch für den Fahrer. Aber wir sind nicht zur Unterhaltung hier. Das Notizbuch, bitte.«

»Notizbuch?« Llewellyn tat erstaunt und spielte auf Zeit – oder versuchte es zumindest.

»Sie sind kein Anfänger, Major. Wir können es auch gerne Ihrer Leiche abnehmen, und Sie wissen, dass das keine leere Drohung ist. Dann wären wir auch gezwungen, den Fahrer zu erschießen. Es liegt an Ihnen. Also – bitte ...«

Der Mann rechts von ihm streckte seine Hand aus, während der andere dem Fahrer seine Pistole an den Kopf setzte.

»Wer sagt mir, dass Sie das nicht sowieso tun?«, wollte Llewellyn wissen.

»Warum sollten wir das?«, antwortete sein Gesprächspartner ruhig. »Wir haben nichts gegen Sie, Major, glauben Sie mir. Wir sind keine Verbrecher, unter anderen Umständen würden wir vielleicht sogar auf derselben Seite stehen. Wir brauchen lediglich das Notizbuch. Und sind auch schon wieder verschwunden.«

»Das hat ein Freund bei sich«, versuchte Llewellyn einen letzten Ausweg. »Er gibt es nicht aus der Hand.«

Der Mann hinter dem Fahrer spannte den Hahn der Pistole und blickte dem Major ruhig in die Augen. »Lassen Sie es darauf ankommen? Wegen eines Notizbuchs?«

Zähneknirschend zog Llewellyn den Taschenkalender Umars aus der Tasche und reichte ihn seinem Sitznachbarn.

Der Mann blätterte kurz darin, nickte zufrieden und lächelte. »Danke, das macht alles viel einfacher. Es wäre schade um den neuen Mercedes gewesen, finden Sie nicht auch? Alles voller Blut ...«

»Ich kriege euch, egal, wo ihr euch versteckt«, zischte Llewellyn zornig.

In diesem Moment stöhnte der Fahrer leise und begann sich zu bewegen.

»Es wird Zeit zu gehen, wir müssen leider zu unserer Verabredung. Buona sera, Major! Und vielen Dank!«

Die beiden Männer stiegen gleichzeitig aus und schlugen die Türen zu.

Sekunden später waren sie zwischen den Touristengruppen am Platz verschwunden.

4

EIN ALTER BEKANNTER

Prolog

25. AUGUST 1939, KLOSTER ADMONT, STEIERMARK/ÖSTERREICH

»Wie meinen Sie das – wir sollen das Kloster räumen?«

Abt Bernhard sah den Uniformierten, der am Schreibtisch in der Kanzlei Platz genommen hatte und in Unterlagen blätterte, verständnislos an. »Wir können unser Kloster nicht einfach so verlassen«, versuchte er es nochmal mit Vernunft.

Es war fünf Uhr früh, und im Osten färbte sich der Himmel bereits grau.

»Wir gehören hierher. Meine alten Mitbrüder haben meist keine Familien mehr, zu denen sie gehen könnten. Für die war und ist das Kloster ihr Zuhause bis zu ihrem Tod.«

Der Mann am Schreibtisch wischte das Argument mit einer brüsken Handbewegung beiseite. »Es gibt immer einen Weg. Sie haben zwölf Stunden, um zu packen und meine Leute mit den Gegebenheiten des Stifts, mit den Wirtschaftsbetrieben und deren Aufgaben vertraut zu machen. Das sollte genügen. Meines Wissens nach haben Benediktiner sowieso keinen großen Privatbesitz.«

»Aber ...«

»Morgen Abend werden alle Mönche mit einem LKW abtransportiert«, unterbrach ihn der Obersturmführer brüsk. »Wie Sie sicher wissen, ist in rund fünfzig Kilometern Entfernung ein Zisterzienserkloster. Da können Sie vorerst Aufnahme finden, bevor Sie an andere Stellen im Reich weitergeschickt werden.« Er sah von den Unterlagen auf. »Die Pläne der Anlage habe ich bereits gefunden. Wie ich aus den Akten ersehe, gibt es auch einen Hausmeister. Wohnt der im Kloster?«

Der Abt schüttelte stumm den Kopf.

»Gut. Dann sind laut Listen noch dreiundzwanzig Benediktiner im Haus. Bis auf den Bibliothekar werden alle morgen Abend reisefertig sein.« Der Uniformierte klappte den Ordner zu.

»Und Bruder Anselm?«, wollte Abt Bernhard wissen.

»Den brauchen wir noch hier vor Ort«, antwortete der Obersturmführer kurz angebunden. »Wir werden ihn irgendwo in der Nähe unterbringen.«

»Aber wir sind eine Kloster-Gemeinschaft«, protestierte der Abt. »Es kann doch nicht ...«

»Falsch!« Der Uniformierte stützte sich mit beiden Händen auf der Tischplatte auf, wuchtete sich hoch und sah dem Abt direkt in die Augen. »Und je schneller Sie das begreifen, umso besser. Sie *waren* eine Klostergemeinschaft. Und das hier *war* einmal ein Kloster. Heute wurde es von der SS requiriert und untersteht ab sofort direkt dem Reichsführer. Und der wird entscheiden, was damit geschieht. Und jetzt schicken Sie den Bibliothekar zu mir.«

Abt Bernhard schien wie betäubt. Er stand mit hängenden Schultern da, wie ein gemaßregelter Schulbub, und starrte auf den Boden.

»Noch mal zum Mitschreiben«, verkündete der Offizier mit sarkastischem Unterton. »Ich erkläre hiermit das Kloster für aufgehoben und all seinen Besitz für beschlagnahmt. Sie haben zwölf Stunden Zeit, Ihre Sachen zu packen und zu verschwinden.«

Wortlos drehte sich der Geistliche um und wankte zur Tür.

Gerade, als er sie aufstoßen wollte, schwang sie auf, und ein Mann in Zivil in einem langen Ledermantel betrat den Raum. Sein Blick streifte den Geistlichen, während die Wache mit der MP42 vor der Brust salutierte und die Hacken zusammenschlug. Auch der Obersturmführer hinter dem Schreibtisch stand stramm.

»Ist schon gut«, wehrte der Mann ab und ließ sich in den Besuchersessel fallen. Mit einer Handbewegung bedeutete er der Wache, den Raum zu verlassen. »Begleiten Sie den Abt, und stellen Sie sicher, dass er den Bibliothekar weckt.« Er gähnte und sah den Offizier an. »Wann sind wir die Pfaffen los?«

»In zwölf Stunden schicken wir sie zu den Zisterziensern, wie vereinbart.«

»Gut.« Der Mann in Zivil nickte zufrieden. »Ich möchte morgen hier niemanden mehr in Uniform herumlaufen sehen. Persönliche Anordnung vom Reichsführer-SS. Unsere Aufgabe ist heikel genug. Ich will nicht, dass die Spatzen es von jedem Dach pfeifen, dass die Forschungsgemeinschaft Ahnenerbe jetzt im Kloster residiert.«

»Sie meinen, es könnte Schwierigkeiten mit der Bevölkerung geben?«, sagte der Offizier zweifelnd. »Sie dürfen nicht vergessen, dass wir in der Ostmark sind. Hier ticken die Uhren ein wenig anders.«

»Die Bevölkerung macht mir weniger Sorgen«, erwiderte der Mann im Ledermantel und zog ein Zigarettenetui aus der Tasche. »Hier im Ort sind offenbar Gebirgsjäger stationiert, und ich will keine neugierigen Wehrmachtsnasen, die sich übereifrig in Dinge einmischen, die sie nichts angehen.«

»Gebirgsjäger?« Der Obersturmführer schien verblüfft. »Davon war in keinem der Berichte die Rede.« Er gab seinem Gegenüber Feuer. »Was zum Teufel …?«

»Finden Sie heraus, welcher Truppenteil das ist und wer das

Kommando hat«, unterbrach ihn der Mann in Zivil nachdenklich. »Was wir hier vorhaben, das sollte nicht nach draußen dringen.«

»Ich kümmere mich sofort darum.« Der Offizier machte sich eine Notiz.

»Lassen Sie die Männer schlafen gehen, zwei Wachen sollten genügen. Müde Soldaten machen Fehler, und genau die können wir uns nicht leisten.« Er zog an seiner Zigarette. »Hinter der hohen Mauer, dem verschlossenen Haupttor und der schweren Tür des Klosters sind wir sicher. Ach ja, es gibt da eine kleine Pforte in der Mauer. Schicken Sie einen Mann hin, er soll Posten beziehen und die Augen offen halten.«

Der Obersturmführer kniff die Augen zusammen, betrachtete sein Gegenüber neugierig und nickte stumm. Woher …? Seine Gedanken wurden durch ein Klopfen unterbrochen.

Die Wache schob einen schmächtigen, alten Mönch mit wirrem Haar ins Zimmer, der unsicher von einem zum anderen blickte und im Licht der Deckenleuchte blinzelte.

»Ora et labora et lege.« Der Mann im schwarzen Ledermantel erhob sich und streckte die Hand zur Begrüßung aus. »Vor allem für Letzteres sind Sie zuständig, nicht wahr, Bruder Anselm?«

»Woher … Sie … ich meine …«, stotterte der alte Mönch verwirrt.

»Woher ich Ihre Ordensregel kenne? Oh, täuschen Sie sich nicht, wir bereiten uns gut vor, machen unsere Hausaufgaben.« Er legte den Kopf schief, sah den Geistlichen an. »Die im Jahr 1776 fertiggestellte Stiftsbibliothek wurde in der Vergangenheit oft als ›achtes Weltwunder‹ bezeichnet. Sie stellt weltweit eine Rarität dar, nämlich den größten bekannten klösterlichen Büchersaal mit rund siebzigtausend Exemplaren, die permanent ausgestellt sind. Doch es wird noch besser – und interessanter.«

Bruder Anselm schwieg und sah sein Gegenüber mit großen Augen an.

»Derzeit umfasst der gesamte Bücherbestand des Klosters mehr als zweihunderttausend Bände, alle in Ihrer Obhut. Darunter befinden sich über tausendvierhundert teilweise mittelalterliche Handschriften, dazu kommen rund tausend handgedruckte Inkunabeln und Frühdrucke.« Der Mann im Ledermantel begann, in dem großen Zimmer auf und ab zu gehen. »Und dann, ja dann kommen wir zu dem, was nicht in den öffentlich bekannten Listen steht«, sagte er mit leiser Stimme, und ein Ausdruck der Wachsamkeit trat in die Augen des Bibliothekars. »Bestände, die nur Sie kennen und vielleicht noch ein paar wenige Eingeweihte. Bestände aus der Zeit der Kreuzzüge, als es dieses Kloster bereits gab und das angeschlossene Skriptorium der Nachwelt einzigartige Handschriften hinterließ. Ist es nicht so?«

Bruder Anselm schwieg.

»Ist es nicht so?«, wiederholte der Mann lauter, zog sein Stilett aus dem Ärmel, griff nach der Hand des Mönches, riss sie hoch und zwang sie flach auf die Zimmertür. Dann holte er seelenruhig aus, bohrte die dreieckige Klinge durch die magere Hand mit den Altersflecken und nagelte sie an das Holz.

Anselm schrie auf und krümmte sich vor Schmerzen.

»Ich erwarte eine Antwort, wenn ich dich etwas frage!«, zischte der Mann, und seine Augen blitzten. »Mir ist es gleich, ob du kooperierst oder dieses Kloster in wenigen Sekunden einen Mönch weniger hat. Also noch mal – ist es nicht so, dass es hier Bestände gibt, von denen man außerhalb dieser Mauern noch nie etwas gehört hat?«

Der alte Mönch hatte die Augen geschlossen und stöhnte vor sich hin. Plötzlich hörte er das Klicken eines Sicherungsbügels. Als er die Augen öffnete, blickte er in den Lauf einer seltsam aussehenden Pistole.

»Zum letzten Mal ...«

»Ja, ja, es gibt Bestände ...« Bruder Anselm bekreuzigte sich mit der freien Hand und begann schluchzend zu beten.

»Gibt es ein Verzeichnis darüber?«, fragte der Mann in Schwarz.

Anselm schüttelte den Kopf. »Vater unser, der du bist im Himmel ...«

Mit einem Ruck zog der Mann das Stilett aus dem Holz und der Hand.

»... geheiligt werde dein Name ...«

»Hör auf!«, schrie er den Mönch an und steckte die Waffe ein. »Dieses Gebete kotzt mich an. Ihr wiederholt ständig denselben Schwachsinn. Kein Wunder, dass euch keiner mehr zuhört.« Er wandte sich an den Offizier hinter dem Schreibtisch: »Obersturmführer? Lassen Sie die Hand des Mannes verarzten, und dann schicken Sie ihn in die Bibliothek. Er soll bis heute Abend ein Verzeichnis anlegen von allen nicht in den öffentlichen Beständen verzeichneten Manuskripten. Ich lege mich schlafen.«

Damit ging er zur Tür, neben der ein zitternder Bruder Anselm wie ein Häufchen Elend auf einem Holzstuhl hockte und seine durchbohrte Hand an die Brust presste.

»Und Gnade dir Gott, wenn du auch nur eines vergisst«, murmelte er dem alten Mann im Vorübergehen zu. »Dann brauchst du nicht mehr zu ihm beten, weil du dich direkt mit ihm unterhalten kannst. Von Angesicht zu Angesicht.«

22. Juli 2014

Hotel St. George, Via Giulia, Rom/Italien

»Ich versuche John seit gestern Abend zu erreichen, lande aber immer auf der Mailbox.«

Llewellyn hatte Amber am Morgen im Hotel St. George getroffen und ihr über die Ereignisse des Vortags berichtet. Jetzt saßen beide im Salon bei einem Frühstück, das allerdings keinem von beiden so recht schmecken wollte.

»Kein Wunder«, gab Amber zu bedenken, »ein eingeschaltetes Handy kann jederzeit geortet werden, wie du weißt. Und wenn es tatsächlich einen internationalen Haftbefehl gibt, dann will John sicher keine längere Unterhaltung mit den italienischen Behörden riskieren.« Sie schenkte Kaffee nach und überlegte. »Er weiß also noch nicht, dass dir jemand das Notizbuch Umars abgenommen hat?«

»Nein.« Llewellyn warf einen Seitenblick auf ein englisches Ehepaar, das laut streitend an einem der Nebentische Platz nahm. »Irgendwer hat hier schnell reagiert, sehr schnell. Wir hatten uns noch keine zehn Minuten getrennt, und schon waren die Fußtruppen da.«

»Der alte Kunsthändler, dieser Ettorio?« Amber begann, ihren Toast mit Butter zu bestreichen.

Llewellyn schüttelte den Kopf. »Unmöglich. Wir verließen sein Geschäft, ich lief zum Taxi zurück, und die beiden Männer müssen bereits vorher da gewesen sein. Als sie den Fahrer betäubten.«

»Richtig, das hatte ich ganz vergessen«, räumte Amber ein. »Also dieser Professor im Museum der Universität, dieser Briseno?«

»Er fragte uns, von wem das Notizbuch sei«, erinnerte sich Llewellyn. »Und John gab ihm keine Antwort. Dann hätte Briseno einen Schuss ins Blaue wagen müssen, der allerdings voll ins Schwarze traf. Andererseits – es war Rodney, der uns die Adresse an der Universität und den Namen Brisenos nannte …«

»Was nichts heißen muss«, gab Amber zu bedenken. »Wie du weißt, arbeiten Geheimdienste oft über alle Grenzen hinweg zusammen, bevor sie dann wieder ihr eigenes Süppchen kochen. Das haben wir in Afrika oft erleben müssen, aber wem erzähle ich das? War dir Briseno ein Begriff, bevor du ihn kennengelernt hast?«

Llewellyn schüttelte den Kopf. »Nie gehört von dem ominösen Kunstexperten der Universität.«

»Glaubst du, Briseno hat Kontakte zum italienischen Nachrichtendienst?«, fragte Amber.

»Gut möglich«, murmelte Llewellyn. »Einer der beiden Profis sagte sinngemäß, unter anderen Umständen stünden wir vielleicht auf derselben Seite. Das waren Experten, und sie wussten genau, wer ich bin und was es zu holen gab.«

In diesem Moment betraten zwei Männer in hellen Anzügen den Salon, blickten sich kurz um und kamen dann zielstrebig durch den Saal auf Amber und Llewellyn zu.

Einer der beiden zog einen Dienstausweis der Polizia di Stato hervor und sah Amber fragend an: »Signora Rains? Commissario Frattini. Entschuldigen Sie die Störung am Morgen, aber wir würden uns gerne mit Ihnen über John Finch und Ihre gemeinsame Reise unterhalten.« Er warf einen Blick auf Llewellyn. »Unter vier Augen, wenn möglich. Oder können Sie auch etwas dazu beitragen, Major?«

»Langsam habe ich den Eindruck, dass ganz Italien weiß, dass ich hier Urlaub mache«, sagte Llewellyn lakonisch.

»Die Meldepflicht hier in Rom funktioniert bekannt gut«, erklärte der Kommissar mit einem sparsamen Lächeln. »Mein Kollege hier wollte Sie bereits in Ihrem Hotel besuchen, aber da waren Sie wahrscheinlich ein paar Minuten zuvor ausgezogen.«

»Ich frühstücke lieber in Gesellschaft«, gab der Major zurück. »Und Amber hat sicher nichts zu berichten, was ich nicht auch schon weiß. Also fragen Sie einfach drauflos.«

»Wissen Sie, wo John Finch sich derzeit befindet?« Frattini zog einen Sessel näher und setzte sich. »Nicht, dass ich darauf eine wahrheitsgemäße Antwort erwarte«, fuhr er mit einem Seitenblick auf Llewellyn fort, »aber ich wollte dem Protokoll Genüge tun.«

»Nein, wir wissen es nicht, und wir müssen dazu nicht mal lügen«, sagte Amber trocken. »Wir haben ihn seit gestern nicht mehr gesehen.«

»Sein Handy ist ausgeschaltet, und als wir uns getrennt haben, ist er einfach in der Menge untergetaucht«, ergänzte Llewellyn. »Was wollen Sie von ihm?«

»Wir hätten gerne Einzelheiten zu den Ereignissen im libyschen Luftraum, vor allem was Khamis Al-Gaddafi und seinen Adjutanten, einen gewissen Leutnant Umar, betrifft.« Frattini fixierte Amber. »Sie flogen die DC-3 als Copilotin?«

»Von Ghad nach Tunis«, bestätigte Amber, »und ohne John hätte ich den Flug wahrscheinlich nicht überlebt.«

Dann schilderte sie dem Commissario den Verlauf der Reise, bis die Polizei das Flugzeug in Tunis gestürmt hatte. Das Notizbuch und das Foto des Poussin-Gemäldes erwähnte sie mit keiner Silbe.

Frattini hörte ihr wortlos zu. Das englische Ehepaar am Nachbartisch stritt sich noch immer lautstark.

»Die tunesischen Behörden haben einen internationalen Haftbefehl ausgestellt«, sagte der Commissario schließlich, »und ehrlich gesagt weiß ich nach Ihrer Schilderung des Fluges nicht, was ich davon halten soll. Eine Rache Gaddafis? Wer weiß ... Ich würde deshalb sehr gerne mit Signore Finch persönlich sprechen. Was sind Ihre nächsten Pläne?«

»Da John untergetaucht ist, werde ich die DC-3 nach England fliegen und sie zu meiner Firma bringen«, antwortete Amber. »Vorausgesetzt, die Maschine ist nicht beschlagnahmt.«

Commissario Frattini schüttelte den Kopf. Dann sah er Llewellyn an. »Und Sie, Major? Werden Sie Signora Rains begleiten, oder verlängern Sie Ihren Urlaub?«

»Sie werden der Erste sein, der es erfährt«, erwiderte Llewellyn kurz angebunden. »Da bin ich ganz sicher. Und jetzt würde ich gerne in Ruhe fertig frühstücken.« Er blitzte den Commissario an. »In netter Gesellschaft.«

Villa Borghese, Rom/Italien

Zur selben Zeit streckte sich John Finch nach einer ruhigen Nacht im Freien auf einer der weißen Holzbänke im Park der Villa Borghese und genoss den Ausblick auf den Äskulap-Tempel, der direkt am Ufer des künstlichen Sees erbaut worden war. Die Bank an der Viale del Lago, etwas abseits der Touristenströme, bildete halbversteckt hinter niedrigen Sträuchern einen Ruhepol mitten im schönsten Park der Ewigen Stadt. Und sie war ein hervorragendes und diskretes Nachtquartier, dachte John. Doch nun war es höchste Zeit für einen Cappuccino oder einen Espresso.

Nachdem er sich tags zuvor von Llewellyn verabschiedet hatte, war er ziellos durch Rom gewandert, hatte sich treiben lassen und über seine nächsten Schritte nachgedacht. In einer der bunt beflaggten Trattorias nahe der Piazza del Popolo war er schließlich eingekehrt, hatte einen Platz in einem verschwiegenen Eck gefunden und zu einer riesigen Pizza zwei Gläser Rotwein getrunken. Ein Wegweiser zum Park der Villa Borghese hatte ihn schließlich auf die Idee gebracht, die Sommernacht im Freien zu verbringen. Als er wenig später auf der Suche nach einer geeigneten Bank durch den Park gewandert war, hatte er schmunzeln müssen. Dutzende Touristen mit ihren Backpacks und den Schlafsäcken hatten offenbar die gleiche Idee gehabt, und so waren die Wiesen um die Springbrunnen zu einem Open-Air-Studentenheim geworden. Überall war unter einem sommerlichen Sternenhimmel gefeiert, getrunken, diskutiert, gesungen und geschlafen worden.

Jetzt, am Morgen, waren alle wieder verschwunden. Der Park gehörte erneut den Spaziergängern und Joggern, den Besuchern der Museen und des Zoos.

John gähnte und machte sich auf die Suche nach einem Café oder einer Bar. Als er in Richtung Piazza del Popolo spazierte, roch er mit einem Mal den Duft von Kaffee und frischen Brötchen, folgte ihm kurzentschlossen und stand wenig später vor einem kleinen, farbenfrohen Kiosk mit Stehtischen.

Ein schlanker Mann mit langer weißer Schürze polierte sie hingebungsvoll und sah John lächelnd entgegen. »Buon giorno, signore, un caffè e una brioche?«, grüßte er und schüttelte sein Tuch aus.

John nickte dankbar und lehnte sich an einen der freien Tische. Noch war er der einzige Gast.

John zog das Foto mit dem Poussin-Bild aus seiner Tasche und legte es vor sich auf den Tisch. Durch Ettorio hatte er gestern viele neue Erkenntnisse gewonnen, aber sosehr sich John auch bemühte, das Puzzle zusammenzusetzen, es kam nie etwas Brauchbares dabei heraus. Er hatte keine Ahnung, wohin er fahren sollte, um dem Rätsel des Bildes näher zu kommen. Blieb zu hoffen, dass Rodney mit dem Notizbuch erfolgreicher sein würde.

»Der erste Kreis des Wissens«, murmelte er vor sich hin und strich mit dem Finger über die Schrift.

So, wie es aussah, würde er ohne Hilfe nie den zweiten Kreis erreichen. Das Wissen war nicht für ihn bestimmt. Hatte Umar die Zeile geschrieben, oder hatte er das Foto bereits beschriftet erhalten? War der Leutnant in den ominösen Kreis des Wissens eingedrungen, oder war er genauso ratlos gewesen angesichts der vielen Symbole und Möglichkeiten?

Fragen über Fragen, und keine Antworten.

Der Kellner kam und stellte einen köstlich duftenden Espresso, ein Glas Wasser und einen Teller mit frischen Brioches vor John hin.

»Lassen Sie es sich schmecken, Signore!« Er lächelte, als sein Blick auf das Foto fiel. »Ohh«, sagte er mit einem überraschten Blick auf John, »arabische Schriftzeichen, das sieht man selten hier. Verzeihen Sie meine Indiskretion, aber ich komme aus Ägypten und ...« Er zuckte ein wenig verlegen mit den Schultern. »... da springt einem so etwas sofort ins Auge.«

John nickte. »Ist schon gut«, sagte er etwas zerstreut, »und danke für den Kaffee und die Brioches.«

»Gern geschehen«, antwortete der Kellner und wischte nochmals über den Tisch. »Wenn ich irgendwie helfen kann ...« Er deutete auf das Foto.

»Ich glaube kaum, aber vielen Dank.« John nippte an seinem Espresso. »Ich habe es leider in all meinen Jahren in Afrika nicht geschafft, Arabisch schreiben oder lesen zu lernen.«

»Sie waren in Afrika? In Nordafrika?«, erkundigte sich der Ägypter begeistert. »Auch in meinem Land, in Ägypten?«

John musste schmunzeln. »Einige Jahre lang, ja. Ich bin erst vor Kurzem aus Tunis gekommen. Es war allerdings nur ein Zwischenstopp.«

»Ich fliege leider erst wieder in fünf Monaten zu meiner Familie«, sagte der Kellner betrübt. »Bis dahin ...« Er machte eine ausholende Handbewegung, die das Kiosk und die Tische einschloss. »Viel arbeiten, ja, ganz viel arbeiten!«

John nickte und kostete die Brioche. Sie war noch warm, schmeckte nach Butter und zerging auf der Zunge.

Ob Llewellyn und Amber bereits mit der DC-3 auf dem Weg nach London waren?

Der Kellner ging weiter zu den nächsten Tischen und

polierte die Aschenbecher auf Hochglanz. Einige Jogger liefen vorbei, wütendes Hupen tönte von der Piazza del Popolo herüber.

Irgendwie fühlte sich John wie ein Flugzeug in einer Warteschleife ohne Landegenehmigung, weite Kreise ziehend. Der internationale Haftbefehl hatte die Dinge nicht einfacher gemacht. John wäre gerne direkt zu Rodney geflogen, hätte ihm das Notizbuch in die Hand gedrückt und gewartet, was das Genie der Chiffren und Geheimschriften daraus gelesen hätte. Aber daran war nach dem Haftbefehl nicht mehr zu denken.

»Noch einen Espresso, Sayyidi?« Der Kellner stand neben ihm und strahlte ihn an. Dabei schaute er immer wieder in Richtung der Fotografie auf der Tischplatte, die ihm offenbar keine Ruhe ließ. Mit einem Mal schoss seine Hand vor, und er wies mit ausgestrecktem Finger auf eine Zeichengruppe. »Das ist schon seltsam, wissen Sie ... Ja, seltsam ...«

John legte den Kopf schief und runzelte die Stirn. »Was meinen Sie?«

»Nun ja, hier steht نوترد ام, das heißt ›Notre Dame‹ und wird im Arabischen auch so ausgesprochen. Normalerweise würde man لدينا أنثى schreiben, ›unsere Frau‹ ...« Der Kellner kratzte sich am Kopf.

»Moment ...« John war wie vor den Kopf gestoßen. »Wo steht hier etwas von einer Frau? Ich dachte, hier steht nur ›Die Drei. Der erste Kreis des Wissens‹?«

Der Kellner nickte eifrig. »Ja, ja, das ist schon richtig, doch ganz am Ende steht da auch ›Notre Dame‹. Und eben nicht ›unsere Frau‹.« Sein Finger klopfte auf die letzte Zeichengruppe. »Ich hatte Französisch in der Schule, leider nur zwei Jahre. Aber ein wenig ist hängen geblieben, Sayyidi, leider nur ein wenig ...«

»Diese Ratte«, murmelte John und verwünschte Gaddafi.

Er hatte einen Teil der Zeile einfach nicht übersetzt, um ihn in die Irre zu führen! Wer hatte die arabische Zeile bisher gesehen? Der Professor an der Universität, der wahrscheinlich genau so wenig Arabisch verstand wie er.

Und …

John fragte sich, ob Ettorio Arabisch lesen konnte. Wenn ja, dann hatten sie ein zusätzliches Problem.

»Es tut mir leid, wenn ich …« Der Kellner machte ein erschrecktes Gesicht und wich zurück, als er Johns Ärger bemerkte.

»Nein, nein, alles ist in Ordnung«, winkte John ab. »Sie haben mir sehr geholfen.« Nach kurzem Überlegen fragte er: »Haben Sie ein Mobiltelefon? Könnte ich es kurz benutzen?«

»Aber selbstverständlich, Sayyidi, gerne.« Eifrig kramte er in seiner Hosentasche, zog ein etwas veraltetes Modell hervor und reichte es dem Piloten.

John wählte Llewellyns Nummer, und der Major meldete sich nach dem zweiten Läuten mit einem vorsichtigen: »Ja?«

»Seid ihr schon auf dem Weg nach England?« John gab dem Kellner ein Zeichen für einen weiteren Kaffee.

»Wir hatten heute Morgen Besuch von einem neugierigen Commissario, der gerne mit dir gesprochen hätte, und gestern haben mir zwei Profis das Notizbuch abgenommen, nachdem ich ins Taxi gestiegen bin«, antwortete Llewellyn.

»Auch das noch!«, sagte John. »Gar nicht gut. Hast du einen Verdacht, wer es war?«

»Mir fällt nur der seltsame Professor ein, der sowohl vom Notizbuch als auch von unserem Aufenthalt in Rom gewusst hatte«, antwortete der Major zerknirscht. »Wie der allerdings so schnell die Kavallerie alarmieren konnte, ist mir ein Rätsel.

Würde mich nicht wundern, wenn es Agenten des italienischen Inlandsgeheimdienstes gewesen wären.«

»Hast du auch gute Nachrichten?«, fragte John nach.

»Die DC-3 ist nicht beschlagnahmt, Amber ist startbereit, wir könnten also fliegen«, antwortete Llewellyn, »aber wozu? Das verdammte Notizbuch ist weg, und damit ist Rodney arbeitslos.«

»Nicht ganz.« John wartete, bis der Kellner den Espresso serviert hatte und wieder verschwunden war. »Ich hab das Buch fotografiert, Seite für Seite, sicherheitshalber.«

»Du hast ...?« Llewellyn war seine Erleichterung anzuhören. »Wann das?«

»In der Nacht in Tunis«, gab John zurück. »Mit meinem Handy. Es ist also noch nicht alles verloren, aber wir haben ab sofort ein zweites Team im Wettlauf zu den nächsten Kreisen des Wissens. Kommt aber noch besser. Gaddafi hat die arabische Zeile nicht zur Gänze übersetzt. Es gibt noch einen weiteren Hinweis.«

»Dann behalte ihn für dich, bis du eine sichere Leitung hast«, warnte Llewellyn ihn und überlegte kurz. »Da kannst du dann auch die Datei mit den Seiten hochladen und an Rodney schicken. Wir bringen die DC-3 nach Duxford, und dann werde ich in London den Kriegsrat einberufen, Legenden und Genies kontaktieren und bei der Gelegenheit beginnen, das Leben Umars aufzurollen. Wenn es etwas gibt, das uns weiterbringt, dann werden wir es finden. Ich werde jede verdammte Leiche in seinem Keller ausgraben ...«

»Gute Idee! Ich kenne keinen Besseren für diese Art der Exhumierung«, sagte John. »Nehmt Sparrow und verschwindet, ich tauche wieder unter und melde mich später wieder. Von wo immer auch.« Damit unterbrach er das Gespräch, löschte die letzte gewählte Nummer und legte das Handy neben seine leere Tasse, zusammen mit einem Fünfzig-Euro-Schein.

Schließlich steckte er das Foto ein, drehte sich um und joggte los, in Richtung Innenstadt.

*

Wenige Minuten später bogen drei Polizeiwagen mit Blaulicht um die Ecke und hielten direkt vor dem Kiosk. Ein Dutzend Beamte sprangen mit gezogener Pistole heraus und umstellten mit viel Geschrei die wenigen Tische.

Doch der Kellner konnte nicht wirklich viel erzählen. Ja, er hatte sein Handy einem Fremden für ein Telefonat geliehen. Nein, er kenne keinen Namen, und er wisse nicht, wohin der Mann danach gegangen war. Plötzlich sei er nicht mehr da gewesen.

Das Foto mit der arabischen Unterschrift erwähnte er mit keinem Wort, da keiner danach fragte. Wahrscheinlich hätte es sowieso keiner verstanden, dachte er sich. Wer half schon gerne der meist überheblichen Polizia? Und außerdem – je weniger man erzählte, desto weniger Schwierigkeiten hatte man. Diese Erfahrung hatte er bereits in der Vergangenheit gemacht.

So schwieg er.

Closerie des Lilas, Boulevard du Montparnasse/Paris

Die schwere Suzuki GSX-R 1300 Hayabusa machte ihrem Namen alle Ehre. Benannt nach einem bekannt schnellen Wanderfalken, stieß sie den Boulevard Raspail hinunter wie ein hungriger Greifvogel im Jagdmodus. Entlang dem Friedhof von Montparnasse raste die Maschine immer weiter in Richtung Seine. An der Kreuzung mit dem Boulevard Montparnasse bremste der Fahrer abrupt ab, gab Zwischengas, und die Suzuki heulte röhrend auf. Dann zog er die Maschine nach rechts, schnitt zwei Kleinwagen und bog ab, bevor er auf der zentralen Busspur des Montparnasse erneut ostwärts beschleunigte. Während sich in beide Richtungen die Autos in Kolonnen stauten, war weit und breit kein Bus zu sehen, und die Hayabusa hatte freie Fahrt.

Drei Blocks später hatte der Fahrer sein Ziel erreicht. Er fädelte die Maschine geschickt zwischen zwei der stehenden Autos durch, ließ die Suzuki auf den breiten Gehsteig rollen und parkte sie an einer mannshohen Hecke, die aus Blumentrögen mit der Aufschrift »Closerie des Lilas« wuchs. Dahinter lag der Garten des gleichnamigen Bistrots, das weit über die Grenzen Frankreichs hinaus bekannt war.

Treffpunkt von Künstlern und Malern, Journalisten und Sängern, Dichtern und Intellektuellen, war die Closerie des Lilas seit mehr als hundertfünfzig Jahren aus dem Kulturbetrieb von Paris nicht wegzudenken. Picasso und Cézanne,

Zola und Baudelaire, Modigliani und Oscar Wilde, Hemingway und Henry Miller waren hier eingekehrt, hatten nächtelang diskutiert und gefeiert und damit das Pariser Nachtleben legendär gemacht. Daran hatte sich nichts geändert. Trafen sich heute hier tagsüber Politiker und Journalisten im Restaurant, Künstler und Geschäftsleute in der Brasserie, so wechselte abends das Publikum. Bis tief in die Nacht prosteten sich dann in der Piano Bar bekannte Sänger und Schauspielerinnen zu, feierten Feste oder hingen schwermütig ihren Erinnerungen nach, abgeschirmt von den stets aufmerksamen Kellnern, die ihre berühmten Stammgäste kannten.

Der Motorradfahrer zog seinem Helm vom Kopf und ging durch den Garten mit den Tischen, ohne sich umzuschauen. Er durchquerte das Restaurant, drückte zwei Glastüren auf und blieb in Sichtweite der Bar stehen.

Da war sie.

Und – wie er erwartet hatte – sie war nicht allein, obwohl er das zur Bedingung gemacht hatte. Neben ihr saßen zwei Leibwächter, unschwer an den durchsichtigen Spiralkabeln zum rechten Ohr erkennbar.

Ziemlich nachlässig, dachte der neue Gast, mit dem Rücken zum Eingang sitzen und sich nicht um Neuankömmlinge kümmern.

Einer der beiden rutschte in diesem Moment von seinem Hocker, wechselte ein paar Worte mit seinem Kollegen und schickte sich an, in Richtung der Toiletten zu verschwinden.

Der Motorradfahrer überlegte kurz, dann folgte er dem Mann in sicherem Abstand. Als er die Toiletten erreichte, stand der Leibwächter vor einem der Pissoirs und pinkelte, während er mit der linken Hand auf seinem Handy die neuesten SMS checkte. Definitiv miserable Ausbildung, dachte der Motorradfahrer, schlenderte näher und trat ihm mit voller Kraft von hinten in die Kniekehle. Fast gleichzeitig zog er dem durch und durch überraschten Mann mit voller Kraft den Sturzhelm über den Kopf. Anschließend schleppte er den Bewusstlosen in eines der zahlreichen Abteile, setzte ihn auf die Toiletten-Schüssel und riss das Mikrofon des Funkgeräts aus dem rechten Hemdsärmel des teuren Anzugs.

»Tu peux venir? Il y a quelque chose qui cloche pas …«, flüsterte er in den kleinen Knopf, dann ließ er ihn fallen und wartete.

Wenige Augenblicke später wurde die Tür der Toiletten aufgerissen, und der zweite Leibwächter stürmte herein, schaute sich verwirrt um, ging weiter vor, blieb irritiert stehen und suchte anscheinend seinen Kollegen.

In diesem Moment warf sich der Motorradfahrer mit aller Kraft gegen die Tür des WC-Abteils, die nach außen schwang und mit ihrer scharfen Metallkante den völlig überraschten Leibwächter von den Füßen riss. Der schwarze Helm traf erneut sein Ziel, und Sekunden später lag der zweite Leibwächter neben seinem Kollegen in der Kabine. Der Motorradfahrer fesselte die Hände beider mit ihren Spiralkabeln, zog die kleinen Funkgeräte aus den Anzügen und zertrat sie mit dem Absatz. Dann verschloss er die Türe und verriegelte sie mit einer Münze von außen.

Die gesamte Aktion hatte keine zwei Minuten gedauert.

Als ein weiterer Gast die Toiletten betrat, nickte ihm der Motorradfahrer freundlich zu und trat hinaus in den Gang zum Gastraum.

Dann ging er ohne Eile zu seiner Verabredung.

Die langhaarige Frau saß noch immer an der Bar und rührte nachdenklich in ihrem Kaffee. Hin und wieder schaute sie auf ihre goldene Cartier.

In einer der Ecken des Raumes saß ein knutschendes japanisches Pärchen, sonst gab es in diesem Teil des Lokals keine weiteren Gäste. Es war noch zu früh für die Piano Bar. Deshalb war auch der Barmann irgendwann verschwunden, um Nachschub zu holen oder eine Zigarette im Hof zu rauchen.

»Ich bin stinksauer und warte auf eine gute Erklärung.«

Mit diesen Worten rutschte der Motorradfahrer auf den Barhocker neben der Frau, legte den Helm auf die Theke und ließ seine Hand darunter. »Nachdem Sie sich nicht an Ihren Teil der Abmachung gehalten haben, geht meiner gerade den sprichwörtlichen Bach hinunter. Gemeinsam mit meiner Geduld, meinem Humanismus und meinem letzten Rest Humor. Die Pistole zeigt genau auf Sie, und glauben Sie mir, nach den Ereignissen der letzten vierundzwanzig Stunden bin ich nicht mehr zum Scherzen aufgelegt. Sie können in nur einem einzigen Augenblick in die Legende der Closerie des Lilas eingehen. Als erste Tote an der Bar. Der Schalldämpfer verschafft mir den entscheidenden Vorsprung, mein Motorrad steht direkt vor dem Lokal, und Ihre Sicherheit ist im Arsch.«

Aurélie Bernadetti sah sich unsicher um.

»Ihre Schatten sind leider ausgefallen«, sagte der Motorradfahrer. »Miserabel ausgebildet, eine Schande für die Grande Nation. Wenn Sie so Ihre Politiker schützen, dann wundert mich gar nichts mehr. Das kann selbst die Konzert-Security von Carla Bruni besser. Die beiden Anzugträger verspäten sich übrigens gerade bei einer gemeinsamen Aktion im WC. Honi soit qui mal y pense.«

Bernadettis Selbstsicherheit war wie weggeblasen. Sie räusperte sich, wusste anscheinend nicht, was sie sagen sollte. »Rebus ... hören Sie ... Sie sind zu früh dran ...«, rang sie sich schließlich ab.

Der Blick des Mannes neben ihr war hart und unbewegt.

»Sehen Sie ... es tut mir leid ... ich wollte ...«, fuhr die Ministerin verstört fort.

»Sie waren es, die mich treffen wollten, und ich habe zugesagt«, zischte Rebus ärgerlich. »Wir vereinbarten am Telefon die Bedingungen: den Ort, die Umstände, keine Begleitung, keine bewaffneten Wichtigtuer. Alles diskret. Richtig?«

Bernadetti nickte zögernd. Sie wich seinem Blick aus.

»Wollen Sie mir jetzt erzählen, Sie hätten die Gorillas in wenigen Augenblicken nach Hause geschickt, um mit mir ein intimes Tête-à-Tête zu beginnen?«

Die Ministerin schaute zu Boden, dann schüttelte sie den Kopf.

»Warum wollten Sie mich überhaupt treffen?« Er blickte sich kurz um. Noch war alles ruhig. »Überlegen Sie, sagen Sie einfach nichts Falsches.«

Doch die Ministerin sagte gar nichts, schluckte nur, und ihre Finger krampften sich um das halbleere Glas Mineralwasser.

Ungeduldig ergriff der Mann sie am Oberarm und zog sie hoch. »Auch gut. Ich könnte Sie jetzt einfach hier sitzen lassen und verschwinden. Auf Nimmerwiedersehen. Aber ich bin neugierig, überaus neugierig. Und nachtragend wie ein alter Elefant. Irgendjemand hat mich gestern in die Luft gesprengt, mein Haus, alle Gebäude rundherum, den gesamten Ort, in dem ich lebte. Er wollte wohl sichergehen und warf eine Bombe aus einem Hubschrauber. Waren das Ihre Männer vom Auslandsgeheimdienst?«

Bernadetti starrte ihn verständnislos an.

»Lassen Sie die Show, das zieht bei mir nicht, das lernen Politiker wie Sie schon im parlamentarischen Kindergarten. Wir müssen reden, aber nicht hier. Also los, verschwinden wir! Sofort! Ich kann in diesem Fall auf Jahrzehnte von Kaffeehaus-Kultur verzichten, auch wenn ich neben der französischen Kulturministerin an einer Bar sitze.«

»Wohin …?« Bernadetti griff unsicher nach ihrer Handtasche.

Rebus schob sie einfach aus der Bar und ließ sie vorangehen.

»Immer geradeaus …«, zischte er, »… und grüßen Sie schön in die Menge. Sonst wundert sich noch jemand über den Motorradfahrer in Ihrem Schlepptau.«

Als sie ungehindert die Closerie des Lilas verließen und auf den breiten Gehsteig traten, dirigierte Rebus die Ministerin nach rechts. »Wir fahren ein wenig Motorrad«, sagte er und setzte den Helm auf.

»Da … da war gar keine Pistole?«, fragte Bernadetti erstaunt.

Rebus ignorierte sie. »Sollten Sie meinen, jetzt einfach davonlaufen zu müssen, überlegen Sie es sich genau. Der Falke holt Sie allemal ein.« Er stieg auf und ließ den Motor an, dann klappte er die Fußrasten für den Beifahrer aus.

»Aber … ich … ich habe einen Rock an«, wandte die Ministerin ein.

»Sehe ich so aus, als würde mich das interessieren?«, erwiderte Rebus kalt. »Wer wollte sich unbedingt mit mir treffen? Und wer brachte zwei unnötige Aufpasser mit? Rauf mit Ihnen! Sollten Sie in Versuchung kommen, am Beifahrersitz einen Akt bravouröser Sinnlosigkeit zu inszenieren, dann denken Sie immer dran: Ich habe den Helm auf, und Sie sterben zuerst.« Damit klappte er das Visier herunter und drehte am Gasgriff.

*

Wenige Augenblicke später raste die Hayabusa den Boulevard Saint-Michel in Richtung der Île de la Cité hinunter.

Bernadetti hatte die Augen geschlossen und klammerte sich krampfhaft an Rebus, als ginge es um ihr Leben.

Als der Fahrtwind etwas nachließ und sie vorsichtig blinzelte, konnte sie trotz ihrer tränenden Augen erkennen, dass sie die erste Brücke über die Seine hinter sich gelassen hatten, die Île de la Cité überquerten und kurz darauf auf die Fontaine du Palmier auf dem Place du Châtelet zurollten. Rebus wurde langsamer, schaltete herunter und reihte sich rechts ein, überquerte vorsichtig die Kreuzung mit dem Café Sarah Bernhardt und fuhr auf der anderen Seite auf dem Bürgersteig weiter bis zu einem hohen Zaun, hinter dem der kleine Park um den Tour Saint-Jacques lag.

»Steigen Sie ab!« Er nickte Bernadetti zu, nachdem er den Helm abgenommen hatte. »Wir sind nicht weit vom Louvre und Ihrem Ministerium entfernt. Sie kommen also leicht wieder in Ihr Büro. Es wird sowieso nicht lange dauern, und man wird Sie suchen. Halten Sie dann einfach eine Polizei-Streife an, das Taxi der politischen Oberschicht gewissermaßen, und lassen Sie sich zu Ihrer Arbeit zurückbringen. Aber zuvor reden wir.«

Die Ministerin versuchte vergeblich, mit den Fingern ihre vom Fahrtwind verwirbelten Haare wieder zu entwirren, und kramte wortlos in ihrer Handtasche nach Bürste und Spiegel.

»Lassen Sie das, man muss Sie nicht unbedingt erkennen«, sagte Rebus, nahm sie ungeduldig an der Hand und zog sie durch das Tor in den Park. »Kommen wir zurück zu der Bombe, die mich in den Himmel sprengen sollte.«

»Richtig, Sie sagten, jemand hätte Sie gestern in die Luft gejagt?« Bernadetti runzelte die Stirn und machte keine Anstalten, ihre Hand aus seiner zu befreien. »Aber wieso …?«

»… bin ich dann noch hier?« Rebus' Stimme klang spöttisch. »Weil ich immer einen last exit vorbereitet habe, für alle Fälle. Mein Haus war über einem alten Bergwerksstollen gebaut worden, von dem es in der Gegend viele gab, als man vor Jahrhunderten im Piemont Silber und Kupfer abbaute. Ich schüttete ihn nicht zu, sondern erkundete ihn wochenlang und fand den zweiten Ausgang. Als der Feuersturm losging, war ich bereits einige Meter tief im Stollen. Ich hatte den Helikopter kommen gesehen.« Rebus blieb stehen und sah der Ministerin direkt in die Augen. »Ich will die Wahrheit hören. Waren das Ihre Leute? Und wenn ja, warum? Wollte Frankreich die letzte Verbindung zum gestohlenen Picasso und seinem Wiederbeschaffer kappen? Nach dem Motto ›sicher ist sicher‹? Wenn er tot ist, dann kann er nichts mehr erzählen?«

Bernadetti schüttelte energisch den Kopf und hielt seinem Blick stand. »Nein, Sie haben mein Wort, es war niemand von uns. Warum sollten wir Sie umbringen? Sie haben den Picasso wiederbeschafft, wie versprochen. Ihr Geld haben Sie sich verdient. Ich war es, die mit Ihnen reden und Sie treffen wollte. Ich wusste nur von der ›London Times‹-Verbindung. Also ließ ich die Anzeige schalten und wartete auf Ihren Anruf. Ich dachte allerdings nicht, dass der so schnell erfolgen und Sie selbst so rasch nach Paris kommen würden.«

»Ich wollte nicht kommen.« Rebus wandte sich ab und sah hinüber zu dem gotischen Turm, der in der Sonne strahlend weiß leuchtete. »Nein, ich wollte nicht nach Paris kommen, ganz im Gegenteil«, fuhr Rebus fort. »Die Stadt war der letzte Ort auf meiner Favoriten-Liste, schon bevor man meine halbwegs heile Welt in die Luft jagte. Eigentlich wollte ich nach … egal. Nun bin ich trotzdem hier.«

Kinder liefen lachend an ihnen vorbei, immer einem rosa Ball hinterher, der über die Grünanlagen hüpfte.

Rebus deutete auf eine Bank im Schatten der Platanen, die noch frei war. »Setzen wir uns. Und dann erzählen Sie mir, warum Sie mich sehen wollten. Und warum Sie trotz unserer Abmachung zwei Wachhunde zum Rendezvous mitgebracht haben.«

»Die Terror-Warnstufe wurde heute Morgen überraschend um eine Stufe hochgesetzt, und ich konnte das Ministerium nicht mehr ohne Leibwächter verlassen«, erklärte Bernadetti. »Mir war klar, dass dies unter Umständen das Scheitern unseres Treffens bedeuten konnte.«

»Hätte es auch um ein Haar«, gab Rebus zurück und sah die Ministerin aufmerksam an, die mit ihren Haaren spielte und die lachenden Kinder auf der Wiese beobachtete.

»Ich glaube Ihnen«, sagte er dann ruhig. »Und jetzt erzählen Sie, wo der französischen Kultur der Schuh drückt. Aber machen Sie schnell, wir haben nicht viel Zeit. Bald wird die Suche nach einem Motorradfahrer und einem verschwundenen Mitglied der Regierung Hollande beginnen, und über Paris wird der Ausnahmezustand verhängt werden. Spätestens dann sollten Sie auf Ihrem Weg ins Ministerium sein und ich unerkannt in einem Bus oder der Metro sitzen.«

Zwei Stunden später bog die Suzuki Hayabusa in die Einfahrt des Palais Royal ein, des ehemaligen Stadtpalais von Kardinal Richelieu, dem Sitz des französischen Staatsrates und seit 1959 auch des Kulturministeriums. Mit Maschinenpistolen bewaffnete Sicherheitsleute waren aufmarschiert, nachdem das Verschwinden der Ministerin bekannt geworden war und in der Hauptstadt seit dreißig Minuten die höchste Alarmstufe Rot galt.

Die schwere Maschine hielt vorschriftsmäßig an dem mittleren der hohen vergoldeten Gittertore, misstrauisch beäugt von den nervösen Polizisten. Einer von ihnen gab routinemäßig das Kennzeichen der Suzuki an die Einsatzzentrale durch und wunderte sich, dass es ein italienisches war. Seinen Kollegen gab er einen Wink, und die ließen die Hayabusa und deren Fahrer nicht mehr aus den Augen, den Finger am Abzug.

Als der Pförtner den Fahrer in Jeans und Lederjacke aufforderte sich auszuweisen, zog dieser ohne zu zögern den Helm ab.

Die langen dunkelblonden Haare fielen auf die Schultern von Aurélie Bernadetti, die lächelte und sagte: »Ich nehme an, Sie erkennen mich, Jérome, und lassen mich durch. Mein Ausweis liegt nämlich im Büro. Der Termin zum Lunch dauerte ein wenig länger als geplant.«

Imperial War Museum, Duxford/England

Die Landebahn von Duxford, scheinbar im Tiefschlaf, lag zwischen Mais- und Kartoffelfeldern und flimmerte beim Anflug in der Sommerhitze. Die wenigen Kumulus-Wolken schwebten malerisch wie Wattebäusche über die englische Landschaft.

Amber ließ die alte DC-3 geschickt zu Beginn des schwarzen Asphaltbandes aufsetzen.

»Man sollte sein Glück nie überstrapazieren, und ich traue den Bremsen noch immer nicht ganz«, sagte sie vergnügt zu Llewellyn, der auf dem Copilotensitz den Flug von Rom in die englische Provinz sichtlich genossen hatte.

Sparrow kam aus der Kabine gesegelt und landete elegant auf Ambers Schulter, schaute interessiert auf die englische Hügellandschaft und rieb seinen Kopf an der Wange der Pilotin.

Als die DC-3 die Landebahn verließ und in Richtung der Hangars rollte, meldete sich der Tower: »Amber! Willkommen zurück in East Anglia! Was hast du uns Schönes mitgebracht?«

»Einen Oldtimer mit bewegter Vergangenheit.« Amber lachte. »Wenn es okay für euch ist, dann bring ich die alte Dame gleich zu unserem Hangar.«

»Feel free«, antwortete der Lotse, »und wir schalten jetzt wieder das Licht aus. Für heute hat sich niemand mehr angesagt, und Testflüge sind auch keine geplant. Over.«

»Danke und over.« Und zu Llewellyn gewandt erklärte sie:

»Duxford ist eine Außenstelle des Imperial War Museums und das Mekka von Flugzeugbegeisterten aus aller Welt. Hier findest du Spitfires, Messerschmidts, Hurricanes, Thunderbolts und Mustangs, alle geflügelten Helden des Zweiten Weltkriegs und der Luftschlacht um England. Die meisten flugfähig und in einem perfekten Zustand.«

»Ich erinnere mich, John hat mir mal davon erzählt, bevor wir von hier mit der Tante Ju nach Frankreich aufgebrochen sind«, antwortete der Major und schnallte sich los. »Und deine Firma hat hier einen eigenen Hangar?«

»Ja, genauer gesagt zwei, und das seit mehr als einem Jahrzehnt.« Amber nickte. »Wir werden bereits erwartet.« Sie wies nach vorne, wo vor einem großen grauen Hangar mit der leuchtend weißen Aufschrift »ARC« eine Gruppe von Mechanikern stand und ihnen entgegenblickte.

Kaum fünf Minuten später schleppten die Mechaniker von ARC die betagte Propeller-Maschine durch eines der hohen Tore in ihren Hangar und begannen sofort mit ihrer Arbeit.

»Wir sind da«, verkündete Amber und verstaute ihre Flight-Manuals, »und die alte Dame hat den Flug erstaunlich gut überstanden. Ich muss gestehen, ich habe John unrecht getan. Die DC-3 ist fitter, als ich gedacht habe.«

»Ich nehme an, du bleibst heute in Duxford und freust dich auf ein Buch, einen Tee und dein Sofa.« Llewellyn öffnete die Tür und sah den Mechanikern zu, die Gangways an die beiden Ausgänge der DC-3 rollten und die Räder der Maschine sicherten. »Oder möchtest du mitkommen nach London?«

Amber schüttelte den Kopf und streichelte über das Gefieder Sparrows. »Ich bleibe hier und kümmere mich um diese beiden alten Vögel.« Sie lächelte. »Halt mich auf dem Laufenden, du weißt, ich mache mir Sorgen wegen John. Er stürzt sich immer wieder Hals über Kopf in Abenteuer, aber irgendwie werde ich das Gefühl nicht los, dass an der ganzen Sache diesmal etwas faul ist.«

Llewellyn wandte sich um und sah Amber forschend an. »Wie meinst du das?«

»Es sieht so aus, als hättet ihr mit euren Recherchen in Rom etwas ausgelöst, als hätten alle nur auf einen Startschuss gewartet, um aktiv zu werden, und ihr habt ihn abgefeuert. Nach allem, was du mir während des Flugs erzählt hast, hat es zwar mit Gaddafi und Umar begonnen, mit dem Notizbuch und der Fotografie dieses französischen Gemäldes, aber erst nachdem wir in Rom gelandet waren, ging es richtig los ... Nach dem Besuch bei dem Professor an der Universität war das Notizbuch auch schon weg, gestohlen von zwei unbekannten Profis, die blitzschnell zur Stelle waren. Und dieses seltsame Gespräch mit dem Rahmenhändler, diesem Ettorio. Der war verdächtig gut informiert, wusste vom Haftbefehl, schaute das richtige Fernsehprogramm, erzählte jede Menge Interessantes und verschwieg noch mehr.« Sie machte eine Pause und überlegte. »Vielleicht irre ich mich, aber wenn John das Notizbuch nicht fotografiert hätte, dann wären wir auch schon wieder aus der Geschichte draußen, während andere offenbar schon länger davon wussten und nur auf den richtigen Zeitpunkt warteten, um loszulegen. Vielleicht hatte Gaddafi recht, und es steckt viel mehr dahinter.«

Llewellyn lehnte sich gegen den Türrahmen und sah gedankenverloren den Mechanikern zu, die Kabel legten und begannen, Verkleidungsteile abzuschrauben.

»Ich frage mich aber noch etwas ganz anderes«, fuhr Amber fort. »Woher zum Teufel wusste Gaddafi, dass es einen Flug aus dem Nirgendwo nach Tunis geben würde? Wir standen auf keinem Flugplan. Die DC-3 war zwei Wochen zuvor in Ghad gelandet, mit leichten Motorproblemen, und in einem Hangar abgestellt worden. John hatte sie gekauft, der Käufer wiederum darauf bestanden, er müsse sie in Ghad abholen. Auf einem menschenleeren Flughafen ohne Security, ohne Wartungscenter, mit nur zwei Flügen am Tag. Warum? Warum nicht Kairo, Algier oder Casablanca? Warum ausgerechnet Ghad in Libyen?«

Llewellyn zuckte mit den Schultern. »Ehrlich? Keine Ahnung, darüber habe ich mit John nicht gesprochen. Wir waren vollauf mit dem Notizbuch und dieser Fotografie beschäftigt.«

»Genau.« Amber nickte. »Jetzt wird John per Haftbefehl gesucht und ist auf der Flucht, das Notizbuch ist weg, wir sind keinen Schritt weitergekommen, und ich werde das blöde Gefühl nicht los, dass die halbe Welt mehr weiß und uns trotzdem dumm sterben lässt.«

»Ich werde erst einmal mit Rodney sprechen und außerdem versuchen, Einzelheiten über das Leben Umars zu erfahren«, sagte Llewellyn. »Hoffentlich findet John bald eine sichere Leitung und schickt seine Daten, sonst wächst der Vorsprung der Konkurrenz. Und das gefällt *mir* gar nicht.«

»Brauchst du einen Wagen in die Stadt?«, erkundigte sich Amber.

»Schon organisiert.« Llewellyn wies auf einen großen, fast kahlköpfigen Mann, der lässig am Rand des Rolltores lehnte und geduldig wartete. »Captain Alex Beaulieu, seit dreißig Jahren meine rechte Hand. Offiziell in Pension, aber fit wie der berühmte Turnschuh und unentbehrlich wie ein Regenschirm im englischen Wetter. Ich habe ihn vor unserem Start in Rom angerufen.«

Edge Hill 8, Wimbledon, London/England

Genau zwei Stunden später rollte der Jaguar mit Beaulieu und Llewellyn durch Edge Hill und hielt vor dem Haus mit der Nummer 8.

»Soll ich mitkommen?«, fragte der Captain und öffnete das Handschuhfach. Eine Glock-Pistole mit Reservemagazinen glänzte matt im Licht des späten Nachmittags.

Llewellyn schüttelte den Kopf. »Bleib hier und warte auf mich. Rodney ist ein wenig seltsam, wenn es um Leute geht, die er nicht kennt. Selbst wenn sie im selben Club sind wie er.«

Beaulieu lächelte. »Verständlich. Wenn man in diesem Geschäft ist, dann wird man entweder paranoid, oder man stirbt früh.«

Der Vorgarten der McFarlanes war ein einziges Blütenmeer. Llewellyn kannte Rodneys Hobby seit Langem und war trotzdem überrascht von der üppigen Pracht und dem schweren Duft, den die Rosenhecken verbreiteten. Blüten, wohin man schaute, in allen Farben und Variationen, dazwischen immer wieder bunte Kugeln, die in der Sonne spiegelten.

Der Wagen von Rodneys Frau parkte im Carport, eine der beiden Garagen stand offen und gab den Blick frei auf Rasenmäher, Kübel voll Dünger und Blumenerde und alle anderen üblichen Utensilien einer mittelgroßen Gärtnerei.

Llewellyn trat unter das gemauerte Vordach des kleinen Hauses und drückte auf den Klingelknopf. Irgendwo tief im

Inneren des Hauses erklang ein melodischer Gong, dann eine helle Frauenstimme, die um einen Moment Geduld bat.

Doch einen Augenblick später schwang die Tür auf, und Rodney grinste breit, als er Llewellyn sah. »Wenn man vom Teufel spricht!«, sagte er und streckte die Hand aus. »Komm rein, ich hab dich kommen gesehen. Dein Leibwächter blokkiert unsere Einfahrt. Beaulieu?«

»Wie viele Kameras hast du zwischen den Rosen versteckt?«, konterte Llewellyn. »Und ja, es ist Beaulieu, und wer hat gut von mir gesprochen?«

»John Finch«, antwortete Rodney und rollte voran ins Arbeitszimmer. »Auf einer sicheren Leitung der britischen Botschaft in Rom. Und bevor du weiterfragst – er hat die Daten geschickt und mir erzählt, dass du das Original abgegeben hast. Tatsächlich an die Konkurrenz?«

»Bohr nur in der Wunde«, erwiderte der Major zerknirscht. »Mir blieb leider keine Wahl. Aber ich habe nicht die leiseste Ahnung, wer die Jungs waren.«

»Wie immer auch, ihr habt ihnen einen Vorsprung gegeben, und wir starten verspätet«, dozierte Rodney und wies auf den großen Computerbildschirm. »Sie hatten die Seiten schon gestern Abend.«

»Dafür haben wir den Besten am Start, den ich mir vorstellen kann«, entgegnete Llewellyn. »Hast du schon etwas herausgefunden?«

»Eine kuriose Mischung, dieses Notizbuch«, stellte Rodney fest und zeigte auf einige der Fotos, »ein Teil ist in Stenografie geschrieben, ein paar Passagen sogar in Esperanto, vieles in Arabisch, dann gibt es noch einige deutsche Begriffe, und ein paar Seiten sind tatsächlich verschlüsselt. Das war aber nur ein erster Eindruck. Wer war dieser Umar, von dem John gesprochen hat?«

»Offenbar die rechte Hand von Khamis Al-Gaddafi, zumindest am Ende seiner Laufbahn«, antwortete Llewellyn. »Gaststudium in der DDR, Leutnant der Panzertruppen und, wenn du mich fragst, aktives Mitglied im Geheimdienst in der Phase des Zusammenbruchs des Gaddafi-Regimes, wenn nicht sogar einer der leitenden Köpfe. Was er seitdem gemacht hat, wo er sich aufgehalten hat, keine Ahnung. Genaueres muss ich auch erst herausfinden. Du sagst, John war in unserer Botschaft in Rom?«

Der Kryptologe nickte gedankenverloren, während er die Bilder der handgeschriebenen Seiten durchblätterte und sich immer wieder Notizen machte. »Hat er mir zumindest gesagt. Wir haben telefoniert, während er die Seiten hochlud.«

»Dann hoffe ich, dass er wieder heil herausgekommen ist und sich der Haftbefehl nicht herumgesprochen hat«, murmelte Llewellyn. »Hat er dir auch das Foto des Gemäldes von Poussin gemailt, das mit der arabischen Unterschrift?«

Rodney schüttelte den Kopf, ohne seine Augen vom Monitor zu nehmen. »Negativ. Aber das kenne ich sowieso. Und jetzt lass mich arbeiten, sonst wird das nie etwas. Ich melde mich bei dir, wenn es etwas Neues gibt.«

Via della Reginella, Rom/Italien

John stieg an der Piazza Venezia aus dem Bus Nummer 60 und blickte sich kurz um, bevor er den kleinen Park der Piazza di San Marco durchquerte. Es sah nicht so aus, als würde ihn jemand verfolgen. Um jedoch sicherzugehen, lehnte er sich an eines der Absperrgitter auf dem Platz und wartete. Kein Wagen hielt an oder suchte mit einem Mal hektisch einen Parkplatz. Passanten spazierten an ihm vorbei, den Stadtplan in der Hand, andere waren mit Einkaufstüten beladen auf dem Heimweg.

Niemand schien sich für ihn zu interessieren.

Wenn ich einen Bewacher habe, dann versteht der sein Geschäft, dachte John und wartete trotzdem noch ein wenig, bevor er sich erneut auf den Weg machte und sich unter eine Gruppe von deutschen Studenten mischte.

Schließlich bog er in die Via Paganica ab, der Verlängerung der Via della Reginella. Wenige Minuten später hatte er sein Ziel erreicht.

Der Laden Ettorios lag verlassen da. Die staubigen Schaufenster waren dunkel und wahrlich keine Attraktion für die vorbeiflanierenden Touristen.

Er wollte Ettorio fragen, woher er gewusst hatte, dass Umar Leutnant der libyschen Armee war. Und was er noch so wusste … und ihnen beim letzten Besuch nicht gesagt hatte.

John klopfte den Morsecode an eine der Scheiben und wartete.

Nichts.

Langsam schlenderte John in Richtung der hellgrünen Eisentür und wollte erneut klopfen, da bemerkte er, dass die Ladentür nicht ganz eingerastet war und einen kleinen Spalt offen stand. Er drückte sie auf, und ein Schwall abgestandener Luft schlug ihm entgegen.

»Ettorio?«

Keine Antwort, alles blieb still.

Kurzentschlossen schlüpfte John in den Laden und lehnte die Tür wieder an. Er ärgerte sich, dass er keine Taschenlampe dabeihatte, und tastete im Zwielicht nach einem Lichtschalter. Endlich hatte er ihn gefunden, und eine Reihe von Neonröhren flackerte auf, bevor die Lampen regelmäßig brannten und die langen Reihen der Regale beleuchteten.

John stieg die restlichen Stufen hinunter. Irgendwo raschelte etwas, und er ging in die Knie, schaute zwischen den aufgereihten Rahmen hindurch. Eine kleine Maus bog geschäftig um die Ecke und zog ein großes Eck Käse hinter sich her, an dem noch ein Stück Papier hing.

»Ettorio?«, versuchte es John nochmals.

Noch immer nichts.

Die offen stehende Tür irritierte ihn. Ettorio war kein nachlässiger Mensch, ganz im Gegenteil ... John ging weiter in den Laden hinein. Vielleicht war der alte Mann ja in seinem Bürostuhl eingeschlafen ...

Als John näher kam, sah er, was geschehen war. Das gelbe Licht der Schreibtischlampe leuchtete ein Meer von Blut aus.

Inmitten seiner Unterlagen stand Ettorios Kopf auf seinem Halsstumpf, die blicklosen Augen auf den Computerbildschirm gerichtet. Der übrige Körper lag unter dem Schreibtisch, wie die Reste einer weggeworfenen Puppe.

John blickte sich rasch um und atmete tief ein. Die Kontrollmonitore der Kameras im Laden waren eingeschaltet, zeigten jedoch nur leere Gänge und Regalreihen, von den Neonröhren spärlich erleuchtet. Der große Laptop hatte keinen Bildschirmschoner, sondern zeigte einen Wüstenhintergrund mit rötlichen Felsen und einem unnatürlich strahlend blauen Himmel.

Und da war dann noch ...

In der Mitte über dem Bildschirm war eine stecknadelkopfgroße Linse.

Die Webcam!

War sie etwa ...?

John beugte sich vor und fuhr mit seinem Fingernagel über das Touchpad, ließ die Taskleiste erscheinen. Da war das Webcam-Programm – und es war aktiv!

In Johns Gehirn schrillten die Alarmglocken. Er zögerte nur kurz, überflog die Unterlagen auf dem Schreibtisch, überlegte, ob er etwas mitnehmen sollte, doch dann drehte er sich um und rannte los, stürzte fast über einige große Rahmen, die aus den Regalen überstanden, stolperte und fing sich wieder, erreichte endlich die Treppe und hörte bereits die Polizeisirenen, die bedrohlich nahe waren.

Er drehte um, lief erneut los, wieder tiefer in den Laden hinein, aber weg von Ettorios Leiche und dem Schreibtisch. Es musste einen zweiten Ausgang geben, vielleicht einen Notausgang, vielleicht eine Tür, die zu einer Gemeinschaftstoilette führte, irgendwohin ...

John hatte gerade die letzte Regalreihe erreicht, als die Sirenen jaulend verstummten und die ersten Wagentüren in der Via della Reginella schlugen. Er bog um die Ecke und sah ein Fenster, das in einen Innenhof führte. Daneben eine Tür, die von innen versperrt war.

Aber der Schlüssel steckte!

John konnte hören, wie die Ladentür aufgestoßen wurde und die ersten Polizisten die Treppe herunterstürmten. Vorsichtig drehte er den Schlüssel im Schloss, zog an der Holztür und hoffte, dass sie nicht quietschen würde. Dann stand er auch schon auf dem Hinterhof, zwischen einigen zerzausten Zitronenbäumen in Blumenkübeln und einem Durcheinander von gespannten Leinen, an denen frisch gewaschene Wäsche hing.

Ohne eine Sekunde zu verlieren, bückte er sich, tauchte unter den Kittelschürzen und Jeans hindurch und lief in einen engen, überdeckten Gang hinein, der zwischen zwei Häusern bis zur nächsten Gasse reichte und vor einer verrosteten Metalltür mit Schmiedeeisenornamenten endete.

John drückte die Klinke herunter und betete. Hinter sich konnte er die lauten Rufe und Kommandos der Einsatzkräfte hören.

Doch es schien, als hätte der richtige Heilige seine Gebete erhört. Die Tür schwang auf, fast geräuschlos, und John stand auf einem kleinen Platz neben einer Art Kapelle, vor der eine Fremdenführerin einer Touristengruppe die Kunstdenkmäler im alten Ghetto erklärte. John trat näher und mischte sich scheinbar zwanglos unter die Urlauber, nickte einer alten, weißhaarigen Dame freundlich zu, stellte sich neben sie und lauschte den englischen Ausführungen.

»Hier sehen Sie den Tempietto del Carmelo, den kleinen Carmel Tempel, der, wie der Name schon sagt, der Heiligen Maria vom Berg Carmel geweiht ist. Interessant ist, dass dieses Denkmal bereits innerhalb des Ghettos liegt. Es war jahrelang von einer Gruppe Schuhmacher besetzt worden, die darin ihr

Geschäft eingerichtet hatten und keinerlei Rücksicht auf das Bauwerk nahmen. Als sie endlich auszogen, stürzte das Dach ein, und der kleine Tempel verfiel immer weiter, bevor die Stadt Rom sich entschloss, ihn wieder zu restaurieren, und eine Architektin mit den Arbeiten beauftragten.«

Zwei Polizisten rissen die Tür des schmalen Ganges auf, stürmten mit gezogener Waffe auf den Platz und blickten sich um.

John beugte sich zu der alten Dame und sagte: »Faszinierend, nicht wahr? Diese Stadt überrascht mich immer wieder.«

»Ja, es ist wunderbar! Rom zu besuchen war immer ein Traum von mir«, antwortete die Touristin mit leuchtenden Augen. »Schade, dass mein Mann das nicht mehr erleben kann.«

»Doch es dauerte noch weitere vier Jahre, bis die Schlüssel zu dem heruntergekommenen und verfallenen Geschäft gefunden worden waren und die Restaurierung beginnen konnte«, fuhr die Fremdenführerin fort.

Die Polizisten liefen mit großen Schritten an der Gruppe vorbei, schenkten den Touristen nur einen kurzen Blick und verschwanden um die nächste Ecke.

»Wassereinbrüche hatten an Stuck und Fresken Schimmel wachsen lassen, ein Feigenbaum hatte seine Wurzeln ins Fundament versenkt, das Heiligenbild und der Altar, auf dem es gestanden hatte, waren mit einem Mal verschwunden und sind bis heute nicht mehr wiedergefunden worden«, schloss die Führerin und klappte ihre Mappe zu.

In diesem Moment kamen die Polizisten zurück, immer noch im Laufschritt, und einer von ihnen sprach unentwegt in sein Funkgerät. Dann verschwanden beide hastig wieder durch die Metalltür in den Hinterhof.

»Ich wünsche Ihnen noch einen wunderbaren Aufenthalt hier!« John nickte der alten Dame zu. »Ich muss leider weiter.«

»Ihnen auch noch einen schönen Tag!«, rief ihm die grauhaarige Urlauberin fröhlich hinterher und winkte noch immer begeistert, als John bereits um die Ecke der Piazza in die Via in Publicolis joggte, um sich auf die Suche nach einem Taxi zu machen.

Mit seinen Gedanken war er bei dem enthaupteten Ettorio, der eingeschalteten Webcam und den Polizisten, die offenbar sofort alarmiert worden waren, als er in das Blickfeld der Kamera getreten war.

Wer hatte über die Webcam den Schreibtisch und den abgeschnittenen Schädel Ettorios im Auge behalten?

John kam sich vor wie eine Marionette, deren Fäden von einer unbekannten Hand gezogen wurden. Hatte sich der große Unbekannte ins Fäustchen gelacht, als er im Laden Ettorios aufgetaucht war? War es derselbe, der den Diebstahl des Notizbuches in Auftrag gegeben hatte, oder gab es bereits mehrere Teilnehmer an dem Wettlauf, von dem John noch nicht einmal wusste, wohin er führte und worum es ging?

Eines stand auf jeden Fall fest: Jemand wollte ihn aus dem Weg haben, entweder ein für alle Mal, oder ihn wenigstens vorübergehend aus dem Verkehr ziehen. Und dazu war ihm jedes Mittel recht.

Ein internationaler Haftbefehl. Eventuell stand er sogar schon unter Mordverdacht.

Und was kam als Nächstes?

John sah ein Taxi um die Ecke der Via Torre Argentina biegen, wollte schon den Arm heben, überlegte es sich jedoch anders und ließ den Wagen vorüberfahren. Er blickte ihm misstrauisch hinterher.

War es schon so weit? Machte sich bereits eine ausgewachsene Paranoia breit, nistete sich ein und beeinflusste seine Entscheidungen? Hatten die anderen ihr Ziel erreicht?

Kopfschüttelnd überquerte er die Straße und lief weiter in Richtung Pantheon und Piazza Navona.

Das nächste Taxi war ein weißer Renault-Van. John hielt ihn an und stieg ein. Als der Fahrer ihn nach seinem Ziel fragte, antwortete er, ohne lange nachzudenken: »Stazione Termini.«

Dreißig Minuten später hielt er sein Ticket für den Nachtzug nach Paris in der Hand, der Rom um 19.20 Uhr verlassen sollte, und tauchte in der Menge der Wartenden unter.

Notre Dame. Die beiden Worte waren alles, was er derzeit an handfesten Informationen hatte.

Sie konnten sich auf die Hirtin beziehen, die in Poussins Gemälde den drei Männern den Weg zum Grab gezeigt hatte.

Unsere Frau.

Sie konnten aber auch auf die weltberühmte Kirche im Herzen von Paris, auf der Île de la Cité, verweisen.

Die Kathedrale Notre Dame de Paris.

Solange Rodney noch am Inhalt des Notizbuchs arbeitete und keine handfesten Ergebnisse vorzuweisen hatte, führte der nächste logische Weg im Nachtzug nach Paris.

In Rom hielt John nichts mehr, im Gegenteil. Je länger er in der Stadt blieb, umso größer war die Wahrscheinlichkeit, dass er über kurz oder lang in eine Falle der Konkurrenz tappen würde.

Im schlimmsten Fall eine ohne Ausweg.

Charlotte Road, Barnes, Südwest-London/England

»Brauchst du mich nachher noch?« Alex Beaulieu hielt den Jaguar an, warf einen fragenden Blick zu Llewellyn und wies dann auf das niedrige Haus mit dem gepflegten Garten, der grünen Eingangstüre mit dem blankgeputzten Messing-Türklopfer und einem Gartenzwerg mit dem Messer im Rücken. »Wohnt er hier?«

Llewellyn nickte, sprang aus dem Wagen und beugte sich durchs offene Fenster zu Beaulieu. »Fahr nach Hause, Alex, und gib Emma einen Kuss von mir. Ich rufe ein Taxi, wann immer ich mit dem alten Herrn fertig bin. Oder er mit mir …«

Beaulieu lächelte und konnte seinen Blick nicht von dem skurrilen Gartenzwerg lösen. »Sieht ihm irgendwie ähnlich«, murmelte er kopfschüttelnd, dann winkte er dem Major kurz zu, wendete den Jaguar und beschleunigte die Straße hinunter.

Llewellyn sah ihm nach und lauschte dem verklingenden Motorlärm, bis es wieder still wurde in der schmalen Gasse im Südwesten Londons. In der traditionell bürgerlichen Wohngegend reihten sich weiße Einfamilienhäuser aneinander, mit handtuchgroßen Vorgärten und manikürtem Rasen, exakt gezogenen Blumenrabatten und blank gefegten Auffahrten.

Der kleine Garten, den Llewellyn durchquerte, unterschied sich nur wenig von all den anderen Vorgärten in der Straße.

Als der Major an der obersten Stufe der kleinen Treppe stand, war er versucht, dem sterbenden Gartenzwerg symbolisch die letzte Ölung oder einen herzhaften Tritt zu geben. Doch dann läutete er und war kaum überrascht, dass Margret nur Sekunden später die Tür öffnete.

»Llewellyn! Ich habe Sie bereits vermisst, Sie haben lange nicht mehr bei uns vorbeigeschaut!« Die rundliche, grauhaarige Frau von Peter Compton lächelte und wischte ihre Hände an einer ihrer bekannt bunten Küchenschürzen ab, auf der diesmal Bären um die Wette kletterten. »In wenigen Minuten gibt es Abendessen, und ich hoffe, Sie leisten uns Gesellschaft. Vor drei Tagen war James Cameron zum Dinner da, aber mit dem hat sich Peter nur gestritten und stundenlang diskutiert. Außerdem hat seine Security die Charlotte Road in eine wahre Festung verwandelt, und alle Nachbarn waren danach stocksauer auf uns.« Sie zog Llewellyn in den kleinen Flur, in dem es nach gerösteten Zwiebeln und Pfeffersauce duftete.

»Cameron? Der Premierminister?«, erkundigte sich der Major erstaunt.

»Ach, er war schon zum dritten Mal hier, aber die beiden kommen nicht gut miteinander aus«, sagte Margret und legte die Absperrkette vor. »Peter wird sich freuen, dass Sie uns nicht ganz vergessen haben. Er hat heute den halben Tag telefoniert, fast unentwegt. Ich konnte nicht mal das Treffen mit meiner Bridge-Runde bestätigen. Beschäftigen Sie ihn ein wenig«, sie lächelte spitzbübisch, »dann habe ich vielleicht auch mal die Leitung für mich.« Damit verschwand sie geschäftig in der Küche.

Llewellyn kannte den Weg ins Wohnzimmer, und zu seiner Überraschung stand die Doppeltür diesmal offen. Mit dunklem Holz verkleidete Wände, überfüllte Bücherregale, die obligaten Pferde- und Hundebilder an der Wand, das alles von Messinglampen beleuchtet; die Einrichtung schien direkt aus einem der ehrwürdigen englischen Clubs zu stammen, für die London bekannt war.

»Bevor du fragst – nein, wir heizen den Kamin nicht an, auch wenn wir in England sind. Es ist schließlich Juli«, kam eine energische Stimme aus einem der dunkelroten Ohrensessel.

»Du hast diesmal nur nichts Wichtiges zu verbrennen, daran liegt es«, gab Llewellyn spöttisch zurück und erinnerte sich an das vermisste Archiv von Lawrence of Arabia, das Compton seelenruhig drei Jahre zuvor den Flammen seines Kamins anvertraut hatte. Vor den Augen des Majors. »Ich wusste gar nicht, dass der Premierminister die Charlotte Road so lieb gewonnen hat.«

»Wenn es nach mir ginge, dann kann er sie gleich wieder vergessen«, erwiderte Peter Compton und klopfte mit seiner flachen Hand auf die Armlehne des Fauteuils. »Erst benimmt er sich in Europa wie ein Elefant im Porzellanladen, dann erwartet er von mir die Patentrezepte, um die Risse zu kitten und Merkel zu besänftigen. Lauschangriffe sind nun mal nicht dazu geeignet, sich auf dem Kontinent beliebt zu machen. Das werden auch die Amerikaner noch rasch genug merken. Man bespitzelt keine Freunde. Punkt.«

»Ich werde es mir merken und zu gegebener Zeit darauf zurückkommen«, erwiderte Llewellyn mit ironischem Unterton. Auf dem mit grünem Filz bezogenen Kartentisch vor ihm lag ein Stapel aktueller internationaler Tageszeitungen. »Bekommst du sie schon in der Vorabausgabe, oder fragen sie dich sicherheitshalber gleich, bevor sie in Druck gehen?«

Compton lachte leise. »Zu viel der Ehre, aber ich kann dich beruhigen. Ich bin einfacher Leser, wie alle anderen auch.«

Der hagere Mann, der sich aus dem Lehnsessel hochstemmte und zu Llewellyn an den Kartentisch trat, war um die achtzig Jahre alt und hatte trotzdem noch volles graues Haar, das akkurat gescheitelt war. Er trug eine dicke Brille auf seiner aristokratischen Nase, die ein schmales, blasses Gesicht beherrschte. Über den dünnen Lippen saß ein kurz getrimmter Schnurrbart, der an die eleganten Darsteller der Mantel-und-Degen-Filme der Dreißigerjahre erinnerte. Ein Kranz tiefer Falten um die dunkelbraunen, wachen Augen verriet eine gute Prise Humor. Doch Llewellyn wusste nur zu gut, dass man sich vom Äußeren Peter Comptons nicht täuschen lassen durfte. Ehemaliger Führungsmann im britischen Inlandsgeheimdienst MI5, Vertrauter und Berater von sechs Premierministern und seit seiner Pensionierung allgemein respektierte graue Eminenz in der Geheimdienstszene. Compton legte nach wie vor Wert auf makelloses Auftreten, umfassende Information und schreckte im Ernstfall auch vor drastischen Maßnahmen nicht zurück, um Staat, Königshaus und die britischen Geheimdienste zu beschützen.

»Man kann sich nicht immer nur das Beste aus einer politischen Partnerschaft herauspicken, man muss auch mal in den sauren Apfel beißen«, dozierte Compton weiter und zog seinen eleganten Hausmantel enger. »Die EU mag Fehler haben, schießt manchmal übers Ziel hinaus und ist trotzdem unsere einzige Zukunft. Es wird Zeit, dass die Mächtigen das hier endlich begreifen und ihre Splendid Isolation aufgeben. An einem Tag den Kanal zuschütten, um ihn dann am nächsten Tag zu verbreitern, das ist keine politische Linie. Das ist ein Schlingerkurs, der die Wähler verunsichert.«

»Du sprichst von Cameron?« Llewellyn schenkte sich einen Whisky ein und hielt eine Flasche Tanqueray Dry Gin hoch. »Hältst du mit?«

Compton nickte, einen bitteren Zug um den Mund. »Manchmal kann man in diesem Land gar nicht so viel trinken, wie man ... Ach was, schenk ein. Einen Doppelten. Woher weißt du eigentlich, dass ich dich sprechen wollte?«

»Vielleicht kann ich Gedanken lesen?« Llewellyn grinste und reichte Compton den Gin. Dann wurde er wieder ernst. »Nein, ich gebe es zu, ich wusste es nicht. Mein Besuch ist ... na ja, nicht reiner Zufall, aber ... Amber flog mich heute mit einer alten DC-3 von Rom nach Duxford zurück, nachdem ich meinen Urlaub kurzfristig abgebrochen habe.«

»Amber? Amber Rains? Warum hast du sie nicht mitgebracht?«, warf Compton ein. »Ihr Vater ist ein alter Freund von mir. Er schwärmt immer stundenlang von seiner Tochter, wenn wir uns im Club sehen.«

»Er schwärmt von ihr?«, erkundigte sich Llewellyn erstaunt. »Es geschehen noch Zeichen und Wunder ... Vielleicht sollten die beiden wieder mal miteinander reden.«

»Du hast also deinen Urlaub abgebrochen?« Compton nahm einen großen Schluck Gin und schnalzte genussvoll mit der Zunge. »Lass mich raten, alter Waliser – Rom wurde dir zu touristisch, die Kultur zu viel und die Hitze zu groß.«

»Ehrlich gesagt kam John dazwischen«, antwortete der Major. »Er flog aus Libyen ein, mit einer Zwischenlandung in Tunis.«

Compton hypnotisierte den Gin in seinem Glas. »John Finch? Ein brillanter Pilot. Aber das war schon sein Vater ...« Der alte Mann trat ans Fenster und blickte hinaus in den Garten.

Llewellyn hatte den Eindruck, er war mit seinen Gedanken ganz woanders.

»Aber da ist etwas, das mich beunruhigt und weswegen ich dich sehen wollte«, sagte der alte Mann nach einigen Augenblicken und nahm noch einen Schluck. »Heute Mittag wurde die französische Kulturministerin Aurélie Bernadetti entführt.«

»Entführt?«, fragte Llewellyn erstaunt.

»Ja, allerdings nur, um drei Stunden später wieder vor ihrem Ministerium aufzutauchen, frisch und frei, am Lenker einer schweren Maschine mit italienischer Zulassung.«

»Klingt unglaublich. Ich möchte nicht in der Haut der Sicherheitsleute stecken. Margret hat mir schon berichtet, dass du den halben Tag am Telefon warst.« Llewellyn schwenkte den Whisky in seinem Glas und musste grinsen, als ihm ein unanständiger Gedanke kam. »Vielleicht hatte die Ministerin Lust auf einen Quickie zwischendurch, als Nachspeise sozusagen? Soviel ich weiß, ist sie hübsch, jung und unverheiratet.«

Das trug ihm einen strafenden Blick von Compton ein. »Ich habe gesagt, entführt, nicht verschwunden. Die beiden Leibwächter wurden in einem Pariser Restaurant ausgeschaltet wie zwei Schuljungen, aber das soll nicht unser Problem sein. Sie sahen nicht mal, wer es war, da lagen sie auch schon bewusstlos auf dem Boden.«

»Aber du weißt es?« Llewellyn gab einen Schuss ins Blaue ab.

Compton wiegte stumm den Kopf.

»Also hast du einen Verdacht. Warum wundert mich das nicht?« Der Major trat neben den ehemaligen Geheimdienstchef ans Fenster. »Wenn die Leibwächter den Entführer nicht gesehen haben, dann konnten sie ihn auch nicht beschreiben. Das lässt uns nur mehr drei Möglichkeiten offen. Der Entführer wurde bereits gefasst ...«

Compton schüttelte den Kopf.

»... du hast die Entführung organisiert und kennst deshalb die Identität des Entführers ...«

Compton zog eine Grimasse. »Du traust mir auch alles zu...«

»... was also nur heißen kann, dass die Ministerin ihn erkannt hat«, fuhr Llewellyn unbeeindruckt fort. »Und du hast mit der Ministerin gesprochen. Oder mit dem Regierungschef.«

Compton nickte nur und ließ damit elegant offen, mit wem er wirklich gesprochen hatte.

»Aber das war nur der Beginn, und glaub mir, deshalb wäre ich keineswegs besorgt. Alles ist gut ausgegangen, oder?« Der alte Mann wandte sich Llewellyn zu und sah ihn forschend an. »Der Ministerin wurde kein Haar gekrümmt, lediglich zwei in ihrem Ego verletzte Leibwächter haben Kopfschmerzen, es wurden keine Forderungen gestellt, es handelte sich also nur um einen kleinen Zwischenfall, ein seltsames Intermezzo, das nach drei Stunden wieder vorbei war. Ein Dummer-Jungen-Streich?« Doch Comptons Ton verriet, dass er das nicht glaubte.

»Wem gehört das Motorrad, auf dem die Ministerin ins Ministerium zurückkehrte?«, wollte Llewellyn wissen.

»Aahh, das Motorrad, genau. Du legst den Finger in die Wunde. Das ist auf eine Friseurin in Cuneo zugelassen, einem kleinen Ort im italienischen Piemont. Sie hatte die Maschine gestern Abend bei der lokalen Polizei als gestohlen gemeldet.« Compton leerte das Glas mit dem restlichen Gin in einem Zug und machte ein Pokerface.

»Also hat sich die Ministerin mit einem Unbekannten getroffen, der gut vorgesorgt und seine Spuren perfekt verwischt hat«, fasste Llewellyn zusammen. »Sie wollte sich offenbar mit ihm treffen, musste nicht von Einsatzkräften befreit werden, ja, er stellte ihr sogar sein Motorrad zur Verfügung, um wieder zurück an ihre Arbeit zu gelangen. Wo genau liegt dein Problem?«

Peter Compton versenkte beide Hände tief in seine Hosentaschen. »Mein Problem ist der Mann, mit dem sie sich getroffen hat.«

In diesem Moment steckte Margret ihren Kopf durch die Tür und verkündete: »Abendessen ist im Salon serviert! Und es wäre nett, wenn ihr für einen Moment eure Geschäfte vergessen könntet.«

Nachtzug Rom-Termini – Gare de Lyon, Paris/Italien und Frankreich

John lag auf dem schmalen Bett in seinem Zweier-Abteil und genoss die Tatsache, dass er allein war und bisher noch kein anderer Reisender die zweite Liege in Anspruch genommen hatte. Der Zug war pünktlich in Rom abgefahren und würde in wenigen Minuten um 20.51 Uhr in Florenz eintreffen.

Niemand hatte sich für John interessiert, weder an der Stazione Termini, wo er sich in ein paar Läden mit dem Notwendigsten für die Reise eingedeckt hatte, noch im Zug. Kurz nach der Abfahrt war ein freundlicher Zugbegleiter vorbeigekommen, hatte das Ticket kontrolliert und ihm eine gute Nacht gewünscht.

Jetzt zogen die Hügel der abendlichen Toskana am Zugfenster vorbei, kurvige Alleen mit den so typischen schlanken Zypressen, die in der tiefstehenden, untergehenden Sonne lange Schatten warfen. Einen Moment lang war John versucht, in Florenz auszusteigen, alles zu vergessen und für ein paar ruhige Wochen auf einem Weingut in der Chianti-Region unterzutauchen.

Doch da war noch der Haftbefehl. Und der geköpfte Ettorio vor der Webcam. Und das Foto des Poussin-Gemäldes in seiner Jackentasche, das ihm keine Ruhe ließ. Er zog es hervor und lehnte sich zurück. Die Fahrt würde noch knapp zwölf Stunden dauern, also hatte er genügend Zeit, um Bilanz zu ziehen, um vielleicht ein wenig klarer auf diesen ersten Kreis des Wissens zu blicken.

War Rodney schon weitergekommen in der Entschlüsselung von Umars Notizbuch? Hatte Llewellyn mehr über den Leutnant und dessen Vergangenheit erfahren? John ärgerte sich darüber, dass er in Rom vergessen hatte, eine Prepaid-Telefonkarte zu kaufen. Doch andererseits wäre selbst nach einem einzigen Telefongespräch allen Lauschern schnell klar geworden, dass er im Zug von Rom nach Paris war. Wer weiß, wer ihn dann am Gare de Lyon morgen früh erwarten würde ...

John strich die Fotografie glatt, holte aus seiner neuen Sporttasche Block und Stift und schrieb eine Liste mit Fakten über das Gemälde von Poussin. Das würde seine Gedanken ordnen und ihn andererseits unter Umständen der Lösung einen Schritt näher bringen.

- Nicolas Poussin, Maler, geboren in Frankreich, lebte vorwiegend in Rom, wo er auch starb
- »Die Hirten von Arkadien«, oder »Les Bergers d'Arcadie«, war eines von Poussins späten Werken
- Drei Hirten, eine Hirtin/Göttin (?) stehen vor einem Steinsarkophag
- Von den drei Hirten sind zwei mit Lorbeer bekränzt, Symbol der Unsterblichkeit
- Eine mythologische (?) Landschaft im Hintergrund, schroffe Berge
- Käufer des Bildes war ursprünglich Ludwig XIV., jetzt hängt es im Louvre
- Die Aufschrift auf dem Sarkophag lautet: »Et in arcadia ego«
- Zwei Versionen des Bildes existieren, die erste hängt in Devonshire

- Wer in dem Sarkophag liegt, ist bis heute unbekannt
- Der Bildaufbau orientiert sich an einem Pentagramm
- Zieht man einen Kreis, dann bildet die Hand des knienden Hirten das Zentrum
- Die Maße des Bildes betragen 120 x 87 Zentimeter, Verhältnis 1,37:1, regelmäßiges Pentagon/Pentagramm, Symbol der Venus und des Abraxas, Hüter eines religiösen Geheimwissens
- Der Fünfstern steht für die fünf Wunden des gekreuzigten Jesus
- Das geflochtene Pentagramm hat weder Anfang noch Ende = Kreis

Der Zug ruckte ein paar Mal, und die Bremsen quietschten. Die ersten Vororte von Florenz huschten an den Fenstern vorbei, unter einem schwarz-blauen Himmel, auf dem die ersten Sterne aufglänzten.

John überlegte kurz und ging dann die Liste nochmals durch. War da noch etwas, das er vergessen hatte? Ach ja, natürlich, die arabische Unterschrift, wer immer sie verfasst hatte:

»Die Drei. Der erste Kreis des Wissens. Notre Dame«

»Die Drei« – vier Personen sind auf dem Bild, davon drei Hirten. »Trois bergers« auf Französisch. Zwei unsterblich, einer sterblich, und zwar jener, der auf die Inschrift zeigt. Sonst sah John keinen Zusammenhang zwischen der Zahl Drei und dem Gemälde.

»Der erste Kreis des Wissens« – eine allgemeine Floskel oder ein genauer Hinweis? John ging die Liste erneut durch. War der Kreis gemeint, dessen Zentrum die Hand des knienden Hirten bildete? Jene Hand, die auf »Et in arcadia ego« wies? Standen diese vier Worte im Zentrum des ersten Kreises des Wissens? Im Zentrum des Fünfsterns, der die fünf Wunden des gekreuzigten Jesus symbolisierte? Lag Jesus am Ende in dem Stein-Sarkophag?

»Notre Dame« – französisch für »unsere Frau«, unzählige Male verwendet für Kirchen und Kathedralen im ganzen Land, die der heiligen Maria gewidmet waren. Seltsamerweise war auch im Arabischen genau jener französische Begriff verwendet worden und nicht nur »unsere Frau« ...

Als der Zug in Florenz angehalten hatte, öffnete John das Fenster und schaute hinaus. Die Bahnsteige auf dem Bahnhof Santa Maria Novella waren mit Rucksacktouristen bevölkert, die entweder entspannt plaudernd auf den nächsten Zug warteten oder sich an den Einstiegen zu den Waggons drängten.

Nach einer völlig übersteuerten Lautsprecherdurchsage in genuscheltem Italienisch, die niemand verstanden haben konnte, schrillten Pfiffe, und der Zug setzte sich wieder in Bewegung.

John sah nichts Verdächtiges in der wartenden Menge, niemanden, der suchend den Zug entlanggelaufen wäre und in jedes Abteil geschaut hätte. Erleichtert schob er das Fenster wieder nach oben, ließ sich auf das schmale Bett zurückfallen und entfaltete den Fahrplan.

Nächster Halt in Bologna in fünfunddreißig Minuten, danach Mailand und schließlich Dijon zum Frühstück um halb sieben.

Je weiter sich der Zug von Rom entfernte, desto sicherer fühlte sich John. Er lehnte sich entspannt zurück und überlegte sogar, in den Speisewagen Abendessen zu gehen. Vielleicht war ja die Küche in den italienischen Eisenbahnen besser als in den deutschen oder englischen Zügen …

In diesem Moment klopfte es kurz an der Tür des Abteils, und bevor John »Ja, bitte!« sagen konnte, wurde sie auch schon geöffnet. Ein Mann mit vollen schwarz-grauen Haaren stand vor dem Abteil, elegant in blauen Blazer und dunkelgraue Hose gekleidet, eine Reisetasche aus Leder in seiner Hand.

»Guten Abend«, grüßte er freundlich mit volltönender, tiefer Stimme auf Englisch. »Ich denke, ich bin Ihr Mitreisender. Tut mir leid, wenn ich Ihre Einsamkeit störe und Ihnen den wenigen Platz streitig mache. Aber ich fahre nur bis Dijon, wenn das ein Trost für Sie ist.«

John winkte ab und erhob sich höflich. »Eine Reise ist immer so interessant wie die Menschen, die sich dabei treffen«, sagte er unverbindlich.

Der Fremde nickt ihm kurz zu und betrat dann das Abteil, stellte seine Tasche ab und wies auf das obere der beiden Betten. »Ich nehme an, ich werde kaum schlafen, aber es kann angenehm sein, sich auszustrecken. Ein Luxus, den ich mir gerne leiste, selbst wenn es nur für einige Stunden ist. Mein Name ist Spengler. Und in Anlehnung an ein berühmtes Zitat …« Damit streckte er seine Hand aus und sah John forschend an. »… Mr. Finch, I presume?«

John fuhr zurück. »Sie … Sie kennen mich?«

Spengler schüttelte lächelnd den Kopf. »Nein, Mr. Finch, ich habe bisher nur von Ihnen gehört, ich kenne Sie noch nicht. Aber ich hoffe, dass wir dies in den nächsten Stunden nachholen können. Darf ich mich auf Ihre Liege setzen?«

John blieb am Fenster stehen, nickte wortlos und blickte den seltsamen Mr. Spengler genauer an. Er mochte um die siebzig Jahre alt sein, hatte ein fein geschnittenes Gesicht mit sorgsam getrimmten Augenbrauen und dunklen, forschenden

Augen. Seine schlanken Hände mit den manikürten Nägeln strichen sorgsam die Bügelfalten der Hose glatt, während er ein silbernes Etui aus der Jackentasche zog, es öffnete und eine Visitenkarte herauszog, die er John hinhielt.

»Eines gleich vorweg, um Ihre Zweifel zu zerstreuen. Ich bin nicht von der Polizei, vom Zoll oder einem Geheimdienst. Genauer gesagt, ich gehöre zu gar keiner Behörde.«

John griff nach der Karte und las »Michael Spengler, Archäologe«, darunter »Kunsthandel« und eine Adresse in Wien-Innere Stadt.

»Woher kennen Sie mich dann?«, wollte John wissen.

»Nur Geduld, eines nach dem anderen«, antwortete Spengler, »Sie werden gleich verstehen. Lassen Sie mich nur ein wenig ausholen, Mr. Finch.«

Der Zug legte sich quietschend und ruckelnd in eine der engen Kurven auf der Strecke nach Bologna.

Spengler wies auf die offene Abteiltür. »Macht es Ihnen etwas aus, wenn wir sie schließen?«

»Wollen Sie mich lieber unter Ausschluss der Öffentlichkeit umbringen?«, erkundigte sich John mit einem ironischen Lächeln.

Spengler schüttelte den Kopf. »Völlig falsch, Mr. Finch, Ihr Misstrauen ist verständlich, aber unbegründet. Ich kann keiner Fliege etwas zuleide tun. Betrachten Sie mich eher als Ihr ganz persönlicher Berater, als jemand, der unter Umständen Antworten auf viele Ihrer Fragen hat. Eine Gelegenheit, die Sie so bald nicht wieder bekommen werden.«

John überlegte einen Augenblick, dann ging er an Spengler vorbei, zog kurzerhand die Tür zu und verriegelte sie. »Jetzt sind wir unter uns.« Der Pilot setzte sich neben den Archäologen und streckte die Hand aus. »John Finch, aber das wissen Sie ja bereits.«

Spengler schüttelte Johns Hand und nickte. »Sie sind älter, als ich dachte«, sagte er und zupfte an seinem Stecktuch, das farblich perfekt zu seinem Pullover passte. »Jetzt kann ich es noch besser verstehen, wenn man Ihnen legendäre Flugkünste nachsagt. Steht die DC-3 eigentlich noch auf dem Flughafen in Rom oder schon in England?«

»Sie sind unglaublich gut informiert«, gab John stirnrunzelnd zurück.

Spengler zuckte die Schultern. »Das bringt unter anderem mein Beruf mit sich. Information ist das halbe Geschäft.«

»Das des Archäologen oder des Kunsthändlers?«, stieß John mit spöttischem Unterton nach. »Oder haben Sie noch einen weiteren Beruf?«

»Wahrscheinlich für beide«, antwortete Spengler nachdenklich. »Sehen Sie, ich habe in Wien, Paris, Bern und Athen studiert und danach als Archäologe Ausgrabungen in Ägypten und auf dem Peloponnes geleitet, bevor ich Kunsthändler wurde. Meine Spezialität waren und sind antike Objekte, die ich seit mehr als vierzig Jahren fast ausschließlich an Museen verkaufe. Die wichtigsten Kuratoren und Direktoren rund um die Welt kennen mich, da mein Angebot exklusiv und teuer ist. Und es hat einen weiteren unschätzbaren Vorteil – es ist echt.« Er sah John forschend an. »Ich weiß nicht, wie sehr Sie mit dem internationalen Kunsthandel vertraut sind, aber bereits diese Kombination sichert mir die ungeteilte Aufmerksamkeit der Branche, sollte ich irgendwo anrufen, Stücke anbieten oder zur Versteigerung einliefern. So weit zu meinem beruflichen Hintergrund, den Sie jederzeit nachprüfen können.« Er zog eine modische Lesebrille aus der Innentasche seines Blazers und setzte sie auf, griff nach der Fotografie des Poussin-Gemäldes und warf einen Blick darauf, bevor er es seufzend zurück auf die Bettdecke legte. »Ich möchte, dass Sie mir zuhören, Mr. Finch.« Der Kunsthändler schaute John über den Rand seiner Brille an. »Und mich ernst nehmen. In Ihrem Interesse.«

John wies mit einer Handbewegung auf die hereinbrechende Nacht vor dem Fenster. »Wir haben einige Stunden Fahrt vor uns. Zeit genug für meine Fragen und für Ihre Antworten. Aber was halten Sie zuallererst von einem Abendessen? Plaudern wir, trinken wir ein Glas Rotwein, und dann kann ich noch immer entscheiden, ob ich Ihnen das Abteil ganz überlasse oder es weiterhin mit Ihnen teile. Und Ihnen tatsächlich weiter zuhöre.«

Der Kunsthändler nickte zustimmend. »Eine ausgezeichnete Idee.« Er stand auf und öffnete die Abteiltür. Dann wandte er sich unvermittelt um und fixierte John. »Es wäre mir ehrlich gesagt am liebsten, wenn Sie mit mir in Dijon aussteigen würden.«

»Warum sollte ich?«, fragte John erstaunt.

»Weil Sie dann vermutlich länger leben würden«, gab Spengler leise zurück. Mit diesen Worten drehte er sich um und ging voraus in den Speisewagen.

Charlotte Road, Barnes, Südwest-London/England

»Diese üppigen Abendessen von Margret sind eine wahre Anschlagsserie auf meine Linie«, grummelte Peter Compton, während er sich einen weiteren Gin einschenkte. »Wenn Terrororganisationen so erfolgreich wären wie mein ganz privater Kalorien-Küchenbomber, dann wären wir beide weder hier noch am Leben.« Er stellte die Flasche zurück und fragte Llewellyn über seine Schulter: »Was hättest du gerne als Digestif?«

Der Major überlegte kurz. »Bleiben wir beim Tanqueray«, entschied er dann. »Kommen wir nach der Völlerei in fünf Gängen auf dein Problem zurück, auf jenen Mann, mit dem sich Aurélie Bernadetti getroffen hat.«

Compton öffnete die Doppeltür zum Garten, trat hinaus auf die Terrasse und gab Llewellyn einen Wink. »Der Abend ist mild, selten genug in unseren Breiten. Also genießen wir ihn.« Dann griff er in die Tasche seines Hausmantels und zog eine kurze Zigarre hervor, entfernte die Plastikhülle und ließ ein goldenes Dior-Feuerzeug aufspringen.

»Seit wann rauchst du Zigarren?« Llewellyn wunderte sich. »Ein neues Faible?«

»Nur im Sommer und nur im Freien«, wehrte Compton ab. »Mit viel Einsatz bringe ich es so auf eine Hand voll Zigarren pro Jahr. Außerdem ist es in meinem Alter schon weitgehend egal, ob man raucht oder nicht. Schau dir den deutschen

Altkanzler Helmut Schmidt an. Der ist fünfundneunzig und raucht kreuzfidel Kette.«

»Von Churchill bist du allerdings mindestens neunzig Kilo entfernt, aber die Zigarre steht dir. Sie macht dich so ... staatsmännisch.« Der Major lachte.

»Pass auf, was du sagst«, brummte der Geheimdienstchef und paffte eine große Rauchwolke vor sich hin. »Alessandro alias Rebus alias Alexander Reiter.«

Llewellyn sah Compton verwirrt an. »Wer?«

»Der Mann, mit dem sich die französische Kulturministerin heute Mittag getroffen hat. Alexander Reiter.«

»Du kennst sogar seinen Namen?«, fragte Llewellyn erstaunt. »Wo ist dann dein Problem?«

Compton zog an seiner Zigarre, bevor er sagte: »Du hörst mir nicht zu, Waliser. Der Mann selbst ist das Problem.«

»Warum glaube ich dir nicht?«, entgegnete Llewellyn trocken. »Seit wann ist ein Mann, dessen Namen du sogar kennst, der in Europa agiert, ja, der in unserem Nachbarland am helllichten Tag in Paris eine Ministerin trifft, ein Problem für dich? Schalte den DCRI ein und sag ihnen, was du willst.«

»Wenn ich den französischen Inlandsgeheimdienst ins Vertrauen ziehen möchte, dann brauche ich nur meinen alten Freund Jerome Barbier anzurufen.« Comptons abschätziger Gesichtsausdruck sprach Bände. »Aber erstens hat der keine Ahnung, was Bernadetti und Rebus besprochen haben, und zweitens vermasseln die Franzmänner nur wieder alles. Reiter ist gut, sehr gut.«

»Aber auch nur ein Mensch aus Fleisch und Blut«, gab Llewellyn zu bedenken.

»Unterschätze ihn nicht.« Compton nahm einen Schluck Tanqueray. »Manchmal scheint es, als sei er ein Phantom, ein

Schatten, der durch Wände geht und im Handumdrehen verschwindet.«

»Du klingst schwer beeindruckt, zum ersten Mal, seit ich dich kenne. Wolltest du mich deshalb sprechen?«

Compton ließ sich auf eine makellos weiße Gartenbank fallen und gab Llewellyn ein Zeichen, sich zu ihm zu setzen. »Alexander Reiter, geboren in Wien, vierundvierzig Jahre alt. Seit seiner frühen Jugend Bergsteiger, Skifahrer, begeisterter Cross-Country-Läufer und Motorradfahrer. Nach der Schule meldete sich Reiter zum Gendarmerieeinsatzkommando, der späteren ›Cobra‹. Normalerweise muss man einen exakten Dienstweg einhalten, man wird aus den Rängen der Exekutive ausgewählt und zum GEK abkommandiert, aber manchmal machen die Österreicher bei besonders geeigneten Anwärtern auch Ausnahmen. Wie im Fall Reiters. Er war ein Glücksgriff, durchlief die Ausbildung mit allen Auszeichnungen, studierte nebenbei Kunstgeschichte, lernte tauchen, fliegen, schießen, sprengen, diverse Nahkampftechniken und bewährte sich vor allem beim Personenschutz. Denn Reiter hatte schon damals eine ganz besondere Gabe: Er konnte gut mit Menschen umgehen, sich anpassen, verschmolz mit seiner Umgebung, trat in den Hintergrund und wurde unsichtbar. Und schlug bei Bedarf aus dem Verborgenen heraus zu.«

»Du bist gut informiert, wie immer. Reiter würde einen guten Agenten abgeben.«

»Er verließ das Einsatzkommando kurz nach der Jahrtausendwende, aus eigenem Willen und aus unbekannten Gründen«, sinnierte Compton zwischen zwei Zügen an der Zigarre, »trotz einer glänzenden Karriere und noch glänzenderen Zukunftsaussichten bei der ›Cobra‹, die international sehr angesehen ist, wie du weißt. Er kündigte also von einem Tag auf den anderen, tauchte unter und verwandelte sich in Rebus.« Der ehemalige Geheimdienstchef wandte sich zu Llewellyn. »Bis dahin war es nicht besonders schwer, den Lebensweg Reiters zu verfolgen. Ab 2001 wird es aber so gut wie unmöglich.«

»Was unterscheidet Rebus von Alexander Reiter?«, wollte der Major wissen.

»Gute Frage.« Compton nahm einen großen Schluck Gin. »Dazu müsste man Rebus näher kennen, was wohl niemand von sich behaupten kann. Eines ist jedoch sicher. In kürzester Zeit wurde Rebus zu einem ganz besonderen Meisterdieb, zu einem Spezialisten für gestohlene Kunstwerke, die er wieder ihren ursprünglichen Besitzern zurückbringt. Im Auftrag von Versicherungen, Museen und öffentlichen Sammlungen, manchmal sogar von den bestohlenen Privatpersonen direkt. Die einzige Bedingung, die er neben seiner Bezahlung stellt: Der Besitzanspruch muss nachweisbar und rechtens sein.«

»Willst du damit sagen, dass die französische Kulturministerin Bernadetti sich in Paris mit einem Meisterdieb getroffen hat?«, fragte Llewellyn überrascht.

»So ist es«, Compton nickte und verschwand fast in einer Wolke Zigarrenrauch. »Einer der Gründe, warum ich besorgt bin.«

»Wissen wir, worüber sie gesprochen haben?«

»Der zweite Grund, warum ich besorgt bin«, erwiderte Compton und schüttelte den Kopf. »Wir wissen es nicht. Bernadetti hat sich geweigert, auch nur anzudeuten, worum sich das Gespräch tatsächlich drehte. Offiziell erklärte sie, es sei um eine – und ich zitiere wörtlich – ›Abstimmung der Sicherheitsvorkehrungen in den staatlichen Museen‹ gegangen.«

»Das hat ihr bestimmt Rebus mit auf den Weg gegeben«, murmelte Llewellyn. »Geschickter Schachzug. Und warum das konspirative Treffen?«

»›Um die wahre Identität von Rebus weiterhin nicht zu gefährden.‹ Wieder ein Zitat.« Compton lehnte sich zurück und verschränkte die Arme über der Brust. »Nicht, dass Bernadetti seinen tatsächlichen Namen kennen würde«, ergänzte er. »Rebus hat kein Mobiltelefon, keine Bankverbindung, keine Kreditkarte, keine Versicherung, keine E-Mail- und keine offizielle Adresse. Ich habe bisher nur zwei seiner Wohnungen identifizieren können. Ein Apartment in Wien, gemietet auf den Namen eines alten Freundes aus seiner Zeit beim Einsatzkommando, und eine Hand voll alter Häuser in den Cottischen Alpen. Die liegen im Piemont.«

»Unweit von Cuneo, nehme ich an«, ergänzte Llewellyn nachdenklich.

»Du spielst auf das Motorrad an.« Compton leerte das Glas und stellte es neben sich auf die Bank. »Das steht in der Zwischenzeit in der Garage der Villa von Bernadetti. Die Diebstahlanzeige war nach einem Telefonat der Ministerin mit der Besitzerin in Cuneo zurückgezogen worden.«

»Warum wundert mich das nicht?« Rebus glitt wie ein Schatten durch eine Welt, deren Regeln er selbst aufgestellt hatte.

»Der Haufen alter Häuser in den italienischen Alpen wurde übrigens gestern dem Erdboden gleichgemacht«, fuhr Compton unbeeindruckt fort. »Vermutlich eine neuartige, hochexplosive Bombe, aus einem Hubschrauber geworfen, der danach abstürzte. Die italienische Polizei rätselt, weil es bis auf den Piloten des Helikopters und einen Passagier, die beide bei dem Absturz bis zur Unkenntlichkeit verbrannten, keine Opfer zu beklagen gibt.«

»Du meinst, all die Häuser waren leer?« Llewellyn runzelte die Stirn. »Das ist seltsam ... Und Rebus?«

»Der erschien heute Mittag offenbar pünktlich und unverletzt zu seinem Date mit der Ministerin in Paris.« Compton drückte seine Zigarre in einem Glas-Aschenbecher aus. »Anschlag missglückt? Wenn ja, wer war dann so nachtragend und wollte ihn in die ewigen Jagdgründe bomben und dabei gleich das ganze Dorf planieren? Oder Rebus war gar nicht zu Hause, sondern ganz woanders ... und seine Angreifer einfach nur schlecht informiert?« Der ehemalige Geheimdienstchef zuckte mit den Schultern.

»Wie stimmten Rebus und Bernadetti ihr Treffen ab?«, wollte Llewellyn wissen. »Ohne Handy oder E-Mail.«

»Das konnte mir bisher niemand erklären«, gab Compton zu. »Sie trafen sich angeblich in einem Bistro, Rebus schaltete die Leibwächter aus, dann nahmen sie das Motorrad und verschwanden für knapp drei Stunden. Bernadetti machte keine Angaben zum genauen Ort. Eine Überwachungskamera auf der Île de la Cité filmte die Maschine zufällig auf ihrem Weg nordwärts, dann verliert sich die Spur.«

»Rebus muss nach seinem Treffen die öffentlichen Verkehrsmittel genommen haben«, dachte Llewellyn laut nach. »Das Motorrad hatte er ja nicht mehr, also blieben ihm nur Metro, Bus oder Taxi.«

»Oder er fuhr per Anhalter zum Flughafen oder zum nächsten Bahnhof«, warf Compton ein. »Er ist vorsichtig, umsichtig und versteht es perfekt, seine Spuren zu verwischen. Kurz gesagt: der richtige Gegenspieler für dich. Finde ihn. Ich möchte wissen, was Bernadetti von Rebus wollte. Was soll der Meisterdieb für sie erledigen, das sie nicht ihren eigenen Leuten anvertrauen möchte?« Compton legte Llewellyn seine Hand auf den Arm und drückte zu – mit einer Kraft, die der Major dem alten Mann nicht zugetraut hätte. »Was zum Teufel soll Rebus wo für sie stehlen?«

Nachtzug Roma-Termini – Gare de Lyon, Paris/Italien und Frankreich

Als John Finch und Michael Spengler den großen Speisewagen des Nachtzuges erreicht hatten, war der bis auf einige wenige besetzte Tische fast leer gewesen.

»Sieht so aus, als hätten wir die freie Auswahl«, hatte Spengler gesagt und John fragend angesehen.

Schließlich hatten sie einen Tisch gewählt, etwas abseits von den anderen Fahrgästen, und der Kunsthändler hatte mit den Worten: »Ich darf Sie sicherlich einladen, Mr. Finch?«, eine umfangreiche Bestellung platziert. »Ich hoffe, meine Auswahl trifft Ihren Geschmack.« Spengler hob sein Glas mit dem Barbaresco und prostete seinem Gegenüber zu.

»Danke für die Einladung«, erwiderte John, »aber kommen wir auf Ihr Angebot zurück, meine Fragen zu beantworten.« Neugierig kostete er den Rotwein und musste sich eingestehen, dass der Kunsthändler die richtige Flasche gewählt hatte. »Und glauben Sie mir, ich habe jede Menge Fragen!«

Spengler lachte leise. »Wir haben andererseits auch jede Menge Zeit, Mr. Finch. Man hat mich gebeten, mit Ihnen zu sprechen, Sie zu überzeugen. Ich werde mein Bestes geben, werde Sie einen Blick hinter die Kulissen dieser Geschichte werfen lassen, die für Sie mit Umar und seinem Notizbuch begonnen hat.«

»Warum sollten Sie das tun?«

»Um Sie zu bewegen, einiges zu vergessen, was Sie in den letzten Tagen erlebt haben«, erwiderte Spengler nach kurzem Zögern. »Sie sollten aus diesem Abenteuer so schnell wie möglich aussteigen, in Ihrem eigenen Interesse.«

»Oberst Gaddafi hat mich bereits gewarnt, als er mich zwang, ihn nach Tunis zu fliegen«, sagte John. »Das hat mich erst recht neugierig gemacht. Dann wurde das Notizbuch gestohlen, das ich Leutnant Umar abgenommen hatte, und jetzt kommen Sie und warnen mich erneut. Warum sollte ich gerade auf Sie hören?«

»Weil ich kein Mitglied einer Despoten-Familie aus dem Mittleren Osten bin? Weil ich keinerlei Vorteil davon habe, ob Sie leben oder tot sind? Weil ich aus Ihrem Kulturkreis stamme, wir eine ähnliche Erziehung genossen haben und unsere Sozialisierung fast die gleiche ist?« Der Kunsthändler sah John über den Rand seines Glases hinweg an. »Suchen Sie sich den Grund aus.«

»Gut, dann ist hier meine erste Frage: Warum wurde Ettorio geköpft und in seinem Laden liegen gelassen, mit eingeschalteter Webcam? Wer sah zu und alarmierte so schnell die Polizei?«

»Ettorio Palladini, eine illustre, aber schwierige Persönlichkeit mit weitreichenden Beziehungen.« Spengler nahm eine Scheibe Weißbrot und tunkte sie in dunkelgrünes Olivenöl. »Seine Familie stammte ursprünglich aus Palästina, und allen kosmopolitischen Beteuerungen zum Trotz war er ein überzeugter Anhänger der Politik Jassir Arafats und damit auch der Al-Fatah-Bewegung. Palladini war bis zu seinem Tod ein führendes Mitglied des italienischen Büros des palästinensischen Geheimdienstes. Dieser Geheimdienst war es auch, der mit ihm via Webcam kommunizierte und der wohl auch die Polizei alarmierte, als Sie überraschend neben dem Toten auftauchten.«

»Wurde er ein Opfer des Mossad?«, fragte John.

Spengler schüttelte den Kopf. »Nein, ganz falsch, die Israelis hatten nichts damit zu tun. Ettorio begann vor Jahrzehnten mit einer Rahmenhandlung im Ghetto, doch bald entdeckte er, dass man mit Bildern wesentlich mehr Geld machen konnte als mit deren Rahmung. So rutschte er mit den Jahren nach und nach in eine Art Halbwelt des Kunsthandels ab. Er verkaufte immer öfter gestohlene Bilder und Grafiken, wurde zum Hehler, zu einer Drehscheibe in Italien, wenn es um heikle Ware ging. So entdeckte ihn dann irgendwann auch der IS.«

»Sie sprechen vom Islamischen Staat, den Terrormilizen im Nahen Osten?«, erkundigte sich John. »Was haben die mit Kunst zu tun?«

»Ich werde wohl etwas ausholen müssen«, antwortete Spengler. »Wie Sie wissen, hat der IS im vergangenen Monat ein Kalifat ausgerufen, der nächste Schritt auf dem Weg zu einem territorialen Staat. Das Gebiet, das die Gotteskrieger kontrollieren, ist halb so groß wie Frankreich, und mit den Jahren hat sich der IS zu einer wahren Wirtschaftsmacht entwickelt, mit eigenen Ministerien, regelmäßigen Einkünften, einer professionellen Propaganda-Abteilung und einer rigiden Machtstruktur. Dagegen war al-Qaida eine kleine, unorganisierte Gruppe von versprengten Fanatikern. Der IS ist heute die reichste Terrorgruppe der Welt. Sie haben mehr als vierhundert Kilogramm Gold auf ihrem Vormarsch sichergestellt, haben die Banken der eingenommenen Städte geplündert, und wie hoch ihre Einnahmen aus den Erdöl-Geschäften sind, lässt sich nur schätzen. Sie fördern das schwarze Gold auf sechs Ölfeldern im Osten Syriens und sieben Ölfeldern im Norden des Irak. Dazu kommt noch eine Raffinerie. Unter normalen Bedingungen sollten Tagesproduktionen von hunderttausend Barrel möglich sein, so schätzen Experten. Zum Vergleich:

Das steinreiche Sultanat Brunei kommt nur auf knapp das Doppelte an Fördermenge.«

Der Kellner kam an den Tisch, servierte das Vitello tonnato und zog sich mit dem Wunsch »Buon appetito« wieder zurück.

»Lassen Sie es sich schmecken, Mr. Finch«, fuhr Spengler fort. »Millionen Menschen leben in den vom IS besetzten Gebieten und zahlen natürlich Schutzgelder, Steuern und Abgaben an die Organisation. Allein in Mossul beträgt das monatliche Steueraufkommen acht Millionen Dollar. All dem stehen die Ausgaben für mehr als fünfzigtausend Kämpfer gegenüber, denen der IS einen Monatslohn verspricht, allen Neueinsteigern wird ein Auto geschenkt, bei Bedarf ein Hochzeitsgeld gezahlt. Und die Besetzung des riesigen Gebietes ist kostspielig. So hat die Assad-Regierung allein für den syrischen Teil der besetzten Gebiete Ausgaben von acht Milliarden Dollar pro Jahr angesetzt. Auf irakischer Seite stehen vergleichbare Besatzungsausgaben an.« Der Kunsthändler nahm eine Gabel voll Vitello tonnato. »Köstlich, finden Sie nicht?«

»Überraschend gut für einen Speisewagen«, gestand John Spengler zu. »Worauf wollen Sie mit all den wirtschaftlichen Details hinaus?«

»Die IS-Terrormilizen haben bereits vor einiger Zeit eine zusätzliche Einkommensquelle entdeckt. Sie betreiben systematisch Raubgrabungen in Syrien und im Irak. Berühmte archäologische Stätten wie Mari oder Dura Europos wurden bereits geplündert. Damit ist wertvolle, archäologische antike Kunst nach Europa gelangt, in einer bisher unbekannten Größenordnung. Es gibt Satellitenbilder, auf denen ganze Landstriche zu sehen sind, die umgeackert und durchsiebt wurden. Das kann sich jeder auf Google Earth anschauen. Das Geld, das europäische Kunsthändler dem IS zahlen, macht inzwischen einen wichtigen Posten in der Einkommensbilanz der Organisation aus. Doch es ist nicht so leicht, Händler dafür zu finden. An den Stücken klebt Blut. So wandert ein Großteil der Ware auf den Schwarzmarkt. Zu Männern wie Ettorio Palladini.«

»Sie meinen, Ettorio verkaufte Antiken für den IS?«

»Er half, sie ins Land zu schleusen, gab ihnen eine Geschichte, eine Vergangenheit, bot sie den richtigen Leuten an. Aber dazu später. Reden wir zuerst von den Summen, die hier bewegt werden. Die Finanzwelt hat angesichts fallender Zinserträge bereits vor einigen Jahren realisiert, dass man mit Antiken hervorragend spekulieren kann. Bis dahin waren selbst große, spektakuläre Stücke für verhältnismäßig wenig Geld zu bekommen. Doch mit dem neuen Geld der Spekulanten stiegen die Preise für archäologische Stücke in den Himmel. Für die Artemis der Albright-Knox Art Gallery erzielte man etwa neunundzwanzig Millionen Dollar, die acht Zentimeter große mesopotamische Figur einer Löwin spülte siebenundfünfzig Millionen Dollar in die Kassen. Natürlich sind das Einzelstücke, aber bei Rollsiegeln und Terrakotten macht es auch die Masse, wenn Preise zwischen tausend und dreißigtausend Euro gezahlt werden.«

»Wie viele Zwischenhändler wie Ettorio gibt es in Europa?«, wollte John wissen.

»Fünfzehn oder zwanzig, soviel ich weiß. Von der Struktur gleicht das Geschäft mit den Antiken dem Drogenschmuggel. Straff durchorganisiert, von der Ausgrabung bis zur Einlieferung in ein Versteigerungshaus. Auf der einen Seite stehen gut ausgebildete Leute innerhalb des IS, ehemalige Offiziere Saddam Husseins, auf der anderen gierige Sammler, die endlich an Stücke kommen, von denen sie immer nur geträumt haben.« Spengler nahm einen großen Schluck Barbaresco. »Sehen Sie,

Mr. Finch, der Kunstmarkt funktioniert nach bestimmten Regeln. Provenienz, also die zweifelsfreie Herkunft, macht fünfundsiebzig Prozent des Preises eines Stückes aus. Aber eine Geschichte kann man erschaffen, eine Vergangenheit konstruieren. Händler wie Ettorio liefern immer wieder Objekte an Auktionatoren, lassen sie versteigern, ersteigern sie dann allerdings selbst. Anonym, am Telefon selbstverständlich. Damit schafft man eine Provenienz: bei einem Auktionshaus für hunderttausend Dollar verkauft. Das illegal ausgegrabene Stück wird sozusagen gewaschen, legalisiert, mit einem Premium-Siegel versehen. Ironie des Schicksals – gerade in letzter Zeit kam viel Geld aus der islamischen Welt für solche Stücke. Prominente Antiken-Liebhaber aus Katar, Abu Dhabi, Dubai haben Sammlungen aufgebaut, zu überhöhten Preisen gekauft, sich gegenseitig überboten. Geld, das direkt in Waffenkäufe geht, in die Finanzierung von Terroranschlägen.«

»Schmerzt das nicht den Archäologen, selbst wenn der Kunsthändler ein gutes Geschäft dabei macht?«, erkundigte sich John mit spöttischem Unterton.

»Ich handle nicht mit diesen Stücken, aus Prinzip, aber die vorderasiatische Archäologie wird bedauerlicherweise gerade ausgelöscht. Reliefs werden die Köpfe abgeschlagen und verschickt, alles, was irgendwie bewegt werden kann, wird weggeschafft und verkauft. Ein Zerstörungsakt in unvorstellbarer Dimension, der bei vielen Händlern die letzten Hemmschwellen zusammenbrechen ließ. So schwappt eine Welle von Objekten durch den europäischen Kunstmarkt, weitgehend unkontrolliert von den Behörden. Läden, Messen, Versteigerungen, Kataloge und Sammlerbörsen, dann geht es über den Atlantik in die USA, wo alles noch einfacher ist. Glauben Sie mir, Mr. Finch, ein deutsches Ei wird vor dem Verkauf genauer kontrolliert als eine Antike im Kunsthandel.«

»Zurück zu meinen Fragen«, unterbrach ihn John. »Als der IS nicht mehr zufrieden war, köpfte man Ettorio einfach und stellte seinen Kopf genau vor der Webcam seines Laptops zur Schau? Als eine Art Warnung?«

»Ich fürchte, Sie liegen in diesem Fall völlig falsch«, sagte Spengler und drehte sein Weinglas in den Händen. »Es sollte wohl so aussehen, aber der IS war stets äußerst zufrieden mit Signore Palladini und der Art, wie er die Geschäfte handhabte. Bedenken Sie, dass sowohl die Palästinenser als auch der IS in der Region wenig Gemeinsames haben, jedoch zumindest einen gemeinsamen Feind: die Israelis. Aber die kamen Palladini nie auf die Schliche. Oder sie interessierten sich nicht für ihn.«

»Obwohl er Mitglied des palästinensischen Geheimdienstes war?«, erkundigte sich John überrascht.

»Wenn es darum ginge, dann hätte der Mossad viel zu tun, und zwar weltweit.« Spengler winkte ab. »Palladini war ein alter Mann, nicht mehr gefährlich, am Ende seiner Laufbahn. Gescheit, gerissen, klug und intelligent – das sicher, aber Ihr Freund Ettorio war schon seit Jahren nicht mehr aus seinem Fuchsbau herausgekommen. Die nächste Generation von Agenten hatte in Italien übernommen, bereits vor langer Zeit. Es war also sicher nicht der IS, der Palladini ermordete.«

»Und Sie sind sicher, dass Sie nicht doch Mitglied bei einem der üblichen Dienste sind?«, hakte John nach. »Ihre Informationen und die Kenntnisse der Lage in Rom sind erstaunlich.«

»Internationale Kunsthändler sollten stets sehr gut informiert sein, die Lebensläufe ihrer Kunden und Lieferanten kennen, die politischen Verhältnisse im Auge behalten und wissen, bei wem man besser nicht aneckt«, dozierte Spengler gelassen. »Außerdem hat man mir einige Informationen mit auf den Weg zu Ihnen gegeben.«

»Wer genau hat Ihnen Informationen gegeben?« John ließ nicht locker.

Der Kunsthändler lächelte nachsichtig. »Das ist eine der wenigen Fragen, die ich Ihnen nicht beantworten kann, oder, besser gesagt, darf.« Er legte die Fingerspitzen aneinander und sah John nachdenklich an. »Hören Sie, Mr. Finch, es hat ein Wettlauf begonnen, da draußen, um den Inhalt des Notizbuchs von Leutnant Umar. Dass es zuerst in Ihre Hände fiel, das war ein unglücklicher Zufall. Haben Sie es Ettorio gezeigt?«

John schüttelte nur stumm den Kopf.

»Er hätte es sicher gerne gesehen. Ich nehme an, Sie haben ihm stattdessen das Foto des Poussin-Gemäldes gezeigt.«

Diesmal nickte der Pilot.

Der Kellner trat an den Tisch, nahm die Teller mit und kündigte die Minestrone an.

»Wer hat ihn also Ihrer Meinung nach umgebracht?«, wollte John wissen.

»Die eigenen Leute, und sie ließen es so aussehen, als gehe sein Tod auf das Konto des IS«, antwortete Spengler. »Meine Informationen besagen, dass Ettorio den Palästinensern wichtige Informationen vorenthielt, sie aber an den IS weitergab. Das war unvorsichtig und am Ende tödlich. Das kann sich kein Dienst bieten lassen, auch nicht von alten Agenten.«

John dachte kurz nach. »Kommen wir zu Leutnant Umar und damit zu meiner nächsten Frage.«

»Leutnant Umar war ein Schläfer des IS«, erklärte Spengler ohne Zögern. »Er hatte Gaddafi nach zwei Jahren endlich so weit gebracht, sein Versteck in Libyen zu verlassen und über Tunis nach Europa auszureisen. Umar hätte ihn weiter begleitet, mit einem Auftrag des IS in der Tasche, von dem Gaddafi keine Ahnung hatte. Angeblich gab es bereits Absprachen mit den tunesischen Behörden, die beiden unauffällig wieder aus dem Land zu schleusen. Das war nicht mehr möglich, nachdem Sie dafür gesorgt hatten, dass Umar sich den Hals brach und Gaddafi schwer verletzt am Flughafen eintraf.«

»Wer war Umar? Woher kam er?«

»Umar war in Libyen geboren worden, wurde auf eine Privatschule in der Schweiz geschickt, kehrte nach seinem Abitur wieder zurück in seine Heimat und trat in die Armee ein. Sein Vater, ein hoher Beamter im Gaddafi-Staat, sorgte dafür, dass sein Sohn protegiert wurde und ins Blickfeld des Gaddafi-Clans geriet. Dann wurde Umar in die ehemalige DDR zu einer Ausbildung abkommandiert, die nicht nur aus militärischen Kursen bestand. Er sprach neben seiner Muttersprache auch ausgezeichnet Französisch, Englisch und Deutsch, rückte bald nach seiner Rückkehr in den Geheimdienst auf und gehörte nur mehr offiziell den Panzertruppen an. Aber fragen Sie mich nicht nach dem genauen Wortlaut seines IS-Auftrags. Da wurden meine Informanten mit einem Mal sehr schweigsam. Es ging, so viel steht fest, um das Poussin-Gemälde und das große Geheimnis, zu dem es führen soll. Mehr hat man mir auch nicht verraten. Und, ehrlich gesagt, habe ich auch nicht weiter danach gefragt.«

Der Kellner servierte die Gemüsesuppe, und Spengler wartete, bis er wieder verschwunden war.

Dann fuhr er fort. »Das Notizbuch befindet sich nicht mehr in Ihrem Besitz, wenn ich recht unterrichtet bin. Sie haben nur mehr das Foto der ›Hirten von Arkadien‹, mit einigen arabischen Worten. Zu wenig, um wirklich weiterzukommen. Aber das ist nicht der Punkt. Sehen Sie, Mr. Finch, Sie sind in dieses Abenteuer zufällig hineingeraten. Umar und Gaddafi suchten sich den falschen Mann, um auszufliegen. Nun ist einer tot und der andere in Gefangenschaft. Steigen Sie aus, solange Sie noch können, das ist ein guter und ehrlich gemeinter Rat. Ich kenne auch nicht alle Hintergründe, nicht alle Protagonisten in diesem Spiel. Mag sein, dass es in diesem Fall auch besser ist, nicht alles zu wissen. Es geht nicht nur um ungeheuer viel Geld, sondern auch um so flüchtige Dinge wie Ehre, Ansehen und Tradition und um eine Geschichte, die bereits sehr, sehr alt ist. Belassen Sie es dabei, und retten Sie Ihr Leben.«

»Sollten Sie mir das sagen?«, wollte John wissen.

Spengler sah ihm direkt in die Augen. »Ja, das sollte ich Ihnen sagen«, sagte er einfach. »Ich besuche morgen einen Kunden in Dijon, dann reise ich zurück nach Wien. Wir werden uns nach dieser Reise vermutlich nie mehr wiedersehen, Mr. Finch, so leid mir das auch tut. Was für Sie das Fliegen war und ist, das bedeuten mir Kunsthandel und Archäologie. Sie sind mein Leben und meine Passion. Ich hoffe, ich konnte einige Ihrer dringendsten Fragen beantworten. Und jetzt lassen Sie uns das Essen genießen und nicht mehr vom Geschäft reden.«

5

DIE SCHATTEN DES TERRORS

Prolog

26. August 1939, Kloster Admont, Steiermark/Österreich

Die erste Einsatzbesprechung der »Operation Nostradamus« im Stift war von Kronberger für den späten Nachmittag im großen Saal des Klosters angesetzt worden, ungefähr eine Stunde, nachdem alle Mönche, mit Ausnahme von Bruder Anselm, wie vorgesehen in einem LKW abtransportiert worden waren.

Unter seinen Augen hatte der Kommandeur der Einheit, SS-Obersturmführer Lehner, zuvor seine Männer im Hof von Admont antreten lassen. Zufrieden hatte er festgestellt, dass alle wie befohlen ihre SS-Uniform gegen Zivilbekleidung ausgetauscht hatten. Dann hatte Lehner angeordnet: »Ich möchte, dass ihr in jeden Winkel schaut, jede Plane hochhebt, jeden Kasten durchwühlt. Einzige Ausnahme ist die Bibliothek, die ist für alle Sperrgebiet. Von allem anderen möchte ich, so rasch es geht, genaue Pläne, Fotos, Listen, Aufstellungen und Zeichnungen.«

Als Kornberger den Besprechungsraum betrat, stand Lehner am Fenster des großen Saals und blickte auf die steirischen Berge, auf den gepflegten Park und die alten Bäume.

Prompt wollte der SS-Obersturmführer Haltung annehmen, doch der Zivilist winkte ab. »Ich denke, das sollten wir für die nächste Zeit sein lassen, Lehner«, sagte er leise. »Keine Ränge, keine Uniformen, keine kleinliche Fassade. Wir haben Wichtigeres zu tun, als uns mit Formalien aufzuhalten. Ich habe soeben mit dem Reichsführer-SS telefoniert. Er ist überaus zufrieden mit dem bisherigen Verlauf der Aktion. Er hat mir versichert, er werde sich um die Gebirgsjäger kümmern und sie an einen anderen Standort verlegen lassen. Dann haben wir hier in der Gegend völlig freie Hand. Und sind unbeobachtet. Ich mag keine Wehrmachtsschnüffler.«

»Die Pläne der Anlage, die uns die Mönche in der Nacht ausgehändigt haben, sind weitgehend veraltet, skizzenhaft und ungenau ... Herr ...« Lehner stockte, aber sein Gesprächspartner ermutigte ihn mit einem Nicken. »... Herr Kornberger. Ich habe meine Männer bereits angewiesen, neue zu erstellen und dabei das gesamte Kloster zu erfassen. Jeden Raum, vom Keller bis zum Dach. Und die Parkanlagen.«

»Ausgezeichnet. Haben Sie schon mit dem Hausmeister gesprochen?«

»Ich habe einen meiner Leute zu ihm geschickt, aber er ist beim Holzeinschlagen im Wald und wird erst morgen zurückerwartet«, berichtete der Obersturmführer. »Dann meldet er sich sofort hier in der Kanzlei.«

»Sehr gut.« Kornberger zog ein goldenes Zigaretten-Etui mit einem rubinroten Hakenkreuz aus seiner Manteltasche und zündete sich eine Roth-Händle an. »Wo haben Sie diesen Bruder Anselm untergebracht?«

»In der Sakristei der Kirche«, antwortete Lehner, »eine einzige Tür, kein Fenster, leicht zu überwachen.«

»Die ideale Mönchszelle, ganz nahe beim Herrn.« Kornberger grinste. »Da braucht er nicht so laut zu beten.«

In diesem Moment öffnete sich die Tür des Saals, und die Wache schob den schmächtigen, verstörten Bibliothekar herein. Ein dicker Verband zierte seine linke Hand, in der rechten hielt er einen dünnen Ordner.

»Ach, der Bibliothekar … Wir haben gerade von Ihnen gesprochen.« Kornberger ging dem Mönch entgegen. »Haben Sie die Liste der geheimen Bestände?«

Bruder Anselm streckte wortlos seine zitternde Hand aus und reichte Kornberger den Ordner.

»Dann verschwinden Sie wieder zurück in Ihre Sakristei«, befahl ihm der Mann im Ledermantel kalt. »Richten Sie sich da ein, Sie werden in den nächsten Monaten und Jahren da wohnen und nur herauskommen, wenn wir Sie brauchen. Sie sind der Letzte hier, die übrigen Mönche inklusive des Abtes sind bereits zu den Zisterziensern gebracht worden. Deshalb in aller Kürze die neuen Regeln: Sollten wir Fragen zum Kloster haben, dann wird man Sie holen. Sollten Sie ohne Erlaubnis die Kirche verlassen, sollten Sie uns anlügen, sollten Sie versuchen, uns irgendetwas zu verheimlichen, dann lasse ich Sie auf der Stelle erschießen. Näher, mein Gott, zu dir. Haben Sie mich verstanden?«

Der Mönch nickte und schaute zu Boden.

Auf ein Zeichen Kornbergers hin führte die Wache Bruder Anselm wieder aus dem Saal. Drei Männer betraten nun den Raum, zögerten kurz, als sie Lehner und Kornberger erblickten, sahen sich unsicher an.

»Heil Hitler und guten Abend, meine Herren«, begrüßte sie Obersturmführer Lehner jovial, »und bitte keine Ehrenbezeugungen, keine Ränge, ab heute sind wir hier alle Zivilisten.« Mit einer ausladenden Handbewegung wies er auf den großen Tisch, der im Zentrum des Saals stand. »Nehmen Sie Platz. Herrn Alfred Kornberger, den direkten Beauftragten des Reichsführers-SS, haben Sie in den vergangenen Tagen auf unserer Reise aus Berlin sicherlich bereits gesehen, aber aus

Sicherheitsgründen noch nicht kennengelernt. Er hat den Oberbefehl über die ›Operation Nostradamus‹ und wird Sie über Ihre Aufgabe in Admont nun genau informieren.« Lehner setzte sich und legte beide Hände flach auf den Tisch. Dann sah er einen nach dem anderen an. »Jeder von Ihnen ist aus verschiedenen Gründen von der Forschungsgemeinschaft Ahnenerbe ausgewählt worden, an dieser Operation teilzunehmen. Bevor Herr Kornberger mit Ihnen die Einzelheiten bespricht, lassen Sie mich klarstellen: Diese Unternehmung unterliegt der höchsten Geheimhaltungsstufe und wurde vom Reichsführer-SS direkt in Auftrag gegeben. Sollten Sie über das, was Sie hier erfahren oder erleben, jemals schreiben, berichten oder reden, dann unterzeichnen Sie Ihr eigenes Todesurteil. Wer damit nicht einverstanden ist, der kann sofort gehen und ins Reich zurückkehren. Ich gebe ihm mein Wort als Offizier, dass er unbeschadet nach Berlin gebracht wird.« Lehner machte eine Pause.

Stille senkte sich über den Saal. Die drei Männer saßen unbeweglich auf ihren Plätzen.

»Gut, ich nehme das als Einverständnis.« Der Obersturmführer nickte. »Vor Ihnen liegen drei entsprechende Erklärungen, die Sie mir später unterschrieben zurückgeben. Ich leite ab heute diese Außenstelle Admont des Ahnenerbes in der Ostmark. Sollten Sie organisatorische Fragen oder Anliegen haben, dann wenden Sie sich direkt an mich. Ich werde Ihnen gerne Arbeitszimmer zuweisen lassen, aber es gibt hier so viele Räume, Sie haben die freie Wahl. Herr Kornberger?«

»Danke.«

Kornberger, der bis dahin am Fenster gestanden und die drei Männer am Tisch beobachtet hatte, stieß sich vom Fensterbrett ab und setzte sich wie selbstverständlich an das Kopfende des großen Tisches. Seine fast schwarzen Augen blickten nun interessiert auf die drei Männer am Tisch. Er hatte eine hohe Stirn, dunkelbraune Haare und eine etwas zu große Hakennase für sein schmales Gesicht. Der bittere Zug um seinen Mund verriet einen Hang zum Sarkasmus, und der Schmiss auf seiner rechten Wange ließ auf eine schlagende Verbindung schließen. Wie nebenbei legte er den Ordner des Bibliothekars vor sich auf die polierte Tischplatte.

Lehner schob ihm einen Papierstapel zu, gefolgt von einigen Büchern und Plänen.

»Mein Name ist Alfred Kornberger, ich bin Mitglied des persönlichen Stabs des Reichsführers-SS, Sonderbeauftragter im Rahmen der Forschungsgemeinschaft Ahnenerbe und Leiter dieser Operation. Ich werde alles unternehmen, um sie zu einem erfolgreichen Abschluss zu bringen. Wie Sie vielleicht wissen, ist die ›Operation Nostradamus‹ zwar nur eines der Projekte, das derzeit von Heinrich Himmler persönlich vorangetrieben wird. Aber, glauben Sie mir, es ist das wichtigste.« Er griff zu einem eng beschriebenen Blatt, das ihm Lehner zugeschoben hatte, und überflog es. »Ich möchte gerne Namen und Gesichter verbinden. Würden Sie sich deshalb kurz vorstellen?«, fragte er, ohne aufzusehen.

Der älteste der drei Männer räusperte sich kurz, nickte und legte bedächtig seinen Bleistift quer über seine Unterlagen. »Mein Name ist Karl Graumeyer, ich bin Professor für Geschichte an der Friedrich-Wilhelms-Universität in Berlin. Es ist mir eine Ehre, für den Reichsführer-SS zu forschen und als Wissenschaftler damit direkt dem deutschen Volk dienen zu können.«

Kornberger blickte noch immer auf sein Blatt und las vor: »Sie wurden 1888 in Preetz bei Kiel geboren und waren bereits mit fünfundzwanzig Jahren Dozent an der Christian-Albrechts-Universität in Kiel. Ihr weiterer akademischer Weg führte über Leipzig, Greifswald und Tübingen nach Berlin. Sie stammen aus einer christlich-konservativen, deutschnationalen Familie, traten der Deutschen Christlichen Studentenvereinigung bei und wurden im Mai 1933 Mitglied der NSDAP. Seit 1936 sind Sie Mitarbeiter des von Walter Frank geleiteten Reichsinstituts für die Geschichte des neuen Deutschlands, in dessen Schriftenreihe Sie auch publiziert haben. Als international anerkannter Historiker mit zahlreichen Beziehungen zu ausländischen Universitäten und Kollegen in Übersee gelten Sie als Spezialist für Deutsche Geschichte, für Europa im Mittelalter und für die Länder Vorderasiens. Korrekt?«

»Völlig korrekt!«

Der Mann neben ihm war wohl zehn Jahre jünger, hatte trotzdem fast eine Vollglatze und sah aus wie ein gemütlicher, bierliebender Bayer auf Österreich-Urlaub.

»Mein Name ist Emmanuel Gruber, Mitglied der Forschungsgruppe SP des Ahnenerbes.« Sein Dialekt verriet tatsächlich den Niederbayern, und seine tiefliegenden, kleinen Augen irrten zwischen dem Obersturmführer und Kornberger hin und her. »›SP‹ steht für siderisches Pendel. Ich wüsste gerne, warum man mich hierher gebracht hat und was ich hier soll. Man hat mich mitten aus einem wichtigen Projekt gerissen, das oberste Priorität hatte.«

»Diese Operation hat eine noch höhere Priorität, Herr Gruber«, antwortete Kornberger betont ruhig, »und pendeln können Sie hier auch. Sie wurden 1895 in Landshut geboren, gingen da zur Schule und aufs Gymnasium, studierten anschließend an der Universität Wien Neurologie und spezialisierten sich, wie Ihr inzwischen verstorbenes jüdisches Vorbild Moriz Benedikt, auf Elektrotherapie und Neuropathologie. Sie sind außerdem Experte auf dem Gebiet der Radiästhesie mithilfe von Wünschelruten und dem siderischen Pendel. Parteimitglied seit 1934, pflegen eine intensive Zusammenarbeit und einen regen

Erfahrungsaustausch mit den französischen Strahlensucherkreisen um Abbé Bouly. Der Reichsführer-SS hält große Stücke auf Sie.«

Gruber brummte zustimmend, schien aber nicht begeistert.

»Und glauben Sie mir, das Aufgabengebiet, das sich Ihnen hier bietet, ist weit aufregender, als Erdstrahlen unter der Wewelsburg aufzuspüren.« Kornberger gestattete sich ein kleines Lächeln, das seine Augen nicht erreichte. Dann wandte er sich wieder seiner Liste zu. »Und nun zu unserem werten Theologen ...«

»Mein Name ist Edmund Sindler, Professor für Systematische Theologie in Göttingen.«

Der dritte Mann am Tisch war hager, hatte einen präzise gezogenen Scheitel, einen breiten Oberlippenbart und eine dicke Brille, die seine Kurzsichtigkeit verriet.

»Mitglied der NSDAP seit zwei Jahren, außerdem förderndes Mitglied der SS. Ich habe noch nicht viel gesehen, bin aber schon jetzt beeindruckt vom Stift Admont, von der Bibliothek und neugierig auf unsere Aufgabe hier. Sie können auf meine volle Mitarbeit zählen«, endete er mit einem Seitenblick auf Gruber.

»Einer der Gründe, warum Sie hier sind, Professor«, fuhr Kornberger fort. »Geboren 1989 in Weimar, habilitierten Sie sich während des Ersten Weltkrieges in Bonn für Kirchengeschichte und lehrten zunächst als Kirchenhistoriker. Seit 1936 sind Sie Lehrstuhlinhaber für Systematische Theologie in Göttingen. Die bereits in Ihrer Familie geschätzten Werte Volk und Nation, Gesetz und Ordnung, Obrigkeit und soziale Einheit führten Sie zwar rasch zur nationalsozialistischen Ideologie, allerdings erst spät zur Partei. Als Mitglied der Deutschen Christen sind Sie stets dafür eingetreten, dass der nationalsozialistische Staat als Gottes Werkzeug gesehen und unterstützt wird. Die Weimarer Republik hatte wohl viele enttäuscht, die nun im Führer ihren Vordenker gefunden haben.«

Sindler nickte energisch, während Kornberger die Namensliste zur Seite legte und die drei Männer fixierte.

»Betrachten Sie sich als eine Art wissenschaftliche Stamm-Mannschaft der ›Operation Nostradamus‹. Sollten wir noch zusätzliche Kräfte benötigen, dann können wir sie selbstverständlich mit Nachdruck anfordern. Aber ich denke, wir sollten aus Geheimhaltungsgründen den Kreis der Eingeweihten so klein wie möglich halten. Und nun lassen Sie uns unverzüglich beginnen und Sie in das Projekt einweihen.« Kornberger zog ein weiteres Blatt Papier aus dem Stapel. »Sie sind alle drei hierher gebracht worden und dem Ruf des Reichsführers-SS gefolgt, ohne eingeweiht worden zu sein. Deshalb werde ich Ihnen jetzt zur Einführung einen kurzen historischen Abriss liefern, ausführliche Broschüren und Bücher liegen in Ihren Zimmern bereit. Admont ist das älteste noch bestehende Kloster der Steiermark, und wie alle Männerklöster der Benediktiner in der heutigen Ostmark ist es allein dem Papst weisungsgebunden. Es wurde 1047 durch Erzbischof Gebhard von Salzburg gegründet und besteht seitdem ununterbrochen. Im Jahr 1644 kam ein Gymnasium hinzu, weite Ländereien stellten sicher, dass das Kloster noch reicher und bedeutender wurde. Nachdem es großzügig um- und ausgebaut worden war, zerstörte im Jahr 1865 ein verheerender Brand den gesamten Komplex, ausgenommen die Bibliothek, die wie durch ein Wunder unversehrt blieb. Nach dem Wiederaufbau war Admont prächtiger und größer als je zuvor. Die Bibliothek stellt einen fast tausendjährigen Wissensspeicher dar, ist die weltweit größte Klosterbibliothek und gilt als das achte Weltwunder. Mehr als siebzigtausend Bände im Büchersaal, der gesamte Bestand liegt bei rund zweihunderttausend Exemplaren, darunter über tausendvierhundert teilweise mittelalterliche Handschriften und weitere tausend handgedruckte Inkunabeln und Frühdrucke. Ein nicht nur unschätzbarer Fundus, sondern auch eine echte Herausforderung für jeden Forscher. Hier gibt es Bestände aus der Zeit der Kreuzzüge, aus der Zeit der Inquisition und Hexenverbrennung, der Religionskriege und der Reformation. Dazu kommen Bestände, die nicht offiziell verzeichnet wurden, sondern nur dem Bibliothekar bekannt sind.«

Kornberger klopfte leicht auf den dünnen Ordner von Bruder Anselm.

»Aber keine Angst, auch die haben wir erfasst.«

»Was hat das alles mit Nostradamus zu tun?«, wollte Professor Gruber wissen. »Mir scheint die Steiermark weit weg vom südfranzösischen Salon-de-Provence. Außerdem forscht da meines Wissens nach bereits ein gewisser Otto Rahn auf den Spuren der Katharer…«

»Dazu komme ich gleich«, unterbrach ihn Kornberger fast unwirsch, »haben Sie noch ein wenig Geduld, Professor. In den letzten Jahren war Admont durch die Wirtschaftskrise gezwungen, Kunstwerke, Bücher und Manuskripte zu verkaufen, um zu überleben. So ging etwa die Admonter Madonna als Bezahlung von Steuerschulden an das Land Steiermark, andere Bestände wurden über Zwischenhändler international angeboten und verkauft. Glücklicherweise waren einige dieser Händler der Partei zugetan und boten ausgewählte Manuskripte und wertvolle Bücher dem Reichsführer-SS an. Darunter befand sich ein Missale, ein Messbuch, das Engelbert von Admont in Auftrag gegeben hatte. Er war Abt im Kloster von 1297 bis 1327 und galt als einer der universellsten Gelehrten seiner Zeit, Autor von mehr als vierzig bedeutenden wissenschaftlichen Werken.«

»Ein brillanter Geist, man nennt ihn auch den ›österreichischen Albert Magnus‹«, stimmte Professor Sindler zu. »Engelbert war einer der wichtigsten benediktinischen Autoren seiner Zeit in Mitteleuropa. Er war es auch, der die Admonter Madonna für das Kloster fertigen ließ.«

Kornberger nickte. »Völlig richtig. Während seiner Studienzeit in Padua dürfte er das Missale in Auftrag gegeben haben, das man allgemein zu den herausragenden buchkünstlerischen Leistungen seiner Zeit rechnet und das sich nun im Besitz des Reichsführers-SS befindet. Bei einer näheren Untersuchung wurde im Buchrücken dieses Messbuches ein handbeschriebenes Blatt gefunden, das nach Schriftvergleichen eindeutig von Abt Engelbert stammt. Hier eine Fotografie der Seite.« Kornberger schob den drei Wissenschaftlern ein großes Schwarz-Weiß-Foto zu, das ein seltsames, eng beschriebenes Kreuz auf einer sonst leeren Seite zeigte. »Experten konnten den Text, der mehr oder minder deutlich ein Tatzenkreuz bildet, entziffern; eine Mischung von Latein und Althochdeutsch mit eingestreuten, verschlüsselten italienischen Begriffen und winzig kleinen Zeichnungen. Der Klartext bezieht sich auf ein hochbrisantes Manuskript, das der Bibliothek 1328 eingegliedert wurde. Da war Engelbert als Abt von Admont bereits abberufen, er starb jedoch erst drei Jahre später, und wir haben Grund zur Annahme, dass er bis zu seinem Tod weiterhin in der Bibliothek ein und aus ging und das Blatt versteckte.«

»Und dieses wichtige Manuskript?«, fragte Professor Graumeyer, während er die Fotografie des Textkreuzes mit einem Vergrößerungsglas betrachtete. »Hat man es gefunden? Worum handelt es sich?«

»Das Manuskript ist der Grund, warum wir hier sind, Professor«, antwortete Kornberger. »Wir müssen es finden und auswerten, bevor es jemand anderem in die Hände fällt. Es wird sicherlich nicht zu den regulären Beständen der Bibliothek gezählt haben, sonst hätte Engelbert den Hinweis darauf nicht *in* dem Missale versteckt. Wir können uns also die Suche in der Bibliothek sparen.«

»Oder auch nicht. Wo viel Licht, da viel Schatten«, gab Gruber zu bedenken. »Zwischen siebzigtausend Bänden kann man ein Manuskript leicht verstecken.«

»Daran haben wir ebenfalls gedacht, aber dann wäre es im Laufe von sechshundert Jahren vielleicht irgendwann doch von einem der Bibliothekare gefunden worden, und das wäre keineswegs im Interesse von Abt Engelbert gewesen.« Kornbergers Stimme ließ keinen Zweifel daran, dass er das Problem bereits von allen Seiten betrachtet hatte. »Aus den Zeilen, die uns der gelehrte Engelbert hinterließ, geht hervor, dass der Abt einer Zisterzienser-Abtei in einer flandrischen Ortschaft namens Cambron, ein gewisser Yves de Lessines, sechs Jahre lang an dem Manuskript geschrieben und danach selbst zwei Abschriften angefertigt hatte. Das Original behielt er in Cambron, eine Abschrift schickte er knapp vor seinem Tod an Engelbert nach Admont und eine an seinen Freund Pierre Rostaing, Abt des Zisterzienser-Klosters Les Chambons in der Region Rhône-Alpes in Frankreich. Von Cambron nach Chambons ... Die Ähnlichkeit der Namen der beiden Abteien ist bemerkenswert, finden Sie nicht auch?«

»In der Tat«, murmelte Professor Sindler. »Doch ...«

»Warten Sie ab«, unterbrach ihn Kornberger mit erhobener Hand. »Das französische Kloster wurde jedoch durch die Pest und den Hundertjährigen Krieg so stark in Mitleidenschaft gezogen, dass man die Bestände an Dokumenten, Manuskripten und Büchern ins Mutterkloster Notre-Dame de Sénanque in der Nähe von Avignon brachte. Darunter auch die Abschrift des flandrischen Manuskripts.«

»Während die andere Kopie sicher versteckt in Admont

lag?«, fragte Graumeyer stirnrunzelnd. »Und das Original? Lag das nach wie vor im flandrischen Cambron?«

»Beides Mal ein klares Ja«, bestätigte Kornberger, und seine Augen blitzten. »Doch es ist die Kopie in Frankreich, die uns zunächst interessiert. Sie wurde nämlich von Michel de Notredame, genannt ›Nostradamus‹, 1543 aus der Bibliothek von Sénanque gestohlen. Ein Jahr, bevor das Kloster von den Waldensern im Zug der französischen Religionskriege niedergebrannt wurde.«

Die drei Wissenschaftler sahen Kornberger völlig entgeistert an.

»Gestohlen?«, wiederholte Gruber nach einem Augenblick des Schweigens ungläubig. »Von Nostradamus?«

»Gestohlen«, bekräftigte Kornberger. »Ach, habe ich vergessen zu erwähnen, dass Yves de Lessines seinem Manuskript den Titel ›Les Centuries‹, ›Die Centurien‹, gab?«

»Das kann nicht sein ...«, flüsterte Graumeyer erschüttert. »Das würde ja heißen ...«

»Nostradamus eröffnete 1547 seine eigene Praxis in Salon-de-Provence, rund fünfundvierzig Kilometer von der Abtei Sénanque entfernt. Und 1555 veröffentlichte er seine ersten drei Prophezeiungen.« Kornberger blickte triumphierend in die Runde. »Prophezeiungen, die bis heute unklar bleiben, deren Bedeutung im Nebel der Ungenauigkeit liegt und die auf alles und nichts zutreffen. Er schrieb seine ›Centurien‹ in einer düsteren, fast altbiblischen Sprache nieder, die damals wie heute kaum jemand verstehen und deuten konnte. Warum? Die Erklärung scheint allzu einfach, erklärt aber alles: weil er die wallonischen Ausdrücke und Redewendungen von Yves de Lessines als Südfranzose nicht verstand und keine Ahnung hatte, woher der Text ursprünglich stammte. Nostradamus glaubte, in den Zeilen Prophezeiungen zu erkennen, und ersetzte einfach alle Worte, deren Bedeutung er nicht kannte, durch eigene. Wer diese ›Centurien‹ verfasst hatte und zu welchem Zweck, das kümmerte ihn wenig. Horoskope und Prophezeiungen waren gefragt, mehr denn je, und Nostradamus gedachte, sie den Menschen zu geben.«

Die Wissenschaftler schwiegen, in Gedanken versunken.

»Die Abschrift, die er gestohlen hatte, ist und bleibt verschwunden«, fuhr Kornberger fort. »Wahrscheinlich hat er sie vernichtet, verbrannt, um alle Spuren des ursprünglichen Textes zu beseitigen. Von Cambron in der Provinz Hennegau zeugen nur noch Ruinen, das Kloster wurde bereits im achtzehnten Jahrhundert aufgelöst und seine Bestände in alle Winde zerstreut. Deshalb sind wir hier in Admont versammelt, auf der Suche nach der zweiten Abschrift, die Abt Engelbert in seinen verschlüsselten Aufzeichnungen erwähnt.«

»Warum sollte dieser Yves de Lessines tatsächlich eine Abschrift nach Admont geschickt haben?« Professor Gruber war misstrauisch und versuchte erst gar nicht, seinen Unmut zu verbergen. »Und selbst wenn – wen interessieren schon dubiose Prophezeiungen aus dem vierzehnten Jahrhundert, egal, ob sie aus Flandern oder aus Südfrankreich kommen? Ich habe Wichtigeres zu tun ...«

»Admont war bereits damals die größte und wichtigste kirchliche Bibliothek Mitteleuropas, in einem Kloster, dessen Abt ein Universalgelehrter war.« Kornberger fragte sich, ob es eine gute Idee gewesen war, Gruber ins Vertrauen zu ziehen. »Ich kann den Schritt Yves de Lessines' durchaus verstehen. Und ob es sich bei seinen ›Centurien‹ tatsächlich um Prophezeiungen handelt, können wir erst ermessen, wenn wir das Manuskript in Händen halten. Nostradamus hat den Text verändert, verfälscht, Worte durch seine eigenen Begriffe ersetzt. Wir brauchen dringend das Original, deswegen sind Sie hier, und, meine Herren, der Reichsführer-SS wartet auf Resultate. Wir werden uns jeden Vormittag um 9 Uhr zu einer Besprechung treffen und die neuesten Ergebnisse vergleichen.«

»Wie lange, denken Sie, wird es dauern, das Manuskript zu finden?«, erkundigte sich Professor Sindler.

Kornberger lächelte siegessicher und klopfte erneut auf den dünnen Ordner, den Bruder Anselm ihm gebracht hatte. »Der letzte Bibliothekar von Admont hat heute Nacht eine Liste jener Manuskripte zusammengestellt, die in keinem offiziellen Verzeichnis auftauchen. Darin müssten die ›Centurien‹ ebenfalls aufgeführt sein.« Mit diesen Worten klappte er den Ordner auf.

Das erste Blatt trug das Siegel des Klosters, ein gespaltenes Schild vor einer Bischofsmütze, flankiert von zwei Stäben. Darunter stand »Verzeichnis der Sonder-Archivalien des Stifts Admont«.

Kornberger blätterte neugierig weiter.

Doch das zweite Blatt war leer.

Ebenso wie das dritte und alle folgenden.

»Holen Sie mir diesen verdammten Pfaffen her! Sofort!«, brüllte Kornberger Lehner an und schlug mit der Faust auf den Tisch. »Ich bringe ihn eigenhändig um! Hier und jetzt!«

Während der Obersturmführer aus dem Raum stürmte, erhob sich Professor Gruber neugierig, umrundete erstaunlich schnell den Tisch und blätterte seinerseits kurz den Ordner durch. Dann richtete er sich auf, sah Kornberger spöttisch an und sagte: »Sieht so aus, als hätte Sie der Bibliothekar nicht ins Vertrauen gezogen. Hoffen wir, dass Sie ihn noch überzeugen können.«

»Darauf können Sie sich verlassen, Professor«, zischte Kornberger wutentbrannt, sprang auf und rannte zur Tür.

Er riss sie auf, und seine Finger krallten sich um die Klinke.

Diese Ratte, dachte er, das zahle ich ihm heim.

Kornberger spürte die misstrauischen Blicke der Wissenschaftler in seinem Rücken.

Wo blieb bloß Lehner? Es war nicht so weit zur Klosterkirche …

Doch der Obersturmführer blieb verschwunden. Als er endlich, fünf Minuten später, mit betroffener Miene den Gang entlanglief, ahnte Kornberger, dass etwas völlig schiefgegangen war.

»Er hat sich erhängt … an einer Schnur … in der Sakristei«, stieß Lehner atemlos hervor und zuckte ratlos mit den Schultern.

»Verdammt!«, rief Kornberger und schlug gegen die Tür. »Das hat uns gerade noch gefehlt!«

Er drehte sich um und sah Professor Gruber vor sich stehen, die Hände über dem ausladenden Bauch verschränkt und den Kopf schräg gelegt.

»Diese Operation hat kaum begonnen und entgleitet Ihnen offenbar schon wieder, Herr Kornberger.«

Die Stimme des Wissenschaftlers erinnerte an einen Lehrer, der einen starrsinnigen Schüler zurechtwies.

»Ohne Hilfe von Seiten des Klosters finden Sie das Manuskript in der Fülle der Bücher und Handschriften niemals, wenn es denn überhaupt existiert. Ich habe Besseres zu tun, als hier Gespenstern aus dem Mittelalter nachzujagen. Nostradamus …« Gruber schüttelte den Kopf. »Wenn ich das vorher gewusst hätte, wäre ich niemals in die Steiermark gekommen. Was für eine Zeitverschwendung! ›Centurien‹ aus dem vierzehnten Jahrhundert … Sie jagen einem Gespenst nach, meine Herren, und je früher Ihnen das bewusst wird, umso schneller können Sie wieder an Ihre Lehrtätigkeit gehen. Hier vergeuden Sie nur Ihre Zeit und ich meine auch.«

Kornberger straffte sich. Er ging zu seinem Stuhl, zog seinen Ledermantel an und versenkte die Hände in den Taschen. Dann trat er vor Gruber hin, der einen guten Kopf kleiner war als er. »Sie machen einen Fehler«, sagte er ruhig. Plötzlich lag eine Pistole mit Schalldämpfer in Kornbergers rechter Hand, und er drückte ohne Zögern dreimal ab.

Gruber brach lautlos zusammen. Sein Körper zuckte noch einige Male auf dem Marmorfußboden, dann lag er still.

»Der Radiästhesist hat uns gerade verlassen«, sagte Kornberger mit flacher Stimme zu den beiden übrigen Wissenschaftlern, die wie erstarrt in ihren Sesseln hingen und die Augen nicht von der Leiche Grubers abwenden konnten. »Ich werde dem Reichsführer-SS Bericht erstatten. Möchte noch jemand aussteigen?«

Sindler und Graumeyer rührten sich nicht. Sie schüttelten nur wortlos die Köpfe.

Dann übergab sich Sindler, und Kornberger schnitt eine angewiderte Grimasse, als er die Pistole wieder einsteckte und mit wehendem Mantel den Saal verließ.

23. Juli 2014

NACHTZUG ROMA-TERMINI – GARE DE LYON, PARIS/ITALIEN UND FRANKREICH

Es war weit nach Mitternacht, und der Zug fuhr durch eine stockdunkle oberitalienische Nacht, ohne Mond oder Sterne. Schwarze Schatten flogen vorbei, und das Rattern der Räder wirkte einschläfernd und entspannend.

Kein Wunder, dass John mit dem Schlaf kämpfte. Nach der harten Bank im Park der Villa Borghese kam ihm die schmale Liege im Nachtzug wie ein Himmelbett vor. Vor allem nach dem Essen, das nicht nur üppig, sondern auch hervorragend gewesen war. Beide Männer hatten dabei über belanglose Dinge geplaudert, Erlebnisse aus ihrem Leben erzählt und Erinnerungen ausgetauscht wie zwei alte Freunde, die sich nach langer Zeit wieder einmal über den Weg gelaufen waren und deren Wege sich in wenigen Stunden erneut trennen würden.

Und doch …

Michael Spengler hatte das obere Bett mit Beschlag belegt, ein kleines Leselicht eingeschaltet und blätterte in einem Versteigerungskatalog, während John zum gefühlt hundertsten Mal seine Liste mit den Poussin-Einzelheiten durchging.

Eine Meinung mehr oder weniger könnte nicht schaden, dachte er und fragte Spengler: »Was fällt Ihnen zu ›Et in arcadia ego‹ ein?«

»Nicolas Poussin, die Hirten von Arkadien und Guercino. Bei dem tauchte die Inschrift nämlich zum ersten Mal auf.«

Der Kunsthändler aus Wien gähnte laut. »Verzeihung, aber dieses Schaukeln muss einen menschlichen Primärinstinkt befriedigen. Wiegt einen unweigerlich in den Schlaf.«

»Guercino malte ebenfalls ein Bild mit dem Spruch?«, erkundigte sich John überrascht.

»Ja, Giovanni Francesco Barbieri war ein Zeitgenosse von Poussin und trug den Künstlernamen Guercino, der Schielende, weil er seit einem Unfall in seiner Jugend schielte«, antwortete Spengler. »Er starb nur ein Jahr nach Poussin. Sein Bild heißt ›Et in arcadia ego‹ und entstand zwanzig Jahre, bevor sich Poussin des Themas annahm. Davor war der Spruch unbekannt.«

»Können Sie das Gemälde beschreiben?« John blickte nachdenklich auf die Fotografie des Poussin-Bildes. »Mir ist bekannt, dass Poussin auch zwei Versionen von den Hirten gemalt hat.«

»Guercino malte nur eine«, sagte Spengler. »Sein Bild ist fast quadratisch und zeigt zwei junge Hirten, die durch das Unterholz die Überreste eines Grabes sehen, auf denen ein Totenkopf liegt, der sie angrinst. Darunter steht in Stein gemeißelt: ›Et in arcadia ego‹. Etwas skurril ist, dass sich auf dem Gemälde eine Maus anschickt, durch die Zahnlücken in den Totenkopf hineinzukriechen, und eine Hummel auf der blassen Stirn des Schädels gelandet ist. Aber diese Art von Naturalismus zeichnet viele Bilder von Guercino aus. Oder auch eine besondere Form von Humor.«

»Eine Maus?« John wunderte sich.

»Nun, in der griechischen Mythologie nimmt der Gott Apollo immer wieder die Gestalt einer Maus an. Er ist übrigens auch Schutzpatron der Hirten«, erklärte der Kunsthändler, während er den Auktionskatalog zuschlug. »Mr. Finch, ich werde ehrlich zu Ihnen sein. Seien Sie mir nicht böse, dies mag

Ihr Abenteuer sein, aber es ist weder Ihr Metier, noch ist Symbolik in der Kunst Ihre Leidenschaft. Sie mögen ein hervorragender Pilot sein, doch nun sind Sie im Treibsand gelandet. Viele Möglichkeiten, unzählige Hinweise auf einem Gebiet, das nicht das Ihre ist. Sie tappen im dichten Nebel, irren zwischen Künstlern und Gemälden, Inschriften und Andeutungen, Symbolismus und Querverbindungen, einem gestohlenen codierten Notizbuch und geheimnisvollen Hinweisen auf Kreise des Wissens hin und her.« Er verstummte, und das Rattern der Räder beherrschte für einen Moment das Halbdunkel. »Wissen, das seit Jahrhunderten gut gehütet und von Generation zu Generation weitergereicht wurde. Aus gutem Grund. Und nun? Nun hat mit einem Mal die Jagd darauf begonnen. Rennes-le-Château und sein reicher Priester Bérenger Saunière, der niemals existierende Geheimbund Prieuré de Sion und ein paar gefälschte Manuskripte sind Schnee von gestern. Niemand hat jemals etwas Handfestes in dem kleinen Pyrenäenort gefunden, obwohl sicher tausend Bücher über die Geschichte geschrieben wurden. Hier, in Ihrem Fall, geht es meiner Meinung nach nicht um wilde Theorien und Spekulationen, sondern um sehr weltliche, sehr reale Dinge. Um Geld und Macht, Ruhm und Ehre. Vergessen Sie nicht: Der IS ist ein multinationales Unternehmen, wenn es um Kunstraub geht. Mit Sympathisanten in allen Ländern Europas, Heimkehrern aus dem sogenannten Heiligen Krieg, die töten gelernt haben. Der IS verkauft Altertümer, egal woher sie stammen, gegen westliches Geld. Denen geht es ums Geschäft, um die Finanzierung seines Glaubenskrieges, nicht um irgendwelche dubiosen Legenden, die in vierzig Jahren keine einzige goldene Münze hervorgebracht haben. Und glauben Sie wirklich, die schrecken vor ein paar Toten zurück, wenn sie auch nur eine Ecke des Tuches anheben und einen Blick auf das Wissen werfen könnten, um es danach gegen bare Münze zu verscherbeln? Das sind keine altruistischen Humanisten, Mr. Finch, und Leutnant Umar hatte diese Fotografie nicht zufällig in seinem Kampfanzug. Er war auf dem Weg nach Europa, mit viel Geld im Hintergrund und noch mehr vor Augen. Und das ist nur *einer* Ihrer Gegenspieler auf dem Weg zum innersten Kreis des Wissens.«

John schwieg.

»Der Geruch von Geld lockt die Schmeißfliegen des Profits an«, fuhr Spengler nach einer kurzen Pause fort. »Dieses Notizbuch und die Fotografie mit der Aufschrift sollten wahrscheinlich niemals an die Öffentlichkeit gelangen. Doch dann stürzte Umar über einen gewissen John Finch, und auch Gaddafi war nicht mehr in der Lage, Ihnen das kleine Büchlein wieder abzunehmen. Er konnte Sie nur warnen, Andeutungen machen, versuchen, Sie von weiteren Nachforschungen abzuhalten. Doch damit war das Kaninchen aus dem Zylinder und der Zauberer tot. Aber das Publikum ist hungrig, Mr. Finch …«

»Sie meinen, je länger die Suche dauert, desto größer wird die Zahl der Mitbewerber?«

»Und umso rücksichtsloser wird der Wettlauf«, ergänzte der Kunsthändler. »Denken Sie an Ettorio. Hier geht es nicht um ein paar läppische Millionen, da bin ich sicher. Sie mögen ausgezeichnete Kontakte haben, treue Freunde an Ihrer Seite, aber Sie werden trotzdem mit fliegenden Fahnen untergehen, wenn Sie nicht rechtzeitig aussteigen. Weil Ihnen das Wissen fehlt, aus der Flut der Hinweise die richtigen auszuwählen. Jene nämlich, die Sie weiterbringen, näher ans Ziel. Wussten Sie, dass der Spruch ›Et in arcadia ego‹ von einigen Forschern als Anagramm von ›I! Tego arcana Dei‹ angesehen wird? Übersetzt sinngemäß etwa: ›Hinweg mit Dir! Ich bewahre Gottes Geheimnis‹.«

»Dann liegt der Schlüssel in dem Spruch?«, wollte John wissen.

»Vielleicht ... unter Umständen ... auch ...«, antwortete Spengler leise lachend und zuckte die Schultern. »Ehrlich gesagt, ich weiß es nicht. Ich denke, die Kunst an der ganzen Geschichte ist, zum richtigen Zeitpunkt die rechten Hinweise aus dem Zylinder zu ziehen, um bei dem Beispiel des Zauberers zu bleiben. Es gibt nicht nur einen Schlüssel, davon bin ich überzeugt. Stellen Sie sich ein Schachbrett voller Hinweise vor. Die richtigen Sprünge mit dem Reiter bringen Sie weiter, die falschen führen in die Sackgasse und unweigerlich zum Schachmatt.« Spengler verstaute den Versteigerungskatalog in seiner Umhängtasche. »Doch zurück zum Kunsthandel, denn das ist mein wahres Fachgebiet. Nach dem Tod Poussins begann Ludwig XIV. damit, so viele seiner Bilder wie nur möglich zu erwerben. Er wollte unbedingt hinter das Geheimnis des Malers kommen und ruhte nicht, bevor er auch für eine hohe Summe ›Die Hirten von Arkadien‹ erwerben konnte. Aber er stellte das Bild nicht aus, sondern ließ es in seinen privaten Gemächern aufhängen. Niemand durfte es sehen, außer mit seiner ausdrücklichen Erlaubnis. Es gibt Verschwörungstheorien, wonach der König es sogar verändern ließ und den Auftrag gab, Stellen des Gemäldes zu übermalen.«

»Weil jemand sonst etwas herauslesen könnte? Und etwas finden, das Ludwig ebenfalls suchte?«, wollte John wissen.

»Genau, und deshalb nehme ich auch an, dass der Schlüssel zu den Kreisen des Wissens nicht in einem einzigen Bild verborgen liegt, so verlockend es auch anzunehmen wäre.« Der Kunsthändler löschte das Leselicht und ließ sich auf das Polster fallen. »Außerdem kann im Laufe der Jahrhunderte ein einziges Bild leicht vernichtet werden, durch Krieg oder Feuer etwa, und was dann? Dann wären mit einem Schlag alle Hinweise auf das Geheimnis unwiederbringlich verloren. Nein, das ist unwahrscheinlich. Wenn Sie etwas verbergen möchten und den Tod vor Augen hätten, dann würden Sie sicherheitshalber auch mehrere Fährten für Forscher oder Nachkommen legen.«

»Klingt sehr logisch«, sagte John. »Vielleicht versuchte deshalb der König, so viele Bilder wie möglich von Poussin aufzukaufen.«

»Ganz sicher sogar«, stimmte ihm Spengler zu. »Vergessen Sie nicht, Ludwig hatte wie Sie keine Ahnung, wo oder wonach er suchen sollte. Denn eines steht für mich fest: Poussin hatte den Regenten nicht in sein Geheimnis eingeweiht. Aus welchen Gründen auch immer, er behielt es für sich, zumindest was den König betraf. Und jetzt werde ich ein wenig schlafen, wenn Sie erlauben. Morgen früh sollte ich halbwegs ausgeruht in Dijon ankommen. Der Kunde, der mich erwartet, hat ein großes Portfolio für Kunst, und ich gedenke, es zumindest teilweise zu füllen. Mein Angebot an Sie, Mr. Finch, ebenfalls in Dijon auszusteigen und mich zu begleiten, steht jedenfalls noch immer. Ich würde mich freuen, von Ihnen per Helikopter nach Wien zurückgeflogen zu werden.«

»Ich denke, das müssen wir verschieben.« John lächelte, schob Liste und Foto unter das Kopfkissen und löschte ebenfalls das kleine Leselicht.

Als er die Augen schloss, sah er mit einem Mal den abgetrennten Kopf Ettorios auf der Tischplatte, die toten Augen unverwandt auf die Webcam seines Laptops gerichtet, inmitten eines Meers von Blut.

Hatte Palladini auch nach dem Geheimnis Poussins gesucht? Oder war der alte Mann einfach nur zwischen die Fronten geraten, in einem unbarmherzigen Krieg der Geheimdienste? Hatte Spengler nicht gesagt, Ettorio sei von seinen eigenen Leuten umgebracht worden, weil er den Palästinensern wichtige Informationen vorenthalten hatte? War er ein Doppelagent gewesen? Und wenn ja, für wen hatte er noch gearbeitet?

Wer immer ihn geschickt hatte, der Wiener Kunsthändler hatte recht. Es gab zu viele Fragen und zu wenige Antworten. Treibsand? John fuhr sich mit den Händen müde über das Gesicht. Er hatte eher das Gefühl, auf einer schwankenden Eisscholle gelandet zu sein, die mit jeder Minute im warmen Wasser kleiner wurde.

Also war Eile geboten. Während sich John einen Schlachtplan für die kommenden Stunden zurechtlegte, schlief er ein.

Er schien keine fünf Minuten geschlafen zu haben, als ihn Spengler, der etwas steif über die schmale Leiter von seinem Bett herunterkletterte, aufweckte.

»Guten Morgen!«, sagte der Kunsthändler. »Wir werden in wenigen Minuten Dijon erreichen. Da warten Kaffee, Frühstück und dann ein hoffentlich ertragreiches Geschäft. Werden Sie mich begleiten?«

John stand auf und streckte sich. Dann schüttelte er den Kopf. »Tut mir leid, ich habe eine Verabredung mit dem Schicksal in Paris. Und das sollte man bekanntlich nicht warten lassen.«

Spengler nickte lächelnd und streckte John seine Hand hin. »Es hat mich wirklich gefreut, und das ist keine leere Floskel«, sagte er. »Sie haben meine Visitenkarte, für alle Fälle. Ich habe Ihnen mehr gesagt, als ich wollte, Sie offenbar weniger gewarnt, als nötig gewesen wäre, und jetzt, jetzt wünsche ich Ihnen viel Glück. Sie werden es brauchen.« Rasch streifte er sein Jackett über und griff nach seinem Aktenkoffer.

Die Bremsen des Zuges quietschten, und draußen kamen die gelben Lichter des Hauptbahnhofs in Sicht.

Bevor Spengler das Abteil verließ, sagte er: »Ich habe ein Abschiedsgeschenk für Sie, Mr. Finch. Ich bin überzeugt, Sie haben Verwendung dafür.« Mit diesen Worten drückte er ihm ein Handy in die Hand. »Das ist meine österreichische Zweitnummer, ich habe noch ein Geschäftshandy. Bringen Sie es mir zurück, wenn Sie es nicht mehr brauchen. Dann sehen wir uns ja vielleicht doch noch einmal. Und rufen Sie nicht zu oft Ihre Erbtante in Australien an!« Damit winkte er und verschwand rasch zwischen den Reisenden auf dem Gang, die alle zum Ausgang drängten.

Fünf Minuten später war der Zug wieder planmäßig unterwegs Richtung Norden. In knapp drei Stunden, um 9.30 Uhr, sollten sie laut Fahrplan den Gare de Lyon in Paris erreichen.

John überlegte nur kurz, als die Vororte von Lyon vor dem Fenster vorbeizogen. Dann tippte er die Nummer von Llewellyn in Spenglers Handy und drückte die grüne Anruftaste.

Es läutete vier Mal, bevor sich der Major verschlafen meldete. »Wer immer es ist, tun Sie das nie wieder«, tönte es grummelnd durch die Leitung. »Selbst wenn Sie der österreichische Bundeskanzler auf der Suche nach Steuermilliarden sind oder Miss Austria persönlich – es ist noch nicht mal sechs Uhr früh!«

»Dann komm auf den Kontinent, da ist es schon halb sieben vorbei!« John grinste.

»Überraschung am Morgen!« Llewellyn klang mit einem Mal hellwach. »Treibst du dich in Österreich herum?«

»Negativ, in einem Zug nach Paris«, erwiderte John. »Deshalb ist das Handy auch halbwegs sicher. Ein Wiener Geschäftsmann hat es mir geborgt, aber das erzähle ich dir, wenn wir uns sehen. Warst du bei dem alten Fuchs?«

»In seinem Bau, gestern Abend, und er hatte einen dringenden Auftrag. Die Franzosen nerven ihn. Ich bin deshalb auch auf dem Sprung nach Paris.«

»Das trifft sich gut. Dann sehen wir uns unter dem Eiffelturm?«

»Moulin Rouge wäre mir lieber«, entgegnete der Major. »Lass uns das noch abstimmen. Ich habe wegen deines Haftbefehls gestern mit dem Hausherrn verhandelt, während uns seine Frau mit Delikatessen abgefüllt hat. Er hat mir versprochen, das bis spätestens heute Mittag zu regeln. Die Tunesier seien ihm noch etwas schuldig, meinte er nur. Du sollst dir keine Sorgen machen, und er lässt dich grüßen.«

»Sehr gut, das macht alles viel einfacher.« John atmete auf. Wenn jemand den internationalen Haftbefehl rasch und unkompliziert aufheben lassen konnte, dann war es Peter Compton. »Ich komme um 9.30 Uhr im Gare de Lyon in Paris an. Sieht so aus, als wären wir pünktlich.«

»Und ich nehme den Eurostar bis zum Gare du Nord. Du wirst eher in Paris sein, also treffen wir uns am Nordbahnhof. Es gibt jede Menge Bistros und Cafés auf der anderen Seite des Haupteinganges. Das Café du Nord liegt neben einer Wechselstube ganz links im Block. Da treffen wir uns, sagen wir um elf.«

»Notiert«, gab der Pilot zurück. »Einer wartet auf den anderen. Hat Amber die DC-3 gut nach Duxford gebracht?«

»Problemlos, du kennst sie ja«, antwortete der Major. »Ich wette, ihre Jungs haben deine fliegende Antiquität schon auseinandergenommen, sich die Haare gerauft und die Einzelteile methodisch über den ganzen Hangar verstreut. Und jetzt lass mich endlich meine Morgentoilette machen. Wir sehen uns in Paris!«

John beendete das Gespräch und überlegte. Dann wählte er erneut.

Rodney meldete sich nach dem ersten Läuten: »McFarlane! Und dieser Anruf ist besser richtig wichtig!«

»Lass mich raten: Du hast nicht geschlafen!?« John schmunzelte.

»Schlafen kann ich, wenn ich tot bin«, erwiderte Rodney gut gelaunt, »dann klingelt auch kein Wecker mehr. Aber ich gebe zu, es war ruhiger, als du noch in Afrika unterwegs warst. Wo treibst du dich jetzt herum?«

»In einem Zug nach Paris, nachdem ich Amber meine DC-3 überlassen habe, um sie nach Duxford zu fliegen«, sagte John und nahm seine Liste zur Hand.

»Autos, Motorräder und Flugzeuge sollte man nicht aus der Hand geben. Aber das sage ich nur, solange Hannah nicht in der Nähe ist.« Rodney kicherte wie ein Schuljunge. Dann wurde er wieder ernst. »Hast du Papier und einen Stift zur Hand? Ich werde dir ein paar Fakten auf den Weg nach Paris mitgeben. Mögen dir vielleicht auf den ersten Blick unzusammenhängend erscheinen, und auf manche kann ich mir auch noch keinen Reim machen, aber alle stammen aus dem Notizbuch Umars.«

John lehnte sich an die Holzwand des Abteils. »Ich habe in den letzten vierundzwanzig Stunden so einige Informationen gesammelt. Aber ein paar mehr können nicht schaden. Schieß los!«

»Du hast mich nach Umar und seinem politischen Hintergrund gefragt ...«, setzte Rodney an, doch John unterbrach ihn gleich wieder.

»Über seinen Lebenslauf weiß ich bereits jede Menge, aber noch nichts zu seiner Zeit in der DDR. Sprach er bereits vorher Deutsch, oder lernte er es im Osten?«

»Sprach er vorher schon«, antwortete Rodney und griff nach seinen Aufzeichnungen. »Außerdem Englisch und Französisch. Er besuchte das Collège Alpin international Beau Soleil in der Nähe von Montreux. Etwa zweihundert Schüler, mehr als vierzig Nationen, neunzigtausend Franken jährliche Schulgebühr. Nichts für Hinz und Kunz und unsereins.«

»Du hast deine Hausaufgaben gemacht«, warf John ein.

»Ich hatte eine ganze Nacht«, erwiderte Rodney lakonisch, »und das war noch eine der einfachen Aufgaben. Nach seiner Schweizer Luxusschule muss er sich auf Rügen gefühlt haben wie bei den armen Cousins im Osten, was sie ja auch waren. Gaddafi hatte den Staatsratsvorsitzenden damals um militärische Unterstützung gebeten, aber Honecker zögerte, mehr als nur Militärtechnik zu liefern. Wünsche von Oberst Gaddafi nach Einsatz von NVA-Soldaten in Libyen auch im Kriegsfall ließ Honecker höflich, aber bestimmt ablehnen. Er wollte lieber für die Ausbildung von rund siebenhundert libyschen Soldaten in der DDR etwa siebenundzwanzig Millionen US-Dollar einstecken. Ist ja auch verständlich, die waren immer klamm, wenn es um Devisen ging.« Rodney lachte leise und raschelte mit seinen Unterlagen. »Das kam bei Gaddafi allerdings nicht so gut an, denn am Ende kamen nur zweihundertdreiundachtzig Auszubildende aus Libyen, darunter auch Umar. Für eine prompte Bezahlung der Gebühren war die DDR dann sogar bereit, auf den sonst obligatorischen Politunterricht zu verzichten. Umar blieb also die Rotlichtbestrahlung erspart, was nach seiner elitären Schweizer Erziehung wohl auch ganz gut war. Er perfektionierte sein Deutsch, lernte Esperanto und war an der 1981 in Prora auf Rügen errichteten Offiziershochschule für Ausländer ›Otto Winzer‹ stationiert, gemeinsam mit Absolventen aus sechzehn befreundeten Ländern und Organisationen. Daher stammt auch ein großer Teil seines internationalen Netzwerks im Osten, auf das er während seiner Zeit im Geheimdienst zurückgriff. Interessant ist, dass er immer wieder in das Ferienhaus der Schalck-Golodkowskis in der Schorfheide eingeladen war und so in den Dunstkreis des Staatssekretärs und damit der KoKo gelangte. Hat mir ein Kontakt in Syrien verraten, der mit ihm studierte.«

»Du hast einige Leute aufgeweckt heute Nacht«, stellte John fest und machte sich eine Notiz. »KoKo? Der Name sagt mir etwas ...«

»Die berüchtigte Kommerzielle Koordinierung, die vor allem mit Gemälden, Kunstschätzen und allem Wertvollen handelte, das alt, von Interesse und nicht niet- und nagelfest war«, erläuterte Rodney. »Wie immer ging es darum, der DDR die so dringend benötigten Devisen zu beschaffen.«

John pfiff leise durch die Zähne. »Mir wird einiges klar ... Lass mich raten – in Beau Soleil hat sich Umar besonders für französische Geschichte und Kultur, Malerei und Literatur interessiert?«

»Könnte ich herausbekommen«, sagte Rodney, »ist notiert. Brauchst du sonst noch etwas zu unserem Leutnant?«

»Steht in dem Notizbuch, wohin er nach seiner Landung in Tunis reisen wollte? Irgendein Ziel in Europa?«, erkundigte sich John.

»Bisher habe ich leider nichts dazu gefunden«, antwortete Rodney. »Aber das muss nichts heißen. Dieses Büchlein ist eine kuriose Mischung aus gesammelten Weisheiten, vereinzelten Gedichten, Tagebucheintragungen, Reiseberichten, Briefentwürfen, Informationen, Telefonnummern und Adressen, das alles in verschiedenen Sprachen, und nicht Weniges davon verschlüsselt. Du hast es selbst fotografiert. Mehr als zweihundert Seiten, dicht beschrieben. Da findet man nicht eben mal so schnell etwas. Er muss es nach seiner Rückkehr aus der DDR begonnen haben, und die letzte Eintragung erfolgte wohl kurz vor seiner Abreise nach Ghad. Da schrieb er in einer Mischung aus Französisch oder Englisch und Latein den Satz ›Et in France ego‹ – sinngemäß übersetzt ›auch ich in Frankreich‹.«

»Angelehnt an den Satz von Guercino, Poussin und Goethe«, murmelte John nachdenklich.

»Hey! John Finch, jetzt bin ich beeindruckt«, gestand Rodney. »Ob das heißt, dass er auf dem Sprung nach Frankreich war? Wäre möglich. Kann aber auch nur einer seiner Gedankenblitze gewesen sein. Und da wir gerade beim Thema sind: Was genau bringt dich auf den Weg nach Paris?«

John erzählte dem Kryptographen von der Fotografie des Gemäldes, der arabischen Bildunterschrift und seiner nächtlichen Unterhaltung im Zug. »Also durchsuche bitte die Aufzeichnungen Umars im Hinblick auf ›Notre Dame‹, ›Et in arcadia ego‹, Poussin, Frankreich, Kunsthandel … und ich habe sicherlich noch etwas vergessen. Und, Rodney?«

»Ich höre …«

»Wir dürfen keine Zeit verlieren, die Konkurrenz hat das Buch ebenfalls – und die schläft nicht.«

»Ich auch nicht«, gähnte Rodney lautstark. »Wissen wir wenigstens, wonach wir suchen?«

»Bin ich das große Orakel?«, erwiderte John und faltete seine Liste zusammen.

»Wir wissen es also nicht … Aus deinen Stichworten kann ich zumindest erkennen, dass es sich um ein historisches Geheimnis handelt. Kannte Umar es?«

»Ehrlich gesagt, keine Ahnung, und wenn, dann wirst du der Erste sein, der es erfährt. Du hast die Seiten des Notizbuches, ich folge nur der Spur von ›Notre Dame‹ und meinem Bauchgefühl. Vielleicht liege ich damit auch völlig falsch, aber bisher sind das Bild Poussins und die Unterschrift alles, was ich habe. Und beide führen von Rom nach Paris. ›Die Hirten von Arkadien‹ sind sicher der erste Kreis des Wissens, vielleicht ist die Kathedrale der zweite. Aber das ist ein Schuss ins Blaue.«

»Umar hatte keine anderen Fotos oder Zeichnungen in seinem Notizbuch, das steht fest«, informierte ihn Rodney. »Bist du weiterhin unter dieser Nummer erreichbar? Dann melde ich mich, wenn ich etwas Neues habe. Ich bleibe auf jeden Fall dran und filtere die Fakten nochmals im Hinblick auf deine Stichworte, dann mache ich mich an die Entschlüsselungen. Peter Compton hat sich zwar für heute Nachmittag angekündigt, aber der bleibt nur zum Kaffee. Das heißt, mehr bekommt er nicht vorgesetzt, Sarah ist nämlich zu ihrer Mutter nach York gefahren.« Rodney lachte leise. »Und alle anderen langweiligen Regierungssachen können warten. Diese Geschichte beginnt mich zu interessieren.«

Five Rise Locks, Leeds-Liverpool-Kanal, Bingley/England

Jack Westworth streifte sein schwarzes T-Shirt über und strich es glatt. »I use to work with wooden boats and iron men« stand in gotischen Lettern auf dem Rücken, und die wenigen Worte fassten für Westworth alles zusammen, was es zu sagen gab. Sein Kahn, ein speziell für den Leeds-Liverpool-Kanal gebautes Flussschiff, war in den traditionellen Farben Schwarz und Grün gestrichen und glänzte in der Morgensonne.

Westworth, ein wortkarger, aber freundlicher und hilfsbereiter Mann, lebte nun bereits seit einigen Jahren auf dem Kanal und hatte sich keinen Tag gelangweilt. Die etwas über zweihundert Kilometer lange Wasserstraße führte durch die landschaftlich schönsten Gegenden Englands, unterbrochen von einundneunzig Schleusen, von denen viele noch von Schleusenwärtern bedient wurden. Mit der Zeit hatte Westworth sie alle kennen und schätzen gelernt. Männer wie er, nach Jahrzehnten der schweren körperlichen Tätigkeit mit Muskeln aus Eisen, die aus Liebe zu den länglichen Holzbooten und zum Kanal noch immer ihren Dienst taten. Für viele, die ihn einmal befahren hatten, war der Leeds-Liverpool-Kanal zu ihrem Lebensinhalt geworden.

Nachdem 1770 mit dem Bau begonnen worden war, hatte es fast fünfzig Jahre gedauert, bis das blaue Band endlich von Leeds bis nach Liverpool ans Meer reichte. Seine Geschichte spiegelte die Geschichte Englands wider. Von der industriellen Revolution mit ihren neuen Fabriken und Dampfmaschinen, als die tiefschwarze Kohle die am meisten transportierte Fracht auf dem Kanal war, bis zu den heutigen Fluss-Touristen, die ihren Urlaub auf dem Wasser verbringen wollten.

Die Schwerindustrie an seinen Ufern und die vorsorglich breit gebauten Schleusen hatten dem Kanal das Schicksal anderer Wasserwege erspart, die mit der Zeit versandeten, zugeschüttet wurden oder in Vergessenheit gerieten. Im Zweiten Weltkrieg hatte ein Teil des Kanals sogar zum Verteidigungssystem der Insel gehört. Bunker und Unterstände waren an seinen Ufern entstanden, Pubs und Scheunen waren befestigt und »kriegsfest« gemacht worden. Viele dieser stillen Zeugen einer längst vergangenen Zeit hatten die Jahrzehnte überlebt, wie auch die alten Werftgebäude und Lagerhäuser, die nun nach und nach renoviert wurden.

Westworth sah aus wie ein in Würde gealterter Ringer oder Gewichtheber. Seine breite, muskulöse Brust verriet jahrelanges Training, seine Oberarme spannten in den kurzen Ärmeln des T-Shirts. Die grauen Haare waren militärisch kurz geschnitten, und die hellbraunen Augen unter den buschigen Augenbrauen schauten stets etwas skeptisch in die Welt.

In seinen großen, schweren Händen sah die Kaffeetasse mit dem blauen Anker mit einem Mal sehr klein aus, als Westworth sie mit heißem Wasser füllte und bedächtig Nescafé hineinrührte. Als Rooster, die Bootskatze, neugierig um seine Beine strich, streichelte er zärtlich über das rotbraune Fell. Dann trat er an Deck und atmete tief ein.

Die »Mary 2« lag am Fuße der berühmten Five Rise Locks, einer Abfolge von fünf Schleusen, in der Schiffe auf einer Strecke von hundert Metern mehr als achtzehn Meter gehoben oder gesenkt wurden. Barry Whitelock, der Schleusenwärter und ein alter Bekannter, hatte Westworth erlaubt, seinen Kahn gleich als ersten an der Mauer festzumachen, da während der Nachtstunden nicht geschleust wurde.

Westworth leerte bedächtig seinen Kaffee und schaute auf seine Seiko-Taucheruhr. Knapp nach sechs. Es würde noch fast zwei Stunden dauern, bis Barry mit dem Schleusen beginnen würde. Zeit genug für einen Trainingsdurchgang. Also holte er den Recurvebogen und ein Dutzend Pfeile aus dem Schrank, nahm die kleine Zielscheibe und sprang an Land. Das Bogenschießen war seit mehreren Jahren bereits sein bevorzugter Zeitvertreib, wenn er den Kanal hinauf- und hinunterfuhr.

Westworth plante, nie mehr an Land heimisch zu werden. Sein letztes Haus hatte er nach seiner Scheidung seiner Frau überlassen und war aufs Wasser gezogen. Und irgendwann würde er auf diesem Kanal auch sterben, aber das war ihm nur recht so. In seinem letzten Willen hatte er verfügt, eingeäschert zu werden. Seine Asche sollte ins Wasser gestreut werden, irgendwo entlang des Kanals, an einem ruhigen Platz, ohne Zeremonie und Aufsehen. »Ich bin ohne Fanfaren geboren worden, und so möchte ich auch gehen«, pflegte er zu sagen.

Er hatte ein bewegtes Leben hinter sich, aber darüber sprach er nicht. Wie über vieles andere auch nicht. Jack Westworth geizte mit Worten und hörte lieber zu.

Der Treppelweg war menschenleer, nicht einmal Jogger waren zu dieser frühen Morgenstunde unterwegs. Also stieg Westworth über die niedrige, graue Steinmauer und befestigte die Zielscheibe am Stamm eines der alten Bäume. Dann drehte er sich um und ging auf gut Glück die Mauer entlang.

Bei den Wettkämpfen wurden in der Königsdisziplin die Scheiben auf siebzig oder neunzig Meter gestellt. Aber das kümmerte Westworth nicht. Ihm ging es nicht um ein nachgestelltes Szenario, ein monoton eingeübtes Ritual mit jedes Mal gleichen Entfernungen. Er integrierte die Landschaft, das Gelände oder auch die Vegetation in sein Training, schoss auf Zielscheiben, Spielkarten oder leere Bierdosen, im Stehen oder kniend, auf wechselnde Distanzen in einer ständig wechselnden Umgebung. Für ihn war Bogenschießen etwas Lebendiges, jedes Mal Neues, das ihm bei voller Konzentration eine tiefe innere Ruhe bescherte. So hatte er es mit den Jahren zu einer beeindruckenden Geschicklichkeit und Zielgenauigkeit gebracht.

Westworth ging ohne Hast das leicht ansteigende Gelände hinauf, immer entlang der Schleusen. Er legte im Gehen einen Pfeil auf, spannte den Bogen.

Die Vögel zwitscherten, und ein aufgeschreckter Hase sprang aus der Deckung, als er die Schritte hörte, sah den Störenfried neugierig an und hoppelte dann ganz gemächlich auf die nächsten Büsche zu.

Der Schütze wandte sich mit einer Schnelligkeit um, die man dem großen, schweren Mann nicht zugetraut hätte. Er zielte kaum, da schnellte auch schon mit einem zischenden Geräusch der Pfeil von der Sehne, jagte zwischen Zweigen durch und durchbohrte das Ziel fast mittig. Zufrieden zog Westworth den nächsten Pfeil aus dem Köcher.

Der Hase war stehen geblieben, die Ohren aufgestellt, und blickte in seine Richtung. Er schnupperte, die Nase im Wind. Pfeil zwei und drei folgten rasch aufeinander, trafen die Scheibe und nagelten sie an den Baumstamm. Westworth zog die Schultern hoch und stützte sich zufrieden auf seinen Bogen. Sollte er noch weiter weg gehen oder besser den Winkel verändern?

Meister Langohr saß noch immer im Gras, zwar in sicherem Abstand, aber ohne jede Furcht. Er schaute nach wie vor in Richtung des Schützen, seine Ohren bewegten sich unaufhörlich, als wollte er sie auf ein ganz bestimmtes Geräusch ausrichten.

Hatte ihn das Zischen der Pfeile irritiert?

Nachdem er seinen Bogen wieder aufgenommen hatte, ging Westworth weiter in Richtung der Schleusen, veränderte den Winkel zu seiner Zielscheibe und warf einen Blick auf den Weg neben dem Kanal, bevor er den nächsten Pfeil auflegte.

Dann hörte er plötzlich ein merkwürdiges Geräusch. Zwei näher kommende Einzylinder-Motoren ...

Irritiert trat Westworth näher an die Mauer. Der Treidelweg unmittelbar am Kanal war hier an den Five Rise Locks den Spaziergängern und Radfahrern vorbehalten. Deshalb waren die Zugänge auch mit Pollern und kleinen Schranken gesperrt, für die nur der Schleusenwärter die Schlüssel hatte.

In diesem Moment tauchten aber tatsächlich zwei Männer auf Geländemotorrädern unter den überhängenden Bäumen neben dem Kanal auf, ganz in Schwarz, mit verspiegelten Visieren an ihren Helmen. Sie fuhren nebeneinanderher und beschleunigten noch, als sie auf die Steigung der Schleusen zurasten.

»Was zum Teufel ...«, murmelte Westworth stirnrunzelnd.

Plötzlich bremsten beide heftig, brachten ihre Motorräder direkt neben der »Mary 2« zum Stehen.

Westworth hatte die großen Luken und die Türen offen gelassen, wie immer, wenn er in der Nähe angelte oder zum Bogenschießen ging. So konnte Rooster ungehindert auf die Jagd gehen.

Die Motorradfahrer griffen in ihre Tankrucksäcke und zogen etwas heraus, das Westworth nicht erkennen konnte. Sie holten aus ...

Und mit einem Mal war Westworth alles klar, und sein professioneller Instinkt übernahm. Er legte einen Pfeil auf und spannte den Bogen, blendete alles Übrige aus und konzentrierte sich auf seine Ziele.

Vier Handgranaten flogen in flachen Bögen und knappen Abständen durch die Luft, verschwanden durch die Luken im Inneren des Schiffes, wo sie polternd auf den Holzboden fielen. Ohne eine Sekunde zu verlieren, legten die Motorradfahrer den Gang ein und drehten die Motoren hoch. Kies spritzte, und Westworth atmete tief ein.

Kaum hatten die beiden Männer einige Meter auf die Schleusen zu beschleunigt und die Asphaltstraße erreicht, zerrissen vier Explosionen die »Mary 2«, sprengten die Aufbauten wie Kinderspielzeug auseinander und rissen den Rumpf des Holzkahns entzwei.

»Fahrt zur Hölle!«, zischte Westworth, und der erste Pfeil schnellte von der Sehne.

Er traf den einen der beiden Motorradfahrer am Oberarm, durchschlug Muskeln und Knochen und verankerte sich tief in seinem Oberkörper. Mit einem überraschten Schrei verriss der Fahrer seine Maschine, gab aus Panik und Schmerz noch mehr Gas, durchbrach die hölzerne Absperrung neben der Schleuse und schoss mit aufheulendem Motor auf das dunkle Wasser des Kanals hinaus.

Westworth hatte schon den nächsten Pfeil eingelegt, den Bogen gespannt und den zweiten Motorradfahrer im Visier.

Der schien verunsichert, schaute sich suchend um, schwankte wohl zwischen Anhalten, um nach seinem Partner zu sehen, und Vollgas geben, um so rasch wie möglich zu verschwinden.

Westworth zielte genau, es würde ein schwieriger Schuss werden, und er setzte alles auf eine Karte. Er schätzte blitzschnell die Entfernung, die Geschwindigkeit des Motorradfahrers, dann hielt er den Atem an und ließ die Sehne los.

Der Pfeil zischte davon und traf den Unterarm der Gashand,

riss ihn vom Lenker, brachte den Fahrer aus dem Gleichgewicht. Die Maschine wurde langsamer. Und während Westworth beobachtete, wie der Mann noch immer völlig überrascht auf den Pfeil in seinem Arm blickte, hatte er bereits den nächsten Schuss vorbereitet.

Der dritte und letzte Pfeil traf den Oberschenkel des Fahrers und brachte ihn zum Absturz. Die Maschine rutschte noch einige Meter über den Asphalt, dann blieb sie tuckernd liegen, während der Fahrer laut stöhnend danebenhockte und versuchte, sich wieder aufzurichten.

Aus dem Schleusenwärterhaus war lautes Poltern zu hören, dann flog die Tür auf, und ein verschlafener Barry Whitelock stolperte fluchend auf den kleinen Vorplatz. »Was um alles in der Welt ist hier los?«, rief er und blickte schockiert auf die völlig zerstörte und sinkende »Mary 2«. »Jack!? Um Gottes willen! Jack!? Bist du okay?«

Westworth trat aus seiner Deckung und winkte Barry kurz zu. Dann eilte er zu dem Motorradfahrer, der noch immer verzweifelt versuchte aufzustehen. »Willkommen in der Hölle, du Bastard«, brummte er und zog den Fahrer mit einer Hand am Kragen hoch. »Wir haben eine ganze Menge zu besprechen, denkst du nicht auch? Ich frage, du antwortest. Das fällt dir ohne Pfeile sicher leichter, oder?« Mit diesen Worten griff Westworth mit der freien Hand nach dem Pfeil im Oberschenkel und riss ihn heraus.

Der Mann schrie wie am Spieß, aber Westworths Faust ließ ihn nicht los und hielt ihn aufrecht.

»Hast du gedacht, ich vergeude meine kostbaren Pfeile an Abschaum wie dich?«, zischte er und machte Anstalten, nach dem zweiten Pfeil im Unterarm zu greifen.

»No! No!«, brüllte der Mann. »Per l'amore di Dio!«

»Lass den Herrn aus dem Spiel, du Schlappschwanz«, sagte

Westworth verächtlich und begann, den Kinnriemen des Helms zu lösen. »Wer hat dich geschickt?«

»Fick dich!«, presste der Motorradfahrer auf Englisch hervor und stöhnte laut.

Unbeeindruckt zog Westworth den Helm des Mannes ab. Ein südländisches Gesicht, schweißüberströmt, schwarze Haare, Boxernase kamen zum Vorschein.

»Du hast genau zehn Sekunden, um meine erste Frage zu beantworten, sonst liegst du neben deinem Freund im Kanal, und ich sorge dafür, dass du tot bist, bevor du nass wirst. Hast du verstanden, oder soll ich das auf Italienisch wiederholen?« Westworths Stimme ließ keinen Zweifel daran, dass es ihm bitterernst war. »Wer hat dich geschickt?«

Der Italiener spuckte Westworth wütend ins Gesicht.

Der lächelte nur sparsam, griff nach dem Pfeil im Unterarm des Mannes und zog ihn langsam heraus. Das Gebrüll des Verwundeten war so laut, dass Barry ins Freie stürmte. »Wir können das gern noch ein paar Mal spielen«, sagte Westworth unbeeindruckt und setzte die Spitze des Pfeils dem Italiener an die Halsschlagader. »Ein paar Liter Blut sind schnell versickert. Wer?«

»Stronzo«, schnaufte der Mann und versuchte vergebens, sich loszureißen.

»Damit kommst du bei mir nicht weit, cretino«, gab Westworth zurück. »Warum habt ihr Arschlöcher mein Schiff versenkt? Weil ihr gedacht habt, ich wäre noch im Traumland und würde euch nicht kommen hören? Wolltet ihr mich ins Jenseits bomben? Dazu hättet ihr noch früher aufstehen müssen.«

Der Verwundete sagte nichts und schloss die Augen.

»Nochmal, langsam und verständlich: Die Polizei wird sicherlich gleich hier sein, und wenn du bis dahin überlebst, dann sorge ich dafür, dass du erst für lange Jahre einsitzt und dann nur mehr als Toter von dieser Insel herunterkommst. Und glaub mir, ich meine es verdammt ernst.« Westworth spürte, wie ihm der letzte Rest Geduld abhandenkam.

War Rooster noch an Bord gewesen? Wütend verstärkte er den Druck auf die Pfeilspitze.

In der Ferne ertönten die ersten Sirenen der Einsatzwagen.

»Jack, was soll das? Wer ist das?« Barry Whitelock war hinter Westworth getreten, mit wirren Haaren und einem Ausdruck des völligen Entsetzens auf seinem Gesicht.

Westworth zog seufzend den Pfeil zurück und ließ den Fahrer los, der zusammenbrach und sich unter Schmerzen auf dem Boden wand.

»Das wüsste ich auch nur zu gerne«, murmelte er und drehte sich zu Barry um. »Hast du einen Krankenwagen gerufen?«

Whitelock nickte. »Sollte gleich ...« Dann verstummte er, sah an seinem Freund vorbei und riss mit einem Mal erschreckt die Augen auf.

Westworth fuhr alarmiert herum.

Der Unbekannte hatte eine Pistole in der Hand, steckte den Lauf in den Mund, und bevor einer der umstehenden Männer reagieren konnte, drückte er ab. Der Schuss hallte in den Schleusen wider, Blut und Gehirn spritzten über den Treidelweg.

Whitelock schlug die Hand vor den Mund, Panik und Abscheu standen ihm ins Gesicht geschrieben.

»Scheiße«, murmelte Westworth verärgert, lehnte sich an die Holzabsperrung und zog sein Handy aus der Tasche. Er wählte eine Nummer, die er nur zu gut kannte, aber seit mehr als einem Jahr nicht mehr angerufen hatte.

Mit quietschenden Reifen hielten die ersten Polizeiwagen vor den Schranken an, und Beamte sprangen heraus. Rufe wurden laut, Türen schlugen, Funkgeräte quäkten.

Westworth lauschte angespannt dem gleichmäßigen Rufton am anderen Ende der Leitung.

Als der Teilnehmer sich endlich mit einem sonoren: »Hi Jack, ich bin gerade im Zug! Wie geht es Rooster?«, meldete, atmete er erleichtert auf.

Dann sagte Westworth: »Guten Morgen, Major, ich denke, wir haben ein Problem.«

Palais Hotel Landhaushof, Klagenfurt, Kärnten/ Österreich

Alexander Reiter trat vor die Tür des zum Hotel umfunktionierten Renaissancepalais gleich neben dem alten Landhaus im Zentrum von Klagenfurt, genoss die frische Morgenluft, die vom Wörthersee und von den nahen Bergen herüberstrich, während er die Kellner beobachtete, die unter den großen quadratischen Schirmen die Tische aufdeckten. Es würde ein heißer Tag werden. Der Sommer in Kärnten, Österreichs südlichstem Bundesland, erinnerte bereits an Italien.

»Guten Morgen, der Herr!«, grüßte einer der Kellner des Hotels freundlich, als er ihn sah. »Haben Sie gut geschlafen?«

»Hervorragend, danke«, Reiter lächelte, »wenn auch nicht zu lange.«

Er hatte gestern um 17.30 Uhr den Flug von Paris-Charles-de-Gaulle nach Wien genommen, war dann weiter in die Kärntner Landeshauptstadt geflogen und erst kurz vor 22 Uhr im Hotel Landhaushof eingetroffen. Schon während des Flugs hatte er sich mit den Unterlagen beschäftigt, die Bernadetti aus ihrer Handtasche gezogen und ihm in die Hand gedrückt hatte. Was da auf den dünnen Blättern ausgedruckt worden war, das hatte selbst ihn überrascht. Und je länger er las, umso klarer wurde ihm, warum ihn die Ministerin beauftragt hatte.

»Wollen Sie nicht frühstücken?«, erkundigte sich der Kellner fürsorglich. »Sie haben es vielleicht noch nicht gesehen, aber wir bieten unseren Gästen ein reichhaltiges Frühstücksbüfett im überdachten Innenhof.«

»Danke, gute Idee, es ist ja noch früh!« Reiter nickte dankbar.

Wie auf ein Stichwort ertönten die Glocken der Stadtpfarrkirche und schlugen 8 Uhr.

Reiter drehte sich um und ging zurück in den Innenhof, suchte sich einen Tisch und gab Spiegeleier in Auftrag, bevor er sich Brötchen, Milch, Räucherlachs und Wurst vom Büfett holte. Der Duft von frischem Kaffee und bald auch von gebratenen Eiern lag in der Luft.

Sorgfältig legte er die Seiten, die Bernadetti ihm anvertraut hatte, vor sich hin und strich Butter auf das knusprige Brötchen. Dann las er das Dossier nochmals von Anfang an.

»Auf der Suche nach den gestohlenen Büchern« lautete der Titel der offenbar aus Zeitungsartikeln, internen Reports und Regierungsakten zusammengestellten Niederschrift, die überraschende und weitgehend unbekannte Fakten enthielt.

Neben den Zehntausenden Bildern, Kunstschätzen und Plastiken, die der Einsatzstab Reichsleiter Rosenberg (ERR) aus den besetzten Ländern während des Zweiten Weltkriegs stahl, gab es eine weitgehend unbekannte Aktion, die es auf wertvolle oder seltene Manuskripte und Bücher abgesehen hatte. Drei Beweggründe standen dabei im Vordergrund der Plünderung von Bibliotheken und Archiven: kriegsbedingt, nationalistisch und antisemitisch. Unterstützt von der Gestapo und von der Dienststelle West, führte der ERR zwischen 1940 und 1944 in Frankreich die sogenannte »M-Aktion« durch. Das Ziel: die

Wohnungen und Möbeldepots in jüdischem Besitz zu requirieren, wertvolle Bibliotheken und Sammlungen zu beschlagnahmen und alle beweglichen Güter heim ins Reich zu überführen. Darunter fielen die Bibliotheken von Medizinern und Ärzten, von Anwälten und Universitätsprofessoren, Schriftstellern und Philosophen, Politikern und politischen Flüchtlingen, wie Weißrussen oder deutschen Juden, und vor allem Sammlern. Komplette Bibliotheken, teilweise mit bis zu 15 000 Werken, wurden vom ERR gestohlen, wie etwa die der Familie Léon Blum, André Maurois, Alphonse de Rothschild etc. Um die Größe der Operation zu verstehen, muss man sich vor Augen halten, dass allein in Paris rund 38 000 Wohnungen erfasst wurden.

Eine lächelnde Kellnerin mit weißem Schürzchen stellte den Teller mit Spiegeleiern vor Reiter hin und wünschte ihm einen guten Appetit. Während er mit Genuss aß, las er weiter.

Es war eine unglaubliche Kultur-Razzia, die der ERR jahrelang in ganz Frankreich durchführte. Die Schätzungen von Fachleuten belaufen sich, alleine was die Zahl der gestohlenen Bücher betrifft, auf 20 Millionen Bände, von denen nur ein Bruchteil, rund 1,6 Millionen, bei Kriegsende in verschiedenen Depots in Frankreich selbst wiedergefunden wurde. Der Rest, vor allem die Privatbibliotheken mit kostbaren Erstausgaben oder seltenen Bänden und Manuskripten, wurde in die persönlichen Sammlungen der nationalsozialistischen Prominenz eingegliedert, was einige der wertvollen Bestände rettete, andere nicht. Die Mehrzahl der vom ERR gestohlenen Bibliotheken wurde in alle Winde zerstreut, landete in diversen Partei-Organisationen im Reich, in Universitäts- oder Stadtbibliotheken.

Mit dem Einsetzen der alliierten Luftangriffe wurden zahlreiche der gestohlenen Werke in möglichst sicheren Depots untergebracht, vor allem in Österreich, der Tschechoslowakei, in Süddeutschland und in Polen, in Schlössern, Klöstern, Stollen, Bergwerken, großen Hotels. Handschriftliche Aufzeichnungen des ERR belegen, dass zum Beispiel die Bibliotheken von Benjamin Crémieux, Louis Dreyfuss und Pierre Lazareff nach Füssen verbracht wurden, die von Ida Rubinstein, Abraham Schrameck oder Maximilian Scheer nach Tanzenberg.

Reiter zog einen Stift heraus und strich »Tanzenberg« an.

Nach Kriegsende versuchten von den Siegermächten eingesetzte Offiziere teilweise vergebens, die über halb Europa verstreuten Bücher einem »Ursprungs-Land« zuzuordnen. Beispiel Tanzenberg: In einem Schreiben vom 13. 09. 1945 teilte die englische Besatzungsmacht in Österreich den Verantwortlichen in Paris mit, dass ein unglaublich großes Depot von Büchern im Kloster Tanzenberg entdeckt wurde, das sich aus gestohlenen Werken aus Frankreich, Belgien und den Niederlanden zusammensetzte.

Nach und nach kehrten Kisten mit Bänden und Manuskripten wieder nach Frankreich zurück. Erst aus den Lagern in Fulda und Frankfurt, dann 1000 Kisten aus Tanzenberg, der Sammelstelle für Mitteleuropa, aus Wien rund 650 000 Bücher, 3000 aus Linz und 850 000 aus Schloss Nikolsburg in der Tschechoslowakei.

Reiter machte sich die nächste Notiz. Die Eier waren köstlich gewesen, und er nahm den Lachs in Angriff.

Augenzeugen berichten, dass die Kisten zu Tausenden eintrafen, ganze LKW-Ladungen voll, ein ununterbrochener Strom von Büchern, alles in einem entsetzlichen Durcheinander. Unschätzbar wertvolle Einzelstücke lagen zwischen Kriminalromanen und Telefonbüchern. Ein französischer Experte, der das Kloster Tanzenberg im Februar 1946 besuchte, fand ein unbeschreibliches Chaos vor. Noch immer lagen rund 4000 Kisten in den Räumen, davon 1000 mit Werken aus Frankreich. Der Rest war unbekannten Ursprungs. Ohne Exlibris, eine Registrierungsnummer oder einen Bibliotheksnachweis war und ist es so gut wie unmöglich, die Werke ihren ursprünglichen Besitzern zuzuordnen.

Alexander Reiter überflog die nächsten Seiten, in denen vor allem Zahlen und weitere Depots in ganz Europa aufgeführt wurden.

In diesem Zusammenhang scheint es interessant, dass die Bücher nach dem Krieg von denselben Leuten sortiert wurden, die bereits im Stab Rosenberg damit beauftragt worden waren. So leitete der ehemalige Direktor der Einlagerung in Tanzenberg, Dr. Grothe, die Rückführung und Rückgabe der gestohlenen Werke nach Paris angeblich mit derselben Hingabe, mit der er sie vorher für den ERR erfasst und ins Deutsche Reich überführt hatte.

Erstaunt strich Reiter diese Passage an und schüttelte ungläubig den Kopf. Die nächsten Seiten waren weniger wichtig für ihn, und er überflog sie rasch. Sie behandelten meist Restitutionsversuche, die lange, oft vergebliche Suche nach Eigentümern und den nach wie vor verbleibenden riesigen Berg von Büchern in den Beständen, die von ihren ehemaligen Besitzern nie eingefordert worden waren. Doch dann wurde es wieder interessant.

Am 17. April 1946 gelangten endlich die wertvollsten Teile der Bibliotheken von James, Edouard und Alice Rothschild aus Tanzenberg wieder nach Frankreich zurück. Wenn man jedoch die Zahl der gestohlenen Bücher und Manuskripte mit den tatsächlich wieder restituierten vergleicht, dann kann man ermessen, wie groß der kulturelle Aderlass in den Jahren des Dritten Reichs für Frankreich, aber auch für andere Nationen war.

Oh ja, das glaube ich sofort, dachte Reiter und leerte seinen Kaffee. Ganz zu schweigen von den Stücken, die im Zuge des Umbruchs verloren gegangen sind, die gestohlen oder von unwissenden Soldaten als Kriegssouvenir eingesteckt und in die Staaten mitgenommen wurden. Wenn das der Fall war, dann hatte Bernadetti schlechte Karten.

Reiter stand auf, nickte der Kellnerin zu, ging an die Rezeption und ließ sich ein Taxi rufen.

Der Wagen kam fünf Minuten später, und Reiter ließ sich auf die Rückbank des gepflegten Vans fallen. Sein Fahrer, ein junger Mann mit kurzen Hosen und einer beneidenswerten Bräune, blickte ihn im Rückspiegel an und wartete auf das Fahrtziel.

»Fahren Sie einfach los«, sagte Reiter und lehnte sich zurück. »Aus der Stadt hinaus.«

Der Fahrer schaute etwas überrascht, fuhr jedoch los und lenkte den großen Wagen geschickt durch die schmalen Straßen von Klagenfurts Innenstadt nordwärts.

»Halten Sie bitte einen Augenblick an«, bat Reiter ihn nach wenigen Minuten und zeigte auf einen Tabakladen am Straßenrand. »Ich brauche noch Zigaretten.«

Er stieg aus, schlenderte in die Tabaktrafik und blickte durch die Auslagenscheiben nach draußen. Kein anderer Wagen hatte angehalten oder suchte verzweifelt einen Parkplatz. Gut so, dachte er, kaufte eine Packung Kaugummi und ging zurück zum Taxi.

»Wir fahren in Richtung St. Veit an der Glan«, entschied Reiter, »genauer gesagt nach Tanzenberg.«

Gare du Nord, Rue de Dunkerque, Paris/Frankreich

Der Zeiger der Bahnhofsuhr sprang auf 9.29 Uhr, als der Nachtzug aus Rom in den Gare de Lyon einfuhr. Die Bremsen quietschten erbärmlich, und schließlich, nach einem starken finalen Ruck, standen die Wagen am Bahnsteig, der bereits mit Dutzenden Wartenden gefüllt war.

John schob das Fenster hinunter und steckte den Kopf hinaus, überflog die Menge. Sollte jemand auf ihn warten, sei es, um ihn zu begrüßen oder um ihn umzubringen, dann war es unmöglich, ihn unter all den Menschen zu entdecken.

Vor dem Abteil, im Gang, setzte ein Schieben und Drängen ein, und John beschloss, noch etwas länger mit dem Aussteigen zu warten. Llewellyn würde erst eine gute Stunde später am Gare du Nord ankommen. John hatte also genug Zeit.

Langsam leerte sich der Zug, und auch die Wartenden auf dem Bahnsteig wurden immer weniger. Eine Gruppe von Jugendlichen lief laut lachend zum Ausgang, mit großen Rucksäcken und prallen Einkaufstüten, drei Klosterschwestern standen plaudernd beisammen, Pärchen hielten sich umschlungen in einer ersten Wiedersehensfreude.

Nichts Auffälliges, alles wie auf jedem Bahnhof, dachte John, gab sich einen Ruck und verließ den Zug.

Zehn Minuten später – nach einigen Sprints, spontanem Hakenschlagen um Kioske, Abkürzungen durch Restaurants und einem Besuch der Toilette – stieg er in die Schnellbahn

RER Linie D in Richtung Centre Pompidou und des Nordbahnhofs.

Soweit er erkennen konnte, war ihm niemand gefolgt.

*

Llewellyn machte sich Sorgen.

Nachdem Jack Westworth ihm geschildert hatte, was am frühen Morgen an den Five Rise Locks geschehen war, hatte er kurz überlegt und dann entschieden: »Bleib vor Ort, Jack, die Polizei wird jede Menge Fragen haben. Halte dich an die Wahrheit, aber keine Einzelheiten, und lass die Hintergründe weg. Ich rufe ein paar Leute an, dann hören wir uns wieder.«

Italiener, dachte der Major, woher kamen plötzlich zwei Italiener, tief in der englischen Provinz? Konnte jemand gewusst haben, dass Westworth seit mehr als dreißig Jahren einer seiner engsten Mitarbeiter war? Dass er noch immer, wenn Llewellyn rief, jederzeit an jeden Ort dieser Welt flog, um Probleme zuverlässig zu beseitigen und heikle Aufgaben zu übernehmen?

Bevor er weiter grübelte, rief er drei weitere seiner noch aktiven Männer in England an und warnte sie. Bernie lebte auf den Antillen, Scott in der Wildnis Kanadas, die waren kaum in Gefahr. Die Wahrscheinlichkeit, dass ein Mordkommando sie dort auftreiben würde, war denkbar gering.

Welche schlafenden Hunde hatten John und er in Rom geweckt? Waren es jene Männer, die ihm das Notizbuch Umars im jüdischen Ghetto abgenommen hatten? Steckte dieser Universitäts-Professor dahinter, dieser Kunstexperte, den Rodney empfohlen hatte?

Rodney …

Llewellyn wählte erneut.

»Waliser, du störst!«, begrüßte ihn McFarlane etwas geistesabwesend. Als er jedoch hörte, warum Llewellyn anrief, war er sofort hilfsbereit. »Klar, Jack kann bei uns einziehen, bis sich etwas Neues ergibt, keine Frage. Das Kinderzimmer steht sowieso schon zu lange leer. Soll Hannah ihn in Bingley abholen? Sie besucht gerade ihre Mutter in York, und das ist keine Stunde Fahrt entfernt.«

»Das wäre perfekt«, erwiderte Llewellyn. »Und, Rodney – danke!«

»Keine Ursache, und jetzt lass mich weiterarbeiten. John wartet auf Fakten.« Damit legte der Kryptograph auf.

Llewellyn war zufrieden mit der Lösung. Einerseits hatte Jack ein Dach über dem Kopf, andererseits Rodney einen Personenschützer.

Warum aber rollte jemand das Feld von hinten auf?, grübelte der Major weiter. Beseitigte erst seine Männer, auf die er sich stets verlassen konnte und dann …? Oder war der Anschlag als Warnung gedacht? Dann war sie zwar angekommen, aber dem Auftraggeber diesmal teuer zu stehen gekommen.

Der Express aus St. Pancras wurde langsamer, als er durch die ersten Pariser Vororte rollte, und eine metallisch klingende Lautsprecherstimme kündigte in zwei Sprachen an, dass der Eurotrain pünktlich den Gare du Nord erreichen würde.

*

Zwanzig Minuten später verließ John den Pariser Nordbahnhof durch einen Seiteneingang inmitten einer Gruppe deutscher Touristen, die auf Europareise waren und nun drei Tage Zeit für die Stadt der Liebe hatten, was sie bei jeder Gelegenheit auch lauthals verkündeten. Kopfschüttelnd überquerte der Pilot die Rue de Dunkerque und wandte sich nach links.

Die Wechselstube mit ihrer leuchtend blauen Reklame war nicht zu übersehen, und daneben, in einem cremefarbenen typischen Pariser Wohnhaus, lag das Café du Nord.

Ohne zu zögern, ging John daran vorbei, warf einen Blick auf die Stühle und Tische, die vor dem Lokal standen, auf die große Tafel mit den Spezialitäten des Hauses, bog um die Ecke in die Rue de Saint-Quentin und schaute durch die großen Scheiben ins Innere des Cafés. Um diese Zeit bevölkerten nur wenige Besucher das Lokal, und so war es einfach festzustellen, dass Llewellyn noch nicht angekommen war. Einige Paare saßen auf der Veranda, Touristen mit Koffern neben den Tischen schlugen die Zeit bis zur Abfahrt ihres Zuges tot.

Niemand Verdächtiges zu sehen ... Aber – wer war schon verdächtig? Was hatte er erwartet? Koran lesende Männer mit langen Bärten in Tarnanzügen, die Maschinenpistolen schwenkten?

Nicht wirklich beruhigt schlenderte John weiter, an einem kleinen Hotel mit dem geheimnisvollen Namen »Kyriad« vorbei und blieb schließlich vor einem chinesischen Restaurant stehen. Während er vorgab, die Speisekarte zu studieren, beobachtete er die Passanten auf seiner Seite der Straße. Viele waren auf dem Weg zum Bahnhof, Koffer im Schlepptau. Ein Mann in Leinenhose und Jackett führte einen Hund spazieren, der etwas größer war als eine Ratte und unentwegt kläffte, seine auffallend roten Haare leuchteten in der Sonne. Zwei Mädchen warteten plaudernd auf den nächsten Bus, und zwei Angestellte vom nahegelegenen Ibis-Hotel mit roten Namensschildern am Aufschlag standen rauchend vor einer der hohen hölzernen Haustüren.

»Langsam werde ich tatsächlich paranoid«, murmelte John. Er drehte sich um und wäre fast in den Hundebesitzer hineingerannt, der auf seinen noch immer kläffenden Hund einredete und versuchte, ihn zu beruhigen.

John trat zurück, um ihn vorbeizulassen, doch da ließ der Mann die Leine fallen und blieb direkt vor ihm stehen.

»Ich denke, es ist besser, Sie kommen freiwillig mit«, sagte er ernst und versenkte beide Hände in den großen Taschen seines Jacketts. »Ich möchte mit Ihnen sprechen, und ein kurzer Spaziergang zur Markthalle von Saint-Quentin bietet sich dafür geradezu an, meinen Sie nicht?«

John sah abwechselnd auf den Mann und auf den kleinen Kläffer, der – unsicher ob der neu gewonnenen Freiheit – auf einen Schlag verstummt war. Mit einem Mal jedoch schoss er los, die Leine hinter sich herziehend, über den breiten Gehsteig und von da auf die Straße und direkt vor einen Bus der Linie 38, der nicht mehr schnell genug bremsen konnte und ihn überrollte.

»Ihr Hund!«, rief John irritiert, aber der Unbekannte ergriff ihn unbeeindruckt am Arm und zog ihn weiter.

»Ist nicht meiner, hab ihn vor einem Supermarkt mitgenommen, um nicht aufzufallen.« Der Mann grinste und ließ nicht locker. »Ich konnte den Köter sowieso nicht leiden.«

John befreite sich unwillig aus dem Griff des Rothaarigen und blieb stehen. »Ich habe langsam die Nase voll von Leuten, die mich sprechen und warnen wollen, mir drohen oder auflauern. Außerdem habe ich weder Zeit für noch Lust auf Spaziergänge. Also entweder reden wir hier an Ort und Stelle, oder Sie können es vergessen.«

Der Busfahrer hatte inzwischen angehalten, war ausgestiegen und schaute betroffen auf den Kadaver des überfahrenen Hundes. Dann blickte er in die Runde, hielt nervös Ausschau nach dem Besitzer des Vierbeiners.

»Zwingen Sie mich nicht, Sie ...«, setzte der Mann drohend an und zog eine Pistole aus seinem Jackett.

»Ja? Wozu genau zwingen?«

Die Stimme in seinem Rücken ließ den Unbekannten zusammenzucken.

»Die Waffe zu mir!« Llewellyn stand hinter dem Rothaarigen, und der Lauf seiner Heckler & Koch bohrte sich in den Rücken des Mannes. »Ich hätte gute Lust, einfach abzudrücken«, zischte ihm der Major zu. »Nach dem, was einem meiner Männer heute Morgen passiert ist, hat sich mein Geduldsfaden radikal verkürzt.« Damit nahm Llewellyn dem Unbekannten die Pistole aus der Hand, griff ins Jackett des Mannes und zog eine weitere Waffe und zwei Reservemagazine heraus. »Wollten Sie einen Krieg anfangen, oder fühlen Sie sich nur von Zeit zu Zeit unsicher in Bahnhofsgegenden?«

Der Mann zuckte verärgert die Schultern und schwieg.

»Machen wir doch einen kurzen Spaziergang, Sie gehen ja so gern«, schlug John ihm grinsend vor, klopfte dem Rothaarigen auf die Schulter und schob ihn in Richtung Café du Nord. »Ich habe jede Menge Fragen an Sie, und ich bin sicher, der Major kann die Liste noch um ein paar weitere verlängern.«

»Meine leichteste Übung«, ergänzte Llewellyn und steckte seine Waffe weg. »Und sollten Sie Probleme mit den Antworten haben, dann kann ich sehr überzeugend sein. Denken Sie immer daran: Ein kleiner Wink von mir, und die sowieso bereits nervösen französischen Kollegen sind im Handumdrehen hier.«

Bundesgymnasium Tanzenberg, St. Veit an der Glan, Kärnten/Österreich

Die Ruhe war fast vollkommen.

Allein das leise Plätschern des Brunnens war in dem weiten, sonnenbeschienenen Arkadenhof des Schlosses Tanzenberg zu hören. Alexander Reiter sah sich bewundernd um. Ein leuchtend blauer Himmel spannte sich über dem hellgelb gestrichenen Gebäude, weiße Kieswege verliefen entlang kunstvoll geschwungener Beete voller roter Sommerblumen.

»Wollen Sie bitte einen Moment warten?« Der freundliche, ältere Gärtner, der das Rasenmähen unterbrochen und ihm das Tor zum Arkadenhof aufgeschlossen hatte, wischte seine Hände an einem altmodischen grauen Arbeitsmantel ab. »Die Schüler haben Ferien bis Mitte September, und fast alle Lehrer sind auf Urlaub«, sagte er entschuldigend. »Aber ich werde sehen, wen ich finden kann.«

»Danke!« Reiter nickte und spazierte langsam über einen der gepflegten Wege durch den Hof. Er fragte sich, ob er tatsächlich an der richtigen Stelle war oder ob der rote Faden, von dem Bernadetti gesprochen hatte und den es aufzurollen galt, ganz woanders begann.

Der Mann, der kurz darauf in den Arkadenhof trat, war braungebrannt und sportlich und sah aus wie ein Bergsteiger auf dem Weg in die nächste Steilwand. Sein Händedruck war fest, und seine Augen blitzten freundlich in einem offenen

Gesicht, als er Reiter begrüßte: »Ein ehemaliger Schüler auf Heimaturlaub? Ich bin Georg Kollitsch und hier unter anderem für die Administration in der Schule zuständig, wenn ich nicht gerade Geografie oder Mathematik unterrichte.«

Alexander schüttelte lächelnd den Kopf. »Nein, kein Ehemaliger, ich bin in Wien aufs Gymnasium gegangen und habe dann Kunstgeschichte studiert. Deshalb bewundere ich gerade die Renaissance-Arkaden ...«

»Ja, wir sind schon verwöhnt, was das Haus und die Lage betrifft«, gab Kollitsch zu. »Haben Sie schon die Aussicht vom Eingang der Kirche gesehen? Bis zu den Karawanken, tief ins Herzland Kärntens ...« Er unterbrach sich. »Apropos – Sie wollten etwas zur Geschichte des Hauses wissen? Als es noch Kloster war?«

»Mich interessiert vor allem die Zeit des Dritten Reichs und das Kriegsende«, präzisierte Reiter. »Aber so ein kurzer historischer Abriss als geschichtlicher Hintergrund kann sicher nicht schaden ... wenn Sie Zeit haben ...?«

»Ach ja, mein Urlaub beginnt erst morgen.« Kollitsch lachte, und seine unkomplizierte Art war Reiter sofort sympathisch. »Nun, dann kommen Sie, gehen wir ein paar Schritte«, forderte ihn der Lehrer auf, »ich zeige Ihnen das Haus und erzähle Ihnen ein wenig zu seiner Geschichte. Wenn es dann um spezielle Zeitabschnitte geht und ich passen muss, dann werden wir schon den Richtigen finden, der Bescheid weiß.«

Der weiße Kies unter ihren Schuhen knirschte, und ein paar Schwalben kreisten über ihren Köpfen, als die beiden Männer nebeneinander durch den großen Arkadenhof gingen und Kollitsch zu erzählen begann.

»Wann das ursprüngliche Schloss genau gebaut wurde, ist unbekannt. Die Geschichte von Tanzenberg dürfte bis in das zehnte Jahrhundert zurückgehen, aber dafür fehlen urkundliche Bestätigungen. Einige Forscher gehen davon aus, dass es hier bereits im frühen Mittelalter einen Turm gab, der zum königlichen Hof Karnburg gehörte, aber das ist bisher lediglich eine Vermutung. Ein Konrad von Tanzenberg taucht erst 1247 in den Urkunden auf, 1513 wird sogar Kaiser Maximilian I. als Besitzer des Schlosses erwähnt«, begann Kollitsch. »Rund zwei Jahre später wurde Tanzenberg von einem Brüderpaar erworben, und es wurde mit dem Bau der Anlage begonnen, die Sie heute noch sehen können.« Er blieb stehen und wies stolz auf die Arkaden. »Sie sehen hier einen der bedeutendsten Renaissance-Bauten Österreichs. Vier Trakte, ein rechteckiger Hof mit dem Brunnen als Mittelpunkt, zweistöckige Arkaden. Aber die Geschichte meinte es nicht immer gut mit dem Schloss. Nach zahlreichen Besitzerwechseln verkaufte ein gewisser Ritter Georg von Guttmansthal das vom Verfall bedrohte Schloss aus Geldmangel 1898 an den Olivetanerorden, einen Zweig der Benediktiner, der in Tanzenberg ein Kloster errichtete. Die Mönche machten aus dem verfallenen Gemäuer ein respektables Schloss mit elektrischem Licht und Zentralheizung und ließen an Stelle des Festsaales an der Südwestflanke eine Kirche erbauen, die wir gleich besichtigen können, wenn Sie möchten. Die modernen Fresken sind wirklich sehenswert.« Kollitsch hielt Reiter die Tür zu einem der verglasten Wandelgänge auf. »Die tiefgreifende Renovierung der Gebäude war offenbar auch dringend notwendig. Aber die Mönche taten noch mehr. Sie gaben Tanzenberg ein italienisches Gepräge, ein wenig südliches Flair und verstanden es scheinbar auch zu feiern. Sie betrieben eine Landwirtschaft, eine Kunstmühle und sogar eine Konservenfabrik, und manche von ihnen schienen ein sehr weltliches, unbeschwertes Leben geführt zu haben. Von ›ora et labora‹ war bei denen wenig zu merken …« Der Lehrer zwinkerte Reiter zu. »Wie es heißt, habe man einen ungezwungenen Umgang mit zahlreichen Gästen gepflogen, darunter auch Frauen«, fuhr er fort. »Die Mönche waren als trinkfeste Zecher bekannt, und regelmäßige Gäste auf allen Festivitäten der Gegend. Man traf sie fast täglich in den umliegenden Gasthäusern an. Der extravagante Lebenswandel des Abtes Bonifaz Ecker, der meist mit seinem Automobil auf Reisen war – was damals ganz und gar nicht als alltäglich galt –, war vielen ein Dorn im Auge. Man nannte ihn deshalb wohl auch etwas abschätzig den ›Landstreicher-Abt‹.« Kollitsch schmunzelte und fuhr fort. »Fest steht, dass Ecker wohl stets auf der Suche nach Unterhaltung war, und das in sehr weltlicher Begleitung ... In dieses Klima platzten zwei Jahre nach dem Einmarsch in Österreich die Deutschen und requirierten 1940 das Kloster Tanzenberg als eines der letzten in der Ostmark. Ein Jahr später erteilte Hitler zwar den Befehl, mit den Klosteraufhebungen aufzuhören, aber zu diesem Zeitpunkt waren in Österreich bereits fast alle Stifte beschlagnahmt.«

»Sie wissen außerordentlich gut Bescheid«, stellte Alexander Reiter beeindruckt fest. »Was geschah danach?«

»Dann begann eine abenteuerliche, aber auch traurige Zeit, wie mir einige Augenzeugen versichert haben«, fuhr Kollitsch fort. »Sagt Ihnen der Begriff ›Hohe Schule‹ etwas? Das sollte eine Eliteuniversität der Nationalsozialisten am Chiemsee werden, die dem Chefideologen der NSDAP Rosenberg unterstand.«

»*Der* Rosenberg des Einsatzstabes ERR?«, fragte Reiter nach.

»Genau der.« Kollitsch nickte. »Ab 1939 wurde mit dem systematischen Aufbau einer Zentralbibliothek für die Hohe Schule begonnen, die sozusagen Studiengrundlage für die neue Elite-Uni sein sollte. Ein Jahr später beauftragte Hitler Rosenberg persönlich mit der Einrichtung der Hohen Schule. Allerdings kam dann der Krieg dazwischen, und der Plan wurde aufgeschoben. Was aber keinen Einfluss auf die Zentralbibliothek hatte, die in Berlin errichtet wurde.«

»Es gab sie also wirklich?«, fragte Reiter interessiert.

»Definitiv, und Rosenberg kümmerte sich mit seinem Einsatzstab ab 1940 unter anderem darum, die Bestände der Bibliothek zu füllen«, fuhr Kollitsch weiter fort. »So begann der größte Raubzug der modernen Geschichte, unter Mithilfe vieler Behörden und der Gestapo. Und da kommt ein gewisser Dr. Grothe ins Spiel.«

»Der Name sagt mir etwas«, warf Reiter ein und erinnerte sich an das Dossier, das ihm Bernadetti in Paris in die Hand gedrückt hatte. »War der nicht mit dem ERR in Paris?«

»Bibliotheksrat Dr. Walter Grothe kam von der Landesbibliothek Kassel und wurde im Mai 1939 mit dem Aufbau der Zentralbibliothek beauftragt. Zwei Jahre später wurde er ihr Direktor, und das blieb er auch bis zum Ende des Krieges«, erklärte der Lehrer. »Ironischerweise hatte Grothe, der die Juden im In- und Ausland bedenkenlos ausplünderte, seine Ausbildung in der Rothschild'schen Bibliothek in Frankfurt am Main gemacht.«

»Ironie der Geschichte«, stellte Reiter nachdenklich fest. »Woher wissen Sie das alles?«

»Ach, es gibt da eine sehr gute Dissertation von einem jungen Kärntner Historiker zum Thema, die ich vor gar nicht langer Zeit mit großem Interesse gelesen habe. Was das alles mit Tanzenberg zu tun hat? Nun, mit dem Beginn der Bombenangriffe auf das Deutsche Reich wurde im Oktober 1942 diese Zentralbibliothek von Berlin nach Kärnten verlegt. Zuerst ins Grandhotel Annenheim in St. Andrä am Ossiacher See, wo der Großteil der Bücher eingelagert wurde. Nur ein kleiner Teil gelangte nach Tanzenberg. Doch ab 1944 wurde der gesamte

Bestand der Zentralbibliothek hierher ins Schloss verbracht und blieb auch bis Kriegsende in Tanzenberg. Das Schloss diente als einziger Aufbewahrungsort für die fünfhunderttausend Bände der Zentralbibliothek der Hohen Schule der NSDAP, und Grothe wachte über sie.«

»Ich dachte, Grothe war auch damit beschäftigt, die Bücher für die Bibliothek zu organisieren?« Reiter folgte einem kleinen Wegweiser zur Kirche. Er musste Kollitsch gegenüber vorsichtig sein mit seinem Wissen. »War Grothe nicht Mitglied des ERR?«

»War er«, bestätigte Kollitsch. »Er leitete einen Sonderstab, beteiligte sich persönlich an den Raubzügen, vor allem in Paris, Brüssel und Amsterdam. Grothe erhielt für die Entdeckung der versteckten Sammlung von Edouard de Rothschild in Paris 1943 sogar das Kriegsverdienstkreuz. Er war nicht nur Mitglied des ERR, er war als führender und eifriger Mitarbeiter des Einsatzstabes Reichsleiter Rosenberg einer der Haupttäter der Aktion. Wenn Sie so wollen: Er organisierte den Diebstahl der Bücher und verwaltete sie anschließend.«

»Also war Schloss Tanzenberg am Ende des Krieges ein riesiges Bücher-Depot«, fasste Reiter zusammen.

»Viel größer, als Sie es sich vorstellen können.« Kollitsch lächelte. »Es gibt Fotografien, auf denen die Wandelgänge der Arkaden zu sehen sind. Sie waren bis zur Decke vollgestellt mit Kisten und verschnürten Bücherstapeln, weil man im Gebäude selbst keinen Platz mehr hatte. Es lagen ja nicht nur die Bücher der Zentralbibliothek hier, sondern viele gestohlene Sammlungen und wertvolle Einzelstücke aus ganz Europa. Vorsichtige Schätzungen der Alliierten gingen von achttausend Kisten aus.«

Was sich mit den französischen Zahlen decken würde, dachte Reiter.

Laut sagte er: »Haben Sie jemals gehört, dass sich neben den Büchern noch auch andere Dinge in den Kisten befunden haben?«

»Keine Ahnung, da müssten Sie mit jemandem sprechen, der sie aufgemacht hat.« Kollitsch schien plötzlich auf der Hut zu sein. »Ich weiß nur, dass um den 8. Mai 1945 die ersten britischen Soldaten nach Tanzenberg kamen, auf ihrem Weg nordwärts, aus Italien. Sie entdeckten und sicherten das Depot und bemühten sich ziemlich rasch um eine Rückgabe an die jeweiligen Länder. Auch einer der Gründe, warum Grothe bis Juli 1948 in Kärnten bei der Rückgabe des Raubgutes eingesetzt und erst dann nach Deutschland abgeschoben wurde. Er versuchte angeblich, noch bis zum Ende der Fünfzigerjahre alle noch nicht restituierten Teile der Bibliothek Tanzenberg für den deutschen Staat zu sichern, bevor er sich 1961 endgültig ins Schweizer Tessin absetzte und im Dunkel der Geschichte verschwand.«

»Wurde er nicht verurteilt?« Reiter wunderte sich.

»Doch, von einem westdeutschen Gericht nach dem Krieg, und zwar zu einer Geldstrafe von einhundert D-Mark. Das war alles. Eher symbolisch, würde ich sagen.«

»Allerdings, eher symbolisch ...«, wiederholte Reiter und betrat die Kirche, die kühl und still war.

Während er mit Kollitsch zwischen den Säulen hindurch langsam in Richtung Altar ging, überlegte er, wie er möglichst unauffällig das Gespräch in die entscheidende Richtung lenken könnte. Aber würde ihn das weiterbringen?

»Die Kirche ist noch nicht alt, sie wurde zu Beginn des zwanzigsten Jahrhunderts errichtet, von der Diözese Gurk im halbfertigen Zustand 1953 übernommen und erst 1987 fertiggestellt«, sagte Kollitsch leise, tauchte den Finger in das Weihwasserbecken und bekreuzigte sich. »Daher sind die Fresken ebenfalls modern und stammen von einem ehemaligen Schüler des Gymnasiums, Valentin Oman, einem Vertreter der frühen Avantgarde in Kärnten.« Der Lehrer setzte sich auf eine der Kirchenbänke. »Sie sehen jetzt die Ausmaße dieses Gotteshauses, aber selbst dieser Raum war voller Bücher am Ende des Krieges. Tatsache ist, im gesamten Schloss waren *überall* Bücher.«

Die Nadel im Heuhaufen, dachte Reiter, die verdammte Nadel in einem riesigen Heuhaufen.

Wenn er ein gestohlenes Bild suchte oder eine internationale Spur im Kunsthandel verfolgte, dann konnte er auf Informanten zurückgreifen, auf ein gut funktionierendes Netzwerk, auf Versicherungsagenten und Detektive, mit denen er bereits einige Mal zuvor zusammengearbeitet hatte. Doch meist ging es dabei um Kunstwerke, die vor maximal zwanzig Jahren gestohlen worden oder verschwunden waren. Da gab es noch Anzeigen, die bei der Polizei erstattet wurden, Recherchen, die meist in Polizeiarchiven verstaubten, Zeitungsartikel, die schon wieder in Vergessenheit geraten waren, Versicherungsberichte, die wohl oder übel mangels Ergebnissen abgelegt worden waren. Und Alexander Reiter hatte die Erfahrung gemacht, dass gegen die richtige Summe auf all das zurückgegriffen werden konnte, um ans Ziel zu kommen. Erfahrungsgemäß war selbst die ein oder andere im Laufe der Jahre im Sande verlaufene Spur hilfreich: Er wusste dann, wo er nicht mehr suchen musste.

Aber hier?

Seine Verbindungen und Netzwerke würden ihm bei dieser Suche nichts helfen. Und die Spuren? Die Spuren waren schon lange verweht ... Der rote Faden war vielleicht schon kurz nach dem Krieg durchschnitten worden. Weil der Inhalt der Bibliothek nicht den ganzen Weg von Paris bis nach Tanzenberg geschafft hatte. Weil etwa der Waggon irgendwo bei einem Fliegerangriff in Brand geschossen worden war. Weil

Göring sich an der Fracht bedient hatte. Oder Rosenberg selbst. Oder Grothe … obwohl, der war wahrscheinlich zu genau und pedantisch gewesen. Oder ein englischer Soldat, der aus Langeweile einfach ein paar Kisten geöffnet und ein paar Kriegsandenken heim nach Sussex oder Irland geschickt hatte.

Hunderte Möglichkeiten, nichts Handfestes.

Hier nutzte keine systematische Suche, hier brauchte Reiter Glück, jede Menge Glück. Mehr Glück als Verstand.

Und Alexander Reiter, nur um Haaresbreite dem mörderischen Angriff auf sein Haus im Maira-Hochtal entkommen, wusste nicht, ob sein Glück damit nicht aufgebraucht worden war.

Kollitsch schien ebenfalls in Gedanken versunken. Er nahm wohl an, sein Besucher spreche in der Kirche ein Gebet, und störte ihn deshalb nicht.

Doch Reiter betete nicht zu Gott, ganz im Gegenteil. Er fluchte im Stillen und war versucht, unverzüglich in sein Hotel zurückzukehren, von der nächsten Telefonzelle in Klagenfurt Bernadetti anzurufen, die ganze Aktion abzublasen und alles hinzuschmeißen.

Wien, Rom, ja, selbst sein altes Boot in West Palm Beach erschienen ihm mit jeder Minute attraktiver.

Der Lehrer räusperte sich dezent und riss Reiter damit aus seinen Gedanken. »Sie haben mir zwei Dinge noch nicht verraten«, sagte er, ohne den Blick vom Altar zu nehmen. »Wie Sie heißen und was Sie eigentlich hier suchen.«

Alexander Reiter überlegte kurz und rutschte dann neben Kollitsch auf die harte Kirchenbank. »Denken Sie sich einen Namen aus«, antwortete er ruhig und lehnte sich zurück, »er ist so gut wie jeder andere. Und was ich suche, das werde ich hier nicht finden.«

Der Lehrer schwieg.

»Sie haben mir sehr geholfen, und dafür möchte ich mich bei Ihnen bedanken«, fuhr Reiter fort. »Für Ihre Zeit und Ihr Wissen, für Ihre Gastfreundschaft und Ihre offene Art. Ich wäre gerne Schüler bei Ihnen gewesen.« Er lächelte und legte Kollitsch die Hand auf den Arm. »Es tut mir leid, aber mehr kann ich Ihnen nicht sagen.«

Kollitsch schaute noch immer auf den Altar. »Was sollte neben Büchern noch in den Kisten gewesen sein?«, fragte er unvermittelt.

Reiter presste die Lippen zusammen und schwieg.

»Das alles ist lange her.« Kollitsch sprach leise, aber nachdrücklich. »Doch das Dritte Reich wirft lange Schatten, das brauche ich Ihnen nicht zu sagen. Seilschaften haben Jahrzehnte überlebt, Ideen schwelen im Untergrund, viel Unrecht, das damals geschehen ist, wurde noch nicht gutgemacht. Geister stehen wieder auf …«

»Denken Sie etwa …?«, fragte ihn Reiter.

»Ich denke vieles und gar nichts«, unterbrach Kollitsch ihn und hob die Hand. »Hören Sie mir zu: Sie tauchen an einem Ort auf, der einmal auf der Prioritätsliste der Nazis ganz oben stand. Nicht, weil es ein Kloster war oder wegen der strategisch-geografischen Lage, nein, weil es ein unglaublicher Wissensschatz war, der hier in Kisten verpackt, verschnürt und gestapelt angehäuft wurde. Tausende Bücher über das Judentum, gelehrte Schriften, ganze jüdische Bibliotheken. Aber auch neunhundert Kisten aus Amsterdam, vom Internationalen Institut für Sozialgeschichte, ebenfalls zum Großteil aus jüdischem Besitz. Eine unvorstellbare Konzentration ganz speziellen Wissens.«

Kollitsch wandte sich Reiter zu und blickte ihm forschend in die Augen. »Jemand nannte Tanzenberg einmal treffend die

›Leichenhalle der Bücher‹. Weil sie durch den Diebstahl ihre Seele verloren hatten.«

Die Stille in der Kirche war für einige Augenblicke vollkommen.

»Das Judentum ist auf und um Texte herum aufgebaut«, fuhr Kollitsch fort. »Von der Übergabe der Zehn Gebote auf dem Berg Sinai, über die mit schwarzem Feuer auf weißem Feuer geschriebene Thora bis zum Talmud, der den zweiten Tempel ersetzte. Seitdem ist die Schrift das Zuhause für Juden. Der zweite Buchstabe des hebräischen Alphabets – Beth – bedeutet auch ›Haus‹. Er ist an einer Seite offen und lässt auf diese Weise immer eine Tür offen stehen – für den Fremden und den Armen. So wurde das jüdische Volk im Dritten Reich zwei Mal heimgesucht – durch die Verfolgung und die Ermordung so vieler im Konzentrationslager und auch durch den Diebstahl seiner Bücher.« Der Lehrer schloss die Augen. »Sie kommen also hierher, nennen keinen Namen, interessieren sich für genau diese paar Monate in der Geschichte Tanzenbergs und fragen nach den Inhalten der Kisten«, fuhr Kollitsch fort. »Und ich antworte Ihnen darauf – Bücher. Und das genügt Ihnen nicht? Was wollen Sie noch?«

»Nicht das, was Sie denken«, gab Reiter zurück. »Ich suche nicht nach Nazi-Paraphernalien für ewig Gestrige, nach brauner Literatur oder Fotos von Göring mit seinen Kunstschätzen. Ich bin auch kein Journalist auf der Suche nach einer Skandalstory.«

»Sondern?« Kollitsch ließ nicht locker.

Alexander Reiter überlegte und wog seine Möglichkeiten ab.

Alles oder nichts?

Letzte Chance, oder Ende des Weges?

Anruf bei Bernadetti?

Dann siegte sein Ehrgeiz über seine Vorsicht.

»Briefe«, sagte Reiter, »ich suche alte französische Briefe, genauer gesagt aus dem siebzehnten Jahrhundert.«

Es schien ihm, als wäre Kollitsch erleichtert.

»Das beruhigt mich«, sagte der schließlich.

»Mich nicht«, Reiter schüttelte energisch den Kopf, »mich beruhigt es ganz und gar nicht.«

Café du Nord, Rue de Dunkerque, Paris/Frankreich

»Mich beruhigt es ganz und gar nicht!« John nahm den Ausweis aus Llewellyns Hand und verglich das Foto darauf mit dem rothaarigen Mann, der vor ihnen am Kaffeehaustisch saß.

»Egal, ob es Kriminalbeamte sind oder nicht – Leute, die mich mit einer Waffe bedrohen, weil sie ein paar Worte mit mir wechseln wollen, beruhigen mich nicht. Gehört das in Österreich zum normalen Gesprächsklima, Herr ...«, John las den Namen von der scheckkartengroßen Legitimation mit dem Doppeladler ab, »... Gerhard Klingenberg? Warum haben Sie mir statt der Pistole nicht das hier vor die Nase gehalten?«

»Reine Vorsichtsmaßnahme. Sie haben das Mobiltelefon Spenglers benutzt, der seitdem spurlos verschwunden ist«, verteidigte sich der Beamte. »Sie haben sich gestern stundenlang im Speisewagen mit ihm unterhalten, haben sich mit ihm ein Abteil geteilt, und dann telefonieren Sie plötzlich mit Spenglers Handy. Und er ist nirgendwo mehr zu finden.«

»Sein Telefon hat er mir überlassen, aber das ist eine andere Geschichte«, erwiderte John. »Spengler ist in Dijon ausgestiegen, da haben Sie vermutlich noch tief geschlafen. Haben Sie den Ausstieg verpennt und sind deshalb bis nach Paris durchgefahren? Wieso beobachten Sie den Kunsthändler überhaupt und überwachen seine Telefonate?«

»Hat Spengler Ihnen gesagt, was er in Dijon wollte?« Klingenberg nahm seinen Ausweis und steckte ihn wieder ein.

»Er sprach von einem wichtigen Kundenbesuch«, antwortete John. »Danach wollte er wieder nach Wien zurückkehren. Aber Sie haben meine Fragen nicht beantwortet.«

»Weiß ich«, gab Klingenberg zurück.

»Sehr hilfsbereit«, brummte Llewellyn und bestellte beim Kellner laut: »Trois cafés, s'il vous plaît!« Dann zog er sein Handy aus der Brusttasche. »Mal sehen, was mein guter Freund Gérard Meuniers von der Generaldirektion der Police Nationale dazu sagt, dass ein österreichischer Kriminalbeamter in Paris auf offener Straße mit einer Waffe einen britischen Staatsbürger bedroht. Nennen wir es einen schwerwiegenden diplomatischen Zwischenfall? So können Sie die nächsten Tage in der Stadt der Liebe damit verbringen, sich auf der einen Seite Erklärungen auf Französisch abzuringen, während Sie auf der anderen Ihre Vorgesetzten in Wien beruhigen, die tobend Ihre Beurlaubung fordern.« Llewellyn lehnte sich vor. »Oder hier wäscht jetzt eine Hand die andere, und zwar schnell. Wir stehen auf derselben Seite, auch wenn Sie es noch nicht wissen. Major Llewellyn Thomas vom MI5.«

Der Rothaarige sah sein Gegenüber erstaunt an. »Sind die Briten auch an Spengler dran?«

Der Major schüttelte den Kopf, doch bevor er antworten konnte, sagte John: »Nein, sind wir nicht, aber Spengler besitzt eine Menge Informationen. Und er hat mir von einigen erzählt.«

Klingenberg sah die beiden Männer misstrauisch an. »Warum sollte er?«

»Vielleicht weil ich ihm sympathisch war? Weil ihm langweilig war? Weil er jemanden zum Abendessen suchte?« John gab dem Beamten seinen Ausweis zurück. »Also, noch mal:

Warum beobachten Sie Spengler und überwachen seine Telefonate?«

»Wie gut wissen Sie über den internationalen Kunsthandel Bescheid?«, fragte Klingenberg zurück.

»Nach einer Nacht mit Spengler besser, als Sie glauben!« John lächelte. »Keine langen Vorreden. Warum?«

»Weil wir annehmen, dass Spengler in großem Stil Altertümer für den IS verkauft, der damit den internationalen Terrorismus und den Glaubenskampf im Nahen Osten finanziert«, antwortete Klingenberg zögernd. »Es gibt wenige Kunsthändler wie ihn in Europa, die hervorragende Beziehungen sowohl zu Versteigerungshäusern und den Kuratoren der Museen als auch zu betuchten Sammlern haben. Außerdem hat er einen makellosen Ruf …« Der Kellner brachte den Kaffee, und Klingenberg schwieg, bis der Kellner sich wieder vom Tisch entfernt hatte. »… bisher zumindest.«

»Wie kommen Sie zu Ihrem Verdacht?«, fragte Llewellyn. »Irgendwelche Beweise?«

»Unter anderem Geldbewegungen im großen Stil zwischen Banken im Nahen Osten und der Schweiz, Italien und Frankreich«, antwortete Klingenberg vorsichtig.

»Ich war überrascht, wie gut Spengler über den IS und den Handel mit Antiken Bescheid wusste«, räumte John ein. »Aber andererseits: Wer würde von einem renommierten Kunsthändler mit jahrzehntelanger Erfahrung anderes erwarten?«

Dann schilderte er dem österreichischen Kriminalbeamten die wichtigsten Inhalte seines nächtlichen Gesprächs mit Spengler. Die Warnung und Poussin, das Foto des Gemäldes und die Erlebnisse in Rom ließ er aus.

»Spengler machte auf mich den Eindruck eines begeisterten Archäologen und Kunstexperten«, schloss John seinen Bericht. »Geradezu leidenschaftlich, wenn es um sein Fachgebiet ging, gebildet, pragmatisch in seinen Ansichten. Ob er für Geld Kunst aus den Fingern des IS anbieten und damit seinen Ruf riskieren würde?« John zuckte mit den Schultern. »Spontan würde ich *Nein* sagen, aber …«

»Kannten Sie ihn schon vorher?«, wollte Klingenberg wissen.

»Nein, ich habe ihn erst im Zug kennengelernt.« John leerte seine Tasse Kaffee. »Und er hat mir sein Handy zum Abschied geborgt, weil meines … nicht mehr funktionierte. Jetzt ist mir klar, dass er damit Ihrer Überwachung entgehen und Sie auf eine falsche Fährte nach Paris locken wollte. Deshalb war er so freigiebig … Und ich habe im Zug telefoniert und Sie damit glauben lassen, er wäre noch immer im Abteil, im Nachtzug nach Paris.«

Der österreichische Beamte nickte und blickte düster. »Ich muss so schnell wie möglich zurück nach Dijon«, sagte er schließlich und legte seine Visitenkarte auf den Tisch. »Vielleicht kann ich die Spur von Spengler wiederfinden. Sollte Ihnen noch etwas einfallen, dann kontaktieren Sie mich bitte. Und jetzt … Danke für den Kaffee.«

»Der Bahnhof ist gegenüber«, sagte Llewellyn gönnerhaft und gab Klingenberg unter dem Tisch die beiden Pistolen samt Magazin zurück. »Viel Glück in Dijon!«

Zehn Minuten später, als Llewellyn John gerade die Ereignisse am Leeds-Liverpool-Kanal schilderte, läutete das Handy des Piloten.

»Machst du schon die Stadt an der Seine unsicher?«, erkundigte sich Rodney gut gelaunt. »Ich bin gerade auf ein paar Dinge gestoßen, die dich interessieren könnten. Der gute Umar hat nicht viel Phantasie bewiesen, als es um die Verschlüsselung seiner Textstellen ging. Das Buchstabenquadrat von Blaise de Vigenère, einem französischen Mathematiker, gibt es seit dem sechzehnten Jahrhundert. Also nicht unbedingt neu …« Rodney gluckste zufrieden. »Man muss dem guten Umar allerdings zugutehalten, dass die Chiffre dreihundert Jahre lang als so gut wie unknackbar galt. Der Vorteil daran ist, dass man sie ohne Maschine oder andere Hilfsmittel, nur mit einem einfachen Buchstabenquadrat, überall chiffrieren oder dechiffrieren kann, vorausgesetzt, man kennt das Schlüsselwort. Je länger das ist, desto sicherer die Verschlüsselung. Dazu kommt, dass man den Text auch zwei Mal hintereinander verschlüsseln kann. Dann bekommst du den Klartext erst nach dem zweiten Durchgang. Polyalphabetische Substitution.«

»Rodney, ich versuche, dir zu folgen, aber bitte mach es einfach«, bat ihn John.

»Noch einfacher?«, fragte der Kryptograph mit einem ironischen Unterton. »Dann hättest du mir ein anderes Notizbuch schicken sollen. Es gibt insgesamt zwei Einträge in Esperanto und vier verschlüsselte, von denen ich einen bisher entschlüsselt habe. Das Passwort war ›etinarcadiaego‹. Vierzehn Buchstaben, das solltest du dir merken, wie auch im Namen ›Nicolas Poussin‹ übrigens.«

»Kann das eine Bedeutung haben?« John bestellte mit einem Handzeichen noch zwei Kaffees.

»Bei einer Geschichte wie dieser kann alles eine Bedeutung haben«, antwortete Rodney lakonisch. »Apropos Zahlen. Stehst du schon vor Notre Dame? Pure Zahlenpracht in Stein. Ich darf dich daran erinnern, dass Kryptographie mit gotischen Kathedralen eines gemeinsam hat – Mathematik. Die Vierzehn ist die Verdoppelung der Sieben, wie in ›arcadia‹ und ›Poussin‹ und ›bergers‹, dem französischen Wort für Hirten. Du erinnerst dich an die Worte ›Die Drei‹ auf deinem Foto? Drei Hirten, Hinweis auf ›bergers‹, und die Sieben, damit auch auf Poussin, aber das war leicht.«

»Wie bitte? Das war leicht? Was ist dann schwer für dich?« John wunderte sich.

»Ich warte immer noch auf eine echt große Herausforderung.« Rodney lachte leise. »Egal ... Verdoppeln wir also die Sieben, und wir erhalten ›Et in arcadia ego‹, vierzehn Stationen in einem Kreuzweg, vierzehn Nothelfer in der katholischen Kirche, und außerdem entspricht die Vierzehn dem Zahlenwert des jüdischen Wortes ›David‹. ›Nicolas Poussin‹ – ebenfalls vierzehn Buchstaben.«

Rodney hörte sich an, als wäre er in seinem Element. Was er vermutlich auch war, dachte John.

»Ich habe mir den Spaß gemacht und nebenbei ein paar Fakten zu Notre Dame recherchiert. Schau mal an der Fassade hoch. Die Kathedrale auf der Île de la Cité wurde dem Salomonischen Tempel entsprechend gebaut: Beide Stockwerke sind dreißig königliche Fuß hoch – dreißig Fuß Höhe erster Stock, dreißig Fuß Höhe zweiter. Das Haus Gottes auf Erden. Zum Vergleich: Die Maße des Salomonischen Tempels lauten dreißig Ellen erster Stock, dreißig Ellen zweiter Stock. Die Architekten und Baumeister haben in Paris ein biblisches Maß auf ein menschliches Bauwerk übertragen.«

John zog die Fotografie aus seiner Tasche und legte sie vor sich hin.

Notre Dame und der Tempel Salomons.

Hatte Umar deshalb den Namen der Kathedrale unter das Bild von Poussin geschrieben? Das ergab aber auf den ersten Blick keinen Sinn ...

Doch Rodney lief zu voller Form auf, und bevor John ihm sagen konnte, dass er noch in einem Café am Nordbahnhof saß und nicht auf einer Bank der Île de la Cité, fuhr er fort: »So weit, so gut. Greif dir Stift und Papier, wir kommen nun zu dem Text, den Umar verschlüsselt hatte. Lassen wir die sogenannten Leerzeichen vor und nach den wichtigen Sätzen weg, die nur zur Verwirrung eingebracht wurden. Was übrig bleibt, lautet: ›Professeur de Montfoucault, Paris. Poussin Selbstporträts. Der zweite Kreis des Wissens? Chambons?‹ Ich hoffe, du kannst damit etwas anfangen.«

»Nicht wirklich«, murmelte John. »Klingt völlig durcheinander für mich. Vielleicht hat Umar einfach nur ungeordnet Gedanken niedergeschrieben und hatte Angst, dass sie irgendjemand lesen könnte. War das alles?«

»Was diese Eintragung betrifft, ja«, antwortete Rodney. »Die übrigen drei wurden mit einem anderen Schlüsselwort codiert. Daran arbeite ich noch, und solltest du bei deiner Vergnügungsreise durch die Cabarets von Montmartre etwas finden, das sich als Passwort eignen könnte, dann halte nicht hinter dem Berg damit. Ist Llewellyn bei dir?«

»Ja, er hat mir gerade von Westworth, dem Kanal und dem Attentat erzählt.« John schob dem Major den Zettel mit dem Klartext aus Umars Notizbuch zu.

»Meine Frau bringt Jack heute Abend mit, wenn sie aus York zurückkommt«, berichtete Rodney. »Eine ziemliche Schweinerei, was da passiert ist. Wenigstens hat Rooster überlebt, weil er gerade auf Mäusejagd war ...« Rodney schien kurz in Unterlagen zu kramen, bevor er sich wieder zu Wort meldete. »Ach, noch etwas, bevor ich es vergesse. Ich habe für dich vorgearbeitet, was Professeur de Montfoucault betrifft. Es gibt nur einen Eintrag in Paris, und das ist eine Marie-Christine de Montfoucault, pensionierte Professorin an der Pariser Kunsthochschule in Saint-Germain-des-Prés und Kuratorin im Musée du Luxembourg. Sie scheint zwar schon ein etwas älteres Semester zu sein, ist aber immer noch aktiv. Man findet sie bei beiden Institutionen nach wie vor in der Telefonliste. Die Nummern kommen per SMS.«

»Danke, Rodney, damit haben wir wenigstens *eine* handfeste Spur«, stellte John fest. »Ich wette, Umar war auf dem Weg nach Paris, als er in meine Maschine einstieg. Jetzt bleibt nur noch zu hoffen, dass die Gegenseite sein Notizbuch nicht so rasch dechiffriert wie du. Sonst treffen wir Professor de Montfoucault nicht mehr lebend an.«

Doch die weißhaarige ältere Dame, die John zwei Stunden später am vereinbarten Treffpunkt im großen Hof der Kunsthochschule entgegenkam, sah in beruhigender Weise sehr lebendig aus.

Marie-Christine de Montfoucault hatte, ohne zu zögern, zugestimmt, nach der Abnahme einer verspäteten Prüfung noch einige Minuten zur Verfügung zu stehen, um Fragen zu Poussins Selbstporträts zu beantworten.

Sie mochte siebzig Jahre alt sein, hielt sich kerzengerade und trug ein elegantes Business-Kostüm, das direkt aus einer der Boutiquen der Rue Saint-Honoré zu kommen schien.

Ihre Assistentin, eine kleine, untersetzte Studentin in verschwitztem T-Shirt, Jeans und Nikes, schleppte drei Taschen mit Unterlagen und Büchern und strahlte John an, als die Professorin sie mit einem gnädigen: »Sie können jetzt eine kurze Pause machen, Mademoiselle!«, entließ.

»Danke, dass Sie sich Zeit genommen haben«, begann John das Gespräch. »Mein Name ist John Finch, ich bin Berufspilot und gerade aus Rom gekommen. Ein Freund von mir hatte Ihren Namen erwähnt, in einem Atemzug mit Nicolas Poussin und dessen Selbstporträts. Darf ich annehmen, dass Sie eine Spezialistin für Barockmaler sind?«

»Expertin für Symbolismus in der Malerei, Mr. Finch«, korrigierte ihn die Professorin milde lächelnd. »Aber das wird sich unter Piloten noch nicht herumgesprochen haben. Kenne ich Ihren Freund?«

»Ich denke nicht«, erwiderte John und fragte sich, ob ... »Oder vielleicht doch. Sagt Ihnen der Name Umar etwas?«

Montfoucault überlegte einen Moment. »Vor einigen Wochen bekam ich einen Anruf von jemandem, der Französisch mit starkem Schweizer Akzent sprach. Ich denke, er sagte, sein Name sei Umar und er interessiere sich für die Symbolik in Poussins Bildern. Ich hatte wirklich nicht viel Zeit an diesem Tag und versuchte, ihn zu einem Termin hier an der Hochschule zu überreden. Dieser Termin wäre de facto heute Vormittag, vor der Prüfung, gewesen, aber Ihr Freund erschien nicht.« Sie sah John forschend an. »Stattdessen stehen Sie nun hier ...«

John entschloss sich spontan, Montfoucault ins Vertrauen zu ziehen. »Ich will Sie nicht anlügen, Professor. Leutnant Umar war führendes Mitglied des libyschen Geheimdienstes unter Oberst Gaddafi und starb vor einigen Tagen. Deshalb konnte er nicht nach Paris kommen. Er war nicht mein Freund, sondern hatte mein Flugzeug gekapert, als ich nach Tunis unterwegs war. Ein Notizbuch, das ich bei ihm gefunden habe, enthält Ihren Namen. Er hielt ihn für so wichtig, dass er ihn verschlüsselte.«

Montfoucault fixierte John, während sich kleine Gruppen von Studenten und Besuchern vorbeischoben, um durch die große Holztür in die Mediathek des Palais des Études zu gelangen. Dann sagte sie: »Kommen Sie, Mr. Finch, wir gehen besser in mein Büro.«

»Mademoiselle Jeanne, ich habe mir überlegt, Sie können für heute Schluss machen. Da Sie morgen in Ihren wohlverdienten Urlaub fahren, sehe ich Sie am 10. September wieder, frisch wie der junge Frühling. Bonnes vacances!« Montfoucault segelte durch ihr Vorzimmer wie eine Karavelle mit Rückenwind und entließ ihre Assistentin mit einem hoheitsvollen Winken.

»Diese späten Prüfungen sind mir ein Gräuel!« Sie seufzte, drückte die schwere Bürotür zu und verschwand fast hinter einem völlig überladenen Schreibtisch, als sie sich in ihren Bürostuhl fallen ließ. »Aber besser einem etwas schwächeren Studenten noch eine Chance geben, als mit schlechtem Gewissen am Strand zu liegen.«

»Das ehrt Sie!« John lächelte. »Paris kann im Sommer ganz schön heiß werden.«

»Aber nichts gegen Nordafrika«, wandte Montfoucault ein, »und nachdem Sie auf dem Flug nach Tunis waren, nehme ich an, dass Sie meist in dieser Gegend unterwegs sind, oder irre ich mich?«

John schüttelte den Kopf. »Nein, Sie irren sich nicht, ich bin Afrika verfallen, aber das ist eine alte Geschichte, und ich will Sie nicht länger als nötig aufhalten. Diese Aufzeichnungen mit Ihrem Namen drin haben leider eine Art Wettlauf gestartet. Hat Sie außer Umar noch jemand bezüglich Poussin und den Selbstporträts in den letzten Tagen und Stunden kontaktiert?«

»Nein, Mr. Finch, niemand außer Ihnen«, antwortete die Professorin. »Heißt das, Sie liegen im Moment auf Platz eins bei diesem … Wettlauf?«

»Ich wünschte, ich wüsste es …« John seufzte. »Ehrlich gesagt? Ich habe mich in etwas verrannt, zuerst aus Ärger über meine ungebetenen und unverfrorenen Fluggäste, dann aus Trotz angesichts all der Warnungen, die ich seither erhalte und die nichts anderes bewirken sollten, als mich von dem Geheimnis Poussins abzubringen. Und jetzt? Ein Freund sagte vor Kurzem: ›Diese Geschichte beginnt mich zu interessieren.‹

So geht es mir auch.« Der Pilot reichte Montfoucault das Foto der »Hirten von Arkadien«. »Seit ich dieses Bild erhalten habe, bin ich zwar zu einem halben Poussin-Experten geworden, aber in Wahrheit noch keinen Schritt weitergekommen. Und bevor Sie fragen, die arabischen Worte heißen übersetzt: ›Die Drei. Der erste Kreis des Wissens. Notre Dame‹, und je länger

ich darüber nachdenke, umso sicherer bin ich, dass Umar sie auf das Foto geschrieben hat.«

Montfoucault betrachtete das Bild nur kurz, dann gab sie es John zurück. »Dann nehme ich an, dass Sie bereits zur Genüge mit Erklärungen zu ›Et in arcadia ego‹ bombardiert worden sind, und spare mir weitere Details«, sagte sie. »Sie können jederzeit in den Louvre gehen und das Gemälde im Original betrachten, wenn Sie das möchten, es hängt in der ständigen Ausstellung. Auch Notre Dame liegt vor der Haustür, obwohl ich hier den Zusammenhang mit Poussin beim besten Willen nicht sehe. Der hat mythologische oder biblische Szenen gemalt, aber keine Stadtansichten. Und Poussins Geheimnis? Ich bin ein rational denkender Mensch, Mr. Finch, und der Meinung, wir sollten die Symbole zwar erkennen, aber nicht gleich eine esoterische Bedeutung hinter jedem vermuten. Symbole geben dem Künstler die Möglichkeit einer Doppeldeutigkeit, einer philosophischen Tiefe oder sogar einer versteckten Nachricht, aber Gott bleibt immer noch da, wo er hingehört – im Himmel. Poussin war fest in seinem katholischen Glauben verankert, das sollten wir nie vergessen. Das beweist sein gesamtes Werk. Also kann sein Geheimnis, wie Sie es nennen, nur ein sehr weltliches sein, wenn es denn überhaupt eines gibt.«

»Das denke ich auch.«

John verstand nun, warum Montfoucault mit ihrem analytischen Verstand nach wie vor an der Kunsthochschule lehrte.

»Vor seinem Tod sagte Poussin: ›Je n'ai rien négligé‹, ich habe nichts vernachlässigt«, dozierte die Professorin. »Er schenkte jedem Detail Aufmerksamkeit, verwendete Symbole wie alle Barockmaler, denn das lag durchaus im Geist der Zeit. Aber man darf seine Bilder auch nicht vergewaltigen, wie das so oft in der jüngsten Vergangenheit geschehen ist. Da werden Landschaften in verschiedenen seiner Gemälde so lange zusammengesetzt, bis das gewünschte Resultat herauskommt, ohne Rücksicht auf jede Logik. Oder Szenen an Orte verschoben, an denen Poussin nie war, nur um ihn bei völlig abstrusen

Theorien mit an Bord zu holen. Tut mir leid, aber wenn Sie das wollen, dann sind Sie bei mir am falschen Platz. Wir betreiben hier keine Wahrsagerei, wir sind eine Universität. Poussins Bilder haben ohne Zweifel viel mit Geometrie, aber nur wenig mit Geografie zu tun.« Sie schob Unterlagen beiseite, bis sie ein Buch gefunden hatte, das sie hochhielt. Auf der Titelseite prangten die »Hirten von Arkadien«. »Das ist ein Werksverzeichnis. Da Sie zu Beginn Ihres Besuchs von Selbstporträts gesprochen haben: Poussin malte sich zwei Mal selbst, im Abstand von einem Jahr.« Sie blätterte in dem Buch, bis sie die beiden Abbildungen gefunden hatte. »Das erste Porträt entstand 1649, hängt heute in der Gemäldegalerie in Berlin, das andere wird im Louvre ausgestellt.« Montfoucault reichte John das aufgeschlagene Buch, in dem die beiden Bilder gegenübergestellt wurden.

Auf dem ersten Porträt hielt ein leicht lächelnder Poussin eine Feder oder einen Zeichenstift in der linken Hand und stützte sich auf ein dünnes Buch. Auf dem zweiten blickte ein sehr ernster, ja fast besorgter Maler den Betrachter an, im Hintergrund drei Bilder, die an einer verschlossenen Tür lehnten. Der Zeichenstift war verschwunden, dafür trug der Maler einen Ring am kleinen Finger der rechten Hand. Zwei Inschriften hielten jeweils Entstehungsjahr und den Namen Poussins fest.

»Nun, Mr. Finch, was fällt Ihnen auf?«, fragte die Professorin streng, und John konnte mit einem Mal nachvollziehen, dass eine Prüfung bei Montfoucault sicherlich kein Honiglecken war.

»Poussin war Linkshänder, hatte lange Haare und einen sorgsam gestutzten Schnurrbart«, begann John grinsend, »und machte sich 1650 offenbar Sorgen wegen der nicht verkauften Bilder.«

Professor Montfoucault lachte laut auf. »Wie erfrischend! Ich mag unverdorbene Sichtweisen auf Gemälde. Sehen wir uns das erste Porträt näher an, ohne ins Detail zu gehen. Buch und Zeichenstift sind die einzigen Attribute hier, und deren Symbolik ist wohl jedem klar. Denken Sie in einem zweiten Schritt an die Geometrie in Poussins Bildern. Deshalb ist das einzig Auffällige hier der Winkel des Stiftes, den uns der Maler hier quasi vor die Nase hält, sogar auf Kosten einer etwas unnatürlichen Handhaltung. Er beträgt 6,5 Grad, und wenn wir schon dabei sind: Der Winkel des Buchrückens beträgt 23,5 Grad, jeweils von der Senkrechten gemessen. Und das war alles.«

Die Stimme Montfoucaults ließ keinen Zweifel daran, dass die Professorin auch keinen Widerspruch erwartete.

»Nun zum zweiten Porträt. Die gesammelten Schriften, auf die sich der Maler diesmal stützt, bilden keine gerade Linie, daher wäre jedes Winkelmaß vermessen, im wahrsten Sinne des Wortes. Zwei Dinge jedoch springen gleich ins Auge: Der Ring, den Poussin trägt, hat ein Kreuz in der Mitte. Ob es ein pyramidenförmiger Stein ist oder eine gravierte Platte oder ein Rohdiamant, das lassen wir dahingestellt, weil wir es nicht mehr herausfinden werden und es damit in den Bereich der Spekulation fällt. Zweitens: Das Bild im Hintergrund zeigt eine Frau mit goldenem Diadem, auf dem seltsamerweise zwei große Augen abgebildet sind, eines davon sichtbar. Sehen Sie genau hin.«

John nickte. »Es befindet sich genau über ihrem Auge.«

»Richtig«, bestätigte Montfoucault. »Einige haben es als das allsehende Auge bezeichnet, das auch auf der amerikanischen Dollarnote zu finden ist, aber bedenken Sie bitte die Genauigkeit Poussins. Angesichts der Symmetrie eines solchen Schmuckstücks gibt es zwei Augen auf diesem Diadem und nicht eines.« Die Professorin schüttelte ungnädig den Kopf. »Ziehen Sie eine Linie von dem Kreuz am Ring zum Diadem, erhalten Sie erneut einen Winkel von mehr oder weniger 23,5 Grad, diesmal von der Waagrechten aus gemessen. Andere Attribute gibt es nicht in diesem Bild, andere Linien auch nicht, wenn wir jetzt einmal von den Rahmen der Bilder und der Tür absehen. Alles Übrige folgt dem klassischen Bildaufbau. Der ernste Blick soll den Denker Poussin symbolisieren, die gerahmten Bilder und das Skizzenbuch kennzeichnen den Porträtierten als Maler.« Sie klappte das Buch zu. »Die Frau auf dem Bild hinter ihm findet sich übrigens auf keinem bekannten Bild Poussins wieder. Er hat sie wohl nur für sein Porträt geschaffen.«

»Kein Winkel von 6,5 Grad im zweiten Porträt?«, wollte John wissen.

»Habe ich das nicht erwähnt?«, lächelte Montfoucault verschwörerisch. »Ich wollte nur sehen, ob Sie mir noch folgen. Verzeihen Sie, eine alte Angewohnheit von Lehrern. Sehen Sie genau hin, dieser faszinierende Blick, die Augen Poussins ziehen einen gewissermaßen ins Gemälde hinein. Wenn Sie beide durch eine Linie verbinden, erhalten Sie Ihren Winkel von 6,5 Grad von der Horizontalen.«

»Gibt es dafür eine Erklärung?«, erkundigte sich John neugierig.

»Keine wissenschaftliche, wenn Sie das meinen«, antwortete die Professorin wie aus der Pistole geschossen. »Die Erdachse ist um 23,5 Grad geneigt, aber das ist alles, was mir dazu einfällt. Das war allerdings zu Poussins Zeit kein Geheimnis mehr, sondern bereits hundert Jahre lang bekannt, und Kopernikus war längst tot.«

John hatte das Gefühl, dass alle Wege, die er verfolgte, in einer Sackgasse endeten. Das sollte der zweite Kreis des Wissens gewesen sein? Er zog den Zettel mit den beiden entschlüsselten Zeilen aus seiner Tasche.

»Professeur de Montfoucault, Paris. Poussin Selbstporträts. Der zweite Kreis des Wissens? Chambons?«

»Für wen malte Poussin seine Porträts? Oder befriedigte er nur seine Eitelkeit?« John versuchte, das Problem von einer anderen Seite anzugehen.

»Sein alter Freund und Mäzen Chantelou, ein Pariser Sammler, wollte ein Porträt seines Lieblingsmalers haben, und Poussin fiel es gar nicht leicht, dem Wunsch nachzukommen«, führte Montfoucault aus. »Er suchte lange nach einem Kollegen in Rom, der ihn porträtieren könnte, aber er fand niemanden, mit dem er zufrieden gewesen wäre. Malerschicksal. Also malte er sich selbst, sogar zwei Mal, und bot Chantelou an, sich das bessere der beiden Porträts auszusuchen. Was der auch tat: Er wählte das zweite, das heute im Louvre hängt.«

»Aber egal, welches er sich ausgesucht hätte, die beiden Winkelmaße wären auf jeden Fall festgehalten worden«, überlegte John laut. »Also müssen sie wichtig gewesen sein.«

Montfoucault zog die Augenbrauen hoch und drehte ihre Handflächen nach oben, als Ausdruck des Zweifels. »Kann sein, muss nicht sein. Mir sind diese Zahlen jedenfalls im Übrigen Leben Poussins nicht weiter aufgefallen.«

John notierte sich den Namen des Mäzens, erhob sich dann kurzentschlossen und streckte der Professorin die Hand hin. »Herzlichen Dank für Ihre Informationen und Ihre Zeit. Ich möchte Ihrem Urlaub nicht länger im Weg stehen.«

»Ich fahre erst morgen mit meinem Mann in unser Landhaus im Languedoc.« Montfoucault lächelte. »Eine ziemlich lange Fahrt mit dem Auto, aber so oft macht man sie ja nicht.« Sie stand auf und schüttelte Johns Hand mit einem überraschend festen Griff. »Leider habe ich Sie nicht früher kennengelernt, sonst hätte ich einen Helikopterflug bei Ihnen bestellt, von Haus zu Haus sozusagen. Aber vielleicht das nächste Mal ...«

»Lässt sich bestimmt einrichten«, versicherte der Pilot und ging zur Tür. »Und seien Sie bitte auf der Hut. Ich habe keine Ahnung, wer sich sonst noch für Poussins Geheimnis interessiert, aber wie es aussieht, ist die Gegenseite zu allem entschlossen und geht auch über Leichen.«

Montfoucault sah ihn ungläubig an. »Übertreiben Sie nicht ein wenig, Mr. Finch? Poussin war ein Barockmaler, seine Bilder hängen seit Hunderten von Jahren in Museen auf der ganzen Welt, und jeder kann sie betrachten. Nichts wirklich Aktuelles oder Gefährliches, meinen Sie nicht auch? Außerdem bin ich ab morgen im Süden, weit weg von Paris und sechs Wochen lang unerreichbar für alle, die nicht zur Familie gehören.« Sie winkte ab. »Ich ...«

Das Läuten ihres Telefons zwischen den Papierstapeln unterbrach sie.

»Tut mir leid, Mr. Finch, ich muss noch ein wenig arbeiten ...«, sagte sie entschuldigend und griff zum Hörer. »Viel Glück!«

John winkte kurz und zog die schwere Tür hinter sich zu. Dann ging er in Gedanken versunken die Treppe hinunter und trat auf den großen Hof der Kunsthochschule.

Es war wie verhext. Die Schatten der Vergangenheit schienen ihm immer wieder zu entgleiten, das Geheimnis Poussins tiefer und tiefer im Dunkel der Zeit zu verschwinden. Wenn es denn überhaupt ein Geheimnis gab und er nicht irgendwelchen Gespenstern nachjagte, die sich auflösten, sobald man ihnen näher kam.

Vielleicht wäre es besser, die ganze Geschichte komplett zu vergessen, Fiona anzurufen und in die Schweiz zu fliegen, sich mit ihr zu treffen und sie zu einem gemeinsamen Urlaub auf einer einsamen Insel zu überreden. Amber würde die DC-3 spätestens morgen fertig durchgecheckt und startbereit haben.

John zog sein Handy heraus, wählte und wartete auf die Verbindung, während er über das Kopfsteinpflaster in Richtung Rue Bonaparte schlenderte, einer Gruppe wild fotografierender japanischer Touristen ausweichend.

*

So bemerkte er auch die beiden Männer in Jeans und Leinenjacketts nicht, die sich erst überrascht anblickten und sich dann wie zufällig abwandten, als er keine drei Meter entfernt nichtsahnend an ihnen vorüberging.

Einer der beiden steckte gerade sein Telefon wieder ein …

*

Der schwarze 7er BMW, der in der Rue des Beaux-Arts geparkt war, hatte ein französisches Kennzeichen und einen dezenten Aufkleber mit Strichcode daneben, der ihn als Leihwagen auswies. Die drei Insassen, die den Eingang zur Kunsthochschule nicht aus den Augen ließen, saßen wie auf heißen Kohlen.

Die beiden Männer kamen dem Eingang des Palais des Études immer näher und setzten seltsamerweise ihre Sonnenbrillen auf.

»Los, los, los, jetzt mach schon …«, stöhnte einer der Wartenden in dem BMW, als er John beobachtete, wie er immer noch telefonierend langsam den großen Hof verließ und in die Rue Bonaparte in Richtung Seine einbog.

Drei Studentinnen kamen lachend aus dem Eingang der Hochschule, und die beiden Männer warteten kurz und ließen sie vorbei. Dann verschwanden sie im Inneren des Palais.

»Jetzt!«, rief der Fahrer, riss den Schlag auf und sprang hinaus.

Seine Begleiter folgten ihm und eilten mit großen Schritten entlang der geparkten Autos möglichst unauffällig in Richtung Hochschule. Sie überquerten wenig später den großen Hof und drückten hastig die Tür des Palais des Études auf.

Als sie endlich das breite Stiegenhaus erreicht hatten, waren die beiden Männer bereits spurlos verschwunden.

Gasthaus Kollerwirt, Tanzenberg, St. Veit an der Glan, Kärnten/Österreich

»Was würden Sie gerne trinken?« Die Kellnerin im Dirndl lächelte Alexander Reiter erwartungsvoll an.

Der Biergarten des Kollerwirts, kaum einen Steinwurf vom Gymnasium entfernt, war um diese Zeit fast leer. Frisch gestärkte, rotkarierte Tischdecken lagen auf den Holztischen, in der Nachmittagssonne leuchtete das Grün der umliegenden Berge und Wälder unter einem dunkelblauen Himmel wie in einem Werbeprospekt für Kärnten.

»Nehmen Sie den naturtrüben Apfelsaft«, riet ihm Georg Kollitsch, »den kann ich nur empfehlen. Kommt von einem Obstbauern hier aus der Gegend. Sein Sohn dilettiert bei mir in Geografie, aber der Vater hat ein Händchen für Fruchtsäfte.«

»Gute Idee, genau das Richtige für einen heißen Tag.«

Kollitsch bestellte eine große Flasche, sah kurz der Kellnerin nach und lehnte sich dann vor. »Ich möchte, dass wir uns richtig verstehen: Mein Freund Walter Clemens vom Kunsthotel Fuchspalast in St. Veit hat mich gestern Abend angerufen und gesagt, dass Dr. Neil Hogden wieder hier Urlaub macht – wie übrigens fast jedes Jahr – und unserem Gymnasium einen Besuch abstatten möchte. Hogden ist ein bekannter und renommierter englischer Wissenschaftler, der als junger Soldat das Kriegsende hier in Tanzenberg erlebte. Die Gegend hier hat ihn so beeindruckt, dass er jedes Jahr zumindest zwei

Wochen in der Umgebung verbringt, in Erinnerungen schwelgt und inzwischen bereits seine Urenkel mitbringt.« Kollitsch verteilte strategisch ein paar Bierdeckel auf die rot-weiße Tischdecke, als er die Kellnerin mit den Getränken kommen sah. »Ich habe Hogden bisher zwei Mal kurz getroffen«, fuhr der Lehrer nach einer Pause fort. »Er war einer der ersten englischen Soldaten, die Schloss Tanzenberg im Mai 1945 erreichten und es besetzten. Mehr hat er mir nicht erzählt, weil ihn damals einer meiner Kollegen durch das Schloss führte.«

Kollitsch schien noch immer mit sich zu ringen, ob die Entscheidung, Hogden und den unbekannten Besucher zusammenzubringen, richtig gewesen war.

Er sah Reiter an. »Ich hoffe, dass ich keinen Fehler gemacht habe … Wenn Sie mir nicht ehrlich geantwortet hätten und ich nur den Hauch eines Zweifels gehabt hätte, dann säßen wir nicht hier, glauben Sie mir.«

»Keine Angst, ich bin gut erzogen, und mein Englisch mag zwar etwas amerikanisch klingen, aber zur Not wird es gehen.« Reiter grinste, bevor er wieder ernst wurde. »Das wird ein Schuss ins Blaue, und das muss uns allen klar sein. Was mich betrifft, so ist dieses Gespräch mit dem alten Herrn der letzte Strohhalm, und ich erwarte mir nicht viel davon, ehrlich gesagt. Außer ein paar interessanten Geschichten vom Kriegsende in Kärnten …«

In diesem Augenblick hielt ein silberner Golf auf dem Parkplatz des Kollerwirts, und ein weißhaariger, drahtiger Mann mit freundlichem Gesicht stieg aus, wechselte ein paar Worte mit dem Fahrer und kam dann in den Biergarten spaziert. Neil Hogden sah aus wie ein in Würde gealterter Clark Gable, allerdings ohne Schnurrbart. Er hielt sich kerzengerade, und als er die beiden Männer erblickte, lächelte er und kam mit energischen Schritten auf sie zu.

»Dr. Hogden, how nice to see you!«, begrüßte Kollitsch den Wissenschaftler auf Englisch und stellte mit dem nächsten Satz Reiter vor: »Und hier ist jemand, der Sie unbedingt sprechen und mehr über das Kriegsende erfahren möchte.«

»Ich bin auf Urlaub, habe heute bereits eine Runde Golf gespielt und gegen meinen Enkel gewonnen.« Hogden lächelte und schüttelte Reiters Hand. »Jetzt noch etwas Kaltes zu trinken, und Sie können mich auspressen wie eine reife Zitrone.« Etwas misstrauisch beäugte er den Inhalt der Flasche Apfelsaft und schüttelte dann missbilligend den Kopf. »Dabei gibt es ausgezeichnetes Kärntner Bier ... In meinem Alter muss man nicht mehr gesund leben. Da hat man das Schlimmste schon hinter sich ...«

»Heißt das grünes Licht für ein kaltes Villacher?«, erkundigte sich Kollitsch und gab die Bestellung weiter, als Hogden begeistert grinsend seinen Daumen nach oben streckte.

»Ist es nicht wunderbar hier?« Der Engländer ließ seinen Blick über die Wiesen und Berge schweifen. »Glauben Sie einem alten Mann, das ist einer der schönsten Plätze der Welt. Können Sie sich vorstellen, welchen Eindruck das auf mich als junger Soldat machte, der aus dem Krieg kam und am Tag des Waffenstillstandes die österreichische Grenze überquerte? Wir alle dachten, wir wären im Himmel gelandet. Nach vier Jahren Kämpfen in Italien, nach unzähligen Hinterhalten, Tod und Verwundung, Elend und Schrecken, Dreck und Erschöpfung kamen wir am Morgen des 8. Mai nach Österreich, und in meiner Erinnerung war es einer der glücklichsten Tage in meinem Leben. Mit dem Überqueren der Grenze schien mit einem Mal alles so sauber, die Luft so klar, die Häuser so farbenfroh, alle Leute so freundlich. An diesem Tag verliebte ich mich in Österreich und seine Menschen, und die Monate, die folgten, erschienen mir wie eine Art Hochzeitsreise, die mich für mein ganzes Leben prägen sollte.« Er blickte Reiter an und lachte leise. »Jetzt bin ich einundneunzig, und noch immer zieht es mich alljährlich zurück nach Klagenfurt und Tanzenberg. Als ich dann tatsächlich geheiratet habe, blieb meiner Familie gar nichts anderes übrig, als mich jeden Urlaub hierher zu begleiten.«

»Danke trotzdem für Ihre Zeit«, sagte Reiter und überlegte, wie er am besten auf den Punkt kommen könnte.

Doch Hogden begann von sich aus zu erzählen. »Ich war damals für mehrere Monate nach Tanzenberg abkommandiert, und ich erinnere mich noch gut an unsere Ankunft hier. Wir waren von Klagenfurt aus aufgebrochen und mit unseren fahrbaren Waffen unterwegs. Leichte Kanonen auf Anhängern, Maschinengewehre auf Lafetten. Die Fahrt zu dem verwaisten Kloster war übrigens das letzte Mal, dass wir als bewaffnete Einheit unterwegs waren. Wir stellten die Waffen schließlich auf einem nahen Feld ab, und glauben Sie mir, sie sahen völlig deplatziert aus zwischen all den Blumen und den friedlich grasenden Kühen. Wie die martialischen Überreste eines Lebensabschnittes, der endgültig vorüber war. Zum Glück endgültig vorbei war!« Hogden nahm einen großen Schluck Bier, bevor er weitersprach. »Auf uns junge Soldaten machte Tanzenberg den Eindruck, als sei es direkt Grimms Märchen oder einer alten Erzählung unserer Großmutter entsprungen. Wir fühlten uns wie Barone oder Grafen in einer Traumlandschaft. Als wir das Schloss besetzten, kam uns eine Hand voll ungarischer Flüchtlinge entgegen, die wohl ein paar Tage zuvor im Schloss gestrandet waren. Wir erlaubten ihnen, weiter hierzubleiben, aber sie verschwanden schon bald wieder, wohl weiter in Richtung Westen, weil damals niemand freiwillig zu den Ivans ging ...«

»Gab es sonst noch jemanden im Haus, als Sie in Tanzenberg eintrafen?«, erkundigte sich Reiter.

»Am ersten Tag nicht, die Deutschen waren schon abgezogen, aber nach und nach kamen die verschiedensten Leute vorbei«, erinnerte er sich. »Trotz der Größe des Schlosses waren leere Zimmer nicht so leicht zu finden, und wenn, dann nur in den oberen Stockwerken. Der Rest war vollgestellt mit Kisten und Bücherstapeln. Sie standen überall, und ich meine wirklich – überall! Tausende und Abertausende von Kisten. Ich habe noch niemals so viele auf einem Platz gesehen, weder vorher noch danach. Man konnte viele Räume nicht einmal betreten, weil sie mit den grauen Kisten bis zur Decke vollgestellt worden waren. Trotzdem richteten wir uns irgendwie häuslich ein, ich reparierte das marode Stromnetz im Haus, so gut es ging, und schließlich hatten alle Licht und den Luxus einer Leselampe neben dem Bett! Wir waren ja nicht verwöhnt nach vier Jahren Krieg. Mit einem weichen Bett und einer funktionierenden Lampe fühlten wir uns schon wie Könige. Bald räumten wir ein großes Zimmer neben dem Eingang frei und richteten da einen Wachraum ein, der aber auch als Auffanglager für alle möglichen Leute diente, die man unserer Obhut anvertraute, etwa verstreute Flüchtlinge, die einen Platz zum Übernachten suchten.«

»Gab es jemanden, der sich um die Bücherkisten kümmerte?«, wollte Reiter wissen.

Hogden lachte. »Die bedeuteten für uns nur Arbeit, und wir versuchten, einen großen Bogen um sie zu machen. Wir meldeten sie noch am Tag unserer Ankunft nach Klagenfurt und warteten ab. Nun, es dauerte nicht lange, und ein Jeep rollte an, mit einem Kriegsgefangenen, der aussah wie ein Buchhalter in einer dieser verstaubten Lagerhallen in Birmingham. Ich erinnere mich nicht mehr an seinen Namen, aber er schien bereits während des Krieges damit beschäftigt gewesen zu sein, ein Verzeichnis der Bücherkisten anzulegen.«

»Das war bestimmt Grothe«, murmelte Kollitsch. »Dr. Walter Grothe.«

»Richtig! So lautete sein Name! Grothe ... genau!« Der Wissenschaftler nickte erfreut und sah seine beiden Gesprächspartner entschuldigend an. »Tut mir leid, aber in meinem Alter erinnert man sich nicht mehr an alles ... Muss man auch nicht, wie ich finde. Die Gnade des Alters ...«

»Blieb Grothe in Tanzenberg?« Kollitsch schenkte Hogden nach.

»Wir mussten ihn bewachen, so lautete der Befehl vom Hauptquartier, aber mit der Zeit wurde uns klar, dass er lieber hier bei seinen Büchern war, als sich aus dem Staub zu machen. Er katalogisierte fast Tag und Nacht, rund um die Uhr, für Wochen und Monate. Also wurde seine Bewachung innerhalb des Schlosses lascher, vor allem, nachdem ihm zwei englische Unteroffiziere zur Seite gestellt wurden. Die hatten vor dem Krieg studiert und in Bibliotheken gearbeitet und versuchten nun, gemeinsam mit ihm die Kisten so zusammenzustellen und zu organisieren, dass sie in ihre jeweiligen Herkunftsländer abtransportiert werden konnten. Eine unglaubliche Arbeit ... Ich war nicht böse, dass ich nichts damit zu tun hatte.«

»Hätte Grothe etwas beiseiteschaffen können?«, erkundigte sich Reiter.

»Sagen wir so: Es wäre nicht aufgefallen«, antwortete Hogden und wiegte den Kopf, »angesichts der Hunderttausenden Bücher ... Eines mehr oder weniger ... Aber dann hätte er etwas im Schloss verstecken müssen, denn er wurde regelmäßig kontrolliert, wenn er Tanzenberg verlassen musste und nach Klagenfurt ins Hauptquartier gebracht wurde. Es wurde meines Wissens nie auch nur ein Papierfetzen bei ihm gefunden. Ehrlich gesagt machte Grothe nicht den Eindruck, als ob er noch immer persönliches Interesse an den Büchern hatte. Er mag ein überzeugter Nazi gewesen sein, galt als wichtiger Kriegsgefangener, aber ich habe ihn als einen Buchhalter der Bücher kennengelernt, einen pedantischen Listenschreiber, den sonst nichts wirklich interessierte. Er gab sich redlich Mühe, und ich denke nicht, dass er sich dabei bereichern wollte. Die zwei Unteroffiziere, die mit ihm arbeiteten, können wir dazu leider nicht mehr befragen. Sie sind beide schon vor Jahren gestorben.«

»Gab es noch jemanden, der Ihnen vielleicht aufgefallen ist, in all den Monaten im Schloss?«, fragte Reiter und schloss in Gedanken hier und jetzt mit dem Auftrag Bernadettis ab. Sie hatte Pech gehabt, auch er konnte keine Wunder wirken. Wahrscheinlich würden die Briefe für immer verschwunden bleiben. Verlorengegangen in den Wirren des Krieges, auf einem Transport, zerstört bei einem Fliegerangriff, verschwunden in den Monaten des Umbruchs 1945 oder irgendwann danach, auf dem Weg zurück nach Frankreich. Hogden, mit all seinen Erinnerungen und seinem erstaunlich guten Gedächtnis, war bereits ein unverhoffter Glücksfall gewesen, aber mehr konnte man beim besten Willen nicht erwarten.

Tanzenberg war nicht der Beginn des roten Fadens für Bernadetti, das Schloss war das Ende einer Legende.

»Das Kriegsende war überall in Mitteleuropa eine Zeit des großen Umbruchs«, sinnierte Hogden währenddessen, »es gab Flüchtlinge aus aller Herren Länder, Heimkehrer, Glücksritter, Kriegsgewinnler und solche, die es noch werden wollten, abgerüstete Soldaten in verdreckten Uniformen, geheimnisvolle Zivilisten, denen die Angst im Nacken saß, und alle waren sie unterwegs, zu Zielen, die nur sie kannten. Eine neue Identität war leicht zu bekommen und schnell mit Ausweisen untermauert, wenn man die richtigen Wege und Ämter kannte.

Doch zurück zu Ihrer Frage ... Ob mir jemand aufgefallen ist? Mir sind viele Menschen aus dieser Zeit im Gedächtnis geblieben, flüchtige Begegnungen, und wenn ich zurückschaue, dann kommt es mir vor wie ein Kaleidoskop, das sich immer schneller dreht, je älter ich werde. Aber an zwei junge Frauen erinnere ich mich sehr gut ...« Der Wissenschaftler lächelte, und seine Augen blickten in eine Vergangenheit, die nur er sah. »Kein Wunder, werden Sie sagen, die Jungs waren knapp über zwanzig, ausgehungert und kamen endlich aus dem Krieg zurück in den Frieden. Sie hatten überlebt und wollten leben. Aber das war es nicht ...« Er nahm einen Schluck Bier und schloss genussvoll die Augen. »In einem der oberen Räume im Schloss waren zwei junge Frauen einquartiert. Sie mussten bereits vor Kriegsende hier gewohnt haben und hatten sich an den Umbruchstagen wohl im Wald oder bei nahen Bauern versteckt gehalten, bevor sie wieder nach Tanzenberg zurückkehrten und hier allen den Kopf verdrehten. Wie würde man heute sagen? Zwei scharfe Bräute? Glauben Sie mir, so sahen sie auch aus, wenn sie im knappen Badeanzug am nahen Teich in der Sonne lagen und wir auf unserer Patrouillen deswegen jedes Mal einen Abstecher einplanten, Fernglas inklusive ... Schnell machte das Gerücht die Runde, dass die beiden wohl die Mätressen hochrangiger Nazis gewesen sein mussten und nun in Tanzenberg gestrandet waren. Als die Attraktivere der beiden, Gerda, eines Tages in der Krankenstation wegen einer kleinen Verletzung am Knie auftauchte und sich halbnackt auszog, war der Skandal perfekt und wurde genüsslich ausgewalzt.« Hogden lachte laut auf und schaute in sein Bierglas wie in eine Kristallkugel. »Heute würde wohl niemand mehr deswegen eine Miene verziehen, aber wir waren damals jung und unverdorben, und unsere Hormone spielten verrückt.«

»Verständlich«, Kollitsch schmunzelte, »ich versuche jeden

Tag, pubertierende Jungs für Mathematik und Geografie zu begeistern, mit mehr oder minder großem Erfolg.«

»Hannah und Gerda waren schon etwas Besonderes«, erinnerte sich Hogden. »Gerda begann ein Verhältnis mit einem unserer Unteroffiziere, was trotz des Verbrüderungsverbots in diesen Tagen gang und gäbe war. Selbst unser Major tanzte bei Festen mit seiner Freundin so lange, bis ein ganz bestimmtes Lied erklang. Dann drohte eine Kontrolle, und die holde Weiblichkeit musste sofort verschwinden. So weit, so gut. Ungewöhnlich war jedoch, dass Gerda zu den abendlichen Rendezvous das Fallrohr der Regenrinne hinauf- und wieder hinunterkletterte. Verstehen Sie mich richtig: das Rohr an der Außenfassade, vom ersten in den dritten Stock – und wieder retour! Im Dunkel der Nacht! Das war der Moment, an dem ich mich an ihre Freundin Hannah ranmachte. Ich war jung, ich war im Paradies gelandet, und nun wollte ich meine Eva haben.« Der alte Mann klopfte mit dem Finger an Reiters Glas Apfelsaft. »Mit Äpfeln kam man damals allerdings bei den Mädels nicht weit, die wuchsen hier überall und kosteten nichts. Aber ein paar Nylons, Lippenstift und Rouge, Kaugummi und Schokolade, das waren die Dinge, die Mädchenherzen öffneten, wie auch das von Hannah. So dauerte es nicht lange, und wir waren ein Paar, während sich allgemeine Frustration unter meinen Kameraden breitmachte. Und bald erhielt ich auch die Erklärung für die nächtlichen Kunststücke von Gerda. Beide Mädchen stammten aus Zirkusfamilien, die der Krieg zerrissen hatte, nachdem das Zelt und die Wohnwagen bei einem Bombenangriff 1945 völlig zerstört und die Tiere getötet worden waren. Gerda und Hannah hatten sich deshalb auf eigene Faust auf den Weg in Richtung Süden gemacht, weg vom drohenden russischen Einmarsch. Sie wollten eigentlich in die sogenannte Alpenfestung und wurden von einem deutschen

Transport weiter mitgenommen, als sie geplant hatten. So waren sie nach Tanzenberg gelangt und hatten da das Kriegsende abgewartet.«

Die Sonne war tiefer gesunken, und die Bäume der Wälder warfen lange Schatten auf die Wiesen vor dem Gasthaus. Es roch nach frisch gemähtem Gras.

»Das Paradies hier in Tanzenberg dauerte drei wunderbare Monate für mich, dann wurden wir etwas weiter südlich, nach Bleiburg, an die Grenze zu Jugoslawien verlegt, wo wir das restliche Jahr verbrachten. Es war ein einzigartiger Sommer, dieser Sommer 1945, den ich leider nie wieder erleben werde, aber um nichts in der Welt missen möchte.«

Die drei Männer schauten schweigend übers Land. Hogdens Erzählung hatte die Geschichte so greifbar und unmittelbar gemacht, dass Alexander Reiter eine Gänsehaut hatte. Er wollte noch weiterfragen, überlegte es sich aber im letzten Augenblick und schwieg. Es gab nichts mehr zu sagen.

Schließlich war es der alte Mann selbst, der wenig später das Schweigen brach. »Die Zeit lässt sich nicht anhalten, und wunderbare Momente im Leben lassen sich nur in Gedanken zurückholen. Ich kehrte 1947 nach England zurück, nahm mein Studium wieder auf und heiratete, begann meine Karriere, dann kamen die Kinder. Seither lebe und arbeite ich in England und freue mich auf die Tage, die ich wieder hier verbringen kann. Hannah wurde übrigens zwei Monate nach meiner Verlegung von einem polnischen Flüchtling erschossen, der in einem Ort nicht weit von hier wahllos erst in die Menge vor der Kirche schoss, dann sich selbst umbrachte, wohl aus Verzweiflung. Gerda, eine geborene Wienerin, hatte mehr Glück, folgte ihrem Unteroffizier nach England, sie heirateten 1949 und wohnten bis zu seinem Tod vor neun Jahren in einer Villa in dem schicken Londoner Vorort Richmond upon Thames.

Heute lebt sie in einem Altersheim für Künstler in Baden bei Wien, und ihre Enkelin besucht sie hin und wieder, nachdem ihre Tochter bei der Geburt des Mädchens ums Leben gekommen war. Oft ist das Leben nicht fair ...« Hogden leerte sein Glas und strich nachdenklich die rot-weiße Tischdecke glatt. »Der spätere Ehemann Gerdas war übrigens einer der beiden, die diesem Grothe bei der Sichtung der Bücherkisten halfen«, merkte Hogden abschließend an. »Peter Cummings, ein netter, blitzgescheiter Kerl aus gutem Haus, den der Krieg und die Einberufung vor seinem letzten Examen überrascht hatten. Er brauchte damals keine Nylons und Kaugummis, um Gerda rumzukriegen, er hatte etwas viel Besseres. In einer der ersten Kisten, die sie öffneten, befand sich eine schmale Schatulle aus Zedernholz mit einem feinen, gestickten Medaillon auf dem Deckel, einem Porträt. Ich glaube, es war ein französischer Politiker. Drin lagen eine Handvoll alter Briefe und ein silberner Ring. Grothe interessierte das überhaupt nicht, es war ja kein Buch und passte daher nicht in seine Listen. Peter ließ sich das nicht zwei Mal sagen, nahm den Fund mit und zeigte das Kästchen seiner Angebeteten, die es sofort für sich reklamierte. Also landete die Schatulle bei Gerda, als Geschenk. Und sie selbst landete in den Armen von Cummings, kletterte Fassaden hoch ... und wurde am Ende seine Frau.« Hogden lächelte zufrieden. »So waren die Bücherkisten von Tanzenberg vielleicht doch zu etwas gut gewesen.«

Rue Bonaparte, Saint-Germain-des-Prés, Paris/Frankreich

John hatte auf die Mobilbox von Fiona gesprochen, die um diese Zeit wahrscheinlich in einer Besprechung des Stiftungsrates saß und deshalb nicht erreichbar war. Nachdem er das Gespräch wieder beendet hatte, überlegte er kurz, warf im Vorübergehen einen Blick in die Auslage einer kleinen Buchhandlung, deren Portal ganz in Rot gestrichen war. Die Librairie Porte Etroite bot ihren Kunden ein Sammelsurium an neuen und gebrauchten Kunstbüchern an. Den Preisen nach zu schließen, mussten wohl einige Raritäten darunter sein. »Maler, Sammler und Mäzene« lautete einer der ausgestellten Titel und brachte John auf eine Idee. Er wählte die Nummer von Rodney, während er weiter die Rue Bonaparte entlangging.

»Hast du nicht nach möglichen Codewörtern gesucht?«, fragte John Rodney, nachdem der Kryptograph abgehoben hatte. »Bevor ich mit Fiona auf eine einsame Insel verschwinde, kannst du es einmal mit ›Chantelou‹ versuchen. Der war ein bekannter Sammler und gab die Selbstporträts Poussins in Auftrag. Und dann ist mir eingefallen, dass Umar doch in ›Prora‹ in der DDR stationiert war ...«

»Ist eine Überlegung wert«, stimmte Rodney zu. »Und was heißt hier auf eine einsame Insel verschwinden? Du kannst mich doch nicht mit diesem Rätsel hier sitzen lassen wie Lili Marleen unter der Laterne! Die Textstellen in Esperanto haben übrigens mit der ganzen Geschichte nichts zu tun, die betreffen sein Netzwerk in verschiedenen Ländern des Nahen Ostens. Das steht in der Zwischenzeit fest. Ergebnisse von Gesprächen, Treffen in Tripolis, Verhandlungen und Verträgen. Bleiben noch die drei anderen codierten Textstellen. Der Rest des Notizbuchs ist ein seltsames Gemisch von Gedanken, sogar einzelnen Gedichten, selbsterfundenen Weisheiten, arabischen Sprichwörtern, Namenslisten von Kontakten im In- und Ausland, ja, einmal hat er selbst seine Träume notiert, über den Zeitraum einer Woche … Muss ein seltsamer Vogel gewesen sein, dieser Leutnant Umar.«

»Er hätte heute Vormittag einen Termin mit der Professorin an der Kunsthochschule gehabt«, berichtete John, »dieser Marie-Christine de Montfoucault. Sie ist nicht nur Professorin an der Kunsthochschule, sondern außerdem Expertin für Symbolismus in der Malerei und offenbar eine sehr gute. Der gemeinsame Nenner in den beiden Selbstporträts Poussins sind zwei Winkel, nämlich 23,5 und 6,5 Grad, wie sie meint.«

»Interessant …«, war alles, was Rodney dazu bemerkte, aber John konnte beinahe hören, wie die Zahnrädchen in seinem Gehirn klickten.

»Ja, interessant, aber nicht wirklich hilfreich«, gab John zu bedenken. »Wenn das der zweite Kreis des Wissens ist, dann stehen wir ziemlich hilflos da und sind wieder einmal so klug wie zuvor. Anders ausgedrückt: Wir haben nach zwei Tagen keine Ahnung, worum es bei dem Notizbuch und dem Geheimnis Poussins und der geplanten Reise Umars überhaupt auch nur im Entferntesten gehen könnte. Wir sind in der ganzen Geschichte nicht einen Schritt weitergekommen. Ich werde wieder nach Alexandria zurückfliegen.«

»Zieh keine voreiligen Schlüsse, und nach Alexandria kannst du immer noch fliegen«, gab Rodney zurück. »Das Fragezeichen, das Umar dazugeschrieben hatte, beweist, dass er auch nicht weiter war als wir jetzt. Er tappte genauso im Dunkeln wie wir, was den zweiten Kreis des Wissens betrifft. Hast du Professor Montfoucault nach diesem Wort ›Chambons‹ gefragt, das Umar erwähnt? Ist es vielleicht ein unbekannter Maler, Zeitgenosse von Poussin? Oder war Umar sich der Schreibweise nicht sicher und hat deshalb das Fragezeichen dahintergestellt? ›Chambons‹ wie die Mehrzahl von ›Chambon‹? Ich habe Google bemüht, aber nichts Vernünftiges und Schlüssiges gefunden, abgesehen von sechzehn Gemeinde- und Kantonsnamen und zwei Seen in Frankreich. Außerdem noch sechs Personen, die den Namen Chambon getragen haben: ein Schweizer Maler des zwanzigsten Jahrhunderts, ein 1975 geborener Motorradrennfahrer, ein Erzbischof in Japan, der nach dem Ende des Zweiten Weltkriegs starb, ein französischer Genetiker, der sich noch bester Gesundheit erfreut, eine Nonne, die regelmäßig Visionen von Jesus Christus hatte, und ein Oberbürgermeister von Paris zur Zeit der Revolution, der Jakobiner war. Plus drei Klöster, die es lange nicht mehr gibt.«

»Mist, das habe ich komplett vergessen!« John ärgerte sich und machte auf der Stelle kehrt. »Chambons, klar, blöd von mir ... Aber mit etwas Glück kann ich Montfoucault noch fragen. Ich bin erst ein paar Blocks von der Hochschule entfernt. Sie wollte sowieso noch länger arbeiten und erst morgen auf Urlaub fahren. Ich melde mich also wieder bei dir!«

John steckte das Handy weg und lief los, in der Hoffnung, dass die Professorin noch nicht aufgebrochen war, sondern nach wie vor ein paar Prüfungsarbeiten zu korrigieren hatte.

Der große Hof der Universität war inzwischen fast menschenleer, nur auf der Bank rund um die Mittelsäule saßen zwei Studenten und unterhielten sich. John eilte weiter, öffnete die Holztür zum Palais des Études – und prallte auf eine Gruppe von drei schwarz gekleideten Männern, die sich sofort vor ihm aufbauten und ihn daran hinderten, die breite Treppe hochzulaufen.

»Gehen Sie nicht hinauf, Mr. Finch«, warnte ihn der Größte der drei mit ernstem Gesicht. »Es ist kein schöner Anblick ...«

»Was heißt ...?«, setzte John an, dann wurde ihm klar, wovon der Mann sprach. »Was ist mit Professor Montfoucault? Haben Sie ...?«

»Wir sind leider zu spät gekommen«, sagte der Mann, zog sein Handy aus der Tasche und hielt es John hin. »Wir haben zu lange gebraucht, um das Institut und ihr Büro zu finden. Diese verdammte Schule ist riesengroß und fast menschenleer ...«

Der Film, der auf dem Handy ablief, war kurz, aber grausam und einprägsam. Professor Montfoucault lag auf dem Boden in ihrem Blut. Ihr waren die Augen ausgestochen und der Hals durchgeschnitten worden. An der Wand hinter ihr, knapp über ihrem blutüberströmten Kopf, hatte jemand ein seltsames Zeichen mit Blut an die Wand gemalt. Damit endete das kurze Video.

»Sie sollten schleunigst verschwinden«, drängte der Mann. »Kommen Sie, wer weiß, wie lange die Leiche noch unentdeckt bleibt ...«

»Wer hat das getan?«, flüsterte John. »Wer sind Sie? Woher kennen Sie mich?«

»Zu viele Fragen, zu wenig Zeit!« Der Mann schüttelte den Kopf und nahm John das Handy wieder ab.

Auf der anderen Seite des Flurs, hinter der Treppe, wurden in diesem Augenblick Schritte laut. Zwei Männer in Jeans und Leinenjacketts bogen um die Ecke, stoppten mit überraschten Gesichtern, als sie John und die drei Männer in Schwarz sahen, drehten sich auf der Stelle um und stürmten davon.

»Da sind sie!«, schrie der Anführer, riss seine Pistole aus dem Gürtel und sprintete los. »Verschwinden Sie endlich, Mr. Finch!«, rief er über seine Schulter zurück, bevor er hinter die Treppe abbog, dicht gefolgt von seinen Männern.

Doch John dachte nicht daran zu verschwinden. Er stürmte die breite Treppe hinauf, nahm zwei Stufen auf einmal, spürte die Wut in sich hochsteigen, sah den abgeschnittenen Kopf Ettorios vor sich, die trudelnde DC-3, die Raffinerie in der Wüste ... Die Bilder rasten vorbei wie im Zeitraffer ...

Worum ging es hier, fragte er sich wieder und immer wieder? Wer hatte die alte Professorin ermordet und warum?

Auf seinem Weg nach oben war er keiner Menschenseele begegnet, es war totenstill. Schließlich stieß er die Tür zum Sekretariat des Instituts auf und sah sich rasch um. Alles wirkte aufgeräumt, kein Durcheinander, keine geöffneten Schränke, kein Chaos, niemand hatte hier etwas gesucht. John ging weiter, die Tür zu Montfoucaults Büro war nur angelehnt, und er drückte sie vorsichtig auf. Auch hier sah es auf den ersten Blick nicht anders aus als beim Besuch Johns vor knapp fünfzehn Minuten.

Aber nur auf den ersten Blick ...

Marie-Christine Montfoucault lag hinter ihrem Schreibtisch, in einer großen Blutlache, neben dem umgeworfenen Bürostuhl. Nahe ihrem Kopf, etwa vierzig Zentimeter über dem Fußboden, hatte jemand ein geheimnisvolles Zeichen an die Wand gemalt.

John machte ein Foto mit seinem Handy und bückte sich dann. Er untersuchte die Fingerspitzen der toten Professorin, aber an keiner war Blut.

Also hatten die Täter selbst das Zeichen hinterlassen.

Als Warnung? Eine Art Unterschrift?

John richtete sich auf, warf einen Blick auf den Schreibtisch. Bücherstapel, Papiere, Kuverts und Prüfungsarbeiten, eine vollgekritzelte Schreibunterlage, ein älteres Telefon, daneben eine Handtasche, die John rasch durchsuchte, aber er fand nichts Ungewöhnliches. Wenn die Täter etwas mitgenommen hatten, dann war es für Außenstehende unmöglich nachzuvollziehen, was es gewesen war, angesichts des kunterbunten Durcheinanders, das auf dem Tisch herrschte.

Warum hatten die Täter Montfoucault sofort umgebracht? Ohne sie auszuhorchen, ohne sie zu befragen, denn dazu war zu wenig Zeit vergangen ... Wussten sie bereits, worum es ging? Wollten sie nur ein Glied aus der Kette entfernen, um zu verhindern, dass alle, die nach ihnen kamen, die Professorin nicht mehr sprechen konnten und eine Spur damit abrupt endete, hier und jetzt, an der Pariser Kunsthochschule?

Instinktiv beugte sich John vor, riss das oberste Blatt der Schreibunterlage ab und steckte es ein. Dann nahm er einen der Kugelschreiber und drückte damit auf den Knopf »abgehende Gespräche« des Telefons. Montfoucault hatte ausschließlich Nummern in Paris gewählt. Daraufhin drückte John den Knopf »ankommende Gespräche« und stutzte. Die letzte Nummer war eine mit italienischer Vorwahl ... Er notierte sie und steckte den Kugelschreiber in seine Hemdtasche, warf einen letzten Blick auf den überfüllten Schreibtisch und stutzte erneut.

Wo war das Werkverzeichnis von Poussin?! Hatte Montfoucault es zurück an seinen Platz gestellt?

Ohne etwas zu berühren, überflog er nochmals die Rücken der gestapelten Bücher.

Nichts.

Vielleicht im Bücherregal des Sekretariats?

John verließ das Büro Montfoucaults, öffnete die Tür zum Flur, steckte den Kopf hinaus und lauschte.

Niemand kam, alles war ruhig.

Also trat er zurück ans Regal und durchsuchte es systematisch von oben nach unten.

Doch sosehr er auch suchte, das Buch blieb verschwunden.

Fünf Minuten später lief John erneut über den großen Hof der Hochschule und bog in die Rue Bonaparte ein. Von den drei Männern in Schwarz war weit und breit nichts zu sehen.

Rodney nahm das Gespräch nach dem ersten Klingelton an. »Und? Wer oder was ist Chambons?«

»Montfoucault ist tot«, sagte John tonlos, ohne auf Rodneys Frage einzugehen, »ermordet. Irgendjemand hat ihr die Augen ausgestochen und danach die Kehle aufgeschlitzt.«

»Ach du Scheiße ...«, flüsterte Rodney erschüttert.

»Die Täter, es scheinen zwei gewesen zu sein, haben eine Art Unterschrift hinterlassen, ein Zeichen an der Wand, das ich noch nie gesehen habe. Ich habe es fotografiert und schicke es dir per MMS.«

»Ich werde sehen, was ich machen kann. Peter ist gerade bei mir zum Kaffee. Ich werde auch mit ihm reden, möglicherweise hat er eine Idee. Und, John? Vielleicht habe ich mich geirrt, und du solltest doch in Urlaub fahren und aus Paris verschwinden«, sagte Rodney. »Zu viel Gewalt, zu viel Blut, zu viele Tote auf deinem Weg. Zuerst Rom, dann Paris. Du hast in irgendein Wespennest gestochen, und jetzt formieren sich die Biester zum Angriff. Je weiter und je eher du wegfliegst, umso besser.«

»Vergiss es«, erwiderte John, »ich werde mich nicht aus dem

Staub machen. Hier läuft irgendein richtig großes Ding, und mit dem Auffinden von Umars Notizbuch hat es eine Eigendynamik bekommen. Immer mehr dubiose Gestalten tauchen auf, und ich weiß nicht, auf wessen Seite sie stehen. Zuerst dachte ich, irgendwer zieht im Hintergrund die Fäden, lässt die Marionetten tanzen. Aber langsam glaube ich, dass sich hinter den Kulissen Panik breit macht. Alle versuchen nur mehr, den Schaden irgendwie zu begrenzen und mit der Lawine lebend ins Tal zu rauschen. Da werden Spuren verwischt, Mitwisser wie Ettorio beseitigt, falsche Fährten gelegt. Warum musste Montfoucault sterben? Sie hatte recht, als sie sagte, dass die Bilder von Poussin Jahrhunderte in Museen hingen und kein Mensch sich näher für ihre Symbolik oder irgendwelche versteckten Hinweise interessiert hat. Es gab keinen Grund, die Professorin umzubringen. Selbst Umar kam nicht bis nach Paris, er sprach niemals mit Montfoucault über Poussin ...«

»Aber er erwähnte sie in seinem Notizbuch«, erinnerte ihn Rodney, »und das scheint den anderen zu genügen. Das war ihr Todesurteil. Was auch beweist, dass die Gegenseite mit der Entschlüsselung mindestens so weit ist wie wir. Also gib auf dich acht. Wo ist eigentlich unser starrköpfiger Waliser?«

»Llewellyn hat einen Auftrag in Paris zu erledigen, Näheres hat er mir nicht gesagt«, antwortete John, »aber wir treffen uns zum Abendessen wieder. Mal sehen, ob er etwas Neues rausgefunden hat. Übrigens, ich habe da auch noch etwas für dich!« Er nannte Rodney die italienische Telefonnummer aus Montfoucaults Büro. »Ich habe keine Ahnung, ob die wichtig ist, aber vielleicht kannst du mehr darüber erfahren. Wer immer auch Montfoucault anrief, er war der Letzte, der mit ihr gesprochen hat.«

»Ich versuche mein Bestes«, versicherte Rodney. »Wie sehen deine Pläne aus?«

»Don't call us, we'll call you«, antwortete John lapidar, beendete das Gespräch, verschickte seine MMS an Rodney, wählte anschließend den Notruf der Polizei und meldete in knappen Worten die Leiche in der Kunsthochschule.

Hartnäckig ignorierte er jede Rückfrage des Beamten, schaltete nach dem Anruf sein Handy aus, nahm die SIM-Karte aus dem Gerät und ließ sie in den nächsten Kanal fallen.

Dann machte er sich auf den Weg zur Kathedrale Notre Dame.

Basilica di Santa Croce, Innenstadt Florenz/Italien

Kurz vor sechs Uhr abends hatten alle Touristen die Kirche und das Museum im Herzen Florenz bereits verlassen. Die Basilica di Santa Croce war wie jeden Abend für die Öffentlichkeit gesperrt worden, die Aufseher hatten ihre letzte Kontrollrunde gemacht, und nun lag das Kirchenschiff still und friedlich da. Durch die farbenprächtigen Fenster fielen die letzten Strahlen der tiefstehenden Sonne auf den Marmorfußboden und zeichneten Lichtflecke auf die skulptierten Grabplatten berühmter Florentiner Persönlichkeiten. In den Wandelgängen des angrenzenden Franziskaner-Klosters fotografierten sich noch ein paar Japaner lachend gegenseitig, bevor sie von den Aufsehern höflich, aber bestimmt aus dem Gebäude hinauskomplimentiert wurden.

Nur achthundert Meter vom weltberühmten Duomo in der Innenstadt von Florenz entfernt lag die größte Franziskanerkirche der Welt etwas abseits vom Touristenstrom, der alljährlich fast ohne Unterlass durch die toskanische Hauptstadt brandete. Die prachtvollen Grabmäler von Michelangelo, Galileo Galilei, Leonardo Bruni oder Macchiavelli in Santa Croce reihten sich wie selbstverständlich in diese von Kultur und Kunstdenkmälern überbordende Stadt ein.

Es war genau 17.58 Uhr, als eine schwarze Mercedes S-Klasse Limousine mit dezenten dunklen Vorhängen vor den rückwärtigen Scheiben langsam über die Piazza Santa Croce rollte.

Ein dunkelblauer Range Rover mit einem Kennzeichen des Vatikans folgte in wenigen Metern Abstand. Als zwei Carabinieri erstaunt vortraten und die beiden Fahrzeuge daran hindern wollten, weiter in Richtung der Basilika durch die Fußgängerzone zu fahren, öffnete sich das Fenster des Range Rovers, und eine Hand setzte ein Blaulicht auf das Wagendach. Die grellen Lichtstrahlen huschten gespenstisch über die Häuserfassaden der Piazza.

Die weiße Basilika mit den drei braunen, zweiflügeligen Toren schien einer dramatischen Filmkulisse entsprungen und im Abendlicht von innen her zu leuchten.

Vor der überlebensgroßen Marmorstatue von Dante Alighieri hielt der Mercedes an, während der Fahrer des Range Rovers seinen Wagen so parkte, dass er die Limousine und ihre Insassen von der Piazza her abschirmte. Dann öffneten sich die Türen, und vier Männer stiegen aus, blickten sich um und traten an den Mercedes. Einer von ihnen klopfte zwei Mal leise aufs Dach, woraufhin sich der hintere Schlag öffnete und ein weiterer Leibwächter ausstieg, die Umgebung sicherte und schließlich zufrieden nickte.

»Wann immer Sie möchten, Eure Eminenz ...«, sagte er und hielt die Tür auf.

»Danke, Franco«, ertönte eine tiefe Stimme aus dem Wageninneren, bevor Kardinal Lorenzo Sanseverino ausstieg und sich kurz umsah.

Der hagere, fast asketisch wirkende Geistliche überragte seine Personenschützer um einen Kopf, und die bodenlange, schwarze Soutane mit roten Knöpfen und gleichfarbigem Nahtbesatz ließ ihn noch größer und schmaler erscheinen. Sanseverino hatte seinen Dienst im Vatikan unter Papst Pius XII. in den späten Fünfzigerjahren angetreten, war sieben Päpsten zur Seite gestanden und galt immer noch als einer der wichtigsten

Männer der Kurie. Manche bezeichneten ihn sogar als den heimlichen Papst Roms, andere wiederum behaupteten, er sei seit fast einem halben Jahrhundert die graue Eminenz hinter den Winkelzügen der katholischen Kirche.

So viel auch gemunkelt wurde, eines stand fest – auch wenn es niemals eine offizielle Stellungnahme dazu gegeben hatte: Sanseverino stand an der Spitze des Pro Deo, des ultrakonservativen Vatikanischen Geheimdienstes, dessen ausgesuchte Agenten sich aus den Besten der Besten der Schweizergarde rekrutierten und der zwei Vorbilder hatte, was Effektivität und Rücksichtslosigkeit beim Erreichen seiner Ziele betraf – die Assassinen und den Mossad.

Sanseverino stieg bedächtig die Stufen zu Santa Croce hinauf.

Der Kardinal war nun neunundsiebzig Jahre alt, die man ihm allerdings nicht ansah. Sein Kopf wurde noch immer von einer dichten Mähne schwarz-grauer Haare beherrscht, die nur mühsam zu bändigen waren und die er, einziges Zugeständnis an seine Eitelkeit, regelmäßig nachfärben ließ. Seinen Augen, wach und keineswegs müde, schien nichts zu entgehen. Nur sein intimster Kreis wusste, dass Sanseverino stets eine geladene Beretta unter seiner Soutane trug.

»Franco?« Der Kardinal hob mit einer beinahe unmerklichen Geste die Hand, und sein persönlicher Vertrauter und Leibwächter Franco Spadolini schloss sofort zu ihm auf. »Lass die anderen vor der Tür warten. Ich möchte keine Bewacher in der Kirche.«

»Soll ich …?«, setzte Franco an, doch der Kardinal schüttelte den Kopf.

»Nein, nein, bleib im Hintergrund, es genügt, wenn du mich nicht aus den Augen verlierst«, unterbrach ihn Sanseverino. »Das ist ein Haus Gottes, und zu dem habe ich noch immer ganz gute Beziehungen. Kümmere du dich um den Teufel.«

Franco verzog keine Miene, senkte zustimmend den Kopf und hielt dem Kardinal die Tür auf. »Ich habe den Fahrer angewiesen, den Motor laufen zu lassen«, sagte er leise. »Für alle Fälle.«

Sanseverino nickte nur, dann kniete er neben dem steinernen Weihwasserbecken nieder, tauchte zwei Finger ins kühle Wasser und bekreuzigte sich.

Im weiten Kircheninneren brannten nur noch ein paar Kerzen, weit vorne, unter dem goldenen Altar. Santa Croce schien menschenleer zu sein, die Stille in der Basilika war ein heftiger Kontrast zu der Lebendigkeit der toskanischen Hauptstadt.

Der Kardinal ging tiefer in die Kirche hinein, die ihm riesengroß erschien. Es war lange her, seit er das letzte Mal Santa Croce besucht hatte, mehr als dreißig Jahre.

Damals war der Anlass kein erfreulicher gewesen, aber das war eine andere Geschichte. Eine, über die man den Schleier des Vergessens gebreitet hatte und die in der römischen Kirche niemand mehr ausgraben wollte …

Die wenigen Bänke standen weit vorne in dem Kirchenschiff, in zwei Reihen angeordnet, und Sanseverino überlegte sich für einen Moment, wie lange Franco wohl für die Distanz brauchen würde. Wo starb ein Kardinal am würdevollsten? An seinem Schreibtisch im Vatikan? Vor dem Altar einer Franziskaner-Kirche? Oder wie ein normaler Mensch in irgendeinem Krankenhausbett, das danach desinfiziert und für den nächsten Tod vorbereitet wurde?

Der Kardinal wischte die Gedanken beiseite, wandte sich nach rechts zur Seitenkapelle und warf einen Blick auf das Grabmal Michelangelos. Unter der Büste des Künstlers, die auf seinem prächtigen Sarkophag thronte, trauerte eine Frau aus weißem Marmor um den Verstorbenen.

Steinerne Tränen für die Nachwelt, dachte Sanseverino und griff instinktiv nach seiner Waffe. Wer würde um ihn weinen? Würde ihn jemand vermissen? Oder würde man zur Tagesordnung übergehen, nach einem kurzen Gebet und einer verlogenen Predigt?

Der kühle Stahl der Beretta beruhigte ihn, und er ging weiter, ließ den Hauptaltar links liegen, dessen goldene Fassung im Halbdunkel geheimnisvoll glänzte. Ein mächtiges Gerüst dahinter zeugte von den Renovierungsarbeiten an den Fresken.

Durch das Portal Michelozzos betrat Sanseverino die Sakristei und danach die Medici-Kapelle, die mit ihren wenigen dunklen Holzbänken und den strengen Linien eine fast asketische Atmosphäre verbreitete. Es roch nach erloschenen Kerzen, und ein Hauch Parfum lag in der Luft, was Sanseverino irritierte.

In der vierten Reihe erblickte er eine Frau in Schwarz, mit einem straff gebundenen Kopftuch, die ins Gebet versunken schien. Ihr Kopf war vorgebeugt, ihre Hände waren gefaltet.

»Es tut mir leid, Sie zu stören«, setzte der Kardinal an, »aber die Öffnungszeiten der Basilika Santa Croce sind verstrichen, und ich darf Sie ersuchen, die Kapelle nun umgehend zu verlassen.«

Die Frau hob den Kopf und blickte Sanseverino mit großen dunkelbraunen Augen an. »Eminenz, wie schön, dass Sie Zeit gefunden haben … Ich habe Sie allerdings bereits früher erwartet. War der Verkehr auf der Autobahn doch dichter als vermutet?«

Der Kardinal runzelte die Stirn. »Sie haben mich erwartet?«, fragte er überrascht. »Wo ist Professore Briseno von der Università di Roma?«

»Ich soll Sie von ihm grüßen lassen«, die Frau lächelte, »er ist leider verhindert. Oder sagen wir es so: Dies sind Ereignisse, die weit über seinen Horizont hinausgehen, und deshalb hat er sich mir anvertraut.« Sie klopfte einladend neben sich auf die harte Holzfläche. »Setzen Sie sich zu mir, Eminenz, und lassen Sie uns reden.« Mit einer koketten Handbewegung zog sie das schwarze Tuch vom Kopf und schüttelte ihre langen braunen Haare, die ihr bis auf den Rücken fielen.

Sanseverino dachte einen Augenblick daran, die Medici-Kapelle einfach wieder zu verlassen und nach Rom zurückzukehren.

Doch dann siegte seine Neugier.

»Wer sind Sie?«, fragte er die Unbekannte direkt und ärgerte sich sofort über die offenkundige Wissenslücke, die er damit eingestanden hatte.

»Ich bin überrascht«, erwiderte die Frau in der Kirchenbank, während sie sorgfältig ihr Kopftuch faltete und einsteckte. »Haben Ihre Leute Sie nicht informiert? Das ist wenig schmeichelhaft für mich, doch auf der anderen Seite – ist es so wichtig, wer ich bin?« Sie sah den Geistlichen herausfordernd an. »Wer sind *Sie*, Kardinal Sanseverino? Wo stehen *Sie?* Wofür stehen *Sie?* Wen vertreten *Sie*, und weiß Seine Heiligkeit, dass Sie hier sind?« Die Frau lachte leise. »Oder sind Sie wieder einmal im Interesse der Kirche, aber ohne ausdrücklichen Auftrag von oben unterwegs? Wie schon so oft in den vergangenen Jahrzehnten? Ein moderner Richelieu mit seinen Garden?«

Sanseverino ging langsam den Mittelgang entlang, ohne die Unbekannte aus den Augen zu lassen. »Ich kann mir nicht vorstellen, dass Sie auf Ihre Fragen tatsächlich eine Antwort erwarten«, sagte er gelassen, bevor er sich neben die Frau in die Kirchenbank gleiten ließ. »Nochmals. Wo ist Professor Briseno?«

»In der Universität, nehme ich an, oder auf seinem Landgut bei Montecatini Terme«, antwortete seine Gesprächspartnerin, ohne zu zögern. »Er wird nicht kommen, Sie werden mit mir vorliebnehmen müssen.«

»Und wenn nicht?«, fragte Sanseverino lauernd.

»Dann würden Sie keinen Blick hier herein werfen können.« Die Frau zog ein Notizbuch aus ihrer Handtasche und hielt es hoch. »Und das ist doch der Grund Ihres heutigen Besuchs in Florenz, abseits der Hauptstadt, wo Sie jeder kennt und erkennt.«

Der Kardinal streckte die Hand aus. »Professor Briseno hat davon gesprochen«, bestätigte er vorsichtig. »Es gehörte einem gewissen libyschen Leutnant ...«

»Gut möglich.« Mit einem spöttischen Gesichtsausdruck zog die schwarz gekleidete Frau das Notizbuch wieder zurück.

»Wer sind Sie, und warum sind Sie hier und nicht der Professor?«

»Ich hätte Sie für phantasievoller gehalten, Eminenz.«

Das unerschütterliche, überhebliche Lächeln der Unbekannten irritierte den Kardinal.

»Nennen Sie mich einfach Maria, ein Name, der Ihnen geläufig sein sollte und den selbst Geistliche mit kurzem Gedächtnis nicht so schnell vergessen. Und warum ich hier bin? Aus verschiedenen Gründen. Informationsaustausch? Ein Kennenlernen auf neutralem Terrain? Oder um zu sehen, wie sehr Ihnen das Notizbuch am Herzen liegt?«

Sanseverino schwieg und blickte zum Altar, einem in blau und weiß gehaltenem Relief. »Professor Briseno ...«, setzte er an, doch die Frau unterbrach ihn.

»... gehört zu unserem Kreis, unserem Zirkel, wenn Sie so wollen«, erklärte sie, »wie Tausende andere auch in diesem

Land. Und er dachte, dass dieses Treffen besser von mir wahrgenommen werden sollte.«

»Warum glaube ich das nicht?«, fragte der Kardinal spöttisch.

»Sorgen Sie sich um die Gesundheit des Professors? Aber nicht doch, Eminenz! Das ehrt Sie, ist jedoch völlig unnötig. Ich gebe allerdings zu, dass ich Briseno ersucht habe, dieses Treffen mit Ihnen in die Wege zu leiten, nachdem ich erfahren hatte, wer seine beiden Besucher in der Universität waren. Ich war überzeugt, Sie hätten dem Treffen sonst wohl kaum zugestimmt, hätte Sie Ihr alter Freund nicht angerufen. Verzeihen Sie also diesen kleinen Schachzug meinerseits.«

Als Sanseverino seine Hand wieder aus der Soutane zog, lag die Beretta in seiner Hand. Der Kardinal legte mit dem Daumen den Sicherungsflügel um, und das metallische Klicken hallte in der kleinen Kapelle wider. »Das Notizbuch«, sagte er kühl, richtete die Mündung auf die Unbekannte und streckte seine Hand aus.

In diesem Moment spürte er etwas Hartes, Kaltes an seinem Hinterkopf.

»Legen Sie die Waffe auf die Bank, Eminenz, und halten Sie mich nicht für dumm«, forderte ihn die Frau neben ihm gelassen auf. »Oder warten die Engel da oben bereits auf Sie, und Sie wollen sie nicht länger auf die Folter spannen? Männer wie Sie sterben nicht im Bett, Kardinal. Eine Medici-Kapelle ... wie passend! Und wenn Sie jetzt nach Franco rufen sollten, dann wäre das vergeblich. Der hat sich einen Moment der Besinnung und der Ruhe vor dem Altar verdient, denken Sie nicht auch? Wussten Sie übrigens, dass es ein altes Franziskaner-Kloster gleich nebenan gibt? Mit einem eigenen Eingang zu Santa Croce? Nein? Hat der Besuch Ihres alten Freundes Briseno Sie so sehr in Sicherheit gewogen? Pro Deo wird erschreckend nachlässig …« Sie schnalzte mit der Zunge, nahm Sanseverino die Beretta ab und sicherte sie wieder, bevor sie sie neugierig von allen Seiten betrachtete und sie wie beiläufig wieder zwischen sich und dem Kardinal legte. »Seltsam, ich dachte immer, Sie hätten einen Wahlspruch eingravieren lassen, ein Kreuz oder zumindest die Heilige Dreifaltigkeit … als Glücksbringer. Ließ Kardinal Richelieu nicht auf die Geschützrohre die Formel gießen: ›Ultima ratio regum‹? Das letzte Mittel der Könige?« Die Unbekannte hob unmerklich die Hand, und der Druck auf Sanseverinos Hinterkopf ließ nach. »Lassen Sie uns vernünftig miteinander reden, Eminenz«, begann sie dann erneut und legte das Notizbuch demonstrativ neben die Beretta. »Wir sind dabei, dies hier zu entschlüsseln und die notwendigen Maßnahmen zu ergreifen. Hat Ihnen Briseno von seinem Besuch erzählt, von John Finch und Major Llewellyn? Kaum waren die beiden aus seinem Büro verschwunden, alarmierte er mich. Ich schickte Finch und dem Major ein paar Agenten des AISI hinterher, und so wechselte das Notizbuch glücklicherweise noch in Rom den Besitzer.«

Der Kardinal versuchte erst gar nicht, seine Überraschung zu verbergen. »Sie haben den Geheimdienst losgeschickt?«

Sie lächelte wieder. »Selbstverständlich, ich habe volles Vertrauen in den Dienst und seine Agenten. Sie etwa nicht? Oder ist es bei Ihnen beruflicher Argwohn, geboren aus einem Konkurrenzdenken inter pares?«

Das Misstrauen Sanseverinos lag in der Luft wie schwerer Weihrauchduft. »Sie haben also das Notizbuch, sind dabei, es zu entziffern – und? Was geht mich das an?«

»Offenbar sehr viel, nachdem Sie gerade versucht haben, es mir mit Waffengewalt abzunehmen«, erwiderte seine Gesprächspartnerin mit spöttischem Unterton. »Erinnern Sie sich an Roberto Calvi und die Blackfriars Bridge? An Gottes

Banker mit den fünf Ziegelsteinen in seinen Taschen, der an einem Seil über der Themse baumelte?«

»Nur zu gut«, gab Sanseverino zu, »ein schwarzer Tag in der Geschichte des Vatikans«.

»Davon gab es bereits einige, und es wird sie weiterhin geben«, sagte die Unbekannte ruhig. »Wussten Sie, dass Calvi sich für Poussin interessierte? Dass er am Tage seines Todes die Fotografie eines der Selbstporträts des Malers in seiner Brusttasche trug?«

Sanseverino versuchte seine Überraschung zu verbergen. Blitzschnell wog er seine Taktik ab. »Warum, glauben Sie, war ich bereit, Briseno zu treffen, als er mich anrief und mir von den ›Hirten von Arkadien‹, den beiden Engländern und dem Notizbuch erzählte?«, erwiderte der Kardinal. »Wohl kaum, um mit ihm über die Architektur von Santa Croce oder den Gesundheitszustand Seiner Heiligkeit zu plaudern!«

»Ihre Neugier ist wohl bekannt«, fuhr die Frau neben ihm ungerührt fort, »und Ihr Informationshunger ebenso. Man nennt Sie nicht umsonst den Löwen von St. Peter. Ach, und bei dieser Gelegenheit, wie geht es Jorge Bergoglio tatsächlich? Hat er sich bereits an die Intrigen, die Habgier, die sexuellen Präferenzen und die Unbeweglichkeit der Kurie gewöhnt?«

»Papst Franziskus ist ein Lichtstreif am Horizont«, erwiderte der Kardinal diplomatisch.

»Wenn die Sonne tief steht, werfen auch Zwerge lange Schatten«, entgegnete die Frau respektlos und beobachtete dabei aufmerksam Sanseverino, der ihr jedoch nicht den Gefallen machte, auch nur eine Miene zu verziehen.

»Calvi hatte seine Strafe verdient«, sinnierte der Kardinal stattdessen, »der wirtschaftliche Schaden für die Banco Ambrosiano und für die Vatikanbank war damals enorm, der Ruf der Kirche und des Vatikans nachhaltig geschädigt.«

»Mit anderen Worten: Pro Deo hatte geschlafen«, fasste die Unbekannte zusammen. »Ihr Geheimdienst stand wie das sprichwörtliche Kaninchen vor der Schlange, paralysiert. Wie damals Eva im Paradies ...«

Sanseverino hob stumm die Augenbrauen und sah sie herausfordernd an.

»Sehen Sie, Eminenz, Symbolismus gibt es nicht nur in Kathedralen, Schlössern, auf Grabmalen oder Gemälden. Nein, wer genau hinsieht, der findet ihn überall. Auch bei Calvi. ›The Black Friars‹, ›die schwarzen Mönche‹, die fünf Ziegelsteine in seinen Taschen wiesen klar auf Freimaurer hin, Bargeld im Wert von vierzehntausend Dollar auf seine Verfehlungen und seine Gier. Stimmt es, dass Sie im Juni 1982 in London waren, als man Calvi fand? Dass Sie bereits zwei Tage vor der Tat in Heathrow landeten?«

»Wollen Sie damit andeuten, dass wir etwas mit seinem Tod zu tun hatten?«

»Ach wo, wir *wissen*, dass dem nicht so ist!« Die Unbekannte winkte lächelnd ab. »Ich war damals noch ein kleines Kind, und mein Vorgänger trat – nun sagen wir mal – etwas plötzlich ab und nahm gewisse Informationen mit in seine Zelle. Hatte er Sie damals vorgewarnt? War der Mord an Calvi eine dringend notwendige Aktion, die mit Ihrem Einverständnis stattfand, weil der Bankier Gottes Schwarzgeld in unglaublicher Höhe für die katholische Kirche verschoben und auch verprasst hatte? Sollten unser beider Interessen damals zumindest für ein einziges Mal dieselben gewesen sein?«

»Was wollen Sie, Signora?« Sanseverino blickte auf die Beretta und das Notizbuch daneben.

Er brauchte Zeit zum Überlegen, spürte jedoch die Anwesenheit eines anderen hinter sich, in der nächsten Kirchenbank.

Der Mann mit der Pistole ... Also legte er seine Hände sehr langsam und demonstrativ auf die Gebetsbuchablage vor ihm.

»Sie hätten gerne einen Namen? Aber Sie haben ihn doch schon, Eminenz. Maria ist tatsächlich mein richtiger Name. Und was ich will? Ein Geschäft, ein Stillhalteabkommen. Pro Deo hält sich aus der ganzen Sache um das Notizbuch, um Poussin und dessen Mysterium heraus. Habe ich Ihnen schon erzählt, dass der Verfasser des Notizbuchs ein Sympathisant des IS war? Ich wette, der Islamische Staat würde uns beiden hier und jetzt, ohne viel nachzudenken, den Kopf abschneiden, um an Umars Aufzeichnungen und hinter das Geheimnis Poussins zu kommen. Wir wollen jedoch nicht an drei Fronten kämpfen, Eminenz. Also verbünden wir beide uns ein weiteres Mal in der Geschichte des Abendlandes ...«

Sanseverino spürte Zorn in sich aufsteigen. Er wollte ihr sagen, dass es unter seiner Leitung noch nie ein Bündnis zwischen dem Vatikan und ihrer Verbrecherorganisation gegeben habe. Doch so schwer es ihm auch fiel, er schwieg diplomatisch und wartete ab.

»Außerdem werden wir möglicherweise Einblick in einige sensible Akten benötigen, die im Geheimarchiv des Vatikans liegen«, fuhr die Unbekannte fort.

»Und was haben wir davon?«

»Wir halten den Vatikan über den Fortgang der Ereignisse auf dem Laufenden, und vor allem über das Resultat am Ende der Suche. Wir haben da unsere ganz eigene Theorie. Ich denke, Sie werden zufrieden sein. Sie binden keine Kräfte, bleiben sozusagen Zuschauer und profitieren noch davon.«

Sanseverino zuckte theatralisch mit den Schultern. »Und was noch? Bisher habe ich nichts gehört, das mich einigermaßen motiviert hätte, Ihrem Angebot zuzustimmen.«

Die Frau ergriff das Notizbuch und hielt es Sanseverino vor die Nase. »Könnten Sie das umstimmen, Eminenz?«

Fünf Minuten später verließ die Unbekannte die Medici-Kapelle durch eine der Seitentüren zum angeschlossenen Franziskaner-Kloster.

Als die Tür mit einem lauten Schlag zugefallen war, hörte Sanseverino ein Rascheln hinter sich. Er wandte sich zum Mittelgang und blickte hoch. Eine Nonne ging ohne Hast mit einem gemurmelten »Gelobt sei Jesus Christus« an ihm vorbei und folgte der Frau in Schwarz.

Verwirrt sah der Kardinal ihr nach.

Eine Klosterschwester ...?

Nun war er allein in der Kapelle. Von draußen drang der Verkehrslärm nur gedämpft herein. Irgendwo hupte jemand wütend.

Schließlich erhob sich Sanseverino kopfschüttelnd, verstaute die Beretta in dem speziell angefertigten Schulterhalfter und wog das Notizbuch Umars in seiner Hand.

Manchmal muss man zum Schein auch eine Allianz mit dem Teufel eingehen, dachte er und machte sich auf den Weg.

Als er aus der Kapelle in das verwaiste Hauptschiff von Santa Croce trat, sah er Franco, der auf den Stufen des Altars lag, sofort. Er war mit Handschellen an eine der Säulen des mächtigen steinernen Tisches gefesselt, der den goldenen Flügelaltar trug. Er lag auf dem Bauch, schien wie in völliger Anbetung erstarrt zu sein. Als Sanseverino sich zu ihm hinabbeugte, roch er das Chloroform sofort. Der Kardinal ließ ihn liegen, drehte sich um und schritt nachdenklich zum Ausgang.

Als er am Grabmal Niccolò Machiavellis vorbeikam, schlug er ein Kreuz, bevor er die die Inschrift auf dem Memento Mori las: ›TANTO NOMINI NULLUM PAR ELOGIUM – Solchem Namen ist kein Lobesspruch ebenbürtig‹.

»Wie wahr, wie wahr«, murmelte er. Er steckte das Notizbuch ein und informierte mit knappen Worten seine erstaunten Männer, die noch immer vor dem Eingang der Basilika nichtsahnend auf ihn warteten, über den Verbleib Francos. Während zwei von ihnen sofort losstürmten, um ihren Kollegen zu befreien, machte sich der Kardinal auf den Weg zu seinem Wagen, stieg in den Mercedes, griff zum Telefon und wählte eine Mobilnummer, die außer dem Papst nur er allein kannte.

Kathedrale Notre Dame, Île de la Cité, Paris/Frankreich

Andenkenverkäufer, Straßenmusikanten und Gaukler ... John Finch fragte sich, ob sich auf dem Platz vor der Kathedrale Notre Dame in den letzten achthundert Jahren tatsächlich viel verändert hatte. Das meistbesuchte Wahrzeichen von Paris, idyllisch auf der Île de la Cité gelegen, stellte, was die Zahl der Touristen betraf, den Eiffelturm oder den Arc de Triomphe locker in den Schatten.

Der Spaziergang entlang den Ufern der Seine, auf denen Antiquare und Maler seit Generationen zum Stadtbild gehörten, war für John eine gute Gelegenheit gewesen, über seine nächsten Schritte nachzudenken. Der grausame Tod von Marie-Christine de Montfoucault ging ihm nicht aus dem Kopf. Je länger er darüber grübelte, umso mehr erschien ihm das geheimnisvolle Zeichen an der Wand wie ein grausames Menetekel, eine letzte Warnung, mit Blut geschrieben.

Außerdem waren da noch die drei Männer gewesen, die ihn zu kennen schienen ... Ihrer Sprache nach waren es Engländer gewesen. Standen sie auf seiner Seite? Hatten sie die beiden Mörder der Professorin erwischt? Oder waren sie selbst in ihren Tod verwickelt?

Auf dem Weg zur Île de la Cité hatte sich John in einem Handy-Laden drei neue Prepaid-Karten für sein Mobiltelefon gekauft. Er ging gerade über die Petit-Pont-Brücke, als er eine der Sim-Karten einlegte und sich einloggte. Dann wählte er die Nummer von Llewellyn.

»Ja?«, meldete sich der Waliser vorsichtig.

»Ich hoffe, du warst erfolgreicher als ich«, begann John. »Meine Gesprächspartner stehen scheinbar alle auf einer geheimen Todesliste.«

»Hast du dich nicht wie geplant mit der Professorin getroffen?«, wollte Llewellyn wissen.

»Doch, und ich habe jede Menge Interessantes erfahren. Aber ich hatte vergessen, nach ›Chambons‹ zu fragen, und bin nochmals zurück in die Hochschule. Als ich wieder ins Institut kam, lag sie tot am Boden, ihr Büro war voller Blut, und an die Wand hatte jemand ein seltsames Zeichen gemalt, das ich vorher noch nie gesehen habe. Rodney sucht bereits nach der Bedeutung.«

»Warum sollte jemand eine alte Professorin umbringen?« Llewellyn klang ratlos. »Nur weil Umar sie in seinem Notizbuch erwähnt? Dann sollte Rodney schnellstens die übrigen drei Eintragungen decodieren, wer weiß, was oder wer noch zum Vorschein kommen. Wo bist du jetzt?«

»Ich überquere gerade die Seine, in Sichtweite der Kathedrale«, antwortete John. »Hast du deine Fußtruppen nach Frankreich geschickt? In der Universität liefen mir drei Männer über den Weg, die meinen Namen kannten, perfekt Englisch sprachen und offenbar den Mördern von Montfoucault auf der Spur waren.«

»Jack ist inzwischen sicher bei Rodney angekommen, und alle anderen stehen Gewehr bei Fuß, aber keiner von ihnen ist in Frankreich«, sagte Llewellyn. »Drei Engländer, sagst du? Das ist seltsam …«

»Wir brauchen einen Schlachtplan, unabhängig von Rodneys Fortschritten«, gab John zu bedenken. »Spätestens morgen früh sollte unser Dechiffrierer in Wimbledon alle drei Passagen entschlüsselt haben. Sonst geraten wir hoffnungslos ins Hintertreffen. Warst wenigstens du heute erfolgreicher?«

»Wie man es nimmt«, antwortete Llewellyn. »Es ist schwierig, im Handumdrehen ein Phantom zu finden, das keiner kennt und dem niemand zugesehen hat, als es sich mitten in Paris in Luft aufgelöst hat. Aber das erzähle ich dir, wenn wir uns sehen. Ich habe ein paar Kontakte aktiviert und an einigen Fäden gezogen. Hoffentlich an den richtigen ...«

Als Gérard Meuniers von der Generaldirektion der Police Nationale John und Llewellyn eine Stunde später vor Notre Dame abholte, fuhr er mit dem Dienst-Peugeot einfach über den Gehsteig, wich geschickt den Absperrungen des Vorplatzes aus und hielt mit dem kleinen Stadtflitzer direkt vor dem Denkmal Karls des Großen an.

»Steigt ein, bei uns brennt die Luft, und ich habe nicht viel Zeit!«, rief er ihnen durch das offene Seitenfenster zu, stieß mit einer Hand die Beifahrertür auf und hielt mit der anderen seinen Dienstausweis vor die Augen eines entrüsteten, rasch herbeigeeilten Polizisten, der gerade zu einer belehrenden Tirade ansetzen wollte. »Wir sind auch schon wieder weg«, beruhigte er den aufgebrachten Uniformierten. »Halten Sie die Augen offen, die Terrorwarnstufe wurde auf Rot gesetzt.«

Der verblüffte Polizist nickte, salutierte und verschwand wieder, während John versuchte, es sich auf der Rückbank des Kleinwagens bequem zu machen.

»Tut mir leid, der ist beim letzten Waschen etwas geschrumpft«, Meuniers grinste und wandte sich um, »aber ganz praktisch für die Stadt. Sie sind also John Finch. Llewellyn hat mir schon viel von Ihnen erzählt, vor allem von Ihrem Abenteuer im Hindukusch.«

»Warum beruhigt mich das nicht?«, erwiderte John und schüttelte Meuniers' ausgestreckte Hand. »Jede Nachrede ist immer nur so gut wie der, der sie verbreitet.«

»Dann haben Sie unbegrenzten Kredit bei mir«, sagte Meuniers lächelnd, dann wurde er ernst. »Sie waren heute an der Kunsthochschule?« Die Frage klang eher wie eine Feststellung. »Waren Sie es, der die Polizei alarmiert hat?«

John nickte. »Das war das Letzte, was ich für Professor Montfoucault tun konnte.«

»Was oder wen haben Sie gesehen?«, erkundigte sich Meuniers, während er den Peugeot über den Gehsteig wieder zur Straße lenkte.

John schilderte in kurzen Worten seine Erlebnisse in der Akademie.

Meuniers hörte schweigend zu, fädelte sich geschickt in den Verkehr auf dem Quai Saint-Michel ein und fuhr in Richtung Norden entlang der Seine. »Können Sie die drei Männer beschreiben?«, wollte er schließlich wissen.

»Nein, ich habe sie nur ganz kurz gesehen.« John schüttelte den Kopf. »Wir sprachen nur kurz, dann stürmten sie auch schon los.«

»Wir haben die beiden anderen bereits gefunden«, sagte Meuniers. »Kein schöner Anblick. Sie wurden in die Kapelle der Petits-Augustins gebracht, dem ältesten Teil der Schule aus dem siebzehnten Jahrhundert. Der oder die Mörder schnitten ihnen bei vollem Bewusstsein die Zunge heraus, köpften sie anschließend und legten sie unter einem Bild ab, einer Kopie des ›Jüngsten Gerichts‹ von Michelangelo. Dann breiteten sie die schwarze Flagge des IS über die Leichen und schmierten mit ihrem Blut auf Arabisch die Worte ›Tod den Fratelli Neri‹ an die Wand der Kapelle.«

»Sie meinen, die drei Bewaffneten, denen ich begegnet bin und die so perfekt Englisch sprachen und mir das Handy-Video zeigten, waren vom IS?« John wunderte sich. »Die hatten weder Bärte, noch sahen sie besonders arabisch aus.«

»Mr. Finch, die Zahl europäischer Dschihadisten, die in den Reihen der islamistischen Terrormiliz kämpfen, ist gerade in den letzten Monaten stark angestiegen. Laut EU-Terrorbeauftragtem um rund eintausend Mann. Die meisten von ihnen kommen aus Frankreich, Großbritannien, Deutschland, Belgien und den Niederlanden«, zählte Meuniers auf. »Die sprechen akzentfrei die jeweilige Landessprache, verschwinden in jeder europäischen Großstadt spurlos und fallen in Menschenmengen genauso viel auf wie Sie und ich. Und sind bei Bedarf glattrasierte Anzugträger. Wir haben jedenfalls bisher keine Spur von den drei Männern gefunden. Die Fahndung läuft auf Hochtouren, aber bisher sind Sie der Einzige, der sie gesehen hat ...«

»Warum lebe ich dann noch?«

»Eine gute Frage, und glauben Sie mir, die habe ich mir auch schon gestellt«, erwiderte Meuniers ungerührt. »Allerdings habe ich noch keine schlüssige Antwort darauf gefunden.«

»Herzlichen Dank, das beruhigt mich ungemein. Die drei kannten mich, sie wussten sogar meinen Namen ...«

Drei Fahrzeuge der Police mit Blaulicht und Folgetonhorn rasten an dem kleinen Peugeot vorbei, ignorierten das nächste Rotlicht und bogen mit quietschenden Reifen in Richtung Innenstadt.

»Die Einsatzkräfte und die zuständigen Behörden in Paris sind derzeit etwas nervös und hektisch«, fuhr Meuniers fort.

»Kein Wunder, nach der seltsamen Entführung der Kulturministerin gestern, dem Mord an Montfoucault in der Kunsthochschule und dem Auffinden der beiden geköpften Männer in der Kapelle heute liegen die Nerven blank. Und die Presse macht zusätzlich Druck.«

»Hast du trotzdem etwas über Alexander Reiter herausbekommen können?«, erkundigte sich Llewellyn, der bisher stumm zugehört hatte.

»Der hat gestern Abend einen Platz auf einem Austrian Airlines Flug gebucht, von Charles-de-Gaulle nach Klagenfurt in Österreich«, antwortete Meuniers wie aus der Pistole geschossen. »Du meinst wirklich, er war der Entführer von Ministerin Bernadetti?«

»Zu einhundert Prozent.« Llewellyn nickte. »Peter Compton irrt sich nicht. Und wenn, dann nur wenn niemand zusieht.«

John runzelte die Stirn. »Was genau habe ich verpasst?«

»Erkläre ich dir später.« Llewellyn winkte ab. »Reiter ist der Grund, warum ich in Paris bin …« Er wandte sich erneut an Meuniers. »Klagenfurt?«, wollte er wissen. »Warum ausgerechnet Klagenfurt? Ich habe keinerlei Kontakte in Österreich!«

»Aber ich dafür jede Menge«, gab Meuniers zurück. »Wir sind da gut aufgestellt. Frankreich unterhält seit Jahrzehnten eine große und renommierte Privatschule in Wien, ein sehr aktives Kulturinstitut und eine umfangreiche Bibliothek, während ihr euch nach dem Zweiten Weltkrieg wieder in eure ›Splendid Islolation‹ zurückgezogen habt und stattdessen flächendeckende Lauschangriffe durchführt.«

»Ich weiß. Schwachsinn.« Llewellyn nickte zerknirscht.

»Wir sind die Guten in Österreich, und deshalb könnten meine Beziehungen zu den rot-weiß-roten Behörden nicht besser sein.« Meuniers lächelte. Er sah John im Rückspiegel an. »Sehen Sie, ich bin vor drei Jahren zur UCLAT, der Koordinierungseinheit zum Kampf gegen den Terrorismus, versetzt worden, und seitdem arbeite ich in engem Schulterschluss mit den europäischen Kollegen der Union. Mit einigen besser, mit anderen weniger gut. Die Österreicher zählen zur ersten Kategorie.«

»Wollt ihr Reiter auch?«, erkundigte sich Llewellyn möglichst beiläufig.

»Darauf kannst du bauen«, entgegnete Meuniers. »Aber ich kann nicht aus Paris weg, angesichts der heutigen Entwicklungen. Und – Bernadetti ist nichts passiert, sie ist unverletzt und schon wieder im Ministerium an der Arbeit. Reiter hat also nicht wirklich oberste Priorität für uns. Ohne dich würde ich ja nicht mal seinen Namen kennen ...«

»Dann aktiviere dein österreichisches Netzwerk«, schlug Llewellyn vor. »Die sollen herausfinden, wo Reiter ist, was er macht und wen er trifft. Angeblich ist er im Auftrag Bernadettis unterwegs.«

»Ist nicht wahr ...«, murmelte Meuniers und sah den Waliser erstaunt an. »Reiter ist im Auftrag Bernadettis in Klagenfurt? Was soll er dort für sie erledigen, um Himmels willen? Ist die Information zuverlässig?«

»Nochmal: zu einhundert Prozent. Und Klagenfurt hast du ins Spiel gebracht.«

Der Franzose schüttelte ungläubig den Kopf, dann schaute er auf die Uhr. »Wo bleibt ihr heute Nacht?«

»Keine Ahnung«, gab Llewellyn zurück, »wir haben nicht vorgebucht. Ich sollte eigentlich in Rom Urlaub machen ...«

»... und ich in Alexandria in einem alten Grandhotel mit Blick aufs Meer«, ergänzte John.

»Dann bringe ich euch zu mir«, entschied Meuniers. »Meine

Frau ist mit den Kindern an den Atlantik gefahren, das Apartment ist leer, ihr könnt euch die Betten aussuchen. Wo ist Ihr Gepäck, Mr. Finch?«

»In einem Schließfach am Gare du Nord.«

»Liegt auf dem Weg.« Meuniers nickte zufrieden, setzte den Blinker und bog links ab. »Zu essen haben wir genug, Rotwein liegt kistenweise im Keller, und außerdem gibt es eine sichere Leitung.«

»Du hast mich überzeugt«, sagte Llewellyn und gähnte.

»So können wir auch in Ruhe all jene Fragen klären, die mir auf der Zunge liegen«, fuhr Meuniers fort und warf John einen stechenden Blick zu. »Nämlich, was Sie eigentlich an die Kunsthochschule und zu Professor Montfoucault gebracht hat. Und warum die alte Dame nun mit durchgeschnittener Kehle in ihrem Büro liegt, während Sie nach der Begegnung mit den Kämpfern des IS immer noch am Leben sind.«

*

Drei Stunden später läutete das Telefon in einem altehrwürdigen Palazzo in der Innenstadt von Bologna. Es war knapp vor Mitternacht, und die Klingel des Telefons hallte wohl ein Dutzend Mal durch die eleganten Räume im ersten Stock, bevor eine Frau in einem eng anliegenden, bordeaux-farbigen Seidennachthemd durch das Halbdunkel tappte und den Hörer abhob.

»Ja?«, sagte sie, fuhr sich mit den Fingern durch ihr langes schwarzes Haar und unterdrückte ein Gähnen.

»Sie haben allein heute vier Ihrer Männer verloren und wurden bloßgestellt.« Die tiefe Stimme ließ keine Regung erkennen, außer vielleicht ein wenig Langeweile. »Ich frage mich, ob ich vorhin die richtige Entscheidung getroffen habe oder ob ich die Dinge bald selbst in die Hand nehmen muss.«

Die junge Frau wollte etwas erwidern, aber ihr Gesprächspartner hatte bereits wieder aufgelegt.

6

DAS ATTENTAT

Prolog

30. August 1939, Kloster Admont, Steiermark/Österreich

Drei Tage waren vergangen, seit Bruder Anselm sich erhängt und Alfred Kornberger den Radiästhesisten Professor Gruber im Sitzungssaal des Klosters Admont kaltblütig erschossen hatte.

Nach diesen Ereignissen hatte die SS das Stift komplett abgeriegelt. Nun bewachten schwer bewaffnete SS-Männer in Wehrmachtsuniform die Eingänge. Niemand durfte, außer auf ausdrücklichen Befehl, den Komplex verlassen, keiner ihn betreten.

Kloster Admont war abgeschnitten von der Außenwelt.

Angesichts des Selbstmords des Bibliothekars hatte Kornberger wutentbrannt Obersturmführer Lehner losgeschickt, um Abt Bernhard nach Admont zurückzuholen.

»Dieses Zisterzienser-Kloster ist nicht weit weg, Sie sollten in drei Stunden wieder zurück sein, mit dem Pfaffen im Schlepptau«, hatte Kornberger kalt gesagt. »Sollte er Schwierigkeiten machen, schießen Sie ihm ins Knie. Schmerz überzeugt die Hartnäckigsten. Er braucht nur so lange zu überleben, bis wir alle Informationen haben. Dann benötigen wir ihn nicht mehr.«

Während die beiden restlichen Wissenschaftler versuchten, die Pläne des Klosters zu analysieren, dem verschlüsselten Hinweis von Abt Engelbert alle Geheimnisse zu entlocken und so einen geografischen Hinweis auf das Versteck des Manuskripts suchten, saß ein verwirrter, ängstlicher und übernächtigter Abt Bernhard dem persönlichen Abgesandten des SS-Reichsführers gegenüber und wiederholte zum gefühlt hundertsten Mal den gleichen Satz: »Ich habe keine Ahnung, wo Sie das Manuskript suchen könnten. Ich habe noch nie davon gehört. Wenn, dann wüsste nur Bruder Anselm ...«

Kornberger unterbrach ihn unwirsch. »Bruder Anselm weiß gar nichts mehr, das habe ich Ihnen bereits gesagt«, knurrte er unwirsch. »Der Feigling hat in seinen letzten Minuten sogar seine Kirche verraten, indem er sich selbst umbrachte. Keine Empfehlung für Ihr betendes Personal hier.«

Es klopfte an der Tür, und Oberführer Lehner betrat das Büro, das Kornberger im ersten Stock für sich eingerichtet hatte.

»Sie wollten mich sprechen?«, fragte der Offizier.

»Hat sich der Hausmeister schon gemeldet?«, erkundigte sich Kornberger.

Lehner schüttelte den Kopf. »Wir lassen bereits nach ihm suchen, aber er scheint spurlos verschwunden zu sein. Die Wälder hier sind groß, die Berge teilweise unzugänglich. Es wird nicht leicht sein, ihn zu finden, sollte er sich vor uns verstecken. Und da sind noch immer die Gebirgsjäger, die misstrauisch jeden unserer Schritte verfolgen.«

»Die können Sie vergessen, Lehner, darum habe ich mich gekümmert.« Kornberger winkte ab. »Die sind in ein paar Monaten nicht mehr hier. Verlegt ins Nirgendwo auf Anordnung des Reichsführers-SS. Lassen Sie also die Wehrmachtsnasen ruhig schnüffeln, und suchen Sie den Hausmeister. Nehmen Sie sich so viele Männer dafür, wie Sie brauchen.«

»Warum suchen Sie Hausmeister Mayrhuber?«, erkundigte sich Abt Bernhard müde. »Der kennt das Kloster auch nicht besser als ich oder jeder andere Mönch.«

Kornberger lehnte sich vor, bis sein Gesicht nur mehr eine Handbreit von dem des Abts entfernt war. »Ich wüsste zwar nicht, was Sie das angeht, aber Ihr Herr Mayrhuber hat bestimmt Familie, an der er hängt. Das motiviert und hilft ungemein, sich an bestimmte Dinge zu erinnern. Und vielleicht ist er sogar Parteimitglied und unterstützt uns gerne bei der Suche nach dem Manuskript, wer weiß?«

In diesem Moment beugte sich Obersturmführer Lehner zu Kornberger. »Übrigens, bevor ich es vergesse«, raunte er in sein Ohr. »Professor Sindler möchte Sie dringend sprechen. Er wartet in der Bibliothek auf Sie.«

Als Alfred Kornberger die Tür zur Bibliothek aufdrückte und über den effektvoll schwarz-weiß gefliesten Boden an den üppig verzierten Bücherwänden entlangging, hallten seine Schritte durch den weiten, mit Skulpturen und Fresken reich geschmückten Raum. Professor Sindler saß auf einem einzelnen Stuhl unter der hohen Mittelkuppel.

»Von hier aus kann man diese ganze wunderbare Bibliothek überblicken«, sagte der Theologe. »Das hilft beim Nachdenken...«

»Mir kann diese ach so herrliche Bibliothek gestohlen bleiben«, murmelte Kornberger, als er neben Sindler stehenblieb. »Wir suchen ein Manuskript, ein einziges verdammtes Manuskript. Und der Reichsführer-SS wartet ungeduldig darauf!«

»Ich weiß, deshalb habe ich Obersturmführer Lehner gebeten, Sie zu holen.« Der Professor erhob sich und bot Kornberger seinen Platz an. »Ich denke, dass Kollege Gruber die Tragweite dieser ›Operation Nostradamus‹ nicht wirklich überblickt hat. Aber vielleicht wären Pendler und Kartenleger hier sowieso fehl am Platz gewesen.«

Kornberger hatte der Einladung Sindlers Folge geleistet, sich auf den Stuhl gesetzt und die Arme vor der Brust verschränkt.

»Gehen wir das Problem von der wissenschaftlichen und historischen Seite an«, setzte der Theologe fort. »Ich habe mich in den letzten Tagen vor allem mit der Geschichte des Klosters beschäftigt. Wenn Abt Engelbert von Admont tatsächlich 1328 dieses Manuskript, in welcher Form auch immer, in die Sammlungen eingegliedert hat, dann nicht ohne Hintergedanken. Wir wissen, er war einer der universellsten Gelehrten seiner Zeit, ein brillanter Geist, und wir sollten ihn nicht unterschätzen. Also versetzte ich mich an seinen Platz, fragte mich, wie er wohl vorgegangen wäre, hätte er dieses Manuskript für die nächsten Jahrhunderte neugierigen Augen entziehen wollen.«

Kornberger nickte beinahe unmerklich.

»Ich sehe zwei Möglichkeiten, die Sie auch bereits angesprochen haben. Einerseits die Vielfalt, die schiere Größe und den Umfang der Bibliothek nutzen und hoffen, dass in den Tausenden und Abertausenden Bänden, Manuskripten und Dokumenten *das* eine nicht weiter auffällt, ja, im Gegenteil, untergeht. Ein riskantes Unterfangen … Bibliothekare haben nun Mal die Angewohnheit, ihre Nasen in alle Bestände zu stecken, Bücher durchzublättern und Dokumente zu entrollen. Und Engelbert wusste, dass viele Bibliothekare kommen und gehen würden, in den folgenden Jahrhunderten nach ihm. Deshalb wählte der Abt auch das Versteck im Buchrücken für seinen Hinweis auf die Existenz des Manuskripts. Es war ihm wohl klar, dass jemand irgendwann, in ferner Zukunft, einmal das Blatt mit dem Kreuz finden würde, aber das würde ihn noch nicht zum Manuskript selbst führen. Denn der Platz, an dem es zu finden ist, den nannte Engelbert nicht. Dazu war er zu vorsichtig. Was für mich persönlich ein Versteck in den Bücherbeständen des Klosters ausschließt.«

»Aber warum brachte sich Anselm dann um?«, warf Kornberger ein.

»Weil er dann genau diese Schlüsse hätte ziehen müssen, und zwar in Ihrer Anwesenheit«, antwortete Sindler prompt. »Das Manuskript wäre nämlich nicht in seiner Liste aufgetaucht, ganz einfach, weil es nicht da ist und er es noch nie gesehen hat. Damit hätte er uns einen wertvollen Hinweis gegeben. Was dann?«

»Sehr gut überlegt.« Kornberger legte den Kopf schief und ließ seinen Blick über die endlosen Reihen von Büchern schweifen. »Völlig logisch und nachvollziehbar.«

»Altes, trockenes Papier hat die schlechte Angewohnheit, wie Zunder zu brennen«, fuhr Sindler fort. »Brände waren die Geißel des Mittelalters, und Engelbert hätte sie auf jeden Fall in seine Überlegungen miteinbezogen. Über kurz oder lang würde es in Admont brennen, davon war er sicherlich überzeugt, und der Ausgang dieser Katastrophe lag im Ungewissen. So kam es dann auch. Im Jahr 1865 brannte das gesamte Kloster mit Ausnahme der Bibliothek ab. Ich habe alte Stiche hier gefunden, Ansichten der Ruinen nach dem Brand. Das Feuer hatte gewütet, und es war nicht mehr viel übrig von Admont. Das geschah zwar erst fünfhundert Jahre nach Engelberts Amtszeit, aber es geschah. Und ich bin sicher, er hatte das Risiko miteinkalkuliert.«

Kornberger warf Sindler einen irritierten Blick zu.

»Nein, nein, nicht, was Sie denken«, der Theologe lachte, »Engelbert war kein Hellseher, ganz und gar nicht. Es lag einfach auf der Hand. Und es war entgegen aller Wahrscheinlichkeit, dass gerade der Turm des Wissens, vollgestopft mit Papier und Holzregalen, nicht völlig niederbrannte, als es dann tatsächlich zu einem Feuer kam.«

»Korrekt!«, stimmte Kornberger zu.

»Also musste Engelbert das Manuskript an einem Platz verstecken, der höchstmögliche Sicherheit bot, zumindest nach den Auffassungen und Erkenntnissen der damaligen Zeit. Trotzdem sollte es irgendwann wieder auffindbar sein ...«

Sindler hatte begonnen, auf und ab zu gehen, während Kornberger gedankenverloren die vier Meter hohen Plastiken in der Mittelkuppel studierte.

»Nehmen wir zum Beispiel diese überlebensgroßen Skulpturen von Josef Stammel, einem Barockkünstler, der in seinen letzten Lebensjahren diese sogenannten ›vier letzten Dinge‹ geschaffen hatte«, fuhr Sindler fort. »Die Vierergruppe, bestehend aus Tod, Gericht, Himmel und Hölle, war für die Eingangshalle der Kirche bestimmt, bevor sie um 1800 hier in der Bibliothek aufgestellt wurde. Was sie übrigens vor dem großen Feuer von 1865 rettete. Sie wurden in einer strengen Kreuzform angeordnet, und angesichts des Kreuzes auf dem Blatt Engelberts ... warum sollte man nicht vermuten, dass sie irgendetwas mit dem Versteck zu tun hätten?«

Kornberger runzelte die Stirn. »Aber, die Figuren gab es zu Zeiten von Abt Engelbert noch gar nicht ...« Dann verstummte er, musterte die Skulpturen erneut. »Ich verstehe, worauf Sie hinauswollen ...«

»Eben«, stimmte Sindler selbstzufrieden zu. »Wer immer auch das Versteck des Manuskripts im Laufe der Jahrhunderte gefunden hätte, wäre auch in der Lage gewesen, dieses Versteck zu markieren. Und was würde sich besser eignen als eine Vierergruppe von allegorischen Figuren, deren Verbindungslinien sich irgendwo hier ...«, er wies auf den Sessel, auf dem Kornberger saß, »... kreuzen würden. Oder am ehemaligen Aufstellungsort in der Kirche. Denn genau da, wo Sie jetzt sitzen, stand bis zum frühen neunzehnten Jahrhundert eine andere große Skulptur Stammels, das ›Universum‹, von dem es sogar stereoskopische Fotografien gibt. Sie wurde aus bisher ungeklärten Gründen aus der Bibliothek entfernt und beim großen Brand zerstört.«

»Was spricht denn gegen ein Versteck im Fußboden der Bibliothek?« Kornberger stand auf und ging langsam um den Stuhl herum.

»Das viele Holz der Regale und das Papier der Bücher rundherum«, antwortete Sindler. »Im Falle eines Feuers entstehen hier Temperaturen, die selbst ein Dokument unter den Fliesen zu Asche zerfallen lassen. Engelbert konnte damals nicht ahnen, dass die Bibliothek bei einem Brand im neunzehnten Jahrhundert verschont bleiben würde. Er war kein Prophet und Hellseher, ebenso wenig wie dieser Scharlatan Nostradamus. Er hatte von Yves de Lessines ein Manuskript zu treuen Händen zur Aufbewahrung erhalten, und genau das würde er tun – es sicher aufbewahren und vor neugierigen Augen schützen. Im Gegensatz etwa zum Missale, das der Abt persönlich in Padua in Auftrag gegeben hatte, das zum Präsentieren und Repräsentieren gedacht war und im Falle eines Brandes wohl als Erstes in Sicherheit gebracht worden wäre. Als einer der großen Schätze des Stiftes.«

»Ich bin beeindruckt von Ihrer Logik, Professor.« Kornberger blieb neben Sindler stehen und sah ihn bewundernd an. »Und Sie können versichert sein, ich werde Sie an höherer Stelle empfehlen. Der Führer braucht Männer wie Sie und nicht solche Zweifler wie diesen Gruber!« Er klopfte dem Theologen auf die Schulter. Dann blickte er sich um, als würde er die Bibliothek zum ersten Mal sehen. »Wir können also theoretisch bereits eine ganze Reihe von Orten ausschließen: das gesamte Kloster, weil es abgebrannt und im neunzehnten Jahrhundert neu wieder aufgebaut wurde. Die Bibliothek, die zwar damals dem Brand entging, aber für Engelbert als Versteck nicht infrage kam. Ebenso wenig wie irgendwelche Bücherdepots oder Lager. Andererseits würde der Abt das Manuskript nicht weit entfernt vom Kloster verbergen …«

»Ganz sicher nicht«, stimmte ihm Sindler zu. »Engelbert wusste, dass nach ihm noch viele Äbte kommen würden und Wissen in Vergessenheit geraten würde. Er musste es innerhalb der Klostermauern zurücklassen, alles andere wäre zu gefährlich gewesen.«

»Als Erstes fällt mir etwa der Keller ein, dann der Klostergarten oder …« Kornberger dachte an den Brunnen, in dem er die Leiche des Gebirgsjägers entsorgt hatte. »… oder ein Brunnen …«

Der Theologe nickte bedächtig. »Eine Gruft oder ein Grab käme ebenfalls in Frage. Ein Platz, weit genug entfernt von eventuellen Brandherden.«

»Und wenn jemand das Manuskript in der Zwischenzeit gefunden hätte?«, wandte Kornberger ein. »Wenn es entdeckt worden wäre, etwa in den Zeiten der Erweiterung des Klosters?«

»Darüber habe ich auch lange nachgedacht.« Sindler nickte, zog ein Taschentuch hervor und begann, seine Brille zu putzen. »Nachdem das Blatt mit den Notizen Engelberts jahrhundertelang unversehrt an seinem Platz geblieben ist, können wir davon ausgehen, dass niemand es vor uns gesehen hat. Somit könnte eine Entdeckung des Manuskripts nur reiner Zufall gewesen sein.« Der Professor blickte zufrieden auf seine sauberen Brillengläser, bevor er fortfuhr. »Glauben Sie mir, darüber hat sich Abt Engelbert mit an Sicherheit grenzender Wahrscheinlichkeit ebenfalls den Kopf zerbrochen. Und deshalb kann man diesen Zufall so gut wie ausschließen.«

»Ich stimme Ihnen voll und ganz zu, Professor.« Kornberger klatschte voller Tatendrang in die Hände. »Lassen wir es für den Moment dabei«, sagte er und wandte sich zum Gehen. »Ich denke über all das nach, leite sofort ein paar weiterführende Schritte ein, während Sie verstärkt in dieser Richtung forschen. Wir sehen uns dann zum Abendessen wieder. Heil Hitler!«

Als Kornberger in sein Büro zurückkehrte, saß Abt Bernhard noch immer da, aufmerksam bewacht von Obersturmführer Lehner.

»Gibt es auf dem Gelände des Klosters noch einen zweiten Brunnen?«, fragte ihn Kornberger, nachdem er die Tür ins Schloss hatte fallen lassen.

Bernhard schüttelte den Kopf. »Wir sind schon seit Langem an das öffentliche Wassernetz der Gemeinde angeschlossen. Der Brunnen vor dem Haus liefert nur mehr Wasser für den Garten.«

»Ist Ihnen im Keller des Klosters jemals irgendetwas Ungewöhnliches aufgefallen? Ein besonderer Stein, ein Zeichen, das Sie sich nicht erklären konnten? Eine Tür, die vor langer Zeit zugemauert worden war?«

Kornberger beobachtete den Abt und seine Reaktion genau. Doch Bernhard schüttelte mit gleichmütiger Miene erneut den Kopf.

Daraufhin holte Kornberger Papier und Bleistift aus der Schublade und legte beides vor dem Geistlichen auf die Tischplatte. »Stellen Sie mir eine Liste von alten Gräbern zusammen, die sich auf dem Gelände des Stiftes befinden, beginnend mit dem ältesten. Dann können Sie gehen.« Und an Lehner gewandt: »Lassen Sie den Abt zu den Zisterziensern zurückbringen, wir brauchen ich nicht mehr.«

Dann trat Kornberger ans Fenster und überlegte.

Schließlich winkte er Lehner zu sich. »Bringen Sie die Familie von diesem Mayrhuber hierher ins Kloster«, sagte er leise. »Frau, Kinder, Mutter, wen immer Sie finden. Und nur keine Samthandschuhe, die können Sie im Kloster lassen. Ganz im Gegenteil: Machen Sie den Transport so auffällig wie möglich, damit alle Nachbarn auch etwas mitbekommen und keiner sagen kann, er habe nichts davon gewusst. Zwanzig Soldaten, uniformiert und schwer bewaffnet, einen großen LKW, lassen Sie unsere Männer ein wenig herumschreien und Befehle brüllen. Inszenieren Sie es theatralisch. Wollen doch sehen, ob wir Mayrhuber damit nicht aus den Wäldern locken können. Verzweifelte Kinderschreie schallen besonders weit und sind immer ein hervorragendes Druckmittel für besorgte Väter …«

24. Juli 2014

Künstlerheim Hilde Wagener, Baden bei Wien/Österreich

»Oh, wissen Sie, unser Haus ist ein kleines Heim, ein letzter Zufluchtsort für betagte Schauspieler, Musiker, Sänger, Maler oder Artisten. Am ehesten ist die Wohnstätte für Senioren vergleichbar mit der berühmten, großen Casa Verdi in Mailand, dem von Guiseppe Verdi gestifteten Heim für ehemalige Opernkünstler.« Die alte Dame mit dem dauergewellten grauen Haar und der überdimensionierten Hornbrille im Sekretariat des Künstlerwohnheims strahlte Alexander Reiter an. »Hierher kommen meist einsame Kollegen, die ein wenig Ansprache und Kontakt zu Gleichgesinnten suchen und sonst niemanden mehr haben«, fuhr sie fort und schwenkte begeistert eine Broschüre des Seniorenwohnheims. »Und wir bieten ihnen einen stilvollen Alterswohnsitz, nur wenige Minuten vom bekannten Rosarium und dem Zentrum von Baden entfernt.«

»Wunderbar«, sagte Reiter und lächelte die Dame freundlich an.

Nach seinem Gespräch mit Dr. Neil Hogden in Tanzenberg war er unverzüglich aufgebrochen, hatte sich von Kollitsch verabschiedet, sein Hotelzimmer in Klagenfurt gekündigt und den nächsten Zug nach Wien genommen. Nach einer erholsamen Nacht in seinem Apartment am Karmelitermarkt und einem schnellen, frühen Frühstück im »Café Magistrat« in der Taborstraße hatte er seinen Golf aus der Tiefgarage geholt, sich gefreut, dass er klaglos angesprungen war, und sich auf den Weg nach Baden gemacht.

»Sie möchten also Gerda Cummings-Breitner sprechen?«, fragte die Sekretärin und fuhr mit ihrem Finger eine Anwesenheitsliste entlang. »Sie frühstückt jeden Tag zwischen neun und zehn, danach geht sie meist in die Stadt.« Wieder strahlte sie ihn an. »Sie haben also Glück!«

»Und wo finde ich den Frühstücksraum?«

»Folgen Sie mir einfach, ich bringe Sie hin.« Die Sekretärin lächelte und trippelte voraus, in Richtung der breiten Treppe.

Das alte Haus aus der Gründerzeit und der Hochblüte der Kurstadt Baden war vor wenigen Jahren vollständig renoviert worden. Das Altersheim für Künstler war einmalig in Österreich und weit über die Grenzen der Alpenrepublik hinaus bekannt.

Als Reiter den Frühstücksraum im ersten Stock betrat, schwebten die Klänge eines Wiener Walzers durch die Luft. Es roch nach frischem Kaffee, nach viel zu viel Parfum und nach Melancholie. Die alten Leute blickten ihn neugierig an.

»Kommen Sie nur, Gerda sitzt da drüben!«, zwitscherte die Sekretärin vergnügt und winkte allen Anwesenden huldvoll zu wie Königin Elizabeth auf Staatsbesuch.

Gerda Cummings-Breitner saß an einem kleinen Tisch nahe dem hohen Fenster, das einen direkten Ausblick auf die dichten Bäume des Grundstücks gegenüber bot. Die kleine, aber keineswegs schmächtige Frau hielt ein Buch in der einen und eine Kaffeetasse in der anderen Hand und beäugte wachsam das näher kommende Duo.

»Du hast Besuuuch«, flötete die Sekretärin mit übertriebener Fröhlichkeit und schob Reiter in Richtung Frühstückstisch. »Ein junger Mann! Ich bringe euch gleich mehr Kaffee und ein paar Semmeln, Sie haben bestimmt Hunger!«

»Sie ist immer so fürsorglich«, sagte die alte Dame mit einem bitter-ironischen Unterton und legte das Buch aus der Hand, »sie pflegt uns ins Grab. Aber sie meint es gut.«

Reiter musste lachen. »Guten Morgen, Frau Cummings, und entschuldigen Sie bitte die frühe Störung. Ich war gestern in Klagenfurt, genauer gesagt in Tanzenberg, und genau über diese Ereignisse im Mai 1945 wollte ich gerne mit Ihnen sprechen.«

»Aus Tanzenberg? Good Lord! Na, das ist ja eine Überraschung! Setzen Sie sich doch! Wer hat Ihnen verraten, dass Sie mich hier finden?« Mit einer schwungvollen Bewegung nahm sie ihre Brille ab und ließ Reiter gar nicht erst zu Wort kommen. »Warten Sie, sagen Sie nichts. War Neil auf Urlaub da und hat Ihnen die Geschichten aus Tausendundeiner Nacht erzählt? Geht es ihm gut?«

Reiter nickte lächelnd. »Er ist bewundernswert fit. Er hatte gegen seinen Enkel Golf gespielt und gewonnen, bevor er mir vom Kriegsende in Kärnten berichtet hat. Von seinen Tagen in Tanzenberg, von den Bücherkisten und der glücklichen Zeit, die er dort erlebte. Und von Hannah und Ihnen …«

»Ach ja, arme Hannah, sie hatte wirklich kein Glück in ihrem Leben.« Gerda Cummings schüttelte ihren Kopf. »Dabei waren wir beide nach Kärnten gegangen, um den Russen zu entkommen. Und dann wurde sie einfach so erschossen, auf offener Straße, Wochen nach Kriegsende. Ein unerbittliches Schicksal, finden Sie nicht?«

»Woher kamen Sie beide überhaupt?«, erkundigte sich Reiter und nickte dankbar der Sekretärin zu, die eine Kanne Kaffee auf den Tisch stellte und sich überraschend diskret wieder zurückzog. »Dr. Hogden hat mir erzählt, Sie stammten beide aus Zirkusfamilien.«

»Yes, that's true«, antwortete die alte Dame versonnen. »Es

tut mir leid, ich kippe immer wieder ins Englische, habe es wohl zu lange gesprochen. Und Peter, mein Mann, hat nie wirklich Deutsch gelernt. Er konnte im Urlaub gerade noch ein Bier bestellen ...« Gerda Cummings lachte leise. »Gott hab ihn selig, er war ein guter Mann. Ich habe ihn geliebt bis zur letzten Stunde, und es vergeht auch heute kein Tag, an dem ich nicht an ihn denke. But anyway ... Ja, Hannah und ich stammten aus zwei österreichischen Artistenfamilien, die in einem der großen Zirkusse damals arbeiteten. Hannahs Eltern kamen ursprünglich aus Oberösterreich und waren Trapezartisten, meine Eltern waren in Wien geboren und hatten eine Nummer mit lustiger Bodenakrobatik. Als Töchter standen wir natürlich sofort in der Manege, zuerst als süßer Aufputz, dann als Teil der Nummer. Wissen Sie, Herr ...«

»Alexander.« Reiter lächelte.

»... oh, so wie Peter Alexander? Sehr schön! Also, Herr Alexander, als Artistenkind ist das Leben vorprogrammiert. Sobald man laufen kann, lernt man Jonglage oder Artistik oder den Umgang mit Tieren. Tritt mit den Eltern auf. Später heiratet man einen Kollegen, tritt weiter auf, bekommt Kinder, zieht im Wohnwagen durch die Länder, sieht seine Kinder in die eigenen Fußstapfen treten, feiert Erfolge oder begleitet seinen Zirkus in den Untergang. Bei uns kam der Untergang in der Nacht, in Form eines Bombenhagels, in Wien. Das Zelt wurde getroffen, es brannte in wenigen Minuten lichterloh. Mein Vater, der die Elefanten retten wollte, kam dabei mit ihnen um. Hannahs Eltern waren im Wohnwagen, als es geschah. Eine Bombe explodierte keine zwanzig Meter entfernt. Also beerdigte man leere Särge, weil man nichts mehr von ihnen fand. Hannah und ich überlebten nur, weil wir an diesem Abend ins Theater gegangen waren. Wir hatten spielfrei, einmal in der Woche ...« Ihre Stimme versiegte wie ein kleines

Rinnsal, versickerte einfach in den Tiefen der Erinnerung. Die Hand mit den großen Altersflecken, die ihre Brille hielt, zitterte ein wenig.

»Es tut mir leid, wenn ich Sie in das Grauen des Krieges zurückführe«, sagte Reiter. »Aber ich möchte mehr über Ihren Weg nach Tanzenberg erfahren.«

»Das macht nichts, it's okay. Wissen Sie, in meinem Alter freut man sich, wenn jemand kommt und fragt, sich überhaupt interessiert. Wer weiß, wie lange ich Ihnen noch antworten kann …«

»Nach dem Angriff beschlossen Sie, aus Wien wegzugehen?« Reiter schenkte seiner Gesprächspartnerin Kaffee nach.

»Meine Mutter wollte nicht mitkommen, sie fürchtete sich vor dem ungewissen Weg in den Süden«, erinnerte sich Gerda Cummings. »Sie meinte, sie wolle Vater begraben und versuchen, den beschädigten Wohnwagen wieder zu reparieren. Wir hatten ja kein anderes Zuhause. Die Nähe des Zirkus gab meiner Mutter Sicherheit, eine trügerische Sicherheit, wie sich herausstellen sollte. Aber wir Mädchen, wir wollten weg, nichts wie weg.« Sie strich mit der flachen Hand über das Buch, als wollte sie die Buchstaben streicheln. »Eine Gruppe von Soldaten mit drei LKWs nahm uns mit. Sie sagten uns, sie würden in die Alpenfestung fahren, sie hätten wichtige Akten in Sicherheit zu bringen, auf allerhöchsten Befehl. Da gäbe es keine Luftangriffe, da wären wir sicher, inmitten der Berge, weit weg von den Russen. Also stiegen wir auf, jede mit ein paar Habseligkeiten in einem Beutel und ein wenig Geld. Das war zwar nicht erlaubt, aber wer fragte schon? Wir waren hübsch und nicht auf den Mund gefallen, also schlugen wir uns durch. Außerdem hatten wir nichts zu verlieren. Ein Zurück gab es für uns nicht mehr.« Die alte Dame lehnte sich vor und sah Reiter eindringlich an. »Das waren die schlimmsten Monate meines

Lebens, believe me. Ich hatte nichts gelernt außer Akrobatik, Jonglieren und ein paar Kunststücke, die man im normalen Leben nicht gebrauchen konnte. Hannah ging es genauso. Das Schicksal hatte die Manege unter unseren Füßen angezündet, unsere Zukunft verbrannt. Im Grunde war es uns egal, wo wir ankommen würden.«

»Man kommt immer irgendwo an«, warf Reiter ein. »Und man muss immer wieder das Beste daraus machen.«

»Perfectly true. Allerdings rechnete niemand damit, dass der kleine Konvoi umgeleitet wurde, durch die Voralpen. So gelangten wir immer weiter südwärts. Mit einem Mal waren wir in Kärnten und nicht in Salzburg, aber das war uns auch egal. Vor Klagenfurt entschieden wir uns dann auszusteigen. Einer der Soldaten kannte das alte Kloster Tanzenberg, er stammte aus der Gegend. So landeten wir eines schönen Tages inmitten einer Unmenge an Büchern und einer Hand voll nervöser deutscher Soldaten. Von da an warteten wir gemeinsam auf das Kriegsende und die Engländer. That's the story so far.«

»Und dann kam Neil Hogden und mit ihm Peter Cummings. Und Sie kletterten an den Regenrohren hoch in den dritten Stock und wieder hinunter, außen an der Hausfassade.«

Gerda Cummings lachte fröhlich. »Daran erinnert sich Neil noch? Mein Gott, das ist alles so lange her, und er weiß es noch! That's amazing! Das Fassadenklettern war doch unsere leichteste Übung. Es tat gut, wieder einmal die Muskeln zu bewegen, und als Akrobat sind Sie entweder schwindelfrei, oder Sie reißen die Karten am Zirkuseingang ab – und wer will *das* schon? Ich war es einfach leid, durch dieses riesige Gebäude zu laufen, treppauf, treppab, durch endlose Korridore. Unsere Zimmer lagen fast übereinander, es waren nur zwei Stockwerke dazwischen. Also, up and down I climbed. Es war keine Anstrengung, es war pures Vergnügen.« Sie zwinkerte Reiter verschwörerisch zu. »Genauso wie das, was nach der Klettertour kam …«

Reiter musste lachen. Er mochte die offene Art der alten Dame und ihren wienerischen Humor, der sich auch nach der langen Zeit in England nicht verleugnen ließ.

»Sie gingen also mit Peter Cummings nach England, nachdem der Krieg vorbei war und er abrüstete. In ein neues Leben, ein fremdes Land, eine ungewohnte Umgebung.«

»Und habe es nie bereut. Artisten sind unstet, sind es gewohnt zu reisen, umherzuziehen und sich stets auf etwas Neues einzulassen. Wir sind Menschen treu, aber nicht Orten. Also war England für mich ein neues Abenteuer auf der anderen Seite des Kanals. Anfangs hatten wir beide Angst vor Ressentiments gegenüber der Wienerin, die nicht wirklich standesgemäß war, aber Peters Freunde haben mich alle mit offenen Armen empfangen. Wir hatten ein wunderbares Leben, wenn ich so zurückschaue. Alles war sonnig und warm, und ich fühlte mich so geborgen. You know, unsere Generation war nicht verwöhnt. Peter kam zwar aus einer Upperclass-Familie von Ärzten und Professoren, aber der Krieg hatte ihn trotzdem gezeichnet und geprägt. Er war anders als seine Eltern, und oft kamen die nicht damit zurecht. Viele nannten uns ›die verlorene Generation‹, aber wir haben das Beste draus gemacht.« Gerda Cummings verstummte und schaute durchs Fenster auf die alten Bäume, die mit den Blättern rauschten.

»Und jetzt? Jetzt bin ich wieder zurück dahin gereist, wo alles begann, zurück nach Österreich, und werde hier meine letzten Tage verbringen. Ich wollte nicht ohne Peter an meiner Seite in England bleiben. Als er gestorben war, da habe ich die Koffer gepackt und bin ein letztes Mal umgezogen. Mein letzter Zirkus steht hier. Und wenn die Scheinwerfer erlöschen und die Schau vorbei ist, dann soll es so gewesen sein. Ich blicke nicht im Zorn zurück. Im Gegenteil. Ich hatte ein wunderbares Leben, voller großer Gefühle und Freude.«

Alexander Reiter spürte, dass ihm die alte Dame sympathisch war. Mehr noch, er vertraute ihr. Tief in seinem Inneren wünschte er sich, am Ende genauso abgeklärt und ruhig auf sein Leben zurücksehen zu können wie Gerda Cummings. Irgendwo zwischen Wien und West Palm Beach …

»Es gibt einen Grund, warum ich Sie aufgesucht habe«, begann er leise und beobachtete, wie sich das Frühstückszimmer nach und nach leerte.

»Ich dachte es mir«, antwortete die alte Dame schmunzelnd. »Sonst würden Sie kaum Ihre Zeit damit verschwenden, mit einer vertrockneten alten Schachtel Kaffee zu trinken.«

»Jetzt muss ich sofort protestieren, nehme ich an?!«

»Es bleibt Ihnen gar nichts anderes übrig«, erwiderte Cummings schelmisch. »Also, heraus mit der Sprache, worum geht es?«

»Um eine Schatulle, die Ihnen Peter Cummings zum Geschenk machte, als Sie noch nicht seine Frau waren. Damals, 1945 in Tanzenberg.«

Die alte Dame runzelte die Stirn und sah ihren Gast überrascht an. »Hat Ihnen Neil davon erzählt? Woran der sich noch erinnern kann! Unbelievable! Ja, die kleine Zedernholzschatulle … Peter hatte sie eines Tages auf seinem Nachtschränkchen stehen, und ich fand sie so schön, dass er sie mir spontan schenkte. Er erzählte mir, sie hätten das Kästchen in einer der namenlosen Bücherkisten gefunden, und nachdem sie mehrere Tage unbeachtet in einer Ecke des Lagers gestanden hatte und keiner sie wollte, hatte er sie mit auf sein Zimmer genommen. Es waren Briefe drin, und Peter wollte sie lesen. Dann merkte er allerdings, dass sie auf Französisch geschrieben waren und die Handschrift nicht wirklich leicht zu entziffern war. Er war also drauf und dran, die Schatulle wieder zurück ins Lager zu bringen, als ich ihn davon abhielt.« Sie schaute demonstrativ schuldbewusst. »Also, was soll ich sagen, wir behielten sie. Es war die einzige Erinnerung an den Krieg, die Peter mit nach England nahm. Und ich bin schuld daran …«

»Können Sie sich noch an den Inhalt erinnern?«, stocherte Reiter weiter.

»Es lagen vier oder fünf Briefe drin und ein Ring, der mit einer dünnen roten Kordel an einem der Briefbögen befestigt war. Sie wissen schon, wie eine Art Siegel. Deshalb habe ich ihn auch nie getragen. Ich wollte alles so belassen, wie wir es vorgefunden hatten.«

»Können Sie mir die Schatulle ein wenig näher beschreiben?«

»Oh, sie war nicht groß, bot gerade genügend Platz für die Briefe«, antwortete Cummings. »Auf dem Deckel befand sich ein sehr fein gesticktes Medaillon unter Glas, und deswegen war ich in das kleine Kästchen so verliebt. Es war das Porträt eines Mannes mit gewellten, langen Haaren, ganz in Schwarz, mit einem großen weißen Kragen. Er schaute fröhlich drein, irgendwie sorglos. Für mich war diese Schatulle ein Symbol für die wunderbaren Tage in Tanzenberg, den Aufbruch in ein neues Leben, eine neue Zeit. Wir haben nie herausgefunden, wer der Mann auf dem Medaillon war. Seiner Kleidung nach musste er wohl im siebzehnten Jahrhundert gelebt haben, und wir nahmen immer an, er sei Franzose gewesen, wahrscheinlich wegen der französischen Briefe. Aber das war nicht so wichtig für uns. Was interessiert Sie an dem Kästchen?«

»Die Briefe«, antwortete Reiter vorsichtig.

»Oh, das tut mir leid, da kann ich Ihnen gar nicht weiterhelfen«, schüttelte Gerda Cummings bedauernd den Kopf. »Wir haben sie nie gelesen. Wir empfanden sie als etwas sehr Persönliches, das damals nicht für uns gedacht war, sondern für einen anderen Empfänger. Deshalb hielten wir sie in Ehren, als einen Teil des Schatzes im Kästchen. Aber an dem Medaillon erfreute ich mich jedes Mal aufs Neue, wenn ich es betrachtete.« Sie sah Reiter mit blitzenden Augen an. »Ich weiß nicht, ob Sie das nachvollziehen können. Diese Schatulle war einerseits wie eine Zeitkapsel für uns, ein Gruß aus einem anderen, fremden Leben – die Briefe, der Ring, das Porträt, die kunstvolle Holzarbeit. Andererseits war sie Teil unserer Erinnerungen an Tanzenberg, an den Beginn unseres gemeinsamen Weges nach dem fürchterlichen Krieg.« Cummings seufzte leise. »Und an den Abschied vom Zirkus und von der Manege.« Wieder fuhren ihre Finger langsam über das Buch. Sie schien in sich zusammenzusinken. »Meine Mutter erlebte den Einmarsch der Russen im notdürftig geflickten Wohnwagen, inmitten der Trümmerwüste des zerbombten Zirkus. Sie wurde vergewaltigt, mehrfach. Eines Abends schnitt sie sich aus Verzweiflung die Pulsadern auf und verblutete. Sie ging still und leise und alleine, sie trat ganz unbemerkt ab, verzweifelt und vergessen, und es tut mir heute noch weh, wenn ich daran denke. Ich habe erst Monate später davon erfahren, als ich Peter bat, über die britischen Militärkanäle in Wien nach ihr zu suchen. Jetzt liegt sie neben Vater am Ottakringer Friedhof.« Sie blickte auf und sah Reiter direkt in die Augen. »Und ich werde bald dazukommen. Dann ist die Familie wieder komplett.«

»Sagt man nicht: ›Nur wer vergessen wird, ist tot‹?«, warf Reiter leise ein.

»Werden wir nicht alle irgendwann vergessen?«, erwiderte Gerda Cummings und straffte sich wieder. »Die Zeit ist unerbittlich. Aber zugleich ist sie glücklicherweise auch unbestechlich. Sie behandelt uns alle gleich. Sehen Sie sich doch um! Lauter alte Schachteln wie ich.«

Die Hintergrundmusik wechselte zu Cole Porter, und Gerda Cummings blühte wieder auf.

»Hören Sie? *Das* war unsere Zeit. ›Kiss me, Kate‹ und ›Can-Can‹ ... Da war der Krieg schon weit weg, nur mehr eine vage Erinnerung. Meine Tochter Annie kam 1958 zur Welt, die musste so eine Katastrophe zum Glück nie erleben. Leider starb sie früh.« Cummings verstummte, setzte wieder an, wollte weitererzählen, doch dann überlegte sie es sich anders und schwieg.

»Ihre Tochter starb bei der Geburt Ihrer Enkelin, erzählte mir Dr. Hogden.« Er sah die alte Dame nachdenklich an.

Gerda Cummings sprach noch immer nicht, nickte nur. Dann straffte sie sich. »Ich schweife schon wieder ab. Sie sind an meiner Schatulle interessiert. Nun, ich hätte sie Ihnen gerne gezeigt, aber ich habe sie nicht mehr.«

Reiter ließ sich seine Enttäuschung nicht anmerken.

»Peter, mein Ehemann, war nicht umsonst nach Tanzenberg zur Sichtung der Bücher abkommandiert worden«, fuhr die alte Dame fort. »Seine Familie stammte aus London, sein Vater war Professor für Geschichte am King's College in Cambridge und ein anerkannter Fachmann für mittelalterliche Schriften. Er arbeitete viel für die Regierung, bis zu seinem frühen Tod. Peter selbst hatte Literaturgeschichte und Politik studiert und stand vor seinem letzten Staatsexamen, als er die Einberufung erhielt. Er war nicht nur ungemein gescheit, sondern auch charmant und konnte tanzen wie ein junger Gott. Alle drängten ihn, in den diplomatischen Dienst zu gehen, aber er wollte nie weg aus England. Also trat er in die Fußstapfen seines Vaters und arbeitete ebenfalls sein halbes Leben für die Regierung.«

Reiter setzte zu einer Frage an, aber Cummings hob die Hand, als hätte sie seine Absicht erraten.

»Fragen Sie mich nicht, was er genau machte, ich habe keine Ahnung. Peter sprach nie drüber, und ich wollte nicht, dass er in ein Dilemma gerät. Hätte ich ihn gefragt, hätte er entweder lügen oder schweigen müssen, und beides wäre ihm unangenehm gewesen. Ich nehme an, er arbeitete für das Militär oder den Geheimdienst, aber das ist nur eine Vermutung. Gesprochen haben wir nie darüber, all die Jahre. Doch zurück zu der Schatulle, wegen der Sie hier sind. Als Peter starb, nahm ich nur wenige Dinge mit auf meine letzte Reise nach Österreich. Ich verkaufte das Meiste, gab einiges an meine Enkelin weiter, verschenkte anderes an Peters Freunde und an die Familie, die ich immer ›the terrible clan‹ nannte.« Sie kicherte leise, leerte ihre Kaffeetasse und schaute auf die Uhr. »Ein paar Minuten haben wir noch, dann kehren sie uns hier raus ... Wir müssen Platz machen für die Schachspieler und die Bridge-Runde.«

Brille, Zeitungen, Kreuzworträtsel, Stifte, Zimmerschlüssel, das Buch. Gerda Cummings schob langsam alles zusammen, während sie weitererzählte.

»Das Kästchen jedenfalls wollte ich damals noch nicht aus der Hand geben, also nahm ich es mit hierher. Vor wenigen Wochen besuchte mich meine alte Freundin Margret aus London. Wir kennen uns bereits seit mehr als vierzig Jahren, seit einem Empfang in Downing Street, zu dem Peter und ich damals eingeladen waren. Ihr Mann war ein hohes Tier in der Regierung, ist jetzt aber auch schon lange in Pension. Anyway, Margret hatte die Schatulle schon bewundert, als sie zum ersten Mal zum Abendessen bei uns war und ich ihr die Geschichte von Tanzenberg erzählte. Daher bot ich ihr bei ihrem Besuch an, das Kästchen mitzunehmen. Unter einer Bedingung: Briefe, Ring und das Holzkästchen müssten stets beisammenbleiben, sie dürfe sie nicht trennen. Das wäre auch ganz im Sinne meines Mannes gewesen. Margret versprach mir das hoch und heilig und nahm das Erinnerungsstück überglücklich zurück nach England, mit dem Versprechen, es in Ehren zu halten. And that's the end of the story.«

»Dann ist die Schatulle jetzt in London?«, wollte Reiter wissen.

Gerda Cummings nickte. »In guten Händen. Genauer gesagt in einem reizenden Haus in der Charlotte Road in South-West London, bei meiner lieben Freundin Margret Compton.«

Rue Daguerre 54, Montparnasse, Paris/Frankreich

Das Haus in der Rue Daguerre hatte im ersten Stock einen langen, durch elegant geschwungene Schmiedeeisenelemente aufgeteilten Balkon, der über die gesamte Länge des Gebäudes lief. Noch etwas verschlafen lehnte John am kunstvoll verzierten Gitter und genoss die Vormittagssonne, mit einem großen Becher Kaffee in der Hand. In der schmalen Gasse drängte sich bereits der Verkehr, vor dem Gemüsestand des Supermarkts schräg gegenüber standen die Hausfrauen Schlange.

Sie hatten bis früh in den Morgen diskutiert, Llewellyn, Meuniers und er. Die Zahl der leeren Flaschen, die um das riesige Sofa im Wohnzimmer herumstanden, zeugten von einem anstrengenden Brainstorming. Der schiefe Turm von Pizza, aus gestapelten Schachteln mit Tomatenflecken errichtet, beherrschte den Couchtisch.

Als sie um drei Uhr früh endlich das Licht löschten, blieben zwar noch immer jede Menge Fragen offen, aber einiges war klarer geworden, war aus dem diffusen Nebel der Vermutungen herausgerückt, dank Gérard Meuniers.

Der Endvierziger war ein gnadenloser Realist mit französischer Erziehung und einer erstklassigen Schulbildung und der Begabung, Querverbindungen herzustellen, wo andere keine sahen. Wohl einer der Gründe, warum man ihn zur UCLAT abgestellt hatte.

Meuniers war außerdem Frühaufsteher mit den Schlafgewohnheiten eines Delfins, wie er selbst behauptete: »Ich schlafe nur mit der einen Hälfte des Gehirns, die andere bleibt wach. So kann ich auch noch im Schlaf Probleme lösen. Nach ein bis zwei Stunden wechsle ich die Seite, dann wird mit der anderen Hirnhälfte geschlafen. Und vier bis fünf Stunden sind genug!«

So war der Franzose bereits um sieben Uhr zum Dienst aufgebrochen und hatte seine Wohnung den noch immer tief schlafenden Engländern überlassen.

»Frühstückt in Ruhe, zieht die Tür hinter euch zu, gebt mir kurz Bescheid, wenn ihr geht, ich schalte dann per Handy den Alarm scharf«, lautete seine Anleitung auf einem Blatt Papier, das den Turm von Pizza krönte.

»An die Wohnung könnte ich mich gewöhnen«, brummte Llewellyn und trat neben John auf den Balkon. »Und die Kaffeemaschine muss er dem Italiener seines Vertrauens gestohlen haben. Die ist Weltklasse.«

»Deine Absteige in London ist auch nicht zu verachten«, erwiderte John. »Zentraler geht's kaum, Innenstadt, davon träumen andere. Also bitte keine Beschwerden jetzt.«

»Klein, laut, ehemalige Dienstwohnung, kein Parkplatz.« Der Waliser zählte die Nachteile seiner Wohnung auf. »Diese hier: riesig, elegant, die Schlafzimmer nach hinten auf den Hof raus sind so ruhig, dass man glauben könnte, die Stadt sei weit weg. Dagegen ist meine Klause eine Absteige. Aber was erzähle ich jemandem, der fast sein ganzes Leben lang im Hotel gelebt hat ...«

»Mein Zuhause ist auch zugleich meine Leidenschaft – Flugzeuge und Grand Hotels!« John lächelte. »Manchmal habe ich den Eindruck, mehr Zeit in der Luft als auf dem Boden der Tatsachen verbracht zu haben. Da reicht dann ein Hotelzimmer für die Nacht. Aber wenn es nach Fiona geht, werden wir bald sesshaft, und ich werde auf meine alten Tage noch Hausbesitzer.«

»Will sie nicht in Afrika bleiben?«

»Sie würde am liebsten in die Schweiz ziehen, da ist die Stiftung ihres Großvaters angesiedelt, und dann müsste sie nicht so oft und weit reisen. Sie hat damals, nach dem Tod der alten Männer, die Milliarden auf die Cayman Islands transferiert, aber die Stiftung bei den Eidgenossen gegründet. Als Stachel im Fleisch ...« John grinste und leerte den Becher. Der Kaffee war schon fast kalt. »Irgendwann werde ich keine Ausrede mehr finden, um in Alexandria zu bleiben. Dann ist mein Afrika Vergangenheit.«

»Welcome back im zivilisierten Mitteleuropa«, brummte Llewellyn und nahm einen großen Schluck Kaffee. »Aber nun zu unseren aktuellen Problemen, die uns unter den Nägeln brennen. Wir haben eine sichere Leitung, und die sollten wir nutzen. Als Erstes steht ein Anruf bei Rodney auf dem Programm. Ich will hören, wie weit er gekommen ist. Inzwischen kümmert sich Meuniers um Alexander Reiter und aktiviert sein Netzwerk in Österreich. Das muss Peter Compton vorerst genügen, und das werde ich ihm auch sagen. Schneller als Meuniers und seine Informanten werde auch ich nichts herausfinden, selbst wenn ich nach Klagenfurt fliege. Reiter ist kein Anfänger, sein Spitzname ›Rebus‹ kommt nicht von ungefähr, und wenn ich Peter richtig verstanden habe, dann macht er nur selten Fehler. Das hat man bei der Entführung der Kulturministerin gesehen. Der Mann ist Profi und weiß genau, was er tut. Wenn er nicht gefunden werden will, dann können wir ihn suchen bis zum Jüngsten Tag.«

In der Rue Daguerre quetschte sich ein Rettungsfahrzeug zwischen zwei halb am Gehsteig abgestellten PKWs durch, und der Fahrer schimpfte lautstark aus dem Fenster.

»Rodney oder Peter Compton? Mit wem sprechen wir zuerst?«

»Rodney ist wichtiger«, entschied Llewellyn. »Der IS ist nicht weit, ebenso diese geheimnisvollen Typen, die ›Fratelli Neri‹, mit ihrem seltsamen Zeichen. Und vielleicht sind das nicht alle. Wenn wir bisher einen Vorsprung hatten, dann war er minimal, das hast du bei Professor Montfoucault gesehen ... Und wir sollten ihn nicht verspielen, falls es nicht schon zu spät ist.«

Minuten später hatte John einen überraschend aufgeräumten und ausgeschlafen klingenden Rodney in der Leitung. »Wo seid ihr? Oder ist Llewellyn nicht mehr in Paris?«

»Er steht neben mir und genießt seinen Morgenkaffee«, antwortete John.

»Morgenkaffee? Es ist zehn Uhr auf den Kontinent! Wenigstens die Hälfte der Pariser Bevölkerung sitzt seit zwei Stunden im Büro.«

»Wir haben bis drei Uhr früh gearbeitet und eine sichere Leitung aufgetrieben, rechne uns das wenigstens positiv an«, konterte John. »Was hast du also Neues für uns?«

»Vieles, aber nichts wirklich Gutes«, gestand Rodney. »Peter stand neben mir, als du gestern das Symbol geschickt hast, das die Täter über dem Kopf der Professorin mit ihrem Blut an die Wand gemalt hatten. Als er es gesehen hat, drehte er sich wortlos um und stürmte mit eisiger Miene davon. Sieht also ganz so aus, als wüsste er mehr. Und wenig später war mir dann auch klar, warum. Meine Recherchen haben ergeben, dass es dieses Symbol in den Siebzigerjahren des letzten Jahrhunderts bereits gegeben hat, allerdings in anderer Form. Da war es ein ›P‹ aus zwei senkrechten Strichen und einem Halbkreis und war das Geheimzeichen der berüchtigten Loge P2.«

»In diesen Jahren war ich in Afrika«, warf John ein, »du wirst also etwas weiter ausholen müssen.«

»Eine hochgefährliche Gruppierung, glaub mir«, fuhr Rodney fort. »Alles geht zurück auf das Jahr 1887, da wurde in Rom eine Freimaurerloge mit dem Namen ›Propaganda Massonica‹ gegründet. Als Gegenstück zur katholischen Kurienkongregation ›Propaganda Fide‹ – ›Verbreitung des Glaubens‹ – gedacht, war die Loge ziemlich unauffällig bis zum allgemeinen Verbot der Freimaurerei im Jahr 1926, dem Beginn des Faschismus in Italien. Im Jahr 1944 wurde sie als zweite Loge des Mutterhauses, der Großloge des ›Grande Oriente d'Italia‹, als ›Propaganda Due‹ neu gegründet, und zwar von einem Mann namens Licio Gelli, einem undurchsichtigen, aber ungeheuer einflussreichen und mächtigen Finanzier mit unerklärlich hervorragenden Beziehungen zu den Amerikanern. So war dieser Gelli der einzige Italiener, der den Feierlichkeiten anlässlich der Amtseinführung der US-Präsidenten Ford, Carter und Reagan beiwohnen durfte.«

»Sonst war niemand aus Italien geladen?«, fragte John ungläubig nach.

»Nein, nur Gelli. Seltsam, nicht? Doch zurück zur Propaganda Due. In den Siebzigerjahren war unter dem Deckmantel der Freimaurerloge eine politische Geheimorganisation aufgebaut worden, was natürlich der italienischen Großloge nicht verborgen blieb. Man beschloss deshalb bereits 1972 den Ausschluss der P2, es dauerte aber zehn Jahre, bis er tatsächlich wirksam wurde. Da hatte man dann die Aktivitäten der P2 untersucht und war zu dem Ergebnis gekommen, dass unter dem ›ehrwürdigen Meister vom Stuhl‹ Licio Gelli ein hochbrisantes Netzwerk aus Entscheidungsträgern von Polizei, Militär, Wirtschaft, Politik, Mafia und Geheimdiensten entstanden war. Ein Staatsstreich drohte in Italien. Gelli und der P2 war es mit inszenierten Terroranschlägen in den Siebzigerjahren gelungen, die italienische Republik zu destabilisieren. Als Folge wurde 1982 die Loge aufgelöst und verboten. Auf dem Papier zumindest …«

»Aber auch nur da?«

»Ich gebe dir ein paar Fakten, dann kannst du dir selbst deine Meinung bilden. Bei einer Hausdurchsuchung von Gellis Villa in Arezzo fanden die Untersuchungsbehörden eine Liste mit den Namen etlicher Militäroffiziere, Politiker und Personen des öffentlichen Lebens, die sich in der Geheimloge Propaganda Due engagierten. Darunter neunhundert Regierungsbeamte, Industrielle, Journalisten, führende Bankiers und das Oberhaupt des ehemaligen Königshauses, Viktor Emanuel von Savoyen. Und jetzt kommt's: Es stand auch der spätere Ministerpräsident Silvio Berlusconi auf der Liste der Mitglieder.«

»Verstehe«, murmelte John. »So eine Gruppierung lässt sich nicht so leicht auflösen.«

»Warte ab, es kommt noch besser«, fuhr Rodney fort. »In den vergangenen Jahren verhärtete sich der Verdacht, die P2 sei von den USA initiiert und unterstützt worden, als Besänftigung der Ängste atlantischer Zirkel über die mögliche Allianz der dominierenden Parteien Democrazia Cristiana, der sozialistischen PSI und der Kommunistischen Partei Italiens. Kurz gesagt: Gelli hatte sich ab Mitte der Siebzigerjahre systematisch in den Staatsapparat eingeschlichen, beherrschte weite Teile der italienischen Politik. Wer irgendeine Führungsposition einnehmen oder gute Geschäfte machen wollte, der musste Mitglied der P2 sein. Über die Loge wiederum kontrollierten die westlichen Geheimdienste Italien. Die Amerikaner pumpten laut Mossad jeden Monat zehn Millionen Dollar in die P2. Und die sollte aufgelöst werden? Das kannst du vergessen. Es gibt Aussagen von Licio Gelli, in denen er behauptete, dass sieben Minister der ersten Regierung von Silvio Berlusconi in der Vergangenheit Mitglieder in seiner Loge waren, ebenso wie Berlusconi selbst. Als dieser 1996 das Programm seiner ersten Partei Forza Italia vorlegte, meinte Gelli zufrieden, dass Berlusconi seinen ›Plan der Nationalen Erneuerung‹ fast komplett übernommen habe.«

»Gelli war also der geheime Pate Italiens?«, fragte John nachdenklich nach.

»Könnte man sagen«, bestätigte Rodney. »Auf die P2 folgte dann die Propaganda Tre, kurz P3, die 2010 von den italienischen Behörden erneut aufgelöst wurde. Der Vorwurf: raffiniert ausgeklügelte illegale Strukturen, denen Verbindungen zur ehemaligen Propaganda Due nachzuweisen waren. Das kriminelle Netz basierte auf Korruption und rief einen derart komplizierten Austausch von Gegenleistungen ins Leben, dass selbst der untersuchende Staatsanwalt zugeben musste, dass dies nicht in die juristischen italienischen Modelle passte. Die klare Handschrift der ehemaligen P2 also, die sich daraufhin sofort in die Propaganda Quattro, kurz P4, umgruppierte. Wieder reagierte der Staatsanwalt zwar, ohne zu zögern – er wirft bis heute den Mitgliedern Verrat von Ermittlungsergebnissen, Erpressung, Begünstigung und Amtsmissbrauch vor –, aber die P4 ist nach wie vor äußerst aktiv und scheint unbeeindruckt von allen Vorwürfen. So, und jetzt hast du die Erklärung für das Symbol an der Wand der Kunsthochschule, der Unterschrift sozusagen. Es ist das Erkennungszeichen der P4.«

»Fühlen die sich so sicher?«

»Absolut«, bestätigte Rodney, »und jetzt wird es wirklich interessant, weil es nun in unsere Geschichte hineinspielt. Im Jahr 1982 wurde die Leiche eines gewissen Roberto Calvi in

London gefunden. ›Der Bankier Gottes‹, wie er genannt wurde, hinterließ als Präsident der Vatikanbank Banco Ambrosiano einen riesigen Schuldenberg, bevor er sich nach England absetzte. Die Bank brach dann fünf Jahre später endgültig zusammen, und der Vatikan musste rund drei Milliarden US-Dollar als uneintreibbare Außenstände zugeben. Während seiner Dienstzeit war Calvi, natürlich ein Mitglied der P2, an der Geldwäsche von Drogengeldern, an ultrageheimen Finanztransaktionen des Vatikans, der Mafia, verschiedener politischer Parteien und der Loge selbst maßgeblich beteiligt. Leider war er nicht erfolgreich genug. Die Abrechnung erfolgte dann in London am 17. Juni 1982. Man fand man ihn am nächsten Tag von einem Bogen der Blackfriars Bridge hängend, die Taschen voller Geld und Ziegelsteine. Die Brücke wurde ursprünglich nach einem Kloster der Dominikaner benannt – den ›Schwarzen Mönchen‹. Und – wie passend – genau so nennen sich die Mitglieder der P2/P3/P4, nämlich: ›Fratelli Neri‹. So weit zur symbolträchtigen Unterschrift. Gerüchten zufolge hatte Calvi eine Postkarte in der Tasche seines Jacketts. Sie zeigte eines der Selbstporträts Poussins.«

»Unglaublich«, murmelte John überrascht.

»Die Ziegelsteine brauche ich dir bei Freimaurern nicht zu erklären, nehme ich an.«

»Nein, nicht wirklich ...«

»Und jetzt rate mal, wer 1982 Chef des Inlandsgeheimdienstes MI5 in Großbritannien war!« Rodney mache eine kurze Pause. »Peter Compton. Die P2 hat ihm den Italiener Calvi sozusagen vor die Nase gehängt. Signiert, mit Ziegelsteinen und Geld in den Taschen, an die Brücke der Dominikaner. Jenes Ordens, der heute noch das Lilienkreuz im Wappen trägt, das bereits im vierzehnten Jahrhundert als Zeichen der Inquisition gefürchtet war. Warum? Weil die Dominikaner von Anbeginn Inquisitoren zur Aufspürung und Verfolgung von Häretikern stellten. Man nannte sie nicht umsonst die ›Hunde Gottes‹, ›domini canes‹.«

»Das wird Compton überhaupt nicht geschätzt haben«, warf John ein.

»Ganz und gar nicht. Ich war damals neu bei dem Verein und kann mich noch gut erinnern, wie er durch die Gänge tobte. Damals erklärte er der Propaganda Due den Krieg, weil er genau wusste, dass die Auflösung der Geheimgesellschaft nur auf dem Papier Bestand hatte. Und nun, zweiunddreißig Jahre später, wurde Montfoucault von der Geheimloge beseitigt. Vergiss nicht: Sie greifen bei Bedarf einfach auf alle staatlichen italienischen Stellen zurück, egal, ob im In- oder Ausland.«

»Natürlich, warum bin ich nicht gleich drauf gekommen!«, rief John. »Das erklärt die Agenten, die Llewellyn in Rom das Notizbuch abgenommen haben! Profis des italienischen Geheimdienstes, alarmiert von der P4 durch Professore Gabriele Briseno. Deswegen meinten die beiden auch, sie hätten persönlich nichts gegen Llewellyn und würden unter anderen Umständen vielleicht sogar auf seiner Seite stehen. Trifft sicher zu, etwa bei einer europaweiten Zusammenarbeit der Geheimdienste ...«

»Die P4 hat also das Notizbuch auf dem Silbertablett serviert bekommen, sie sind beim Entschlüsseln der codierten Passagen genauso weit gekommen wie wir und wollten sicherstellen, dass niemand mehr Professor Montfoucault befragen würde«, schloss Rodney.

»Was du allerdings noch nicht weißt, ist, dass die beiden Mörder der Wissenschaftlerin unmittelbar danach von Mitgliedern des IS hingerichtet wurden, in einer angrenzenden ehemaligen Kapelle der Augustiner, die zur Kunsthochschule gehört«, informierte John Rodney. »Abgeschnittene Zunge, enthauptet, mit der schwarzen IS-Fahne zugedeckt.«

Der Kryptograph pfiff durch die Zähne. »Das ist krass! Dir ist hoffentlich bewusst, dass die Grundlage des Dominikaner-Ordens von Anfang an die Augustinusregel war? Man zählt die Dominikaner deshalb auch zu den augustinischen Orden. Hier hat jemand viel Sinn für Symbolik und einen großen Plan ...«

John hörte Papier rascheln.

»Warte mal, ich habe hier noch etwas ... Genau, da ist es ja. Bevor ich es vergesse: Die italienische Telefonnummer, mit der Montfoucault gesprochen hat, ehe sie ermordet wurde, gehört zu einem Festnetzanschluss in Bologna. Eingetragen ist er auf eine gewisse Maria Giancomelli. Allerdings konnte ich keine aktuelle Adresse herausfinden. Sie scheint ein paar Mal umgezogen zu sein und hat die Nummer mitgenommen.«

»Ist notiert«, gab John zurück und schrieb den Namen auf eine der Pizzaschachteln. »Wie weit bist du mit den übrigen drei codierten Passagen in Umars Notizbuch gekommen?«

»Ich habe keine Dechiffrierabteilung hier, ich arbeite alleine! Wenigstens hat Jack angeboten, die Blumen zu gießen, dann muss ich mich nicht auch noch darum kümmern. Hannah ist wieder zu ihrer kranken Mutter gefahren, also wird der gute Jack auch kochen müssen. Und ich mache, so schnell ich kann. Versprochen!«

»Uns läuft die Zeit davon, Rodney«, drängte John. »Die Leute von der Geheimloge sind zu allem entschlossen, das hast du gesehen. Hat Jack Westworth nicht auch von seinen Angreifern behauptet, sie seien Italiener gewesen? Seit gestern Abend glaube ich ihm das sofort. Es waren tatsächlich italienische Killer, geschickt von den P4-Mitgliedern. Sie wollten Peter Compton über Llewellyn wissen lassen, dass der Krieg wieder begonnen hat. Auf seinem Territorium. Die wissen mehr über die Struktur des englischen Agentennetzwerks, als wir glauben. Kein Wunder, sie haben schließlich jederzeit Zugang zu den italienischen und damit zu den europäischen Geheimdienstinformationen. Sie wissen, wer für wen arbeitet, und vor allem wollen sie eines – mich aufhalten.«

»Und der IS?«, fragte Rodney. »Wieso hat er dich am Leben gelassen, aber die beiden Mörder von Montfoucault getötet?«

»Darüber haben Llewellyn, Meuniers und ich die halbe Nacht gerätselt. Vergessen wir nicht, dass Umar ein Sympathisant, wenn nicht sogar ein Kontaktmann oder Mitglied des IS war. Ich glaube nicht, dass er das Rätsel um Poussin aus eigenem Interesse lösen wollte. Vielleicht für Gaddafi, aber viel wahrscheinlicher ist, dass er im Auftrag des IS unterwegs war. Am Ende der Spur muss etwas stehen, das den IS ungemein interessiert, das ihm Geld bringt. Viel Geld für den Kreuzzug gegen den Westen. Und dazu noch Aufsehen.«

John trat wieder auf den Balkon hinaus, und Llewellyn folgte ihm. Aufmerksam sahen sie in die Rue Daguerre hinunter. Hatten da nicht zwei Männer gestanden, die rasch in ein Haustor gesprungen und verschwunden waren, als John und Llewellyn auftauchten?

»Doch dann mit einem Mal war alles anders«, fuhr John fort, während Llewellyn misstrauisch die schmale Straße und den Hauseingang nicht aus den Augen ließ. »Umar war tot, und ich hatte das Notizbuch, zumindest für kurze Zeit, bevor es sich in Rom die Agenten im Auftrag der Loge P4 holten. Damit waren die Informationen, die Umar gesammelt hatte, für den IS vorerst verloren. Gleichzeitig begann ich, das Geheimnis Poussins zu recherchieren, wenig später waren dann wohl auch die Leute von der P4 dran. Damit war endgültig der Deckel vom Topf, und ab da musste der IS eine andere Strategie fahren. Mich zu beseitigen würde gar nichts mehr bringen, nachdem viel zu viele Spezialisten in Rom, London und wer weiß wo noch bereits an der Dechiffrierung arbeiteten. Deshalb war dieser Wiener Kunsthändler im Zug auch sicher nicht vom IS geschickt worden. Er wollte mich dazu überreden, aufzugeben und alles zu vergessen. Also tippe ich eher auf einen letzten Versuch der Propaganda-Quattro-Leute.«

»Das klingt logisch. Er war in Florenz zugestiegen.«

»Der IS setzt jetzt auf etwas ganz anderes«, fuhr John fort. »Nämlich darauf, dass ich den Wettlauf um Poussins Geheimnis gewinnen werde. Deshalb wollten die drei Männer in Schwarz an der Kunsthochschule unbedingt, dass ich so schnell wie möglich verschwinden sollte. Sie wollten mich aus der Schusslinie bringen. Aus diesem Grund haben sie mich nicht umgebracht, und sie werden mich auch am Leben lassen – bis ich sie direkt an ihr Ziel geführt habe.«

Rodneys Stimme war beinahe tonlos, als er den Gedankengang weiterführte: »Und dann werden sie dir den Kopf abschneiden.«

Charlotte Road, Barnes, Südwest-London/England

Peter Compton war *not amused*, und das war noch untertrieben.

Er stand am Fenster seines Salons und blickte sorgenvoll in den Garten hinaus, der hinter seinem Haus ein wahres Blütenmeer entfaltete. Doch Compton ignorierte es. Ebenso ignorierte er geflissentlich das vergnügte Gezwitscher der Vögel, denn er sah trotz tiefblauem Morgenhimmel die dunklen Gewitterwolken am Horizont heraufziehen.

Als Rodney gestern Mittag von den italienisch fluchenden Angreifern auf Jack Westworth erzählt hatte, von den beiden Handgranaten und dem gesunkenen Kanalschiff, da hatte es Compton zuerst als fatalen Irrtum oder als die Abrechnung irgendwelcher lokaler Jugendgangs abgetan, die mit einer Mutprobe ihren Freunden beweisen wollten, wie männlich sie doch bereits waren.

»Womöglich wollten die nur Sachschaden anrichten«, hatte er abwiegelnd zu Rodney gesagt, »waren sicher, dass niemand mehr an Bord war, und freuten sich über den spektakulären Auftritt. Und dann den großen Knall …«

»Klar«, hatte Rodney trocken erwidert, »deswegen hat sich einer in den Kopf geschossen und sich das Hirn weggeblasen, bevor die Polizei eintraf. Kommt immer wieder vor …«

Die beiden Toten vom Leeds-Liverpool-Kanal trugen keine Papiere bei sich, keine Ausweise, keine Rechnungen, keine

Quittungen. Es gab nicht den kleinsten Anhaltspunkt, woher sie gekommen waren und wohin sie verschwinden wollten. Die Auswertung der Fingerabdrücke hatte nichts ergeben. Sie waren den Behörden in Großbritannien noch nie aufgefallen.

Keine einzige Spur.

Nichts.

Selbst als die Fotos der Toten an sämtliche europäischen Polizei-, Geheimdienst- und Sicherheitsdirektionen geschickt worden waren, war keine einzige Antwort eingegangen.

Das war der Moment, an dem Compton sich gefragt hatte, wer es auf Westworth, Llewellyn und damit auf ihn selbst abgesehen hatte.

Doch dann hatte John Finch Rodney das Foto des Symbols geschickt, das große »P« mit der integrierten »4«, und Compton war mit einem Schlag alles klar gewesen.

Sie waren wieder aus der Versenkung aufgetaucht, dachte er nun wutentbrannt, wie eine Hydra, der man nicht genügend schnell die Köpfe abgeschlagen hatte. Und diesmal waren sie, wie schon im Juni 1982, nicht in Rom geblieben, sondern hatten in Paris und in der englischen Provinz zugeschlagen.

Und ihm in die Magengrube.

Es gab wenig Dinge, die Peter Compton in seinem beruflichen Leben persönlich genommen hatte. Dem nüchternen, stets rational denkenden Geheimdienstler ging so rasch nichts nahe. Einige Kritiker hatten ihn stets als herz- und gewissenlosen Schachspieler bezeichnet, andere wiederum als paranoiden Nachrichtensammler mit der Gerissenheit eines Macchiavelli und dem messerscharfen Verstand eines Sherlock Holmes.

Doch die italienische Geheimloge hatte Compton bereits in den Siebziger- und Achtzigerjahren herausgefordert und verunsichert. Weil man zwischen ihr und dem Staat nicht mehr unterscheiden konnte.

Schließlich hatten sie ihm Calvi an die Blackfriars Bridge gehängt. Als wollten sie ihn verhöhnen. Und warnen, sich nicht in ihre Aktivitäten einzumischen.

Compton schnaubte verächtlich durch die Nase. Wenn es nach ihm gegangen wäre, dann wäre der Blutzoll der P4 noch viel höher ausgefallen als lediglich vier tote Agenten in Paris und England. Am liebsten wäre er unverzüglich nach Bologna und Rom gezogen, wie ein moderner Kreuzritter, und hätte dafür gesorgt, dass der Großmeister der P4 samt dieser Maria Giancomelli auf seinem ganz persönlichen Scheiterhaufen der Geheimdienst-Geschichte geendet wäre. Und samt all ihrer Gehilfen, die zwischen Korruption und dem weltweiten Waschen von Drogengeldern nichts ausließen, was Profit brachte, den Staat destabilisierte und Machtzuwachs bedeutete.

Aber was hätte es schon genutzt?

Der Hydra wäre ein neuer Kopf gewachsen, die Geheimloge hätte sich zu einer noch gefährlicheren Brut entwickelt.

War die Geheimorganisation ein großangelegter Versuch, am Beispiel Italiens die Strukturen eines Staates erfolgreich zu unterwandern? Eine Art Generalprobe für Europa? Schleichende Machtübernahme auf leisen Sohlen? Waren die Machtstrategen der P4 in der EU auch schon am Werk?

Compton ballte die Faust und schlug mit aller Kraft auf das Fensterbrett.

Zum ersten Mal in seinem Leben hatte er die Befürchtung, nicht nur die Schlacht, sondern den gesamten Krieg zu verlieren.

Wenn die P4 als Erste hinter das Geheimnis Poussins kommen würde, dann wären Gelli, Giancomelli und ihre Handlanger nicht mehr aufzuhalten.

Und der IS?

Teufel und Beelzebub ... welch eine Wahl!

Die Situation lief Gefahr, außer Kontrolle zu geraten.

In diesem Moment klingelte sein Mobiltelefon mit der Geheimnummer, die nur wenige Menschen auf der ganzen Welt kannten.

Das Krisentelefon.

Compton zögerte kurz, dann hob er ab und meldete sich mit einem unverbindlichen »Ja?«.

»Gelobt sei Jesus Christus ...«, drang eine tiefe Stimme an sein Ohr.

»Den habe ich schon länger nicht mehr gesehen, Eminenz, aber ich nehme an, Sie stehen ihm näher.« Compton ließ sich in seinen Lehnsessel sinken. »Steckt die Kirche trotz neuer Leitung in einer Sinnkrise? Ist wieder einmal der Direktor des IOR von den Carabinieri an den Toren des Vatikanstaates verhaftet worden? Nein, deshalb würden Sie nicht anrufen, Kardinal Sanseverino, denn daran haben Sie sich bereits gewöhnt. Beichten Sie: Hat Papst Franziskus Sie beauftragt, mich zu kontaktieren?«

»Eine Beichte täte auch Ihnen wieder einmal gut, Mr. Compton«, gab der Leiter des Pro Deo unbeeindruckt zurück. »Es muss sich einiges an Sünden angesammelt haben ...«

»Deshalb verschone ich Ihr Personal besser damit«, unterbrach ihn Compton, »um Sie nicht in Gewissenskonflikte zu stürzen, und schreibe lieber meine Memoiren. Irgendwann. Und dann verbrenne ich sie wieder.«

»Dafür bete ich jeden Tag.« Sanseverino seufzte. »Dafür und für die Gesundheit seiner Heiligkeit.«

»Jetzt fühle ich mich geehrt«, erwiderte Compton. »Ich komme zwar langsam in ein Alter, in dem sich andere an die Kirche und deren oberste Instanz anbiedern. Sicherheitshalber. Aber ich halte das für vergebliche Liebesmüh. Gott kann man nicht auf der Zielgeraden bestechen.«

»Da sind wir ausnahmsweise der gleichen Ansicht. Der Herr ist unbestechlich. Der Teufel nicht.«

»Wie darf ich das verstehen?« Compton spürte ein Kribbeln in den Fingerspitzen.

»Es ist derzeit ein Notizbuch in Umlauf«, begann Sanseverino, »ein äußerst brisantes Notizbuch.«

»Ich habe davon gehört«, sagte Compton unverbindlich.

»Nun, Sie haben davon gehört, aber ich halte es in Händen«, erwiderte der Kardinal mit ausdrucksloser Stimme.

»Weiß Franziskus davon?«

Peter Compton dachte fieberhaft nach. Das Notizbuch Umars im Vatikan? In den Händen des Pro Deo? Das war eigentlich unmöglich! Aber warum sollte Sanseverino ihn anlügen?

»Wir wollen Seine Heiligkeit nicht mit allem belasten, er hat so bereits genug Sorgen«, erwiderte Sanseverino mit leicht gönnerhaftem Unterton. »Was *mir* allerdings Sorgen bereitet, ist der Ursprung des Buches. Es wurde mir ... zugespielt. Auf ungewöhnlichen Wegen.«

»Lassen Sie mich raten, Eminenz. Der überraschend kooperative Gegenspieler trug eine Vier in seinem Namen?«

Für lange Zeit blieb es still in der Leitung.

Dann räusperte sich Sanseverino. »Sie sind beneidenswert gut unterrichtet. Manchmal kann ich mich des Eindrucks nicht erwehren, Sie stehen hinter mir und schauen mir über die Schulter.«

»Das würde Franco wohl kaum zulassen«, wiegelte Compton ab. »Nennen wir es die Erfahrung des Alters, Eminenz. Wir sind beide lange genug in diesem Spiel, um aus den Schatten die nächsten Bedrohungen hervorkriechen zu sehen. Sie im Vatikan, ich in London. Aber ob Pro Deo oder MI5, wir haben Päpste, Präsidenten, Regierungen und Premiers kommen und gehen gesehen. Wir beide sind eigentlich schon lange Vergangenheit, doch wir sind noch immer da. Und das beunruhigt mich, Eminenz.«

Wieder schwieg Sanseverino lange. »Ich verstehe, was Sie meinen, manchmal geht es mir genauso. Ich habe Papst Franziskus meinen Rücktritt aus Altersgründen angeboten, als er sein Amt antrat. Ich wollte nicht, dass irgendwann in nächster Zukunft Pro Deo von einem Krankenbett aus geleitet wird. Aber Seine Heiligkeit wollte nichts davon wissen.«

»Franziskus kommt aus einem Land, in dem man einen Strategen und treuen Kämpfer zu schätzen gelernt hat, um zu überleben. Argentinien unter Perón und den Militärdiktaturen war kein geruhsamer Nachmittagsspaziergang mit Zwischenstopp an einer Eisdiele. Ich an seiner Stelle würde Sie ebenfalls nicht gehen lassen, Eminenz. Doch zurück zum Grund Ihres Anrufes …«

»Ja, das Notizbuch … Ich kenne Ihre Einstellung zur Propaganda Quattro, Mr. Compton, und ich gestehe, ich teile sie voll und ganz. Dieses verbrecherische Netzwerk, das alles in Italien seit Jahrzehnten durchdrungen hat, gefährdet leichtfertig die Stabilität eines ganzen Landes. Und es hat sich immer wieder aufs Neue herausgestellt, dass sie mit Mitteln des Staates nicht aufzuhalten ist.«

»Das musste sich selbst der oberste Staatsanwalt Italiens bereits vor Jahren eingestehen«, warf Compton ein.

»Als damals die Propaganda Due den Tod von Roberto Calvi einfädelte und er von der Blackfriars Bridge in die Schlinge stürzte, war ich in London«, fuhr Sanseverino fort. »Man hatte mich … hinbestellt, wohl um mir vor Augen zu führen, wie groß die Macht und die Herrlichkeit der Geheimloge ist. Ich erkannte allerdings nur eine unverschämte, gefährliche Selbstüberschätzung einer kriminellen Vereinigung.«

»Ich weiß, Eminenz, dass Sie vor Ort waren. Ich hatte damals für einen Moment überlegt, Sie nicht mehr ausreisen zu lassen, mich dann aber dagegen entschieden. Es waren nicht Sie, der Calvi symbolisch vor meiner Haustür aufgeknüpft hatte. Der Tod kam dem Vatikan in diesem Fall zwar ganz gelegen, aber mir war von Beginn an klar gewesen, dass Pro Deo damit nichts zu tun hatte. Sie hätten eine elegantere und vor allem lokale Lösung gefunden.«

»Calvi stellte ein Problem dar, das ich nur zu gerne einer unserer Einsatzgruppen überlassen hätte«, gestand Sanseverino. »Er wäre spurlos verschwunden oder hätte einen Unfall gehabt. Diskret und unauffällig.«

»So wie seine Sekretärin, die an Calvis Todestag wie zufällig aus dem Fenster sprang und ums Leben kam«, ergänzte Compton.

Sanseverino brummte etwas Unverständliches ins Telefon. »Lassen Sie uns das jetzt nicht weiter erörtern, Mr. Compton. Wie auch immer, bei Calvi kamen wir nicht zum Zug. Die Kriegserklärung der P2 galt Ihnen persönlich, und ich habe all die Jahre nicht herausgefunden, warum.«

Diesmal war es Compton, der still überlegte. Nach einigen Augenblicken sagte er: »Was braucht die Loge von Ihnen, Kardinal? Warum sollte sich der Teufel mit dem Vatikan verbinden?«

»Ihr Ruf des brillanten, gefährlich klar denkenden Strategen ist nicht übertrieben, Mr. Compton. Ich hätte Sie bei dieser Sache gern an meiner Seite. Die Propaganda Quattro möchte Einblick in Geheimakten des Vatikanischen Archivs erlangen. Aber das versucht sie schon seit Jahren vergeblich. Fragen Sie mich nicht, um welche Aktenstücke es geht, das hat mir die Frau, die das Angebot unterbreitet hatte, nicht gesagt. Noch nicht.«

»Sie haben mit Maria Giancomelli gesprochen?« Compton wunderte sich. »Sie steht erst seit wenigen Wochen an der Seite des Großmeisters, und es war für viele eine Überraschung, als Nachfolger des so plötzlich inhaftierten Gianni Graziano eine Frau an seiner Stelle zu sehen.«

»Das ist auch mir neu gewesen«, gab Sanseverino zu, »aber zu meiner Entschuldigung kann ich nur anführen, dass die P4 in den letzten Monaten nicht auf meiner Agenda stand. Auf jeden Fall bot mir diese Giancomelli das ominöse Notizbuch an, als Gegenleistung für Einsicht in bestimmte Bestände des päpstlichen Geheimarchivs.«

»Und Sie haben es angenommen ...«

»Nun, sagen wir so, ich habe es sichergestellt«, präzisierte der Kardinal kalt. »Aber ich denke nicht einen Augenblick daran, den Mitgliedern der Propaganda Quattro im Gegenzug Einblick in irgendwas zu geben, und sei es in den Menüplan des Heiligen Vaters.«

»Das wird Folgen haben, und das wissen Sie«, warnte ihn Peter Compton. »Die P4 wird den Krieg auch vor die Haustür des Vatikans tragen, wenn sie nicht das bekommt, was sie will. Im Ernstfall sogar bis in die Gemächer des Papstes.«

»Mr. Compton, ich habe bereits vor langer Zeit verlernt, Angst zu haben«, antwortete Sanseverino ruhig. »Ich bin in Neapel aufgewachsen und habe mich in meiner Sturm-und-Drang-Zeit durch die schlimmen Viertel der Stadt geschlagen, sehr zum Leidwesen meiner sanften Mutter und zum Entsetzen meines Vaters, der ein Schöngeist und Pazifist war. Das war ich nie, der Herr möge mir vergeben.« Der Kardinal machte eine Pause. »Unsere Familie wurde von einem Normannen gegründet, und die fürchteten bekanntlich weder Tod noch Teufel.«

Peter Compton war nie ein besonderer Freund des Kardinals gewesen. Man hatte sich hin und wieder getroffen, bei

Konferenzen und Symposien, Artigkeiten ausgetauscht, Smalltalk gepflegt und sich ab und zu eine Information zukommen zu lassen. Großbritannien war nun mal nicht katholisch, der Vatikan keine Großmacht im üblichen Sinn. Man schätzte sich, aber blieb auf Distanz. Doch nun begann Compton, ehrliche Sympathie für Sanseverino zu entwickeln.

»Ich weiß, dass unsere Zusammenarbeit in der Vergangenheit nicht sehr eng war«, fuhr der Kardinal fort, als könne er die Gedanken Comptons lesen. »Der Grund, warum die P2 damals ausgerechnet Krieg gegen Sie führte, hat sich mir nie erschlossen. Mir ist aber auch bewusst, dass der italienische Staat es trotz aller Anstrengungen nicht geschafft hat, diese kriminelle Vereinigung zu zerstören. Denn Verbote alleine nützen nichts, machen wir uns nichts vor. Bitte verstehen Sie mich richtig, Mr. Compton. Wir werden auch nicht nachholen können, woran der Staat mehrfach gescheitert ist, da mache ich mir keine Illusionen. Zu zweit haben wir diesmal jedoch die Chance, diesen machthungrigen Verbrechern die Stirn zu bieten und dafür zu sorgen, dass sie wenigstens *einmal* verlieren und nicht das bekommen, was sie sich in den Kopf gesetzt haben.«

»Ich bin, wie Sie wissen, im Gegensatz zu Ihnen nicht mehr aktiv«, wandte Compton behutsam ein. »Ich sitze vor meinem Kamin und …«

»… verteidigen die Interessen des United Kingdom nach wie vor mit Klauen und Zähnen«, unterbrach ihn Sanseverino ungeduldig. »Oder wie sollte ich die Affäre um das Archiv von Lawrence of Arabia vor drei Jahren sonst interpretieren? Hinter dem dezenten Großreinemachen im britischen Geheimdienst steckte ein einzelner Mann, und mit dem telefoniere ich gerade.«

»Pro Deo ist erstaunlich gut informiert«, gab Compton zu.

»Er arbeitet ja auch für Gott«, bemerkte der Kardinal mit einem unverkennbar ironischen Unterton.

»Und der ist bekanntlich allwissend«, gestand ihm Compton zu und lächelte. »Ich habe einen unverzeihlichen Fehler gemacht, Eminenz. Ich habe Sie unterschätzt, und das tut mir leid. Nach allem, was ich gehört habe, möchte ich Sie lieber heute als morgen als Verbündeten an meiner Seite wissen. Gleichzeitig wäre es unverantwortlich von mir, Sie über eines im Unklaren zu lassen: In dieser Geschichte gibt es noch einen anderen gefährlichen Teilnehmer am Wettlauf zum Ziel. Den sogenannten Islamischen Staat.«

Sanseverino hustete trocken. Oder lachte er?

»Über ›diese Geschichte‹, wie Sie es formulieren, habe ich bis auf das Notizbuch noch keinerlei Informationen erhalten. Ich denke jedoch, Sie werden mich früh genug einweihen. Aber wie auch immer, eines steht für mich außer Zweifel: Wenn der IS versucht, einen heiligen Krieg auf dem Boden Europas loszutreten oder auch nur bewaffnete Einsatzgruppen hierherzuschicken, dann werde ich mich nicht hinter der Soutane Seiner Heiligkeit verstecken«, entschied Sanseverino kategorisch. »Ich halte nichts davon, Wasser zu predigen und Wein zu trinken. Der Pro Deo steht an Ihrer Seite, Mr. Compton, wenn Sie ihn brauchen. Sie haben mein Wort.«

Peter Compton schloss die Augen und atmete erleichtert auf. Dann sagte er leise: »Willkommen im Krieg, Eminenz.«

Edge Hill 8, Wimbledon, London/England

Jack Westworth wusste angesichts der scheinbar endlosen Reihen von Rosenbüschen genau, warum er damals auf ein Kanalschiff gezogen war. »Ihr seid Säufer vor dem Herrn«, murmelte er verzweifelt, während er den Gartenschlauch von einem mehr als mannshohen Teerosen-Busch zum nächsten schleppte und jeden in einem üppigen Wasserschwall ertränkte. »Wie zum Teufel schafft das Rodney bloß jeden Tag?«

Die hungrigen Bienen und Hummeln, die sich um die Tausende von Blüten tummelten, gingen Jack ganz besonders auf den Geist. Immer wieder schlug er nach ihnen und verfehlte sie doch regelmäßig. Sie schienen seine Bewegungen zu erraten. Der schwere Duft nach Pfirsich und Vanille, der in der Luft hing, verursachte Westworth Kopfschmerzen. Er sehnte sich aufs Wasser zurück und wusste doch, dass dieser Wunsch nicht so rasch in Erfüllung gehen würde. So schickte er in Gedanken den beiden Attentätern, die seinen Kahn versenkt hatten, einen saftigen Fluch hinterher und hoffte, sie würden in der Hölle schmoren. Und zwar für immer.

Nein, das Landrattenleben war nichts für ihn, auch wenn Edge Hill ohne Zweifel eine angenehm ruhige Wohngegend war und das Haus des Ehepaars McFarlane Charme und Charakter hatte.

Nächster Strauch, nächster Schwall.

Jack war den McFarlanes dankbar, dass sie ihm spontan ein Dach über dem Kopf angeboten hatten. Das kleine Zimmer, in dem früher Tochter Majorie gewohnt hatte, bevor sie frisch vermählt nach Spanien auf das riesige Anwesen ihres Mannes gezogen war, verströmte Geborgenheit und war gemütlich eingerichtet. Rodney war sicherlich ein etwas spleeniges Genie, dachte er, aber schwer in Ordnung, seine Frau Hannah reizend, warmherzig und gastfreundlich.

Und doch …

Nächster Strauch, nächster Schwall.

Das Geräusch einer Hupe ließ Jack neugierig zwischen den beiden Rosenbüschen in Richtung Straße schauen. Ein kleiner blauer Ford Fiesta fuhr vor und hielt an. Westworth runzelte die Stirn.

Hannah? Die war doch vor vier Stunden zu ihrer kranken Mutter aufgebrochen …

Doch es war tatsächlich Hannah McFarlane, die ausstieg und ihm zuwinkte.

Jack stellte den Wasserstrahl ab und ging ihr entgegen. »Und ich dachte, Sie seien bereits hoch im Norden«, begrüßte er sie überrascht.

»Ich hatte eine Reifenpanne, musste mehr als eine Stunde auf den Automobil-Club warten, und dann vermeldete meine Mutter telefonisch, dass es ihr besser ginge und sie auf mich verzichten könne«, erklärte Hannah und schnitt eine Grimasse. »Ich hätte besser gleich daheim bleiben sollen. Hat Rodney Sie als Gärtner engagiert?«

»Und als Koch in Personalunion«, Rodney grinste, »ich bin ja so was von froh, dass Sie wieder da sind.«

»Dann werde ich mich mal ans Mittagessen machen, was meinen Sie?« Hannah lachte. »Nach der Gartenarbeit werden Sie sicher Hunger haben.«

»Oh ja. Das ist ja das reinste Kampfgießen! Ich weiß gar nicht, wie Sie das jeden Tag schaffen. Wenn man am Ende angelangt ist, kann man gleich wieder von vorne beginnen.«

»Pure Gewohnheit, wenn man mit jemandem wie Rodney zusammenlebt«, rief ihm Hannah zu, die schon auf dem Weg ins Haus war. »Ohne seine Rosen im Garten wäre er nur ein halber Mensch.«

»Und *mit* seinen Rosen bin *ich* nur ein halber«, murmelte Jack resigniert und wünschte sich inständig, dass Llewellyn möglichst bald einen Auftrag für ihn hätte.

Im Ausland.

Nächster Strauch, nächster Schwall.

Ein paar fröhlich rufende Kinder fuhren auf ihren Fahrrädern vorbei und feuerten sich auf der sanft ansteigenden Straße gegenseitig an. Ein leerer Milchwagen rollte vorbei, und Jack wunderte sich ein wenig, dass in Wimbledon die Milch noch immer nach Hause geliefert wurde.

Letzter Strauch in der Reihe, nächster Schwall.

Der Lieferwagen eines privaten Paketdienstes hielt an, und der Fahrer stieg aus, in seiner Armbeuge ein großes Paket. Er sah sich kurz um, kontrollierte die Hausnummern und steuerte dann auf die Acht zu.

Jack drehte den Wasserfluss ab und wollte ihm entgegengehen, doch dann sah er Hannah bereits am oberen Ende der Treppe stehen und dem Boten zuwinken. Also zog er den Schlauch weiter zur hintersten Reihe Rosenbüsche, die bereits ans Nachbargrundstück grenzten. Er drehte das Wasser auf und visierte.

Nächster Strauch, nächster Schwall.

Aus einem der offenen Fenster tönte Marschmusik und ließ John aufhorchen. Die vertrauten Klänge erinnerten ihn an sein Dienstende bei den Marines. Lange Jahre hatte er dem

SBS, dem Special Boat Service der Royal Marines, angehört, ein Teil der Spezialeinsatzkräfte Großbritanniens. Genauer gesagt war Westworth Mitglied der Black-Troop des sogenannten M Squadron gewesen, spezialisiert auf Antiterror-Operationen und das Entern von Schiffen und Bohrinseln mit und vom Hubschrauber aus.

Am 24. September 2007 war er bei der Befreiung zweier italienischer Soldaten aus der Gewalt der Taliban in Afghanistan schwer verwundet und daraufhin seines Alters und seiner Verdienste wegen mit allen Ehren in den Ruhestand versetzt worden. Bei der Aktion damals waren die Geiseln zwar verletzt, aber alle acht Geiselnehmer getötet worden, was Jack im Nachhinein immer wieder mit Befriedigung erfüllte.

Doch die wahren Höhepunkte waren jene Einsätze, die Major Llewellyn Thomas für ihn bereithielt. Heikle Missionen in Südamerika, Afrika oder entlegenen Gegenden Asiens. Westworth war stets der Erste gewesen, der zugesagt hatte. Und nun? Das Leben als Pensionär war ihm zu langweilig und eintönig geworden, trotz oder vielleicht gerade wegen der Ruhe auf dem Leeds-Liverpool-Kanal. So war er in den letzten Jahren neben Alex Beaulieu zum zweiten Adjutanten Llewellyns aufgestiegen, wenn es darum ging, die Welt oder zumindest das Britische Empire zu retten.

Ein Adjutant, der nun Rosen in Wimbledon goss …

Nächster Strauch, nächster Schwall.

Jack blickte auf und wunderte sich ein wenig, dass der Wagen des Kurierdienstes noch immer vor der Einfahrt parkte. Die beeilen sich doch sonst immer so, dachte er, weil sie stets zu spät dran waren und noch den gesamten Wagen voller Lieferungen hatten … Na ja, vielleicht hatte Hannah ihm einen Tee angeboten und der Fahrer freute sich über einige Augenblicke Pause.

Pause ...

Gute Idee eigentlich, dachte er und wischte sich den Schweiß von der Stirn. Ein Eistee oder ein Ale und ein Aspirin gegen die Kopfschmerzen ... Westworth drehte den Wasserhahn zu und machte sich auf den Weg in die Küche.

In diesem Moment trat der Bote aus der Haustür, rief etwas über seine Schulter, lachte und lief die wenigen Treppen in den Garten hinab. Als er Jack sah, winkte er ihm kurz zu, bevor er wieder den Lieferwagen bestieg, startete und seine Runde fortsetzte.

Jack fand, dass es Zeit für eine Pause war. Er steuerte auf das Haus zu, stieß die Eingangstür auf und ging den Flur entlang in Richtung Wohnzimmer.

»Hannah? Gibt es hier etwas zu trinken für durstige Gärtner?«, rief er und steckte den Kopf durch die Tür der Küche. »Die Rosen sind fast ertrunken, aber ich ...«

Da sah er sie.

Hannah lag in einer Blutlache, die immer größer wurde, ihr Oberkörper halb an die unteren Küchenschränke gelehnt, und röchelte leise.

Jack stürzte zu ihr, hob ihren Kopf an, der auf die rechte Schulter gesunken war. Das Blut pulsierte aus einem langen Schnitt an ihrem Hals.

»Scheiße ...«, zischte Jack, drückte mit einer Hand auf die Wunde, um die Blutung einzudämmen, und zog mit der anderen sein Mobiltelefon aus der Hose. Er suchte kurz, dann hatte er die Nummer Peter Comptons gefunden. Während die Verbindung hergestellt wurde, schrie er: »Rodney!!«, so laut er konnte.

»Ja?«, kam die gedämpfte Antwort aus dem ersten Stock.

»Gott sei Dank«, flüsterte Jack, während es bei Compton bereits klingelte.

Da gab es unvermittelt einen enormen Schlag, der das Haus in seinen Grundfesten erschütterte, gefolgt von einem ohrenbetäubenden Knall und einer Druckwelle, die durch Zimmer und Flure raste. Glas splitterte aus Türen und Fenster, Verputz wurde in großen Stücken herumgeschleudert, Türen wurden herausgerissen, und Holzsplitter sausten wie Schrapnelle durch die Räume.

Westworth konnte plötzlich nicht mehr atmen, als die Luft aus seinen Lungen gepresst wurde. Die Wucht der Explosion, die sich im ersten Stock ereignet haben musste, schleuderte ihn zur Seite, er krachte schwer mit dem Kopf gegen die Küchenschränke, im selben Augenblick, als Peter Compton wenige Kilometer entfernt das Gespräch annahm.

Dann stürzte mit einem haarsträubenden, kreischenden Geräusch der Dachstuhl ein, und Jack wurde schwarz vor den Augen.

*

»Er hat unglaubliches Glück gehabt.« Der junge Sanitäter, der neben der Trage von Jack Westworth stand und soeben seine kurze, oberflächliche Untersuchung abgeschlossen hatte, sah Peter Compton ernst an. »Was man von den anderen beiden Opfern nicht behaupten kann, leider. Trotzdem nehmen wir ihn ins Krankenhaus mit, sicherheitshalber.«

Westworth wollte protestieren, aber Compton legte ihm die Hand auf die Schulter und nickte. »Lassen Sie sich auf jeden Fall untersuchen, Jack, ich brauche Sie voll einsatzbereit. Dann melden Sie sich bei mir in der Charlotte Road.« Zum Sanitäter gewandt sagte er: »Behalten Sie ihn drin, bis feststeht, dass alles okay ist.« Dann drehte er sich um und ging zwischen den Dutzenden Fahrzeugen mit Blaulicht hindurch, um nach dem Leiter des Polizeieinsatzes zu suchen.

Edge Hill war weiträumig abgesperrt worden, geschockte Nachbarn standen in kleinen Gruppen auf der Straße und diskutierten leise. Das Haus der McFarlanes sah aus wie nach einem Bombentreffer. Der erste Stock war so gut wie total zerstört worden, Wände fehlten, die Balken des Dachstuhls lagen wie überdimensionierte Mikado-Stäbchen auf den Hausresten. Im Umkreis von hundert Metern gab es kein heiles Fenster mehr.

Compton presste die Lippen zusammen und machte sich Vorwürfe, weil er zu leichtsinnig gewesen war und für Rodney keine Vierundzwanzig-Stunden-Bewachung organisiert hatte. Nun war der Kryptograph tot, seine Aufzeichnungen und der Computer zerstört und alle Arbeit an dem Notizbuch vergebens gewesen.

Zwei Männer in Grau trugen mit gleichmütiger Miene einen Plastiksarg an Compton vorbei.

Arme Hannah, dachte er, der Täter hatte ihr keine Chance gelassen.

»Sir?«

Eine Stimme hinter ihm riss ihn aus seinen Gedanken.

»Mr. Compton? Detective Chief Inspector Conners von Scotland Yard«, stellte sich ein Mann in farbenfroher Freizeitkleidung vor. »Ich wohne ebenfalls in Wimbledon und bin gleich hierhergeeilt, als mich die Kollegen alarmiert hatten. Es blieb leider keine Zeit, mich umzuziehen ... Hier sieht es ja aus wie im Krieg ... Außerdem erhielt ich gerade einen Anruf aus dem Ministerium ...«

»Dann wissen Sie ja Bescheid«, unterbrach ihn Compton ungeduldig. »Keine offizielle Erklärung, keine Auskünfte an die Presse, totale Nachrichtensperre. Das ist eine Frage der nationalen Sicherheit. Ich habe in zwei Stunden einen Termin mit der Innenministerin. Alles läuft über ihr Büro oder über mich.« Er drückte dem verdutzten Conners seine Visitenkarte in die Hand. »Der einzige direkte Zeuge steht nicht für Vernehmungen zur Verfügung. Warum, erklärt Ihnen Theresa May persönlich, wenn Sie Wert darauf legen. Die ersten Ergebnisse der Spurensicherung hätte ich gerne bis heute Mitternacht auf meinem Schreibtisch. Ich leite sie dann weiter an die richtigen Stellen. Und, Chief Inspector? Stellen Sie in dem Haus alles sicher, was an eine digitale Speichermöglichkeit auch nur erinnert. Dann organisieren Sie bis auf Weiteres eine lückenlose Polizei-Bewachung des Hauses. Ich möchte nicht, dass hier Unbefugte herumschnüffeln oder auch nur eine Ameise in diesem Haus herumkrabbelt, ohne dass ich darüber informiert bin. Auf den Computerfestplatten war das sensibelste Material, das dieses Königreich zu bieten hat.«

Conners sah Compton misstrauisch an, ließ seinen Blick dann über den verrosteten Zaun, die grasbewachsene Auffahrt, die Gärtnerutensilien unter den zahllosen Rosenbüschen und über die gutbürgerliche Nachbarschaft schweifen. »Hier? Sind Sie sicher, Sir?«

»Ist England eine Monarchie?«, fragte Compton lakonisch. »Wenn Sie das hier versauen, Chief Inspector, brauchen Sie sich nie wieder umziehen. Dann können Sie die Freizeitkluft gleich anbehalten, glauben Sie mir. Adieu!« Damit drehte er sich um und ging leise fluchend zurück zu seinem Audi.

Der Krieg war in London angekommen, wie er es geahnt hatte.

Und die Einschläge?

Die Einschläge kommen rasend schnell näher, dachte

Compton bitter, und diesmal haben sie nicht nur ein kleines Kanalschiff versenkt.

Diesmal hatten sie das Gehirn der »Operation Poussin« selbst getroffen.

Rue Daguerre 54, Montparnasse, Paris/Frankreich

»Seid ihr noch bei mir zu Hause?«

Als der Anruf von Gérard Meuniers kam, wollten John und Llewellyn gerade die Wohnung in der Rue Daguerre verlassen. Es war fast Mittag geworden, und beide hatten beschlossen, nach Duxford zu fahren und die DC-3 abzuholen. Und bei der Gelegenheit Amber gleich von der anstrengenden Anwesenheit der Plaudertasche Sparrow zu erlösen.

»Wir sind gerade auf dem Sprung über den Kanal«, erwiderte Llewellyn. »Warum? Hast du etwas Neues?«

»Dein Alexander Reiter ist in Klagenfurt nur eine Nacht geblieben«, berichtete Meuniers. »Er stieg im Palais Hotel Landhaushof ab, verbrachte da auch die Nacht und machte am nächsten Morgen einen Ausflug per Taxi in die Umgebung. Die Rezeption bestellte einen Fahrer, der immer wieder für das Hotel arbeitet. Er fuhr Reiter erst durch die Stadt und dann zu einer Schule, einem Gymnasium in einem ehemaligen Kloster bei ... Moment, das muss ich nachschauen ... bei St. Veit an der Glan. Der Ortsteil heißt Tanzenberg.«

»Höre ich zum ersten Mal«, brummte Llewellyn und notierte sich den Namen. »Und dann?«

»Reiter kam am späteren Nachmittag wieder ins Hotel zurück, kündigte sein Zimmer und nahm ein Taxi zum Bahnhof«, fuhr Meuniers fort. »Danach verliert sich seine Spur. Er könnte noch den Zug nach Wien erreicht haben oder auch in

Richtung Süden weitergereist sein. Es gab am Bahnhof keine Kartenzahlung auf seinen Namen.«

»Du unterschätzt ihn, Gérard, er hat nicht einmal eine Kreditkarte. Der Mann ist Profi im Verschwinden. Der hinterlässt keine Spur aus Versehen. Peter erzählte mir, dass er auf den Namen eines Freundes in Wien eine Wohnung gemietet hat. Allerdings weiß keiner genau, wo.«

»Danke, sehr hilfreich«, gab Meuniers zurück. »Sonst noch was?«

»Ja, er hat auch in Rom eine, angeblich in Trastevere. Also kann er durchaus auch den Zug in den Süden genommen haben. Hast du in Erfahrung bringen können, was Reiter in diesem ...« Llewellyn griff nach seiner Notiz. »... in diesem Tanzenberg, diesem ehemaligen Kloster, gemacht haben könnte? Vergiss nicht, er ist ein Meisterdieb ...«

»Schulhefte stehlen? Erinnerungen an seine Jugendzeit auffrischen? Was weiß ich?« Meuniers klang nicht gerade erfreut. »Das ist seit Jahrzehnten ein Gymnasium in der tiefsten österreichischen Provinz, und es sind gerade Schulferien. Vielleicht wollte er auf den Spuren seiner Kindheit wandeln?«

»Oder sich mit einem Informanten treffen?«

»In einem Nest wie Tanzenberg? Da gibt es drei Häuser, ein Wirtshaus und eine Schule, mein Bester, und sonst Wald, Wiesen und einen kleinen Teich«, zählte Meuniers auf. »Also entweder sein Informant war ein Frosch oder der Hausmeister der Schule. Llewellyn, du machst dir keine Vorstellung! Tanzenberg, das ist in der Mitte von Nirgendwo, und das ist noch geschmeichelt. Da dünnt selbst mein Netzwerk aus und verläuft sich in den Ackerfurchen.«

»Er ist also wieder mal verschwunden?« Der Major seufzte.

»Wenn du nicht über Nacht zaubern gelernt hast und ihn aus dem Zylinder ziehen kannst, ja«, gab Meuniers zu.

»Also werde ich selbst nach Österreich fliegen müssen … Kann ich auf deine Verbindungen zurückgreifen?«

»Klar, keine Frage. Wann fliegst du?«

»Das kläre ich noch mit John ab«, antwortete der Major. »Und ich möchte auf jeden Fall vorher mit Peter Compton sprechen. Aber der telefoniert auf allen Leitungen, wie immer.«

»Ich halte dich auf dem Laufenden zum Thema Reiter«, versprach Meuniers. »Wir bleiben dran. Vielleicht läuft er meinen Informanten in Österreich irgendwo über den Weg. Wenn tatsächlich er es war, der Bernadetti entführt hatte, dann wollen *wir* ihn mindestens genauso dringend wie *du*. Gibst du mir noch kurz John?«

Llewellyn verabschiedete sich und reichte sein Mobiltelefon weiter.

*

»Salut, John. Ich habe heute Morgen sehr dezent die Namen Poussin, Michael Spengler, IS und dessen Verwicklungen in den internationalen Kunsthandel bei jenen Kollegen fallen lassen, die seit Jahren damit beschäftigt sind, der internationalen Kunstmafia das Pflaster etwas heißer und das Leben etwas unbequemer zu machen«, berichtete Meuniers John. »Ein Hinweis erscheint mir in diesem Zusammenhang besonders interessant. Anfang Juli 2011 wurde in der National Gallery in London ein Attentat auf ein berühmtes Werk Poussins verübt. Ein Unbekannter sprühte rote Farbe auf ›Die Anbetung des goldenen Kalbes‹, ein Gemälde, das sich um jene Kräfte dreht, die unsere Zivilisation zerstören können. Das Bild zeigt eine Menschenmenge, die wild tanzend ein goldenes Kalb auf einem steinernen Sockel verehrt. ›The Guardian‹ schrieb damals: ›Jemand brachte vergangenes Wochenende eine Spraydose mit in die National Gallery und hinterließ eine rote, blutige Spur auf der unteren Hälfte dieses wunderbaren Gemäldes. Es sieht so aus, als würde die gesprühte rote Linie die Tanzenden zusammenhalten, sie verbinden, als hätte der Angreifer seiner Tat eine geheime Bedeutung geben wollen. War er der Faszination des Poussin-Codes erlegen, der in einigen Kunstkreisen immer wieder kolportiert wird?‹«

»Das stand so im ›Guardian‹?«, erkundigte sich John überrascht. »›Die Tanzenden verbinden?‹«

»Ja, am 18. Juli 2011, ich habe den Ausschnitt vor mir liegen, sogar mit dem Foto des beschädigten Gemäldes«, bestätigte Meuniers. »Französische Museen haben deshalb bereits seit Langem eine Sicherheitsschleuse an den Eingängen, aber ihr Briten seid da offenbar sorgloser mit eurem Kulturgut.«

»Ich habe noch nie etwas von dem Bild gehört«, gestand John und versuchte, sich an das Werksverzeichnis zu erinnern, das die Professorin an der Pariser Kunsthochschule ihm gezeigt und das er später nicht wiedergefunden hatte. »Gerade jetzt würden wir Professor Montfoucault dringend brauchen ... Tanzenberg und die Tanzenden verbinden ...«

Irgendjemand klopfte telefonisch an.

»Aber die alte Dame liegt inzwischen in der Pathologie«, gab Meuniers ungerührt zurück, »und kann uns nicht mehr helfen. Michael Spenglers Name wiederum ist europaweit ein Begriff, er hat einen guten Ruf, soweit man ihn in dieser Branche haben kann, und ist nicht dafür bekannt, Kunstwerke für den IS zu verschieben. Das sähe ihm nicht ähnlich, meinten die Kollegen einmütig. Was nun die Finanzierung der Aktivitäten des sogenannten Islamischen Staates durch Verkauf von Altertümern und Kunstschätzen betrifft, so würde ein Tag wohl kaum dazu reichen, das Thema durchzukauen – Aussage eines anderen Kollegen, der in kurzer Zeit auffallend viele graue Haare bekommen hat.«

»Darüber hat mich bereits Spengler ausführlich informiert, ich kann deinen Kollegen verstehen«, bestätigte John.

Ein weiteres Anklopfen.

»Danke für die Gastfreundschaft und die Informationen, Gérard, irgendjemand möchte Llewellyn sprechen, und danach werden wir zuerst einmal in Richtung Duxford verschwinden. Ich sehne mich nach einem fliegenden Untersatz und nach meinem Plappermaul von Papagei. Ich hoffe, Amber redet noch mit mir … Sparrow hat manchmal einen etwas rüden Umgangston.«

»Schick ihn mir vorbei, John«, sagte Meuniers vergnügt, »er könnte unsere Abteilung ein wenig aufmischen. Letzte Info: Wir fahnden nach wie vor mit Hochdruck nach den drei Attentätern des IS, aber bisher ohne Erfolg. So, und jetzt raus aus meiner Wohnung, ich schalte die Alarmanlage in zehn Minuten scharf. À bientôt!«

»Auf Wiederhören und danke für deine Gastfreundschaft, Gérard!« John händigte Llewellyn das Mobiltelefon wieder aus. »Irgendjemand hat versucht, dich zu erreichen. Ich habe das Anklopfen gehört.«

Der Major zog John vom Balkon ins Innere der Wohnung und schloss die Türe. »Das können wir unterwegs auch erledigen. Ich möchte nicht bei aktivierter Alarmanlage in Meuniers' Wohnung sein und dann versuchen, seinen anrückenden Kollegen den Grund dafür zu erklären.«

Als die beiden wenige Minuten später auf die Straße traten, klingelte Llewellyns Handy, und der Major warf einen Blick aufs Display.

»Compton«, sagte er zu John, bevor er das Gespräch annahm.

John trat ein wenig zur Seite und stellte sich an das große Schaufenster des griechischen Restaurants »Odyssee«, um die Speisekarte zu studieren. Sollten sie noch eine Kleinigkeit essen, bevor sie den Zug nach London nehmen würden?

Plötzlich wurde er von hinten gestoßen, fiel gegen die Scheibe und wäre fast hingefallen, als eine Gruppe Frauen einem rücksichtslosen Radfahrer auf dem schmalen Gehsteig ausweichen musste und zwei der elegant angezogenen Shopperinnen in ihn hineinstolperten.

»Oh, excusez, Monsieur!«, entschuldigten sich die beiden und lächelten ihn charmant an.

Eine legte ihm die Hand auf den Arm und hielt sich fest, um nach ihrem Stöckelschuh zu sehen. »So ein Rüpel!«, schimpfte sie laut, und ihre Freundinnen stimmten ein. »Diese Stadt wird immer ungastlicher! Verzeihen Sie bitte nochmals.« Sie richtete sich auf, sammelte ihre Einkaufstüten ein und strahlte ihn an. »Wenigstens ist nichts passiert. Au revoir, Monsieur!«

John lächelte und sah den Frauen nach, die diskutierend weiterschlenderten. Französinnen, dachte er und schmunzelte.

Llewellyn telefonierte nach wie vor mit Compton, und John wandte sich erneut der Speisekarte zu.

»John?«

Llewellyns ernster Gesichtsausdruck verriet seine Bestürzung, und John schwante Böses.

»Was ist los?«, fragte er.

»Es gab einen Anschlag, Rodney und seine Frau sind ermordet worden, Jack liegt im Krankenhaus.« Llewellyn sah die Rue Daguerre hinauf und hinunter, ballte die Fäuste. »Eine Paketbombe hat den ganzen ersten Stock ihres Hauses einfach weggesprengt, nachdem der Täter Hannah die Halsschlagader durchtrennt hatte. Jack vermutet, es war der Paketbote, der verdächtig lange im Haus gewesen war, während er die Rosen wässerte.«

John fehlten die Worte. Eine riesige Leere machte sich in ihm breit, dunkel und abgrundtief. Er erinnerte sich an die Worte Gaddafis, an den alten arabischen Spruch: »Wer alles haben will, der verliert alles.«

»Ich bin schuld«, murmelte er verzweifelt, »es ist alles meine Schuld. Mein Gott, ich hätte dieses verdammte Notizbuch einfach anzünden sollen oder über der Wüste aus dem Flugzeug werfen sollen.«

»Schwachsinn!«, zischte Llewellyn, und John konnte den Zorn und das Entsetzen, die den Major erschütterten, geradezu körperlich spüren. »Rodney hätte niemals aufgegeben, das Notizbuch und das Geheimnis Poussins hatten ihn genauso fasziniert wie dich. Er arbeitete Tag und Nacht daran, das weißt du.«

Beide Männer schwiegen, in Gedanken versunken, während der Verkehr in der schmalen Gasse hupend an ihnen vorüberrollte.

Es roch nach gegrilltem Fleisch aus der offenen Türe des griechischen Lokals.

John dachte an Rodney, und ihm wurde übel.

»Du sollst Compton die Fotos vom Notizbuch schicken, er hat mir eine Mail-Adresse gegeben«, fuhr Llewellyn schließlich fort und strich sich über die kurz geschnittenen grauen Haare. »Alle Computer und Unterlagen Rodneys, seine Bücher und Aufzeichnungen wurden bei der Explosion zerstört, und die Festplatten sind wahrscheinlich nicht wiederherstellbar. Inzwischen wird Peter Compton versuchen, einen Experten des Geheimdienstes aufzutreiben, der die restlichen drei codierten Passagen in Angriff nehmen könnte. Aber er meinte, wir sollten uns nicht allzu viele Hoffnungen machen. Rodney war ein absoluter Glücksfall, deshalb hat ihn die Regierung auch nie wirklich gehen lassen. Er war gescheit, einzigartig, unersetzbar, mit seinem Tod sind wir um ein Genie ärmer. Und unser Vorsprung ist endgültig dahin. Die Propaganda Quattro hat ihr Ziel erreicht. Sieg auf der ganzen Linie.«

»Wenigstens habe ich meine Fotos vom Notizbuch noch«, murmelte John und tastete nach seinem Handy.

Doch das war nirgends zu finden.

Das Mobiltelefon war weg, spurlos verschwunden, und mit ihm die Speicherkarte mit den Fotografien von Umars Notizbuch.

Westbahnhof, Schalterhalle, Wien/Österreich

Alexander Reiter hatte seinen Golf in dem nahegelegenen Parkhaus abgestellt und gut abgeschlossen. Seine Ausrüstung, die er zuvor aus der Wohnung am Karmelitermarkt geholt hatte, lag sicher im Kofferraum verstaut. Nachdem er keine Ahnung hatte, was ihn in London erwarten würde, war er für alle Eventualitäten gerüstet. Trotzdem war die Reisetasche, die er gepackt hatte, weder auffällig groß noch übermäßig schwer. Mit einem charmanten Lächeln und einem treuherzigen Blick für die kontrollierende Stewardess würde die Tasche als Handgepäck durchgehen.

Blieb nur ein Problem: der Sicherheitsscan auf dem Flughafen …

Reiter lief die wenigen Schritte bis zur Schalterhalle des Bahnhofs und tauchte in der Touristenmenge unter, die mit Ruck- und Schlafsäcken bewaffnet darauf wartete, den nächsten Zug zu stürmen. An einem der Blumengeschäfte blieb er stehen, warf einen Blick in die große, frisch geputzte Auslagenscheibe und ließ sich Zeit.

Er konnte keinen Verfolger ausmachen.

Befriedigt wandte er sich ab, durchquerte die Halle, schloss sich kurz einer Reisegruppe von Bergsteigern an, die auf ihren Weitertransport wartete, und verließ dann die Schalterhalle wieder. Ohne sich umzusehen, steuerte er das moderne Gebäude des Motel One an und betrat die Lobby.

Das Mädchen hinter der Rezeption kämpfte sich durch einen Stapel Meldeformulare und sah Reiter etwas aufgelöst an. »Guten Tag! Was kann ich für Sie tun?«

»Ich muss dringend ins Ausland telefonieren und habe im Bahnhof keinen öffentlichen Fernsprecher gefunden«, sagte Reiter und zog eine Zwanzig-Euro-Note hervor, die er lächelnd in Richtung der Rezeptionistin schob. »Haben Sie eine Lösung für mein Problem?«

»Im Moment leider nicht«, meinte die junge Frau bedauernd. »Unser Gäste-Telefon hat vor einer Stunde den Geist aufgegeben, und wir warten noch immer auf Ersatz.« Sie sah den Geldschein an und überlegte, dann zog sie ihr Handy aus der Tasche und reichte es Reiter. »Aber wenn Sie nicht gerade nach Australien telefonieren müssen …«

»Ach wo, es dauert auch nicht lange«, versicherte ihr Reiter, bedankte sich und nahm das Handy mit zu einer Sitzgruppe, bei der sich drei Japaner über einen Wiener Stadtplan beugten. Er schaltete die Rufnummernunterdrückung ein, bevor er eine Nummer wählte, die er auswendig wusste.

»Unternehmensberatung Weber?«, meldete sich sein Gesprächspartner unverzüglich.

»Alex hier! Wie geht's dir, Christopher?«

»Long time no see, Mr. Reiter. Ich sehe drei mögliche Gründe für deinen Anruf: Du hast Zeit für einen Besuch im Biergarten und keine passende Begleitung, dir ist langweilig, und du rufst auf gut Glück all deine Kontakte durch, oder du willst eine Runde im Porsche meiner Frau drehen«, erkundigte sich Christopher. »Was ist es?«

»Du liegst ganz falsch«, antwortete Reiter und blickte durch die Glasscheiben des Hotels auf den vielbefahrenen Europaplatz. »Ich brauche deine alten Kontakte am Münchner Flughafen, wenn du noch welche hast.«

»Also ist es etwas Illegales?«

»Nicht wirklich«, wehrte Reiter ab. »Ich brauche lediglich einen Flug nach Brüssel auf deinen Namen und einen zuverlässigen Weg, meine Tasche unkontrolliert an Bord zu bringen.«

»Klar, und das alles wie immer ohne Fragen meinerseits, verstehe ich das richtig?«

»Du kennst das Spiel, Mr. Weber, oder?«

Christopher seufzte. »Was ist in der Tasche?«

»Meine Ausrüstung, nichts Gefährliches«, beruhigte ihn Reiter. »Aber ich will nicht Hinz und Kunz alles durchschnüffeln lassen. Und stundenlang Erklärungen abgeben.«

»Das kostet dich mindestens ein Abendessen für drei im Tantris, das ist dir klar? Denn wenn du schon mal in der Stadt bist, dann will Bernadette dich sicher auch wiedersehen.«

»Kein Problem, machen wir!«, versprach Reiter.

»Okay, lass mich nachschauen ... Schaffst du es bis 14.35 Uhr? Da fliegt die Lufthansa nach Brüssel.«

Reiter sah auf die Uhr. »Nein, das ist zu knapp.«

»Dann gibt es noch einen Flug um 16.10 Uhr von Brussels Airlines, der wird aber auch von der Lufthansa durchgeführt.«

»Der wäre ideal. Wann bin ich dann in Brüssel?«

»Um 17.30 Uhr. Das Ticket hinterlege ich dir bei Sabine an der Baggage Claim der Lufthansa, die kümmert sich auch um deine Tasche«, erklärte Christopher. »Such nach der Frau mit der größten Oberweite, aber versuch um Gottes willen nicht, sie anzubaggern. Die hat Haare auf den Zähnen, kämmt sie sich regelmäßig und isst selbst dich zum Frühstück.«

»Aye, aye, Sir, du kannst dich drauf verlassen, ich halte mich zurück.« Reiter lachte, dann wurde er wieder ernst. »Und, Christopher? Danke.«

»Was macht man nicht alles für alte Freunde von Bernadette? Pass auf dich auf, und spar fleißig für das Tantris. Ich faste dann schon mal zwei Wochen vorher …«

Reiter beendete das Gespräch, löschte die zuletzt gewählte Nummer und schaltete die Rufnummernunterdrückung wieder aus. Dann gab er das Handy zurück und schob noch eine Zwanzig-Euro-Note drunter.

Zwanzig Minuten später beschleunigte er in seinem Golf über die Westausfahrt in Auhof aus der Stadt heraus und nahm die Autobahn in Richtung Salzburg. Im Stillen betete er für wenig Verkehr und dafür, dass die ominöse Sabine nicht Urlaub hatte.

Denn dann hätte er ein echtes Problem.

Die Uhr in der Abflughalle des Münchner Flughafens zeigte genau 15.35 Uhr, als Alexander Reiter nach einer schnellen und ereignislosen Fahrt über Linz, Passau und Landshut auf die Baggage Claim zusteuerte.

Eine resolute, dunkelblonde Mittvierzigerin in blauer Uniform fertigte mit wenigen Worten einen fernöstlichen Passagier ab, der nicht verstehen konnte, warum er nach München, sein Koffer aber nach Monaco an der Côte d'Azur geflogen war. Schließlich fielen die eisblauen Augen von Sabine Strobl auf Alexander Reiter. Sie musterte ihn und seine Tasche mit einem etwas herablassenden Gesichtsausdruck – na ja, gar nicht so schlecht.

»Christopher Weber schickt mich …«, setzte Reiter an, doch die blonde Walküre unterbrach ihn sofort.

»Illegalität, Unverschämtheit, Überheblichkeit und grenzenlose männliche Selbstüberschätzung haben einen Namen«, zischte sie, »und der lautet Christopher Weber. Das war schon so, als er noch in seinem Bulli in der Flughafengarage gehaust hat, und sein Umzug ins Münchner Nobelviertel hat daran nichts geändert. Der einzige Lichtblick ist Bernadette, seine Frau. Die hat er nicht verdient.« Mit spitzen Fingern zog sie ein Kuvert aus einem Fach und legte es auf den Counter. »Und für sie mache ich das auch, nur damit Sie Bescheid wissen«, setzte sie hinzu und streckte die Hand aus. »Ihre Tasche!«

Reiter stellte seine Sporttasche neben das Kuvert. »Was ist das?«, wollte Sabine wissen. »Ihr Beischlaf-Utensilien-Koffer, kurz BUKO? Haben Sie Angst, dass man Ihre Vibratoren durchleuchtet?«

»Wieso?«, fragte Reiter zurück, »ist Ihnen das schon passiert?«

War das ein Grinsen, das um die Mundwinkel Sabines zuckte?

»Es ist meine Ausrüstung, und ich möchte nicht, dass jeder seine Nase hineinsteckt«, erklärte Reiter.

»Soll ich die Jungs von der Anti-Terror-Truppe alarmieren, oder kommt der Flieger unbeschädigt in Brüssel an?«, erkundigte sich Sabine streng.

»Das will ich hoffen«, gab Reiter zurück, »wäre ziemlich blöd, wenn nicht. Ich hänge am Leben.« Er sah ihr direkt in die Augen. »Und einer der Jungs von der Truppe ist bereits hier, wenn Sie das beruhigt.«

»Hmpf...« Sabine machte ein Geräusch, das an ein ausatmendes Walross erinnerte. »Sollte dieser Weber auch anständige Leute kennen?«

»Sieht so aus, er kennt Sie ja auch«, grinste Reiter.

Sabine verzog keine Miene. Stattdessen ergriff sie die Tasche mit hochgezogenen Augenbrauen und stellte sie hinter sich auf den Boden. »Sie finden Ihr Schätzchen neben der Flugzeugtür wieder. Der Typ, der sie bewacht, sieht aus wie ein Türke, ist aber Libanese und heißt Murat. Fragen Sie mich nicht, warum. Diese Welt wird immer komplizierter.«

Reiter griff nach dem Kuvert auf dem Counter, doch Sabine pinnte den Umschlag mit ihrem roten, makellos manikürten Fingernagel an die Holzplatte.

»Nicht so schnell, Ihr Flieger geht erst in fünfundzwanzig Minuten …« Sie zog das Ticket heraus. »… Herr Christopher Weber.« Die eisblauen Augen bohrten sich in seine. »Sie haben sich aber zu Ihrem Vorteil verändert, Herr Weber. So männlich waren Sie doch vorher nie …«

»Soll ich das als Kompliment verstehen, Frau …?«, ließ Reiter den Satz mit einem großen Fragezeichen in der Luft hängen.

»Ach was, Namen sind doch Schall und Rauch, oder?«, ätzte Sabine mit grimmiger Miene. Sie beugte sich vor und gewährte Reiter einen Blick in ihr ausladendes Dekolleté. »Ich will davon nichts wissen, ich habe Sie niemals gesehen, und dieses Ticket kenne ich nicht. Und sollte Sie auf dem Weg zu Ihrem Flug der Schlag treffen und irgendjemand Ihre Personalien kontrollieren, dann glauben Sie nicht, dass ich Ihnen zu Hilfe eile.« Sie ließ sich auf ihren Stuhl zurückfallen, steckte das Ticket wieder in den Umschlag, schob ihn über den Counter, rümpfte die Nase und wandte sich wieder ihrem Flatscreen zu. »Ausgang 24. Sie sind bereits spät dran, Herr Weber«, verabschiedete Sabine ihn laut, ohne ihn eines weiteren Blickes zu würdigen.

Kathedrale Notre Dame, Île de la Cité, Paris/Frankreich

»Und was nun?«

John und Llewellyn saßen bereits seit zwei Stunden auf einer der niedrigen weißen Steinbänke vor der Kathedrale Notre Dame und beobachteten die Touristen, die in einer nie kürzer werdenden Schlange geduldig anstanden.

»Wir nehmen uns ein Beispiel an denen da«, sagte Llewellyn und wies auf die Reihe der Wartenden. »Compton sagte im letzten Gespräch nicht, wie lange es dauern würde. Nur, dass wir vor Notre Dame warten und einen der Abendzüge nach London nehmen sollten. Dabei wollte ich nach Österreich fliegen, wegen diesem Reiter ...«

»Uns zerrinnt die Zeit zwischen den Fingern«, sagte John bitter, »und wir können nichts dagegen tun. Wir haben kein Notizbuch mehr, Rodney ist tot, drei Passagen sind noch immer verschlüsselt, wir sind dem Geheimnis von Poussin keinen Schritt näher gekommen und haben niemanden mehr, den wir fragen können. Die Geheimloge zieht an uns vorbei. Und die freundlichen, hilfsbereiten Mörder vom IS? Die werden eine neue Strategie brauchen, um wieder direkt ins Rennen zu kommen, weil wir draußen sind. Für die sind wir nicht mehr interessant. Vielleicht holen sie sich das Notizbuch von den Fratelli Neri, wer weiß? Oder sie machen ihnen ein Angebot, das sie nicht ablehnen können.«

»Die machen keine Angebote, die schneiden Köpfe ab«, brummte Llewellyn und warf wieder einmal einen Blick über den weiten Platz vor der Kathedrale. »Allerdings könnte das reizvolle Angebot auch darin bestehen, gewisse Leute *nicht* zu köpfen. Die Mitglieder der P4, wie weit immer sie auch politisch rechts stehen mögen, sind vor allem Italiener und leben in einem katholischen Land. Bevor die gemeinsame Sache mit dem IS machen, verbrennen sie das Notizbuch eigenhändig.«

John ärgerte sich darüber, wie einfach ihm die Französinnen in der Rue Daguerre das Mobiltelefon abgenommen hatten. »Der älteste Trick der Welt, und ich falle darauf rein.«

»Funktioniert nur, wenn du nicht damit rechnest.« Llewellyn wies auf zwei junge Mönche in Schwarz, die aus einer Nebenstraße kamen, im Laufschritt die Fahrbahn überquerten und geschäftig in Richtung der Kathedrale eilten, Aktentaschen in den Händen. »Die müssen sicher nicht anstehen, die gehören zum Personal.«

Doch die beiden Geistlichen gingen nicht bis zum Haupteingang von Notre Dame, sondern wurden langsamer, änderten die Richtung, schlenderten über den Platz, so, als hätten sie es sich mit einem Mal anders überlegt. Dabei unterhielten sie sich angeregt. Schließlich waren sie an der gesamten Warteschlange vorbeigegangen und wandten sich, noch immer ins Gespräch vertieft, jenen Bänken zu, auf denen auch John und der Major saßen.

Llewellyn war nach den Ereignissen der letzten Stunden auf der Hut und angespannt. »Bleib sitzen«, raunte er John zu und stand auf, streckte sich und tat so, als wolle er sich die Füße vertreten. Dann schlenderte er wie beiläufig in Richtung Parkhausaufzug zur Tiefgarage, der halb versteckt unter einem alten Trompetenbaum lag. Als der Major dort angekommen war, lag die Heckler & Koch bereits entsichert in seiner Hand, und er drehte sich um.

Die beiden Mönche, die erstaunlich jung waren, sich irgendwie ähnlich sahen und wie verkleidete Schuljungen aussahen, blieben vor der langen Steinbank stehen, keine fünf Meter von John entfernt, offenbar etwas unschlüssig. Dann gab einer der beiden sich einen Ruck, trat an die Bank, beugte sich zu dem Piloten und sprach ihn an.

Llewellyn machte drei große Schritte und stand schnell hinter dem anderen Mönch, seine Pistole im Anschlag, und raunte dem Geistlichen ins Ohr: »Ganz ruhig stehen bleiben! Ich habe seit Neuestem ein Problem mit Fratelli Neri. Und keinerlei Hemmungen mehr, selbst vor Notre Dame einen Mönch über den Haufen zu schießen.«

»Major, ich habe Sie bereits erwartet«, erwiderte der junge Geistliche erstaunlich gelassen. Seine Stimme klang, als habe er den Stimmbruch gerade erst hinter sich. »Glauben Sie mir, wir haben ein und dasselbe Problem.«

Der zweite Mönch hatte sich derweil neben John gesetzt, seine Aktentasche auf dem Schoß, und redete leise auf den Piloten ein.

»Ich glaube bei dieser Geschichte gar nichts mehr«, erwiderte Llewellyn bitter, »dazu hat es bereits zu viele Tote gegeben. Und zu viele Leute kennen mich, die ich aber nicht kenne. Jetzt sogar Minderjährige in Mönchskutte. Ihre Tasche!« Der Major nahm mit der freien Hand die Aktentasche des Geistlichen, öffnete sie und blickte hinein.

Ausgedruckte Listen, Ladekabel, ein Tablet-PC, mehrere Speicherkarten und -sticks, vier der modernsten Smartphones und zwei kleine Geräte, die Llewellyn noch nie gesehen hatte.

»Die Hochtechnologie hat in der Religion Einzug gehalten«, bemerkte er überrascht. Dann gab er dem Mönch die

Tasche wieder zurück. »Telefonieren Sie seit Neuestem mit den Erzengeln in Konferenzschaltung, oder chatten Sie lieber mit dem Heiligen Geist?«

»Mit Pro Deo«, antwortete der Geistliche ruhig. »Die legen äußersten Wert auf Diskretion und schätzen eine sichere Leitung, aber das sollten Sie am besten wissen, Major. Sie sind ja lange genug in dem Geschäft. Wollen wir uns nicht zu den anderen setzen?«

Damit ging er los, an den nichtsahnenden Touristen und spielenden Kindern vorbei, und ließ einen verblüfften Llewellyn zurück, der eilig seine Pistole wegsteckte und sich fragte, ob er richtig gehört hatte.

*

»Bitte hören Sie mir gut zu, Mr. Finch«, tönte die tiefe Stimme Kardinal Sanseverinos durch die sichere Leitung, die einer der beiden jungen Mönche mithilfe eines Handys und eines der kleinen Kästchen in seiner Aktentasche im Handumdrehen hergestellt hatte. »Mr. Compton hat mich gebeten, mit Ihnen direkt zu sprechen, und ich komme seiner Bitte gerne nach. Ich habe schon viel von Ihnen gehört und der Heilige Vater, der Ihre Abenteuer in Brasilien bereits mit großem Interesse verfolgt hat, ebenso. Ich muss gestehen, ich habe Mr. Compton und Major Llewellyn darum beneidet, dass sie auf Ihr Talent zurückgreifen konnten. Aber vielleicht wird mir das ja in Zukunft auch beschieden sein.«

»Wie es aussieht, stehe ich ab sofort in Ihrer Schuld, Eminenz«, antwortete John. »Ein Anruf genügt, und ich fliege Sie ans Ende der Welt.«

Ein Husten drang durch die Leitung. Oder lachte der Kardinal etwa?

»Genug der Präliminarien, Mr. Finch, die Situation ist ernst, und wir haben nicht viel Zeit«, fuhr Sanseverino fort. »Die beiden jungen Männer neben Ihnen sind die besten Studienabgänger des berühmten Priesterseminars von Saint-Sulpice in Paris, seit Jahrhunderten das Ausbildungszentrum der Speerspitze der französischen Spiritualität. Unterschätzen Sie sie nicht. Sie sind Brüder und studieren an der Sorbonne. Der eine Mathematik, Informations- und Kommunikationstechnik, der andere Kunstgeschichte, alte Sprachen, dazu Kirchengeschichte im Seminar. Sie haben kein Gelübde abgelegt, sich lediglich der Compagnie der Priester von Saint-Sulpice verpflichtet und sind normalerweise in Jeans und meist unmöglichen T-Shirts unterwegs. Ich habe sie trotzdem gebeten, heute ihr Habit anzulegen, weil das Treffen vor Notre Dame so leichter gestaltet werden konnte.«

»Wir sind im Moment etwas sensibel, wenn es um Fratelli Neri geht«, gab John zu.

»Das kann Ihnen keiner verdenken, aber deswegen sind Ihnen Joseph und Frederic auch sicher sofort aufgefallen«, sagte Sanseverino. »Ich habe heute umgehend veranlasst, dass Fotos von den Seiten des Notizbuches gemacht werden. Ein kompletter Satz befindet sich auf dem Handy, das Sie in der Hand halten. Außerdem ein vollständiges Werksverzeichnis von Nicolas Poussin. Die Bilder dazu sind in hoher Auflösung auf dem Tablet-PC gespeichert, den Ihnen Joseph gleich aushändigen wird. In alle vier Mobiltelefonen sind die wichtigsten Nummern bereits in der Rubrik Kontakte eingetragen. Die technischen Details erklären Ihnen die beiden jungen Männer. Mr. Compton hat mir berichtet, dass Mr. McFarlane bereits eine Passage entschlüsselt hatte. Bitte geben Sie den Klartext an Frederic wie auch das Foto der ›Hirten von Arkadien‹ mit der arabischen Unterschrift. Er wird es fotografieren und Ihnen wieder zurückgeben.«

»Sie haben in kürzester Zeit ungeheuer viel auf die Beine gestellt«, sagte John und warf einen Seitenblick auf Llewellyn, der in einer Konferenzschaltung das Gespräch mithörte.

»Das ist seit Jahrzehnten meine Aufgabe im Vatikan, Mr. Finch«, antwortete Sanseverino, »und nachdem ich noch immer im Amt bin, mache ich sie offenbar nicht schlecht.« Wieder das trockene Husten. »Bitte nutzen Sie jetzt die Zeit, und informieren Sie die beiden jungen Männer über alles, was Sie für wichtig erachten. Joseph und Frederic werden Ihnen rund um die Uhr zur Verfügung stehen und versuchen, Mr. McFarlane so gut wie möglich zu ersetzen. Der Generalsuperior hat sie für diese Aufgabe sorgfältig ausgewählt und bis auf Weiteres freigestellt. Darüber hinaus habe ich veranlasst, dass sich die besten Kryptographen, Semiotiker, Historiker und Linguistiker des Pro Deo unverzüglich an die Entschlüsselung der restlichen drei Passagen von Umars Notizbuch machen. Der Kontakt zu all diesen Sachverständigen läuft ebenfalls über Ihre jungen Begleiter.« Kardinal Sanseverino machte eine kurze Pause, schien in Unterlagen zu blättern. »Major Llewellyn, ich weiß, dass Sie mir ebenfalls zuhören«, fuhr Sanseverino schließlich fort. »Sie kennen sicher die Metsada, die spezielle Operationseinheiten des Mossad, der ein gewisser Ruf vorauseilt. Wenn die Agenten vom Metsada einen Raum verlassen, dann lebt darin niemand mehr, so sagt man. Nun, Major, ich verrate keine Geheimnisse, wenn ich sage, dass Pro Deo ähnliche Teams aus den Reihen der Schweizergarde zusammengestellt hat. Sehr effektive, kleine Kampfgruppen mit modernster Bewaffnung, die unter dem Namen ›Cäsarea‹ operieren.«

»Ich habe davon gehört, Eminenz«, bestätigte Llewellyn vorsichtig. »Sie stellen die Ultima Ratio der katholischen Kirche dar und unterstehen …«

»... mir persönlich«, unterbrach ihn Sanseverino mit seiner tiefen Stimme. »Ich habe ein Team auf den Weg nach Norden geschickt, um Ihnen den Rücken freizuhalten. Der IS wird sicher früher oder später von dem Attentat auf Mr. McFarlane erfahren und seine eigenen Schlüsse ziehen. Die Mitglieder der Loge Propaganda Quattro wiederum wiegen sich nun zwar in Sicherheit, aber wie lange noch? Wir können es uns nicht leisten, dass Sie und Mr. Finch zwischen die Fronten geraten, wie es an der Pariser Kunsthochschule fast passiert wäre. Halten Sie also Joseph und Frederic über Ihren Aufenthaltsort auf dem Laufenden, damit sie das Team einweisen können. Und zum Abschluss eines noch: Sowohl Pro Deo als auch der Vatikan selbst werden jeden Zusammenhang mit dieser Aktion abstreiten und allen Verdächtigungen in dieser Richtung entschieden entgegentreten. Sie sind nach wie vor einzig und allein auf sich selbst gestellt. Wir liefern nur ein wenig ...« Der trockene Husten dauerte diesmal länger. »... ein wenig Logistik, Bewachung und Fachwissen.«

Damit beendete Sanseverino das Gespräch, und Finch ließ nachdenklich das Smartphone sinken.

Die beiden jungen Geistlichen waren über den Tablet-PC gebeugt und diskutierten hitzig über die Vor- und Nachteile einer der installierten Sicherheits-Apps.

»Ich hoffe, Peter Compton weiß, was er tut«, sagte der Major leise zu John. »Mir ist gerade die verrückte Idee gekommen, dass Sanseverino vielleicht ein eigenes Spiel spielt. Er filtert die Resultate der Entzifferung, weiß immer, wo wir uns befinden und kann uns so bei Bedarf sofort von einem seiner Cäsarea-Teams ausschalten lassen. Bis dahin holen wir für ihn die Kastanien aus dem Feuer und führen ihn direkt ans Ziel. Ihn und den IS.«

»Hab ich auch schon überlegt«, sagte John, »aber hast du

eine bessere Idee? Also heulen wir, bis uns was Besseres einfällt, mit den Wölfen, oder wir werden von ihnen gefressen. Zum Aussteigen ist es jetzt endgültig zu spät.« Mit diesen Worten wandte er sich um und begann, Joseph und Frederic die ganze Geschichte zu erzählen und sie in die Details einzuweihen.

Airport Brüssel-Zaventem, Brüssel/Belgien

Der Brussels-Airlines-Flug aus München landete pünktlich um 17.30 Uhr auf dem Airport Brüssel-Zaventem, und Alexander Reiter holte zufrieden seine Sporttasche aus dem Gepäckfach. In wenigen Minuten würde er auf dem Weg zum Bahnhof des Eurostar sein, wo er kein direktes Ticket nach Großbritannien kaufen würde, sondern eines nach Lille und ein zweites von Lille zur St. Pancras Station. Damit konnte er die Passkontrolle auf dem Kontinent durch das sogenannte »Lille-Schlupfloch« umgehen: Fahrgäste innerhalb der EU wurden bei der Abfahrt nicht kontrolliert, und in Lille brauchte man den Bahnsteig nicht zu verlassen, sondern stieg einfach in den nächsten Eurostar nach London ein.

Und dort wiederum waren die Kontrollen der Einreisenden aus Frankreich durch die britischen Behörden nur stichprobenartig.

Bisher war alles nach Plan gelaufen, und so verließ Reiter zufrieden das Flugzeug, ließ die Gepäckausgabe links liegen und wartete vor dem Flughafen auf ein Taxi, das gerade Reisende aussteigen ließ. Die Hinweise des Fahrers, dass er einen der bereits wartenden Wagen in der Reihe nehmen müsste, wischte er mit einem Fünfzig-Euro-Schein beiseite.

So war er kaum fünfzehn Minuten nach seiner Landung bereits in Richtung Bahnhof unterwegs. Wenn alles gut ging, würde er den Eurostar um 18.56 Uhr problemlos erreichen und nach einem Umsteigen in Lille am späten Abend unerkannt in London ankommen und sich ein Zimmer suchen.

Gare du Nord, Paris, und Lille/Frankreich

John und Llewellyn erreichten gerade noch rechtzeitig den Eurostar, der um 19.10 Uhr vom Gare du Nord in Richtung London abfuhr. Der Hochgeschwindigkeitszug war fast ausgebucht, da um diese Tageszeit viele britische Geschäftsleute den Weg zurück über den Kanal antraten.

»Lassen wir die beiden Brüder über Nacht arbeiten«, sagte John, als er sich in die weichen, bequemen Sessel sinken ließ. »Joseph und Frederic gehören einer ganz anderen Generation als Rodney an. Wir haben in unserer Jungend noch begeistert Strichmännchen auf einer Playstation bewegt, die zwei programmieren 3D-Shooter, während sie zu Abend essen.«

»Sanseverino hat sicher keine schlechte Wahl getroffen mit den beiden«, stimmte Llewellyn zu. »Doch je mehr ich über ihn nachdenke, umso mehr beunruhigt mich dieser allwissende Kardinal. Allerdings hat er Spezialisten an der Hand, die uns den entscheidenden Vorsprung verschaffen könnten.« Er zog das Smartphone aus der Tasche, das ihm Joseph in die Hand gedrückt hatte, und betrachtete es misstrauisch. »Ob wir damit auch einen Tisch bei meinem Lieblings-Thailänder Busaba in der Panton Street reservieren können? Oder rückt dann sofort Pro Deo für den Personenschutz an und Sanseverino übernimmt die Rechnung?«

»Egal, ich hab Hunger«, erwiderte John, »ruf an, und wir lassen uns überraschen.«

Als der Eurostar eine knappe Stunde später in Lille hielt, blickte Llewellyn aus dem Fenster. Es stiegen nur wenige Personen in der nordfranzösischen Stadt zu. Doch einer von ihnen war ein schlanker, athletischer Mann mit blauen Augen und einem spöttischen Zug um den Mund, der genau vor Llewellyns Fenster stand, als der Zug anhielt. Auf der dunkelblauen Sporttasche in seiner Hand prangte groß der Markenname »The Top Girl« und etwas kleiner darunter den Wahlspruch des Labels – »Making Jesus jealous and the Devil blush«.

Das sollte ich mir merken, dachte der Major grinsend, für mein nächstes Gespräch mit Sanseverino.

7

DER GANG

Prolog

31. August 1939, Kloster Admont, Steiermark/Österreich

»Ich weiß nicht, warum mein Mann noch nicht zurück ist!« Anna Mayrhuber blitzte Kornberger wütend an, strich ihre Schürze glatt und vergaß vor lauter Zorn ihr Hochdeutsch. »Er woit Hoiz einschlogn im Woid, und da braucht a zwa Tog. Der Mitterer Schorsch und der Irrwiesler Karl sand mit ihm los.« Sie wechselte erneut in ein bemühtes Hochdeutsch.

»Wenn aber irgendwas dazwischenkommt, dann kanns auch schon einmal länger dauern. Der is no immer z'Haus kumma.«

Kornberger war nicht nach scherzen zumute. »Wir brauchen ihn aber jetzt und nicht irgendwann«, sagte Kornberger aufbrausend.

»Ka Grund zum Lautwern, do kummt er a net schnölla«, entgegnete die Mayrhuberin pragmatisch und unbeeindruckt. Sie sah sich im großen Büro Kornbergers um. »Schee hamses da, die Pater«, sagte sie und wiegte ihren Kopf. »I woa no nia do herin.«

»Wissen Sie, wo Ihr Mann Holz einschlagen wollte?«, erkundigte sich Lehner, der zehn Mann auf die Suche nach dem Hausmeister geschickt hatte.

»Mir hot a gsagt, er is entweder bei der oiden Hüttn im Lauferwoid oder beim groden Schlog im Zirnitzwoid.« Frau Mayrhuber hob ratlos die Hände.

»Groden Schlog?« Lehner runzelte die Stirn.

»Beim geraden Schlag«, versuchte es die Mayrhuberin wieder auf Hochdeutsch. »Baumschlag, wissens? Wo scho Bäum gschlagen worden sind!«

»Der Lauferwald ist im Südwesten von Admont, der Zirnitzwald im Norden«, erklärte Lehner dem etwas ratlos dreinschauenden Kornberger nach einem Blick auf die Generalstabskarte. »Ich habe meine Leute nach Süden geschickt, da sind laut den Unterlagen die größten Besitzungen des Klosters.«

»Sie haben wen gschickt?«, wollte die Mayrhuberin wissen. »Ah, des kennans vergessen. Des findt ja net amoi a Einheimischer, scho goa ka Preiss.«

Obersturmführer Lehner schloss die Augen und zählte bis zehn.

Kornberger lehnte sich vor und fixierte die Bäuerin. »Sie meinen also nicht, dass Ihr Mann auf der Flucht ist, über alle Berge, und sich einfach vom Acker gemacht hat?«

»Der is net am Acker, der is im Woid«, antwortete Frau Mayrhuber. »Warum soidat der wegrennan? Hausmeister im Kloster is a guates Zuabrot zur Wirtschaft.«

Durch das Fenster war das Geschrei der drei kleinen Mayrhubers zu hören, die durch den Klostergarten tobten.

»Meine Kinda tats do scho gfoin, aber meine Kia woarten. Brauchen's mi no?«, erkundigte sich die Bäuerin und zog ihr Kopftuch fest.

Kornberger sah, dass Lehner zu einer scharfen Antwort ansetzen wollte, und hob die Hand. »Wenn Ihr Mann wieder da ist, können Sie nach Hause gehen, bis dahin nicht. Und sollte er nicht bald auftauchen, dann wandern Sie ins Gefängnis, und Ihre Kinder kommen ins Heim. Wegen Ihrer Kühe brauchen Sie sich dann auch keine Sorgen mehr zu machen, der

Hof geht an verdiente Admonter Volksgenossen und Parteimitglieder. Und das, Frau Mayrhuber, ist noch die freundliche Variante. Die unfreundliche überleben Ihre Kinder nicht. Und Sie sehen ihnen beim Sterben zu, bevor Sie auf Nimmerwiedersehen in irgendeinem Arbeitslager verschwinden.«

Die Bäuerin saß auf ihrem Stuhl wie versteinert und sah Kornberger mit großen Augen an.

»Und jetzt raus!«, befahl der persönliche Abgesandte des Reichsführers-SS kalt. »Sie können in der Klosterkirche schon mal zu beten beginnen.«

Obersturmführer Lehner schob die verstörte Frau aus dem Zimmer und übergab sie einer Wache.

»Holen Sie mir Sindler und Graumeyer her, wir können die heutige Besprechung auch hier in meinem Büro abhalten«, sagte Kornberger laut. Dann entschied er sich jedoch anders: »Nein, warten Sie, ich besuche die Herren in ihren Studierzimmern. Ein wenig Bewegung kann nicht schaden. Sollte etwas Dringendes sein, dann wissen Sie, wo Sie mich erreichen können.«

*

Die beiden Wissenschaftler, Edmund Sindler und Karl Graumeyer, hatten zwei angrenzende riesige Räume im ersten Stock des Stiftes zugewiesen bekommen. Die Ausstattung war großzügig, umfangreich und reichte bis zum Mikrofiche-Lesegerät. Ihr Assistent, ein junger, extra dafür abgestellter SS-Soldat, versuchte sich derweil unter ihrer Anleitung in den Unterlagen der Bibliotheksbestände zurechtzufinden, was angesichts des Umfangs der Listen ein mehr oder minder hoffnungsloses Unterfangen war.

Doch Sindler hatte es sich in den Kopf gesetzt, das Manuskript, das Yves de Lessines im vierzehnten Jahrhundert zu Abt Engelbert nach Admont geschickt hatte, unter allen Umständen zu finden. Er brauchte Himmler, um seine Vorhaben umzusetzen, und wollte die Aufmerksamkeit des Reichsführers-SS mit einem Erfolg hier in Admont erregen.

»Ich habe hier die Berichte über den Brand und die Zeit danach gesammelt«, sagte er und steckte den Kopf durch die Tür in das Zimmer Graumeyers. »Die wenigen noch stehenden verbliebenen Mauerreste wurden alle geschliffen, und dann wurde auf den alten Fundamenten mit einigen Zubauten das neue Kloster errichtet. Das begrenzt unsere Suche auf den Keller, den Garten oder einen Bau innerhalb der Klostermauern.«

»Das mag Ihre Meinung sein, Herr Kollege, aber ich kann mir auch ein ganz anderes Szenario vorstellen«, kam es vom Schreibtisch des Historikers Graumeyer, der hinter Bücherstapeln beinahe verschwunden war. »Natürlich war für Abt Engelbert Admont der Mittelpunkt seines Denkens und Handelns. Aber wie man aus den Aufzeichnungen leicht ersehen kann, war er 1328 tatsächlich bereits abberufen, wohnte zwar noch im Kloster, allerdings ohne offizielle Funktion. Für mich stellt sich daher die Frage, ob der greise Engelbert ein wichtiges Manuskript tatsächlich im Kloster oder nicht doch etwas weiter davon entfernt versteckt hätte.«

»Warum sollte er das tun?«, fragte Sindler. »Es wird rund um Stift Admont zu dieser Zeit nicht wirklich viele Bauten gegeben haben.«

»Nicht viele, aber einige wenige doch«, entgegnete Graumeyer, »und die meisten davon waren im Besitz des Klosters. Ich habe gerade ein Dokument gefunden, das von einem Flurnamen ›Rotensteine‹ bereits 1180 berichtet. Der leitet sich von einem eisenhaltigen Gestein ab, das westlich von Admont gefunden wird. Am Abhang des sogenannten Klosterkogels mit dem Flurnamen Rotensteine soll es bereits im Mittelalter ein befestigtes Haus gegeben haben, als sicherer Rückzugsort für die Mönche im Falle einer Gefahr.«

Der Historiker blätterte ein paar Seiten um, und Sindler kam interessiert näher.

»Das Schloss, wie wir es heute südlich von Admont auf der Anhöhe des Berges sehen, wurde ab 1655 von einem baufreudigen Abt namens Urban errichtet und diente in erster Linie ihm und seinen Mitbrüdern als repräsentativer Sommersitz.« Graumeyer blickte auf und fixierte Sindler über seine randlose Lesebrille. »So weit zum Reichtum von Admont in diesen Tagen. Aber neben dem Prunk sollen auch wehrtechnische Überlegungen angestellt worden sein, was mich ehrlich gesagt nicht wundert. Der Dreißigjährige Krieg war zwar sieben Jahre zuvor zu Ende gegangen, doch die immer weiter vordringenden Türken mussten jedem hier Anlass zur Sorge geben. Rund hundert Jahre später wurde Röthelstein modernisiert, im Jahr 1799 wurden in dem weitläufigen Bau dann vorübergehend sechshundert französische Kriegsgefangene untergebracht. Und jetzt kommen wir zu dem Brand, von dem Sie vorher gesprochen haben. Als das Stift abbrannte, diente genau jenes Schloss Röthelstein als Ausweichquartier für die Mönche. Warum also nicht das Manuskript da vermuten?«

»Der späte Bauzeitpunkt, Herr Kollege«, erinnerte ihn Sindler. »Das Dokument kam bereits 1328 in die Bibliothek des Klosters!«

»Mit allem Respekt, aber ich denke, Sie machen einen Denkfehler«, entgegnete der Historiker und klopfte mit einem Bleistift gedankenverloren Morsezeichen auf die Tischplatte. »Das erste Gegenargument ist das befestigte Haus, damals bereits im Admonter Besitz. Zweitens könnte sich das Vermächtnis von

Engelbert von Bibliothekar zu Bibliothekar tradiert haben. Vielleicht hat er das Manuskript gar nicht selbst versteckt, sondern einer seiner Nachfolger. Und der brachte nach der Erbauung des Schlosses Röthelstein die wichtigsten und wertvollsten Stücke aus der Bibliothek vor den anrückenden Türken in Sicherheit auf das sichere Schloss am Berghang, darunter auch das Manuskript. Was spricht dagegen?«

Sindler senkte den Kopf und kratzte sich an der Schläfe.

Kornberger trat ins Zimmer, und der Historiker wollte schon aufspringen, aber der Mann im schwarzen Mantel winkte ab und ging nachdenklich auf und ab. »Sprechen Sie weiter, Professor, ich lausche Ihnen bereits eine ganze Weile mit großem Interesse.«

»Ich halte die Version des Verstecks im Garten des Klosters für hinfällig, weil viel zu unsicher«, fuhr Graumeyer fort. »Denken Sie an die Kriege, die auch Abt Engelbert auf lange Sicht einplanen musste. Ich stimme mit Ihnen überein, verehrter Kollege, dass es durchaus ein verborgenes Fach im Keller des Klosters geben könnte, aber liegt da das Schloss nicht näher?«

»Wir haben Röthelstein ebenfalls requiriert«, informierte Kornberger die beiden Wissenschaftler. »Es stellt also kein Problem dar, die Suche jederzeit auf das Schloss auszudehnen.«

Graumeyer schob einen der Büchertürme beiseite und zog eine dünne Festschrift zwischen zwei dicken Folianten hervor. »Als Sie vom Keller des Stifts gesprochen haben, Kollege Sindler, habe ich begonnen, mich für Teile Röthelsteins zu interessieren, die vom ehemaligen befestigten Haus stammen könnten. Und ich habe Folgendes gefunden …« Graumeyer schlug die Festschrift auf und las vor: »›Erhalten haben sich auch die ausgedehnten Felsenkeller sowie die große Rauchküche rechts vom Eingang.‹« Er blinzelte über seine Lesebrillen hinweg. »Ausgedehnte Felsenkeller sprechen meist für eine Weiterführung als Fluchtweg. Denken Sie nicht auch?«

Kornberger und Sindler sahen sich an.

Sollte es vom Schlosskeller einen verborgenen Gang ins Freie geben …?

Graumeyer schlug die Festschrift nun an einer anderen Stelle auf und legte das Lesezeichen mit einem triumphierenden Lächeln zur Seite. »Das ist aber bei Weitem noch nicht alles. Beachten Sie das nächste Zitat: ›Schloss Röthelstein war nicht nur als Zufluchtsstätte der Stiftsbewohner vorgesehen, sondern auch der Admonter Bürger in Kriegszeiten. Es bestand sogar ein unterirdischer Gang, der das Stift mit dem Schloss verband.‹«

Einen Moment lang hallten seine Worte in dem großen Raum nach.

»Was sagen Sie nun, Professor Sindler?«, fragte Graumeyer. »Wenn wir unsere beiden Theorien kombinieren, dann kann es nur wenige Plätze geben, an denen sich das Manuskript nach menschlichem Ermessen befinden könnte. Der Geheimgang vom Kloster zum Schloss ist meiner Meinung nach in diesem Fall ein absoluter Favorit. Wir wissen nicht, ob er bereits 1328 existierte, aber selbst wenn danach einzelne Stücke in Sicherheit gebracht worden wären, hätte man den Gang benutzt. Er ist feuersicher, im Gegensatz zu Stift oder Schloss, der Eingang wird verborgen sein, und damit wäre er meine erste Wahl. Natürlich sollten wir auch den Felsenkeller nicht außer Acht lassen, das wäre meine zweite Option. Und schließlich, wie Sie so richtig bemerkt haben, der Keller des Stifts.«

»Ausgezeichnete Arbeit«, lobte Kornberger und rieb sich die Hände, »wirklich ganz ausgezeichnet. Sie beide haben in kürzester Zeit den Ort des Verstecks logisch eingegrenzt, und ich bin mit allen Ihren Überlegungen voll und ganz einverstanden.« Er sah Graumeyer und Sindler forschend an. »Sind Sie einer Meinung? Als Erstes suchen wir den Beginn des legendären Geheimgangs hier im Kloster und untersuchen ihn auf ein Versteck?«

Sindler nickte. »In der Tat, Professor Graumeyer hat mich überzeugt. Wenn es diesen Gang gibt, dann spricht viel dafür, dass sein Eingang in südlicher Richtung liegt, so nahe wie möglich an Schloss Röthelstein.«

Graumeyer stand auf und schaute aus dem Fenster hinunter in den Park. »Wenn Schloss Röthelstein tatsächlich als Zufluchtsstätte von Stiftsbewohnern *und* Bürgern in Kriegszeiten geplant war, wo würde man logischerweise einen Gang beginnen lassen? Im Kloster selbst? Wohl kaum. Dann müssten alle Einwohner von Admont zuerst ins Kloster gelangen, dann weiter in den Keller zum Eingang und erst danach durch den Gang nach Röthelstein.«

»Das Nadelöhr wäre vorprogrammiert gewesen ...« Sindler dachte laut nach. »Viele Türen, Treppen, Gänge bis zum entscheidenden Punkt.«

Kornberger wies mit ausgestrecktem Arm in Richtung Park. »Da drüben gibt es einen barocken Pavillon im Park, aber der befindet sich eher in Richtung Norden ...«

»... und der wurde viel später errichtet als der Geheimgang und als Röthelstein, zumindest meinen Unterlagen nach.« Graumeyer winkte ab. »Falsche Lage, falsche Zeit.«

»Versetzen wir uns zurück in das sechzehnte oder siebzehnte Jahrhundert ...« Professor Sindler stand grübelnd an einem der großen Fenster und blickte gedankenverloren auf die Bäume und die Bergkette im Hintergrund. »Der Platz, zu dem die Menschen aus der Umgebung regelmäßig, nämlich jeden Sonntag, kamen, war die Kirche. Die kannten sie von klein auf, selbst wenn sie nicht lesen oder schreiben konnten, hierher fanden sie immer. Sie betraten zwar nicht das Kloster, aber sie gingen in die Kirche.«

»Große Tore, breite Gänge, direkt von der Straße zu erreichen. Die richtige Überlegung«, stimmte Kornberger zu.

»Und unauffällig«, ergänzte Graumeyer, »es gibt sicher Grüfte oder vielleicht Katakomben, die auf das zwölfte Jahrhundert zurückgehen, die Zeit der Erbauung der alten Kirche, und die beim Brand erhalten blieben. Ideal für unterirdische Gänge.« Er drehte sich zu seinem Schreibtisch um und suchte kurz. »Hier haben wir es ja! Ich zitiere: ›Die neue Stiftskirche wurde zum Teil auf den romanischen und gotischen Fundamenten aufgebaut, die romanischen Seitenportale an den Türmen stammen noch aus dem zwölften Jahrhundert.‹ Vom Unterbau der Kirche könnte man also ohne viel Aufsehen in einen Geheimgang gelangen. Und alle Admonter von da ins Schloss Röthelstein.«

»Die vier letzten Dinge«, flüsterte Sindler und schlug sich mit der flachen Hand auf die Stirn. »Natürlich! Standen die vier beeindruckenden Figuren Stammels nicht ursprünglich in der Eingangshalle der Stiftskirche, bis sie 1800 in die Bibliothek umgezogen wurden? Tod, Gericht, Himmel und Hölle … Zeigten sie vielleicht den Ort des Geheimgangs an, wiesen den Weg in die Sicherheit?«

»… und damit auch zum Versteck des Manuskripts von Yves de Lessines?«, ergänzte Graumeyer.

Kornberger hatte nichts mehr gesagt, schien tief in Gedanken versunken. Doch plötzlich drehte er sich wortlos auf dem Absatz um und stürmte mit wehendem Mantel aus dem Raum.

25. Juli 2014

Haymarket, City of Westminster, London/England

Die Fenster der kleinen Wohnung im letzten Stock des gepflegten Altbaus an der Ecke Charles II. Street und Haymarket schauten direkt auf das ehrwürdige Theatre Royal. Nun, am Morgen, waren zwei Arbeiter damit beschäftigt, die farbenfrohen Plakate für die neue Produktion zwischen den griechischen Säulen zu spannen. »Daytona« hieß die Komödie mit Maureen Lippman in der Hauptrolle, die den Sommer über die kulturverwöhnten Londoner in das Theatre Royal locken sollte. Nachdem ausgewählte Journalisten zu den letzten Proben geladen worden waren und sie einmütig die Inszenierung und das neue Stück in den Himmel gelobt hatten, waren die Ausstellungen bereits auf Wochen hinaus ausverkauft.

John stand an den alten Kamin gelehnt, auf dem Llewellyn einige Erinnerungsstücke seiner Karriere aufgereiht hatte. Vergilbte Fotos, eine Glasphiole mit rotem Sand, eine kleine Kanonenkugel, ein altes Opernglas, ein paar Patronen, Ansichtskarten aus Alexandria aus der Zeit vor dem Ersten Weltkrieg, ein Leuchtturm aus Terrakotta, dem die Spitze fehlte, ein Paket Spielkarten, auf dem eine Derringer lag, eine jener kleinen Taschenpistolen, die Kartenspieler früher oft versteckt im Ärmel trugen und mit der Präsident Lincoln einst ermordet worden war.

Es duftete nach Kaffee, und John hörte den Major in der Küche hantieren und mit Geschirr klappern. In einer Ecke des

Wohnzimmers hing ein historisches Haymarket-Schild an der Wand. Der einstige Markt, der in Viktorianischer Zeit als einer der bekanntesten Straßenstriche in Englands Hauptstadt galt, war heute eine der besten Adressen in der Londoner City.

»Glaub nicht, alter Bruchpilot, dass ich mir diese Wohnung heute noch leisten könnte.« Llewellyn stand in der Tür, ein Tablett mit Tassen, duftenden Croissants und einer vollen Kaffeekanne in der Hand. »Für die zwei Zimmer, Küche und Bad müsste ich heute alljährlich einen Banküberfall machen, nur um die Miete zu bezahlen.« Er stellte das Tablett auf den niedrigen Couchtisch und begann, die Tassen zu füllen. »Das war ursprünglich eine konspirative Wohnung, in den Siebziger- und Achtzigerjahren ein Treffpunkt von Informanten und Geheimagenten des britischen Secret Service. Doch dann war sie einmal zu oft benutzt worden und schließlich bei einer gemeinsamen Aktion mit der Schweizer Untergrundarmee P-26 vor sechs Jahren endgültig aufgeflogen. Da ich etwa zur gleichen Zeit den Dienst quittierte und mich ins Privatleben zurückzog, hat man mir die Wohnung als eine Art Abschieds-Prämie angeboten.«

»Wolltest du nicht eigentlich nach deiner Pensionierung auf die schottischen Hebriden umziehen und Schafe züchten?«, erkundigte sich John und schnupperte an seiner Tasse.

»Tja, das wollte ich auch, aber dann ließ ich Schafe Schafe sein und beschloss, dass das Heidekraut noch ein wenig ohne mich wachsen würde.« Llewellyn lächelte. »So eine günstige Gelegenheit, direkt in der City zu wohnen, würde sich nie wieder bieten, also griff ich zu, wechselte die Schlösser aus, baute eine Alarmanlage ein und nahm mir vor, öfter ins Theater zu gehen. Du kannst dir vorstellen, wie das mit den guten Vorsätzen gelaufen ist ...«

»Lass mich raten: Du warst in den sechs Jahren nicht ein einziges Mal im Theatre Royal? So weit zur Kultur vor der Haustür.« Seine Tasse noch immer in der Hand, ließ er sich in den alten, abgewetzten Lederfauteuil sinken, der vor dem Kamin stand. »Der ist genauso bequem, wie er aussieht, ich kann verstehen, warum du an langen Winterabenden am liebsten zu Hause vor dem knisternden Feuer bleibst.«

»Ich habe mich schon oft gefragt, ob der nicht vielleicht im Reform-Club von Phileas Fogg gestanden hat«, sagte Llewellyn. »Ich habe ihn auf einem Flohmarkt nahe Camden Lock gefunden und werde wahrscheinlich meine alten Tage in ihm verbringen. Und weißt du was? Der Gedanke gefällt mir sogar.«

Major Llewellyn Thomas war zeit seines Lebens unterwegs gewesen, auf gefährlichen Einsätzen für das British Empire rund um den Globus, sowohl für den Inlands- als auch für den Auslandsgeheimdienst. Die Pension, von der alle seine Kollegen immer geschwärmt hatten, war in seinem Fall ganz sicher ein Unruhestand. Denn Peter Compton sorgte nachhaltig dafür, dass er nicht einrostete.

Vor vier Jahren hatte ihn ein Auftrag nach Kolumbien geführt, dann in die Schweiz und nach Norditalien. Damals war er sogar Downing Street 10 auf die Füße gestiegen, nachdem er drei seiner besten Männer verloren hatte, die trotz ihres Alters reaktiviert und nach Kolumbien ins feindliche Feuer geschickt worden waren. Es war Llewellyn gewesen, der den Familien die schlechte Nachricht überbracht und dafür gesorgt hatte, dass MI5 und MI6 am Ende nicht nur einen symbolischen Betrag an die Hinterbliebenen ausbezahlt hatten. Das Abenteuer um das Schweizer Bankenkonsortium und das Erbe der vier alten Männer hatten jedoch in den Augen Llewellyns immerhin etwas Positives gebracht: Er hatte John kennen und schätzen gelernt, den Piloten aus Crawley, der wie er durch die

Welt zigeunerte und keiner Herausforderung aus dem Wege ging. Sie waren vielleicht aus verschiedenem Holz geschnitzt, aber aus demselben Baum.

Ein Jahr später hatte Compton ihn in das Abenteuer um das Archiv von Lawrence of Arabia gestürzt, und der Einsatz Johns im Hindukusch, um einen Freund und Mitstreiter Llewellyns vor dem pakistanischen Geheimdienst und den Taliban zu retten, hatte ihre Freundschaft noch vertieft.

»Du hast viel gesehen in deinem Leben.« John wies auf die Erinnerungsstücke auf dem Kaminsims. »Dabei ist das sicher nur eine kleine Auswahl.«

»Manchmal glaube ich, ich habe zu viel gesehen ...« Llewellyn stellte die Tasse neben den Leuchtturm und nahm die kleine Kanonenkugel in die Hand, warf sie in die Luft und fing sie wieder auf. »Erinnerst du dich noch? Der alte Pirat in Bogotá, der mitten in der Stadt seine Kanonen auf mich abgefeuert hat?«

John nickte und sah sich aufmerksam in dem heimeligen Wohnzimmer unter dem Dach um. An der Wand hingen alte Filmplakate neben Fotografien eines jüngeren, noch nicht ergrauten Llewellyn mit Margaret Thatcher, John Major und Tony Blair, mit Künstlern und Schauspielern. »Alles Freunde?«

»Die stammen aus einer Zeit, als ich noch meine Verbindungen nach oben dokumentieren wollte. Bis ich draufkam, dass die Politiker nur da oben sitzen, weil es das Fußvolk wie mich gibt, das immer klaglos funktioniert. Ich habe Regierungen kommen und gehen gesehen, Geheimdienstchefs und Kabinette, Skandale und Spione. In all den Jahrzehnten meiner aktiven Laufbahn für Volk, Königin und Vaterland habe ich gelernt, nach dem Motto ›Alles geht vorüber‹ immer öfter einer einzigen Stimme zuzuhören, wenn es wieder einmal auf Messers Schneide stand: meiner inneren.« Llewellyn lachte und schüttelte den Kopf. »Viele haben mich für einen unbequemen Querdenker gehalten, der nur allzu oft mit dem Kopf durch die Wand wollte. Freunde? Die wurden im Laufe meiner Karriere beim Geheimdienst immer weniger. Eine Hand voll vielleicht, wenn überhaupt. Die meisten haben mich gefürchtet, weil ich die Dinge hinterfragt habe und nicht einfach stur losmarschiert bin. Einige haben mich sogar gehasst und hätten mich am liebsten ›missing in action‹ gemeldet, weil ich nicht alles für bare Münze genommen habe und prompt die Leichen in ihrem Keller fand. Was mich allerdings nicht wirklich beeindruckt hat und mir die Freundschaft von Peter Compton bescherte. Und die einiger sehr treuer Mitarbeiter wie Jack Westworth oder Alex Beaulieu.«

John hielt Llewellyn seine leere Kaffeetasse hin. »Der ist so gut, davon hätte ich gerne noch ein wenig ...«

»Compton hatte bereits zu seinen aktiven Zeiten das, was vielen anderen fehlte: Instinkt, Gewissen und Moral.« Der Major schenkte John nach und drückte ihm die Milchpackung in die Hand. »Er agiert auch heute noch oft an der Grenze des Vertretbaren, er reizt alle Mittel aus, kennt jeden Trick und weiß, wie die Gegenseite denkt. Und was sie wann denkt. Und wann sie stillhalten muss ... Er ist ein legendärer Analyst der internationalen strategisch-politischen Lage. Deshalb wirst du in diesem Land niemanden in leitenden Regierungspositionen finden, der nicht irgendwann einmal in der Charlotte Road im Vorgarten stand, den Gartenzwerg mit dem Messer im Rücken bewunderte und auf die Hausklingel drückte. Und dann Margrets Kuchen genießen durfte. Mit der Innenministerin Theresa May sind die Comptons seit Jahren auf Du und Du, mit Premier Cameron verbindet sie eine Art Hassliebe, mit Außenminister Hammond tiefgreifende Meinungsverschiedenheiten. Trotzdem war auch er schon Gast in der Charlotte Road.«

»Wird der alte Fuchs Compton sich irgendwann einmal zurückziehen, den Dienst endgültig quittieren?«, fragte John.

Llewellyn legte die Kanonenkugel vorsichtig wieder zurück auf das Kaminsims. »Wie sagte er selbst einmal? ›Der Geheimdienst ist wie der Journalismus – du bekommst ihn nie wieder aus deinen Adern. Wir leben immer auf Abruf, immer auf dem Sprung, bis wir sterben.‹ Das ist kein Job, aus dem man aussteigt, John. Man wird hinausgetragen. Und das werde ich wohl auch einmal.«

Charlotte Road, Barnes, Südwest-London/England

Durch genau jene Charlotte Road in South West London, nur einen Steinwurf von der Themse entfernt, joggte in diesem Moment ein hochgewachsener Läufer in Shorts, Nike-T-Shirt und einer Basecap, die er tief ins Gesicht gezogen hatte. Die gutbürgerliche Wohngegend war ruhig, und die Vorgärten waren gepflegt. Die Charlotte Road selbst war eine leicht gekrümmte Sackgasse, die am Hockeyfeld des traditionsreichen Barnes Sports Club endete. Das bot Alexander Reiter die Möglichkeit, mehrmals durch die kurze Gasse zu laufen, über das niedrige Tor zu springen, eine Runde am Sportplatz zu drehen und wieder zurückzujoggen und sich dabei umzusehen, ohne aufzufallen.

Das Haus mit der Nummer 5 sah aus wie alle anderen in der Straße. Cremefarben verputzt, einstöckig, erhob es sich hinter einem kleinen Vorgarten mit Rasen, Hochbeet und Gartenzwergen.

Reiter stutzte.

Mit eher skurrilen Gartenzwergen, dachte er, lief eine kleine zusätzliche Runde und bewunderte eine der zipfelbemützten Figuren, die ein Messer im Rücken stecken hatte und nun den Radieschen beim Wachsen zusah.

Weiße Rollos hinter allen Fenstern verhinderten auch nur den kleinsten Blick ins Innere von Nummer 5. War da eine Überwachungskamera, versteckt unter den Blättern des Clematis-Strauches, der sich über der Eingangstür emporrankte?

Reiter sah nochmals genauer hin, bevor er weiter in Richtung Sportplatz lief.

Eines der Häuser schräg gegenüber war eingerüstet und weiträumig durch ein provisorisches Flachdach geschützt. Mehr oder minder gefüllte Abfallcontainer standen in Einfahrt und Garten, auf den Gerüsten turnte eine Handvoll Arbeiter in Overalls herum und brachte zusätzliche Streben an. Aus dem Haus tönten Klopfen, Sägen und das Geräusch eines schweren Schlaghammers.

Einer der Lieferwagen der verschiedenen Renovierungsunternehmen war mit drei Mann besetzt, die offenbar ein Schwätzchen hielten und ihre Pause genossen.

Unbeeindruckt joggte Reiter weiter in Richtung Sportclub, ohne sich umzusehen, sprang über das niedrige Tor und lief über die Grünfläche des Hockeyfeldes.

Margret Compton mochte eine nette, ältere Dame mit Freundinnen in Altersheimen und einer Vorliebe für Antiquitäten sein.

Ihr Mann war es sicher nicht.

Dafür sprachen die Überwachungskamera über der Eingangstür, Bewegungssensoren an allen Ecken des Hauses und drei hochmoderne Sicherheitsschlösser an der Haustüre.

Und – Reiter roch Personenschützer auf hundert Meter Entfernung, egal, in welcher Verkleidung sie sich versteckten …

Als er den Sportclub am anderen Ende wieder verließ, dachte er über seine nächsten Schritte nach. Als Erstes brauchte er dringend eine Telefonzelle für sein Gespräch nach Frankreich und dann einen Zugang zum Internet.

Flugfeld Duxford, Imperial War Museum, Duxford/England

»Das Flugfeld in Duxford wurde während des Ersten Weltkriegs gebaut und war einer der frühesten Royal-Air-Force-Stützpunkte. Im September 1918 eröffnete die RAF hier eine Flugschule, und als der Krieg zu Ende gegangen war, wurde Duxford einer jener Flugplätze in England, an denen die heimkehrenden Staffeln vom Kontinent aufgelöst und neu zusammengestellt wurden.«

Der Museumsführer des International War Museums, Außenstelle Duxford, sah in seiner adretten Uniform aus wie einem alten Foto entstiegen. Alles an ihm war authentisch, bis zur alten Fliegeruhr und der Lederkappe.

Amber musste lächeln, als sie vom Tower kommend an der großen Touristengruppe vorbeiging. Sparrow, der auf ihrer Schulter die Aussicht über das Flugfeld genoss, schälte geschickt eine Erdnuss, die ihm einer der Fluglotsen geschenkt hatte, und schwieg ausnahmsweise einmal dezent.

»Ab dem Jahr 1924 wurde Duxford Heimbasis für die Elite der Kampfflieger, und das sollte es für siebenunddreißig Jahre auch so bleiben. Bereits im Jahr 1938 war der Ruf der 19. Staffel so ausgezeichnet, dass sie die erste war, die mit Supermarine Spitfires ausgestattet wurde.« Der junge Mann, ein Student aus London, wies mit ausgestrecktem Arm auf eines der berühmten Jagdflugzeuge, das am Rande des Rollfelds abgestellt war.

Mit der würde ich auch gerne einmal fliegen, dachte Amber und nahm sich vor, bei nächster Gelegenheit mit dem Konservator des IWM zu sprechen. Duxford hatte eine ganze Reihe von historischen Flugzeugen, die regelmäßig geflogen wurden.

Da sie noch ein wenig Zeit hatte, blieb sie stehen und hörte zu, was der Student zur Geschichte des bekannten Flugplatzes erzählte. Sparrow war noch immer mit seiner Nuss beschäftigt und genoss sichtlich die Sonne auf seinem Gefieder.

»Die hier stationierten Piloten nahmen am 15. September 1940 an der Luftschlacht um England teil und hatten maßgeblichen Anteil daran, dass die geplante Invasion der Deutschen scheiterte. Drei Jahre später wurde das Flugfeld an die Streitkräfte der Vereinigten Staaten übergeben, die von hier aus am sogenannten D-Day, dem 6. Juni 1944, mit den Thunderbolts die Invasionsflotte unterstützten, die in der Normandie an Land ging. Nachdem Duxford Ende 1945 wieder an die RAF zurückgegeben worden war, änderten sich sowohl die militärischen Bedingungen als auch die politische Lage. Man brauchte keine so weit im Süden Englands gelegene Jagdflugzeugbasis mehr. So fand im Juli 1961 der letzte offizielle Flug der RAF statt, und Duxford versank in eine Art Dornröschenschlaf, bis fünfzehn Jahre später das Imperial War Museum kam und den Flugplatz wieder mit Leben füllte. Heute ist Duxford eines der großen europäischen Zentren für Luftfahrtgeschichte. Nicht nur die historischen Gebäude, die fast alle zu besichtigen sind, sondern auch die umfassenden und außergewöhnlichen Sammlungen sind weltweit einzigartig. Darf ich Sie nun bitten, mir zum Operations Room zu folgen, dem Nervenzentrum der Luftschlacht um England?«

»Alle Mann in die Wanten!«, krächzte Sparrow, als der junge Mann eine Pause machte, und alle Besucher lachten.

»Komm, du Publikumsliebling, gehen wir zurück an die Arbeit!« Amber steuerte den Hangar ihres Unternehmens an.

»Alte Schabracke!«, protestierte Sparrow auf ihrer Schulter.

»Hey!«, rief Amber empört, »noch so eine Frechheit, und du segelst ins Backrohr.«

In diesem Moment klingelte ihr Handy.

»Gut, dass du anrufst«, begrüßte Amber John. »Dein fliegender Holländer hier hat mich gerade ›alte Schabracke‹ genannt. Entweder holst du ihn bald ab, oder er landet auf der Speisekarte.«

»Das bringst du doch nie übers Herz«, erwiderte John, »oder doch? Aber hab noch ein wenig Geduld, und du bist Sparrow los. Wir sind schon auf dem Weg zu dir. Ist die DC-3 fertig?«

»Besser wird sie nicht mehr. Meine Jungs haben grünes Licht gegeben.«

»Gut. Amber, ist dir irgendetwas aufgefallen in den letzten Tagen? Ungewöhnliche Besucher, die um deinen Hangar herumgeschlichen sind?«

»John Finch, das ist hier ein Museum, und ungewöhnliche Besucher stehen jede volle Stunde auf der Matte«, erwiderte Amber. »Heute zum Beispiel habe ich eine Besuchergruppe beobachtet, in der zwei Mädchen mit lila Haaren aussahen, als seien sie direkt einem japanischen Manga-Heft entsprungen. Ein Junge hatte eine zahme Ratte mit steinbesetztem Glitzer-Halsband dabei, und zwei Besucher sahen aus, als ob ihr Freigang nur mehr bis Mittag gelten würde. Außerdem sind die zahlenden Museumsbesucher hier felsenfest überzeugt, dass sie mit ihrer Eintrittskarte Zutritt zu allen Gebäuden in Sichtweite haben. Auch zu meinem Hangar. Wir verscheuchen sie zwar regelmäßig, und sie kommen nicht in die Nähe der Flugzeuge, aber das Schauspiel wiederholt sich etwa drei Mal jeden Tag. Das ist das Imperial War Museum. Was erwartest du?«

»Nichts Gutes«, antwortete John und berichtete Amber Rains vom Attentat auf Rodney und seine Frau.

»Das ist ja schrecklich …«, murmelte Amber und sah sich misstrauisch um. »Ein Paketbote, sagtest du? Wir bestellen täglich Ersatzteile in London …«

»Konnte außer deinen Jungs noch jemand an die DC-3 gelangen, seit du sie aus Rom mitgebracht hast?«, erkundigte sich John.

»Das kann ich mir nicht vorstellen. Wir haben Überwachungskameras überall, eine Absperrung an den großen Rolltoren, wenn die offen sind, und sehr aufmerksame Mitarbeiter. Der Vogel war immer im Hangar geparkt, weil wir auch die elektrischen Leitungen überprüft haben und die Kabelkanäle nicht offen stehen lassen wollten. Nein, ich denke, das kann ich mit Sicherheit ausschließen.«

»Wie gründlich war der Check, den deine Jungs gemacht haben?«

»Es war ein erweiterter A-Check, wenn du es genau wissen willst, weil ich noch vor unserem Abflug in den Unterlagen einen D-Service-Report gefunden habe, der rund ein knappes Jahr alt ist. Die Ergebnisse sehen erstaunlich gut aus. Angesichts des Alters der Lady sogar überraschend gut, wenn du mich fragst.«

Für einen langen Augenblick war es ruhig in der Leitung. »Wir sind in einer halben Stunde in Duxford«, sagte John schließlich. »Ich habe da so einen Verdacht …«

*

Der Verkehr von London nach Duxford war etwas stärker, als John vermutet hatte, und so dauerte es knappe vierzig Minuten, bis der betagte Ford Escort von Llewellyn vor dem großen Tor des Hangars quietschend abbremste.

Ein Mann im blauen Overall erwartete sie bereits. »Mr. Finch? Mr. Thomas? Kommen Sie rein! Amber hat mir gesagt, ich soll das Tor hinter Ihnen abschließen. Sie ist im Cockpit der DC-3.«

Drei alte Flugzeuge standen im Hangar der ARC, in verschiedenen Stadien der Demontage. Eine Junkers Ju 52, ein Fieseler Storch und die Douglas DC-3 von John, die bis auf ein paar lose Verkleidungsteile fertig zusammengebaut aussah.

Amber stand in der Tür der Douglas und blickte John entgegen, Sparrow auf ihrem Arm. Als der Papagei John erkannte, flog er auf, landete auf dessen Schulter und rieb seinen Kopf an der Wange des Piloten.

»Anker lichten!«, krähte er fröhlich und trippelte aufgeregt von links nach rechts und wieder retour.

»Ich weiß nicht, warum er sich die Schimpfworte immer für mich aufhebt.« Amber hatte die Hände in die Hüfte gestützt und sah ihren beiden Besuchern entgegen, bevor sie aus dem Flugzeug stieg, um sie zu begrüßen. »Welch Glanz in meiner Hütte! Die Crème de la Crème des britischen Geheimdienstes schaut auch vorbei. Hast du schon wieder Sehnsucht nach mir?«

Llewellyn umarmte sie und nickte. »Schön, dich wiederzusehen, Amber, du siehst gut aus, wie immer.«

»Danke, Llewellyn!«, sagte Amber, bevor sie maliziös lächelnd einen Stapel Quittungen aus ihrer Hosentasche zog und sie John entgegenstreckte. »Die sind hauptsächlich einer extensiven Kosmetikbehandlung in der italienischen Hauptstadt zu verdanken. Rom ist teuer, Dolce & Gabbana hat eine schöne Herbstkollektion, und Pradas neue Schuhe waren auch sehr reizvoll.«

»Ich hab es befürchtet.« Sichtbar zerknirscht nahm der Pilot die Rechnungen entgegen und überflog sie.

Llewellyn beugte sich über Johns Schulter und pfiff durch die Zähne. »Jetzt weiß ich, warum ich nicht Dolce & Gabbana trage, sondern Heckler & Koch ...«

»Das hast du verdient, John Finch, und wegen der verpassten Abendeinladung in Kairo bin ich noch immer stinksauer. Solche Männer stehen nicht an jeder Straßenecke, und ich werde auch nicht jünger ...« Amber strich kokett ihre Haare aus dem Gesicht. »Aber egal. Was ist das für ein Verdacht, den du hast?«

»Deine Jungs haben die alte Dame also gecheckt, alle vitalen Funktionen geprüft und die Motoren nochmals durchgesehen, was nach dem Abenteuer mit der hemdsärmeligen Mechaniker-Crew in Ghad, die wenig vertrauenserweckend war, absolute Priorität hatte.« John legte die Hand auf das polierte Aluminium. »Wo würdest du in diesem Vogel etwas verstecken, das niemand finden soll?«

»Groß oder klein?«, fragte Amber rational denkend nach.

»Klein, aber heikel.«

»Im Innenraum, ganz bestimmt, weil es da nicht den Witterungseinflüssen ausgesetzt ist.«

»Das denke ich auch. Jetzt wird's schwieriger. Es sollte aber bei einem A- oder B- oder vielleicht sogar C-Check keinesfalls gefunden werden.«

»Hmm ... Jetzt wird's wirklich schwierig«, gab Amber zu. »Wie groß ungefähr?«

»Etwa Zigarettenschachtelgröße?«

»Was spielt ihr beiden da?«, erkundigte sich Llewellyn, »Pfänder verstecken in einer DC-3?«

»Wart's ab, denn wenn ich recht habe, dann wirst du mir ewig dankbar sein«, gab John zurück.

»Wie viel Zeit habe ich zum Verstecken? Kann ich etwa den Fußboden auseinanderbauen?«

»Du hast nicht mehr als ein paar Minuten, keine Demontage, allenfalls drei, vier Schrauben.«

Amber legte den Kopf ins Genick und dachte nach. »Wo ich nicht so schnell hinschaue... Keinesfalls im Cockpit also ... Unter den Sitzen? Nein, die kommen auch raus bei einem C-Check ... In der Galley? Nein, so groß ist dieses Flugzeug ja nicht... In der Toilette vielleicht? Ah, das wäre eine Option... das Lavatory. Oder der Gepäckraum ... aber nein, der nicht, da schaut jeder wahrscheinlich zuerst nach ... Einige gute Verstecke. Unter dem Waschbecken ... möglich, Toilettensitz ... eher nicht, Fußboden ... auch nicht, Deckenverkleidung ... möglich, Wand ...?« Amber überlegte kurz und rief: »William! Spencer! Kommt bitte mal rüber!«

»Was soll das?« Llewellyn wunderte sich noch immer. »Glaubst du, dass irgendjemand Zigaretten in deinem Flieger schmuggelt? Oder Waffen?«

Zwei junge Mechaniker kamen durch den Hangar gelaufen, und als sie an der DC-3 standen, instruierte Amber sie kurz. Dann verschwanden beide mit Schraubenziehern bewaffnet in der Douglas.

»Erinnerst du dich?«, fragte Llewellyn und zeigte auf die grau-grüne Ju 52 mit gelbem Seitenruder.

Die Maschine, deren Sternmotoren überholt wurden, gehörte einem Verein nahe Paris und wurde in Duxford von Ambers Unternehmen regelmäßig gewartet. Drei Jahre zuvor war die »Tante Ju« für Amber, John und Llewellyn die letzte Möglichkeit gewesen, England ungesehen zu verlassen und nach Frankreich zu fliegen.

Das Klingeln der neuen Smartphones riss John und Llewellyn aus ihrer Betrachtung der fliegenden Antiquität. Beide griffen in ihre Tasche, zogen die kleinen elektronischen Datenverschlüsselungsgeräte hervor und schalteten sie ein.

»Leitung sicher, Konferenzschaltung auf Zwei«, erschien auf dem Display.

»Paris calling«, sagte John zu Amber, dann nahm er das Gespräch an.

»Mr. Finch? Bonjour! Hier spricht Frederic. Wo sind Sie derzeit?«

»In einem Hangar des Imperial War Museums in Duxford, das liegt ungefähr eine Fahrtstunde nördlich von London. Ich brauche ein Verkehrsmittel ...«

»Und da sehen Sie sich im Museum um?« Frederic lachte. »Cool!«

»Man tut, was man kann«, erwiderte John. »Gibt es die ersten Resultate?«

»Wir haben die Nacht dazu genutzt, uns einzuarbeiten, Joseph und ich. Schlafen wird sowieso überbewertet. Soviel ich aus Rom gehört habe, waren die auch bis morgens um vier dran. Sie haben alle ziemlich aufgemischt, Mr. Finch, mit diesem Notizbuch, und der Kardinal hat das Geheimnis Poussins wohl zu seiner ganz persönlichen Agenda gemacht. Er ruft jedenfalls alle zwei Stunden an und erkundigt sich nach den Fortschritten. Mit anderen Worten: Sanseverino macht uns Feuer unter dem Arsch.«

»Ich dachte immer, in einem Priesterseminar ...«, setzte John an.

»... dürfe man solche Wörter nicht verwenden?«, führte Frederic seinen Gedankengang weiter. »Weit gefehlt, wozu gibt es die Buße? Sie sollten uns mal fluchen hören, wenn wir uns nach Tagen wieder mal ins Eck programmiert haben und nichts funktioniert so, wie es sollte. Verwechseln Sie die alten Priesterseminare nicht mit Saint-Sulpice, Mr. Finch. Wir haben den Genialitätsbonus.« Frederic lachte, und es klang kein bisschen überheblich. »Auf meinem Lieblings-T-Shirt steht unter einem drohenden Pistolenlauf: ›Wer nervt, stirbt!‹ Macht sich nicht so gut bei der Kommunion am Sonntag in der Kirche, wenn man keine Zeit zum Umziehen hat ...«

John musste lachen, als er sich die Szene vorstellte. Das also hatte Sanseverino gemeint, als er von »unmöglichen T-Shirts« gesprochen hatte.

»Sie sind jedenfalls einer der wenigen, die uns im Habit gesehen haben«, fuhr Frederic fort. »Aber nun zurück zu Ihren Rätseln und zur Arbeit. Als Erstes diese Telefonnummer in Bologna, von Maria Giancomelli. Rodney hatte herausgefunden, dass sie wohl ein paar Mal umgezogen war und die Nummer mitgenommen hatte. Ich habe Ihnen die genaue Adresse der Signora in Bologna bereits per SMS geschickt. Nur für den Fall ... Wir haben uns in ihren Computer gehackt, ihre Festplatte angezapft und ihre Webcam übernommen. Die Dame trägt bordeauxfarbene Nachthemden, wussten Sie das? Apart. Da gibt es auch ein digitales Tagebuch mit aktuellen Eintragungen, passwortgeschützt. Lächerlich. Joseph war nach kaum einer Minute drin.«

»Moment, nur damit ich das richtig verstehe«, unterbrach ihn John ungläubig, »ihr seid in Giancomellis Computer eingedrungen?«

»Klar! Sie ist die Nummer Zwei bei Propaganda Quattro, zweiunddreißig Jahre alt, unverheiratet, und den Fotos nach, die sie auf ihrem Computer hortet, ist sie lesbisch. Sie kocht gerne, hat einen Facebook-Account unter falschem Namen und wünscht sich sehnlichst einen Hund.« Frederic machte eine Pause. »Moment, ich kontrolliere gerade etwas ... Ja, da ist es ... Den Eintragungen zufolge hat sie vor vier Tagen lange mit diesem Michael Spengler telefoniert, dem Kunsthändler aus Wien, von dem Sie mir erzählt haben. Schien wichtig zu sein, weil es das einzige Gespräch war, das sie an diesem Tag notierte.«

»Habe ich mir fast gedacht«, murmelte John, »daher kamen also Spenglers Informationen ...«

»Wenn Sie noch etwas über Signora Giancomelli wissen wollen, dann lassen Sie es mich wissen. Wir haben die Finger in ihrem Rechner«, sagte Frederic. »Nun zum nächsten Punkt. Die verschlüsselte Passage in Umars Notizbuch, die Rodney decodiert hatte, lautete: ›Professeur de Montfoucault, Paris. Poussin Selbstporträts. Der zweite Kreis des Wissens? Chambons?‹ Wir haben die Dechiffrierung nochmals kontrolliert, es stimmt alles. Fast alles. Rodney war sicher bereits übermüdet, aber das erste Fragezeichen gibt es im Originaltext nicht. Es heißt korrekt: ›Der zweite Kreis des Wissens.‹ Punkt. Umar pflegte in die Leerzeichen vor und hinter der Nachricht auch Fragezeichen einzusetzen, und wahrscheinlich hat Rodney da eins zu viel gesehen. Wir gehen also davon aus, dass die Selbstporträts Poussins definitiv der zweite Kreis des Wissens sind. Wie ›die Drei‹ auf dem Gemälde Poussins ›der erste Kreis des Wissens‹ sind.«

»Und was ist mit dem Fragezeichen hinter Chambons?«, wollte John wissen.

»Das steht im Original da, wo Rodney es platziert hatte«, antwortete Frederic nachdenklich. »Ich habe mit Joseph darüber diskutiert, und wir denken, dass es kein Zufall ist. Chambons war für Umar mit einem Fragezeichen versehen, er war sich nicht sicher. Entweder nicht sicher, *wer* oder *was* es war, oder ob es überhaupt zu dem Rätsel gehörte.«

»Aber wer oder was ist nun Chambons?«

»Nicht so leicht zu beantworten. Wir haben das Wort gegoogelt und Folgendes gefunden: Hilfszügel des Pferdes ...«

»Negativ«, sagte John. »Das ist es bestimmt nicht.«

»Kloster Les Chambons, eine ehemalige Zisterzienserabtei in der Gemeinde Borne im Département Ardèche in der Region Rhône-Alpes in Frankreich, aufgelöst 1791. Es gibt nicht mal mehr Mauerreste zu besichtigen, alles komplett verschwunden.«

»Keine Ahnung ...«

»Chambons, ein winziger Ort mit zwölf Einwohnern in der Nähe von Fenestrelle, in Norditalien. Sagt Ihnen Fenestrelle etwas?«

»Nein, ehrlich gesagt gar nichts ...«

»Fenestrelle, unweit von Turin, mitten in den Bergen gelegen, ist die größte Festungsanlage Europas und nach der Chinesischen Mauer das zweitgrößte gemauerte Ziegel-Bauwerk. Es sind eigentlich drei Festungen, die miteinander durch einen Tunnel verbunden sind. Gigantisch. Die Fotos sind beeindruckend.«

»Also Südfrankreich und Norditalien«, wiederholte John nachdenklich. »Rodney hat noch von anderen Chambons gesprochen ...«

»Ja, aber da hat er die Mehrzahl von Worten ebenfalls miteinbezogen. Chambon mit S am Ende ist die Plural-Form im Französischen«, erklärte Frederic geduldig. »Später haben wir die Personensuche bemüht, aber die hat keinerlei vernünftige Ergebnisse gebracht, was allerdings nichts heißen muss. Wenn ein Freiherr von Chambons etwa vor zweihundert Jahren gelebt hat und seine Familie danach ausstarb und in Vergessenheit geriet, dann würden wir ihn auch im Netz nicht finden.«

»Also Sackgasse in dieser Richtung, zumindest vorläufig.«

John zog frustriert Bilanz. »Wir haben auch keine Ahnung, wie Umar auf Chambons gestoßen ist, oder?«

»Nein, haben wir nicht. Und noch mal: Es stand ein Fragezeichen dahinter.«

»Okay. Dann verfolgen wir erst mal die andere Spur. Wenn also die beiden Selbstporträts Poussins nach Umars Ansicht der zweite Kreis des Wissens sind, was sollen wir da herauslesen?«, fragte John. »Montfoucault nannte mir nur die beiden Zahlen 23,5 und 6,5 als Gemeinsamkeit.«

»Darüber wollte ich sowieso noch mit Ihnen sprechen«, hakte Frederic ein. »Professor Montfoucault in allen Ehren, aber ein halber Grad? Woher hat sie diese Zahlen? Leider können wir sie nicht mehr fragen, aber ich für meinen Teil bleibe bei den Zahlen 23 und 6. Der Auftraggeber beider Porträts ist derselbe, Poussins Freund und wichtiger Mäzen Paul Fréart de Chantelou, ein berühmter Pariser Sammler. Er hatte den Luxus, aus zwei Bildern wählen zu können, und entschied sich für das zweite, das heute im Louvre hängt. Zwei Porträts, ein Kreis des Wissens, laut Umar. Aber muss es unbedingt um Gemeinsamkeiten gehen? Kann nicht auch ein Zusammenführen aus den Informationen beider Bilder das Wissen ergeben? Wir bleiben auf jeden Fall dran, mein Bruder hat da noch ein paar Ideen.«

»Sehr gut. Was ist mit den restlichen drei verschlüsselten Passagen in Umars Tagebuch?«

»Ich habe vorhin mit den Spezialisten in Rom gesprochen. Alle arbeiten mit Hochdruck daran und halten sich an die Erkenntnisse von Rodney, was die Entschlüsselungsmethode betrifft. Sie haben angeblich eine der Passagen bereits weitgehend dechiffriert, doch die kontrollieren sie nochmals, zur Sicherheit. Dann bekomme ich eine SMS mit dem Klartext und leite sie gleich an Sie weiter, während Joseph und ich parallel dazu Informationen für Sie zusammenstellen. Und uns weiter im Computer von Signora Giancomelli umsehen. Wir haben einige Ordner gefunden, die extra passwortgeschützt sind … Steht noch etwas auf Ihrer Liste, das wir vergessen haben?«

»Ja, da ist noch etwas. Sagt Ihnen Roberto Calvi etwas? Der Bankier Gottes?«

»Selbstverständlich kenne ich die Geschichte«, antwortete Frederic.

»Rodney erzählte mir, dass es Gerüchte gibt, die Calvi eine Postkarte in der Tasche seines Jacketts andichten. Sie zeigte angeblich eines der Selbstporträts Poussins. Zufall? Stimmt es überhaupt? Und wenn ja, war es die erste oder die zweite Version?«

»Ist notiert, wir kümmern uns drum«, versprach Frederic. »Bis später!«

»Die Jungs sind wirklich nicht schlecht«, sagte Llewellyn, als er sein Smartphone vom Ohr nahm. »Wenn Pro Deo und damit Gott sie nicht unter Vertrag hätte, dann würde ich ihnen ein Angebot machen.«

In diesem Moment trat Amber zu John und hielt ihm ein schwarzes Kästchen vor die Nase, das etwa die Größe einer Zigarettenschachtel hatte. »*Das* ist sicher kein Originalteil der DC-3.«

»Dachte ich es mir doch«, murmelte der Pilot, »gut gemacht!« Zwei Dioden in dem Hartplastikgehäuse blinkten in regelmäßigen Abständen. »Wo habt ihr es gefunden?«

»Unter dem Waschbecken, in einem kleinen Fach neben dem Abfluss«, berichtete Amber. »Der Deckel des Verschlags war nur verriegelt und das Kästchen mit Klebeband an der Innenseite gesichert.«

»Ein Peilsender!«, rief Llewellyn und nahm John das Kästchen aus der Hand. »Woher hast du gewusst, dass dir jemand ein Kuckucksei ins Nest gelegt hat?«

»Ich hab es nur vermutet. Irgendwoher wussten Gaddafi und Umar, wo unser Flugzeug stand. Ich denke, die haben den Sender bereits in Ghad in der Maschine versteckt, bevor wir das Flugzeug übernommen haben. Wer immer es war: Auf dem menschenleeren Flugplatz in der Wüste und zwischen den wilden Typen der Mechaniker-Crew fiel er nicht auf.«

»Und er brauchte keine zwei Minuten, um den Sender zu verstecken«, pflichtete Amber bei. »Das heißt, bei all unseren Flügen – Ghad-Tunis-Rom-Duxford – war der IS immer live dabei!«

»Der Peilsender kam ganz sicher nicht von der Propaganda Quattro, denn dann hätten sie ihn erst am Flughafen in Rom einbauen können«, überlegte Llewellyn. »Und zwar nach unserem Besuch bei Professor Briseno in der Universität. Aber Fiumicino ist bekannt gut bewacht, und ich nehme an, die DC-3 war abgeschlossen.«

Amber nickte zustimmend. »Und wir haben keine Aufbruchsspuren an den Türen entdecken können.«

»Also war es der IS in Ghad.« John drehte das Kästchen zwischen den Fingern. »Dann wollen wir ihm das Leben doch etwas schwerer machen … Wie lange bleibt die Ju 52 noch bei dir?«

»Ich denke, dass wir in vier Stunden damit fertig sind«, antwortete Amber. »Morgen gibt es vom Verein Amicale Jean-Baptiste Salis einen Flug für interessierte Mitglieder an die Schauplätze des Spanischen Bürgerkriegs. Sie werden eine Woche lang unterwegs sein.«

»Na denn, schönen Urlaub in Spanien!« John grinste und reichte Amber den Peilsender. »Du wirst sicher einen passenden Platz für ihn finden.«

Die SMS von Frederic kam keine fünf Minuten später: »Der Tempel in Flammen und die Anbetung der Hirten führen alles zusammen. Der dritte Kreis des Wissens. Tenet Confidentiam.«

Dann folgte eine weitere: »Bleiben Sie, wo Sie sind. Wir melden uns.«

John und Llewellyn sahen sich alarmiert an.

»Heißt im Klartext: Wir melden uns tatsächlich, oder wir schicken gleich die Fußtruppen vorbei?«, fragte der Major halblaut.

Kurzentschlossen rief John Amber zu: »Macht bitte die DC-3 fertig, wir sind hier weg, sobald wir die Startfreigabe haben!«

Llewellyn überlegte kurz, dann nickte er. »Gute Entscheidung. Wenn wir unterwegs sind, dann können wir uns immer noch überlegen, wohin wir fliegen.«

»Du wirst einen Copiloten brauchen, John Finch.« Amber stand neben der DC-3, die Hände in die Hüfte gestützt.

»Es gibt Copiloten, die kann ich mir nicht leisten«, erwiderte John und wedelte mit dem Stapel Rechnungen aus Rom. »Schon vergessen?«

»Deshalb hast du ja Kredit bei mir.«

Es klopfte laut an dem großen Hangar-Tor, und Amber schaute auf die Uhr. »Klar, volle Stunde, die Löwen sind da und wollen gefüttert werden. Ich hätte den Museumsführern nie erlauben sollen, mit ihren Gruppen hier hereinzuschauen. Spencer! Machst du bitte mal auf? Und gibt acht, dass die Absperrungen überall aufgestellt sind und niemand den Flugzeugen zu nah kommt!«

Doch die drei Männer, ganz in Schwarz, die ins Innere des Hangars drängten, nachdem Spencer das Rolltor aufgesperrt hatte, sahen weder nach Touristen noch nach wissensbegierigen Museumsbesuchern aus. Im Gegenteil. Sie hatten ihre Gesichter bis auf die Augen vollständig verhüllt und die CZ-Scorpion-Evo-Maschinenpistolen in ihren Händen waren mit Laservisierungen und Doppelmagazinen ausgestattet.

»So sieht man sich wieder, Mr. Finch«, sagte der Größte von ihnen, als er durch den Hangar auf die DC-3 zuging. »Von der Pariser Kunsthochschule ins englische Imperial War Museum. Ein wahrer Kulturmarathon ...«

Oxford Street, London/England

Niemand war ihm gefolgt, dessen war er sich sicher. Er war zwei Mal aus der U-Bahn ausgestiegen, hatte auf den nächsten Zug gewartet und die Menschen am Bahnsteig beobachtet. Und auch als er im Hotel an der Rezeption gestanden hatte, war niemand vor dem Eingang stehen geblieben und hatte abgewartet, bis er wieder auf die Straße trat.

Die rote Telefonzelle, die Reiter gemächlich ansteuerte, lag strategisch günstig an einer Straßenecke und erlaubte einen freien Blick auf die Oxford Street. Sie roch nach Staub und abgestandenen Bier. Er wählte eine Handynummer in Frankreich, stapelte die Münzen vor sich auf und wartete.

»Oui?«, meldete sich die Kulturministerin nach dem dritten Läuten.

»Können Sie reden?«, erkundigte sich Reiter.

»Ich bereite mich gerade auf die Eröffnung einer Ausstellung am Nachmittag vor. Wo sind Sie?«

Reiter ignorierte die Frage völlig. »Was haben Sie herausbekommen? Wir haben noch immer einen Deal, nehme ich an.«

»Selbstverständlich. Ist es möglich, dass Sie im vergangenen Jahr eine Reihe von Gemälden aus einem Florentiner Palazzo ... nun, sagen wir ... sichergestellt haben? Gemälde, die rechtmäßig einer bekannten jüdischen Bankiersfamilie in London gehörten, im Zweiten Weltkrieg beschlagnahmt worden waren und dann in den Wirren der Nachkriegszeit spurlos verschwanden?«

»Es *ist* möglich«, sagte Reiter nach einem kurzen Zögern.

»Nun, dann haben Sie in ein Wespennest gestochen«, fuhr Bernadetti fort. »Diese noble Familie war ganz und gar nicht glücklich darüber, dass die Kunstwerke mit einem Mal nicht mehr an der Wand ihres Salons hingen. Und nun, nach mehr als einem Jahr Recherche, haben sie sich revanchiert.«

Und mein Haus in den Bergen in die Luft gejagt«, ergänzte Reiter. »Hat Ihre Informationsquelle verraten, wer es war?«

»Sie haben ein Mitglied einer der mächtigsten italienischen Geheimlogen bestohlen. Ein Netzwerk der oberen Zehntausend in Italien, das nicht verzeiht. Details später. Wie weit sind Sie in der Sache der Briefe gekommen, und wo sind Sie?«

»In London, in der Innenstadt, und ich weiß, wo sich die Briefe befinden.«

»Es gibt sie also noch? Sie haben den Krieg überdauert?« Bernadetti verstummte ergriffen.

»Ja, doch wir haben ein ernstes Problem. Die Familie, die sie besitzt, ist auch keine normale. Ihr Haus wird bewacht, und wahrscheinlich kommen die Life Guards persönlich aus Whitehall angeritten, wenn in der Straße ein Unbekannter auch nur hustet. Viel Aufwand für ein kleines, unscheinbares Haus, wenn Sie wissen, was ich meine. Die Personenschützer sind als Bauarbeiter verkleidet, und ich frage mich, ob das Renovierungsprojekt in der Straße nicht nur ein Vorwand, eine Fassade ist.«

»Ich verstehe …«, murmelte die Kulturministerin.

»Dazu kommt, dass ich über diese Situation ganz und gar nicht glücklich bin«, fuhr Reiter fort und warf die nächsten

Münzen ein. »Diese Briefe, die in einer Schatulle gesammelt wurden, sind der Frau des Hauses von einer reizenden alten Dame in Österreich geschenkt worden. Sie gehören ihr.«

»Die Briefe gehörten ursprünglich dem französischen Staat und wurden von den Deutschen gestohlen, im Krieg an einen unbekannten Ort verbracht und nicht restituiert«, korrigierte ihn die Ministerin. »Und nun bringen Sie die Schatulle dem rechtmäßigen Besitzer wieder.«

»Falsch. Und versuchen Sie das nicht noch mal!«, erwiderte Reiter gefährlich leise. »Ich hasse es, wenn man mich für dumm verkaufen will. Die Briefe stammen aus der Sammlung Samuel Goldmann in Paris und wurden mit zahlreichen Büchern der Bibliothek in Paris gesammelt, teilweise sogar mit der damaligen Unterstützung der französischen Behörden, und anschließend nach Österreich verbracht. Wenn also jemand die Briefe zurückfordern könnte, dann könnten höchstens die Nachfahren der Goldmanns Anspruch darauf erheben, Frau Minister, und nicht der französische Staat!«

Diesmal blieb es ruhig in der Leitung.

»Wir hatten eine Abmachung«, fuhr Reiter unbeirrt fort. »Ich finde die Briefe, Sie ermitteln die Attentäter, die mein Haus in die Luft gejagt haben. Ich habe meinen Teil des Deals hiermit erfüllt. Die Briefe sind in den Händen von Margret Compton, Charlotte Road 5, im Londoner Stadtteil Barnes. Und nun möchte ich von Ihnen wissen, wer hinter dem Anschlag steckt.«

»Sagt Ihnen die Propaganda Quattro etwas?«, fragte Bernadetti leise. »Eine Vereinigung, der fast alle wichtigen Entscheidungsträger in Italien angehören oder angehört haben. Ein Staat im Staat.«

»Danke, den Rest finde ich selbst heraus«, gab Reiter kühl

zurück. »Ich hoffe, Sie haben den Namen und die Adresse in London notiert, denn dann können Sie Ihre Leute von der DGSE losschicken, wenn Sie die Briefe tatsächlich holen wollen. Ich bin nämlich raus.«

Flugfeld Duxford, Imperial War Museum, Duxford/ England

»Schade, dass Sie aus dem großen Poussin-Rätsel ausgestiegen sind, Mr. Finch«, sagte der Anführer der drei Männer in Schwarz. »Ich wäre Ihnen mit Allahs Hilfe noch gerne weiter gefolgt, auf Ihrer Reise zur Erkenntnis. Nach dem Tod Mr. McFarlanes wird das nun leider keine Option mehr sein.«

Die Gruppe hatte Ambers Mechaniker ausgeschaltet und sie in eine kleine Werkstatt gebracht, bewacht von einem der maskierten Angreifer.

Amber, Llewellyn und John knieten auf dem Hallenboden unter der DC-3, die Hände mit Handschellen auf den Rücken gefesselt.

»Wie haben Sie davon erfahren?«, wollte John wissen. »Es stand nichts darüber in den Zeitungen.«

»Oh, wissen Sie, Menschen rücken rasch mit der Wahrheit heraus, wenn sie glauben, damit ihr Leben zu retten«, erwiderte der Mann, der Englisch ohne jeden Akzent sprach. Seine dunkelbraunen Augen irrten ständig von einem zum anderen, verharrten nie an einem Punkt. »Die Unterhaltung mit den zwei Killern der P4 über die Absichten der Geheimloge war sehr aufschlussreich.«

»Bevor Sie ihnen zum Dank den Kopf abgeschnitten haben«, brummte Llewellyn.

Der Unbekannte zuckte mit den Schultern. »Wir haben

danach sogar versucht, McFarlane zu schützen, und einen unserer Männer als Milchfahrer an seinem Haus vorbeigeschickt. Der erkannte Mr. Westworth im Garten, und wir sahen somit auch keinen Grund, uns Sorgen zu machen. Da war uns noch nicht klar, wie dilettantisch Personenschutz beim englischen Geheimdienst gehandhabt wird. Rodney McFarlane war Ihr einziger Trumpf in diesem Spiel um Geld, Macht und Einfluss, Mr. Finch, und jetzt haben Sie ihn verloren und mit ihm alle Aufzeichnungen und Erkenntnisse. Niemand, der Ihnen den weiteren Weg durch den Dschungel der Fakten weist. Auf einen Schlag alles verloren, auch Ihr Leben.«

»Warum mein Leben?«, erwiderte John mit einem Seitenblick auf Llewellyn. »Ich bin gezwungenermaßen aus dem Rennen, Major Llewellyn auch, und Amber hat sowieso nie damit zu tun gehabt. Sie haben also nur mehr einen Konkurrenten und freie Bahn. Was nützt Ihnen mein Tod?«

»Halten Sie uns nicht für dumm, Mr. Finch. Sie haben sie, und wir brauchen sie – die Daten des Notizbuchs, schon vergessen?«, antwortete der Mann. »Damit unsere Spezialisten die verschlüsselten Passagen decodieren können. Sie hatten das Original, dann wurde es Major Llewellyn abgenommen. Aber da gibt es noch die Daten auf Ihrem Handy, mit denen Rodney McFarlane gearbeitet hat.« Er ging in die Knie und sah John in die Augen. »Wir kennen Sie leider viel zu gut, Mr. Finch. Wenn ich Ihnen nun die Daten abnehme und Sie leben lasse, dann werden Sie nicht ruhen, bis Sie mich gefunden haben. Weil es diesmal etwas Persönliches ist, etwas zwischen Gaddafi, Umar und Ihnen, der Loge P4 und den Kämpfern des IS. Oder Sie werden eine Möglichkeit finden, sich die Daten erneut zu besorgen, um wieder in den Wettlauf einzusteigen. Und es gibt meiner Meinung schon viel zu viele, die sich dafür interessieren. Nennen wir es also Flurbereinigung?« Damit stand er wieder auf, brachte die Scorpion in Anschlag. »Es wird rasch gehen, und Sie haben mein Wort, dass wir Sie nicht köpfen werden, wenn Sie das beruhigt ...«

Dann ging alles tatsächlich sehr schnell.

Das Geräusch eines erbosten Zischens durchschnitt die Stille. Aus dem Halbdunkel der Halle jagte ein schwarzer Pfeil und traf genau, durchschlug die Kehle des Anführers, der zuerst nur stolperte, einen Ausdruck des ungläubigen Erstaunens im Gesicht.

Im selben Moment warfen sich John, Amber und Llewellyn zur Seite und die Geschossgarbe, die der sterbende IS-Kämpfer reflexartig ausgelöst hatte, ging ins Leere.

Ein dicker Blutstrahl schoss aus der aufgerissenen Schlagader des Mannes, bevor er röchelnd zu Boden ging.

Der zweite Angreifer, der etwas weiter entfernt unter dem Cockpit der DC-3 gestanden hatte, fuhr irritiert herum, riss die Waffe hoch, sah seinen Anführer bewegungslos auf dem Boden liegen ... Die Zielpersonen allerdings auch ...

Die Wucht des nächsten Pfeiles, der ihn genau auf Höhe des Herzens traf, riss ihn fast von den Füßen. Er wurde gegen das Fahrwerk der DC-3 geschleudert, sein Kopf prallte mit voller Wucht gegen einen der Hydraulikdämpfer und er brach lautlos zusammen.

»Jack!«, rief Llewellyn, noch immer auf dem Boden liegend. »Der dritte bewacht die Mechaniker!«

»Nein, das tut er nicht mehr.« Die Stimme aus den Tiefen des Hangars gehörte zu Alex Beaulieu, der gerade sein Kampfmesser wieder einsteckte und auf die DC-3 zulief. »Um ein Haar wären wir zu spät gekommen, und das hätte ich mir nie verzeihen können. Außerdem hätte dann ein gewisser Llewellyn Thomas auf mich im Jenseits gewartet und mir die Hölle noch heißer gemacht.« Beaulieu kniete grinsend nieder und schloss die Handschellen von John, Llewellyn und Amber auf.

»Danke, Alex. Wo ist Jack?«, fragte der Major.

»Der ist noch nicht so gut zu Fuß, und der Hangar ist verdammt groß.« Beaulieu half Amber auf die Füße.

Humpelnd und leise fluchend tauchte Westworth hinter dem Fieseler Storch aus dem Halbdunkel auf, Bogen und Pfeile in der Hand.

»Jedes Mal, wenn ich aus dem Krankenhaus komme, geht es mir schlechter als zuvor«, beschwerte er sich. »Mir tut alles weh.«

»Dann möchte ich Sie nicht schießen sehen, wenn Sie gut drauf sind«, sagte John. »Das war atemberaubend.«

»Ach was, ideale Bedingungen und Standardprogramm«, wehrte Westworth das Lob ab. Dann wandte er sich zu Llewellyn. »Es tut mir leid wegen Rodney und Hannah, glaub mir.«

»Ist schon gut, das hätte niemand verhindern können«, erwiderte der Major. »Rodney hat jahrzehntelang an den sensibelsten Programmen dieses Landes mitgearbeitet und nie Personenschutz gehabt.«

»Trotzdem, ich hab's vermasselt, und es ärgert mich.« Jack schüttelte den Kopf. »Die beiden waren schwer in Ordnung.«

Beaulieu klopfte ihm auf die Schulter. »Kann jedem passieren. Wenn die Italiener nicht dein Boot versenkt hätten, dann wärst du irgendwo auf dem Kanal unterwegs gewesen und hättest nicht in Wimbledon die Rosen gegossen, vergiss das nicht.«

Nach und nach kamen Ambers geschockte Mechaniker in den Hangar zurück, scharten sich um die beiden Leichen und diskutierten halblaut.

»Wer hat euch verraten, wo wir sind?«, fragte Llewellyn.

»Der alte Fuchs Compton hat mich angerufen und nach

Duxford geschickt«, antwortete Beaulieu, »sicherheitshalber, wie er meinte. Ich denke, der Anschlag auf Rodney ging ihm an die Nieren und hatte ihn aufgerüttelt. Und Jack hielt es im Krankenhaus sowieso nicht mehr aus, also habe ich ihn auf dem Weg hierher gleich gegen Unterschrift ausgelöst und mitgenommen. Dann haben wir noch seinen Bogen und die Pfeile aus der Ruine von Rodneys Haus geholt, und als wir hier ankamen, stand ein gemieteter 7er BMW vor der Halle, unversperrt. Du kennst mich ja, Misstrauen ist mein zweiter Vorname. Bei näherer Durchsicht des Kofferraums fielen uns automatische Waffen, volle Ersatz-Magazine, ein Gebetsteppich und zwei Ausgaben des Koran in die Hände. Ab da war für mich alles klar. Den Rest kennst du.«

»Dann ruf Peter Compton an und berichte, was geschehen ist«, sagte der Major. »Er soll die richtigen Leute hierherschicken und uns einen Vorsprung von einigen Stunden herausschinden. Irgendwer muss den BMW zurückbringen, clean und makellos. Darüber hinaus totale Nachrichtensperre, alles unter den Teppich kehren, die Leichen verschwinden lassen, das übliche Programm. Amber?«

»Meine Jungs halten dicht, keine Angst, ich rede gleich mit ihnen.«

»Dann sag ihnen auch gleich, dass sie die nächsten Tage hier schlafen werden, sonst können wir für ihre Sicherheit nicht garantieren. Wenn die Tante Ju aus dem Hangar und samt Peilsender auf dem Weg nach Spanien ist, reden wir weiter.« Der Major wandte sich erneut an Beaulieu: »Alex, sag Peter, wir brauchen Personenschutz für die ARC und den Hangar hier. Mit etwas Glück gewinnen wir einen Tag Vorsprung, bevor der IS Nachforschungen anstellt und wegen seiner toten Kämpfer auf Kriegspfad ist. Dann sollten wir schon weit weg sein, und zwar unerkannt und ohne lästigen Sender …«

Das laute Läuten des Smartphones unterbrach Llewellyn. John holte das Telefon heraus, stellte die sichere Verbindung her und nahm das Gespräch an.

»Mr. Finch? Hier spricht Frederic. Wir haben jede Menge Informationen für Sie, sowohl aus Rom als auch von meinem Bruder. Können Sie sich ein paar Notizen machen?«

»Ich bin froh, dass ich überhaupt noch atme, da sollten sich einige Notizen machen lassen«, sagte John und berichtete dem jungen Geistlichen von dem nur knapp missglückten Anschlag des IS. »Ein paar Sekunden länger, und es wäre nicht mehr um den Glauben, sondern um das Wissen gegangen ...«

»Ich dachte nicht, dass englische Museen ein so gefährliches Pflaster sind«, sagte Frederic überrascht. »Vielleicht sollten wir die Cäsarea-Gruppe des Pro Deo etwas näher aufschließen lassen.«

»Darüber unterhalten wir uns noch. Major Llewellyn übergibt solche Aufgaben ungern an Fremde. Er gewöhnt sich am liebsten an Leute, die er schon kennt.«

»Verständlich, und wie man sieht, zu Recht. Der IS wird ganz und gar nicht erfreut sein vom Misserfolg seiner Operation in Duxford. Von jetzt an müssen Sie auf der Hut sein.«

»Deswegen – legen Sie los, Frederic, ich möchte hier nicht länger bleiben als unbedingt nötig.« John bat Amber mit einigen Gesten um ein Blatt Papier und einen Stift.

»›Der Tempel in Flammen und die Anbetung der Hirten führen alles zusammen. Der dritte Kreis des Wissens. Tenet Confidentiam.‹ So weit der Wortlaut der nächsten verschlüsselten Passage in Umars Notizbuch, aber das wissen Sie ja bereits«, sagte Frederic. »Nehmen wir uns deshalb das entsprechende Bild Poussins vor, die ›Zerstörung des Tempels in Jerusalem‹ aus dem Jahr 1626. Hier finden sich erneut die Zahl 23 –

das Dach des Tempels bildet einen Winkel von 23 Grad – wie auch die Zahl 6 – in Form einer Linie, die man von der Lanzenspitze rechts zu einer Hand am linken Bildrand quer durch das ganze Gemälde ziehen kann und die dann einen Winkel von 6 Grad zur Horizontalen bildet. Damit sind die beiden Hinweise der Selbstporträts auch in diesem Gemälde miteinbezogen. Dazu kommt, dass sich – wie in den ›Hirten von Arkadien‹ – ein beherrschendes Pentagramm abzeichnet, das Poussin ganz gezielt vorgegeben hat. Das Bild selbst stellt die Einnahme des Tempels von Jerusalem durch Titus dar, der dem Gemetzel und der Brandstiftung Einhalt gebieten will, seine Truppen jedoch nicht mehr in der Hand hat und zusehen muss, wie der Tempel geplündert und zerstört wird. Ein Tempel übrigens, der auf dem Bild Poussins dem Pantheon in Rom zum Verwechseln ähnlich sieht …«

»Sie meinen das Pantheon in der Stadtmitte der Ewigen Stadt?«, fragte John.

»Genau jenes Pantheon. Eine Kirche übrigens, geweiht der Heiligen Maria, der Mutter von Jesus, die oft ›Unsere Liebe Frau‹ oder bei den Franzosen ›Notre Dame‹ genannt wird.«

»Dieser Poussin fasziniert mich immer mehr ...«

»Zurück zum Bild.« Frederic klang, als stehe er unter Strom. »›Et in arcadia ego‹ – Tod und Gemetzel auch an diesem heiligsten Platz der Juden und Christen. Nun zur Symbolik: Im Mittelpunkt des Pentagramms steht die Menora, der siebenarmige Leuchter, der gemeinsam mit anderen goldenen Gegenständen aus dem Tempel getragen wird. Es handelt sich also um den ehemaligen Tempel des Königs Salomon auf dem Tempelberg.«

»Der Tempel Salomons ...«, murmelte John nachdenklich. »Hat Rodney nicht gesagt, Notre Dame sei ein Ebenbild des Tempels Gottes auf Erden mit den Abmessungen des salomonischen Tempels?«

»Völlig richtig, und deshalb passt alles nahtlos zu den bisherigen Hinweisen. Und nicht nur das. Nun glauben wir endlich zu wissen, worum es bei dem Geheimnis Poussins geht. Wie Flavius Josephus berichtet, brachte Titus den Schatz mit nach Rom und ließ ihn in einem Triumphzug vorführen. Noch heute findet sich ein Abbild der Menora auf dem Triumphbogen in Rom. Der Tempelschatz selbst blieb bis ins fünfte Jahrhundert in Rom, bevor 410 die Westgoten einen großen Teil davon raubten und 455 die Vandalen die Reste mitnahmen. Einzelne Stücke des Schatzes werden noch bis in das achte Jahrhundert hinein erwähnt, dann verliert sich ihre Spur endgültig. Und schließlich, im zwölften Jahrhundert – wir befinden uns in der Zeit der Kreuzzüge –, kommen neun Ritter nach Jerusalem, die neun Jahre lang am Tempelberg Grabungen durchführen und ihren Orden nach dem heiligen Ort selbst nennen, an dem sie ihr Quartier aufgeschlagen haben: die ›Arme Ritterschaft Christi und des salomonischen Tempels zu Jerusalem‹ …«

»Die Templer!«

»Ganz genau. Jener Ritterorden, dem Balduin, der damalige König von Jerusalem, einen Flügel seines Palastes als Quartier anbot. Jenes Palastes, der auf den Grundmauern des salomonischen Tempels gebaut worden war«, vollendete Frederic aufgeregt.

»Es passt tatsächlich alles perfekt zusammen.«

»Unsere Fachleute in Rom sind sich daher ziemlich einig, dass es bei dem Geheimnis Poussins im weitesten Sinne um den Tempelschatz, den Orden der Templer oder dessen Vermächtnis gehen muss. So weit, so gut und so aufregend, aber es geht noch weiter. Umar erwähnt noch ein Bild Poussins, nämlich die ›Anbetung der Hirten‹, gemalt vier Jahre nach der ›Zerstörung des Tempels‹. Wenn man genau hinsieht, dann fällt einem sofort ein frappierendes Detail auf: der kniende, betende Hirte vor dem Jesuskind ist derselbe wie der kniende Hirte auf dem Gemälde ›Die Hirten von Arkadien‹, dessen Finger auf das Wort ›arcadia‹ zeigt. Gar kein Irrtum möglich.«

»Moment, ich mache das Werksverzeichnis auf dem Tablet-PC auf!«

John fuhr das Betriebssystem hoch und fand nach kurzer Suche das Gemälde Poussins. Die Heilige Familie hatte Unterschlupf in einem ehemaligen Tempel gefunden, dessen zwei beschädigte Säulen den Hintergrund des Bildes beherrschten. Im Vordergrund beteten zwei Hirten und eine Frau das Neugeborene an.

»Tatsächlich!«, rief John überrascht. »Es ist derselbe Hirte!«

»Das ist die direkte Verbindung zu den ›Hirten von Arkadien‹, er könnte eindeutiger nicht sein. Sehen Sie den Stein zu Füßen des Jesuskindes? Da hat Poussin das Bild signiert: ›N. Poussin fe.‹ Übrigens das Codewort für Umars nächste codierte Passage, wie wir schnell herausgefunden haben. Kein Wunder, dass Rodney an der Entzifferung scheiterte.«

»Sie haben auch schon die nächste Passage entschlüsselt?«

»Wir wollen Sie doch ganz vorne im Spiel halten, Mr. Finch«, gab Frederic glucksend zurück. »Und wer möchte schon gerne von Kardinal Sanseverino zur Exkommunikation vorgeschlagen werden? Doch zurück zum Bild. Betrachten Sie den Hintergrund, die Figurengruppe auf der Wiese, leicht zu erkennen, wenn man zwischen den beiden Säulen hindurchsieht. Sie alle wenden ihr Gesicht zum Himmel, einer hat die Hände flehend erhoben, die anderen machen abwehrende Bewegungen, einer zieht sogar ein großes Tuch zum Schutz über seinen Kopf. Nun lassen die dunklen Wolken auf dem Bild zwar den Schluss zu, dass ein Gewitter aufzieht, aber das sieht nicht so bedrohlich aus. Da ist viel blauer Himmel rundherum. Wer oder was macht den Personen im Hintergrund also solche Angst, während im Vordergrund die Hirten friedlich das Jesuskind anbeten und glücklich lächelnde Putten Blumen streuen? Poussin hat die Szene am Tag dargestellt. War der Komet trotz des Tageslichtes so groß und beeindruckend, dass die Menschen glaubten, ihr Ende sei gekommen? Diese Menschengruppe, die Poussin malte und im Hintergrund außerhalb des verfallenen Tempels verewigte, hatte unglaubliche Angst, trotz der Geburt des Jesuskindes.«

»Vielleicht ein Warnung vor drohenden Gefahren, die den Suchenden erwarten, wenn er sich nicht unter den Schutz von Mutter Kirche begibt?«, mutmaßte John. »Wir sind also im dritten Kreis des Wissens angekommen. Es geht um Salomon, seinen Tempel, die Ritter, die unter ihm gruben und forschten, um einen Schatz. Das ist aber noch immer ziemlich weit gefasst, finden Sie nicht?«

»Poussin hat nur in wenigen seiner Bilder zwei Säulen so charakteristisch positioniert wie hier. Wenn er dieses Motiv verwendete, dann stets im Zusammenhang mit Maria, also ›Notre Dame‹. Und ein weiteres Mal auf seinem Bild ›Urteil des Salomon‹. Wir sind also schon ziemlich sicher, was unsere Einschätzung betrifft. Und schließlich gibt es noch ein sehr interessantes Detail, das mein Bruder gefunden hat. Die erste Templer-Zentralkirche, in London 1135 in Form einer Rotunde erbaut, war Maria geweiht und hatte sechs Stützen oder Säulen im Zentrum. Dasselbe gilt für die alte Templerkirche in Paris.«

»Die nächste eindeutige Querverbindung. Und woher kommt das ›Tenet Confidentiam‹?«

»Das war das Motto Poussins, sein Wahlspruch, den man am besten mit ›Er hält vertraulich‹ übersetzen könnte«, erklärte der junge Geistliche. »Wenn Sie so wollen: Er kennt das Geheimnis, aber er verrät es nicht.«

»Dann werden wir endgültige Klarheit wohl nicht aus den Gemälden Poussins erlangen können. Subtile Hinweise ja, Andeutungen und geschickt versteckte Anhaltspunkte für den, der zu lesen versteht, aber keine direkten Wegweiser zu dem Ort, wo tatsächlich etwas versteckt sein könnte. Der vorsichtige Poussin wusste von einem historischen Schatz, von dessen Existenz und Ursprung, und Ludwig XIV. wollte wohl deshalb die wichtigsten Gemälde in seinen Gemächern hängen haben, um sie vor aller Welt zu verstecken. Aber es nützte ihm nichts, der König fand den Schatz ebenfalls nicht. Und selbst Umar war nach dem dritten Kreis des Wissens noch nicht annähernd so weit, um auf die Suche danach gehen zu können.

Wahrscheinlich waren die beiden lateinischen Worte auch Ausdruck seines Frusts.«

»Aufgrund des Wortlauts seiner nächsten verschlüsselten Passage muss Umar danach einen weiteren Hinweis gefunden haben. An genau dem Punkt, an dem wir nun auch sind, muss ihm auch klar geworden sein, dass der Schatz Poussins zwar sehr reell war, mit den Templern und Salomon zusammenhing, er aber über die Auswertung der Bilder Poussins allein niemals ans Ziel kommen würde. Vielleicht erhoffte er sich den entscheidenden Hinweis von Professeur de Montfoucault? Wer weiß.«

»Dann hoffte er vergebens. Montfoucault stand mit beiden Beinen auf dem Boden der Tatsachen und hätte bei der Erwähnung eines Schatzes, zu dem Poussin in seinen Bildern den Weg codiert hätte, nur laut gelacht. Symbolik ja, Schatzkarte nein.«

»Und doch glauben Menschen sehr fest daran«, erwiderte Frederic, »so fest, dass sie eine Blutspur ziehen, von Rom nach Paris und London, und alles dafür tun, um als Erste am Ziel zu sein. Das haben Sie gerade erlebt … und glücklicherweise überlebt.«

Charlotte Road, Barnes, Südwest-London/England

Das Taxi, das Alexander Reiter auf dem kleinen Parkplatz des Barnes Squash Club aussteigen ließ, erregte keinerlei Aufmerksamkeit. Nun, am frühen Nachmittag, herrschte hier reges Kommen und Gehen. Der durchtrainierte, blonde, groß gewachsene Reiter, der seine Sporttasche aus dem Kofferraum des Taxis holte, dann mit der flachen Hand zwei Mal auf das Metall des Kofferraumdeckels klopfte und sich zum Gehen wandte, fiel hier nicht auf. Trotzdem zog er seine Basecap tiefer ins Gesicht, ging entlang der Squash-Hallen und der Themse die Lonsdale Road stromaufwärts, bis er die ersten Einfamilienhäuser erreichte.

Auf der anderen Seite der Straße erblickte er, wonach er gesucht hatte: eine leicht verwilderte Grünanlage mit Kieswegen und Bänken, die sich entlang des Ufers der Themse erstreckte. Sie war menschenleer, nicht einmal Kinder spielten auf den Rasenflächen.

Die Lonsdale Road verlief parallel zur Charlotte Road, die Grundstücke beider Straßen grenzten aneinander. Reiter schätzte kurz ab, wo sich das Haus mit der Nummer 5 befinden musste, dann überquerte er die Straße und machte es sich auf einer der breiten Holzbänke bequem. Er holte seine Fernsteuerung aus der Sporttasche, setzte die speziell konstruierte 3D-Brille auf, die einer Ray-Ban-Sonnenbrille zum Verwechseln ähnlich sah, und aktivierte alle Systeme. Dann zog er eine

Mini-Drohne aus der Tasche, schaltete sie ein und kontrollierte die Kamera.

Das in die Brille eingespiegelte Bild war scharf und klar.

»Flieg, Maikäfer, flieg …«, sang er leise, warf die Drohne hoch und steuerte sie über den nächsten Baum, quer über die Straße und weiter über das erste Hausdach.

Es war windstill, und ein grauer Wolkenschleier bedeckte den Himmel über London.

Ideales Flugwetter, dachte Reiter, und die richtige Tageszeit, um Mr. Compton ein wenig auf die Finger zu schauen.

Als die Drohne über die Häuserzeile der Lonsdale Road hinwegflog, lagen die Gärten unter ihr, und Reiter war überrascht, wie ungepflegt sie waren. Nur zwei Grundstücke stachen heraus: das Haus Charlotte Road Nummer 5 und sein Pendant in der Lonsdale Road.

Als würden die Gärten von ein und demselben Gärtner gepflegt werden …

Reiter flog die Drohne weiter, hinunter in Richtung des frisch gemähten Rasens und der sorgfältig getrimmten Hecken, in deren Mitte sich eine Gartentür befand, eine Art Verbindungstür von einem Grundstück zum anderen.

Grün gestrichen, niedrig, ohne Schloss.

»Interessant, sehr interessant«, murmelte Reiter, ließ die Drohne wieder höher steigen und flog einen schmalen Weg entlang, der an Blumenrabatten und Büschen entlang zur Terrasse der Comptons führte.

In einem der bequemen Sessel der ausladenden Sitzgarnitur saß ein Mann um die siebzig. Er studierte die »London Times«, hatte einen Digestif vor sich stehen und zog ab und zu an einer Zigarre. Der Kleidungsstil des Mannes war konservativ-elegant: Er trug einen zweireihigen Blazer und eine graue Hose, dazu das passende Stecktuch.

»Mr. Compton, schön Sie kennenzulernen!« Reiter lächelte und flog näher.

Der Mann im Sessel runzelte die Stirn, während er missmutig eine Seite der Tageszeitung umblätterte.

Reiter drückte einen Knopf an der Fernsteuerung und schoss ein Foto. Dann flog er die Mini-Drohne wieder etwas weiter zurück in Richtung Garten, ließ sie höher steigen und über das Haus der Comptons in Richtung Charlotte Road schweben.

Fleckige dunkelrote Dachziegel, Dachrinne mit toter Taube, dann der Blick auf die schmale Straße. Drei schwarze Wagen parkten in Sichtweite des Hauses Nummer 5.

Die waren am Morgen noch nicht da, dachte Reiter und flog näher.

Alle Wagen waren besetzt.

»Was ist los?«, flüsterte er erstaunt. »Schliddert England in die Krise, hat jemand den Comptons den Krieg erklärt, oder ist die Terrorwarnstufe auf Rot gesetzt worden?«

Rasch steuerte er die Drohne wieder zurück über den Dachfirst in den Garten der Comptons und überlegte. Hatte ihn am Morgen trotz aller Vorsichtsmaßnahmen jemand erkannt? Galt der verstärkte Personenschutz ihm?

Eine Stunde später schlenderte er die Charlotte Road hinauf, seine Sporttasche in der Hand und ein selbstsicheres Grinsen auf seinem Gesicht. Alexander Reiter wusste nur zu genau, was gleich passieren würde.

Er spürte, als er dem Haus Nummer 5 näher kam, dass alle Blicke der Leibwächter in den schwarzen Limousinen auf ihm ruhten. Die Unruhe in den Wagen stieg sichtlich, als er stehen blieb, sich suchend umblickte. Er konnte es sich nicht verkneifen, die Personenschützer eindringlich zu mustern. Er runzelte die Stirn, dann wandte er sich kopfschüttelnd um und ging weiter.

Unvermittelt bog er scharf links ab, joggte los und stand auch schon vor der Tür der Comptons. Als hinter ihm die ersten Autotüren klappten, drückte er den Klingelknopf.

»Hey! Sie da! Was …?«

In seinem Rücken wurden erstaunte Stimmen laut, doch Reiter drehte sich nicht um.

In diesem Augenblick schwang die Tür auf und eine untersetzte, grauhaarige Dame stand lächelnd vor ihm. »Mr. Reiter? Wie schön, dass Sie es doch noch geschafft haben«, begrüßte sie ihn. »Mein Mann erwartet Sie bereits.« Mit diesen Worten zog sie ihn kurzerhand ins Haus und schloss die Tür vor den Nasen der verdutzten Sicherheitsleute.

»Madam! Bitte! Verzeihen Sie, aber Sie können doch nicht …!«, war das Letzte, was Reiter von draußen hörte.

»Theresa meint es ja nur gut mit uns, aber zuweilen übertreibt sie es mit ihrer Fürsorge doch ein wenig«, erklärte Margret Compton etwas indigniert und wischte sich ihre Hände an der geblümten Küchenschürze ab. »Manchmal komme ich mir in meinem eigenen Haus vor wie im Belagerungszustand.«

»Die Innenministerin ist sicher nur besorgt um Ihre Sicherheit«, erwiderte Reiter. »Die Zeiten sind gefährlich, wenn schon französische Kulturministerinnen am helllichten Tag entführt werden … «

»… und wenige Stunden später sicher wieder an ihren Arbeitsplatz zurückkehren, wenn ich richtig informiert bin«, setzte Margret den Satz fort und zwinkerte ihrem Besucher zu. »Gehen Sie einfach geradeaus weiter, Mr. Reiter, mein Mann sitzt im Garten.«

»Ich sollte vielleicht vorher noch ganz herzliche Grüße von einer Ihrer Freundinnen ausrichten, ehe Ihr Mann mich ganz und gar mit Beschlag belegt«, sagte Reiter. »Gerda Cummings, aus Baden bei Wien.«

»Ach, Gerda ... Danke, ja, das ist sehr freundlich von Ihnen.« Margret nickte und war schon wieder auf dem Weg in die Küche. »Ich hoffe, Sie mögen Apfelkuchen, der ist mir heute besonders gut gelungen.«

Alexander Reiter trat in den Salon, blickte sich suchend um und ging dann durch die offen stehende Tür hinaus auf die Terrasse.

Da stand, an den großen Tisch gelehnt, Peter Compton, ein Glas Portwein in der Hand, und sah seinem Besucher neugierig entgegen. »Sie sind also Rebus«, sagte er und streckte Reiter die Hand entgegen. »Wie schön, dass Sie selbst den Weg zu mir gefunden haben. Ihr Anruf hat mich ein wenig ... nun sagen wir ... überrascht.«

»Dann nehme ich das als Kompliment, weil ich dachte, es kann Sie nichts mehr überraschen, Mr. Compton«, antwortete Reiter. »Haben Sie dieses Wort nicht bereits vor Jahrzehnten aus Ihrem Wortschatz gestrichen? Das behaupten jedenfalls viele Ihrer Weggefährten und werden dementsprechend oft im Internet zitiert.«

Compton winkte ab. »Würde ich alles glauben, was im Internet über mich behauptet wird, dann wäre ich entweder bereits vor Jahren gestorben, würde auf einer einsamen Insel nahe Neuseeland leben oder hätte vor Kurzem die Leitung des göttlichen Geheimdienstes auf Erden übernommen. Dabei liegt die in den Händen eines sehr fähigen Mannes, glauben Sie mir. Nein, nichts davon ist wahr, das kann ich Ihnen versichern. Was soll es zu trinken sein? Ein Portwein oder Gin? Oder möchten Sie lieber etwas anderes?«

»Sehr gerne nehme ich den Port«, sagte Reiter und wies auf die Flasche Sandeman 40 Years Old Tawny. »Wer würde da schon Nein sagen?«

Peter Compton nickte zufrieden. »Sehr gut! Setzen Sie sich zu mir, Mr. Reiter, wir haben viel zu besprechen. Ich habe einen meiner besten Mitarbeiter losgeschickt, um Sie zu finden, nach Ihrem Abenteuer mit Aurélie Bernadetti. Schön, dass Sie ihm die Arbeit erspart haben und selbst zu mir gekommen sind.«

»Nun, Mr. Compton, ehrlich gesagt bin ich eigentlich nicht wegen Ihnen hier ...«, erwiderte Reiter und nippte am Portwein.

Compton zog die Augenbrauen hoch und sah seinen Gast fragend an.

»Ihre Frau hat etwas, das die französische Kulturministerin ebenfalls gerne hätte. Eine alte Schatulle mit Briefen aus dem Besitz von Gerda Cummings.«

Der ehemalige Geheimdienstchef runzelte die Stirn. »Sie meinen ...« Er verstummte und trommelte mit den Fingern auf die Tischplatte. »Bernadetti hat Sie damit beauftragt, diese Briefe zu finden?«

»Genauer gesagt, lautete ihr Auftrag, die Spur der Briefe zu verfolgen, auszukundschaften, ob sie noch existieren, ihren aktuellen Besitzer zu finden und sie dann ... sicherzustellen.« Reiter sah Compton über den Rand seines Glases hinweg an.

»Dazu haben Sie nur drei Tage benötigt? Denn ich darf annehmen, dass Bernadetti Ihnen den Auftrag erteilt hat, als Sie mit ihr in Paris ... Motorrad gefahren sind, oder? Kompliment, das ist hervorragend«, stellte Compton sichtlich beeindruckt fest. »Ein ausgezeichneter Ruf eilt Ihnen voraus, und das zu Recht.«

»In meinem Arbeitsfeld hätte ich am liebsten keinen Ruf,

keinen Namen und keinen Schatten«, erwiderte Reiter nachdenklich. »Ich habe stets ein paar eiserne Regeln befolgt, zu meiner Sicherheit und im Interesse der Anonymität. Regeln, die ich gerade im Begriff bin, zu brechen.«

Leises Klirren von Geschirr erklang aus dem Salon, und Peter Compton hielt Reiter sein Glas hin.

»Darauf trinken wir, Rebus. Sie werden es nicht bereuen, von Ihren Regeln abgewichen zu sein, vertrauen Sie mir. Aber dazu später. Die Geräusche aus der Küche deuten darauf hin, dass der Kuchen nicht mehr lange auf sich warten lassen wird. Das, müssen Sie wissen, ist eine der eisernen Regeln für Gäste in *diesem* Haus. Und die wird *niemals* gebrochen, dafür sorgt meine Frau Margret. Danach reden wir.«

Über dem Ärmelkanal, Flug nach Wien/Österreich

Das schmale Band des Ärmelkanals glänzte unter der DC-3 im Licht der Nachmittagssonne, Schiffe zogen im glitzernd blauen Wasser weiße Schleppen hinter sich her. Die beiden Sternmotoren brummten beruhigend und gleichmäßig.

»Jetzt ist mir schon viel wohler.« Amber seufzte und musterte zufrieden die Anzeigen im Cockpit. »Wenn meine Jungs den Schraubenschlüssel aus der Hand legen und grünes Licht geben, dann kann ich mich auf sie verlassen und auf das Flugzeug ebenfalls.«

»Die alte Dame ist noch immer inkontinent«, sagte John lakonisch. »Das konnten ihr deine Jungs auch nicht austreiben.«

»Du weißt genau, dass das eine Krankheit aller DC-3 ist, ein Geburtsfehler sozusagen, den auch wir nicht beseitigen können. Also beschwer dich nicht.«

John saß auf dem Pilotensitz und öffnete das Cockpitfenster wie bei einem Auto. »Das ist bei der DC-3 kein Problem«, erklärte er dem überraschten Llewellyn, der in der Tür des Cockpits lehnte und beiden Piloten über die Schulter blickte. »Die Nase der alten Dame ist so geformt, dass sich der Luftstrom schon vor den Seitenscheiben des Cockpits ablöst. So kannst du den Cruising-Stil auch beim Fliegen beibehalten – Fenster auf und Ellenbogen raus. Hält die Luft im Cockpit frisch und sieht auch noch locker aus.«

»Wie viele von den alten Dingern fliegen heute noch?«, wollte der Major wissen.

»Das weiß niemand so recht.«

John leitete eine sanfte Linkskurve ein, während sich Amber bei der französischen Luftsicherung anmeldete.

»In Europa sind noch etwa fünfundzwanzig Stück offiziell zugelassen, auf der ganzen Welt werden es um die fünfhundert bis tausend Maschinen sein. Das Konzept der Douglas DC-3 ist alt, aber gut. Die Vögel sind zuverlässig und unverwüstlich.«

»Wolltest du deshalb unbedingt wieder eine haben, nachdem deine Albatross in Brasilien das Zeitliche gesegnet hat?«, erkundigte sich Llewellyn.

»Ich hab vor zwanzig Jahren zum letzten Mal eine geflogen, die ich dem Besitzer abkaufen wollte, aber der wollte sich damals um keinen Preis von der alten Dame trennen. Der Prototyp der DC-3 flog vor fast fünfundsiebzig Jahren. Damals wollte American Airlines eine Maschine mit bequemen Liegen haben, damit die Passagiere auf Nachtflügen schlafen konnten. Der fliegende Schlafwagen erwies sich aber als wenig profitabel. Also rüstete man die DC-3 mit fünfundzwanzig bis fünfunddreißig Sitzen aus und hatte einen Verkaufsschlager. In siebzehn Jahren Produktion verließen fast sechzehntausend Maschinen die Hallen von Douglas. Unser Exemplar hier ist Baujahr 1942 …«

»… und dafür ziemlich gut erhalten«, fügte Amber hinzu.

»Das ist das höchste Lob, das du von ihr jemals zum Thema Flugzeug hören wirst!« John grinste. »Von 1941 an musste die DC-3 in den Krieg ziehen, transportierte Soldaten, Waffen, Versorgungsgüter, Flüchtlinge auf allen Kontinenten, setzte Fallschirmjäger ab und schleppte Lastensegler. Die britische RAF gab ihr den Spitznamen, den sie heute noch trägt: Dakota.

Ohne sie hätte es die Berliner Luftbrücke nicht gegeben, da wurden sie als ›Rosinenbomber‹ bekannt. Auch das erste Flugzeug, das im Oktober 1956 am Südpol landete, war eine Douglas DC-3. Du fliegst also in einem Stück Geschichte.«

Llewellyn klopfte mit der Hand anerkennend auf die massiven Sitze für Pilot und Copilot. »Das ist kein neumodisches Plastik, sondern aus dem Vollen gefräst und unverwüstlich.«

»Du sagst es, das fällt unter die Kategorie ›Heavy Metal‹! Rund zehn Tonnen schwer, eine halbe Million Nieten, sechsundvierzig Quadratmeter Flügelfläche. Und die Steuerung ist rein mechanisch, was zwar ein wenig anstrengend ist auf Dauer, aber dafür kann keine Hydraulik ausfallen.«

»Reisehöhe siebentausendsechshundert Fuß«, meldete Amber. »Wir erreichen die französische Küste in fünf Minuten und fliegen über Lille, Metz, Straßburg und dann die Alpen entlang bis nach Wien.«

»Reisetempo Marke gemütlich?«, fragte Llewellyn und sah auf die Uhr.

»Für heutige Verhältnisse auf jeden Fall«, antwortete Amber. »Zwei Motoren mit vierzehn Zylindern und insgesamt zweitausendsiebenhundert PS bringen keine Formel-1-Beschleunigung. Bei Tempo dreihundert fühlt sich die alte Dame wohl, schlürft dreihundert Liter pro Stunde aus den Tanks, und das ist keineswegs zu viel. Weil man in den Dreißigerjahren noch nicht über die technischen Möglichkeiten verfügte, um die Belastbarkeit eines neuen Flugzeuges zu testen, hat man sie einfach so robust und stark wie möglich gebaut. Fast wie ein Panzer, daher kommt auch das hohe Gewicht. Die alte Dame ist drei- bis viermal kräftiger gebaut als notwendig, aber gerade das macht sie fast unverwüstlich. Und sie hat deshalb heute noch jede Menge Fans unter den Flugbegeisterten.«

»Nach dem Motto: Eine DC-3 ist nur durch eine DC-3 zu ersetzen«, ergänzte John. »Außerdem sind sie mit vernünftigem Aufwand in der Luft zu halten. So um die siebenhundert Dollar pro Betriebsstunde sind die Norm. Du wirst wenige Flugzeuge dieser Größe finden, die sich so günstig fliegen und so preisgünstig unterhalten lassen.«

»Da kosten gute Copilotinnen mehr«, stichelte Llewellyn.

»Erinnere mich nicht daran.« John verdrehte die Augen und schnallte sich dann los. »Kann ich dich kurz alleine lassen mit unserer alten Lady?«, fragte er Amber. »Oder kostet mich das wieder einen Einkaufsbummel durch die Wiener Kärntnerstraße?«

Ambers hochgestreckter Mittelfinger war eine klare Ansage und Antwort genug.

Nachdem John und Llewellyn es sich in der dritten Reihe bequem gemacht hatten, segelte Sparrow durch den Passagierraum und landete elegant auf der Lehne neben dem Piloten.

Alex Beaulieu und Jack Westworth saßen in den hinteren Reihen und blickten gebannt auf die weißen Felsen von Dover, die im Westen verblassten.

»Erdnuss!«, krächzte Sparrow und sah John auffordernd an.

»Was tut man nicht alles für die Passagiere!« Der Pilot seufzte, holte eine volle Tüte Erdnüsse aus der Tasche seiner Fliegerjacke und fütterte Sparrow. »Dieser gefräßige Papagei verbringt mehr Zeit in Flugzeugen als auf dem Boden.«

»Das hat er mit seinem Besitzer gemeinsam«, erwiderte der Major. »Doch zurück zu unseren französischen Genies der Geistlichkeit. Dieser Frederic und sein Bruder beeindrucken mich wirklich. Man fragt sich ernsthaft, wen Kardinal Sanseverino bei Bedarf sonst noch so aus dem Ärmel schütteln kann. Zauberer und Wahrsager, Heilige und Wunderheiler, Prediger und Gesundbeter, allwissende Archivare und, wenn notwendig, den Segen des Heiligen Vaters?«

»Ich frage mich vielmehr, warum sie uns unterstützen«, gab John nachdenklich zurück. »Natürlich gehört der IS nicht zum direkten Freundeskreis des Vatikans, und die Loge P4 als kriminelle Vereinigung ist ein angestammter Feind, aber: Ist Pro Deo so ganz und gar uneigennützig?«

»Geheimdienste gehen Allianzen ein, das war schon immer so«, erinnerte ihn Llewellyn. »Der vatikanische Geheimdienst macht da keine Ausnahme. Sanseverino möchte im Dunklen agieren, den Finger am Puls der Zeit haben und ihn sich dabei nicht schmutzig machen. Schlechte Presse kann sich die Kirche nicht leisten, dazu ist in den letzten Jahren zu viel passiert. Prassende Bischöfe, versteckte Budgets, Homosexualität innerhalb der Kurie in Rom, Missbrauch an allen Ecken und Enden, Kirchenaustritte in den Zehntausenden. Was kann Sanseverino also gelegener kommen als eine Zusammenarbeit mit Peter Compton, der bereits zwei Mann an der Front im Einsatz hat? Er wird uns beobachten, seine Schlüsse ziehen, bei Bedarf seine Cäsarea-Truppe eingreifen lassen, um danach zu behaupten, es habe sie niemals gegeben. Und uns? Uns kenne er schon gar nicht.«

»Mir wäre wohler, wenn ich wüsste, auf wessen Seite Sanseverino wirklich steht.«

»Auf seiner eigenen natürlich«, gab Llewellyn prompt zurück. »Hast du dich schon mal gefragt, woher er das Notizbuch hat? Ich meine, das Original?«

»Wenn er es nicht gestohlen hat, dann hat es ihm wohl die P4 in die Hand gedrückt«, überlegte John. »Was uns zu der Frage führt: Warum?«

»Eine Hand wäscht die andere, und beide bleiben schmutzig.« Der Major sah ganz und gar nicht glücklich aus. »Was hat

Sanseverino in diesem Fall der Geheimloge versprochen? Hält er diese Signora Giancomelli ebenfalls auf dem Laufenden, versorgt sie mit den decodierten Einträgen aus Umars Notizbuch, setzt damit auf zwei Pferde und wartet ab, welches als Erstes durchs Ziel geht? Dass der IS nicht einen Freund im katholischen Lager hat, daran zweifle ich nicht eine Sekunde. Aber der Vatikan und die P4? Nicht so unwahrscheinlich. Gab es da nicht schon einmal eine Allianz, die eigentlich rückblickend gesehen nicht so schlecht funktioniert hat? Damals, als es darum ging, diesen unglücklichen Calvi zu beseitigen?«

»Was schlägst du also vor?«, wollte John wissen. »Sollen wir aufgeben und das Geheimnis Poussins einfach vergessen? Nach dem Tod Rodneys kommen wir *ohne* Sanseverino und seine Spezialisten in Paris und Rom keinen Meter weit. *Mit* ihnen sind wir unter Umständen verraten und verkauft.«

»Das ist es ja, was mich ärgert, und ich kann nicht verstehen, warum Compton bei dem Spiel mitmacht«, sagte Llewellyn. »Der alte Fuchs muss seine ganz eigene Strategie haben, die wir wieder einmal nicht kennen. Wie lautet die vorletzte verschlüsselte Eintragung in Umars Notizbuch genau?«

John zog ein Blatt Papier aus seiner Brusttasche und las vor: »›M. d. ND. Gestohlene Centurien, alles Schwindel. Les Chambons, Notre-Dame de Sénanque, Salon. Franz Breitenstaetter, Wien.‹«

»Was sagten Frederic und sein Bruder dazu?«, erkundigte sich der Major.

»Die waren in ihrem Element. ›M. d. ND.‹ steht angeblich für Michel de Nostredame, besser bekannt unter dem Namen Nostradamus. Er lebte im sechzehnten Jahrhundert, war eigentlich Apotheker und wurde durch genau jene ›Centurien‹ bekannt, die in Umars Notizbuch als Schwindel bezeichnet werden. Nebulöse Voraussagen, die sich auf einen Zeitabschnitt von dreitausend Jahren beziehen, auf alles und nichts passen und so abgefasst sind, dass keiner sie richtig versteht und man alles hineininterpretieren kann. An dem Begriff ›gestohlene Centurien‹ arbeiten die Brüder noch. ›Les Chambons‹ ist damit auch klar, es war ein Zisterzienser-Kloster in Südfrankreich und unterstand der Abtei ›Notre-Dame de Sénanque‹. ›Salon‹-de-Provence schließlich war der Wohnort von Nostradamus.«

»Was macht plötzlich dieser Nostradamus in der ganzen Geschichte?«, wollte Llewellyn wissen. »Oder haben wir etwas übersehen? Wollte uns Umar mit den beiden Worten ›Notre Dame‹ auf der Fotografie der ›Hirten von Arkadien‹ schon einen Hinweis auf ihn geben?«

»Das wird dir niemand mehr beantworten können, nachdem Umar tot ist und wir nicht wissen, wann genau er die Zeile auf das Foto geschrieben hat. Ich frage mich, warum Umar diese Einträge verschlüsselt hat. Es war sein Notizbuch, er trug es stets bei sich. Hatte er Angst, umgebracht zu werden? Fürchtete er sich vor einem Spion in den eigenen Reihen? Gaddafi schien in die Recherchen seines Leutnants eingeweiht gewesen zu sein …«

»Wieso glaubst du das?«, fragte Llewellyn.

»Weil er mich davor warnte, das Buch zu behalten. Die Sache sei zu groß für mich und ich würde in mein Verderben laufen. Ich nehme an, er kannte die Beziehung Umars zum IS.«

Llewellyn nahm John das kleine Blatt Papier aus der Hand und überflog nochmals den entschlüsselten Text. »Bleibt ›Franz Breitenstaetter, Wien‹«, brummte er.

»Ein Mysterium, das selbst den beiden genialen Brüdern in Paris Rätsel aufgibt.« John nahm das Papier wieder an sich und steckte es ein. »Einer der Gründe, warum sie der Ansicht sind, Umar habe einen Tipp erhalten, bevor er den Eintrag machte. Fragt sich nur, ob es nicht eine falsche Fährte war. Es gibt nämlich keinen Franz Breitenstätter in Wien, so viel steht fest.«

»Deswegen fliegen wir nach Wien?«, erkundigte sich Llewellyn erstaunt. »Wegen eines Mannes, den es nicht gibt?«

»Da ist auch noch ein gewisser Alexander Reiter, den du für Peter Compton auftreiben sollst, schon vergessen? Der wurde zuletzt in Klagenfurt gesehen und hat eine Wohnung in Wien. Außerdem mussten wir schnellstens aus Duxford verschwinden, bevor der IS die nächsten Killerkommandos losschickt. Jetzt sind wir fürs Erste unsere Verfolger los, und der Peilsender ist morgen mit der Tante Ju auf dem Weg nach Spanien. Außerdem gibt es da noch einen Herrn Spengler in Wien, dem ich sein Mobiltelefon zurückbringen und ein paar Fragen stellen möchte. Vielleicht wissen wir mehr, wenn der letzte Eintrag in Umars Notizbuch entschlüsselt ist.«

»Und es gibt schlechtere Städte als Wien«, sagte Amber vergnügt aus dem Cockpit. »Heurige, Kaffeehäuser, Konditoreien, Staatsoper und Burgtheater, jede Menge elegante Geschäfte ... Du könntest Fiona nachkommen lassen. Wolltest du nicht sowieso ein paar Tage Urlaub mit ihr machen? Warum nicht in Wien? Eine gute Gelegenheit, ihr den Kauf der DC-3 und die Abholung aus Ghad, dem Karawanen-Zentrum der libyschen Wüste, zu beichten ...«

»Keine schlechte Idee«, sagte John und holte sein Handy aus der Jackentasche.

»Dann sondiere ich inzwischen mal die Lage in der Charlotte Road«, murmelte Llewellyn, zog sein Mobiltelefon heraus und wählte die Nummer Peter Comptons. »Irgendwann muss der alte Fuchs seine Telefonkonferenzen ja wieder einmal beenden.«

Der Major lauschte, und seine Laune besserte sich augenblicklich, als der erste Klingelton ertönte. Er schaltete den Lautsprecher ein.

»Llewellyn? Gut, dass du anrufst, ich habe soeben äußerst interessanten Besuch bekommen«, meldete sich Compton erstaunlich gut gelaunt und unternehmungslustig. »Du kannst die Suche nach Rebus abblasen, er sitzt mir gegenüber.«

»Wie bitte? Du meinst …«, setzte Llewellyn überrascht an.

»Er hat beschlossen, dass die Zeit für einen Informationsaustausch gekommen ist«, unterbrach ihn Compton, »und ich denke, der wird für beide ein Gewinn sein. Außerdem hat er noch eine offene Rechnung zu begleichen, und somit sind unsere Interessen sehr, sehr ähnliche. Ich habe gehört, ihr seid auf dem Weg nach Wien?«

»Ach ja? Hast du das? Von wem genau, und warum beruhigt mich das ganz und gar nicht?«

»Lass uns später darüber reden«, wich Compton aus. »Ich melde mich später am Abend bei dir.«

Damit legte er auf.

Der Major ließ sein Smartphone sinken, erhob sich, ging nach vorne ins Cockpit und beugte sich zu Amber. »Wer von deinen Jungs weiß, wohin wir fliegen?«

Die Pilotin sah ihn überrascht an. »Keiner, aber ein eingereichter Flugplan lässt sich nicht lange verheimlichen, auch in Duxford nicht. Warum?«

Llewellyn schüttelte nur wortlos den Kopf und kehrte zu seinem Sitzplatz zurück. Unter der DC-3 zog ein Schachbrett an Getreidefeldern und Wiesen, Äckern und kleinen Orten vorüber.

»Ich habe das ganz blöde Gefühl, dass wir in diesem europäischen Theater der Intrigen nur die nützlichen Marionetten sind. Wir werden zwar auf einer Seite mit Informationen geradezu überschüttet, aber wir kennen nicht einmal die Hälfte der wirklich wichtigen Hintergründe, darauf wette ich«, sagte Llewellyn.

»Wie zum Beispiel, wer die Fäden in der Hand hält?«, fragte John.

Der Major nickte und blickte John missmutig an. »Und vor allem, wer sie am Ende kappt.«

Charlotte Road, Barnes, Südwest-London/England

»Deswegen sind Sie hier.« Peter Compton stellte die Schatulle aus Zedernholz vorsichtig auf den Tisch vor Alexander Reiter. »Das ist es, wonach Aurélie Bernadetti sucht.«

Reiter beugte sich interessiert vor. Das Kästchen, das in der Nachmittagssonne spiegelte, war länglich und nicht so groß, wie er vermutet hatte. Das fein gestickte Medaillon unter Glas zeigte einen lächelnden Mann mit langen, gewellten dunkelblonden Haaren, die sich an der Stirn bereits etwas lichteten. Er war ganz in Schwarz gekleidet, mit einem förmlichen weißen Kragen, der hochgeschlossen war und unbequem aussah. Seine großen dunklen Augen blickten freundlich und neugierig, sein jungenhaftes Gesicht zierte ein dünner Oberlippenbart.

»Darf ich vorstellen? Nicolas Fouquet, Surintendant des Finances unter Ludwig XIV. und einer der mächtigsten und einflussreichsten Männer Frankreichs seiner Zeit«, sagte Compton. »Er wurde in Paris geboren, entstammte einer reichen Handelsfamilie und war eines von zwölf Kindern. Nach seiner Zeit als Schüler der Jesuiten im Kollegium von Clermont studierte der junge Fouquet auf Anraten von Kardinal Richelieu, einem Freund der Familie, Rechtswissenschaften an der Universität von Paris. Der Kardinal war es auch, der ihm die ersten Ämter verschaffte, während sein Vater ihm wiederum Teile seiner Unternehmungen übertrug und zu einer baldigen Hochzeit drängte. So heiratete Nicolas 1640 seine Louise, die ein großes Vermögen mitbrachte und den Reichtum ihres Mannes nochmal vergrößerte. Sechs Monate nach der Geburt ihrer gemeinsamen Tochter starb Louise, und Nicolas Fouquet war mit sechsundzwanzig Jahren Witwer – und steinreich. Ab da begann sein kometenhafter Aufstieg, der ihn zum jüngsten Finanzminister in der Geschichte des Ancien Régime machte, zum Günstling Mazarins, des Nachfolgers Richelieus, und des Königspaares.«

»Eine bemerkenswerte Karriere«, sagte Reiter und öffnete vorsichtig den Deckel.

Vor ihm lagen einige gefaltete, eng beschriebene Blätter und ein Ring an einer roten Kordel.

»Die Briefe stammen aus dem Jahr 1656 und sind alle an Nicolas Fouquet gerichtet«, fuhr Compton fort, der aufmerksam seinen Gast betrachtete. »Einer davon ist hinlänglich bekannt, die anderen vier wurden nie publiziert. In den Schreiben berichtet Abbé Louis Fouquet, einer der Brüder von Nicolas, von seinem Aufenthalt in Rom und dem Zusammentreffen mit dem Maler Nicolas Poussin. Alle Briefe drehen sich mehr oder weniger um eine Tatsache: Poussin weiß von einem historischen Geheimnis. Einem großen Geheimnis, das ›eines Königs würdig ist‹, wie er schreibt. Um dieser Behauptung Nachdruck zu verleihen, legt Poussin dem Schreiben aus dem April 1656 seinen Ring bei. Es handelt sich um jenen Ring mit dem pyramidenförmigen Stein, den er als Hinweis auf einem seiner Selbstporträts einige Jahre später verewigt hatte.«

Behutsam ergriff Reiter den Ring und drehte ihn. »Poussin wäre also bereit gewesen, sein Geheimnis Nicolas Fouquet zu verraten?«

»Das geht aus den Briefen eindeutig hervor.« Compton nickte. »Dumm nur, dass ein weiterer, ziemlich gewissenloser Bruder des Finanzministers, nämlich ein gewisser Basile Fouquet, Chef der Geheimpolizei von Kardinal Mazarin war. Der fing die Briefe aus Rom ab, ließ sie abschreiben und versiegelte sie danach wieder, bevor er sie an seinen Bruder Nicolas weiterleitete. Damit blieb die Tatsache, dass Poussin von einem wichtigen historischen Geheimnis wusste, nicht mehr nur auf die Familie beschränkt. Mazarin erfuhr umgehend davon und wenig später sicher auch Ludwig XIV. Eine dieser Abschriften kursiert heute noch und findet Erwähnung in zahlreichen Geschichtsbüchern.«

»Interessant. Und wie ging die Geschichte weiter?«

»Nun, Poussin war weit weg in Rom, und da blieb er auch, kam nie wieder zurück nach Frankreich. Nicolas Fouquet wiederum interessierte sich nicht sonderlich für Poussins Geheimnis. Obwohl es in einem der Briefe hieß, das Wissen würde ihn reich machen, reicher als den König selbst, ließ Fouquet sich nicht ködern. Er hatte wahrlich schon genug Geld und den einflussreichsten Posten, den Frankreich für ihn zu bieten hatte, und die haltlose Gier nach Macht oder noch mehr Reichtümern war ihm fremd. Fouquet ließ die Schatulle anfertigen, sein Porträt auf dem Deckel anbringen und legte Briefe samt Ring ad acta.«

»Nahm er Poussin nicht ernst?«

Compton legte den Kopf schief und überlegte für einen Moment, bevor er antwortete: »Möglich, aber ich denke, Fouquet hatte als Finanzminister mit besonderen Befugnissen mehr als genug Möglichkeiten, durch seine Tätigkeit tagtäglich enorme Summen in seine eigenen Taschen zu wirtschaften. Als Mazarin 1661 starb, war Fouquet zum reichsten Mann Frankreichs geworden, lud den König auf seine Güter ein und bewirtete mehr als tausend Gäste, unterhielt sie mit Wasserspielen, Feuerwerken und Molière-Theaterstücken. Ludwig XIV. war wütend angesichts all der Pracht und Verschwendung, die ihm sein Finanzminister vorführte und die er selbst sich nicht mehr leisten konnte.«

»Fouquet war reicher als der König?«, hakte Reiter interessiert nach.

»Ja, und er hatte es mit seiner Prunksucht übertrieben. Enorme Summen waren in einen Palast auf seinem Anwesen geflossen, der in Ausmaßen, Pracht und Großartigkeit der Ausstattung an Schloss Versailles erinnerte. Hier hortete Fouquet einundzwanzigtausend Bücher, sammelte seltene Manuskripte, Gemälde, Juwelen und Antiquitäten. Als Fouquet dann auch standhaft blieb und dem Wunsch des Königs, Poussin wegen des Geheimnisses zu kontaktieren, nicht nachkam, war das Maß voll. Ludwig XIV., misstrauisch und missgünstig, entmachtete seinen Finanzminister im September 1661, ließ ihn durch d'Artagnan festnehmen und nach einem dreijährigen Prozess im April 1665 für den Rest seines Lebens in die Festung Pinerolo im Piemont einsperren.«

»Ein Fall aus großer Höhe«, sagte Reiter und schloss die Schatulle wieder.

»Wenige Monate später, im November 1665, starb Nicolas Poussin und nahm sein Geheimnis mit ins Grab, hinterließ jedoch in seinen Bildern zahlreiche Hinweise darauf, für den, der sie lesen und deuten konnte«, fuhr Compton fort. »Das vermutete auch Ludwig XIV., und begann, Poussin-Gemälde aufzuspüren und zu sammeln. Außerdem bemächtigte er sich aller Besitzungen Fouquets und sah sämtliche Dokumente und Papiere seines ehemaligen Ministers persönlich durch, in der Hoffnung, einen Hinweis auf Poussins Geheimnis zu finden. Doch Fouquet war schlau gewesen und hatte vorgesorgt. Ludwig fand nichts. Selbst die Schreiben aus Rom waren spurlos verschwunden, und die Abschriften der Briefe, bis auf eine, ebenso. Die Schatulle tauchte erst 1940/41 während der Besetzung Frankreichs wieder auf, als die Sammlungen der großen jüdischen Familien von den Deutschen beschlagnahmt wurden. Ihr Inhalt war seit Fouquets Zeiten unangetastet geblieben.«

»So kamen die Briefe aus der Sammlung Goldmann gemeinsam mit Zehntausenden von Büchern zuerst nach Berlin und dann nach Tanzenberg, bevor Peter Cummings sie seiner zukünftigen Frau schenkte. Und jetzt, siebzig Jahre später, steht die Schatulle hier in einem Garten in London, beim ehemaligen Leiter des MI5, während Aurélie Bernadetti nach ihr sucht.« Reiter sah Compton forschend an. »Warum?«

»Warum sie auf meinem Tisch gelandet ist?« Compton lächelte. »Gerda Cummings hat es Ihnen doch selbst erzählt, reiner Zufall. Wir kannten die Cummings seit Jahrzehnten, sie waren Freunde der Familie. Meine Frau wollte Gerda wieder einmal sehen und besuchte sie in Baden. Sie brachte aus Österreich die Schatulle mit, zeigte sie mir, ich warf einen Blick hinein und war fasziniert. Warum allerdings die französische Kulturministerin ausgerechnet jetzt danach sucht? Sie wissen bestimmt, dass die Restitutionsfrage derzeit viele Nationen beschäftigt. Listen und Verzeichnisse kursieren, Bestände werden abgeglichen, Museen müssen Ausstellungsstücke an ihre ursprünglichen Besitzer zurückgeben. Es ist noch lange nicht alles an seinen Ursprungsort zurückgekehrt, was in den Kriegswirren verschleppt oder danach stillschweigend als Reparation behalten wurde. Ich habe allerdings nicht die Vermutung, dass Bernadetti altruistisch um die Rückgabe der Briefe an die Goldmanns kämpft und sie deshalb finden möchte …«

»In meinem letzten Gespräch mit ihr war jedenfalls davon nicht die Rede«, sagte Reiter. »Erhofft sie sich von den Schreiben Aufklärung über das Geheimnis von Poussin?«

»Nicht nur das, obwohl ich Ihnen versichern kann, dass

nichts Dementsprechendes in den Briefen erwähnt wird«, erwiderte Peter Compton. Er zögerte kurz, blickte Reiter an, wog ab. Dann gab er sich einen Ruck. »Ich denke, sie will alle Puzzle-Steine vereinen – die Briefe, den Ring, die Bilder Poussins. Sie glaubt an den Schatz, von dem der Maler wusste, und sie will ihn für Frankreich, weil es sie unsterblich machen würde. Bernadetti will den Schatz der Templer.«

Über Süddeutschland, Flug nach Wien/Österreich

Als John mit der DC-3 rund zwei Stunden später München überflog, klingelte sein Smartphone.

Nach einem Blick aufs Display übergab er die Maschine an Amber, stellte eine sichere Verbindung her und ließ sich in einen der Sitze der Passagierkabine fallen. Gleichzeitig gab er Llewellyn ein Zeichen, auf Konferenzschaltung zu gehen. »Hallo Frederic! Was gibt es Neues in Rom und Paris?«

»Wie heißt es so schön, Mr. Finch? Welche Nachricht möchten Sie zuerst hören – die gute oder die schlechte? Fangen wir mit den guten Nachrichten an. Wir wissen nun, was es mit Nostradamus und den gestohlenen ›Centurien‹ auf sich hat. In den Archiven des Vatikans haben unsere Experten Aufzeichnungen gefunden, die von der Auflösung des Klosters Notre-Dame de Sénanque 1544 berichten. In dem Konvolut befindet sich auch der Brief eines gewissen Pierre Rostaing, Abt des Zisterzienser-Klosters Les Chambons in der Region Rhône-Alpes in Frankreich, der vom Eintreffen eines geheimnisvollen Dokuments in seiner Abtei berichtet. Es stammte aus einem wallonischen Zisterzienser-Kloster und wurde von dessen Abt, einem gewissen Yves de Lessines, nach Les Chambons mittels Boten geschickt, mit der Bitte um sichere Aufbewahrung. Wir schreiben das Jahr 1328, und es ist selten, dass ein Dokument von außen an ein Kloster herangetragen wird. Deshalb hielt Rostaing dieses ungewöhnliche Ereignis fest. Doch die Abtei Les Chambons und ihre Mönche wurden durch Pest, Hunger und den Hundertjährigen Krieg so stark in Mitleidenschaft gezogen, dass man die Bestände an Dokumenten, Manuskripten und Büchern sicherheitshalber ins Mutterkloster Notre-Dame de Sénanque verbrachte. Darunter befand sich auch das wallonische Manuskript von Yves de Lessines.«

»Ich sehe den Zusammenhang mit Nostradamus nicht«, warf John ein.

»Warten Sie ab. Michel de Nostredame ist eine etwas seltsame und umstrittene Persönlichkeit. Wahrscheinlich hat er sein Studium der Medizin nie abgeschlossen, weil ein Apotheker zu seiner Zeit nicht Mediziner werden durfte. Es ist nicht belegt, dass er sich selbst jemals als ›Doktor‹ oder ›Arzt‹ bezeichnet hat. Auch sein Ruf als Astrologe ist mehr als zweifelhaft. Nostradamus selbst bezeichnete sich stets als ›astrophile‹, als Sternenfreund, machte schwerwiegende Fehler, wenn er versuchte, selbst ein Horoskop zu erstellen, und blamierte sich einmal völlig mit seinem Horoskop für Kronprinz Rudolf von Habsburg im Jahr 1565: Es war schlicht und einfach falsch. Bekannte Astrologen seiner Zeit sprachen ihm jegliches Talent und Können für diesen Berufsstand ab. Was blieb also vom illustren Nostradamus? Seine bis heute berühmten ›Centurien‹, die angeblichen Voraussagen, die an Mehrdeutigkeit und Plumpheit der Sprache nicht zu überbieten und dadurch auch nicht zu deuten sind.«

»Und trotzdem hat sich um Nostradamus ein gewisser Kult entwickelt«, warf John ein. »Es gibt Hunderte Bücher, die sich mit seinen nebulösen Voraussagen beschäftigen.«

»Was sie nicht besser macht«, entgegnete Frederic lakonisch. »Doch kommen wir zum Schicksalsjahr 1544. Nostradamus ist nach ausgedehnten Reisen durch Frankreich drei Jahre zuvor wieder in den Süden zurückgekehrt, bekämpft gemeinsam mit einem befreundeten Arzt die Pest in Marseille, zieht in der Provence umher. Die Religionskriege wüten, ein Massaker folgt dem nächsten, die Geistlichkeit ist in Aufruhr. Auch das Kloster Notre-Dame de Sénanque wird zerstört, seine Mönche gehenkt, die Abtei selbst dem Erdboden gleichgemacht. Der Abt jedoch hatte das Unglück kommen sehen, denn rund drei Monate zuvor ließ er die wichtigsten Dokumente in Kisten verpacken, sie auf einen Karren verladen und nach Italien schicken, da ihm alle französischen Kloster der Umgebung nicht sicher genug erschienen. Bei dieser Gelegenheit bemerkt er mit Schrecken, dass das wallonische Dokument verschwunden war. Betroffen schrieb er einen Vermerk, den er der Sendung beifügte. Und er notierte auch seinen Verdacht: Wenige Monate zuvor hatte ein gewisser Michel de Nostredame das Kloster besucht, sich als Gelehrter und Reisender ausgegeben, der auf der Suche nach seltenen Manuskripten war und unter diesem Vorwand tagelang die Kloster-Bibliothek durchsucht hatte ...«

»Sie meinen, Nostradamus hat das wallonische Dokument einfach mitgenommen?«

»Ganz bestimmt sogar!«, sagte Frederic. »Vergessen Sie nicht, dass Prophezeiungen und Horoskope zu seiner Zeit das Höchste der Gefühle waren. Alle Welt riss sich darum, wer etwas auf sich hielt, der hatte ein Horoskop vorzuweisen. Denken Sie nur etwa an Wallenstein und Johannes Kepler. Nostradamus machte da keine Ausnahme, und als er in Sénanque auf die ›Centurien‹ des Yves de Lessines stieß, muss es für ihn wie ein Zwölfer im Lotto gewesen sein. Er las die Zeilen, dachte sich seinen Teil und nannte seine wenig später erschienenen Prophezeiungen für die nächsten dreitausend Jahre bezeichnenderweise ebenfalls ›Centurien‹.«

»Sicher kein Zufall«, murmelte John. »Aber was waren die

›Centurien‹ dieses Yves de Lessines? Weltweite Voraussagen, geschrieben am Beginn des vierzehnten Jahrhunderts?«

»Das denke ich kaum«, erwiderte Frederic. »Wir haben es mit dem Abt eines Zisterzienser-Klosters zu tun, keinem Visionär. Außerdem gibt mir die Jahreszahl 1328 zu denken. Kaum sechzehn Jahre zuvor war der Templerorden aufgelöst und der letzte Großmeister auf dem Scheiterhaufen verbrannt worden.«

»Sie meinen, Poussin und sein Geheimnis und das Dokument Lessines hängen zusammen?«, fragte John verwundert.

»Wäre möglich, wir arbeiten daran. Nostradamus wird die Abschrift, die er gestohlen hatte, sicher nicht aufbewahrt haben. Aber gab es vielleicht Kopien? War das Dokument so wichtig, dass Lessines nicht nur ein Exemplar anfertigte, sondern mehrere? Schließlich kopierten Mönche in ihren Skriptorien Tag um Tag Bibeln oder Gesangsbücher. Wenn es uns gelänge, das Originaldokument zu finden, dann wären wir einen Schritt weiter und könnten uns ein Bild davon machen, was Nostradamus verändert hat und was nicht. Und was Yves de Lessines überhaupt mit seinen ›Centurien‹ bezweckte. Denn unter dem Begriff wurde das Dokument in die Bibliothek Chambons' und später in die von Sénanque eingereiht. Daher der Eintrag ›gestohlene Centurien, alles Schwindel‹ in Umars Notizbuch. Aber warum er Nostradamus, Yves de Lessines und die ›Centurien‹ mit einem Mal überhaupt ins Spiel bringt …?«

»Beeindruckend«, sagte John. »Wie viele Spezialisten hat Kardinal Sanseverino im Vatikan mobilisiert, um so rasch zu diesen Ergebnissen zu kommen?«

»Ich glaube, er hat bis auf die Schweizergarde alle verfügbaren Kräfte an die Archiv-Front gerufen. Wie Sie vielleicht wissen, sind die Templer ein sensibles Thema im Vatikan, und die Aussicht, eines der letzten Rätsel des kriegerischen Mönchsordens zu lösen, beflügelt nicht nur die Fantasie, sondern auch die Gier der Machtmenschen ... Hier geht es um viel Geld, um Symbole und Artefakte, um Wissen und Politik, Mr. Finch. Das Geheimnis von Poussin ist vielleicht tatsächlich eines Königs würdig, damals wie heute ...«

»Umar hat also bei seinen Recherchen den Weg des wallonischen Dokuments nachgezeichnet«, überlegte John. »Von Chambons über Sénanque nach Salon. Aber er hatte keine Einsicht in die vatikanischen Akten. Woher stammen also seine Informationen?«

»Das bereitet uns Kopfzerbrechen, ganz ehrlich«, antwortete der junge Geistliche. »Entweder hat Umar einen Tipp erhalten, oder ganz andere Erkenntnisse haben ihn dazu geführt. Mein Bruder arbeitet derzeit mit Hochdruck daran, das Umfeld dieses Yves de Lessines zu untersuchen. Er war Abt eines Zisterzienser-Klosters mit dem Namen Cambron im Hennegau, im heutigen südlichen Belgien. In Rom hat der Kardinal zu diesem Punkt sogar eine eigene Task Force eingerichtet, aber vielleicht sind wir schneller ...«

Frederic verstummte, und John hatte zum ersten Mal das seltsame Gefühl, dass dem jungen Absolventen von Saint-Sulpice nicht ganz wohl in seiner Haut war.

»Das führt uns zur schlechten Nachricht, Mr. Finch«, sagte der Geistliche zögernd. »Wir haben uns weiter im Computer von Maria Giancomelli umgesehen. Sie hat zwei Kalender eingerichtet, einen mit den öffentlichen Terminen, in dem auch das Gespräch mit dem österreichischen Archäologen und Kunsthändler Michael Spengler eingetragen war, und einen mit den, nun sagen wir, heiklen Treffen. Passwortgeschützt.«

»Was für Sie und Ihren Bruder keine Schwierigkeit darstellte ...«, ergänzte John lächelnd.

»Nicht wirklich, nein ...«, fuhr Frederic fort und klang

doch ganz und gar nicht glücklich darüber. »Ich denke, Sie sollten wissen, dass sie sich am 23. Juli nachmittags mit Kardinal Sanseverino in Florenz getroffen hat.«

Llewellyn sah John alarmiert an.

»Sie glauben …«

»Ich glaube an Gott und die katholische Kirche, Mr. Finch, aber nicht unbedingt an die Unfehlbarkeit aller Mitglieder des Bodenpersonals«, sagte Frederic bestimmt. »Die Zeiten haben sich geändert, und Saint-Sulpice ist für seine kritische Sichtweise der Dinge seit Langem über die Grenzen Frankreichs hinaus bekannt. Uns wurde beigebracht, logisch zu denken, vieles zu hinterfragen und wissenschaftlich zu arbeiten. Der Glaube steht bei uns an erster Stelle, aber nicht auf Kosten des Wissens. Machen wir uns nichts vor. Sanseverino hat es nicht umsonst an die Spitze von Pro Deo geschafft, und seine unangreifbare Position hat er nicht durch Beten allein erreicht.«

»Bestimmt nicht«, stimmte ihm John zu. »Ich weiß Ihre Ehrlichkeit zu schätzen, Frederic, Sie hätten dieses Treffen auch einfach unerwähnt unter den Tisch fallen lassen können. Sanseverino und die Loge P4? Weihwasser trifft Teufel?«

»In der Geschichte der katholischen Kirche gibt es viele Beispiele für seltsame Allianzen«, warf Frederic ein. »Es wäre nicht die erste und wird wohl sicher nicht die letzte sein. Seien Sie auf der Hut.«

»Danke für die Warnung. Wissen Sie, wo sich die Cäsarea-Truppe von Pro Deo befindet?«, wollte John wissen.

»Leider nein, dafür haben wir keine ausreichend hohe Freigabe. Die Truppe untersteht allein dem Kardinal. Manchmal frage ich mich sogar, wie weit der Heilige Vater über die Einsätze von Cäsarea informiert wird. Sanseverino erinnert mich immer öfter an Richelieu, den Meister der Intrige, mit seinen roten Garden, die er als seine Privatarmee betrachtete und gegen die Musketiere von Ludwig XIV. antreten ließ, um seine Interessen durchzusetzen, wenn nötig mit Waffengewalt.«

»Nicht sehr beruhigend.«

»Vertrauen gegen Vertrauen«, mischte sich nun Llewellyn ins Gespräch ein. »Wir sind auf dem Weg nach Wien, Frederic. Der IS vermutet uns noch immer in Duxford und dann auf dem Weg nach Spanien. Wo die Leute von P4 stehen und wie weit sie mit ihrer Entschlüsselung des Notizbuches gekommen sind, wissen wir nicht. Ohne Einsicht in die Archive des Vatikans werden sie Schwierigkeiten haben, die verschlüsselten Passagen zu deuten. Haben Sie schon etwas zu dem Eintrag ›Franz Breitenstaetter, Wien‹ gefunden?«

»Negativ, Major«, gestand der junge Geistliche. »Wir haben ehrlich gesagt nicht die geringste Ahnung. Außerdem fehlt noch immer die Dechiffrierung der letzten codierten Passage in Umars Notizbuch. Daran haben sich bisher alle Fachleute die Zähne ausgebissen. Welches Codewort auch immer sie versucht haben, das Resultat ist eine unverständliche Buchstabenreihe. Das ist leider der letzte Stand der Dinge.«

Knapp zwei Stunden später landete die DC-3 auf dem Flughafen Wien-Schwechat, und John folgte dem gelb-schwarzen Follow-me-Car auf eine privilegierte Parkposition nahe des Terminals.

»Der Vorteil, Oldtimer zu fliegen«, sagte Amber und lächelte verschmitzt. »Man bekommt die guten Parkplätze zugewiesen.«

*

Auf der langgestreckten, geschwungenen Besucherterrasse beobachtete eine Schulklasse fasziniert die Douglas DC-3, die direkt einem ihrer Geschichtsbücher entsprungen zu sein schien.

Der Mann in Jeans und ausgebleichtem T-Shirt, der unweit davon mit seiner Kamera seit mehr als einer Stunde die startenden und landenden Flugzeuge fotografiert hatte, schien weniger beeindruckt. Er richtete sein Teleobjektiv zwar kurz auf die DC-3 und schoss ein Foto, dann verstaute er seine Ausrüstung rasch in einer großen Kameratasche.

Die niedrige Gangway, die vom Vorfeldpersonal an die Tür der Douglas gerollt wurde, war bauartbedingt kürzer als normal. Jack Westworth war der Erste, der die wenigen Stufen herunterstieg und sich streckte. Dann flatterte Sparrow aus der DC-3 und setzte sich auf das Geländer der Gangway, während er laut kreischend den Abend in Wien begrüßte.

Die Kinder der Schulklasse stießen sich lachend an und zeigten mit ausgestrecktem Finger auf den Papagei.

Auf den Fotografen achtete niemand mehr.

»Sie sind gelandet«, sagte er leise in Richtung des versteckten Mikrofons in der Tasche. Dann drückte er den Klettverschluss zu, zog den Trageriemen stramm und verließ eilig die Plattform.

Vatikan, Rom/Italien

Zur selben Zeit rollte die schwarze Mercedes S-Klasse mit Kardinal Sanseverino auf der Rückbank durch das Tor Sant'Anna dei Palafrenieri und verließ den Vatikan. Die Einladung zur Soiree beim Bürgermeister von Rom im Palazzo Senatorio war ein gesellschaftlicher Pflichttermin, den man nicht ignorieren konnte. Smalltalk und Repräsentieren, wohlwollendes Lächeln und Händeschütteln. Das Übliche.

Sanseverino war mit den Fortschritten der »Operation Poussin« zufrieden. Die beiden jungen Hitzköpfe in Paris machten sich hervorragend, einer der Gründe, warum er sie an der langen Leine ließ. Kommt Zeit, kommt Kandare, dachte er.

Der schrille Rufton seines Mobiltelefons riss ihn unsanft aus seinen Betrachtungen.

»Ja?«, meldete er sich etwas unwirsch.

»Guten Abend, Eminenz. Sehen wir uns beim Empfang im Rathaus?« Die Stimme Maria Giancomellis war sanft und einschmeichelnd.

»Sind Sie deshalb extra aus Bologna nach Rom gekommen?«, fragte Sanseverino überrascht.

»Wichtige Termine erfordern manchmal kurzfristige, aber weitreichende Entscheidungen.«

»Werden Sie wieder von Ihrer bewaffneten Nonne begleitet?«, erkundigte sich Sanseverino spöttisch. »Diesmal passend zum Anlass in High Heels und Minirock gekleidet?«

»Sind Sie etwa neidisch, Eminenz?« Giancomelli lachte kehlig. »Wir könnten ja einmal einen Leibwächtertausch andenken. Ich schicke Antonia zu Ihnen, und Sie überlassen mir Franco. Aber wahrscheinlich hätten wir beide keine wahre Freude daran …«

»Lassen wir die Freundlichkeiten«, sagte Sanseverino trocken, »darin werden wir heute Abend noch zur Genüge waten. Was ist so dringend, dass es nicht noch vierzig Minuten warten kann?«

»Gewisse Archivalien, die in Besitz der Kirche sind. Sie erinnern sich an unser kleines florentinisches Abkommen? Ich würde gerne Einblick nehmen in bestimmte Dokumente, die sich im Vatikan befinden.«

»Lassen Sie mir eine Liste zukommen, ich werde sehen, was ich tun kann«, gab Sanseverino unverbindlich zurück.

»Die habe ich bereits vorbereitet, Eminenz, und das ist der Grund meines Anrufes. Unweit des Palazzo Senatorio gibt es ein kleines Restaurant, »San Teodoro«. Darf ich Sie nach dem Empfang auf einen Grappa einladen? Allemal diskreter als ein Kuvert, das auf dem Empfang des Bürgermeisters den Besitzer wechselt, finden Sie nicht? Man könnte sonst meinen, die Kirche sei bestechlich.«

»Geben Sie mir ein Zeichen, wenn Sie den Palazzo verlassen«, erwiderte Sanseverino kalt, dann trennte er die Verbindung.

8

DAS ARCHIV

Prolog

1. September 1939, Kloster Admont, Steiermark/Österreich

Stift Admont lag still und dunkel unter einem fast honiggelben Mond, der bald hinter den Bergen untergehen würde.

Es war drei Uhr früh, und die kleine Gruppe von Männern war nunmehr seit Stunden auf der Suche. Kornberger hatte darauf bestanden, aus Gründen der Geheimhaltung den Kreis der Suchenden so klein wie möglich zu halten.

Sie hatten in der Kirche damit begonnen, hatten die alten Seitenkapellen untersucht, Wände abgeklopft und Böden auf verborgene Einstiege geprüft.

Vergeblich.

Trotzdem war keiner von ihnen müde.

Mit Hammer, Brecheisen, Taschenlampen und einigen historischen Aufzeichnungen bewaffnet, die sie in der Stiftsbibliothek gefunden hatten, durchkämmten Kornberger, Obersturmführer Lehner und die beiden Professoren Sindler und Graumeyer nun systematisch die alten Gänge und Gruften unter der Stiftskirche, die aus weit früheren Zeiten stammten und trotz des großen Brandes von 1865 erhalten geblieben waren.

Die neue Kirche, auf den romanischen und gotischen Fundamenten wiedererrichtet, war in den vier Jahren Bauzeit etwas kleiner und bescheidener ausgefallen als das alte Gotteshaus.

»Ich frage mich, ob die Erbauer den Untergrund damals

genau untersucht haben.« Sindlers Stimme hallte hohl in dem quadratischen, unterirdischen Raum, in dem die vier Männer am Boden sitzend eine Pause einlegten.

»Wir haben keine Pläne der Gruften oder Katakomben gefunden, Herr Kollege«, gab Graumeyer zu bedenken. »Außerdem erscheinen mir die wenigen Räume, die wir bisher durchkämmt haben, beim Wiederaufbau der Kirche gleich mit renoviert worden zu sein. Hier ist alles sehr aufgeräumt, sauber, nicht wirklich alt. Selbst die Grabplatten wurden ausgebessert, und der Stein wurde neu aufpoliert. Eine Art Repräsentationsgruft, aber hier werden wir nichts finden.«

»Das denke ich auch.« Kornberger hatte sich eine Zigarette angezündet, und der Rauch waberte im Licht der Lampen und der stillstehenden Luft wie eine hellblaue Schicht.

»Geben Sie mir auch eine?«, fragte Sindler. »Manchmal muss man dem Laster einfach frönen. Kompensation der Frustration. Ich dachte, es würde einfacher sein, den Gang zu finden.«

»Dann wäre uns unter Umständen schon jemand zuvorgekommen«, gab Kornberger zu bedenken.

Graumeyer zog nun ebenfalls eine silberne Tabatiere aus der Tasche und zündete sich eine seiner Juno-Zigaretten an. »Die Summe der Laster bleibt stets die gleiche«, meinte er und formte genüsslich einen Rauchring, der erstaunlich lange in der Luft schwebte. Dann hielt er das flache Etui Obersturmführer Lehner hin, doch der winkte ab.

»Rauchen war noch nie meins«, sagte er und unterdrückte ein Gähnen.

»Zünden Sie sich eine an«, befahl Kornberger und schaute fasziniert auf eine Stelle des unterirdischen Raumes, an der sich, in einer Ecke zwischen zwei Grabplatten, auf einer Breite von rund einem Meter ein Dutzend offenbar wahllos in die

Wand eingelassene Steinornamente oder Bruchstücke alter Grabsteine befanden.

Lehner sah ihn erstaunt an, gehorchte aber dann und hielt die brennende Zigarette etwas ratlos zwischen seinen Fingern.

»Sehen Sie die alte Steinplatte mit dem fast schon völlig verschwundenen fünfzackigen Stern?«, fragte ihn Kornberger und richtete den Strahl seiner Lampe auf das betreffende Mauerstück. »Auf etwa halber Höhe.«

Lehner sah genauer hin. Es war ein verwitterter, brüchiger Stein, auf dem sich nur noch schwach ein erhabenes Fünfeck abzeichnete.

»Halten Sie die Zigarette nahe an die Wand, und bewegen Sie sie entlang der Kanten des Steines, aber nicht zu schnell«, befahl er Lehner weiter. »Alle anderen rühren sich nicht.«

Der Obersturmführer beugte sich vor und hielt die Glut der Zigarette nahe an die Wand.

»Nein, nicht so«, Kornberger schüttelte den Kopf, »aufrecht wie ein Schiffsschlot, Glut nach oben. Und halten Sie den Atem an, oder atmen Sie ganz flach ...«

Der Rauch der Zigarette stieg in leichten Spiralen nach oben. In dem unterirdischen Raum herrschte angespannte Stille.

»Und jetzt langsam nach unten bewegen, immer entlang den Bruchlinien des Steins.«

Lehner senkte langsam die Hand, da geschah es. An einer Stelle, etwa achtzig Zentimeter über dem Boden, stieg der Rauch nicht mehr senkrecht nach oben, sondern trieb schräg in den Raum hinein.

»Halt!«, rief Kornberger, erhob sich und kauerte sich vor den Stein. Er nahm einen tiefen Zug aus seiner Zigarette, inhalierte und blies dann den Rauch ganz sanft in Richtung Mauer. Die blaue Wolke kam zum Stillstand, verharrte kurz, trieb weiter und wurde dann direkt an der Kante des Steines ziemlich rasch wieder in den Raum zurückgeblasen.

»Meine Herren, ich denke, das sollten wir uns ansehen«, sagte Kornberger, ergriff eines der Brecheisen und setzte an dem schmalen Spalt an. »Manchmal haben Laster auch ihr Gutes.«

Eine halbe Stunde später hatten sie die Bruchstücke der alten Grabsteine aus der Wand gebrochen und einen Hohlraum freigelegt, der als eine Art Nische etwa einen Meter tief in die Mauer hineinreichte. Der Luftzug war stärker geworden, fühlbar sogar, wenn man mit der Hand entlang der mit Mörtel verputzten Zwischenräume der rohen Steine strich.

»Das ist sicher der ältere Teil der Katakomben, dessen Zugang man beim Neubau der Kirche mit Steinen verfüllt und danach mit restlichen Grabplattenstücken zugemauert hatte«, vermutete Sindler. »Entweder wurde er als kirchengeschichtlich uninteressant eingestuft, oder man brauchte keine so großen Gewölbe mehr und mauerte sie deshalb zu.«

»Dann wollen wir sie wieder öffnen«, entschied Kornberger und nahm Stemmeisen und Hammer. »Lösen wir einige Steine, leuchten in das Loch, und schauen wir, was uns dahinter erwartet.«

Die Luft, die ihnen entgegenschlug, nachdem der erste Stein auf den Boden gepoltert war, roch zwar etwas muffig, doch sie war zugleich erstaunlich trocken.

»Der Luftzug ist erneut stärker geworden«, stellte Lehner fest und versuchte, durch das Loch zu leuchten und auf der anderen Seite der Mauer etwas zu erkennen. »Sieht aus wie ein Raum mit Gewölbe, aber leer.«

Bald war der Durchbruch groß genug, dass sich die vier

Männer durch die entstandene Lücke in den nächsten Raum zwängen konnten.

»Eine romanische Gruft, ohne Zweifel.« Sindler leuchtete mit seiner Taschenlampe den Boden ab. »Hier zeichnen sich sogar noch die Umrisse der Särge ab, die jahrhundertelang an dieser Stelle gestanden haben.«

Tatsächlich waren auf den unregelmäßigen Steinplatten dunklere und hellere Flecken eindeutig auszumachen. Eine Holztür mit einfachen Beschlägen, die bereits schief in den Angeln hing, bildete den Übergang in den nächsten Raum, der sich jedoch rasch als kurzer Gang herausstellte, nachdem Kornberger ihn mit seiner Taschenlampe vom Boden zur Decke ausgeleuchtet hatte. Ein kurzer Gang ohne eine einzige Türe.

»Sackgasse ...«, murmelte Lehner enttäuscht.

»Das kann ich mir nicht vorstellen«, antwortete Kornberger, drückte ihm das große Stemmeisen in die Hand und befahl: »Boden abklopfen!«

Doch das Ergebnis war entmutigend. Es gab keinen Hohlraum unter den Bodenplatten. Alle klangen gleich massiv und dumpf.

»Mir fällt auf, dass es hier keinen Durchzug mehr gibt«, warf Graumeyer ein, entzündete ein Streichholz und hielt es vor sich in die Luft.

Es flackerte nicht, brannte ruhig ab.

»Gut beobachtet«, sagte Kornberger und marschierte zurück in die erste Gruft. »Wir haben uns von der Tür ablenken lassen. Wahrscheinlich war der Gang Teil eines Fluchtsystems aus der alten Kirche, die 1856 abbrannte. Beim Wiederaufbau schüttete man den Ausgang zu und vermauerte diesen Teil der Katakomben, weil man ihn nicht mehr benötigte. Dabei übersah man ... « Er ging in die Hocke und ließ den Lichtkegel seiner Taschenlampe suchend über den Boden und die Wände der Gruft huschen.

Graumeyer entzündete ein weiteres Streichholz. Die Flamme bog sich leicht in Richtung Ausgang. »Der Luftzug ist wieder da«, sagte er aufgeregt.

Lehner begann mit dem schweren Stemmeisen, die Wände abzuklopfen.

Professor Sindler stand mit verschränkten Armen in der Mitte des Raumes, betrachtete die Bögen des Gewölbes, die vier tragenden Pfeiler, den Boden. An einer Stelle der Gruft, unweit der Holztür, waren vier oder fünf Särge beisammengestanden, das verrieten die Spuren auf den Steinplatten. Dann trat der Wissenschaftler näher zu Lehner, beugte sich hinunter zu den grob geglätteten Steinen und leuchtete mit seiner Taschenlampe darauf. Im Lichtkegel zeichnete sich das Kreuz deutlich auf dem staubigen Boden ab. »Täusche ich mich, oder ist das das Kreuz, das Abt Engelbert von Admont als Hinweis auf das Manuskript gezeichnet hat?«

Augenblicke später stand Kornberger neben ihm und lächelte. »Vergessen Sie die Wände, Obersturmführer, hier geht es hinunter. Hebeln wir die Bodenplatten aus.«

»Raffiniert«, sagte Professor Sindler, als er das handgroße Zeichen betrachtete. »Einem Kreuz in einer Gruft schenkt niemand besondere Bedeutung. Wenn dann noch Särge darübergestellt werden, bleibt es Hunderte von Jahren lang versteckt. Wer sollte schon die Totenruhe stören und die Särge verschieben?«

»Außerdem überlebt dieses Zeichen jeden Brand«, warf Graumeyer ein. »Quod erat demonstrandum.«

Unter den Bodenplatten, die Lehner nach und nach herausbrach und beiseiteschob, kamen grob behauene Steinstufen zum Vorschein, die in die Tiefe führten. Nun war der Luftzug auf der Haut deutlich spürbar.

»Sollten wir tatsächlich den Fluchtgang gefunden haben,

der das Stift mit dem Haus am Hang verbindet?«, fragte Graumeyer. »Warum ist er dann verschlossen worden?«

»Weil nach den Kriegen mit Napoleon die Steiermark von bewaffneten Auseinandersetzungen verschont blieb und niemand mehr den Tunnel brauchte«, mutmaßte Sindler. »Nehmen wir an, dass davor die Platten nur lose eingelegt worden waren und die Särge zur Tarnung darüber platziert wurden. Als sich eine längere Friedenszeit ankündigte, entschloss man sich, den Eingang besser und dauerhafter zu verschließen. Man verfugte die Zwischenräume der Bodenplatten, allerdings nicht sehr sorgsam. Daher der Luftzug ...«

»Wenigstens wissen wir jetzt, wonach wir da unten suchen müssen«, sagte Kornberger zufrieden und deutete auf die Bodenplatte mit dem eindeutigen Zeichen. »Engelbert hat das Kreuz nicht zufällig als Symbol gewählt.« Dann griff er zu einer stärkeren Taschenlampe, schob Lehner zur Seite und stieg entschlossen die Stufen hinunter. »Immer mir nach, meine Herren!«, rief er, zog den Kopf ein und betrat den schmalen Gang.

Die anderen Männer folgten.

Der Gang war gemauert und trocken, solange er unter dem Gebäude des Stifts verlief. Dann, unter dem Park, schlängelten sich immer wieder weiße, lange Wurzeln durch die Steine, die nach den Entdeckern zu greifen schienen. Die Spinnweben wurden dichter, der Boden feuchter und rutschiger. Ein flächiger weißer Pilz bedeckte Teile der Wände, und der Gang stieg leicht an.

Wenig später steckten die Männer fest. Der unterirdische Weg vom Stift zum Schloss Röthelstein war nach etwa zweihundert Metern fast zur Gänze durch einen Einsturz versperrt worden. Erdreich war durch die Decke gebrochen, hatte sich mit den Jahren gesetzt und einen Durchschlupf frei gelassen, der gerade groß genug für ein Kind war.

»Für heute ist hier Endstation«, sagte Kornberger und wandte sich um. »Ich denke auch nicht, dass Abt Engelbert das Manuskript im feuchten Abschnitt des Ganges versteckt hat. Die Gefahr von Wassereinbrüchen scheint mir zu groß, um ein Dokument sicher über Jahrhunderte aufzubewahren. Gehen wir zurück und untersuchen Wände und Boden im ersten Teil.«

Eine halbe Stunde später stand fest, dass trotz genauer Suche keiner der Steine mit einem Kreuz markiert war. Lehner und Graumeyer hatten mit ihren Taschenlampen den Boden ausgeleuchtet, Kornberger und Sindler die Wände.

Als sie den Bereich mit den Spinnweben und dem Pilz erreichten, brach Kornberger die Suche ab.

»Entweder haben wir etwas übersehen, oder der Abt hat sich ein anderes Versteck gesucht«, sagte Lehner.

»Sie vergessen das Kreuz im Boden der Gruft«, warf Sindler ein. »Es entspricht in seiner Form genau jenem Tatzenkreuz, das Engelbert mühsam aus Texten und kleinen Zeichnungen gebildet hatte. Nein, ich glaube nicht an Zufälle in diesem Zusammenhang. Das Kreuz auf der Steinplatte unter den Särgen wies den Weg in den Untergrund, und da muss auch das Versteck liegen.«

»Und wenn er es sich doch noch einmal anders überlegt hat?« Graumeyer fuhr sich mit der flachen Hand über die Haare und streifte ein paar Spinnweben ab. »Wäre es nicht möglich, dass der geniale Abt eine falsche Spur gelegt oder seinem Nachfolger geraten hätte, das Versteck zu ändern, sollte etwas Unvorhergesehenes eintreten? Die Platte mit dem Kreuz blieb in der Gruft, aber das Manuskript wurde an einen anderen Ort verbracht und bei dem großen Brand zerstört ...«

»Möglich ist alles«, murmelte Kornberger und versuchte erst gar nicht, seine Enttäuschung zu verhehlen. »Gehen wir schlafen. Morgen ist auch noch ein Tag.«

Lehner drehte sich um und trabte los, die beiden Professoren folgten, Kornberger bildete das Schlusslicht. Er war froh, endlich ins Bett zu kommen. Ein Blick auf seine Armbanduhr zeigte ihm, dass es draußen schon hell sein musste. Die Lichtkegel der Taschenlampen irrlichterten über die Wände und den Boden, projizierten übergroße Schatten voraus. Kornberger sah Lehner, die schwere Brechstange auf der Schulter, und überlegte sich, wie lange es wohl dauern würde, den verschütteten Gang wieder freizulegen und den Abraum abzutransportieren. Vielleicht lag das Versteck doch weiter entfernt vom Kloster, näher an Schloss Röthelstein?

Der Gang verlief in einer fast geraden Linie, die nur an zwei Stellen durch einen Knick gebrochen wurde.

Kornberger überlegte, ob die Erbauer vielleicht den Zielpunkt falsch eingeschätzt hatten und der Gang deshalb neu ausgerichtet werden musste. Oder war der schmale Tunnel an dieser Stelle um etwas herum gebaut worden? War man beim Bau einem Hindernis ausgewichen, das bereits früher da gewesen war?

»Wo glauben Sie sind wir hier ungefähr?«, fragte Kornberger Sindler, der ihn aus müden Augen überrascht ansah.

»Hmm … Ich denke, irgendwo unter dem Garten, nicht weit von den Gebäuden entfernt, aber innerhalb der Mauern des Stiftes.«

»Könnte es sein, dass der Gang um den Brunnen herumgebaut wurde?«

»Sie meinen, dass die Erbauer der Brunnenröhre ausweichen mussten?« Sindler kratzte sich am Kopf und nickte schließlich. »Gut möglich, das würde die beiden Knicke erklären … Ich bin überzeugt, der Brunnen wurde vor dem Fluchtgang erbaut, wenn Sie das meinen.«

Kornberger blickte abschätzend auf die Wand. »Wenn tatsächlich der Brunnen dahinter liegt, dann müssen wir genau ... *hier* die Steine lösen. Lehner, nehmen Sie Ihr Stemmeisen, und legen Sie los!«

Der Obersturmführer begann, einen regelmäßig geformten, viereckigen Stein aus der Wand zu lösen. Die Schläge hallten dumpf in dem engen Gang, aber da war noch etwas anderes ...

Es schien, als gebe es ein Echo.

»Wir sind auf dem richtigen Weg«, entschied Kornberger.

Nachdem der erste Stein aus seinem Bett gefallen war, war es einfach, die umliegenden aus der Wand zu brechen. Schnell wurde die Öffnung größer, und Sindler leuchtete neugierig hinein. Hinter einer dünnen Schicht Erde zeichnete sich erneut eine gewölbte Wand ab.

»Das ist die Rückseite der Brunnenwand«, stellte der Theologe aufgeregt fest. »Wenn wir die Steine ebenfalls lösen, dann haben wir eine Verbindung zwischen Gang und Brunnenröhre geschaffen. Aber ich sehe nach wie vor kein Kreuz ...«

Ohne den Einwurf zu beachten, ergriff Kornberger mit neuem Elan das lange, schwere Brecheisen und begann mit voller Kraft, die Steine aus ihrer Verankerung zu lösen. Wenige Minuten später kullerte mit dumpfem Poltern der erste Stein aus dem Loch.

»Untersuchen Sie, ob sich auf einem der gelösten Steine ein Kreuz befindet«, ordnete Kornberger an.

Dann machte er weiter. Als das Loch groß genug war und er seinen Oberkörper hindurchzwängte, sah er in etwa zwei Metern Entfernung die gegenüberliegende Brunnenwand. Er blickte nach oben. Sie waren rund sieben Meter unter

Bodenniveau. Unter ihm reichte der Brunnen sicher noch dreißig Meter tief in die Erde. Ein leichter Verwesungsgeruch schlug ihm entgegen, und er erinnerte sich an den jungen Gebirgsjäger, dessen Leiche er im eiskalten Wasser des Brunnens entsorgt hatte. Er wollte in die Tiefe leuchten, da huschte der Lichtstrahl seiner Taschenlampe über ein Zeichen, das er kannte.

Das Tatzenkreuz!

Kaum einen halben Meter entfernt zu seiner Rechten war ein Stein in die Brunnenwand eingefügt worden, auf dem klar und deutlich das Kreuz von Engelbert prangte.

Zwanzig Minuten später zog Kornberger ein sorgsam in Velum eingeschlagenes Bündel aus seinem trockenen Versteck. Es schien dick zu sein, doch nachdem Schicht um Schicht Pergament entfernt worden war, entpuppte sich der Inhalt als ein Büchlein von etwa fünfzig Seiten, dessen Einband begonnen hatte, sich aufzulösen. Auf dem ersten Blatt stand in goldenen Lettern das Wort »Centurien«, darunter sein Verfasser, Yves de Lessines, und das Jahr 1327. Als Kornberger es aufschlug, leuchteten ihm Vierzeiler entgegen, die mit tiefschwarzer Tinte geschrieben worden waren. Nur der erste Buchstabe des jeweiligen Quatrain, die Versalie, war blutrot.

»Der Reichsführer-SS wird zufrieden sein!«, sagte Kornberger und nickte.

Er spürte ein Gefühl des Triumphes in sich hochsteigen. Damit würde er den Platz dieses schwulen Verlierers Otto Rahn einnehmen, den man vor einigen Monaten tot in den österreichischen Bergen gefunden hatte. Der Himmler-Günstling Rahn hatte den Heiligen Gral aller Beteuerungen zum Trotz nicht lokalisieren können, aber er, Alfred Kornberger, er hatte das verschollene Manuskript des Yves de Lessines gefunden! Und zwar in nur wenigen Tagen …

Sindler und Graumeyer standen wie erstarrt und konnten ihre Augen nicht von dem Manuskript wenden.

Kornberger reichte es ihnen mit einem siegessicheren Lächeln. »Werfen Sie ruhig einen Blick darauf«, sagte er gönnerhaft, hob seine Taschenlampe und richtete den Strahl auf die leicht vergilbten Seiten.

Fasziniert betrachteten die beiden Wissenschaftler das Dokument.

Kornberger hob die Lampe noch, während er mit seiner rechten Hand seine Walther PPK aus der Manteltasche zog, sie entsicherte und den beiden nichtsahnenden Männern aus nächster Nähe in den Kopf schoss.

Lehner, der etwas abseits gestanden hatte, fuhr herum wie von der Tarantel gestochen. Der SS-Offizier wollte zu seiner Dienstwaffe greifen, doch Kornberger hatte damit gerechnet. Der Lauf der Walther zeigte bereits auf Lehner.

»Obersturmführer, lassen Sie stecken. Sie denken doch nicht, dass ich Sie hier unten zurücklasse? Ordnen Sie die Sprengung des Ganges an, möglichst nahe an den Grundmauern der Kirche. Und, Lehner? Sorgen Sie dafür, dass er auch unbegehbar bleibt. Für die nächsten tausend Jahre. Dann mauern Sie ihn zu und vergessen alles, was Sie hier gesehen und erlebt haben. Ich habe Ihr Ehrenwort als Offizier?«

»Sehr wohl, Gruppenführer!«, antwortete Lehner erleichtert und salutierte. »Meinen aufrichtigen Glückwunsch zu Ihrem Erfolg!«

»Danke, Lehner, ich habe nicht einen Augenblick daran gezweifelt«, erwiderte Kornberger. »Wecken Sie den Chauffeur, und lassen Sie den Mercedes fertig machen. Ich muss so schnell wie möglich nach Berlin. Sie übernehmen hier das Kommando.«

Es war kurz vor zehn Uhr am nächsten Vormittag, als die schwarze Limousine mit dem deutschen Kennzeichen auf der Reichsstraße 322 in Richtung Norden rollte. Kornberger saß auf der Rückbank und blickte ungeduldig auf seine Armbanduhr. Der Pyhrnpass lag noch vor ihnen, danach führte die Straße in die Ebene, in Richtung Wels und Passau.

Das Bündel mit den »Centurien« hatte Kornberger in einen kleinen Koffer verpackt, den er nicht aus den Augen ließ. Selbst nun, im sicheren Auto, lag er in Griffweite neben ihm.

Der Chauffeur schaltete das Autoradio ein und versuchte, die Welle des Reichssenders München einzustellen. Als ein aufgeregter Sprecher die Direktübertragung einer wichtigen Rede des Führers Adolf Hitler ankündigte, bedeutete ihm Kornberger, den Rundfunkempfänger lauter zu drehen.

»... Polen hat nun heute Nacht zum ersten Mal auf unserem eigenen Territorium auch mit bereits regulären Soldaten geschossen. Seit 5.45 Uhr wird jetzt zurückgeschossen!«, verkündete ein hörbar entschlossener und unbeugsamer Hitler.

Kornberger war sofort klar, was das bedeutete.

Krieg!

»Los, Mann, geben Sie Gas, fahren Sie schneller!«, rief er seinem Chauffeur zu und klopfte ärgerlich auf die Rücklehne des Fahrersitzes. »Trödeln Sie nicht herum, wir müssen so schnell wie möglich nach Berlin! Der Reichsführer-SS erwartet mich.«

»Zu Befehl, Gruppenführer!«, antwortete der junge SS-Mann und schaltete einen Gang herunter, dann gab er Gas.

Der leistungsstarke Sechszylinder brummte dumpf und beschleunigte den Mercedes bergauf, in Richtung der Passhöhe in knapp tausend Metern Höhe.

Die moderne Reichsstraße über den Pyhrnpass folgte über weite Teile der Trasse der alten Römerstraße. Einige der Kurven waren im Zuge des Ausbaus im zwanzigsten Jahrhundert begradigt und entschärft worden, andere konnten nur schwer verbreitert werden, weil es einfach kein Platz dafür gab.

Hinter einer dieser scharfen Kurven nach der Passhöhe passierte es.

Ein Holzfuhrwerk bog aus einem steilen Waldweg auf die Straße ein, die Pferde waren vom Gewicht der Stämme und dem Gefälle überfordert, ihre Hufe fanden keinen rechten Halt auf der glatten Asphaltfläche. Sie begannen zu schliddern, mit panisch weit aufgerissenen Augen, Schaum triefte von ihren Lefzen. Die tonnenschwere Ladung drängte sie immer stärker in Richtung des steilen Abhangs. Der Kutscher zerrte hilflos an den Zügeln.

In diesem Moment kam der schwere Mercedes viel zu rasch um die Kurve geschossen, schleuderte leicht bergab, und der junge Chauffeur hatte alle Hände voll zu tun, um den Wagen auf der Straße zu halten. »Vorsicht!«, schrie Kornberger. »Da vorne! Das Fuhrwerk!«

Doch da war es bereits zu spät.

Die Limousine krachte fast ungebremst gegen die dicken Stämme, Glas splitterte, Blech knirschte. Der Mercedes wurde nach rechts geschleudert, rutschte über die Straßenbegrenzung und stürzte mit aufheulendem Motor die Böschung hinunter. Auf dem Weg zum Waldrand überschlug er sich mehrmals, bevor der dicke Stamm einer Tanne seinen Sturz beendete.

26. Juli 2014

GRAND HOTEL WIEN, INNERE STADT, WIEN/ÖSTERREICH

»Gib zu, du hast das Hotel vor allem wegen seines Namens gewählt.« Amber strich die duftende Erdbeer-Marmelade auf ihr frisches Croissant, biss hinein und schloss genießerisch die Augen. »Allerdings hattest du das richtige Händchen, das muss man dir lassen.«

»Ich habe die letzte Nacht auf einem Sofa in London geschlafen«, erwiderte John, »und davor auf einem Diwan in Paris. Wer kann es verdenken, dass ich endlich wieder einmal ein richtig luxuriöses Bett haben wollte? Außerdem ist dieses Haus voller Geschichte und Geschichten. Die Habsburger feierten hier, Johann Strauß und russische Großfürsten, Josephine Baker und die bekanntesten Schauspieler ihrer Zeit wohnten im Grand Hotel. Und du weißt, wie sehr ich diese Art Hotels schätze ...«

»Deswegen wohnst du ja noch immer im Cecil in Alexandria. Mit zwei Koffern, stets auf dem Sprung. Ich warte trotzdem darauf, dass Fiona dich endlich dazu überreden kann, sesshaft zu werden.«

»Cecil, Cecil!«, krähte Sparrow vergnügt und trippelte zu einer kleinen Schüssel mit Nüssen, Karotten, Äpfeln, Birnen, Möhren und Gurken. Es schien, als wähle er mit Bedacht, bevor er ein Stück Karotte herauspickte und genüsslich daran knabberte.

»Ich habe gehört, das Cecil soll an die Steigenberger Gruppe verkauft werden, die das Haus vollständig restaurieren will«, stellte John unglücklich fest und winkte Llewellyn zu, der soeben in den Frühstückssalon gekommen war. »Dann wird die Patina verschwinden, und auch ich werde meine Koffer packen. Und Fiona wird es nicht schwer haben, mich zu überreden, in die Schweiz zu ziehen. Uns haben die letzten beiden Jahre noch fester zusammen geschmiedet. Aus dem Einsiedler ist ein Zweisiedler geworden ...«

»Guten Morgen, ihr zwei!« Llewellyn setzte sich an den Frühstückstisch. »Dir wird im letzten Moment noch eine passende Entschuldigung einfallen, um nicht aus Afrika verschwinden zu müssen, John.« Der Major grinste. »In der Schweiz ist es viel zu kalt für dich. Es schneit, und es gibt keine Wüste, Kamele nur im Zoo und sonst nicht gerade viel Platz. Kein Vergleich zu Afrika mit seinen endlosen Weiten.«

»Wo sind Jack und Alex?«, fragte John und ignorierte Llewellyns Worte.

»Die schlafen sicherlich noch. Zumindest haben sie sich noch nicht bei mir gemeldet. Hast du schon etwas von den beiden Genies in Paris gehört?«

John schüttelte den Kopf. »Aber wie ich sie kenne, werden die nicht lange auf sich warten lassen. Frühstücken wir erst einmal, und dann sehen wir weiter.«

In diesem Moment kamen Jack Westworth und Alex Beaulieu in den weitläufigen Salon, sahen sich kurz um und traten dann an den Frühstückstisch von John, Amber und Llewellyn.

»Guten Morgen! Wir haben unseren Tee schon verdient«, sagte Alex. »Seit fünf Uhr kontrollieren wir die Umgebung des Hotels, aber es ist uns niemand aufgefallen. Keine geparkten Autos, in denen irgendwelche Beobachter sitzen, keine Beschattung, keine ungewöhnlichen Baustellen. Wir haben mehrere Runden über die Ringstraße und die Mahlerstraße gedreht. Alles safe.«

»Und ich dachte, ihr schlummert noch. Gut gemacht. Aber jetzt frühstückt erst mal«, sagte Llewellyn. »Wie sieht dein Plan für heute aus, John?«

»Das hängt von den beiden Jungs in Paris und ihren Neuigkeiten ab.« Der Pilot sah Amber an. »Ich nehme an, du wirst die Gelegenheit nutzen und deinen Einkaufsbummel in der Kärntnerstraße starten?«

»Wie es aussieht, hat die Copilotin heute frei, und ich werde versuchen, Fiona zu erreichen und sie endlich nach Wien zu lotsen. Wenn sie heute mit dem Flugzeug in Schwechat landet, dann hole ich sie ab.«

»Gute Idee, dann habt ihr sicher noch Zeit, in die Konditoreien der Stadt einzufallen, bevor wir alle Abendessen gehen«, stimmte John zu.

»Wie war der Name noch mal? ›Franz Breitenstaetter, Wien‹?«, erkundigte sich Llewellyn. »Kann das ein Informant sein? Jemand wie Professor Montfoucault in Paris? Aber dann müsste es ihn in einem Telefonverzeichnis geben oder im Internet, und die beiden Genies von Saint-Sulpice hätten etwas über ihn herausgefunden.«

»Oder die Task Force von Sanseverino«, warf John ein. »Es gibt ihn aber nicht, und deshalb nehme ich an, es ist ein alter Name, zumindest aus dem letzten Jahrhundert, als es weder Twitter noch Facebook gab. Ich glaube, Franz Breitenstätter lebt schon lange nicht mehr. Aber warten wir ab, was der nächste Anruf aus Paris bringt.«

*

»Du wirst es nicht glauben, aber Alexander Reiter stand gestern vor der Tür von Peter Comptons Haus in London«, informierte der Major einen ungläubigen Gérard Meuniers am Telefon. »Ich habe keine Ahnung, was er plant. Der alte Fuchs hat jedenfalls die Fahndung nach ihm abgeblasen. Am besten, du rufst ihn selbst an.«

»Wir haben noch immer ein paar Fragen an Rebus wegen der Geschichte mit Aurélie Bernadetti, und zwei Leibwächter einer Ministerin schlägt man nicht ungestraft nieder.« Meuniers klang keineswegs erfreut. »Hat er deiner Meinung nach den Auftrag der Kulturministerin in Österreich erledigt?«

»Da musst du Compton fragen, wahrscheinlich sind die beiden bereits die besten Freunde.« Llewellyn trank den letzten Schluck Tee aus. »Peter wollte mich gestern Abend noch anrufen, aber ...«

»... lass mich raten, die Unterhaltung mit Rebus war interessanter als gedacht, und er hat es einfach vergessen«, unterbrach ihn Meuniers. »Ich werde heute mal mit London konferieren. Wo seid ihr?«

»In Wien, aber nicht wegen Rebus. Ich melde mich wieder, wenn das alles hier vorbei ist. Dann kommst du auf die andere Seite des Kanals, und wir machen London unsicher.«

»Klingt gut«, antwortete Meuniers. »Grüß John!«

Das Geschäft Michael Spenglers in der Wiener Spiegelgasse sah exklusiv, aber etwas altertümlich aus. Die gepflegte Auslage schien mit ihren Mosaiken und den Messingeinfassungen aus den Sechzigerjahren zu stammen, die Scheiben waren jedoch frisch geputzt, und das einzige Exponat auf rotem Samt war eine Visitenkarte des Kunsthändlers.

Die schmale Gasse in der Inneren Stadt war ein Zentrum des

lokalen Kunsthandels. Zahlreiche Händler und Galerien hatten hier ihre Läden, schräg gegenüber lag eines der ältesten Pfand- und Auktionshäuser der Welt, das Wiener Dorotheum.

»Keine schlechte Adresse«, sagte John und wies auf die Schaufenster der benachbarten Läden, die exklusive Gemälde und seltene Antiquitäten ausstellten. »Aber Spengler ist ja bereits über vierzig Jahre im Geschäft, wie er mir im Zug nach Paris verraten hat. Da sitzt man nicht in irgendeiner Vorstadt oder einem Arbeiterbezirk.«

Sparrow, der es sich auf der Schulter von John bequem gemacht hatte, beäugte die Auslage mit der einsamen Visitenkarte interessiert.

»Wenn man es sich leisten kann, nur eine Visitenkarte in der Auslage zu haben, dann ist man angekommen«, stellte Llewellyn trocken fest. »Ganz oben.«

»Seine Spezialität sind antike Objekte, die er für Unsummen an Museen verkauft oder vermittelt. Da muss man sich nicht mehr bei der Laufkundschaft profilieren.« John versuchte, die Tür zum Laden aufzudrücken, aber die war abgeschlossen, und ein Hinweis auf die Geschäftszeiten fehlte.

»Du hast vergessen, einen Termin zu vereinbaren. Vielleicht ist Spengler noch in Frankreich.«

»Er wollte nach seinem Meeting in Dijon nach Wien zurückkehren.« John zog die Visitenkarte hervor und wählte die Nummer von Spengler. Er sah sich um.

Die Spiegelgasse war noch nicht sehr belebt in den Morgenstunden, aber Parkplätze waren bereits rar wie Diamanten am Strand. Deshalb waren auch Jack und Alex nach zwei vergeblichen Runden mit dem Bus ins Hotel zurückgekehrt und warteten da auf den Anruf von Llewellyn.

Es läutete. Nach dem zehnten Klingelton schaltete sich die Mailbox ein. »Keiner zu Hause«, sagte John und legte auf.

»Ruf noch mal an«, forderte ihn Llewellyn auf und trat näher an die Ladentür.

John wählte erneut, und der Major legte sein Ohr an die Glasscheibe. »Ich höre das Telefon läuten, leise zwar, aber es ist eindeutig sein Handy.«

»Vielleicht hat er es im Laden vergessen.«

In diesem Moment bewegte sich etwas hinter der Milchglasscheibe, und der Schlüssel wurde im Schloss herumgedreht. Als die Tür aufschwang, blickte John und Llewellyn ein etwas aufgelöster Michael Spengler entgegen. Die Krawatte war locker und der Knoten auf Halbmast, das Jackett fleckig, die Hose zerknittert, und das Stecktuch hing halb aus der Brusttasche.

»Guten Morgen, Herr Spengler, haben wir Sie beim Büroschlaf gestört?«, erkundigte sich John lächelnd.

Der Kunsthändler fuhr sich mit der Hand durch die wirren Haare und wich dem Blick des Piloten aus. »Herr Finch, welche Überraschung … äh … na ja …« Er trat zur Seite, den Kopf gesenkt, und zog die Tür weiter auf.

»Avanti, maggiore«, ertönte da eine Stimme im Rücken von John und Llewellyn.

Zwei Männer in dunklen Anzügen, ihre Hände in den Taschen, standen mit leicht überheblicher Miene einen Schritt hinter dem Major und dem Piloten. Einer der beiden gab mit seinem Kopf Llewellyn ein Zeichen, in den Laden einzutreten.

Doch genau das tat der Major nicht. Er sah sich seelenruhig um, gab vor, zu überlegen und die Passanten zu beobachten, zwinkerte John kurz zu. Dann wandte er sich einem der Italiener zu. »Typen wie dich hab ich in meiner Karriere schon viele getroffen«, begann er, und seine Stimme wurde gefährlich leise. »Arsch im Anzug, nichts dahinter.« Das sparsame Lächeln erreichte seine eisgrauen Augen nicht.

»Glauben Sie nicht, dass ich Sie nicht verstehen kann«, erwiderte der Mann mit starkem italienischen Akzent. »Stronzo! Und jetzt hinein!«

»Piraten!«, kreischte Sparrow. »Hängt sie an die Rah!«

»Na, danke, Sparrow, dann muss ich mich nicht wiederholen«, zischte Llewellyn und blieb unerschütterlich mitten auf dem Gehsteig stehen. »Geh mir besser aus dem Weg, solange du noch kannst. Möchtest du auf offener Straße herumknallen? Mitten in Wien? Du bist eine Peinlichkeit für jeden, der dich ausgebildet hat. So etwas wie euch beide Wichtel essen meine Männer und ich heute noch zum Frühstück.«

»Ihre Zeit ist lange vorbei, Major«, erwiderte der Mann im Anzug ungeduldig, und seine Augen sprangen zwischen John und Llewellyn hin und her. »Sie sind Dinosaurier im Ruhestand, alle über sechzig, manche Ihrer Männer sogar zehn Jahre älter. Ihre Welt ist lange untergegangen, und jetzt haben wir übernommen. Gehen Sie endlich in dieses verdammte Geschäft!«

»Arme Welt«, konterte Llewellyn, »wenn ihr sie retten sollt. Meine Männer waren schon mit allen Wassern gewaschen, da hast du noch nicht mal bis zum Waschbecken hinaufgereicht und in deine Windel gefurzt. Und jetzt ...«

Der Schuss, abgefeuert aus der Jackentasche, verfehlte den Major um Haaresbreite, der Knall echote durch die Häuserschlucht. Sparrow flog kreischend auf und flatterte auf ein schmales Sims über der Auslage.

Die Hand Llewellyns schoss vor, traf den Schützen punktgenau am Kinn und ließ ihn gegen die Auslagenscheibe taumeln. »Gruß vom Dinosaurier«, zischte der Major, senkte den Kopf, setzte nach und rammte den Mann durch die riesige Scheibe in den Laden, begleitet von einem ohrenbetäubenden Knall des splitternden Glases.

Als der Major zuschlug, wirbelte John seinen Bewacher, der

vom Schuss abgelenkt worden war, einmal herum und schleuderte ihn mit dem Kopf voran gegen die Hauswand. Als der Mann sich benommen aufraffen wollte und dabei seine Pistole aus der Tasche zog, trat der Pilot zu, und die Waffe flog in hohem Bogen auf die Fahrbahn.

»Gleichstand«, entschied John erfreut und rieb sich die Hände. »Meine Barschlägereien waren schon Legende, da warst du noch ein Leuchten in den Augen deines Vaters, wie Llewellyn jetzt sagen würde.« Dann schickte er mit ein paar kurzen, präzisen Schlägen den völlig überraschten Angreifer zu Boden. Llewellyn stieg aus der Auslage, wischte mit der Hand Glassplitter aus seinen grauen Haaren und betrachtete abschätzig den Unbekannten, der sich unter Schmerzen auf dem Asphalt krümmte. »Wenn das die erste Liga war, dann haben die Italiener sehr nachgelassen in den letzten Jahren.«

»Der hätte im Continental-Savoy die erste Runde nicht überstanden«, lächelte John grimmig und zog den stöhnenden Mann hoch.

»Savoy!«, krächzte Sparrow und segelte wieder auf die Schulter des Piloten.

»Überlassen Sie ihn mir, Mr. Finch«, rief eine Stimme von der anderen Seite der Straße.

Gerhard Klingenbergs roter Haarschopf leuchtete, als er auf die Fahrbahn trat, sich nach der Pistole des Angreifers bückte und sie einsteckte. Dann trat er zu John und Llewellyn.

»Sieh da, so trifft man sich wieder. Sagen Sie jetzt nicht, Sie seien zufällig vorbeigekommen«, brummte der Major.

Klingenberg schüttelte den Kopf und legte dem benommenen Italiener Handschellen an. »Wir beobachten Spengler rund um die Uhr. Aber in dieser verdammten Gasse gibt es so wenig Parkplätze. Deshalb musste ich meinen Wagen weiter unten abstellen ...«

»… und konnten uns so nicht rechtzeitig unter die Arme greifen.« John blitzte den Kriminalbeamten an. »Wie unglaublich beruhigend …«

»Was ist mit dem zweiten?«, erkundigte sich Klingenberg und schob den Mann in Handschellen vor sich her in Richtung von Spenglers Laden.

»Der wollte nur noch rasch die Welt retten und hat sich dran verschluckt«, erklärte Llewellyn wie nebenbei. »Die Glasscheibe hat ihm bei seinem Sturz die Halsschlagader aufgeschnitten. Und ich hatte mein Verbandszeug nicht griffbereit.« Die eisgrauen Augen fixierten Klingenberg emotionslos. »Ich habe etwas dagegen, wenn man auf mich schießt. Alte Aversion.«

»War nicht zu überhören«, erwiderte der Kriminalbeamte. »Die Kollegen werden bestimmt bald da sein. Wo wohnen Sie in Wien?«

»Im Grand Hotel Vienna«, antwortete John und drückte die Ladentür weiter auf.

Aus dem Inneren des Geschäfts war kein Laut zu hören.

»Herr Spengler?«, rief der Pilot und ging tiefer in den Laden hinein.

Die halb offenen Vorhänge filterten das Licht und tauchten die elegante Einrichtung in ein diffuses Dunkelrot. Michael Spengler lag hinter seinem Schreibtisch, die starren Augen zur Decke gerichtet, in einer riesigen Blutlache.

»Sie waren zu dritt …«, sagte Llewellyn wütend und schüttelte den überlebenden Angreifer. »Wer war noch in diesem Laden?«

Doch der Mann schwieg hartnäckig.

Während Klingenberg die Leiche untersuchte, sah sich John mit Sparrow auf der Schulter im Verkaufsraum um, entdeckte eine Tür zu den Nebenräumen und dahinter einen offenen Seiteneingang, der in den menschenleeren Hof führte. »Über alle Berge.«

In der Ferne waren leise die ersten Sirenen der Einsatzwagen zu hören. Llewellyn packte den gefesselten Italiener, schob ihn vor sich her zur Tür. John blätterte in einem Ordner, der auf dem Couchtisch lag. Sparrow flatterte auf den alten Kronleuchter und genoss das leise Schaukeln.

Dann überschlugen sich die Ereignisse.

Der Mann, der vor dem Laden wie ein Schatten auftauchte, verlor keine Sekunde. Er eröffnete sofort das Feuer aus einer Maschinenpistole und jagte die erste Garbe in die Brust des Gefangenen, der röchelnd zusammenbrach.

Der Major ließ den Sterbenden fallen, zog seine Waffe und sprang in Deckung.

John robbte zu Klingenberg, der, etwas blass, Schutz unter dem Schreibtisch Spenglers gesucht und seine Pistole gezogen hatte.

Alle drei Männer warteten auf die erste Feuerpause. Sparrow flog kreischend umher.

Doch der Schütze hörte nicht auf, Kugel um Kugel in das Geschäft Spenglers zu schicken. Glas splitterte und regnete herab, die Lampen wurden von der Decke gefegt, der Verputz fiel in großen Stücken von der Wand. Endlich war das Magazin leer und die Stille eine Wohltat.

Llewellyn tauchte neben John aus der Deckung auf, die Heckler & Koch im Anschlag.

Doch da war niemand mehr. Der Schütze war verschwunden!

Wutentbrannt stürzte Llewellyn aus dem Geschäft, blickte sich um und sah einen Block entfernt einen Mann rennen, eine Maschinenpistole in seiner Rechten. Zugleich heulte ein starker Motor auf, und ein großer silberner Audi beschleunigte an

Llewellyn vorbei die Spiegelgasse hinunter in Richtung Albertina.

»Scheiße!«, rief Llewellyn und sprintete los.

Doch der Mann hatte einen ziemlich großen Vorsprung, und der Audi war fast schon auf seiner Höhe.

Der Major wich zwei völlig panischen Fußgängern aus, die sich angesichts des Schusswechsels hinter einem Auto versteckt hatten, und stürmte weiter.

Die Limousine bremste, die hintere Tür schwang auf.

Der Flüchtende wurde langsamer, schaute zum Audi.

Llewellyn holte auf.

Dann krachte ein einzelner Schuss.

Die Wucht der Kugel war so groß, dass der Mann mit der Maschinenpistole gegen den nächsten geparkten Wagen geschleudert wurde und zusammenbrach.

Der Audi war stehengeblieben, die Tür noch immer offen.

»Was zum Teufel ...?«, keuchte Llewellyn, doch er rannte immer weiter, bis er auf der Höhe der Limousine war.

In der Straße wurden die ersten entsetzten Rufe laut, Einsatzfahrzeuge bogen mit quietschenden Reifen am oberen Ende in die Spiegelgasse ein. Der silberne Audi stand seltsamerweise noch immer mit laufendem Motor mitten auf der Fahrbahn.

Llewellyn zwängte sich zwischen geparkten Autos durch, sah den Toten mit der Maschinenpistole grotesk verrenkt zu seinen Füßen auf der Fahrbahn liegen und schaute in den Fond des Audi.

Auf der Rückbank saß ruhig ein einzelner Mann, eine 45er Magnum in der Hand. Seine Züge waren kantig, seine Augen stahlblau, die Haare militärisch kurz geschnitten.

Llewellyn erkannte einen Profi, wenn er einen vor sich hatte. Er ließ die Heckler & Koch sinken.

»Das war der dritte Mann, Major. Mit Empfehlung von Kardinal Sanseverino.«

Bevor Llewellyn etwas erwidern konnte, rollte der Audi an, beschleunigte hart, die Tür schlug zu, und die Limousine erreichte in wenigen Augenblicken den Lobkowitzplatz, wo sie, ohne zu bremsen, links in die Augustinerstraße einbog.

Als John angerannt kam, mit Klingenberg im Schlepptau und einem zitternden, aber unverletzten Sparrow auf der Schulter, stand Llewellyn noch immer da, die Pistole in der Hand, und schaute dem Audi nach, der bereits längst verschwunden war. Langsam drehte er sich um und sagte nur ein einziges Wort: »Cäsarea.«

8, Via Ugo Bassi, Bologna/Italien

Die beiden Frauen, die sich in dem überbreiten Bett unter den Satin-Laken räkelten, hatten völlig die Zeit vergessen. Ab und zu drang ein lustvolles Stöhnen durch die halb offenen, schweren Vorhänge, die von einem kunstvoll geschnitzten Reif an der Decke des Zimmers auf das Lager fielen.

Das Schlafzimmer von Maria Giancomelli hätte auch einem offiziellen Empfangssalon oder einem Museum zur Ehre gereicht. Die Deckenfresken eines der bekanntesten Maler der Bologneser Schule waren perfekt restauriert worden, und die Farben leuchteten frisch wie am ersten Tag. Die Gemälde an den Wänden waren von ausgesuchter Qualität und vereinten Werke der Renaissance und des neunzehnten Jahrhunderts.

Giancomelli bewohnte die elegante Wohnung in dem Innenstadt-Palais seit etwas mehr als sechs Monaten und war restlos davon begeistert. Neben den beiden luxuriösen Schlafzimmern mit angeschlossenen Bädern hatten der riesige Salon und die makellos renovierten, großzügig geschnittenen Räume die junge Frau beeindruckt. Das Apartment lag nur einen Steinwurf vom berühmten Neptun-Brunnen und der Piazza Maggiore entfernt.

Zentraler konnte man in Bologna nicht wohnen.

Teurer auch nicht.

Das altehrwürdige Palazzo mit den für Bologna so charakteristischen Arkaden lag unweit des Palazzo d'Accursio mit seinem überdachten Innenhof, in dem 2001 die Biblioteca Salaborsa eingerichtet worden war, direkt im historischen Zentrum Bolognas.

Als das Telefon läutete, drang ein enttäuschter Laut aus dem Bett.

»Antonia, könntest du bitte abnehmen?«, murmelte Maria Giancomelli mit lasziver Stimme, als das Telefon läutete, und vergrub ihren Kopf tiefer im Kissen. »Mir ist gerade nicht nach Problemen.«

Die schlanke, durchtrainierte Leibwächterin stieg seufzend aus dem Bett und lief nackt durch das angrenzende Wohnzimmer in die Bibliothek.

Hohe Bücherregale bedeckten fast die gesamten Wände bis zur Decke, Lehnstühle standen verteilt im Raum neben kleinen Tischen mit Leselampen. Das Telefon stand auf einem Schreibtisch nahe dem großen Fenster, das auf die Via Ugo Bassi hinausging.

»Si?« Antonia meldete sich und versuchte gleichzeitig, die Uhrzeit auf der Basisstation abzulesen.

11.21 Uhr vormittags.

Eindeutig zu spät. Aber der Empfang in Rom gestern hatte länger gedauert als geplant. Dann noch das Treffen mit Sanseverino, gefolgt von dem Heimflug nach Bologna ... Wenigstens stand der Privatjet bereit.

Und in einer Stunde hatte Maria einen Termin zum Lunch!

»Pronto!?«, stieß Antonia ungeduldig hervor.

Warum meldete sich niemand?

Von draußen drang gedämpft der Lärm der Busse durch die Fenster.

»Signora Giancomelli?«, sagte schließlich eine Männerstimme.

»Ich bin ihre Sekretärin, Antonia Lombardi. Wer spricht?«

»Mein Name ist John Finch, und ich rufe Sie aus Wien an. Verbinden Sie mich mit Signora Giancomelli.«

Für einen Moment war Antonia sprachlos.

Woher kannte Finch diese Telefonnummer …?

Und woher rief er an? Aus Wien …?

Aber da waren doch …

Endlich fing sie sich wieder. »Die Signora hat im Moment einen wichtigen Termin, bei dem ich sie nicht stören kann«, erwiderte Antonia automatisch, während sie mit Fingerschnippen versuchte, Maria auf sich aufmerksam zu machen. »Worum geht es? Vielleicht kann ich Ihnen ja auch weiterhelfen, Mr. … Finch.« Sie sprach den Namen lauter aus als nötig, um Giancomelli zu alarmieren.

»Ich habe es satt, dass Ihre Killer eine Blutspur durch Europa ziehen, als gäbe es kein Morgen«, tönte es durch den Hörer.

Eine andere Stimme, tiefer diesmal, und ziemlich schlecht drauf. Hatte Finch eine Konferenzschaltung eingerichtet?

Antonias Gedanken rasten.

»Außerdem habe ich etwas dagegen, wenn Amateure versuchen, mich auf offener Straße zu erschießen. Das funktioniert vielleicht in Kalabrien, aber nicht in Wien.«

»Ich … ich weiß nicht, wovon Sie sprechen, Mr. …?«, entgegnete Antonia lahm.

Wo zum Teufel war Maria?

»Llewellyn Thomas, und mein Name dürfte Ihnen etwas sagen«, brummte der Major unwirsch. »MI5, MI6 und noch ein paar Spezialeinheiten, deren schiere Existenz Ihnen schlaflose Nächte bereiten sollten. Oder haben Sie bereits Rodney McFarlane vergessen?«

Antonia war zum ersten Mal in ihrem Leben sprachlos.

»Keine Antwort ist auch eine Antwort«, kommentierte Llewellyn ihr Schweigen. »Und jetzt hören Sie mir gut zu, Signora

Lombardi. Sollte ich in den kommenden Tagen irgendwo auf dieser Welt noch mal Ihren schießwütigen geschniegelten Wichteln im Anzug begegnen, dann komme ich persönlich in die Via Ugo Bassi und reiße Ihnen genauso persönlich Ihren kleinen Arsch auf. Und den von Maria Giancomelli gleich mit. Loge hin, Loge her. Dann bekommen Sie nämlich ein internationales Problem auf höchster Ebene, und glauben Sie mir, ich sorge dafür, dass es Sie Kopf und Kragen kostet und Sie eine neue Zahl hinter das P schreiben können.«

Scheiße, dachte Antonia, Scheiße, Scheiße, Scheiße! Er kennt sogar diese Adresse!

»Was der Major damit sagen will, ist: Er ist stinksauer«, ergänzte John, »und das würde ich an Ihrer Stelle sehr nachdrücklich und eindringlich Signora Giancomelli ausrichten. Was nun Ihre drei Killer betrifft, die sind bald wieder auf dem Weg nach Italien. Die österreichische Polizei hat die Ermittlungen aufgenommen und liefert die Leichen nach der Obduktion an die italienische Botschaft in Wien. Sie können ja dem Botschafter dann alles erklären, der wird Ihnen ganz sicher gespannt lauschen. Was hatten Sie eigentlich gegen Michael Spengler?«

Antonia drückte verzweifelt auf den roten Knopf und trennte das Gespräch. Dann ließ sie den Hörer auf die Tischplatte fallen, als stehe er unter Hochspannung, und kreischte: »Mariaaaa!«

Grand Hotel Wien, Innere Stadt, Wien/Österreich

John ließ das Smartphone sinken und grinste Llewellyn an. »So, das wird denen ein wenig unter die Haut gehen. Mit der Ruhe in Bologna ist es für heute vorbei. Krisensitzung ist angesagt, hektisches Telefonieren und Schadensbegrenzung.«

»Jetzt würde ich allerdings an Ihrer Stelle noch mehr auf der Hut sein«, sagte Kommissar Klingenberg düster. »Die Loge wird bestimmt nicht aufgeben, nur ein wenig vorsichtiger werden.«

»Ausgezeichnet, die sollen sich vor allem nicht mehr so sicher fühlen.« Llewellyns Augen blitzten. »Die waren wegen Spengler in Wien, und wir sind ihnen einfach dazwischengekommen. Oder wir waren schneller da, als sie angenommen hatten.«

Kommissar Klingenberg hatte John und den Major ins Grand Hotel Wien zurückbegleitet, wo Alex Beaulieu und Jack Westworth im VW auf sie gewartet hatten.

»Wir hätten den blöden Bus im Halteverbot parken sollen«, ärgerte sich Beaulieu. »Dann hätten wir die drei Anzugträger im Laden überraschen können.«

Und Jack ergänzte: »Ich habe noch eine Rechnung mit der Loge offen. Das wäre die Anzahlung gewesen. Ewig schade, dass wir nicht dabei waren.«

»Wer oder was ist Cäsarea?«, erkundigte sich Klingenberg plötzlich.

»Das wollen Sie nicht wirklich wissen, glauben Sie mir«, gab Llewellyn zurück. »Vergessen Sie den Namen rasch wieder. Sie haben ihn nie gehört.«

»Es wird eine Untersuchung geben, wer den dritten Mann erschossen hat«, erinnerte ihn der Kommissar.

»Und sie wird ergebnislos im Sand verlaufen.« Llewellyn holte die letzten Glassplitter aus der Brusttasche seines Polo-Shirts. »Es wäre nicht die erste, es wird nicht die letzte sein.«

»Konnten Sie sich das Kennzeichen des Audi merken?«, stieß Klingenberg nach.

»Ich habe ein sehr schlechtes Gedächtnis, fragen Sie John.«

»Ich könnte Sie in Untersuchungshaft nehmen«, entgegnete der Kommissar. »Vielleich erinnern Sie sich dann besser ...«

»Machen Sie sich ruhig lächerlich, und versuchen Sie es. Möchten Sie für die nächsten Wochen Parkvergehen ahnden? Oder Straßenlampen observieren? Nochmals – vergessen Sie den Namen, Klingenberg. Besser für Sie. Sie haben ein Opfer, drei Täter, alle sind tot. Schicken Sie die Presse auf die Spur der Geheimloge, und Sie haben eine runde Geschichte.«

»Warum wollte Ihrer Meinung nach die Loge P4 Spengler aus dem Weg räumen?« Der Kommissar zog einen Notizblock aus der Tasche und konsultierte seine Eintragungen. »Der Kunsthändler traf sich in Dijon mit einem Anlageberater, einem gewissen Jean Martin, zum Mittagessen und nahm danach den Abendflug nach Wien. Zuvor war er mit dem Zug aus Italien gekommen, hatte mit John Finch ein Abteil geteilt. Warum jetzt mit einem Mal der Anschlag in Wien?«

»Das sollten Sie am besten Maria Giancomelli direkt fragen«, schlug John vor. »Die ist die Nummer Zwei in der Loge P4, und vielleicht wird nach der jetzt fälligen Spitzenkonferenz selbst der Großmeister nervös. Schreiben Sie mit!« Dann diktierte er Klingenberg Telefonnummer und Adresse in

Bologna. »Und wenn Sie schon an der Recherche sind, kontaktieren Sie den zuständigen Staatsanwalt in Italien, der sucht seit Monaten nach einem Grund, den Mitgliedern der P4 stärker auf den Zahn zu fühlen. Ich wette, er wird sich über die neuesten Ereignisse und die unverhoffte Hilfe aus Österreich freuen.«

Doch John selbst wurde kontaktiert, wenige Minuten nachdem Kommissar Klingenberg etwas frustriert wieder in die Spiegelgasse zurückgekehrt war, um seine Kollegen zu unterstützen. Die SMS aus Paris lautete: »Fahren Sie zu folgender Adresse, wir melden uns gleich:

1010 Wien, Minoritenplatz 1.«

Palazzo San Carlo, Vatikanstadt, Rom/Italien

»Eminenz? Kardinal Sabattini wäre jetzt hier.« Franco sah Sanseverino, der an seinem Schreibtisch sitzend gerade den »Osservatore Romano« durchblätterte, fragend an.

»Danke, ich komme gleich«, murmelte der Kardinal. »Bring ihn bitte in den Salon und biete ihm etwas zu trinken an. Ich erwarte noch einen Anruf, dann können wir beginnen.«

Franco nickte und ließ ihn allein zurück.

Die feudale, fast dreihundert Quadratmeter große Wohnung im Palazzo San Carlo hatte Sanseverino bereits vor zwanzig Jahren bezogen.

Papst Franziskus hingegen bewohnte ein bescheidenes Zwei-Zimmer-Apartment und hatte die über vierhundert Quadratmeter große päpstliche Dienstwohnung gleich zu Beginn seines Pontifikats abgelehnt. Zu groß, zu pompös. Den neuen Staatssekretär, Pietro Parolin, hatte Franziskus gleich in das Gästehaus mitgenommen und ihm ein einzelnes, schlichtes Zimmer zugewiesen. Nun saßen beide oft in der Kantine, und erst vor wenigen Tagen hatte Franziskus Sanseverino anvertraut, dass er gerne einmal unerkannt eine Pizza essen würde, draußen, vor den Toren des Vatikans. Allein, inkognito und unbewacht.

Der Kardinal hatte Mühe gehabt, Franziskus diese Idee wieder auszureden …

Ja, die Zeiten hatten sich geändert. Sanseverino faltete nachdenklich die Tageszeitung zusammen und erhob sich. Da fiel sein Blick auf die Liste, die Giancomelli ihm nach dem Empfang in Rom in die Hand gedrückt hatte. Einen Moment lang überlegte er, die Liste einzustecken und mitzunehmen, doch dann ließ er es bleiben.

Als das Telefon auf seinem Schreibtisch läutete, nahm er mit einem knappen »Ja?« das Gespräch an.

»Die Situation in Wien ist geklärt«, berichtete eine Männerstimme emotionslos. Dann schilderte sein Gesprächspartner Sanseverino die Vorgänge in der Spiegelgasse. »Sollen wir vor Ort bleiben? Wir haben den Wagen gewechselt und sind einsatzbereit.«

»Das hängt von den weiteren Entwicklungen ab. Ich melde mich in ... sagen wir ...« Der Kardinal sah auf seine Armbanduhr. »... einer Stunde.« Damit legte Sanseverino auf und verließ mit großen Schritten sein Arbeitszimmer.

»Ciao Lorenzo!«, begrüßte ihn Kardinal Giulio Sabattini – ein untersetzter und rotgesichtiger Mann mit Segelohren, Knopfaugen und Nickelbrille – wenig begeistert und gähnte demonstrativ. »Ich kann mich nicht mehr erinnern, wann ich zuletzt geschlafen habe ...« Er holte eine dicke Mappe aus einer abgegriffenen Aktentasche und ließ sie lautstark auf die Tischplatte fallen. »Diese Geschichte mit Poussin und dem Notizbuch hält uns noch immer alle in Atem, und das Team zeigt erste Erschöpfungserscheinungen.«

»Soll ich als Motivationshilfe eine Liste mit freien Posten in der Mission herumgehen lassen?«, erwiderte Sanseverino kühl. »Alle sollen eine Mütze Schlaf nehmen, und dann möchte ich um vier Uhr heute Nachmittag die gesamte Runde zu einer Besprechung in der Bibliothek sehen. Was sind die neuesten Entwicklungen?«

»Die letzte codierte Eintragung in Umars Notizbuch widersetzt sich jedem Entschlüsselungsversuch.« Sabattini konsultierte die Dokumente in seiner Mappe. »Die Resultate sind durchwegs unverständlich, ergeben weder Sinn, noch sind sie mit irgendetwas in Zusammenhang zu bringen. Es fehlt uns ganz offensichtlich der passende Schlüssel. Aber keine Angst, die Kryptographen arbeiten noch daran. Dasselbe gilt für ›Franz Breitenstaetter, Wien‹. Wir haben keine Ahnung, woher Umar den Namen hat und warum er ihn verschlüsselt hat. Ich habe die Erzdiözese Wien gebeten, die Einwohnerlisten der Stadt im zwanzigsten Jahrhundert durchzukämmen, aber das kann dauern.«

»Was hören wir aus Paris?«

»Nichts.« Sabattini hob in einer ratlosen Geste die Hände zum Himmel. »Ich vermute, die Brüder nehmen eine Mütze Schlaf, und es kann ihnen keiner verdenken.«

»Das würde mich wundern«, murmelte der Leiter von Pro Deo und meinte dann lauter: »Ich kümmere mich selbst darum. Weiter! Was ist mit diesem Yves de Lessines und seinen ›Centurien‹?«

»Da sieht es schon besser aus.« Sabattini nickte und schichtete die Dokumente in der Mappe um. »Yves de Lessines war zuerst Mönch und schließlich Prior in der Zisterzienserabtei Notre-Dame de Cambron, bis er knapp vor seinem Tod 1328 zum fünfzehnten Abt des Klosters ernannt wurde. Von adeliger Geburt – seine Eltern waren die Herren von Lessines –, folgte Yves seinem Vater als Schlossherr nach, bevor er trotz der Bitten seiner Mutter und seiner drei Schwestern das Gelübde ablegte und ins Kloster Cambron eintrat, wo er bis zu seinem Lebensende blieb.«

»Was konnten wir über die ›Centurien‹ in Erfahrung bringen?«, erkundigte sich Sanseverino ungeduldig.

»Yves de Lessines schrieb in seinen letzten sechs Lebensjahren tatsächlich an einem Text, den er in einer Mischung aus Alt-Französisch, Flämisch, der picardischen Sprache und unter Verwendung deutscher Ausdrücke verfasste und der unter dem Titel ›Centurien‹ in der Klosterbibliothek verwahrt wurde. Das geht aus einem Dokument hervor, das wir im päpstlichen Archiv gefunden haben. Darin wurde auch festgehalten, dass ein Schreiber zwei Kopien anfertigte, die anschließend durch Boten an zwei Klöster geschickt wurden.« Sabattini kratzte sich am Kopf. »Was bedeuten würde, dass es ursprünglich drei Texte gab: das Original in Cambron, eine Kopie in Chambons/Sénanque, die sich Nostradamus aneignete, und eine in Stift Admont in Österreich.«

»In Österreich?« Sanseverino runzelte die Stirn. »Admont …«

Er kannte das prunkvolle Stift in der Steiermark mit seiner atemberaubenden Bibliothek.

»Über die Kopie in Admont haben wir einiges herausgefunden, aber sicherheitshalber ist eine E-Mail an das Kloster bereits unterwegs«, sagte Sabattini. »Das Original aus der Bibliothek von Cambron nahm ein Kaiser höchstpersönlich mit.«

»Giulio, ich habe keine Zeit für Ratespielchen, und dein Sinn für Dramaturgie zieht bei mir nicht. Die Fakten!«

Sabattini seufzte theatralisch. »Nun gut, Cambron wurde von Kaiser Joseph II. im Zuge der Säkularisierung 1783 in die Liste der ›unnützen Klöster‹ eingereiht und sollte geschlossen werden. Allerdings stattete der Regent auf einer seiner Reisen 1781 Cambron überraschend einen Besuch ab, wurde vom damaligen Stellvertreter des Abts empfangen und erhielt ein Abschiedsgeschenk: das Original der ›Centurien‹ von Yves de Lessines, die er offenbar nach Wien mitnahm.«

Sanseverino erhob sich und ging, in Gedanken versunken, in dem großen Salon auf und ab.

»Am 27. Mai 1789 schließlich wurden alle Mönche ausgewiesen und in die Niederlande ins Exil gebracht«, fuhr Sabattini fort. »Das Kloster wurde aufgelöst, Bücher und Dokumente auf Wagen verladen und streng bewacht nach Wien gebracht. Als die Mönche nach dem Ende der österreichischen Herrschaft wenig später zurückkehrten, war von Cambron so gut wie nichts mehr übrig, nicht mal die Möbel. Dann wurde die Abtei endgültig aufgegeben und verfiel. Und bevor du fragst: Das steht im Internet.« Kardinal Sabattini goss sich Mineralwasser aus einer großen Flasche nach. Dann verzog er das Gesicht und trank in großen Schlucken. »Ich wusste nicht, dass dein Weinkeller *so* leer ist.«

Sanseverino ignorierte den Einwurf geflissentlich. »Lass uns zusammenfassen: ein Original, zwei Kopien. Eine der Kopien fällt Nostradamus in die Hände, der daraufhin seine berühmten ›Prophezeiungen‹ verfasst, eines gelangt noch im Jahr 1328 nach Stift Admont in Österreich, und das Original wird 1781 Kaiser Joseph II. geschenkt und von ihm nach Wien mitgenommen. Dann wird das Kloster zerstört, und die Mönche werden in alle Winde zerstreut.«

»So ist es. Der letzte Abt von Cambron, Florent Pépin, stirbt 1795 im Exil in den Niederlanden«, ergänzte Sabattini nach einem Blick in seine Unterlagen. »Da ist Kaiser Joseph II. bereits fünf Jahre tot.«

»Wir können zu Recht annehmen, dass Nostradamus seine Abschrift vernichtet hat«, fuhr Sanseverino fort. »Bleiben eine weitere Kopie in Admont und das Original am Kaiserhof in Wien. Sind sie jemals gefunden worden?«

»Wurde jemals nach ihnen gesucht?«, antwortete Sabattini spitzfindig. »Der Koffer mit dem Manuskript des Yves de

Lessines, das Abt Engelbert Jahrhunderte zuvor so sorgsam in Admont versteckt hatte, verbrannte bei einem Autounfall in den österreichischen Alpen 1939 restlos zu Asche. Damit war die zweite Kopie der ›Centurien‹ unwiederbringlich verloren. Heinrich Himmler, der umgehend informiert wurde, begrub sechs Monate nach dem Tod Otto Rahns und der ›Operation Gral‹ mit Alfred Kornberger auch die ›Operation Nostradamus‹ in den Archiven der Organisation Ahnenerbe. Ab da gab es nur noch den jungen SS-Oberscharführer Heinrich Harrer und die geheimnisumwitterte Expedition nach Tibet.« Sanseverino nahm seinen Rundgang durch den Salon wieder auf, während sein Besucher in den Unterlagen blätterte.

Sanseverino blieb vor Sabattini stehen, den Kopf gesenkt, die Augen geschlossen. »Damit ist Admont aus dem Spiel. Die wirklich brennende Frage jedoch bleibt: Wozu das alles? Was vereint Nicolas Poussin und Yves de Lessines? Sie leben in verschiedenen Zeitaltern, ein Mönch im südlichen Belgien und ein Barock-Maler in Rom. Was bewegte den Abt von Cambron dazu, diese ›Centurien‹ zu verfassen? Was will er uns damit sagen? Und was hat Poussin mit der ganzen Sache zu tun?«

»Poussin wusste von einem großen historischen Geheimnis und versteckte Hinweise darauf in seinen Bildern«, sagte Sabattini. »Wenn wir unseren Experten trauen können, dann handelt es sich dabei um einen Schatz, der mit dem Tempel in Jerusalem oder dem Orden der Templer zusammenhängt. Ohne dieses Notizbuch und die Nachforschungen Umars würden wir allerdings keinerlei Verbindung zwischen Poussin und de Lessines vermuten. Vielleicht weil es keine gibt?«

»Oder weil wir sie einfach nicht sehen«, knurrte Sanseverino. »Sollte es tatsächlich um den Orden der Templer und ihr Vermächtnis gehen, dann war der Abt von Cambron eindeutig näher am Geschehen, sowohl zeitlich als auch geografisch.

Poussin wurde erst dreihundert Jahre später in der französischen Provinz geboren, zog nach Paris, verließ es jedoch bald wieder, um nach Rom zu gehen, wo er auch starb. Im siebzehnten Jahrhundert waren die Templer nur mehr eine Legende, nicht mal mehr eine Erinnerung. Was also schrieb Yves de Lessines in seinem Text nieder? Und wenn er schon Kopien der ›Centurien‹ an weit entfernte Klöster in Österreich und Südfrankreich bringen ließ, warum schickte er dann nicht auch eine Abschrift nach Rom? Wo damals bereits viele Akten der Kirche sicher verwahrt wurden ...«

»Weil der Papst damals nicht gerade als Freund der Templer galt?«, gab Sabattini ironisch zu bedenken.

»Richtig! Brillant, ausgesprochen brillant, Giulio! Ein erster Beweis, dass die ›Centurien‹ durchaus mit dem großen Geheimnis von Nicolas Poussin in Zusammenhang stehen könnten. Wenn die Unterlagen in Rom in den päpstlichen Archiven gelandet wären, dann hätte Poussin nie davon erfahren. Wer würde dem Feind der Templer ein wichtiges Dokument über den Orden zukommen lassen? Niemand, der halbwegs bei Verstand wäre. Wir brauchen dringend eines der Manuskripte von Yves de Lessines.«

»Was Wien betrifft ...«, setzte Sabattini an.

»... so haben wir bereits Spezialisten vor Ort«, vollendete Sanseverino zufrieden lächelnd. »Danke, Giulio, das war's für den Augenblick. Bleibt an der Entschlüsselung dran, und durchforstet die übrigen Gemälde Poussins nach weiteren Hinweisen. Außerdem brauchen wir die kompletten Voraussagen von Nostradamus, damit wir eine Vergleichsmöglichkeit haben, sobald wir eines der Originalmanuskripte von Lessines in Händen halten.«

»Warum sollte Nostradamus die ›Centurien‹ nicht einfach eins zu eins kopiert haben?«, fragte Sabattini.

»Weil er die Hälfte der Worte nicht verstanden hat. Zu seiner Zeit gab es noch keine Wörterbücher für Übersetzungen. Und bei den picardischen Redewendungen hätten die ihm sowieso nichts genutzt. Die verstand nur ein Einheimischer aus der Region und sicherlich kein Südfranzose ... Das ist auch der Hauptgrund, warum diese Prophezeiungen von Nostradamus über weite Teile einfach unverständlicher Unsinn sind. Aber das passt zu dem Zeitgeist jener Epoche – je verworrener und geheimnisvoller, desto angesehener.« Der Leiter von Pro Deo nickte seinem Besucher zu, blickte auf die Uhr und wandte sich zum Gehen. »Ich habe einen Termin beim Heiligen Vater, du entschuldigst mich. Wir sehen uns um vier zur Sitzung.« Bevor Sanseverino die Tür erreichte, drehte er sich nochmals um. »Ach, mir fällt gerade etwas ein ... Auf meinem Schreibtisch liegt eine Liste, Giulio. Lass sie dir bitte von Franco aushändigen, und gib sie an die Bibliothek und das Archiv weiter. Ich möchte die aufgeführten Bestände bis heute Nachmittag vorliegen haben.«

Minoritenplatz, Innere Stadt, Wien/Österreich

»Moderne Kunst geht irgendwie an mir vorbei«, stellte Llewellyn trocken fest, als er sich auf dem Minoritenplatz umsah.

In der Platzmitte befand sich eine weitläufige Fußgängerzone mit Bänken, einer kleinen Grünanlage und einer modernen Skulptur, die zwei verbogenen Stacheln ähnlich sah und die vier Elemente darstellen sollte. Auf einer der Bänke saß ein junges Paar in der Sonne und schmökerte in einem Reiseführer, zwei Polizisten patrouillierten gelangweilt vor den Eingängen der beiden Ministerien, die sich am Minoritenplatz befanden.

Nachdem es Samstagnachmittag war, hatten Jack und Alex in einer der angrenzenden Gassen sogar einen Parkplatz für den VW-Bus gefunden und es sich, nach einem Rundgang über den Platz, auf einer der Bänke gegenüber dem Palais mit der Hausnummer 1 bequem gemacht. Sparrow war nach den Aufregungen des Vormittags, ohne zu protestieren, im Hotelzimmer geblieben.

»›Österreichisches Haus-, Hof- und Staatsarchiv‹«, las John von der Glastafel neben dem Eingang vor. »Montag bis Freitag durchgehend geöffnet bis sechzehn Uhr.«

»Dann sieht das heute schlecht aus«, sagte der Major. »Das Archiv ist geschlossen, und das hat sich noch nicht bis Paris herumgesprochen.«

»Jetzt warten wir erst mal auf den versprochenen Anruf der Terrible twins«, erwiderte John. »Dann versuchen wir, Amber in ihrem Kaufrausch zu erreichen und sie in eines der Kaffeehäuser auf eine Sachertorte zu entführen.«

»Hast du noch mal mit Fiona gesprochen? Wann kommt sie nach Wien?«

»Sie wollte heute den Jet der Stiftung nehmen und uns wenigstens einen Tag Gesellschaft leisten«, meinte John. »Morgen Abend hat sie einen Termin in Genf, deshalb kann sie nicht länger bleiben.«

»Ich freu mich darauf, sie wiederzusehen. Sie ist ...«

Das Läuten von Johns Smartphone unterbrach die Unterhaltung.

»Tut mir leid, Mr. Finch, dass es etwas länger gedauert hat, aber hier überschlagen sich die Ereignisse«, begann Frederic, und die Begeisterung in der Stimme des jungen Geistlichen war kaum zu überhören. »Wir haben gestern Abend noch einige unserer Kollegen zu Hilfe geholt, um uns die Recherchen im Internet aufzuteilen. Keiner von uns hat ein Auge zugetan, wir haben literweise Kaffee in uns hineingeschüttet und bestimmt tausende Seiten durchstöbert, aber es hat sich ausgezahlt. Doch eines nach dem anderen. Kardinal Sanseverino dürfte sich in den Nachtstunden noch mit Signora Giancomelli getroffen haben. Sie waren beide auf einem Empfang des Bürgermeisters von Rom. Wir sind auf Giancomellis Rechner auf eine Liste mit Dokumenten gestoßen, die sich in den Archiven des Vatikans befinden. Es ist anzunehmen, dass sie diese Liste dem Kardinal übergeben hat, mit der Bitte um Einsicht in die betreffenden Archivalien. Vielleicht war das auch der ursprüngliche Deal – Notizbuch gegen Amtshilfe des Vatikans ...«

»Finden sich auf der ominösen Wunschliste überraschende Eintragungen? Kann man erkennen, wie weit die Loge mit dem Decodieren von Umars Tagebuch ist?«, fragte John.

»Sie hinkt hinterher. Vor allem die alten, inzwischen aufgelösten Klöster bereiten ihnen Schwierigkeiten. Sénanque, Chambons, Cambron. Über Yves de Lessines, den Verfasser der ›Centurien‹, benötigen sie zusätzliche Informationen, ebenso über den von ihm verfassten Text selbst. Also nichts Überraschendes. Ohne Hilfe von Sanseverino werden sie nicht viel weiterkommen. Sie beißen sich offenbar an der Entschlüsselung der letzten codierten Eintragung Umars ebenfalls die Zähne aus.«

»Dann folgten die Killer der P4 diesmal nicht unseren Spuren oder den Hinweisen im Notizbuch, sondern waren tatsächlich wegen Michael Spengler in Wien«, folgerte John und erzählte dem jungen Geistlichen von dem Anschlag in der Spiegelgasse.

Frederic pfiff leise durch die Zähne. »Die Agenten von P4 und von Cäsarea sind in Wien? Sie leben gefährlich, Mr. Finch. Sanseverino hat uns nicht eingeweiht, sonst ...«

»Das glaube ich Ihnen sofort, und Sie brauchen sich deshalb auch nicht zu entschuldigen, Frederic«, unterbrach ihn Llewellyn, der sich per Konferenzschaltung in das Gespräch einklinkte. »Ihr Bruder und Sie machen bereits viel mehr, als ich jemals erwartet habe. John und ich wissen Ihre Loyalität sehr zu schätzen, auch wenn wir keine Ahnung haben, warum Sie so bedingungslos auf unserer Seite stehen.«

»Nennen Sie es Sportsgeist, Major«, antwortete Frederic, ohne zu zögern. »Der Templerorden hat meinen Bruder und mich schon seit frühester Jugend fasziniert. Wir waren entsetzt, wie grausam Philipp der Schöne, die Inquisition und Papst Clemens V. dem Mönchsorden ein Ende setzten. Und wir haben begeistert Computerspiele wie ›Baphomets Fluch‹ oder ›Assassin's Creed‹ gespielt, aber das hier, Major, das ist die Wirklichkeit. Jetzt sind wir dem letzten Geheimnis des

Ordens auf der Spur, mit Nicolas Poussin und Yves de Lessines und seinen ›Centurien‹. Und Ihnen da draußen …«

»Das Ende der Templer war nicht gerade ein Ruhmesblatt für die Kirche«, warf John ein. »Der Papst hat damals die Templer verkauft, ihren Ruf und ihr Leben, gegen Macht, Einfluss und eine Hand voll Silberlinge.«

»Kein Grund, um stolz zu sein, Sie haben recht«, antwortete Frederic. »Vielleicht einer der Gründe, warum sich Kardinal Sanseverino nun berufen fühlt, die historische Scharte auszuwetzen, den Ruf der Mönchsritter wiederherzustellen und gleichzeitig den Schatz der Templer für den Vatikan zu sichern.«

»Für Ruhm und Ehre?«, fragte Llewellyn zweifelnd.

Frederic lachte auf. »Wohl eher für sich. Für Macht, Einfluss und einen Haufen Silberlinge. Viel hat sich nicht geändert, nicht wahr? Wer kennt schon die Motive des Leiters von Pro Deo? Das ist eher Ihr Metier, Major Llewellyn.«

»Hat Sanseverino Giancomelli die Dokumente aus der Liste ausheben und zukommen lassen?«, erkundigte sich John.

»Sie fragen mich zu viel, Mr. Finch, ich habe keine Ahnung. Andererseits – warum sollte er?«

»Um seinen Deal mit der Loge P4 einzuhalten?«

»Fest steht, dass die Experten des Kardinals nichts Neues vorzuweisen haben, außer Informationen zu Yves de Lessines, dem Kloster Cambron und den ›Centurien‹«, fasste Frederic zusammen. »Die detaillierten Informationen habe ich Ihnen per Mail zugeschickt, das ist schneller und einfacher. Sie sollten inzwischen bereits in Ihrem Postfach liegen. Wir sind dagegen etwas weiter gekommen als die Task-Force im Vatikan …«

»›Franz Breitenstaetter, Wien‹?«, fragte Llewellyn.

»Sie verstehen es, den Finger in die Wunde zu legen, Major.« Frederic seufzte. »Ein wenig Geduld noch. Mr. Finch?«

»Ja.«

»Sie haben mich das letzte Mal gefragt, ob und wie die Hinweise in Poussins Bildern, sein Geheimnis und die Schriften Lessines zusammenhängen könnten. Nun, mein Bruder Joseph hat dazu eine Theorie entwickelt. Sie basiert auf der Zeit der Entstehung der ›Centurien‹, die eindeutig in den Jahren vor 1328 liegt, denn da schickt Yves de Lessines bereits zwei Kopien nach Chambons und Admont.«

»Admont? Das ist mir neu«, warf John überrascht ein.

»Steht alles in der Mail. Wo sind Sie gerade?«

»Wir stehen vor der angegebenen Adresse Minoritenplatz 1«, antwortete John, »dem Österreichischen Haus-, Hof- und Staatsarchiv.«

»Perfekt. Gehen Sie hinein, das Tor ist offen. Dieses Wochenende findet ein europäischer Kongress der Archivare in Wien statt, und das Haus-, Hof- und Staatsarchiv als wichtigstes Archiv Österreichs ist in die Veranstaltung eng eingebunden und deshalb geöffnet.«

»Schon unterwegs!« John gab Alex und Jack ein Zeichen und machte sich mit Llewellyn auf den Weg ins Archiv.

»Links vom Eingang befinden sich Tische und Stühle. Nehmen Sie Platz, ich habe noch jede Menge zu berichten, und unser Kontakt wird Sie dann da treffen. Nun erst mal zurück an den Beginn des vierzehnten Jahrhunderts. Die Templer werden 1307 verhaftet, 1312 löst Papst Clemens den Orden auf, und im März 1314 wird der letzte Großmeister, Jacques de Molay, auf einem Scheiterhaufen auf der Île de la Cité verbrannt. Zu dieser Zeit steht Yves de Lessines einem Kloster vor, nicht weit von der französischen Grenze entfernt, in einem Landstrich, der zu Zeiten Philipp des Schönen als rechtsfreier Raum bekannt war. Dieses Gebiet, zwischen dem großen Deutschen Reich, Flandern und dem Königreich Frankreich gelegen, hieß auch ›Terre des Débats‹, das ›Land der Debatten‹, weil es kein geschriebenes Recht gab und die Gegend no-man's-land war, sicher vor dem Zugriff des französischen Königs. Wir sprechen vom Hennegau im heutigen Belgien, wo man noch immer einen eigenen Dialekt spricht, den man Picard nennt. Ein geradezu idealer Zufluchtsort für Templer, unweit von Paris, finden Sie nicht?«

»Was nahelegt, dass sich die ›Centurien‹ mit den Templern beschäftigen?«, fragte John nach.

Frederic lachte. »Wir haben herausgefunden, dass der Abt von Cambron rund sechs Jahre lang an den ›Centurien‹ schrieb, dann noch die beiden Kopien verfertigte und 1329 starb. Wenn wir also großzügig zurückrechnen, dann begann Yves de Lessines zehn Jahre nach der Auflösung des Templerordens mit der Niederschrift, um das Jahr 1322. Mein Bruder Joseph meint stets, dass wir den gesunden Menschenverstand nicht zu Hause lassen sollen, wenn wir wissenschaftlich arbeiten. Wir haben deshalb nach Querverbindungen gesucht und sind auf einen interessanten Mann gestoßen: Gérard de Villiers, der Großkomtur von Frankreich und Houdini der Templer. Villiers gelang nämlich gleich zwei Mal das scheinbar Unmögliche: Einmal, 1302, die Flucht aus einem ausbruchsicheren Kerker auf der syrischen Insel Ruad und das zweite Mal fünf Jahre später in Frankreich, wo er noch vor dem Zugriff der Soldaten des Königs im Oktober 1307 spurlos verschwand, in Begleitung eines gewissen Hugues de Chalon. Beide Männer, Villiers und Chalon, wurden nie mehr gesehen.«

»Ich nehme an, dass viele Templer versuchten, sich in Sicherheit zu bringen«, sagte John.

»Richtig, doch Villiers brachte nicht nur sich selbst in Sicherheit, sondern auch die wichtigsten Dokumente, die kostbarsten beweglichen Stücke aus dem Besitz des Ordens und das gesamte Vermögen der französischen Templer«, erklärte Frederic. »Das ist der Grund, warum die Soldaten Philipps des Schönen in der Rue du Temple in Paris nur mehr leere Kassen vorfanden, zum großen Ärger des Königs.«

»Waren die kostbaren Besitztümer, von denen Sie sprechen, nicht über weite Teile Europas verteilt?«, wollte Llewellyn wissen. »Ich kann nicht glauben, dass dieser Schatz an Dokumenten, Gold und Devotionalien in Paris lagerte.«

»So war es auch nicht«, bestätigte Frederic. »Doch das Unheil hatte sich bereits 1306 abgezeichnet. Damals lud Papst Clemens den Großmeister Jacques de Molay nach Frankreich ein, um mit ihm über einen neuen Kreuzzug zu beraten. In Avignon angekommen, kamen Molay seltsame Gerüchte zu Ohren: Die Templer seien Ketzer, Götzendiener und Sodomiten. Ein gewisser Esquieu de Floyran stand hinter den geflüsterten Anschuldigungen, und er hatte sein ›Wissen‹ sogar dem französischen König verkauft. Philipp, der bei den Templern hochverschuldet und andauernd pleite war, kam das nur allzu gelegen. Er witterte seine Chance, den mächtigen, lästig gewordenen Orden zu zerschlagen, mit einem Streich seine Schulden loszuwerden und zugleich seine Macht zu festigen. Also schickte er seine Agenten aus, um ›Beweise‹ zu sammeln, Zeugen zu rekrutieren und den Templerorden zu infiltrieren. Und während Molay selbst ahnungslos Papst Clemens um eine Untersuchung der Vorwürfe bat, arbeiteten andere Würdenträger des Ordens wie Gérard de Villiers bereits fieberhaft daran, die wertvollsten Besitzungen der Templer in Sicherheit zu bringen. Für die Zeit danach ... Villiers setzte einen bereits lange vorher beschlossenen Notfallplan um und schickte seine zuverlässigsten Ritter aus, um die Stücke aus den verschiedenen Komtureien einzusammeln. Sie wiesen ein lange vorher

vereinbartes, geheimes Zeichen vor, das sie legitimierte. Sehen Sie es sich an.«

Johns Smartphone piepste drei Mal.

»Zeigte man dieses vor, wurden keine Fragen gestellt und die wertvollsten Stücke ausgehändigt«, fuhr Frederic fort. »Vergessen Sie nicht: Die Templer waren ein straff organisierter Orden mit strenger Hierarchie. So war es Villiers gelungen, noch vor dem Zugriff des Königs die Schätze des Ordens aus den Komtureien in Sicherheit zu bringen. Schließlich leerte er noch die Kassen der Rue du Temple in Paris und verschwand bei Nacht und Nebel. Die sagenhaften Schätze der Templer, die Philipp unbedingt in seine Hände bekommen wollte, waren und blieben unauffindbar. Der Orden wurde nach 1314 in ganz Europa aufgelöst. In Portugal lebte er in dem neu gegründeten Christusorden fort, dessen Reichtum dem kleinen Land später dazu verhelfen sollte, zur Seemacht aufzusteigen. Der Grundbesitz der Tempelritter ging an die Johanniter, allerdings sicherte sich ein enttäuschter Philipp einen erklecklichen Teil des Templervermögens, indem er dem Johanniterorden die Haftkosten für die eingekerkerten Ordensbrüder mit einem horrenden Betrag in Rechnung stellte.«

»Das kleinliche Ende einer großartigen Geschichte«, stellte Llewellyn fest.

»Sie sagen es, Major«, stimmte Frederic zu. »Der unermessliche Schatz der Templer war fortgebracht und versteckt worden, und weder dem Papst noch dem König war es vergönnt, ihn zu finden. Beide starben innerhalb eines Jahres, nachdem Molay auf dem Scheiterhaufen verbrannt worden war. Clemens vom Krebs zerfressen, Phillip bei einem Jagdunfall. So entstand die Legende vom Schatz der Templer, den ein gewisser Gérard de Villiers wie ein Zauberer verschwinden ließ.«

»Und den suchen wir nun im österreichischen Haus-, Hof- und Staatsarchiv?«, erkundigte sich Llewellyn neugierig.

»Warten Sie's ab, Major, und kommen wir zurück zur Theorie meines Bruders. Haben Sie sich je gefragt, was die ›Centurien‹ von Yves de Lessines eigentlich sein sollten? ›Prophezeiungen‹ waren es ganz sicher nicht, auch kein religiöser Text. Wenn wir annehmen, dass Nostradamus zwar wichtige Teile, aber keineswegs alles verändert hat, dann ergibt sich das klassische Bild eines Textes aus dem Mittelalter und nicht aus dem sechzehnten Jahrhundert. Viertausend Zeilen, die in sechs Jahren entstanden und die in der Zukunftsform geschrieben wurden, einer gängigen Schreibweise im Mittelalter, was Nostradamus zu der Annahme verleitete, es handle sich um Prophezeiungen. Doch weit gefehlt. Warum schrieb der Prior die Verse erst in seinen letzten Lebensjahren? Warum nicht schon vorher? Eine logische Erklärung, die sich aufdrängt, lässt alle Stückchen des Puzzles automatisch an die richtige Stelle fallen. Gérard de Villiers brachte den Templerschatz in Sicherheit, überquerte die Grenzen Frankreichs und betrat die ›Terre des Débats‹. Er kannte das Zisterzienser-Kloster von Cambron, das Bernard de Clairvaux gegründet hatte, und versteckte die wertvolle Ladung auf den Ländereien der Abtei. Danach zog er Yves de Lessines ins Vertrauen, kündigte das Eintreffen eines Ordensritters an, der nach den Unruhen um den Orden den Schatz wieder heim nach Frankreich holen würde, und weihte den Prior in den Platz des Versteckes ein. Schließlich verschwand Gérard de Villiers und tauchte unter. Seine Aufgabe war erfüllt, der Schatz in Sicherheit. Lessines betete für die Templer und wartete auf jenen Mann, der ihn von seiner Aufgabe, der Last des Wissens befreien würde. Doch der kam nicht ...« Frederic machte eine Pause.

John und Llewellyn schauten sich an. In diesem Augenblick fühlten sie sich zurückversetzt in die Welt des Yves de Lessines, des Priors aus herrschaftlichem Haus, mit all seinen Ängsten und Erwartungen, seinem unerschütterlichen Glauben und seinem Dilemma ...

»Der Prior wartete zehn lange Jahre, doch niemand kam, um den Schatz für den Orden zu reklamieren, und Yves de Lessines verzweifelte allmählich«, fuhr Frederic fort. »Er war der Einzige, der den Ort des Verstecks kannte. Villiers war nie wieder zurückgekommen, und niemand wusste, ob er überhaupt noch lebte. Was tun? Mit Lessines würde auch das Wissen um das Geheimnis der Templer sterben. Wo blieb bloß der sehnlichst erwartete Ordensritter?«

»Der kam tatsächlich nicht, also begann er zu schreiben«, warf John nachdenklich ein.

»Ganz genau, Yves de Lessines überlegte, wie er das Wissen bewahren könnte. So begann er zu schreiben, schrieb in viertausend Versen alles auf, was sich ereignet hatte ...«

»... und wo der Schatz der Templer versteckt lag«, ergänzte Llewellyn mit Ehrfurcht. »Was für eine Aufgabe! Es sollte ja nur für den Erwarteten verständlich sein, nicht alle Welt zum Versteck führen.«

»Also sind die ›Centurien‹ ein Wegweiser, eine geschriebene Schatzkarte?« John verstand mit einem Mal die Gier und das rücksichtslose Vorgehen der Loge P4 und des IS. Hier ging es um mehr als Macht und Geld. Hier ging es um Symbolik, um die Geschichte eines Ordens, der im Rahmen der Kreuzzüge den Nahen Osten erobert hatte. Um die historischen Erzfeinde des Islam und um den bewaffneten Arm der katholischen Kirche im Mittelalter.

»Wahrscheinlich sind sie noch viel mehr, aber das werden wir erst feststellen können, wenn wir den Originaltext in Händen halten«, antwortete Frederic. »Und der wurde unseres Wissens das letzte Mal 1781 gesehen, von Kaiser Joseph II., dem Sohn von Maria-Theresia, der ihn vom letzten Abt von Cambron geschenkt erhielt, als er die Abtei besuchte. Die Details dazu finden Sie ebenfalls in unserer Mail.«

»Die Spur der ›Centurien‹ führt also nach Österreich?«, wollte Llewellyn wissen.

»Einmal an den Kaiserhof in Wien und einmal in ein steirisches Stift, nach Admont«, bestätigte Frederic. »Wir haben da angerufen und nach dem Manuskript aus Cambron gefragt. Der Bibliothekar war – gelinde gesagt – überrascht. Wenige Minuten zuvor war eine E-Mail von Kardinal Sanseverino zu dem gleichen Thema eingegangen.«

»Also ist die Task-Force im Vatikan zu dem gleichen Schluss gekommen.« John sah sich misstrauisch um. Cäsarea konnte nicht weit weg sein.

Als hätten sie seine Gedanken gelesen, standen Alex und Jack auf, nickten John kurz zu, drückten die Eingangstür des Archivs auf und verschwanden hinaus auf den Minoritenplatz.

»Kein Wunder, angesichts des personellen Aufwands, den Sanseverino treibt. Doch der Preis am Ende rechtfertigt den Aufwand, denken Sie nicht auch? Der Schatz der Templer endlich im Besitz des Vatikans? Kardinal Sanseverino würde in die Geschichte eingehen und damit seinen Platz im Olymp der katholischen Kirche verdienen. Oder der Tempelschatz von Jerusalem in den Händen des IS? Das Gold der alten Feinde finanziert den aktuellen Heiligen Krieg gegen die Ungläubigen? Und dann ist da noch immer die Loge P4, für die es sicher nicht um den Geldwert, sondern um Macht, Einfluss und Status geht, um die Symbole des salomonischen Tempels, dessen zwei Säulen symbolisch in jeder Freimaurerloge zu finden sind. Sie können es sich aussuchen ...«

»Dafür würden so ziemlich alle über Leichen gehen«, murmelte John. »Gaddafi hatte recht, als er sagte, das sei eine große Sache und ich solle das Gemälde von Poussin schnellstmöglich vergessen.«

»Nicolas Poussin seinerseits war nie in Cambron, das steht fest. Sein Leben wurde von Kunsthistorikern lückenlos aufgearbeitet, zahlreiche Biografien sind erschienen, seine Reisen sind alle bekannt. Durch seine Tätigkeit in Rom hatte Poussin allerdings enge Beziehungen zu einflussreichen Geistlichen der Kurie und war angeblich Mitglied der ›Société Angélique‹, einer Geheimgesellschaft, der zumeist Künstler angehörten und die auf freimaurerischen Ideen und Prinzipien fußte. Diese beiden Tatsachen könnten ihm sehr wohl Einblicke in die verborgene Geschichte der Templer verschafft haben. Oder auch Zugang zu jenen Dokumenten über das Ende des Ordens, die angeblich im siebzehnten Jahrhundert im Vatikan verschwanden, um dann im Jahr 2005 in den Geheimarchiven wieder aufzutauchen. Jenes Wissen um die Mönchsritter, das ›eines Königs würdig wäre‹, wie Fouquet schrieb, codierte er dann in seinen Bildern. Wie der Abt von Cambron es seinerseits in den ›Centurien‹ verschlüsselte.«

»Ich denke, wenn Rodney Sie beide gekannt hätte, dann wäre er beruhigt schon früher in Pension gegangen«, warf Llewellyn ein. »Und wenn ich Peter Compton von Ihnen erzähle, dann engagiert er Sie vom Fleck weg für das British Empire.«

»Danke Major, aber ich fürchte, das würde Saint-Sulpice ganz und gar nicht freuen und uns als Franzosen in tiefe

Gewissenskonflikte stürzen.« Frederic lachte. »Doch zurück zu dem Platz, an dem Sie sitzen. Bleiben Sie an Ort und Stelle, lesen Sie meine E-Mail, in rund einer halben Stunde ist die letzte Veranstaltung des Kongresses in der Wiener Hofburg zu Ende, und die Teilnehmer werden sich zu einer Führung durch das Archiv zusammenfinden. Dann wird sich unser Kontakt bei Ihnen melden. Und Sie, Mr. Finch, Sie werden bis dahin wissen, wonach Sie ihn fragen sollen.«

Aéroport International de Genève, Genf/Schweiz

Fiona Klausner blickte ungeduldig auf die Uhr, legte ihre Handtasche auf das Band und passierte den Durchgangsscanner der Sicherheitskontrolle. »Ich fliege mit einem Privatjet und allein«, sagte sie, während eine Mitarbeiterin des Genfer Flughafens sie mit einem Hand-Scanner nach versteckten Waffen und Sprengstoff absuchte. »Ich werde mich kaum selbst in die Luft sprengen oder entführen.«

»Tut mir leid, aber wir haben seit zwei Wochen strengere Vorschriften einzuhalten«, erklärte die junge Frau in Uniform, die sich nicht aus dem Konzept bringen ließ. »Sie betreten das Flughafengelände und damit auch den Sicherheitsbereich. Würden Sie bitte Ihre Handtasche öffnen?«

Seufzend kam Fiona der Aufforderung nach. Die Schweizer waren penibel genau, wie die Uhrwerke der Chronographen, die sie bauten, dachte sie und ärgerte sich über die Verzögerung. Viel Zeit in Wien würde ihr nicht bleiben, vielleicht ein knapper Tag. Sie vermisste John und seine unbekümmerte Art, seinen Humor und seine Ehrlichkeit, auch wenn sie manchmal wehtat. Wie sagte Amber stets? »So viele davon laufen da draußen nicht herum …« Fiona musste ihr beipflichten und freute sich darüber, dass ihre Beziehung zu John nicht im Sande verlaufen war, obwohl es vor drei Jahren ganz den Anschein gehabt hatte.

»Danke, Sie können jetzt zu Ihrem Flug gehen.« Die junge

Frau lächelte, gab Fionas Tasche zurück und wandte sich dem nächsten Reisenden zu.

»Kommen Sie bitte mit, Frau Klausner? Ich bringe Sie zum richtigen Ausgang.« Der schlanke Mann in der blauen Uniform des Flughafenpersonals, der sie nach der Kontrolle erwartet hatte, nickte ihr zu und ging voran.

Fiona setzte sich die große, verspiegelte Sonnenbrille auf und folgte ihm zu seinem Auto.

Sie war eine attraktive Mittvierzigerin mit kohlrabenschwarzen Augen und vollen Lippen in einem schmalen Gesicht, das von langem dunklem Haar wie von einem Theatervorhang eingerahmt wurde.

Der schwarze Learjet 60 mit der fliegenden weißen Taube am Leitwerk stand an einer der Außenpositionen, und als Fiona aus dem makellos polierten Mercedes des Genfer Flughafens stieg, wartete bereits der Pilot neben der ausklappbaren kurzen Gangway.

»Mrs. Klausner, happy to see you«, sagte er lächelnd und streckte ihr seine Hand entgegen. »Willkommen zu Ihrem Flug nach Wien. Alles ist bereit, wir haben nur mehr auf Sie gewartet.«

»Zuerst der Verkehr, dann die Sicherheitskontrollen«, entschuldigte sich Fiona. »Heute hat sich alles gegen mich verschworen.«

»Dann sollten wir versuchen, auf unserem Weg ostwärts etwas Zeit gutzumachen.«

»Wo ist Marc heute?«, erkundigte sich Fiona.

»Der flog den Jet heute früh aus Norwegen hierher und muss seine Ruhezeiten einhalten, weil er morgen einen Transkontinentalflug für die Swiss hat«, erklärte der Pilot. »Also werden Sie mit mir vorliebnehmen müssen.«

Die Piloten der Stiftung wurden von einer privaten Charterfluglinie gestellt und waren fast alle noch zusätzlich bei der nationalen Fluglinie Swiss beschäftigt.

Fiona nickte und stieg in den Jet, machte es sich in einem der breiten hellen Ledersitze bequem und zog die neueste Ausgabe der »Tribune de Genève« aus der Seitentasche.

»Wir werden wetterbedingt den Weg südlich des Alpenkammes nehmen und über Verona, Villach und Graz nach Schwechat fliegen«, erklärte der Pilot, während er die kleine Gangway einklappte. »Im Norden gibt es Sommergewitter und Turbulenzen, der Flug südlich wird zwar etwas länger dauern, dafür aber bedeutend ruhiger verlaufen. Ich gebe Ihnen etwas später unsere ungefähre Ankunftszeit in Wien bekannt. Estimated Flight Time: eine Stunde und vierzig Minuten. Gekühlte Getränke finden Sie wie immer in den Ablagen unter den Fenstern.«

»Danke!« Fiona schnallte sich an und vertiefte sich in die Tageszeitung.

Nach etwas mehr als zwanzig Minuten hatte der Learjet seine Reiseflughöhe erreicht und Fiona die erste Flasche Tonic geleert. Als der Learjet sich in eine weite Linkskurve legte, hatte sie einen atemberaubenden Ausblick auf die teilweise schneebedeckten Gipfel der Alpen direkt unter ihr. Fiona lehnte sich zurück, legte den Kopf auf die hohe Lehne und schloss die Augen.

Sie freute sich darauf, John, Amber und Llewellyn wiederzusehen, und auf einen Heurigenbesuch in Perchtoldsdorf vor den Toren Wiens.

Das Cecil war ohne Zweifel ein schönes, altes Hotel, aber Fiona wünschte sich endlich wieder einen richtigen Wohnsitz, abgesehen von dem Anwesen ihres Großvaters in Brasilien, wo sie nun nur mehr zwei oder drei Mal im Jahr nach dem Rechten sah. Leben aus dem Koffer, das war nicht ihres. Ihre Mutter drängte sie immer wieder, nach New York zu ziehen ... aber Europa hatte es Fiona angetan, mehr als die Häuserschluchten von Manhattan ...

Plötzlich schrillte ein Alarm durch die Passagierkabine und riss sie aus ihren Gedanken.

Der Copilot schälte sich aus seinem Sitz, eine kleine Sauerstoff-Flasche mit durchsichtiger Gesichtsmaske in der Hand, und eilte auf sie zu, während der Jet an Höhe verlor.

»Wir haben einen Druckabfall in der Kabine, Mrs. Klausner«, stieß er hervor. »Setzen Sie bitte sicherheitshalber die Maske auf, und atmen Sie gleichmäßig.«

Fiona nickte und legte die Maske an, atmete tief durch.

»Wir gehen weiter runter und halten Sie auf dem Laufenden, kein Grund zur Besorgnis.«

Es tat gut, den Sauerstoff zu atmen, und Fiona entspannte sich wieder, lehnte sich erneut zurück, während der Copilot ins Cockpit zurückging. Sie schloss die Augen und atmete bewusst gleichmäßig, spürte, wie der Jet tiefer und tiefer sank ...

Dann verlor sie das Bewusstsein.

*

Als der Learjet auf dem Flughafen von Turin landete und an die vorgeschriebene Position rollte, wartete bereits ein Krankenwagen mit Blaulicht und offenen Türen. Die beiden Sanitäter hoben Fiona Klausner sehr professionell aus dem Flugzeug, betteten sie auf eine Trage und schoben sie in die Ambulanz, in der bereits ein Arzt mit einer Infusion wartete. Dann verließ der Krankenwagen das Gelände des Flughafens, während die beiden Piloten den Jet abschlossen und sich um den Papierkram kümmerten.

Nach der Ausfahrtsschranke schaltete der Fahrer der Ambulanz Sirene und Blaulicht ein und folgte den Wegweisern ins Stadtzentrum.

Sie würden in knapp acht Minuten in der Privatklinik eintreffen.

Alles war nach Plan verlaufen.

Haus-, Hof- und Staatsarchiv, Innere Stadt, Wien/ Österreich

Der Kontakt, den Frederic angekündigt hatte, stellte sich als kleine, quirlige Archivarin mit kurz geschnittenen Haaren heraus, die viel von Designerbrillen und wenig von Make-up hielt.

Knapp vierzig Minuten nach dem Telefonat mit Paris stand sie vor John und Llewellyn und sah beide neugierig an. »Es tut mir leid, dass Sie warten mussten, aber der Kongress hält uns alle ganz schön in Atem, selbst am Wochenende«, sagte sie entschuldigend und heftete eine Namenskarte mit »Dipl. Archivar Siegrid Aigner« auf das Revers ihrer Jacke. »Ich hoffe, Sie haben genügend Zeit mitgebracht, weil wir uns auch um die Teilnehmer und Besucher aus aller Welt kümmern müssen, die einen Blick ins Archiv werfen wollen.« Sie streckte John und dem Major ihre Hand entgegen. »Willkommen im Haus-, Hof- und Staatsarchiv, meinen Namen haben Sie ja bereits gelesen, und ich würde vorschlagen, Sie schließen sich später einfach meiner Führung durchs Haus an.«

»Mein Name ist John Finch, und das ist Major Llewellyn.« Der Pilot schüttelte die schmale Hand der Archivarin, die einen erstaunlich festen Griff hatte. »Ich möchte Sie nicht enttäuschen, aber Zeit ist leider Mangelware bei uns, so gerne wir Ihrer Einladung auch Folge leisten würden. Geben Sie uns zehn Minuten, und ich denke, wir stören Sie danach nicht länger. Sie haben heute wahrlich genug Interessenten im Haus.«

Aigner nickte eifrig. »Einverstanden, dann kommen Sie mit in mein Büro, da sind wir ungestört.«

Der kleine Raum unterm Dach mit zwei großen Fenstern zum Minoritenplatz hin war vollgestellt mit Stapeln hellbrauner Schachteln. Sie standen einfach überall. Auf dem Fußboden, auf den Besuchersesseln, auf dem durchgesessenen grünen Sofa, das Aigner wohl schon von ihrem Vorgänger übernommen haben musste, ja selbst auf dem breiten Fensterbrett.

»Müssen Sie die noch alle durcharbeiten, oder sind das die erledigten Stapel?«, wollte John wissen.

»Das sind Projekte, Anfragen, Archivalien für Dissertationen, ausgewählte Stücke für Ausstellungen in ganz Österreich und nicht zuletzt Materialien für den aktuellen Kongress.« Aigner lächelte, setzte sich an ihren Schreibtisch und warf den Computer an. »Aber die sind in der Minderheit. In meinem Büro sieht es leider immer so aus. Zu wenig Platz für zu viele Anfragen.«

»Hauptsache, Sie behalten den Überblick«, sagte Llewellyn und musterte Aigner mit neugierigem Blick. »Wie sind Frederic und sein Bruder überhaupt auf Sie gekommen?«

»Wir stehen bereits längere Zeit in Kontakt wegen der Bibliothek und des Archivs von Saint-Sulpice«, erklärte Aigner, gab ihr Passwort ein und fuhr das System hoch. »Die Brüder haben mich bei der Suche nach Dokumenten unterstützt, die mit Napoleon und dem Wiener Kongress in Zusammenhang standen. Als sie mich nun um Hilfe gebeten haben, war es für mich keine Frage…« Die Archivarin zuckte mit den Schultern. »Sie kennen die beiden ja und wissen, wie überzeugend sie sein können.«

»Oh ja, und die Brüder haben immer recht«, sagte John. »Wie weit wurden Sie in unsere Suche eingeweiht?«

»Kaum«, gab Aigner zurück. »Frederic war sehr reserviert, was die Informationen betrifft. Er sprach von Joseph II. und einem Buch, das der von einer Reise aus der ehemaligen Grafschaft Hennegau 1781 mitbrachte.«

John nickte. »Der Kaiser besuchte das Kloster Cambron und wurde vom dortigen Abt beschenkt, und zwar mit einer Ausgabe der ›Centurien‹ eines gewissen Yves de Lessines. Sagt Ihnen das irgendetwas?«

»Nie gehört, nie gesehen«, gestand Aigner. »Und bitte glauben Sie mir, ich bin nun bereits mehr als fünfundzwanzig Jahre in diesem Archiv unterwegs und habe mir meine eigenen Anmerkungen zu den einzelnen Sammlungen und zu meinen Überraschungsfunden gemacht.« Damit wies sie auf eine Wand voller Aktenordner, säuberlich datiert und beschriftet.

»Hat es das Archiv zu Zeiten Kaiser Josephs II. überhaupt bereits gegeben?«, wollte Llewellyn wissen.

»Aber sicher! Seine Mutter, Kaiserin Maria Theresia, gründete es 1749 als ein zentrales Archiv des Hauses Habsburg. Sie wollte die wichtigen Haus- und Staatsdokumente in Wien sammeln und legte größten Wert auf Ordnung in den Urkundendepots. So sollte sichergestellt werden, dass alle Rechts- und Herrschaftstitel der Dynastie bei Bedarf rasch verfügbar waren. Wenn ihr braver Sohn Joseph also etwas hinterlassen hat oder für die Nachwelt erhalten wollte, dann spricht viel dafür, dass er es ins Archiv bringen ließ. Wir verfügen hier im Haus über zahlreiche Herrschafts- und Familienarchive, Nachlässe, Sammlungen von Briefen und Handschriften mit Schwerpunkt auf dem Haus Habsburg.«

»Es wäre also nicht unwahrscheinlich, dass Kaiser Joseph II. das Reisesouvenir im Archiv seiner Mutter deponiert hat …«

»Keineswegs. Es ist auch denkbar, dass es nach seinem Tod mit seinem Nachlass hierher kam, zusammen mit Briefen und persönlichen Erinnerungen, offizieller Korrespondenz, Auszeichnungen und Depeschen. Oder seine berühmten Handbilletts, in denen er seinen Staatsbeamten seine Wünsche und Befehle übermittelte.«

»Dann sollten die ›Centurien‹ ja zu finden sein oder zumindest Spuren hinterlassen haben.« John hob den Deckel einer der zahlreichen braunen Schachteln und spähte hinein. Stapel von Briefen, dünne Bändchen mit verblasstem Cover, ein paar Fotos.

»Sie sind von Beruf Optimist, Mr. Finch?«, erkundigte sich Aigner, und der ironische Unterton war nicht zu überhören. »Ein paar Zahlen gefällig? Insgesamt verwahren wir in unserem Archiv auf sechzehn Kilometern Regalen hundertdreißigtausend Geschäftsbücher und Aktenkartons, fünfundsiebzigtausend Urkunden, fünfzehntausend Karten und Pläne und rund dreitausend Handschriften.« Die Archivarin griff zu einer Broschüre, die auf ihrem Schreibtisch lag. »Ich zitiere: ›Der große Stellenwert des Haus-, Hof- und Staatsarchivs für die internationale Forschung beruht auf dem weiten geografischen Einzugsbereich und der Vielfalt seiner Bestände. Durch die territoriale Ausdehnung der habsburgischen Herrschaft ab dem fünfzehnten Jahrhundert und die buchstäblich weltumspannenden Beziehungen der Dynastie umfasst das hier verwahrte Archivgut praktisch alle Kontinente.‹« Sie blickte auf. »Noch Fragen? Haben Sie eine Ahnung, was auf sechzehn Kilometern alles verschwinden kann?«

»Verschwinden? Wie meinen Sie das?«

»Nun, nehmen wir an, jemand legt nach Archiv-Einsicht in einen Karton A den daraus entnommenen Brief in Karton B zurück und stellt beide wieder auf ihren Platz, auf ihren jeweils richtigen Platz, verstehen wir uns recht, rund fünfhundert Laufmeter entfernt voneinander. Wie hoch ist Ihrer Meinung nach die Wahrscheinlichkeit, dass der verreihte Brief jemals wieder gefunden wird? Sicher nicht bei systematischer Suche, eher durch Zufall ... Es gibt verschiedene Möglichkeiten, was Ihr gesuchtes Dokument betrifft. In den letzten zweihundert Jahren kann das Reisesouvenir Josephs entweder niemandem aufgefallen sein und deshalb nach wie vor in seiner Schachtel schlafen. Oder es kann, wie vorhin beschrieben, in einem ganz anderen Karton gelandet sein. Dritte Möglichkeit: Es verschwand in den Wirren der Geschichte. Weil es jemand mitgenommen hat.«

»Könnte ich so einfach etwas mitnehmen aus dem Archiv?«, fragte Llewellyn überrascht.

»Einfach nicht, aber denken Sie alleine an das Ende des Zweiten Weltkriegs in Wien«, fuhr Aigner fort. »Vier Besatzungsmächte regieren Wien, in der Inneren Stadt fahren die berühmten ›Vier im Jeep‹. Neben den politischen Spannungen zwischen den Besatzern gab es so viel Not und Elend in der Stadt. Da wurde selbst ein Archivar dieses Hauses schwach und verkaufte mehr als vierhundert Gold- und Silberbullen, um sein Leben zu finanzieren. Die dazugehörigen Dokumente verbrannte er. Ein unwiederbringlicher Verlust, doch damit nicht genug. Er nahm auch mehrere hundert Bände aus verschiedenen Bibliotheken unerlaubt mit nach Hause, um aus den wertvollen Büchern die Illustrationen herauszuschneiden.«

»So gesehen ...« Johns Optimismus hatte sich mit einem Schlag verflüchtigt.

»... haben wir erstaunlich viel katalogisiert«, setzte Aigner fort, »und finden immer wieder die richtigen Dinge am richtigen Platz. Nur um Ihnen eine Vorstellung von der Größe des Archivs zu geben: Wenn wir weiterhin unsere Digitalisierung so vorantreiben wie bisher, werden wir in hundertachtzig Jahren den gesamten Archivbestand elektronisch erfasst haben. Aber jetzt lassen Sie uns erst einmal nachsehen, was wir zum Thema ›Nachlass Joseph II.‹ finden.«

Sie tippte ein paar Zahlen ein, und ein hellblaues Raster mit Codes erschien am Flatscreen.

Llewellyn beugte sich zu einem der Fenster und warf einen Blick auf den Minoritenplatz, wo Jack und Alex von einer Bank aus den Eingang des Archivs im Auge behielten.

»Wenn wir die diplomatische Korrespondenz weglassen und uns nur auf die absolut persönlichen Dokumente des Kaisers beschränken, dann betrifft das rund ein Dutzend Schachteln wie diese, die Sie hier gestapelt sehen.« Die Archivarin wies in ihr Büro, ohne den Blick vom Flatscreen zu nehmen. »Die Nummern kommen mir irgendwie bekannt vor. Wahrscheinlich gab es vor nicht allzu langer Zeit eine Ausstellung irgendwo in Österreich, und wir erhielten eine Anfrage nach Originalen. Lassen Sie mich in meinen Notizen nachsehen.« Aigner erhob sich und trat an das Regal mit den persönlichen Aufzeichnungen. Zielsicher griff sie nach einem Augenblick des Überlegens zu einem Aktenordner und schlug ihn auf. »Wenn ich auf der Suche nach Dokumenten bin, dann arbeite ich nicht alle betreffenden Schachteln auf, sondern suche gezielt. Sonst wird die Ausstellung nie eröffnet. Aber ich mache mir Notizen zu Dingen, die interessant sein könnten und eine weitere Nachforschung wert sind.« Sie blätterte, überflog die Seiten, blätterte wieder.

Aus dem Treppenhaus klang Lachen und Stimmengewirr. Als eine tiefe Stimme mit einer Ansprache begann, wurde es ruhig.

»Der Chef beginnt mit seiner Führung, ich bin in etwa zwanzig Minuten an der Reihe«, erklärte Aigner und blätterte weiter. »Ich denke, dass wir in drei Kartons einen Blick hineinwerfen sollten. Aber ich möchte Ihnen nicht zu viele Hoffnungen machen. Aufgeführt wurden die ›Centurien‹ unter diesem Begriff nicht. Weder im Archivkatalog noch in meinen persönlichen Aufzeichnungen. Und glauben Sie mir, ein Dokument mit solch einer Bezeichnung hätte ich mir gemerkt, wenn ich im Zuge meiner Forschung darüber gestolpert wäre. Folgen Sie mir.«

Als Aigner die Tür zum eigentlichen Archiv aufsperrte und ihre beiden Besucher eintreten ließ, war John überrascht vom schieren Ausmaß des Baus.

»Einen Moment bitte!« Sie lächelte und zog die High Heels aus. »Damit lässt sich auf dem Gitterboden nicht gehen, aber anlässlich des Kongresses ...« Sie zuckte entschuldigend mit den Schultern. »Selbst die meisten Wiener wissen nicht, dass dieser rückwärtige Gebäudeteil des Bundeskanzleramtes erst 1902 errichtet wurde, und zwar als reiner Archiv-Zweckbau. Das Herzstück des Gebäudes bildet ein gusseisernes Speichergerüst. Sie können in die tiefergelegenen Stockwerke einfach hinunterschauen, weil überall im Haus nur Gitter als Böden verlegt wurden. Das dient der Luftzirkulation.«

Überall, so weit das Auge reichte, strebten weiß gestrichene Regale aus Gusseisen nach oben zur nächsten Etage, gefüllt mit braunen Kartons oder dicken Folianten.

»Was Sie hier sehen, ist das archivarische Erbe der habsburgischen Großmacht.«

Aigner schien sich in dem Wirrwarr aus Stockwerken, Regalen und Gängen perfekt auszukennen. Zielstrebig stieg sie eine eiserne Treppe hoch, schlängelte sich zwischen Abstelltischen und Rollwagen hindurch, die mit Akten beladen waren.

»So, hier sind wir in der richtigen Abteilung«, sagte sie, als sie endlich stehenblieb, und wies auf eine Wand aus Kartons, die in Johns Augen genauso aussah wie alle anderen Regalwände. Die Archivarin warf einen kurzen Blick auf ihren Notizzettel und klopfte dann auf drei Schachteln. »Das sind unsere drei. Nehmen Sie die bitte mit?«

Vor einigen der Fenster befanden sich Ablagen, und zu einer davon lotste Aigner ihre Gäste. John und Llewellyn folgten ihr schweigend.

Dann öffnete sie den ersten Karton. »Ich nehme an, wir suchen so etwas wie ein dünnes Buch?«, fragte sie John.

»Ein handgeschriebenes, gebundenes Manuskript aus dem vierzehnten Jahrhundert, mit rund viertausend Versen«, antwortete der Pilot. »Tut mir leid, aber niemand von uns hat es jemals gesehen, deshalb kann ich keine bessere Beschreibung liefern.«

Aigner nickte. »Das schließt schon einmal alle Briefe und Einzeldokumente aus, alle Handbilletts und Korrespondenzen. Dann wollen wir mal ...«

Als sie ergebnislos am Boden der zweiten Schachtel angelangt waren, blieb nur noch ein Karton übrig.

»Gibt es vom Inhalt der Schachteln detaillierte Listen?«, fragte Llewellyn, aber Aigner schüttelte nur den Kopf.

»Von vielen sicher, von einigen vielleicht, von anderen gar nicht«, erwiderte sie und lüftete den Deckel des dritten Kartons. »Und bitte vergessen Sie nicht: Jedes Verzeichnis ist immer nur so gut wie der, der es anlegt.«

»Sagt Ihnen der Name Franz Breitenstätter etwas?«, fragte der Major.

»Tut mir leid, nie gehört«, antwortete die Archivarin. »Wer soll das sein?«

»Das wissen nicht mal die beiden Brüder in Paris.« John seufzte. »Da tappen wir alle im Dunkeln.«

Aigner schielte auf ihre Armbanduhr. »Es bleibt uns nicht

mehr viel Zeit, dann muss ich mich den Besuchern widmen. Wollen Sie vielleicht Montag wiederkommen?«

»Ich möchte nicht drängen, aber wir können das Wochenende nicht in Wien verbringen«, erklärte ihr Llewellyn, »so gerne wir es auch würden. Hier geht es um jede Minute, auch wenn das seltsam erscheinen mag, angesichts des Alters des Dokuments. Die ›Centurien‹ erwecken Begehrlichkeiten. Kurz gesagt: Viele wollen sie haben.«

Die Archivarin blickte verwirrt auf. »Heißt das, dieses Souvenir, das Joseph II. von seiner Reise mitbrachte, soll von aktueller Bedeutung sein?«

John nickte. »Und glauben Sie mir, es ist besser, wenn Sie nicht mehr wissen.«

»Das klingt nicht sehr beruhigend«, murmelte Aigner und begann, den Karton zu durchsuchen.

Wenig später war klar, dass sich die »Centurien« nicht in den drei Schachteln des Privatnachlasses Josephs II. befanden.

Aigner hatte den Inhalt des letzten Kartons auf der Ablage gestapelt und zuckte nun ratlos mit den Schultern. »Das wäre vermutlich auch zu einfach gewesen.« Sie begann, die Papiere und Dokumente vorsichtig wieder in der Pappschachtel zu verstauen. »Im Laufe von zweihundert Jahren kann vieles geschehen ... Möglich ist auch, dass der Kaiser sein Souvenir nicht aufbewahrte, sondern an jemanden weitergab.«

»An Franz Breitenstätter etwa?«, brummte Llewellyn und bückte sich nach einem leeren Umschlag, der vom Stapel auf den Boden gerutscht war. Er warf einen Blick drauf. Ein Schreiben war mit Siegellack an der Außenseite des Kuverts befestigt. Während Aigner nach und nach den Stapel auf der Ablage abtrug und in die Schachtel schlichtete, bemühte sich Llewellyn, die etwas verwischte Unterschrift zu entziffern.

»Könnte das ein Schreiben von Joseph II. sein?«, wollte er von Aigner wissen und hielt ihr den Umschlag hin.

»Ganz sicher sogar, das ist seine Unterschrift, und deshalb befindet es sich wohl auch in seinem persönlichen Nachlass. Könnte eines der Handbilletts des Kaisers sein, das er auf dem Umschlag befestigt hatte. Faszinierend ...«, murmelte Aigner, während ihr Finger die Zeilen entlangglitt. Dann brach sie ab, drehte den Umschlag hin und her, betrachtete die aufgebrochenen Siegel an der Lasche und las wieder weiter. »Der ist mir noch nie aufgefallen ... Kaiser Joseph II. verfügt hier, dass der Inhalt dieses Kuverts erst hundertfünfzig Jahre nach seinem Tod bekannt gemacht werden dürfe. Der Umschlag müsse bis dahin versiegelt und unberührt im Archiv liegen bleiben. Genau heißt es: ›Vielleicht wisse dann einer damit etwas zu beginnen. Eine Weisheit, die uns versagt blieb.‹«

»Was soll das heißen?«, erkundigte sich John.

»Dass Joseph II. offenbar ziemlich ratlos war, nachdem er das Dokument gelesen hatte, es in den Umschlag steckte und in seinem Schreibtisch verwahrte«, mutmaßte Aigner. »Vielleicht zeigte er es auch seinen Ratgebern oder Hof-Gelehrten, doch irgendwann musste ihm klar geworden sein, dass ihm die Lösung des Rätsels nicht vergönnt sein würde. Also versiegelte er das Kuvert, befestigte das Handbillett mit seinen Anweisungen darauf und ließ es ins Archiv bringen.«

»Das müssen die ›Centurien‹ gewesen sein«, war John überzeugt. »Wann starb Joseph II.?«

»Im Februar 1790«, antwortete Aigner, »an Tuberkulose, und nur wenige trauerten um ihn, so erzählt man sich.«

»Dann wurde das Kuvert nach 1940 geöffnet – vorausgesetzt, man respektierte den Wunsch des Kaisers«, sagte Llewellyn.

»Darüber müssten wir Aufzeichnungen finden.« Aigner wies auf eine Laufnummer auf einer der Ecken des Umschlags. »Stellen wir die Kartons an ihren Platz zurück und gehen rasch in mein Büro. Dann muss ich aber wirklich los zu meinen Besuchern ...«

Das Klingeln ihres Smartphones unterbrach sie, und die Archivarin nahm das Gespräch an, während John und Llewellyn die drei Schachteln zurück an ihren Platz brachten.

»Wir haben Glück, die Führung des Direktors dauert fünfzehn Minuten länger als geplant. Das gibt uns ein wenig mehr Zeit.«

In ihrem Büro angekommen, legte Aigner den Umschlag neben den Flatscreen ihres Computers und rief die betreffende Laufnummer auf. »Wir müssen in den Katalograum«, sagte sie dann, »der ist gleich hier um die Ecke. Kommen Sie mit!« Sie nahm das Kuvert und eilte voraus.

Der kleine Saal war bis fast zur Decke mit Katalogen vollgestellt. Ein Archivar, der an einem der Schreibtische arbeitete, schaute kurz auf, nickte Aigner zu und vertiefte sich wieder in seine Arbeit.

»Das sollte der richtige Band sein«, flüsterte Aigner, holte ein schweres, blau gebundenes Buch aus dem Regal und lotste ihre beiden Besucher zu einem der großen Tische. »Schauen wir mal ...« Sie blätterte, suchte kurz, ihr Finger fuhr die Seite hinab. »Da haben wir es ja ...« Aigner nickte zufrieden. »Umschlag mit unbekanntem Inhalt aus dem Besitz Kaiser Josephs II., eingeliefert am 04.08.1788 mit Sperrvermerk ›150 Jahre nach meinem Tod zu öffnen‹. Geöffnet am 04.10. 1946. Gezeichnet Grell.« Die Archivarin runzelte die Stirn.

»Heinrich Grell war jener Archivar, der nach dem Krieg hier ins Haus kam und bis zum stellvertretenden Leiter aufstieg. Er war es auch, der nach und nach Silber- und Goldbullen von Urkunden entfernte und sie an Goldschmiede und Juweliere zum Rohstoffpreis verkaufte, um sein Einkommen aufzubessern. Man spricht von hundertachtzig Kilogramm Silber und einem Kilogramm Gold.«

»Und dieser Grell öffnete den Umschlag?«, fragte John.

»Sieht ganz so aus.« Sie überflog nochmals die Zeile. »Tut mir leid, aber mehr steht hier nicht. Wir wissen nicht mal, was der Umschlag enthielt, geschweige denn, wo der Inhalt geblieben ist.«

John nahm das Kuvert in die Hand und betrachtete das Schreiben des Kaisers nachdenklich. Es war an vier Punkten mit Siegelwachs an dem gefalteten Kuvert befestigt. An der Rückseite des Umschlags war ein fünftes Siegel, das nun erbrochen war. John öffnete die Klappe aus dickem, handgeschöpftem Papier und blickte in das Kuvert. Ein kleiner weißer Zettel lag darin, klebte fast an der Innenseite des Papiers. John löste ihn behutsam und zog ihn vorsichtig heraus.

Mit blassblauer Tinte geschrieben standen folgende Worte darauf: »›Centurien‹. Franz Breitenstätter, Admont. 12.07.1951«

»Das ist die Schrift von Grell«, stellte Aigner überrascht fest und legte den Zettel unter den Eintrag im Katalog. »Sehen Sie!«

»Eindeutig«, sagte John. »Damit haben wir zwar noch immer nicht die ›Centurien‹, dafür aber Franz Breitenstätter gefunden. Ist mit Admont das Kloster in der Steiermark gemeint?«

»Es gibt meines Wissens kein anderes«, erwiderte Aigner. Sie kaute nachdenklich auf ihrer Unterlippe, ohne die blassblauen Buchstaben aus den Augen zu lassen. »Die ›Centurien‹

waren also tatsächlich in diesem Umschlag, überdauerten die hundertfünfzig Jahre nach Josephs Tod, nur um von Grell am 12. Juli 1951 an einen gewissen Franz Breitenstätter aus Admont ausgehändigt zu werden.«

»Der sie nie wieder zurückbrachte«, ergänzte Llewellyn.

»Vielleicht hat dieser Grell sie ihm verkauft?«, warf John ein. »Ob Gold oder Silber oder Dokumente ... Was spielt das schon für eine Rolle, wenn man Geld braucht?«

»Dann hätte er den Zettel nicht im Kuvert hinterlassen.« Aigner schüttelte den Kopf. »Nein, Grell wird ihm die ›Centurien‹ gegen Geld ausgeliehen haben, mit der Auflage, sie wieder zurückzubringen. Allerdings kam die Justiz dazwischen. Am 17. September 1951, also zwei Monate, nachdem er Breitenstätter die ›Centurien‹ mitgegeben hatte, wurde Grell von der Polizei in seinem Dienstzimmer verhaftet. Ein Jahr später begann die Gerichtsverhandlung gegen ihn, und dann verschwand er für drei Jahre hinter Gittern. Als er wieder herauskam, war er ein gebrochener Mann, fand keine Stelle mehr, wurde arbeitslos und hatte die ›Centurien‹ und Breitenstätter sicher schon lange vergessen. Das Archiv durfte er sowieso nicht mehr betreten.«

»Und Breitenstätter seinerseits nutzte die Verhaftung Grells dazu, die ›Centurien‹ einfach zu behalten«, schloss John. »Stellt sich nur die Frage: Woher wusste der Mann aus Admont vom Vorhandensein des mittelalterlichen Dokuments in Ihrem Archiv?«

»Mich beschäftigt gerade etwas ganz anderes, und es beruhigt mich ganz und gar nicht«, sagte Llewellyn düster. »Woher wusste Umar von Franz Breitenstätter?«

Aigner klappte den Katalog zusammen, griff nach dem Umschlag und dem Zettel und schaute nervös auf ihre Armbanduhr. »Es tut mir leid, aber ich muss jetzt wirklich los, meine Gruppe der Kongressteilnehmer wartet. Wenn Sie sonst noch etwas brauchen, kann ich Ihnen leider erst Montag weiterhelfen.«

»Herzlichen Dank für Ihre Zeit und Mühe, wir haben Sie schon viel zu lange mit Beschlag belegt.« John lächelte und schüttelte der Archivarin die Hand. »Sie haben uns sehr geholfen.«

Als Llewellyn und John das Haus verließen, hörten sie hinter sich die Stimme von Siegrid Aigner, die im Treppenhaus ihre Kongressteilnehmer zur Führung durch das Archiv begrüßte.

»Ich rufe Frederic an und halte ihn auf dem Laufenden, das sind wir den Brüdern schuldig«, sagte John nach einem Blick auf die Uhr.

Llewellyn gab Alex und Jack, die noch immer den Minoritenplatz überwachten, das Zeichen, den Bus zu holen. »Ruf bitte Amber an und erkundige dich, wo sie ist und ob sie etwas von Fiona gehört hat. Ich denke, wir sollten morgen früh zeitig nach Admont aufbrechen. Am Sonntag haben wir die größte Chance, unseren Franz Breitenstätter zu Hause anzutreffen. Kloster bedeutet Katholiken, Kirche und damit Sonntagsmesse für alle braven Gläubigen.«

*

Zwei Stunden später hatte Siegrid Aigner nicht nur ihre Führung beendet, sondern auch die zahlreichen Fragen der Kongressteilnehmer aus aller Welt beantwortet, die voll des Lobes und der Anerkennung für das historische Gebäude und das Archiv gewesen waren. Das Haus begann sich wieder zu leeren, das Abendprogramm würde pünktlich um 20.00 Uhr beginnen, und die meisten Teilnehmer wollten sich noch in ihrem Hotel frisch machen, bevor es per Bus zu Heurigen und Schrammelmusik ging.

Aigner versperrte ihr Büro und seufzte. Sie war müde und froh darüber, dass ein Archivkongress wie dieser nur alle Jahrzehnte einmal in Wien stattfand.

Nur noch schnell den Umschlag zurücklegen, dachte sie, denn Montag würde ein hektischer Tag werden, angesichts all der Anfragen, die wegen des Kongresses liegengeblieben waren.

Vor den Türen des Archivs angekommen, streifte sie ihre High Heels ab und atmete auf. Wie konnten manche Frauen das bloß einen ganzen Tag lang aushalten? Mittelalterliche Folter, schoss es ihr durch den Kopf, dann betrat sie das Archiv und machte sich auf den Weg zum persönlichen Nachlass Josephs II.

Alles war ruhig, ihre Kollegen waren wohl alle bereits nach Hause und ins restliche Wochenende gegangen.

*

Der elegant gekleidete Mann, der einen kleinen Koffer hinter sich herzog, hatte beobachtet, wie Siegrid Aigner nach ihrer Führung im Archiv verschwunden war. Er eilte zur langsam zuschwingenden Tür, blockierte sie und öffnete rasch den Koffer. Daraus entnahm er ein dickes, schweres Kabel und schloss die beiden Klemmen auf einer Seite an die Metallgitter des Fußbodens an, während er den Stecker am anderen Ende in die nächstgelegene Steckdose einführte und so die Gitter unter Strom setzte.

Ein durchdringender Schrei ertönte, und der manipulierte Schutzschalter im Sicherungskasten hielt trotz Kurzschluss zwanzig Sekunden lang durch, bevor er in Rauch aufging und alle Lichter im zweiten Stock verlöschten.

Aber da war Aigner bereits tot.

Der Mann verstaute das Kabel sorgfältig im Koffer, nahm eine Taschenlampe und betrat dann das Archiv, das nun im Zwielicht lag. Nach kurzer Suche hatte er die Archivarin gefunden, die seltsam verrenkt zwischen zwei Regalen lag, den Ausdruck panischen Schreckens auf ihrem Gesicht. Ohne Zeit zu verlieren, bückte sich der Killer, nahm den Umschlag an sich und verließ das Archiv wieder.

Im breiten Treppenhaus kamen ihm zwei Männer mit Taschenlampen entgegen, offenbar Haustechniker, die: »Gehen Sie bitte zum Ausgang!«, riefen und ihn sonst nicht weiter beachteten. Zwei weitere verunsicherte Kongressteilnehmer stießen im ersten Stock zu ihm. Sie unterhielten sich über den Stromausfall und über das bevorstehende Abendprogramm, während sie vorsichtig im Halbdunkel die Stufen zum Foyer hinunterstiegen.

Unbehelligt verließ der Killer das Archiv, umrundete ohne Eile die Minoritenkirche und stieg in einen mit laufendem Motor wartenden silberfarbenen VW-Bus, der sofort anrollte. Zufrieden griff er zu seinem Smartphone, das neben ihm auf der Rückbank lag, zog den Umschlag hervor und wählte die bekannte Nummer im Vatikan.

Perchtoldsdorf bei Wien/Österreich

Der Anruf von Fionas Telefon kam knapp vor 20 Uhr, und John, der mit Amber und Llewellyn beim Heurigen in Perchtoldsdorf vor den Toren Wiens saß, atmete erleichtert auf. Er hatte eine Stunde lang erfolglos versucht, Fiona zu erreichen.

»Ja, Mademoiselle, bist du endlich in Wien? Wir warten auf dich!«, sagte er.

»Dann werden Sie noch ein wenig länger warten müssen, Mr. Finch«, sagte eine Männerstimme am Telefon kurz angebunden. »Signora Klausner hat bei uns einen ausgedehnten Wellness-Aufenthalt gebucht, und Sie können dafür sorgen, dass wir sie nicht zu Tode pflegen. Indem Sie Ihre Suche nach dem Schatz der Templer sofort beenden. Jetzt!«

»Wer spricht da?!«, rief John aufgebracht. »Was ist mit Fiona?«

Doch der Teilnehmer hatte bereits aufgelegt.

9

DIE »CENTURIEN«

Prolog

3. SEPTEMBER 1942, SCHLOSS KAISERAU BEI ADMONT, STEIERMARK/ÖSTERREICH

»Drei Jahre. Es sind fast auf den Tag genau drei Jahre, dass Kornberger verunglückt ist.«

Kati hörte die Stimme von Obersturmführer Lehner vor dem Fenster ihres Bügelzimmers. Dann klang es nach dem Aufschnappen eines Feuerzeugs. Lehner schien sich mit einem der Professoren der Reichsforschungsanstalt für alpine Landwirtschaft zu unterhalten, die 1939 im Jagdschloss Kaiserau bei Admont eingerichtet worden war. Sie spitzte die Ohren, während sie weiter die Hemden der SS-Männer bügelte, die unter dem Kommando von Lehner die Organisation und Sicherheit der Forschungsanstalt gewährleisteten.

Kati hatte mehr als ein halbes Jahr gebraucht, um sich von der schweren Stichverletzung zu erholen. Ohne die aufopfernde Pflege ihrer Mutter und die Mixturen von Bruder Ademus wäre sie bestimmt gestorben. Während sie versucht hatte, wieder auf die Beine zu kommen, hatte sich in Admont viel verändert.

Alle Mönche waren verschwunden, und Ademus, dessen Fehlen die Deutschen offenbar nicht bemerkt hatten, versteckte sich seither in einer der zahlreichen Hütten, die, verborgen in den umliegenden Wäldern, lediglich den Einheimischen bekannt waren. Er kam nur ab und zu, als Waldarbeiter verkleidet, in den Ort, um nach Kati zu sehen oder um Lebensmittel einzukaufen. »Der Wald gibt mir alles, was ich zum Leben brauche«, pflegte er zu sagen, »und da oben bin ich Gott noch näher.«

»Kornberger war doch ein Mitarbeiter des Reichsführers-SS, oder?«

Kati kannte die Stimme. Sie gehörte Professor Bruckner, einem freundlichen, sehr gebildeten Lehrer für Agrarforschung, der von der Universität Graz an die Forschungsanstalt nach Admont berufen worden war.

Durch ihre lange Krankheit hatte Kati ihre Stelle in der Traube verloren, der Besitzer des Gasthofs hatte sich eine neue Küchenhilfe gesucht. Die Gebirgsjäger waren aus Admont abgezogen worden, der Krieg hatte begonnen, und es gab nicht viele gute Möglichkeiten im Ort, Geld zu verdienen. Also hatte Kati die Haushälterstelle in der Forschungsanstalt angenommen und war zu einem Mädchen für alles geworden. Sie bügelte die Hemden der SS-Männer, nähte Knöpfe an, jätete Unkraut im Hof und versorgte die beiden Wachhunde, reinigte die Klassenzimmer und Aufenthaltsräume, putzte Fenster und kochte auch mal, wenn Not an der Frau war.

»Kornberger war ›Persönlicher Stab‹«, antwortete Lehner und zog an seiner Zigarette, »kam direkt aus Berlin. Ein einflussreicher, aber auch ein sehr gefährlicher Mann. Er wusste genau, was er wollte, und ging über Leichen, um sein Ziel zu erreichen. Wir rückten damals unter seiner Führung ins Stift ein und beschlagnahmten es.«

Kati horchte auf. Sie erinnerte sich nur zu gut an jene Nacht, in der die SS nach Admont gekommen war. Die Nacht, in der sie fast getötet worden war. Die Nacht, in der Matthias verschwunden war. Während sie sich wieder erholt hatte, hatte man nie wieder etwas von ihm gehört, und es hatte ihr das Herz gebrochen.

»Was macht ein Mitglied des persönlichen Stabes des Reichsführers in einem so unwichtigen Kaff wie Admont?«, wollte Bruckner wissen.

Kati konnte den Tabakrauch durchs offene Fenster riechen.

»Das war damals ein Geheimauftrag«, antwortete Lehner vorsichtig, »von höchster Stelle angeordnet. Und dann war doch alles umsonst …«

»Wieso?«, fragte Bruckner. »Das Stift ist doch noch immer in der Hand der SS … Es soll demnächst eine Napola eingerichtet werden, wie ich gehört habe, so eine dieser Nationalsozialistischen politischen Lehranstalten …«

»Ach, darum ging es damals gar nicht«, sagte Lehner. »Jetzt sind wir da nur mehr uniformierte Hausmeister. Einer der Gründe, warum ich mich für den Posten hier in Kaiserau gemeldet habe.«

»Sie meinen …?« Bruckner ließ den Satz in der Luft hängen.

»Ich meine, dass Kornberger damals das Wichtigste auf seine Fahrt mitgenommen hat, was dieses Stift zu bieten hatte«, fuhr Lehner etwas zögernd fort.

Kati schlich zum Fenster und lugte hinaus.

Schräg unter ihr, an der Hauswand, lehnten die beiden Männer und rauchten. Der Obersturmführer hatte seine Uniformjacke ausgezogen und die Ärmel seines Hemds hochgekrempelt. Auf seiner Stirn glänzten Schweißtropfen. Der Sommer in den Bergen gab sich noch nicht ganz geschlagen und schickte noch ein paar heiße Tage in die steirischen Täler.

»Sie machen mich neugierig, Obersturmführer.« Bruckner griff in seine Jackentasche, zog einen Flachmann heraus und reichte ihn Lehner. »Birnenbrand aus der Oststeiermark, von meinem Bruder.«

Der Obersturmführer schraubte den Verschluss auf, roch und nickte anerkennend. Dann nahm er einen großen Schluck. »Aahh, das tut gut!« Er lächelte. »Ja, Kornberger … Das war schon eine große Sache damals. Heute kann man drüber reden, nach dem Autounfall … Wir suchten ein Manuskript aus dem vierzehnten Jahrhundert, das einer der Äbte von Admont damals versteckt hatte. Irgendetwas von Nostradamus, glaube ich …«

»Aber der lebte doch zweihundert Jahre später in Südfrankreich, ziemlich weit weg von hier?«, warf Bruckner ein.

Der Obersturmführer zuckte mit den Schultern. »Ich war nicht in alles eingeweiht, Kornberger kannte sich besser aus. Er bekam seine Direktiven aus Berlin, direkt vom Reichsführer-SS. Wir hatten sogar drei Wissenschaftler zugeteilt bekommen, die uns bei der Suche unterstützten. Na ja, es waren dann eher nur mehr zwei. Kornberger hat einen auf der Stelle erschossen, nachdem der ihm gesagt hatte, er habe die Aktion nicht unter Kontrolle. Da verstand er keinen Spaß.«

»Einfach so?«

Der Obersturmführer nickte. »Kornberger war niemand, mit dem man sich anlegte. Er war übervorsichtig, rücksichtslos, misstrauisch, ständig auf der Hut. Er traute niemandem. Wer ihm im Weg stand, der wurde beseitigt. Er erzählte mir einmal, dass er bei unserem Eintreffen im Stift einen Soldaten überrascht hatte, der uns mit seinem Liebchen vom Klostergarten aus beobachtet hatte. Hat ihn einfach erschossen und seine Leiche im Brunnen entsorgt.«

Kati wurde schwarz vor Augen, und ihre Knie gaben nach. Sie stützte sich am Fensterbrett ab und rang nach Luft.

Matthias …

Im Brunnen des Klosters …

Sie schluchzte auf und presste die Hand vor ihren Mund. Ein Weinkrampf schüttelte sie.

»Das Mädchen stach er nieder, aber mit einem Mal sei sie verschwunden gewesen«, erzählte Lehner. »Man hat sie nicht mehr gefunden. Kann nicht weit gekommen sein, so schwer verletzt, wie sie war. Hat Kornberger damals maßlos geärgert.«

Schwein! Schwein! Schwein!

Kati biss in ihre Faust, um nicht laut loszuschreien.

Bruder Ademus hatte ihr später erzählt, er habe sie blutend im Gras liegend gefunden, als er durch die kleine Pforte wieder ins Kloster zurückkehren wollte. Die hatte er offen gelassen, weil ihn einer der Gebirgsjäger darum gebeten hatte, ihm die Beichte abzunehmen, und er deshalb noch spät abends unterwegs gewesen war.

Die Tränen strömten über Katis Gesicht, doch sie spürte sie nicht. Mit einem Mal kam alles zurück, der Schmerz, das Leid, die Ungewissheit, der Zorn.

Matthias war tot, und Lehner hatte es die ganze Zeit gewusst!

Und sein Mörder? Dieser Kornberger?

»Und dieses Manuskript?«, fragte Bruckner. »Wurde das je gefunden?« Er bot Lehner noch eine Zigarette an.

»Danke. Ja, wir haben es gefunden, in einem ...« Lehner verstummte, dachte an die Leichen der beiden Wissenschaftler in dem zugesprengten unterirdischen Gang. »Egal, Kornberger nahm es mit nach Berlin, damals, am Tag, als der Führer Polen den Krieg erklärte. Sein Wagen verunglückte am Pyhrnpass, auf dem Weg nach Norden. Stürzte zuerst einen Abhang hinunter, dann fing das Wrack Feuer.«

»Und alles verbrannte?«

»Restlos. Das Manuskript ging in Flammen auf, erreichte nie Berlin. Von Kornberger und seinem Chauffeur fand man nur noch verkohlte Reste.«

Geschieht ihm recht, dachte Kati, in der Hölle soll er schmoren! Für immer und ewig!

Sie ließ alles stehen und liegen und stürzte aus dem Raum, die Treppe hinunter, die Fäuste in verzweifelter Wut geballt.

Matthias …

Sie rannte aus dem Schloss hinaus, über die Wiesen, die frisch gemäht waren. Das Heu, zu Tristen aufgetürmt, roch nach Wärme und Sommer, aber Kati beachtete es nicht. Sie lief immer weiter, in Richtung der Berge, ihre Wut hinausschreiend, bis sie heiser war.

Irgendwann fiel sie hin und vergrub ihr Gesicht im Gras, schluchzend und zitternd.

Das Bügeleisen, das Kati auf dem Bügelbrett stehen gelassen hatte, brannte ein Loch in das Hemd eines SS-Rottenführers, bevor es das Holz des Bügelbretts in Brand setzte. Wenig später entzündete sich der Berg Wäsche auf dem Fußboden, und die trockenen Dielen im jahrhundertealten Schloss brannten bald lichterloh. Gierig leckten die Flammen an den Vorhängen hoch, sprangen auf die Holzdecke über.

Dann war alles zu spät, und das prächtige Jagdschloss, in dem selbst Kaiser Joseph II. logiert hatte, für immer verloren.

Die Feuerwehr aus Admont brauchte lange, zu lange, um das Feuer noch löschen zu können. So fiel Schloss Kaiserau am 3. September 1942 fast vollständig einem Großbrand zum Opfer. Das Feuer wütete die ganze Nacht und den darauffolgenden Tag. Kati, die dem Inferno aus der Ferne zusah, verspürte keinerlei Gewissensbisse. Sie hoffte, dass Lehner und möglichst viele SS-Leute in den Flammen umkommen würden.

Irgendwann, als der gelbrote Schein des Feuers den Himmel blutrot färbte und die Sterne auslöschte, stand Kati auf und wankte nach Hause.

Sie hatte keine Tränen mehr.

In ihr war alles leer.

Drei Stunden später hatte sie das Kloster erreicht. Der Mond ging hinter den Bergen auf, und die Mauer rund um den Klosterpark leuchtete gespenstisch weiß.

Die SS hatte bereits seit Monaten keine Wachen mehr aufgezogen. Wozu auch? Admont lag im Nirgendwo. Der Krieg fand woanders statt. Und wer interessierte sich schon für alte Bücher und vergilbte Manuskripte?

Die kleine Pforte war unverschlossen, und Kati zögerte nicht einen Augenblick. Wie eine Schlafwandlerin ging sie immer weiter, durch die Blumenbeete, die inzwischen von Unkraut überwuchert waren. Sie sah sich nicht um.

Nichts war mehr wichtig.

Der Brunnenrand war kühl, und Katis Hände glitten über die Steine.

Was spürte man, wenn man fiel?

Wurde man leicht wie eine Feder? Dehnten sich die Sekunden zu Minuten, zu einem ganzen Leben?

Kati kletterte auf den Rand und ließ ihre Beine über die Leere hängen.

Ich komme, Matthias, gleich bin ich bei dir …

Sterben ist nicht schwer, dachte sie noch, dann beugte sie sich vor und stieß sich ab.

Im selben Moment schnellte eine Hand vor und hielt sie fest. »Mach das nicht«, flüsterte eine Stimme in ihr Ohr. »Was immer der Grund ist, mach es nicht …«

Kati war wie erstarrt. Sie ließ es zu, dass der Unbekannte sie vom Rand des Brunnes herunter ins Gras zog.

Dann begann sie zu zittern und schlug die Hände vor die Augen.

»Lass mich sterben«, flüsterte sie, als sie wieder Worte fand, »lass mich einfach sterben ... Matthias ... ich will zu ihm.«

»Schhhh!«, machte der junge Mann beruhigend und nahm sie in seine Arme. »Zum Sterben bleibt Zeit genug. Zuerst musst du leben. Du darfst nicht aufgeben. Niemals. Auch wenn die Nacht noch so dunkel ist.«

Kati lag regungslos, spürte die Wärme des Fremden.

Nach einigen Minuten öffnete sie die Augen und blickte in das besorgte Gesicht eines jungen Mannes. Sein blonder Haarschopf fiel ihm wirr ins Gesicht und glänzte silbern im Mondlicht.

»Ich bin aufgewacht und konnte nicht mehr einschlafen«, erzählte er leise, »da bin ich in den Park gegangen. Ich liebe die Nächte hier ... sie sind so klar und rein. Da hab ich dich gesehen ...«

»Was machst du im Kloster?«, schniefte Kati und spürte das feuchte Gras durch ihr Sommerkleid.

»Ich bin aus Wien hierher abkommandiert worden«, antwortete der junge Mann leise und ließ Kati los. »Als Spezialist für Sprengungen. Eigentlich studiere ich an der Uni Graz Geschichte, aber dann kam die Einberufung. Und jetzt haben sie mich hierhergeschickt. Fast nach Hause, aber doch nicht ganz. Na ja, immer noch besser als an die Ostfront.«

»Gehörst du zur SS?«

Der Unbekannte schüttelte den Kopf. »Pionierbataillon 80, Klosterneuburg. Die wollen hier irgendetwas unter dem Kloster sprengen und dabei die Bibliothek nicht in die Luft jagen. Komm, ich bring dich nach Hause, sonst kommst du wieder auf blöde Gedanken.« Er zog Kati hoch und stützte sie. »Wie heißt du eigentlich?«

»Kati«, flüsterte sie, »Kati Mitterer. Und du?«

»Franz«, antwortete er, »Franz Breitenstätter.«

27. Juli 2014

Auf dem Weg nach Admont, Steiermark/Österreich

John hatte so gut wie gar nicht geschlafen.

Doch das lag nicht nur am schwülen, drückenden Wetter und der Gewitterfront, die während der Nachtstunden über Wien hinweggezogen war und doch keine Abkühlung gebracht hatte. Er machte sich Sorgen wegen Fiona.

Nach einem Gespräch mit Peter Compton hatten Llewellyn und er noch gestern Abend beschlossen unterzutauchen. Amber sollte mit der DC-3 und Sparrow in Wien bleiben, während Alex Beaulieu und Jack Westworth auf die Suche nach Fiona gehen und nach Italien reisen würden.

Compton hatte mit einer Rückfrage bei der Flugleitstelle rasch herausgefunden, dass der Learjet in Turin gelandet und nicht mehr wieder gestartet war. Wegen eines »gesundheitlichen Notfalls an Bord«, wie es offiziell hieß, war der Flug unterbrochen worden.

»Mit anderen Worten, die Leute von P4 haben Fiona in ihrer Gewalt und versuchen, uns zu erpressen.« Llewellyn war wütend und ratlos zugleich gewesen. »Die wollen in Ruhe weitermachen und uns so effektiv aus dem Verkehr ziehen. Fiona wird wieder freigelassen, wenn sie ihr Ziel erreicht haben: vor uns den Schatz zu finden. Und sie werden sich so gut absichern, dass niemand ihnen einen Vorwurf machen kann.«

»Lass mich raten«, hatte John bitter kommentiert. »Es wird

heißen, Fiona habe während des Fluges eine Schwächeanfall bekommen, sei in eine Privatklinik eingeliefert worden und nach dem Abschluss aller ärztlicher Untersuchungen wieder als gesund entlassen worden. Mit freundlichen Grüßen. Rechnung folgt.«

»Willst du aufgeben und aussteigen?«, hatte Llewellyn John nach dem Gespräch gefragt. »Ich würde es durchaus verstehen. Wir könnten ein Team bilden und ...«

»Lass mich darüber schlafen«, hatte der Pilot ihn unterbrochen. »Und vergiss das Team. Am Schluss bleibt es doch nur an uns beiden hängen.«

*

Llewellyn brachte zwei Pappbecher mit dampfendem Kaffee aus der Autobahnraststätte Bad Fischau an der Südautobahn heraus und drückte einen John in die Hand, der auf einer Bank die erste Morgensonne genoss.

Die dunklen Wolken der Gewitterfront waren weitergezogen, und es sah nach einem sonnigen Sonntag aus.

»Meuniers war ganz und gar nicht erfreut über die frühe Störung, aber er hat mir versprochen, sein Bestes zu geben.« Llewellyn gähnte und schüttete ein Päckchen Zucker in seinen doppelten Espresso. »Die Idee mit dem Lieferanten war genial, das muss dir der Neid lassen.«

John hatte Llewellyn im Morgengrauen aus dem Bett geholt und mit den Worten: »Komm, wir verschwinden jetzt von der Bildfläche!«, die Hintertreppe des Grand Hotels hinuntergeführt. Sie waren keiner Menschenseele begegnet.

Am Lieferanteneingang hatte der weiße Transporter eines Zulieferers geparkt, der aus Wiener Neustadt Eier, Butter und Käse angeliefert hatte. Nachdem John dem Fahrer einen Fünfzig-Euro-Schein in die Hand gedrückt und ihn überzeugt hatte, sie südwärts mitzunehmen, waren sie eingestiegen.

»Aber klar, kein Problem, ich muss sowieso wieder in die Firma zurück«, hatte der erfreute Chauffeur gesagt. »Und dann nach Hause. Die Familie möchte mich wenigstens am Sonntag sehen. Ich lasse Sie bei der Raststation auf der Autobahn aussteigen. Wenn Sie noch weiter nach Süden möchten, ist das der richtige Platz.«

Die Straße hinter dem Grand Hotel war menschenleer gewesen, als der weiße Lieferwagen losgefahren und durch die noch schlafende Stadt gebraust war, schließlich die Südautobahn erreicht hatte.

So waren John und Llewellyn erfolgreich untergetaucht.

Unbemerkt, ungesehen.

»Schickt er uns jemanden vorbei?«, erkundigte sich John nach einem großen Schluck Kaffee.

»Er lässt uns angeblich ein Privatauto bringen, was an einem Sonntag um sechs Uhr am Morgen nicht leicht sein wird«, brummte Llewellyn. »Mal sehen, wie gut sein Netzwerk in Österreich tatsächlich ist.«

»Was hast du ihm erzählt?«

»Dass wir in der Klemme stecken und verschwinden müssen. Keine Einzelheiten und professionell, wie er ist, hat er mich nicht gefragt.«

»Wir müssen noch vorsichtiger sein als bisher«, sagte John. »Wenn irgendetwas rauskommt, bringen wir Fiona in Gefahr, und das würde ich mir nie verzeihen. Für die Loge müssen wir wie vom Erdboden verschluckt sein. Und der IS? Der ist nach dem missglückten Attentat in Duxford wohl so sauer, dass er rot sieht, wenn er nur an uns denkt.«

»Unser Flugplan sollte nicht schwer zu rekonstruieren sein«, warf Llewellyn ein. »Duxford – Wien Schwechat.«

»Aber dann sollten sie unsere Spur verloren haben, spätestens seit unserer Ankunft in Wien. Wer weiß eigentlich, dass wir nach Admont fahren?«

»Hmm … Du hast gestern Abend mit Frederic telefoniert, dann natürlich Peter Compton. Und die Archivarin in Wien vielleicht auch, wenn sie länger darüber nachdenkt.«

John winkte ab. »Die war viel zu viel mit ihrem Kongress beschäftigt. Für sie ist es ein fehlendes Dokument, eines von vielen anderen vielleicht. Noch dazu entlehnt in einer eher dunklen Zeit des Archivs. Nein, das interessiert sie nicht wirklich, glaub ich.«

»Ich wüsste zu gerne, wie weit die Loge mit ihren Nachforschungen gekommen ist«, überlegte Llewellyn laut. »Ob sie bereits den letzten Eintrag Umars entschlüsselt hat?«

»Die brauchen den Originaltext der ›Centurien‹, wie wir auch.« John leerte seinen Becher. »Wenn die ursprünglichen Verse, die Nostradamus zu seinen ›Prophezeiungen‹ umgeschrieben und verstümmelt hat, tatsächlich eine Schatzkarte darstellen, dann geht ohne sie gar nichts. Und ich darf dich daran erinnern, dass selbst Umar sie nie in die Finger gekriegt hat. Er verfolgte zwar den Weg des Originals und der Kopien von der Entstehung bis heute, setzte auf Poussin und seine Hinweise, aber er scheiterte ebenfalls an der letzten Hürde – daran nämlich, die ›Centurien‹ zu finden.«

»Bleibt die Frage, wie er auf den Namen Franz Breitenstätter kam. Das beschäftigt mich schon seit gestern.«

»Weil er von Joseph II. und dem Original wusste? Vielleicht hatte er einfach zwei und zwei zusammengezählt, das Haus-, Hof- und Staatsarchiv angerufen und eine Nachforschung im privaten Nachlass des Kaisers gestartet.«

»Dann müssen sie den Zettel in dem Umschlag gefunden haben, der Zettel, auf dem der Name und der Ort Admont steht«, sagte der Major. »Trotzdem notierte Umar ›Wien‹ hinter ›Franz Breitenstaetter‹ in seinem Buch, und nicht ›Admont‹.«

»Datenschutz vielleicht?« John zog die Schultern hoch. »Auch im Archiv sitzen Beamte. Hättest du einem dubiosen Anrufer aus Libyen bereitwillig eine österreichische Adresse herausgegeben?«

»Wahrscheinlich nicht. Also notierte Umar sich ›Wien‹, weil da das Archiv war und er es nicht besser wusste. Das leuchtet ein.«

In diesem Moment rollten zwei Wagen langsam auf den Autobahnparkplatz und blieben unweit der Bank stehen. Während die Frau im blauen Golf sitzen blieb, stieg der Mann aus dem Mercedes und sah sich suchend um.

»Ein zwanzig Jahre alter Mercedes und ein verrosteter Golf ...« John lächelte. »Wenn Meuniers die organisiert hat, dann muss ich den Hut ziehen. Nicht schlecht, damit fällt niemand mehr auf.«

»Major Llewellyn?« Der Mann im Trainingsanzug schien direkt vom Sonntagmorgen-Jogging zu kommen. »Ich habe einen Anruf erhalten ...«

»Das Netzwerk Meuniers ist bemerkenswert«, sagte Llewellyn und schüttelte dem Mann die Hand. »Es tut mir leid, dass wir Sie an einem Sonntag so früh aufgeschreckt haben.«

»Kein Problem. Gérard meinte, es sei eilig und wichtig.« Der Unbekannte lächelte und drückte dem Major die Schlüssel in die Hand. »Die Papiere liegen im Handschuhfach, meine Telefonnummer ebenfalls. Bitte bringen Sie ihn heil wieder zurück, er ist mein Schmuckstück.«

John schaute verwirrt auf den Mann und dann auf die Mercedes-Limousine aus den späten Neunzigerjahren.

Der Besitzer sah Johns Blick und lächelte verschmitzt. »Lassen Sie sich vom Taxi-Äußeren nicht täuschen. Mercedes

E 55 AMG, Tuningstufe eins, knapp vierhundert PS und an die dreihundert Stundenkilometer schnell. Es gibt nicht mehr viele davon. Aber geben Sie acht, er wird über kurz oder lang versuchen, Sie umzubringen.«

»Das versuchen in letzter Zeit schon zu viele«, brummte Llewellyn und steckte den Schlüssel ein, »auf einen weniger oder mehr kommt es nicht mehr an.«

Kirche Il Gesù, Via degli Astalli, Rom/Italien

Kardinal Sanseverino nickte Franco zu und stieg bedächtig die wenigen Stufen zur ältesten Jesuitenkirche der Welt im Herzen Roms hinauf. Die weiße Fassade, eine Mischung aus barocken Elementen mit Renaissance-Einflüssen, hatte einen Stil begründet, der als Jesuitenstil Bekanntheit erlangte. Nun, knapp vor acht Uhr, leuchtete die Kirche hellblau im Licht der Morgensonne.

Sanseverinos persönlicher schwarzer Mercedes stand am Fuß der Treppe, wie immer mit laufendem Motor und flankiert von den beiden Range Rover mit Blaulicht auf dem Dach. Die Männer in schwarzen Anzügen und mit den unauffälligen Spiralkabeln am Ohr wirkten nervös und angespannt.

So reich und prächtig das Gotteshaus innen mit Stuck und Goldapplikationen, Fresken und Marmorfußboden verziert war, so einfach war der Grundriss der Kirche. Ein hohes, langes Mittelschiff lenkte den Blick und den Schritt jedes Besuchers ganz automatisch zum Altar und damit zum Allerheiligsten. Die Seitenkapellen waren geschickt und unauffällig in dieses Konzept integriert worden.

Sanseverino kniete nieder, bekreuzigte sich.

Durch die hohen Fenster der Kuppel strömte verschwenderisch Sonnenlicht, spiegelte sich auf den vergoldeten Säulen und ließ die Gesichter der Heiligen auf den Fresken lebendig werden.

In den Holzbänken hatten sich bereits zahlreiche Gläubige zur Morgenandacht eingefunden, die in wenigen Minuten beginnen würde.

Warum bloß hier und jetzt, fragte sich der Kardinal und schritt langsam durch das hohe und helle Kirchenschiff in Richtung Altar. Das Treffen hätte auch noch Zeit gehabt, aber Giancomelli schien es mit einem Mal eilig zu haben.

Er spürte Franco hinter sich, mit wenigen Schritten Abstand. An den Seiteneingängen waren Leibwächter postiert, vor der Kirche die besten Personenschützer der Schweizergarde.

Diesmal würde es keine Überraschung geben, dachte Sanseverino zufrieden. Zumindest nicht für ihn …

Im Vorübergehen schweifte sein Blick über die Gesichter der Gläubigen. Die meisten waren alte Frauen, die um diese Zeit nichts Besseres zu tun hatten, als den lieben Gott mit ihren kleinlichen Bitten zu nerven. Die meisten Bänke waren allerdings leer geblieben.

Er ließ die größte und großartigste Kapelle von Il Gesù links liegen. Sie war dem Gründer der Jesuiten, dem heiligen Ignatius von Loyola, geweiht und beherbergte auch sein Grab. Eine große silberne Statue des Heiligen, flankiert von zwei mit Lapislazuli verblendeten Säulen, zeugte von der Verehrung, aber auch der Bedeutung und dem Selbstverständnis der Jesuiten.

»Schade, dass die Statue nur mehr eine Nachbildung ist.«

Die wohlbekannte Stimme kam aus dem Schatten schräg hinter ihm.

»Ich glaube, es war Papst Pius VI., der das Original einschmelzen ließ und damit einen Teil der Kriegsschuld an Napoleon zahlte.« Maria Giancomelli lächelte Franco kühl an und trat näher zu Sanseverino. »Guten Morgen, Eminenz, auch wenn es nicht nach einem guten Tag aussieht.«

»Kommt darauf an, für wen«, gab der Kardinal unverbindlich zurück. »Sie wollten mich dringend treffen?«

»Wann gedenken Sie, Ihre Schuld zu bezahlen?«, wollte Giancomelli unverblümt wissen, und auf ihrer Stirn bildeten sich zwei senkrechte Falten. »Wir hatten ein Abkommen.«

Sanseverino griff in die Tasche seiner Soutane und zog das Notizbuch Umars hervor. »Sie haben es richtig formuliert, Signora Giancomelli. Wir *hatten* ein Abkommen.« Damit drückte er ihr das Büchlein in die Hand. »Oder vielleicht noch besser gesagt: Es gab einmal eine Zeit, da hatten wir eines angedacht.«

»Aber die Liste der Archivalien, die ich Ihnen gegeben habe ...«

»Kommen Sie, gehen wir in die Kapelle Ihrer Namenspatronin, der heiligen Maria degli Astalli, so stören wir die Andacht nicht«, sagte Sanseverino und drückte das niedrige, schmiedeeiserne Tor in der Marmorumrandung auf.

Vorne am Hauptaltar begann der Priester mit der heiligen Messe. Die Glocken von Il Gesù hallten über den Platz und durch den Kirchenraum. Die Gläubigen erhoben sich.

Vor dem Gemälde »Madonna Della Strada« blieb Sanseverino endlich stehen. Das Bild, vor Kurzem restauriert, stammte aus einem Fresko der längst abgerissenen Kirche Santa Maria della Strada, die jahrhundertelang unter dem Patronat der Familie Astalli gestanden hatte.

»Haben Sie die Archivalien gefunden, ja oder nein?«, fragte Giancomelli ungeduldig.

»Oh ja, wir haben sie selbstverständlich.« Sanseverino nickte, ohne den Blick von der Jungfrau Maria mit dem Jesuskind auf ihrem Schoß abzuwenden.

»Nun dann, wo sind sie? Haben Sie Kopien gemacht, Eminenz?« Giancomelli blickte sich um. Suchte sie Antonia?

Franco hatte etwas weiter entfernt Position bezogen und ließ sie offenbar nicht aus dem Augen.

»Die Originale liegen sicher verwahrt im Vatikanischen Archiv«, antwortete der Kardinal, »und ich denke gar nicht daran, Kopien zu machen. Ich bin inzwischen sogar zu der Überzeugung gelangt, mit der Loge P4 zu kooperieren wäre ausgesprochen suizidal. Ihr Verein strotzt geradezu vor Dilettantismus, Überheblichkeit und einem eklatanten Mangel an Diskretion. Was sollte zum Beispiel dieser brutale und unnötige Einsatz Ihrer Männer in Wien? Eine Schießerei auf offener Straße im Herzen der Stadt ... Wie unauffällig!«

»Das war eine interne Abrechnung, nichts anderes, und definitiv nichts, was Sie in irgendeiner Form betrifft.«

»Ach nein?«, fragte Sanseverino spöttisch. »Im Moment betrifft mich alles, was sich um den IS in Europa, um Umar und um seine Notizen dreht. Und wenn es mich betrifft, dann betrifft es Pro Deo und damit den Vatikan und somit die gesamte katholische Kirche. Wir können es uns nicht leisten, mit Ihnen in irgendeinen Zusammenhang gebracht zu werden, da Sie so unbedacht vorgehen. Ich habe gestern Abend noch mit dem italienischen Botschafter in Wien gesprochen, einem alten Freund von mir. Er weiß gar nicht, wo er mit der Schadensbegrenzung anfangen soll. Die Österreicher sind ganz und gar nicht amused. Und das bezeichnen Sie dann als interne Abrechnung? Ziehen Sie gerade in den Krieg?«

»Das kommt ganz darauf an«, gab Giancomelli selbstbewusst zurück. »Vielleicht hat er ja bereits begonnen.«

»Sie sind geblendet von Gier und zerfressen von Ehrgeiz. Über beides werden Sie stolpern. Nicht umsonst firmiert Ihre Organisation alle paar Jahre unter einem neuen Zeichen.«

»Wenn ich ein Orakel brauche, dann fliege ich nach Delphi«, konterte die junge Frau ungerührt. »Ich bin in Vorleistung gegangen und habe Ihnen das Notizbuch Umars überlassen. Sie schulden mir etwas, Eminenz.«

Sanseverino sah seine Gesprächspartnerin belustigt an. »Meinen Sie das jetzt im Ernst? Sie müssen noch viel lernen. Was haben Sie denn bisher Konstruktives zu der Suche nach dem Schatz des Tempels beigetragen, abgesehen von einigen Leichen, die Ihren Weg pflastern? Sie wollen gerne Einsicht in die geheimen Protokolle der Inquisition haben, und ich frage Sie – wozu? Da steht genau gar nichts drin, was auch nur einigermaßen zur Lösung des Rätsels der ›Centurien‹ beiträgt. Sie würden gerne mehr zu Cambron und Yves de Lessines erfahren? Kein Problem, das kann ich Ihnen in wenigen Sätzen erzählen. Doch auch das wird Sie nicht weiterbringen, weil es Ihnen an Fachleuten und damit an Wissen fehlt. Wo bleiben Ihre Entdeckungen, was können Sie zu dem Rätsel beitragen? Wo befinden sich die ›Centurien‹ Ihrer Meinung nach? Wie lautet der letzte verschlüsselte Eintrag in Umars Aufzeichnungen im Klartext?«

Giancomelli wollte etwas sagen, überlegte es sich jedoch anders und schwieg.

»Sie hatten das Notizbuch vor uns in Händen«, erinnerte sie Sanseverino, »und dennoch sind Sie keinen Schritt weiter. Sie beschränken sich darauf, John Finch und Major Llewellyn nicht aus den Augen zu verlieren, habe ich recht? Und Sie verlassen sich darauf, dass Sie sich im Ernstfall des gesamten italienischen Staatsapparats bedienen können. Aber täuschen Sie sich nicht, Signora. Die Hörner des Freimaurer-Teufels sind mit den Jahren stumpf geworden, und der einstige Schwefelduft ist der Smog-Verordnung zum Opfer gefallen. Die Propaganda Quattro erinnert mich an ein kleines Hündchen, das stets hinterherhechelt, auf den Spuren der Großen. Wie wäre es mit einem Gedankenblitz, der mich überzeugt? Einem

Lichtblick im Dunkel von Poussins Geheimnis? Das Wort Eingebung möchte ich in diesem Zusammenhang nicht in den Mund nehmen.«

»Wir haben die nötigen Schritte bereits unternommen«, zischte Giancomelli verärgert.

»Ach ja?« Sanseverino lächelte herablassend. »Wen bedrohen Sie diesmal mit Ihren schießwütigen Banden? Selbst als Sie Professeur de Montfoucault in Paris ermorden ließen, konnten Sie es nicht lassen, Ihre Tat zu signieren. Was für eine Überheblichkeit! Werden Sie endlich erwachsen, Signora. Wann haben Sie zum letzten Mal mit Ihrem Vater, dem Großmeister, konferiert? Hat er Ihnen die Ohren langgezogen?«

Wenn Giancomelli überrascht war, dann zeigte sie es nicht.

»Mein Vater hat die Operation zur Gänze in meine Hände gelegt«, erwiderte sie trotzig, »und er vertraut mir voll und ganz.«

»Dann hoffe ich, dass er weiß, was er tut«, murmelte Sanseverino und blickte sich um.

Neben Franco stand ein Geistlicher in der schwarzen Soutane der Jesuiten, den Kopf unter einer Kapuze verborgen. Ein poliertes Eisenkreuz auf seiner Brust leuchtete silbern, während der Mönch tief im Gebet versunken schien, angesichts des Bildnisses der Maria della Strada, der Schutzheiligen der Jesuiten.

Sanseverino lächelte versonnen.

»Ich hätte nie in meinem Leben gedacht, dass ich einmal einen Diktator zitieren werde, aber Gaddafi hatte recht, auch wenn er es nicht auf Sie münzte: Vergessen Sie die ganze Geschichte, Signora Giancomelli. Das ist eine Nummer zu groß für Sie und für die P4. Die Loge wird überleben, wie in der Vergangenheit, sich umbenennen und umstrukturieren und sich danach wie ein Drache des Bösen erneut aus der Asche erheben. Sie aber, Sie werden die Asche sein.«

»Träumen Sie weiter, Eminenz. Wir sind bereits viel weiter gekommen, als Sie denken. Ein neues Team ist gerade auf dem Weg nach Wien, um nach dem Original der ›Centurien‹ zu suchen.«

»Sie können Ihre Leute wieder zurückpfeifen und sich die Reise sparen«, empfahl ihr Sanseverino gönnerhaft. »In Wien werden Sie nichts mehr finden. Die Spur ist verweht, dafür wurde gesorgt. Oder dachten Sie, wir lassen ein Scheunentor weit offen, wenn hungrige Wölfe umherstreifen und die Gegend unsicher machen?«

Giancomelli runzelte ratlos die Stirn. »Ich ...«, begann sie, doch der Kardinal unterbrach sie unwirsch.

»Signora, die Templer waren ein legendärer Mönchsorden, der dem Papst direkt unterstellt war und niemandem Rechenschaft ablegte, außer dem Heiligen Vater, und das ist etwas, das ihn bis heute mit den Jesuiten verbindet. Wie Sie wissen, stammt Papst Franziskus aus dem Orden der Jesuiten, und daher beobachtet er die Suche nach dem Schatz des Tempels sehr aufmerksam und mit größtem Interesse. Weil er wie ich der Meinung ist, dass der Nachlass des Templerordens Eigentum der katholischen Kirche ist. Egal, ob es sich um Dokumente oder um sehr weltliche Schätze handelt.«

In der Kirche knieten die Gläubigen nieder, senkten die Köpfe und begannen zu beten. Ihre Stimmen drangen durch den Seiteneingang der Kapelle wie ein dumpfer, kadenzierter Sprechgesang, der in der Kuppel von Gesù widerhallte.

Sanseverino warf einen Blick ins Hauptschiff auf die Reihen der Andächtigen. Er wünschte sich, dass auch für ihn irgendwann der Glaube wieder so einfach sein würde wie für die Betenden da draußen und keine Abfolge von politischen Winkelzügen und einsamen Entscheidungen.

»Mit einem Mal entdeckt die Kirche ihre Liebe zu den

Templern?«, fragte Giancomelli ironisch. »Sechshundert Jahre zu spät, finden Sie nicht? Der Papst war es, der den Orden verraten und der Willkür des französischen Königs preisgegeben hat. Und nun, da es etwas zu holen gibt, reklamiert Rom den Nachlass jener Ritter, die auf dem Scheiterhaufen in Rauch aufgegangen sind, nachdem die Inquisition sie gefoltert hat? Wie christlich!«

»Immer noch legitimer als eine größenwahnsinnige, habgierige und amoralische Freimaurerloge, die den italienischen Staat unterwandert«, gab der Kardinal ruhig zurück. »Und damit betrachte ich sowohl unser Gespräch als auch den Versuch einer Zusammenarbeit ein für alle Mal für beendet. Chacun pour soi et Dieu pour tous.«

»Jeder für sich und Gott für alle?«, fuhr ihn Giancomelli an. Sie bebte vor Zorn. »Sie wissen nicht, mit wem Sie sich anlegen, Sanseverino. Wenn Sie jetzt gegen uns sind, dann werden Ihr Gott und Franziskus Ihnen nicht mehr helfen können. Sie sind alt und borniert, und Pro Deo hat Besseres verdient. Ihre letzte Chance ist es, mit uns Erfolg zu haben.«

»Ich bevorzuge es, Erfolg ohne Sie zu haben«, sagte der Kardinal und wandte sich zum Gehen.

Der Jesuit war wieder verschwunden, nur Franco wartete auf ihn.

»Wir haben Fiona Klausner in unserer Gewalt.«

Der Triumph in der Stimme von Giancomelli war nicht zu überhören.

»John Finch und Major Llewellyn werden sich also hüten, uns weiterhin in die Quere zu kommen. Sie haben soeben Ihre Speerspitze verloren, Sanseverino.«

Der Kardinal zuckte gleichmütig mit den Schultern. »Dann brauchen Sie den unnützen, alten Mann ja nicht mehr, und ich kann beruhigt gehen. Ich denke, wir werden uns kaum wiedersehen, Signorina. Aber wenn ich Ihnen einen letzten Rat mit auf den Weg geben darf: Unterschätzen Sie nie Ihre Gegner. Adieu.«

Damit ging Sanseverino zum Ausgang der Kapelle, gefolgt von Franco, der leise in sein Mikrofon sprach und die Leibwächter vor der Kirche informierte. Vor dem großen Portal wandte er sich nochmals um.

Er sah Giancomelli, die in der hintersten Reihe Antonia befreite, die an Beinen und Händen gefesselt zwischen den Bänken lag. Der Kardinal lächelte versonnen. Er hatte Franco angewiesen, eine Bibel auf die Personenschützerin zu legen. Ein Satz war rot unterstrichen: »Wer zu Grunde gehen soll, der wird zuvor stolz; und Hochmut kommt vor dem Fall.«

»Fick dich, Sanseverino«, rief die junge Frau wutentbrannt dem Kardinal hinterher, ohne Rücksicht auf die Messe …

Als Sanseverino in seinen Mercedes stieg, wartete im Fond bereits ein Mann in schwarzer Soutane auf ihn. Das polierte Eisenkreuz auf seiner Brust glänzte im Sonnenlicht, als er den »Osservatore Romano« zusammenfaltete und beiseitelegte.

»Sie ist noch sehr jung … und unbesonnen. Ist alles nach Plan verlaufen?«, fragte er, als der Kardinal sich aufatmend in die Polster zurücklehnte.

»Ich denke, wir haben genug Öl ins Feuer gegossen. Warten wir auf den Flächenbrand. Giancomelli ist jetzt unter Druck. Ihr Vater wird ihr ordentlich einheizen, und sie hat Angst zu versagen. Also wird sie Fehler machen. Allerdings bleibt ihr ein Trumpf: Die Loge hat Fiona Klausner, die Lebensgefährtin von John Finch, entführt und gedenkt, sie als Druckmittel einzusetzen.«

»Ich kann mir nicht vorstellen, dass sich das unser Freund in London lange gefallen lässt«, gab sein Sitznachbar zu bedenken. »Im Ernstfall greifen wir selbst ein.«

»Das dachte ich auch, Eure Heiligkeit«, stimmte der Kardinal zu. »Ich werde sicherheitshalber eine Einsatzgruppe nach Turin schicken.«

»Und jetzt gehen wir endlich frühstücken.« Papst Franziskus sah Sanseverino über den Rand der Brille vergnügt an. »Wenn ich schon keine Pizza bekomme, dann werden Sie mir einen Doppio Espresso und eine Brioche nach der Morgenandacht vor dem Bild der ›Maria Della Strada‹ nicht versagen.«

»Aber …«, versuchte der Kardinal halbherzig einen Einspruch.

»Kein Aber«, entgegnete Franziskus bestimmt. »Ich habe da schon ein kleines Café im Auge, die Bar del Cappuccino in der Via Arenula. Sie sorgen dafür, dass die Personenschützer unsichtbar bleiben. Die waren in den Slums von Buenos Aires auch nicht dabei.« Er zwinkerte Sanseverino zu. »Erinnern Sie sich noch an Ihre Jugend in Neapel? Wir haben das damals ähnlich geregelt … Heute nehmen wir Franco mit, und ich ziehe die Kapuze über, das muss genügen. Und im Ernstfall …«

»… schlagen wir uns noch immer gut!« Sanseverino lächelte und rieb sich die Hände. »So sei es. Die Standpauke des Kommandanten der Schweizergarde wettern wir später ab.«

»Gemeinsam.« Franziskus grinste verschwörerisch und klopfte auf die Sitzlehne des Fahrers.

Sofort rollte der Mercedes an und beschleunigte über die Piazza del Gesù in Richtung Innenstadt.

Admont, Steiermark/Österreich

Es war kurz nach neun Uhr, als John und Llewellyn auf der schmalen Landstraße 713 am Jagdschloss Kaiserau vorbei in Richtung Admont fuhren.

»Wir haben noch rund zehn Kilometer bis zu unserem Frühstück«, sagte der Major und gähnte laut. »In Admont gibt es sicher einen Gasthof, der selbst an einem Sonntag müden Reisenden Ham and Eggs und Kaffee und frische Brötchen serviert.«

»Dann erklären wir ihn sofort zu unserem Stützpunkt.« John wies aus dem Fenster. »Das ist eine der schönsten Landschaften, durch die ich in Europa gefahren bin. Wenn Fiona nicht in der Gewalt der P4 wäre, dann könnte ich die Berge und das Grün der Wälder auch tatsächlich genießen …«

»Wenigstens haben wir heute Morgen alle Verfolger erfolgreich abgehängt, niemand ist uns von der Autobahnraststätte hierher gefolgt.« Llewellyn blätterte in einer Broschüre, die er beim letzten Tankstopp mitgenommen hatte: »›Admont, auch das ›Tor zum Nationalpark Gesäuse‹ genannt, liegt auf 641 m und ist mit knapp 5000 Einwohnern der größte Ort der Region und ein Tourismusmagnet‹«, zitierte er. »›Idyllisch inmitten der Ennstaler Alpen gelegen, besuchen jedes Jahr rund 100 000 Gäste Admont, um die weltgrößte Klosterbibliothek im Benediktinerstift zu besichtigen.‹«

»Ich fürchte, diese Besichtigung wird diesmal nicht auf

unserem Programm stehen. Wir sollten keine Zeit verlieren und schnellstens versuchen, diesen Franz Breitenstätter zu finden. Über kurz oder lang werden die Männer der P4 und des IS in Admont auftauchen. Und dann sollten wir bereits über alle Berge sein. Denn wenn sie uns hier sehen, dann ist Fionas Leben wirklich in Gefahr. Jetzt allerdings ist sie für Giancomelli ein effektives Druckmittel, und schon deshalb wird sie Fiona kein Haar krümmen.«

»Das denk ich auch«, brummte Llewellyn zustimmend. »Glaubst du, dass dieser Breitenstätter noch lebt?«

John zuckte mit den Schultern. »Möglich ist alles, wahrscheinlich ist es nicht. Wenn er auch nur dreißig Jahre alt war, als er sich 1951 die ›Centurien‹ aus dem Archiv in Wien ausborgte, dann wäre er jetzt über neunzig.«

Llewellyn ließ das Seitenfenster herunter und atmete tief durch. »Die Luft ist hervorragend, die Umgebung Natur pur, was spricht gegen ein Methusalem-Alter?«

»Du solltest umziehen, von Downtown London in die Steiermark. Dann überlebst du uns alle.«

»Kann ich dir nicht antun«, entgegnete Llewellyn. »Außerdem wartet auf mich noch ein kleiner Bauernhof auf Skye.«

Das Frühstück im Garten des Gasthofs Zeiser in Sichtweite der Stiftskirche war opulent und versöhnte John und Llewellyn mit dem frühen Aufstehen. Eine junge Kellnerin in Sonntagsdirndl und makellos sauberer Schürze deckte einen langen Tisch in ihrer Nähe ein.

»Kennen Sie einen Franz Breitenstätter?«, erkundigte sich John, als sie eine frische Kanne Kaffee auf den Frühstückstisch stellte.

Die Kellnerin schüttelte den Kopf. »Tut mir leid, der Name

sagt mir gar nichts. Aber ich bin erst seit fünf Jahren hier«, fügte sie entschuldigend hinzu. »Sie sollten besser warten, bis die Männer aus der Kirche kommen. Nach dem vierten Bier und ein paar Schnäpsen kennen die sogar Adam und Eva.«

»Ist das gut oder schlecht?«, erkundigte sich Llewellyn grinsend.

»Will nur sagen, wenn jemand diesen Breitenstätter kennt, dann sind es die Kirchgänger«, antwortete die junge Frau lächelnd. »Die kommen nach elf Uhr, pünktlich jeden Sonntag.«

Doch als John und Llewellyn mit dem Frühstück fertig waren, zeigte die Uhr noch nicht einmal zehn.

»Komm, machen wir einen Spaziergang durch den Ort«, schlug John vor. »Die Kirchgänger können wir später immer noch fragen, die werden sicher bis Mittag bei ihrem Bier sitzen bleiben.«

Sie gingen ein Stück die Hauptstraße entlang, bevor sie nach links in die Evangelische Kirchenstraße abbogen. Ein Bach, Einfamilienhäuser mit Rosenbüschen und Gemüsegärten, Grünflächen, auf denen Kinder spielten. In einer Einfahrt polierte ein älterer Mann hingebungsvoll einen Triumph TR4 in British Racing Green.

»So einen hatte ich auch einmal!« Llewellyn blieb stehen und bewunderte das gepflegte Cabrio. »Allerdings war das bei unserem feuchten Wetter immer so eine Sache mit dem Offenfahren. Irgendwann haben wir Löcher in die Bodenplatte gebohrt, damit das Wasser leichter rauslief.«

»Ach, der kommt nur aus der Garage, wenn die Sonne scheint und keine Wolke am Himmel ist.« Der gut gelaunte ältere Herr legte das Tuch beiseite und nickte John und Llewellyn zu. »Die Bergstraßen sind genau das Richtige für den kleinen Flitzer. Und wenn man in Pension ist, dann muss man nicht am Wochenende unterwegs sein, wenn alle fahren.«

John beugte sich über das offene Cabrio und blickte in den makellos restaurierten Innenraum. »Der ist eine Rarität, wie meine DC-3«, stellte er fest, und als er den fragenden Blick des Besitzers sah, ergänzte er: »Ich bin Pilot und fliege am liebsten Oldtimer, passend zu meinem Alter.«

»Na, dann haben wir ja etwas gemeinsam!« Der Triumph-Besitzer schmunzelte und zog eine Fliegerhaube aus Leder und alte Rennbrillen aus dem Handschuhfach. »Sie fliegen hoch, ich fliege tief.« Er streckte John die Hand hin. »Georg Maurer. Sie kommen aus England, um hier Urlaub zu machen?«

»Ja und nein«, erwiderte Llewellyn. »England – ja, Urlaub leider nicht. Wir suchen jemanden in Admont, der höchstwahrscheinlich nicht mehr lebt. Aber unter Umständen finden wir ja noch seine Nachfahren.«

»Wen suchen Sie denn?«, fragte Maurer und schraubte die Politur zu. »Ich war früher hier Briefträger und kenne eigentlich alle im Ort.«

»Perfekt. Sagt Ihnen der Name Franz Breitenstätter etwas?«, erkundigte sich John gespannt.

»Klar.« Maurer nickte. »Aber der ist wirklich schon lange tot. Breitenstätter war ein Studierter, wie man bei uns sagt. Geschichte an der Uni Graz, glaube ich. Er war nach dem Krieg Lehrer hier, am Gymnasium im Stift. Ist schon vor – warten Sie mal, lassen Sie mich nachdenken –, vor mehr als fünfundzwanzig Jahren gestorben. Seine Frau hat ihn überlebt, die Kati, aber das ist ja meist so.« Er nahm seinen Lappen und wischte einen hartnäckigen Fingerabdruck weg, den er im Gegenlicht entdeckt hatte.

»Wo wohnt seine Frau?«, fragte John.

»Inzwischen auch schon auf dem Friedhof. Die ist vor ein paar Jahren gestorben. War ja ein Wunder, dass die Kati überhaupt so alt wurde. Die ist von der SS damals schwer verwundet worden. Stich in den Rücken, da war sie noch ganz jung. Aber wir sind ein zäher Menschenschlag hier …«

»Gibt es Kinder?«, wollte Llewellyn wissen.

»Eine Tochter und einen Sohn. Der Willi war ein Nachzügler, lebt heute irgendwo in der Schweiz, ging da auch in ein Internat. Der Franz wollte offenbar keine allzu katholische Erziehung für seinen Sohn. Obwohl der ja selbst Lehrer im Gymnasium war …«

»Vielleicht gerade deshalb?«, warf Llewellyn ein.

Maurer zuckte mit den Schultern. »Wollte, dass sein Sohn Fremdsprachen lernte, also schickte er ihn in ein Internat. Er kam nur in den Ferien nach Hause, und die Kati war oft traurig deshalb. Willis ältere Schwester, die Johanna, hat nie geheiratet. Sie ging nach Wien, kam zurück, als Franz gestorben war, um bei ihrer Mutter zu bleiben. Sie hat die Kati auch gepflegt, bevor die starb. Und ist dann im Elternhaus geblieben. Das steht nicht weit von hier. Immer der Straße entlang, ein weißes Einfamilienhaus mit grünen Fensterläden, auf der rechten Seite. In der Einfahrt parkt ein kanariengelbes Peugeot Coupé, nicht zu übersehen.«

»Dann versuchen wir unser Glück«, sagte John. »Danke und viel Spaß bei der nächsten Ausfahrt!«

Das gelbe Sportcoupé stand tatsächlich in der Einfahrt, und eine etwa sechzigjährige Frau in Jeans und übergroßem T-Shirt war damit beschäftigt, die Fenster der Eingangstüre des gepflegten Einfamilienhauses zu putzen. Aus den Blumenkästen des Balkons wogten die Geranien in üppiger Pracht und ergossen sich die Fassade hinunter.

»Frau Breitenstätter?«, fragte John und lehnte sich gegen den Zaun. »Guten Morgen! Könnten wir kurz mit Ihnen sprechen?«

Die Frau legte den Lappen zur Seite und drehte sich zu ihren Besuchern um. »Guten Morgen! Das war glücklicherweise das letzte Fenster, ist auch genug für heute. Worum geht's?« Sie lächelte freundlich und strich mit dem Handrücken eine widerspenstige Locke aus der Stirn.

»Um Ihren Vater, Franz Breitenstätter«, erklärte John. »Wir hätten ein paar Fragen, und der Briefträger, Herr Maurer, hat uns verraten, wo wir Sie finden können.«

»Ach, der Georg, der ist ein wandelndes Auskunftsbüro!« Sie lachte und kam den breiten betonierten Weg zur Gartentüre gelaufen. »Der kennt alle und jeden. Aber das ist wahrscheinlich bei allen Briefträgern so, selbst wenn sie schon im Ruhestand sind, nehme ich an. Eine Art Berufskrankheit. Was wollen Sie denn über meinen Vater wissen?«

»Dürfen wir hineinkommen?«, fragte Llewellyn. »Wir haben einen weiten Weg hinter uns und sollten das jetzt nicht zwischen Tür und Angel auf der Straße besprechen.«

Für einen kurzen Augenblick blitzte Misstrauen in den Augen von Johanna Breitenstätter auf, aber dann öffnete sie bereitwillig das grüngestrichene, niedrige Tor. »Setzen wir uns in den Garten«, schlug sie vor. »Möchten Sie etwas zu trinken?«

»Danke, wir hatten gerade ein opulentes Frühstück«, erwiderte John. »Wir wollen Sie auch nicht lange aufhalten.«

»Sie kommen aus England oder aus Amerika?«, fragte Frau Breitenstätter.

»Aus England.«

John und Llewellyn folgten ihr in den Garten hinter dem Haus, wo sich ein gelber Sonnenschirm über eine große Sitzgarnitur spannte.

»Dann können Sie kein Schüler bei meinem Vater im Gymnasium gewesen sein, obwohl es vom Alter her passen würde.«

»Nein, ich ging in eine gute alte englische Schule in Crawley, auf halbem Weg zwischen London und Brighton«, antwortete John und schüttelte Johanna Breitenstätter die Hand. »John Finch, Pilot, und das ist mein Freund ...«

»... Llewellyn Thomas«, fiel ihm der Major ins Wort. »Herr Maurer hat uns erzählt, Ihr Vater habe Geschichte studiert und hier am Stiftsgymnasium unterrichtet.«

»Ja, das hat er, aber er war beileibe kein Lehrer mit Herz und Seele. Er forschte viel lieber, die Geschichte war für ihn ein unerschöpflicher Fundus an Geheimnissen und Verborgenem. Aber warum fragen Sie?«

»Hat Ihr Vater vielleicht einmal über seine Forschungen gesprochen?«, erkundigte sich John vorsichtig.

»Einmal?« Johanna Breitenstätter lachte auf. »Er erzählte unentwegt davon, wenn er nicht in seinem Studierzimmer, wie er es nannte, saß und Unterlagen wälzte. So oft es seine Zeit erlaubte, stöberte er in Archiven und Bibliotheken. Nicht nur hier, in Admont und in der Umgebung, sondern auch in Wien und in Graz. Weitere Reisen gab's nicht, das Gehalt als Lehrer war nicht gerade üppig, und er hatte ja auch eine Familie zu ernähren. Wenn es nach ihm gegangen wäre, dann hätte er am liebsten ganz Europa bereist. Von einem Archiv zum nächsten, von einer Bibliothek zur anderen ... Er lernte sogar neue Sprachen, damit er all die Dokumente und Manuskripte lesen konnte.«

»War das einer der Gründe, warum er Ihren Bruder auf eine Schweizer Schule schickte?«, fragte John.

»Sie sind ja schon gut informiert ...«, wunderte sich Breitenstätter.

»Herr Maurer war eine ergiebige Quelle«, gab Llewellyn zu. »Ihm ist wahrscheinlich wenig entgangen hier in Admont.«

»Ja, mein Vater schickte Willi auf eine Privatschule in der

Nähe von Montreux, nachdem seine Eltern gestorben waren und er etwas Geld geerbt hatte.«

»Dann hätte er sich ja auch endlich seine Reisen zu den Archiven leisten können«, gab John zu bedenken.

Johanna Breitenstätter schüttelte den Kopf. »Er baute lieber dieses Haus für die Familie und sicherte die Ausbildung für seinen Sohn, Vater war so ein Mensch. Sich selbst und seine Hobbys stellte er immer hintan. Und die Forschung war für ihn ein Hobby, sein einziges übrigens, wenn ich so nachdenke. Aber Sie haben mir noch immer nicht gesagt, wonach *Sie* eigentlich suchen!«

John wägte für einen Moment die richtigen Worte ab. »Nach einem Dokument aus dem vierzehnten Jahrhundert, das sich wahrscheinlich im Besitz Ihres Vaters befand.«

»Er hortete altes Papier massenweise, das brachte meine Mutter oft zur Weißglut. Eine Sammelwut, die wahrscheinlich seine einzige Schwäche war. Zeitungen, Manuskripte, Dokumente, alte Fotografien, er konnte nichts wegwerfen. Dazu legte er noch unzählige Ordner mit persönlichen Notizen und Resultaten seiner Forschung an.«

John hielt den Atem an. »Was geschah damit nach seinem Tod?«

Johanna Breitenstätter blickte gedankenverloren auf die Berggipfel in der Ferne. »Als mein Vater starb, geschah etwas Seltsames«, sagte sie schließlich leise. »Meine Mutter verschloss sein Zimmer und betrat es nie mehr wieder. Es sollte so bleiben, wie er es verlassen hatte. Unberührt, wie ein Schrein, dessen Aura nicht gestört werden sollte. Ich ging hinein, um die Fenster zu putzen und den Staub zu wischen. Meine Mutter betrat Vaters Studierzimmer niemals wieder, bis zu ihrem Tod nicht.«

»Und dann?«, fragte Llewellyn.

»Sehen Sie, ich lebe seit mehr als zehn Jahren allein in dem

Riesenhaus, und meinen Bruder interessiert Geschichte nicht im Geringsten«, fuhr Breitenstätter fort. »Er blieb in der Schweiz, bekam einen gutbezahlten Job, heiratete und gründete eine Familie. Heute kommt Willi nicht einmal im Urlaub zurück nach Admont. Er hat ja die Schweizer Berge vor der Haustür ... Also ließ ich alles so, wie es war, im Angedenken an meinen Vater. Ein Zimmer mehr oder weniger in dem großen Haus, was spielt das schon für eine Rolle?«

John atmete erleichtert auf.

»Hat Ihr Vater jemals von Nostradamus gesprochen?«, wollte Llewellyn wissen.

Johanna Breitenstätter sah ihn belustigt an. »Und von den Katharern, den Kreuzzügen, den Römern und Griechen, den Germanen und den Etruskern, von Attila, Iwan, dem Schrecklichen, von Kaisern und Königen, Pyramiden und verschwundenen Burgen, von Schlachten und Legenden, Sie können es sich aussuchen. Aber Sie haben recht, in den letzten zwanzig Jahren seines Lebens hat er viel von Nostradamus gesprochen, das hat meine Mutter mir nach seinem Tod erzählt. Aber sehr abfällig ... Vater bezeichnete ihn als Dieb und Schwindler, als Hochstapler und jemanden, der die Menschen Hunderte Jahre lang an der Nase herumführte mit seinen angeblichen Prophezeiungen. Ich lebte damals ja in Wien, und so musste meine Mutter als Zuhörerin herhalten. Denn wenn mein Bruder im Sommer seine Schulferien hier verbrachte, dann wollte der nichts von Geschichte hören. Willi verzog sich immer in die Berge zum Klettern. Aber das ist wahrscheinlich in vielen Familien so: Die Passion des Vaters ist der Schrecken der Kinder.«

»Ich habe die Leidenschaft meines Vaters geerbt«, lächelte John. »Das Fliegen. Und es lässt mich noch immer nicht los.« Rasch warf er Llewellyn einen fragenden Blick zu, und der Major nickte unmerklich. »Frau Breitenstätter, ich denke, Sie sollten wissen, warum wir tatsächlich hier sind, selbst auf die Gefahr hin, dass es doch etwas länger dauert. Ich hoffe, Sie haben Zeit für uns und für die Forschungen Ihres Vaters.«

»Jetzt machen Sie mich neugierig. Aber dann hole ich uns doch etwas zu trinken. Apfelsaft und Mineralwasser?«

Ihre Besucher nickten.

Als sie wieder mit einem Tablett voller Gläser und Flaschen zurückkehrte, den Sonnenschirm zurechtrückte und sich setzte, sagte John: »Lassen Sie mich eine Geschichte erzählen, die vor langer Zeit begonnen hat und von der Ihr Vater offenbar fasziniert gewesen war. So fasziniert wie wir.«

Drei Stunden später standen John und Llewellyn gemeinsam mit einer nachdenklichen Johanna Breitenstätter vor einer verschlossenen Zimmertür im ersten Stock des Hauses.

»Versprechen Sie mir, nicht alles durcheinanderzubringen«, murmelte sie. »Mein Vater hatte eine ausgeklügelte Ordnung, er fand stets alles mit einem Griff.«

Als John und Llewellyn das überraschend große Studierzimmer Franz Breitenstätters betraten, wussten sie sofort, was seine Tochter meinte. Die Wände waren bis zur Decke mit Regalen bedeckt, in denen fein säuberlich aufgereiht und beschriftet Ordner, Kartons, Mappen und Fotoalben, Bücher und Kataloge standen. Ein Raumteiler, der ebenfalls mit Schachteln gefüllt war, trennte den Schreibtisch vom Rest des Zimmers ab. Es roch nach Papier und Staub und längst vergessenen Akten.

Johanna Breitenstätter öffnete eines der beiden Fenster, die zum Garten hinausgingen. »Ich war schon länger nicht hier«, sagte sie entschuldigend. »Es ist ja nicht mehr so wichtig, ob die Fenster blank geputzt sind oder nicht ...« Sie verstummte schuldbewusst.

»Hat Ihr Vater jemals von den ›Centurien‹ gesprochen?«, fragte John und überflog die ersten Etiketten auf den Ordnern.

»Mit meiner Mutter vielleicht«, antwortete Johanna und lehnte sich an den Schreibtisch ihres Vaters. »Was Sie mir erzählt haben, würde erklären, warum er auch etwas seltsame Sprachen und Dialekte lernte, wie Altfranzösisch oder Altpicardisch, das im Westen Walloniens gesprochen wurde, wie er mir einmal erzählte. Aber, ehrlich gestanden, es hat mich nicht wirklich interessiert ...«

»Verständlich«, brummte Llewellyn, der langsam die Regalwände entlangging. »Hatten Sie irgendwann einmal Besuch, der sich für die Forschungen Ihres Vaters interessierte? Oder gab es einen Einbruch nach seinem Tod?«

Johanna Breitenstätter schüttelte energisch den Kopf. »Wir leben hier in einer ruhigen Ecke Österreichs. Hier kennt jeder jeden, mit den üblichen Vor- und Nachteilen. Aber ich kann mich nicht daran erinnern, dass sich jemand für die Forschungen oder die Unterlagen meines Vaters interessiert hat. Wir haben ihn ja auch nicht ...« Sie brach ab, ein wenig beschämt.

»... nicht ganz ernst genommen?«, vollendete John den Satz.

»Sehen Sie, wenn jemand sein ganzes Leben lang nur eine einzige Leidenschaft hat, in der er schwelgt und in der er aufgeht, dann geht man über vieles hinweg«, versuchte sie eine Erklärung. »Wenn Sie etwas tausend Mal als historische Sensation am Mittagstisch verkauft bekommen, dann hören Sie das tausendunderste Mal nicht mehr hin. So war es bei mir, und so war es sicher auch bei meiner Mutter.«

»Selbst wenn Ihr Vater behauptet hätte, er habe den Schatz der Templer entdeckt ...« John begann zu verstehen. Franz

Breitenstätter war ein forschender Einzelkämpfer gewesen, fern aller Universitäts-Institute oder Lehrmeinungen.

»Wie war sein Verhältnis zu dem Bibliothekar im Stift?«, erkundigte er sich. »Forschte er auch in der Bibliothek oder im Stiftsarchiv?«

»Sicher, aber da fragen Sie mich zu viel«, antwortete Johanna etwas ratlos. »Er war lange Jahre Lehrer da und hatte bestimmt Zutritt zu allen Unterlagen des Klosters.«

»Ihr Vater muss irgendwann von dieser Geschichte erfahren haben«, sagte John. »Von den ›Centurien‹, von Nostradamus, von Cambron und den Templern. Alles spricht dafür, dass es nach dem Krieg war, als er nach dem Studium entweder als junger Lehrer in Admont zu unterrichten begann, oder vielleicht als Historiker zum Ordnen der Bestände gerufen worden war, nachdem die Nazis abgezogen waren. Er heiratete hierher, liebte Geschichte – also was lag näher, als sich im Stift umzusehen oder den Mönchen seine Dienste anzubieten?«

»Damals lebten auch noch viele der alten Geistlichen. Die waren ja während des Krieges vertrieben worden und kehrten dann 1945 wieder zurück. Manche waren allerdings auch gestorben, in den Jahren des Dritten Reichs.«

»Ich muss die ganze Zeit an Umar denken«, warf Llewellyn ein. »War der nicht auch auf einem Schweizer Internat? In der Nähe von Montreux?«

»Ja, aber auf einer sündhaft teuren Privatschule«, antwortete John. »Beau Soleil oder so ähnlich?«

»Sie meinen sicher das internationale Collège Alpin Beau Soleil in Villars. Willi erzählte stets davon, dass eine exklusive Schule nur einen Steinwurf von seinem Internat entfernt sei. Da würden die Söhne von Politikern und Millionären unterrichtet. Aber wenn man sich auf den nahegelegenen Pisten zum Skifahren traf, dann waren alle gleich, sagte er immer.«

»So könnte Umar von der ganzen Geschichte erfahren haben. Und er hat sie zu Beginn ganz sicher nicht ernst genommen, ebenso wenig wie Willi, der ihm vielleicht eines Tages beim Après-Ski von seinem seltsamen Vater erzählte, der mitten in der Steiermark Altfranzösisch und einen picardischen Dialekt lernte.«

»Aber dann hätte Umar den Namen Breitenstätter doch von Anfang an kennen müssen«, warf Llewellyn ein. »Seinen verschlüsselten Eintragungen zufolge stolperte er bei seinen Recherchen aber erst viel später darüber.«

»Ach was, damals kannte man sich mit Vornamen, traf sich zum Skifahren und war gemeinsam hinter den Skihasen her. Wer wollte schon Nachnamen wissen? Aber irgendetwas von der damaligen Unterhaltung muss hängen geblieben sein bei dem wohlhabenden Schüler aus Libyen, und er machte sich ebenfalls daran, nach dem Verbleib des Schatzes der Templer zu forschen. Die Legende hatte ihn gepackt.«

»Vater Breitenstätter hatte allerdings schon damals einen unschätzbaren Vorsprung: Er war im Besitz der Originalausgabe der ›Centurien‹«, sagte John. »Davon hatte Umar zu Beginn seiner Recherche keine Ahnung. Ich wette, unser Historiker wird seine Dauerleihgabe aus dem Wiener Archiv ebenfalls nicht an die große Glocke gehängt, sondern sie still und leise in sein Archiv eingereiht haben. Nicht mal die Familie erfuhr davon. Mit etwas Glück befindet sie sich noch immer in diesem Raum und wir brauchen nur die Hand auszustrecken.«

In diesem Moment läutete Llewellyns Smartphone.

Corso Vittorio Emanuele II, Turin/Italien

»Major? Wir sind pünktlich in Turin gelandet und stehen vor dem Tor der bekanntesten Privatklinik der Stadt.« Jack Westworth gab Alex Beaulieu ein Zeichen und schlenderte dann die alte Mauer mit dem schmiedeeisernen Gitter entlang, die den Corso Vittorio Emanuele II vom Klinikgelände trennte, während er mit Österreich telefonierte. »Es gibt insgesamt fünf private Kliniken in Turin. In einer gibt es ausschließlich chirurgische Eingriffe, die andere ist eine Geburtsklinik mit Nachsorge, dann gibt es eine Schönheitsklinik und ein allgemeinmedizinisches Spital. Mit irgendeinem mussten wir beginnen.«

»Wie ist die Lage?«, erkundigte sich Llewellyn.

»Nicht schlecht«, antwortete Jack. »Sieht nach einer größeren Klinik aus. Es liegen einige Gebäude großzügig über das gesamte Grundstück verteilt, mitten in der Stadt. Der gesamte Komplex sieht sehr exklusiv aus, großer Park, überall Blumen, sehr gepflegt. Doch seltsamerweise ist der Zutritt kein Problem. Weder die Zufahrt noch die Ausfahrt sind bewacht. Hier fahren ständig Autos ein und aus.«

»Hmm ... das ist tatsächlich seltsam«, sagte der Major. »Ich würde vorschlagen, ihr geht hinein und seht euch um. Alex könnte ein wenig humpeln, sich auf dich stützen und überzeugend Theater spielen. Versucht herauszukriegen, auf welcher Station Fiona liegen könnte. Lasst euren Charme bei den Empfangsdamen spielen.«

Mit einem: »Alles klar, machen wir«, beendete Jack das Gespräch und kehrte zu Alex zurück. »Wir sollen reingehen, um endlich dein kaputtes Knie behandeln zu lassen!«

»Wurde ja höchste Zeit«, erwiderte Beaulieu, stützte sich demonstrativ auf Westworth und humpelte durch die Einfahrt, die an einen Gartenpavillon aus der Gründerzeit erinnerte.

In der Portiersloge saß niemand, das alte Tor stand einladend offen. Allerdings leuchtete aus einer dunklen Ecke die rote Diode einer Überwachungskamera.

»Das muss nichts heißen«, murmelte Westworth, »kann auch einfach rund um die Uhr laufen, aber keiner sieht zu.«

»Werden wir gleich merken. Du stehst bei der Loge ja schon auf der Sympathisanten-Liste, nach ihrem missglückten Anschlag auf deinen Kahn. Wenn sie eine Gesichtskontrolle an der Einfahrt machen, dann ist hier in wenigen Augenblicken der Teufel los.«

Doch alles blieb ruhig. Eine Ambulanz fuhr vor und lud einen Patienten aus, Autos drehten Runden auf der Suche nach einem Parkplatz, andere wiederum ließen am Haupteingang Angehörige aussteigen, die auf dem Weg zur Behandlung waren.

Jack und Alex setzten sich auf eine Bank.

Beaulieu rieb sich das Knie, während er sich suchend umblickte. »Siehst du irgendwo einen Plan oder Wegweiser?«

»Negativ.« Jack beugte sich vor und schaute die Wege zu den einzelnen Gebäuden hinunter. »Ich sehe blaue Wegweiser, aber die sind nicht mehr als Pfeile mit Zahlen. Wir werden wohl in eines der Gebäude rein müssen.«

»Also auf zum Haupteingang, in die Höhle des Löwen.« Beaulieu stand auf und humpelte los.

Die beiden dunkelhaarigen Empfangsdamen am Haupteingang waren hilfsbereit und sprachen noch dazu fließend Englisch.

»Aber selbstverständlich werden wir sofort einen Röntgen-Termin für Ihren Freund vereinbaren, geben Sie mir zwei Minuten«, sagte die eine und schenkte Jack ein betörendes Lächeln. »Verletzungen im Knie sollte man auf keinen Fall auf die leichte Schulter nehmen.« Damit griff sie zum Telefon und schoss eine italienische Wortsalve ab.

Dreißig Sekunden später stand fest, dass ein Termin in der Röntgenabteilung in Gebäude C4 für Alex reserviert war.

Die junge Empfangsdame nahm die Personalien auf und drückte Jack einen Plan des Klinikgeländes in die Hand. Darauf zeichnete sie ihm den Weg bis zu C4 auf und schickte beide mit einem weiteren Lächeln auf den Weg.

»Entweder ist das italienische Gesundheitssystem beneidenswert gut, oder die Rechnung für diesen Termin geht weit über ein ausgezeichnetes Abendessen zu viert in einem Turiner Nobelrestaurant hinaus«, sagte Alex.

»Zweiteres«, antwortete Jack trocken. »Die Kleine am Empfang trug eine Rolex, einen Brillantring, und neben ihrem Telefon lag ein glänzender neuer Mercedes-Schlüssel. Wahrscheinlich ist sie mit dem neuesten Cabrio zur Arbeit gekommen. Die Ferrari-Dichte unter den Ärzten wird beängstigend hoch sein. Und das muss alles bezahlt werden …«

»Wenn ich so richtig überlege, geht es meinem Knie bereits bedeutend besser. Aber müssen wir nicht alle Opfer bringen? Ich habe übrigens gesehen, dass es im Haupthaus einen Bereich für Orthopädie und Traumatologie gibt. Darüber hinaus ist die Klinik vor allem auf chirurgische Eingriffe und die Nachsorge spezialisiert. Dann gibt es noch eine gynäkologische Abteilung und ein Herzzentrum. Wo haben sie Fiona wohl untergebracht?«

»Zuerst müssen wir herausfinden, ob sie überhaupt hier oder in einer der anderen Kliniken liegt. Aber lass mich nur machen. Geh du zum Röntgen, die Rechnung geht an den Major.«

Die Empfangsdame im Foyer von C4 war nicht weniger attraktiv und hilfsbereit als ihre Kollegin am Haupteingang. »Ah, Signor Beaulieu, da sind Sie ja schon. Nehmen Sie bitte den Aufzug in den zweiten Stock, und folgen Sie den Pfeilen mit der Aufschrift ›X‹. Sie werden bereits erwartet.«

Jack blieb am Eingang zurück und lächelte der jungen Frau zu, die eine messingfarbige Namenstafel mit »Estrella« auf dem Aufschlag ihres weißen Arbeitsmantels trug.

»Glauben Sie, ich könnte einen Kaffee haben?«, erkundigte sich Jack. »Wir waren heute so zeitig unterwegs, da fiel das Frühstück flach.«

»Ach, aber natürlich, kein Problem. Espresso, Cappuccino oder Latte Macchiato? Was hätten Sie gerne? Wir haben eine sehr gute Kaffeemaschine.«

»Dann bitte einen Espresso doppio mit etwas Milch und einem Stück Zucker, wenn es Ihnen nicht zu viele Umstände macht.« Jack beugte sich etwas vor und sah auf dem Bildschirm von Estrella eine Liste mit Namen. »Sind das alles Patienten?«, erkundigte er sich unschuldig. »Sie haben ja ein großes Klinikum hier!«

Estrella nickte stolz. »Ja, das ist unsere Belegungsliste, aber jetzt in den Sommermonaten sind es nicht mehr so viele Patienten wie etwa im Winter. Das liegt an der Urlaubszeit. So, ich laufe jetzt rasch und mache Ihren Espresso! Bin gleich wieder zurück!« Sie stellte ein kleines Schild mit »Attendere prego« auf die spiegelnde Empfangstheke und trippelte davon.

Lass dir nur Zeit, dachte Jack und umrundete die Empfangstheke, kaum dass Estrella im Gang verschwunden war. Er scrollte durch die Liste, aber nirgendwo fand sich der Name

Fiona Klausner. Rasch ging er zu einer kleinen Sitzgarnitur, die im Foyer stand, und ließ sich in einen Fauteuil fallen. Dann wählte er die Nummer von Llewellyn.

»Hier ist sie nicht, Major, ich habe die aktuelle Patientenliste eingesehen«, berichtete er, als Llewellyn sich meldete. »Bleiben Chirurgie, Schönheitsklinik, Geburtsstation oder allgemeine Medizin?«

»Versucht es in der Schönheitsklinik mit einer Bettenstation, da wäre eine nichtschwangere Frau wohl am unauffälligsten gut aufgehoben«, empfahl Llewellyn. »Und, Jack? Beeilt euch. Je schneller wir Fiona finden, umso besser. Ich traue dieser Giancomelli nicht über den Weg.«

Admont, Steiermark/Österreich

Franz Breitenstätter hatte seiner Suche nach dem Schatz des Templerordens ein gesamtes Regal gewidmet. Dutzende Bücher zu Poussin standen neben den wichtigsten Werken über die Mönchsritter, in Ordnern waren Kopien von Hunderten von Dokumenten, Landkarten und Manuskripten zusammengetragen worden. Lehrbücher für Französisch und Altfranzösisch standen neben mehreren Wörterbüchern, Werken über das Leben verschiedener Großmeister und zahlreichen Büchern französischer Autoren über die Geschichte und das Ende der Templer … Daneben gab es Sachbücher und Heimatliteratur über den Hennegau im südlichen Belgien, seine Schlösser und alten Bauwerke, die Sprache und die Gebräuche. Ein seltener Band aus dem Jahr 1824 über das Kloster Cambron stand neben Biografien über Kaiser Joseph II., die nach seinem Tod verfasst worden waren. Schließlich folgten allein zwei Regalbretter mit Büchern zu Nostradamus und seinen »Prophezeiungen«, seinem Leben, seinen Reisen und seinem Wirken in Salon in Südfrankreich. Das unterste Brett füllte eine Reihe von braunen Kartons, die John an das Haus-, Hof- und Staatsarchiv erinnerten.

Johanna Breitenstätter beobachtete stumm, wie John und Llewellyn sich durch die Forschung ihres Vaters arbeiteten und alles wieder fein säuberlich an seinen Platz zurückstellten, was nicht unmittelbar interessant war. Nur einen dünnen Ordner mit hundert Seiten handgeschriebener Forschungsergebnisse hatte John auf den Schreibtisch gelegt. Er trug die kurze Aufschrift: »Der Weg«.

»Besaß Ihr Vater einen Safe?«, erkundigte sich Llewellyn, nachdem er das Smartphone aus der Hand gelegt hatte und die Kartons im untersten Regal in Angriff nahm.

»Nein, wir sind hier nicht in der Großstadt, Mr. Thomas. Meine Mutter hielt nicht viel von Schmuck, und Reichtümer gab es bei uns keine. Vergessen Sie nicht, damals legte man sein Geld noch auf die Bank und freute sich über die Zinsen am Ende des Jahres.«

»Also gibt es keinen anderen Platz, an dem Ihr Vater die ›Centurien‹ aufbewahrt haben könnte, als sein Studierzimmer«, sagte Llewellyn und zog den ersten Karton aus dem Regal.

»Zumindest fällt mir keiner ein«, gab Johanna Breitenstätter zurück. »Und wenn an dieser Geschichte, die Sie mir erzählt haben, tatsächlich etwas dran ist, dann musste er diese ›Centurien‹ ja täglich zur Hand haben, um mit seiner Forschung weiterzumachen. Und zwar über Jahre hinweg.«

»Richtig«, sagte John. »Wann starb ihr Vater eigentlich?«

»Im Frühjahr 1986, mit nur neunundsechzig Jahren, er war Jahrgang 1917.« Sie lächelte wehmütig. »Mutter überlebte ihn trotz ihrer schweren Verletzung um mehr als zwanzig Jahre. Sie wurde siebenundachtzig, starb knapp vor Weihnachten 2009, schlief friedlich in ihrem Bett ein. Den Tod ihres Matthias' hat sie nie überwunden, der war wohl die Liebe ihres Lebens«, seufzte Johanna. »Mein Vater war danach immer nur zweite Wahl. War sicher nicht leicht für ihn.«

»Das kann ich verstehen.« John hob den Deckel des Kartons und begann, den Inhalt auf den Schreibtisch zu sortieren. »Vielleicht flüchtete er sich deshalb in seine geliebte Geschichte, seine Forschung und sein Studierzimmer.«

»Gut möglich«, gab Johanna zu. »Ich habe auch viel darüber nachgedacht. In der Ehe meiner Eltern kriselte es oft, meine Mutter war kein einfacher Mensch. Da wollte Vater seine Ruhe haben und zog sich in sein Zimmer zurück, wer kann es ihm verdenken?«

John stutzte. Ganz unten, am Boden des Kartons, lag ein großes braunes Kuvert ohne Aufschrift. Es war verschnürt, mit rot-weißem Bindfaden. Unter dem Knoten steckte eine Visitenkarte: »Heinrich Grell – Archivar«.

»Llewellyn, ich glaube, wir sind am Ziel unserer Suche«, flüsterte John und wies auf den verblassten Namen auf der Karte. Dann löste er behutsam die Verschnürung, öffnete das Kuvert und hielt den Atem an.

Ein einfaches Bändchen kam zum Vorschein, in rötliches Leder gebunden.

Als John es vorsichtig aufschlug, leuchtete ihm auf der ersten Seite ein Wort entgegen, das in goldenen Lettern auf das Pergament geschrieben war:

Les Centuries

Darunter ein aufwändig dekoriertes, farbiges Symbol, das John bereits gesehen hatte:

Die untere Hälfte des Symbols war mit Miniaturen geschmückt, die zwei Männer auf einem Pferd zeigten. Schließlich hatte sich der Verfasser des Buches selbst verewigt: Yvo de Lessino.

»Ist es das, was Sie suchen?«, erkundigte sich Johanna Breitenstätter, die John über die Schulter geschaut und sich über den einfachen Einband gewundert hatte. »Sieht von außen eigentlich sehr unscheinbar aus.«

»Das ist es«, sagte John und legte das Buch vorsichtig auf den Schreibtisch. »Deshalb sind Menschen gestorben, wurden gefoltert, verbannt oder verfolgt. Nostradamus, in der Annahme, es seien Wahrsagungen, verkaufte sie als seine wirren ›Prophezeiungen‹ für die nächsten dreitausend Jahre und ging als Visionär in die Geschichte ein, während Yves de Lessines in Vergessenheit geriet. Aber Ihr Vater erkannte sicher rasch, was dieses Bändchen wirklich war: ein Wegweiser zu einem legendären Schatz, geschrieben von einem Abt für einen Ritter, der sehnlichst erwartet wurde und doch auf sich warten ließ. Offenbar traf er nie ein, und so erhielt Joseph II. im achtzehnten Jahrhundert ein Geschenk, dessen Tragweite er sich zwar bewusst war, aber dessen Folgen er fürchtete. Was würde geschehen, wenn die Menorah und die anderen Kultgegenstände aus dem Tempel Salomons mit einem Mal wieder aufgetaucht wären? Wenn der legendäre Schatz der Templer plötzlich Realität geworden wäre? Welche politischen Auswirkungen in Mitteleuropa und in den Ländern des Nahen Ostens hätte das nach sich gezogen? Wäre die Kirche damit nicht erstarkt und hätte ihre Position gefestigt in einer Zeit, in der Joseph für eine Politik der Säkularisierung stand und sie rastlos vorantrieb? Hätte Frankreich den Schatz für sich reklamiert und dafür einen Krieg vom Zaun gebrochen?« Er sah Johanna Breitenstätter direkt in die Augen. »Viele Fragen, und bitte glauben Sie nicht, dass ich ein verkannter politischer Analyst bin und meine Leidenschaft die Geschichte ist, wie bei Ihrem Vater. Weit gefehlt, ich bin einfacher Pilot aus der englischen Provinz ohne Hochschulabschluss. Aber wir haben auf unserer Suche zwei junge Genies in Paris kennengelernt, zwei Brüder, die in ihrer letzten E-Mail an mich alle diese Erwägungen aufgezählt haben und noch viele mehr. Abgesehen davon, dass der Kaiser die ›Centurien‹ weder lesen noch deuten konnte, hatte er eine wohlbegründete Angst vor den Folgen. Also ließ er das Geschenk in das neu gegründete Archiv in Wien bringen und verfügte, dass der Inhalt des Kuverts erst hundertfünfzig Jahre nach seinem Tod bekannt gemacht werden dürfe.«

»Und bis dahin?«, fragte Johanna erstaunt.

»Der Umschlag blieb tatsächlich versiegelt und unberührt im Archiv liegen, bis er nach dem Zweiten Weltkrieg von Heinrich Grell geöffnet wurde und die ›Centurien‹ fünf Jahre später an Ihren Vater unter der Hand ... hmm ... ausgeliehen wurden. Und damit in Admont in diesem Zimmer landeten, wo Ihr Vater ...«, John tippte auf den Ordner mit dem Etikett »Der Weg«, »... sie offenbar in jahrelanger Arbeit entschlüsselte.«

»Und damit den Schatz der Templer fand?«

»Nun, er fand ihn nicht direkt, weil er niemals vor Ort war«, antwortete John. »Sie sagten ja selbst, er reiste nicht, sondern sparte das Geld für Haus und Familie. Wenn ich ihn richtig einschätze, dann war der persönliche Triumph, die ›Centurien‹ entschlüsselt zu haben, für ihn mehr als genug Belohnung. Irgendwann war das Kapitel für ihn abgeschlossen, oder er hoffte, in späteren Jahren doch noch auf Reisen und damit auf Schatzsuche zu gehen. Aber das blieb ein Wunschtraum.«

»Wahrscheinlich haben Sie recht, und mir tut es nun noch mehr leid, damals nicht mit ihm über seine Forschung gesprochen zu haben.«

»Ich weiß, es klingt vermessen, aber ich würde mir die ›Centurien‹ und die Forschungsergebnisse Ihres Vaters gerne ausborgen«, sagte John. »Ich bin um die halbe Welt geflogen, auf der Spur von Poussins Geheimnis, doch das habe ich Ihnen bereits erzählt. Jetzt möchte ich gerne den Weg zu Ende gehen, vor dem mich alle gewarnt haben und den Ihr Vater vorgezeichnet hat.«

Johanna Breitenstätter nickte. »Das dachte ich mir, und ich bin überzeugt, es wäre im Interesse meines Vaters gewesen. Außerdem sollte das Manuskript wieder an einen sicheren Ort gebracht werden. Aber das überlasse ich Ihnen, Mr. Finch. Versprechen Sie nur, mich auf dem Laufenden zu halten und mir die Mappe mit Vaters Forschungsergebnissen zurückzubringen.«

Wenig später gingen John und Llewellyn in Gedanken versunken auf den sonntäglich leeren Straßen zurück zum Gasthof Zeiser, als ein silberner VW-Bus fast lautlos heranrollte und neben ihnen anhielt.

»Scheiße! Cäsarea!«, fluchte Llewellyn leise. Er griff instinktiv nach seiner Waffe, aber da glitt bereits die hintere Tür auf.

Der Mann mit den stahlblauen Augen und den militärisch kurz geschnittenen Haaren, dem Llewellyn bereits in Wien begegnet war, saß erneut auf der Rückbank.

Doch diesmal hielt er keine Pistole in der Hand.

»Haben Sie die ›Centurien‹?«, fragte er, ohne die Heckler & Koch in der Hand des Majors zu beachten.

»Ja, das Original von Yves de Lessines«, antwortete John, ohne lang zu überlegen.

Angesichts der Tatsache, dass sich Fiona noch immer in der Gewalt der Loge P4 befand und dass bereits so viele Menschen wegen des Templerschatzes gestorben waren, setzte John alles auf eine Karte. Wenn diese Reise hier und jetzt zu Ende sein würde, dann sollte es wohl so sein, dachte er bitter.

Auf welcher Seite standen Sanseverino und Cäsarea? Wahrscheinlich auf ihrer eigenen. Wer den Weg zu einem Schatz wie diesem kannte, der hatte vermutlich weder Freunde noch Verbündete, sondern nur mehr Feinde.

Llewellyn und er, sie hatten lange Glück gehabt in diesem Abenteuer, vielleicht zu lange … und nun war es möglicherweise zu Ende gegangen.

In einer kleinen Gasse in Admont …

Doch alles kam ganz anders.

»Ausgezeichnet«, sagte der Mann auf der Rückbank überraschenderweise, ohne eine Miene zu verziehen. »Dann geben Sie gut darauf acht, und verlieren Sie keine Zeit.«

Damit zog er die Tür wieder zu, bevor der VW beschleunigte und rasch in Richtung Stift verschwand.

John und Llewellyn sahen sich verwundert an. Als sie zu ihrem Mercedes zurückgekehrt waren und gerade einsteigen wollten, klingelte Johns Telefon.

»John … Es ist … es ist etwas Fürchterliches passiert«, stammelte Amber, und John konnte hören, dass sie der Panik nahe war. »Der Page brachte soeben ein Päckchen aufs Zimmer, das ein Bote im Hotel abgegeben hatte. Darin ist …« Sie brach ab und musste schlucken. »… der abgeschnittene kleine Finger einer Frau.«

John ließ sich auf den Fahrersitz fallen und versuchte, einen klaren Kopf zu behalten. »War sonst noch etwas in dem Päckchen?«

»Ja, eine Nachricht«, berichtete Amber stockend. »Sie lautet: ›Heute ein Finger, morgen die ganze Hand, wenn Sie nicht aufgeben.‹«

Instinktiv sah John sich um. Woher wusste die Loge, dass er noch immer die Spur der »Centurien« verfolgte? Es war eigentlich unmöglich …

»Amber, ruf Kommissar Klingenberg an, seine Visitenkarte liegt auf meinem Nachttisch. Er soll den Finger abholen und untersuchen lassen, sofort. Sag ihm, es ist mehr als dringend, und erkläre ihm die Situation. Ich warte auf seinen Anruf. Und, Amber? Bleib im Hotel, bis wir wieder zurück sind. Wer immer das war, er meint es ernst.«

Via Giorgio Bidone, Turin/Italien

Die Privatklinik, vor der Jack und Alex standen, sah aus wie ein Industriegebäude aus den Siebzigerjahren. Grüne Wandelemente zwischen braunen Rollläden versuchten ziemlich erfolglos, das strikte Betongrau zu durchbrechen. Fast alle Rollläden waren heruntergelassen. Hier war keine Hektik, kein reges Kommen und Gehen, kein Patientenandrang.

»Irgendwie hätte ich Angst, hier eingeliefert zu werden«, murmelte Alex Beaulieu und blickte die Fassade hoch. »Angst, nicht mehr herauszukommen.«

»Kein Vergleich zu der Privatklinik am Corso Vittorio Emanuele. Bei Estrella hätte ich gleich eingecheckt und wäre länger geblieben. Bist du sicher, dass die Schönheitsklinik in diesem hässlichen Gebäude ihre Betten hat?«

Beaulieu sah sich in der ruhigen Straße um. »Zumindest hat mir das die mäßig freundliche Dame am Telefon gesagt. Komm, gehen wir da rüber, ins Green Park Café, und rufen den Major an. Ganz nebenbei können wir den Klinikeingang im Auge behalten.«

Die beiden schlenderten ins Café und ließen sich an einem der Tische nieder. Dann zückte Jack sein Telefon und wählte die Nummer Llewellyns.

Als er die schlechten Neuigkeiten aus Österreich hörte, wäre er am liebsten sofort in die Klinik gestürmt.

»Nach allem, was du berichtest, war die erste Klinik zu elegant und hatte eine hohe Patientenfrequenz«, sagte Llewellyn. »Diese hier scheint passender zu sein, um jemanden verschwiegen einzuliefern. Habt ihr Kameras entdeckt?«

»Eine bei der Garageneinfahrt mit Rolltor und eine im Foyer hinter der Glastür, sonst ist das Gebäude außen clean«, antwortete Jack. »Der Vorteil ist hier, dass man einen Patienten mit einer Ambulanz ungesehen in die Tiefgarage fahren kann, ohne Verdacht zu erregen. Wer ausgeladen wird, das sieht niemand. Es wird allerdings etwas schwieriger sein, in diese Klinik reinzukommen, ohne aufzufallen. Nicht einmal ein Fassadenkletterer könnte den Betonklotz erklimmen.«

»Dann würde ich vorschlagen, du besuchst deine Frau, die gestern Abend eingeliefert wurde. Bleiben wir so nahe wie möglich bei der Wahrheit. Signora Klausner aus der Schweiz hatte einen Schwächeanfall, und du möchtest zu ihr. Achtet auf die Reaktionen des Spitalpersonals, auf hektische Telefonate oder plötzlich im Rudel auftretende Pfleger.«

»Wir sind ja keine Anfänger, Major«, brummte Westworth. »Sollen wir beide gehen?«

»Einer genügt, wir wollen nicht zu viel Aufsehen erregen. Und kauft einen Blumenstrauß.«

»Lange Rosen mit möglichst vielen Dornen eignen sich hervorragend als Nahkampfwaffe, weiß ich aus eigener Erfahrung.«

Als Jack eine halbe Stunde später mit einem großen Strauß roter Rosen durch den Eingang der Klink spazierte, war der ernste Gesichtsausdruck nicht gespielt. Er machte sich tatsächlich Sorgen wegen Fiona.

Die ältere Dame hinter dem Empfangstresen mit den leicht blaugetönten grauen Haaren blickte etwas irritiert auf, als

Jack, halb versteckt hinter dem Rosenstrauß, ein: »Buon giorno!«, in ihre Richtung rief und ein: »Meine Frau wurde gestern Abend bei Ihnen eingeliefert. Könnten Sie mir sagen, auf welcher Station sie liegt?«, hinterher.

»English?« Sie sah ihn irritiert an.

Jack nickte.

»Name of your wife, Sir?«, radebrechte sie mit einem schauerlichen italienischen Akzent und schob das Sudoku-Heft beiseite, um die Patientenliste aufzurufen.

»Klausner, Fiona Klausner«, sagte Jack betont langsam, um keine Verständnisprobleme aufkommen zu lassen. »Sie hatte gestern Abend einen Schwächeanfall ...«

Die Frau zog die Augenbrauen hoch. »Sì, comprendo.« Sie scrollte durch Listen, blätterte in Papierstapeln, während ihre linke Hand immer näher zu einem Taster rutschte, der neben der Schreibunterlage angebracht war.

Bingo, dachte Jack, direkt ins Schwarze. Fiona ist hier.

Er wartete noch einen Augenblick, dann schnellte seine Hand vor, ergriff das Handgelenk der Empfangsdame und drückte zu. Sie schrie erschreckt auf.

»Wir wollen doch keine voreiligen Schritte unternehmen, die wir nicht abgesprochen haben, wir zwei, nicht wahr?«, sagte er und zog sie halb über den Empfangstresen, bis sein Gesicht nur mehr Zentimeter von ihrem entfernt war.

»Welche Station? Wo? Presto!«, zischte er ungeduldig. »Sonst braucht diese Klinik einen komplett neuen Empfang inklusive Personal.«

»Lasciami!«, quiekte die Frau und zappelte, während sie mit der anderen Hand vergeblich versuchte, den Taster zu erreichen, und zugleich mit schwacher Stimme um Hilfe rief: »Aiuto!«

»Welches Zimmer? Wo?«, wiederholte Jack ungerührt, zog

ein schwarzes Kommandomesser aus der Tasche und drückte die Spitze der Empfangsdame in den Hals. »Vier ... drei ... zwei ...«

»319 ... terzo piano ...«, röchelte die Frau.

Jack ließ sie los, schnappte sich den Rosenstrauch und sprintete zum Aufzug, während die Empfangsdame wie verrückt auf den Rufknopf hämmerte.

Im dritten Stock angekommen, stieg Westworth aus dem Aufzug, nickte einem Arzt im weißen Kittel freundlich zu, der ihm telefonierend entgegenkam, und joggte den Flur entlang. Er vertraute darauf, dass genau in diesem Augenblick Alex Beaulieu die Klinik betreten und ein Bündel brennender und qualmender Zeitungen in das Foyer werfen würde, gefolgt von einer offenen Schachtel voller Feuerwerkskörper und einem brennenden Zippo und dabei laut, »Happy New Year!!!!«, jubeln würde.

Irgendwo begann ein Feueralarm zu schrillen, als Jack vor der Tür mit der Nummer 319 stand und sie behutsam aufdrückte.

Dann schlüpfte er in den Raum, schnappte sich einen massiven Stuhl, klemmte ihn unter die Klinke und sah sich rasch um. Das Krankenzimmer war überraschend groß und durch einen Vorhang abgeteilt, der halb aufgezogen war. Vor dem Fenster stand ein einzelnes Bett.

Fiona schlief, und Westworth kam sich plötzlich mit seinem Strauß Rosen ein wenig lächerlich vor. Er machte gerade einen Schritt auf sie zu, um sie zu wecken, als er hinter dem Vorhang ein Geräusch hörte und herumfuhr.

Ein alter Mann in einem makellosen dunklen Anzug lenkte seinen elektrischen Rollstuhl zur Mitte des Zimmers, ohne Jack aus den Augen zu lassen. Seine Hand mit der Pistole zitterte nicht. »Signor Westworth, was für eine Überraschung, ich habe eigentlich jemanden anderen erwartet«, sagte er und versuchte erst gar nicht, seine Enttäuschung zu verbergen. »Es hätte alles so viel einfacher gemacht …«

»Wenn John Ihnen in die Falle gegangen wäre?«, fragte Jack, ließ den Rosenstrauß sinken und versuchte, unbemerkt an sein Kommandomesser zu kommen. »Dann hätten Sie alle Trümpfe in der Hand. Wer sind Sie überhaupt?«

»Francesco Giancomelli, Großmeister der Loge P4 und die graue Eminenz in diesem Staat«, antwortete der Mann im Rollstuhl nicht ohne Stolz. »Ich habe zu lange untätig zugesehen, nachdem ich meine Tochter mit dieser Angelegenheit betraut hatte. Es wurde Zeit, die richtigen Schritte zu unternehmen.«

»Ach ja, natürlich, bisher ging alles auf das Konto Ihrer Tochter, und der Anschlag auf mich und mein Schiff tut Ihnen leid.«

»Nein, der Anschlag auf Sie tut mir keineswegs leid, und wenn er nicht gescheitert wäre, dann könnte ich mir die nächste Kugel sparen. Sie werden nicht mehr länger benötigt, Signor Westworth. Heute waren Sie das letzte Mal zur falschen Zeit am falschen Ort, während Fiona Klausner hierbleibt, als perfektes Druckmittel, um John Finch zur Räson zu bringen.«

Auf dem Flur wurden Schritte laut, und jemand rüttelte an der Tür.

Jack hielt endlich sein Messer in der Hand. Giancomelli hob die Pistole, und Jack wurde klar – jetzt oder nie. Er schleuderte den Rosenstrauß auf den Mann im Rollstuhl und sein Messer hinterher.

Der Schuss peitschte durch den Raum, und Jack spürte einen schweren Schlag, der ihn von den Beinen riss. Eine Schmerzwelle jagte durch seinen Körper, und es wurde dunkel.

Dann stürzte er in ein endloses Loch.

A2, Südautobahn, auf der Fahrt nach Wien/Österreich

John Finchs Smartphone piepste durchdringend, als er den Mercedes im dichten Sonntagnachmittags-Verkehr mit kaum hundert Stundenkilometern an Bad Vöslau vorbei in Richtung Wien lenkte.

»Ja?«, meldete sich John kurz angebunden.

»Klingenberg hier. Ich denke, ich kann Entwarnung geben, der Finger wurde einer Leiche abgetrennt«, vermeldete der Kommissar. »Die Pathologie hat mich gerade informiert. Die betreffende weibliche Person muss bereits vor drei oder vier Tagen gestorben sein.«

John atmete auf. »Danke, das sind gute Nachrichten, und die können wir im Moment wirklich brauchen. Gibt es Neuigkeiten bezüglich der Attentäter aus der Spiegelgasse?«

»Wir haben die Leichen an die Botschaft überstellt, und parallel dazu wurde eine offizielle Note des Innenministers an seinen italienischen Kollegen auf den Weg gebracht«, berichtete Klingenberg. »Ein Verfahren wurde eröffnet und der Staatsanwalt in Rom kontaktiert. Alle Behörden haben völlig unbürokratisch eine umfassende Zusammenarbeit und einen Datenaustausch vereinbart, angesichts der Aktivitäten und kriminellen Machenschaften der Loge P4. Ich glaube, wir haben in ein Wespennest gestochen, das die Italiener am liebsten heute noch ausgeräuchert wüssten.«

»Der Druck wird größer«, sagte John. »Ich werde morgen

nach Ägypten zurückkehren. Wir bleiben in Verbindung.« Dann legte er rasch auf, bevor Klingenberg weiter nachfragen konnte.

»Du kehrst nach Ägypten zurück?«, fragte Llewellyn überrascht.

»Es ist an der Zeit, die Karten neu zu mischen«, entgegnete John und wählte erneut. »Amber? Die Pathologen geben Entwarnung: Der Finger ist nicht von Fiona. Er wurde einer Leiche abgetrennt, Todeszeitpunkt etwa vor drei Tagen, und da lebte Fiona noch. Also kein unmittelbarer Anlass zur Sorge. Reichst du bitte in Schwechat einen Flugplan für morgen nach Kairo ein? Start zwischen sieben und acht Uhr früh. Wir sind bereits knapp vor der Wiener Stadtgrenze. Alles andere besprechen wir im Hotel.« Damit beendete er das Gespräch.

»Würdest du mich in deine Pläne einweihen, oder machst du es absichtlich spannend?«, erkundigte sich Llewellyn.

»Es ist erst die Skizze eines Plans, nicht mehr«, erwiderte John. »Wir haben eine ganze Nacht, um die Forschungsergebnisse Breitenstätters durchzuarbeiten. Erst dann werden wir wissen, wohin uns seine Mappe ›Der Weg‹ führt. Bis dahin können wir nur versuchen, unsere Spuren zu verwischen. Also werden wir uns trennen. Amber, du und ich – drei Leute, drei Wege, drei Verkehrsmittel. Amber fliegt mit der DC-3 nach Kairo, ich nehme den Mercedes.«

»Und ich? Gehe zu Fuß?«

»Abwarten«, John lächelte geheimnisvoll, »du bist der Joker in meinem Plan. Im Gegensatz zu Amber wirst du spurlos verschwinden und damit alle nervös machen.«

In diesem Moment meldete sich Llewellyns Telefon. Nach einem Blick aufs Display sagte der Major hoffnungsvoll: »Beaulieu.«

Doch die Hoffnung wurde bald zunichtegemacht. Die Meldungen aus Turin waren niederschmetternd. Jack Westworth war verschwunden, die Klinik geschlossen und von der Polizei abgeriegelt worden. Von Fiona gab es nach wie vor keine greifbare Spur. Beaulieu hatte zwar Verwirrung stiften können, doch sein Ablenkungsmanöver hatte nur beschränkt funktioniert. Nach dem Auslösen des Feueralarms hatte es keine zwei Minuten gedauert, und die ersten Einsatzkräfte der Turiner Feuerwehr waren angerückt, hatten die Straße gesperrt und alles für eine Evakuierung der Patienten vorbereitet. Doch so weit war es nicht gekommen, wie Beaulieu aus sicherer Entfernung beobachtet hatte. Als klar war, dass das Feuerwerk verpufft und nichts mehr zu befürchten war, rückten alle wieder ab, bis auf die Polizei.« Alex Beaulieu klang niedergeschlagen. »Und die werden die Klinik sicher die nächsten Stunden und Tage nicht aus den Augen lassen. Von Jack gibt es allerdings weit und breit keine Spur. Sie haben bisher auch niemanden mit einer Ambulanz aus der Klinik gebracht. Alles ist ruhig. Zu ruhig, für meinen Geschmack.«

»Damit ist aber auch klar, dass Fiona tatsächlich dahin gebracht wurde«, schloss Llewellyn aus Beaulieus Bericht. »Wir wissen also jetzt, wo sie ist. Bleib vor Ort, nimm dir ein Hotelzimmer, wir können im Moment nicht mehr tun als abwarten. Ich werde ein paar Kontakte aktivieren, wir hören uns morgen, Alex. Ihr habt gemacht, was möglich war.«

John parkte den Mercedes in der Opern-Garage, nur wenige hundert Meter vom Grand Hotel entfernt. Die Hitze hing nach wie vor über der Stadt, zwischen den Häuserzeilen kreisten Mauersegler, und der Sonntagabend versprach ruhig zu werden.

»Ich denke, wir sollten uns das Essen aufs Zimmer kommen lassen, dann verlieren wir so wenig Zeit wie möglich«, schlug John vor. »Das Studium der Unterlagen von Vater Breitenstätter wird kein Lesespaziergang durch einen Groschenroman, davon bin ich überzeugt, und wir werden im besten Fall ein paar Stunden Schlaf bekommen. Oder gar keinen.«

Llewellyn fuhr mit der Hand über seine kurz geschnittenen grauen Haare und sah sich unauffällig um, als sie den Hoteleingang erreichten. »Hast du eigentlich etwas von den terrible twins in Paris gehört?«

»Nicht ein einziges Wort«, schüttelte John den Kopf. »Aber das werden wir gleich ändern. Und für dich hab ich eine ganze Reihe von Aufgaben. Wir müssen alles für unseren großen Auftritt organisieren, auch wenn wir noch nicht wissen, wo wir morgen Abend spielen werden.«

8, Via Ugo Bassi, Bologna/Italien

Es war knapp vor Mitternacht, und die Via Ugo Bassi lag, abgesehen von vereinzelten Nachtbussen, die noch an der Haltestelle hielten oder langsam vorbeifuhren, verlassen da. Einige späte Spaziergänger flanierten unter den Arkaden an den Boutiquen vorbei, auf ihrem Weg nach Hause. Die Fassaden der Häuser lagen im Dunkel, hinter den meisten Fenstern brannte kein Licht mehr.

Alexander Reiter blickte vom Dach hinunter in die schmale Nebenstraße, bevor er das schwarze Seil in die Tiefe fallen ließ. Der Balkon lag zwei Stock tiefer, die Fassade des Bürgerhauses mit all den Stuck-Applikationen und kleinen Vordächern war perfekt für sein Vorhaben geeignet. Er zog eine dünne schwarze Haube über seine blonden Haare und begann, sich abzuseilen. Sein schwarzer Kampfanzug machte ihn im Dunkel der Nacht so gut wie unsichtbar.

Kaum eine Minute später stand er auf dem breiten Balkon, der um die Hausecke herumlief. Die Rollläden waren nur halb heruntergelassen, die Balkontüren standen weit offen, aus der Wohnung drang kein Laut. Die Glocken der nahegelegenen Kathedrale San Pietro schlugen Mitternacht.

Perfektes Timing, dachte Reiter, die Geisterstunde hat begonnen. Zeit für Geister, Phantome und Albträume …

Lautlos schlüpfte er unter dem Rollladen hindurch ins Innere der Wohnung. Im diffusen Licht der Straßenbeleuchtung erkannte er eine große Bibliothek mit einem langen Sofa, lederbezogenen Fauteuils, einer gut gefüllten Bücherwand, Deckenfresken und einer ganzen Reihe von Gemälden, die ihn jedoch im Moment überhaupt nicht interessierten.

Ein kurzer Blick auf die Bewegungsmelder verriet Reiter, dass sie glücklicherweise ausgeschaltet waren. Also ging er tiefer in den Raum hinein.

Auf einem der niedrigen Beistelltische befand sich ein Telefon, dessen LED grün leuchtete und einige Magazine in ein gespenstisches Licht tauchte. Das brachte Reiter auf eine Idee. Er ließ sich in einen der bequemen Lehnsessel fallen und zog sein Handy aus der Tasche. Dann wählte er und wartete in aller Ruhe.

Das Telefon auf dem Beistelltisch begann zu schrillen.

Es dauerte fast eine Minute, bis tapsende Schritte näher kamen und eine nackte Frau mit halb geschlossenen Augen in der Tür auftauchte, seufzte und dann mit einem unwirschen: »Sì, sì!«, die letzten Meter bis zum Telefon zurücklegte, ohne sich weiter umzusehen. Sie nahm ab.

Reiter sah ihr Gesicht im Licht des Displays. Es war nicht Maria Giancomelli, also vermutete er, dass es sich um Antonia, die Leibwächterin von Maria Giancomelli, handeln musste.

»Sie sehen besser aus, als ich dachte«, murmelte er in sein Handy, und Antonia fuhr völlig verwirrt herum.

Doch da war Reiter bereits hinter ihr, hielt ihren Mund zu und drückte fest auf einen ganz bestimmten Punkt an ihrer Halsgrube, dem sogenannten Tiantu, hielt sie weiter fest, als sie noch ein wenig zappelte, bevor sie ohnmächtig zusammenbrach. Dann fesselte er sie mit zwei Kabelbindern und verklebte ihr sorgsam den Mund, bevor er sie in den Nebenraum trug, einen riesigen Salon, und sie auf eine Couch legte.

»Buona notte, Signorina«, flüsterte er, »hier sind Sie ungestört.«

Dann machte er sich auf den Weg ins Schlafzimmer.

Alle Türen standen offen, um ein wenig Luftzug in die heiße italienische Nacht zu bringen, und nachdem er keine Eile hatte, flanierte Rebus interessiert durch die elegante Wohnung. Das Wohnzimmer war in einer Mischung aus modernen und antiken Möbeln eingerichtet, die Teppiche Designerstücke aus Galerien. Der Flachbildfernseher hatte Heimkinogröße.

Im Schlafzimmer brannte eine Nachttischlampe, deren Licht durch ein übergeworfenes Tuch weiter gedämpft wurde. Die Frau, die auf dem überbreiten Bett auf der Seite lag, halb bedeckt von lindgrünen Satinlaken, schlief tief und atmete regelmäßig.

Reiter grinste und sah sich beeindruckt um. Pracht und Glanz, wohin man schaut, dachte er sich, von den Deckenfresken bis zu dem – er blickte genauer hin –, ja, bis zu dem wunderschönen Tintoretto an der Wand.

Reiter nahm seinen kleinen Rucksack ab und zog ein Schmucketui hervor. Als er es öffnete, glänzte matt ein modernes Collier im Licht der Nachttischlampe. Es schien aus Platin gefertigt, hatte einen großen tiefroten Mittelstein und einige eingestreute Brillanten. Dann legte er sich neben Maria Giancomelli ins Bett, streckte sich und seufzte wohlig.

»Antonia, welcher Idiot war das?«, murmelte Giancomelli im Halbschlaf. »Wir sollten dieses Telefon stumm stellen, bevor wir schlafen gehen.« Sie drehte sich um und streckte Reiter ihre Arme entgegen, ohne die Augen zu öffnen. »Komm zu mir ...«

»Mit Vergnügen«, flüsterte Reiter, beugte sich zu ihr und legte Giancomelli mit einem schnellen Griff das Collier um, ließ es zuschnappen und tätschelte ihr die Wange.

Ein leises Klicken ertönte, gefolgt von einem elektrischen Summen.

Giancomelli fuhr hoch und starrte entsetzt auf den fremden Mann in ihrem Bett.

»Schreien Sie lieber nicht«, sagte Reiter ruhig, »die Straßen sind menschenleer, und Antonia schläft. Keine Angst, Ihrer Freundin geht es gut. Sie hat den Anrufer persönlich getroffen und war von seinem Charme hin und weg.«

»Wer … wer sind Sie? Wie sind Sie … hier hereingekommen?«, stammelte Giancomelli, dann fuhr ihre Hand an ihren Hals, ihre Finger glitten über das Collier. »Was soll das?«, staunte sie verwundert. Sie zog die Schublade des Nachttischchens auf, nahm einen Schminkspiegel heraus und bewunderte das edle Schmuckstück.

»Viele Fragen mitten in der Nacht, aber die Antworten werden Ihnen nicht gefallen.« Reiter lehnte sich ans Kopfende des Bettes. »Wer ich bin? Ein Mann aus den Bergen, dem Sie das Haus über dem Kopf weggesprengt haben. Ein Kunstkenner, der den Tintoretto mitnehmen wird, als Wiedergutmachung für den erlittenen Schaden. Wer noch? Ein Ärgernis für viele und ein wahrer Albtraum für Sie. Wie ich hereingekommen bin? Oh, das war nicht schwierig, über das Dach und den Balkon, dann durch die Türe, die dankenswerterweise offen stand. Sollte Antonia für Ihre Sicherheit verantwortlich sein, dann würde ich sie an Ihrer Stelle übers Knie legen. Haben Sie's schon mal versucht? Manche Mädels mögen das.« Er grinste Giancomelli unverschämt an, die ihm bisher erstarrt zugehört hatte. »Egal, zur nächsten Frage.« Reiter wies auf das Collier. »Was das soll? Ich finde es übrigens wunderschön … steht Ihnen …« Mit einem Mal wurde seine Stimme kalt. »Dieses Collier ist ein technisches Meisterwerk. Kennen Sie das Prinzip der elektronischen Fußfessel?«

Giancomelli nickte wie betäubt.

»Gut, dann machen Sie sich auf weitere Überraschungen gefasst. Sie haben einen neuartigen Sprengstoff bei Ihrem Angriff auf mein Anwesen verwendet. Nun, gleiches Recht für alle. Wir haben ihn in den Schmuckstein eingearbeitet und mit einem Zünder verbunden. GSM und GPS sind selbstverständlich, Miniaturisierung sei Dank. Sollten Sie versuchen, es abzunehmen, explodiert es sofort und sorgt dafür, dass es nichts mehr zu begraben gibt. Habe ich mich bisher verständlich ausgedrückt?«

Die junge Frau hatte zu zittern begonnen und starrte Reiter aus angstvoll geweiteten Augen an.

»Dasselbe geschieht beim Versuch, es zu zerstören oder zu manipulieren. Kawumm!«

Giancomelli zuckte zusammen.

»Aber das wollen wir doch nicht, oder? Sie werden morgen früh Fiona Klausner und Jack Westworth freilassen, sonst brauchen Sie sich wegen eines Tisches zum Lunch im Da Nello keine Gedanken mehr zu machen. Westworth ist schwer verletzt, so viel ich erfahren habe, und Sie werden ihn deshalb gemeinsam mit Fiona in einer Ambulanz zum Flughafen bringen lassen. Ich organisiere bis dahin den Heimtransport.«

»Aber …«, setzte Giancomelli an.

»Außerdem vergessen Sie die ›Operation Nostradamus‹, Sie sind raus, und zwar sofort. Sollte ich einen Ihrer Männer irgendwo in der Nähe von John Finch oder Major Llewellyn sehen, ist die Loge P4 im wahrsten Sinne des Wortes kopflos.«

»Sind … Sie … wahnsinnig?«, flüsterte die junge Frau.

»Ach, natürlich, fast hätte ich etwas vergessen: die Motivationshilfe. Ich habe heute auf meinem Smartphone eine neue App vorgefunden, die zwei Freunde in Paris geschrieben haben. Die steht in ständiger Verbindung mit Ihrem Collier, verrät mir immer, wo Sie sich befinden. Sollten Sie sich nicht an unsere Abmachungen halten, dann gibt es da einen roten Knopf. Bumm! Passiert übrigens auch, wenn Sie sich außerhalb der Reichweite des heimischen Mobilfunknetzes befinden. Planen Sie also besser einen Urlaub in Italien ein. Rimini soll ja ganz apart um diese Jahreszeit sein, allerdings auch ein wenig plebejisch. Sie werden Ihre Ansprüche runterschrauben müssen.«

Reiter wurde ernst.

»Und glauben Sie nicht, ich würde auch nur eine einzige Sekunde zögern, den Knopf zu drücken. Dann hätten Sie sich verschätzt, wie Ihr Vater. Oder wissen Sie das noch nicht? Jack Westworth hat ihn mit seinem Messer an die Lehne des Rollstuhls genagelt. War ein ziemliches Blutbad, erzählt man sich ... Der alte Herr hat es jedenfalls nicht überlebt und pokert jetzt mit dem Teufel, was die römische Kurie wiederum freuen dürfte.« Er sah auf seine Armbanduhr. »In sieben Stunden marschiert eine Spezialeinheit der italienischen Justiz im Auftrag des Generalstaatsanwalts in die Turiner Klinik in der Via Giorgio Bidone und dreht jedes Papier um, das sie findet, durchforstet die Patientenlisten und schaut unter alle Betten. An Ihrer Stelle hätte ich Klausner und Westworth dann bereits in die Ambulanz verfrachtet und auf den Weg zum Flughafen gebracht.« Reiter stand auf und ging zu dem Tintoretto, hängte ihn ab und betrachtete ihn fast zärtlich. »Ich muss mich jetzt leider verabschieden, es ist schon spät, und morgen wird ein anstrengender Tag«, plauderte er, während Giancomelli ihn mit offenem Mund anstarrte. »Grüßen Sie Antonia von mir, und bemühen Sie sich nicht, ich finde hinaus.«

Drei Minuten später hielt ein schwarzer Range Rover mit dem Kennzeichen von Vatikan-Stadt an der Bushaltestelle, und Reiter stieg ein, verstaute sorgsam das Gemälde und zog die Haube vom Kopf.

Der Fahrer, ein schlanker, kleiner Italiener, reichte Rebus ein Smartphone. »Sichere Leitung, mit Empfehlung von Kardinal Sanseverino. Die Nummer von Mr. Compton ist bereits eingespeichert. Was darf ich Seiner Eminenz mitteilen?«

»Dass ich gerne einmal die Bilderbestände des Vatikans sichten würde«, antwortete Reiter trocken.

Der Chauffeur sah ihn erstaunt an.

»Nur ein Scherz«, beruhigte Reiter ihn. »Sagen Sie Seiner Eminenz, dass alles nach Plan gelaufen ist. P4 ist endgültig Geschichte und aus dem Rennen.«

10

DER SCHATZ

28. Juli 2014

04.30 UHR

GRAND HOTEL WIEN, KÄRNTNERRING, INNERE STADT, WIEN/ ÖSTERREICH

»Wissen Sie, was Sie da verlangen?«

Peter Comptons Stimme verriet nicht nur Überraschung und Verwirrung. John hatte ihn auch noch nie so erregt erlebt.

»Da spielen die Amerikaner niemals mit! Selbst wenn ich Strippen bis zum Weißen Haus ziehe!«

»Dann reden Sie mit dem Präsidenten persönlich, oder lassen Sie David Cameron bei ihm anrufen«, schlug John vor und gähnte. »Ich wette, der ist Ihnen noch einen Gefallen schuldig.«

»Ich denke, Sie überschätzen meine Möglichkeiten bei Weitem. Ich bin ein ehemaliger Beamter des Königreichs und seit Jahrzehnten in Pension.«

»Und ich ein alter Buschflieger, der gerade für genau dieses Königreich seinen Arsch riskiert«, gab John unbeeindruckt zurück. »Deshalb, von grauhaarigem Piloten zu pensioniertem Beamten: Anders wird es nicht funktionieren. Dann vergessen wir den Schatz der Templer, und ich fliege mit Amber zurück nach Kairo.«

Für eine Minute war es still in der Leitung, und John dachte schon, Compton habe wieder aufgelegt.

»Sie können verdammt hartnäckig sein, Mr. Finch«, grummelte der ehemalige Geheimdienstchef, »und verflixt überzeugend dazu. Ich werde sehen, was ich tun kann.«

»Nächster Punkt«, legte John unerbittlich nach. »Ich brauche Frederic auf diesem Flughafen. Lassen Sie ihn aus Paris abholen und einfliegen, mitsamt seines Laptops. Ohne ihn brauchen wir gar nicht erst zu versuchen, an den Schatz zu gelangen.«

»*Dieser Flughafen*, wie Sie ihn nennen, Mr. Finch, ist militärisches Sperrgebiet, eine Hochsicherheitszone, die der amerikanischen Air Force untersteht«, führte Compton aus, und John konnte ihn geradezu sehen, wie er mit seinen Fingerspitzen auf die Armlehne seines Lehnsessels trommelte. »Da kommen Zivilist Hinz und Kunz nicht einfach so hinein, sondern brauchen eine himmelhohe Sicherheits-Freigabe, einen makellosen Lebenslauf und einen amerikanischen Reisepass. Alles Dinge, über die Sie nicht verfügen.«

»Ausnahmen bestätigen die Regel, oder soll ich Sie an meine Landung in Afghanistan auf der Bagram Air Base vor vier Jahren erinnern, mit Polizeichef Salam aus Pakistan als Passagier?« John ließ nicht locker. »Haben Sie die damals nicht auch eingefädelt?«

Compton murmelte etwas Unverständliches vor sich hin.

»Die beiden Brüder in Paris haben eine Theorie aufgestellt, eine brisante Theorie«, fuhr John fort. »Der IS hat nicht aufgegeben, nur weil wir ihn nicht mehr sehen. Er wird dann zuschlagen, wenn wir es am wenigsten erwarten, und er wird zuvor ein Ablenkungsmanöver starten, das alle Kräfte bindet. Die ganze Welt wird gebannt zusehen, und niemand wird auch nur einen Gedanken daran verschwenden, dass im Hintergrund etwas ganz anderes abläuft. Und wenn wir uns nicht vorsehen, dann wird die Terrororganisation an beiden Fronten gewinnen.«

»Und wenn die Brüder in Paris sich irren?«, wollte Compton wissen. »Was dann?«

»Dann haben wir nichts verloren, sondern nur gewonnen. Denn dann wird der IS unsichtbar bleiben, und wir werden heute Abend vor dem Schatz der Templer stehen, sollte er noch immer da sein, wo Franz Breitenstätter ihn laut seiner Interpretation der ›Centurien‹ vermutet.«

»Und wenn Breitenstätter mit seinen Auslegungen nicht recht hat?« Compton klang keineswegs überzeugt.

»Dann reichen wir die ›Centurien‹ an Kardinal Sanseverino und seine Spezialisten-Runde weiter und warten ab. Die Loge P4 ist nicht mehr im Spiel, wir haben also Zeit gewonnen. Wie immer wir es drehen, das Risiko ist gering.«

»Das werden die amerikanische und die britische Air Force anders sehen, und ich kann es ihnen nicht verdenken«, sagte Compton und seufzte. »Aber ich werde alle Hebel in Bewegung setzen. Auch wenn es verdammt knapp wird. Außerdem bezweifle ich, dass der IS weiß, wo Sie sich augenblicklich befinden und wohin Sie unterwegs sind. Der rote Faden ist in Duxford abgerissen. Bei den Mechanikern von Amber Rains ist niemand aufgetaucht, der Nachforschungen angestellt hat. Unsere Bewachung des ARC war lückenlos, rund um die Uhr.«

»Abgehörte Telefongespräche, ein unvorsichtiges Wort im Pub nach dem dritten Bier, ein unzufriedener Mitarbeiter, ein hilfsbereiter Angehöriger des Personals von Duxford, der nur zu gern Auskunft über einen eingereichten Flugplan gibt«, zählte John auf. »Dazu kommt ein über ganz Europa geknüpftes Netzwerk an Gewährsleuten und jeder Menge Sympathisanten, die nur zu gern Allah dienen und den Ruhm des Kalifats mehren wollen. Aber das brauche ich Ihnen nicht zu sagen. Außerdem traue ich Maria Giancomelli nicht über den Weg, auch wenn sie praktisch eigentlich nichts mehr gegen uns unternehmen kann. Verraten kann sie uns noch immer. Es geht um Geld, viel Geld, und um legendäre Artefakte. Die Loge hätte sich mit dem Vatikan verbündet, warum nicht auch aus Frust und Rachegedanken mit dem IS?«

»Wie wahr, wie wahr«, stimmte Compton zu. »Nun gut, und jetzt lassen Sie mich telefonieren. Ich halte Sie auf dem Laufenden.« Damit beendete er das Gespräch.

»Du hast den alten Fuchs ordentlich unter Druck gesetzt«, Llewellyn grinste, »aber das tut ihm zur Abwechslung mal ganz gut. Sonst rostet er noch ein. Wie geht's jetzt weiter?«

»Wir brechen hier die Zelte ab und trennen uns, wie besprochen.« John packte seine Tasche fertig und sah zu Captain Sparrow hinüber, der auf einer der Vorhangstangen saß und selig schlief. »Amber soll den alten Schwerenöter nach Kairo mitnehmen, unser straffes Programm heute ist nichts für ihn. Ich denke, es wird Zeit, sie zu wecken, sonst verpasst sie noch ihren Flug.«

»Sie nimmt also die DC-3 und fliegt mit Sparrow nach Kairo, mit einer Zwischenlandung in Turin. Da holt sie Fiona ab und bringt sie in Sicherheit«, rekapitulierte Llewellyn. »Was machen wir mit Jack? Er braucht dringend ärztliche Betreuung.«

»Ruf Alex Beaulieu an. Lass ihn zum Flughafen kommen, in die Ambulanz zusteigen und Westworth in die Klinik am Corso Vittorio Emanuele II bringen.«

»Gute Idee, die scheinen seriös und professionell zu sein. Da ist er bestens aufgehoben, und Alex kann auf ihn aufpassen. Und wir?«

»Wir nehmen den Mercedes und machen uns auf den Weg. Und du, mach mir keine Schande«, rief John in Richtung des immer noch schlafenden Sparrow.

Dann klopfte er an Ambers Tür, wartete auf ein: »Alles klar! Viel Glück!«, und verließ mit Llewellyn durch den Hinterausgang das Grand Hotel, um den Mercedes aus der Tiefgaragen zu holen.

Wenig später fuhren sie über die Stadtgrenze auf die Westautobahn, und John erklärte Llewellyn seinen Plan.

»Ich muss dem alten Fuchs recht geben«, sagte der Major schließlich. »Da gibt es mehr als nur eine Schwachstelle in deinem Konzept. Aber, ehrlich gesagt, habe ich auch keine bessere Idee. Also ziehen wir es durch und schauen, was passiert.«

10.27 Uhr

Autobahn A6, Höhe Kaiserslautern/Deutschland

Der Mercedes hatte die Strecke nach Kaiserslautern in einer Rekordzeit geschafft. Halb Deutschland schien bereits in Urlaub zu sein und sich an der Adria zu sonnen, und so waren die Autobahnen in Richtung Westen überraschend leer gewesen.

»Die nächste Ausfahrt ist unsere, und wir liegen hervorragend in der Zeit«, freute sich John, der am Steuer saß. »Du übernimmst ab hier und hast, wenn alles gut geht, noch dreihundertachtzig Kilometer vor dir. Die Navigation ist programmiert, alles andere lassen wir auf uns zukommen.«

Er reihte sich rechts ein, nahm die Ausfahrt und fuhr auf den Parkplatz.

»Da drüben steht dein Schwan.« Llewellyn wies auf einen schweren Geländewagen im Tarnanstrich, an dessen Kühlerhaube gelangweilt ein Soldat mit Sonnenbrille lehnte.

John stieg aus und holte seine Tasche aus dem Kofferraum. »Dann wollen wir ihn nicht zu lange warten lassen. Wir sehen uns in der Hölle, im wahrsten Sinne des Wortes.«

»Gib acht, dass du nicht gegen den Teufel verlierst!«, gab Llewellyn zurück.

Der Soldat sah John entgegen und salutierte zackig. »Mr. Finch? Sie sind früh dran. Ich bin Colonel Drew und habe den

Auftrag, Sie zur Basis zu bringen. Bitte steigen Sie ein, es ist nicht mehr weit.«

»Danke, Colonel.« John kletterte auf den Beifahrersitz, und tatsächlich dauerte es nur wenige Minuten, bis das Schild »United States Air Force – Welcome to Ramstein Air Base« in Sicht kam.

»Willkommen in Ramstein, Sir! Sie befinden sich auf dem größten US-Militärflugplatz außerhalb der USA und der wichtigsten von der NATO kontrollierten Luftwaffenbasis auf dem europäischen Kontinent. Entworfen von französischen Ingenieuren, gebaut von deutschen Unternehmen und betrieben von der US Air Force. Ein schönes Beispiel für Zusammenarbeit, finden Sie nicht?«

»Sieht aus wie eine kleine Stadt, wenn ich mich hier so umsehe«, erwiderte John.

»Fünfunddreißigtausend Militärs, sechstausend Zivilisten. Neben Amerikanern leben und arbeiten hier Kanadier, Deutsche, Briten, Franzosen, Belgier und Niederländer«, fuhr der Fahrer fort. »Haben Sie von den letzten Drohnenangriffen in Afghanistan gehört? Ramstein spielt eine größere Rolle im Drohnen-Krieg, als viele vermuten. Die Piloten der unbemannten Flugkörper sitzen zwar in den Staaten, aber die Signale der Drohnen werden via Satellit nach Ramstein geschickt und von hier über Fiberglaskabel zurück nach Amerika. Zudem werden die Bilder hier nachrichtendienstlich ausgewertet, und es wird über die Angriffsziele entschieden. Vor allem in Afrika und im Nahen Osten.«

»Was bedeutet, dass die verschiedenen Geheimdienste hier einen ihrer wichtigsten Stützpunkte im Herzen Europas haben.«

Drew grinste. »Das haben Sie gesagt, Sir. Halten Sie bitte Ihren Ausweis bereit.«

Ein Dutzend Autos warteten vor dem Kontrollpunkt an der Einfahrt, an dem auf zwei Spuren abgefertigt wurde.

»Dahinter liegt Amerika, selbst die Straßen haben amerikanische Namen. Außerdem finden Sie Taco Bell, Starbucks, US-Banken, eine amerikanische Bäckerei, Baseballplätze, ein Post Office, Fitness Center, Burger King, Hotels, einen 18-Loch-Golfplatz, die Ramstein library. You name it – we have it.«

»Oh, ich bin gleich wieder weg«, erwiderte John und reichte seinen Ausweis durch das Fenster.

Der Kontrollposten, den nichts aus der Ruhe zu bringen schien, suchte Johns Namen auf einer seitenlangen Liste, warf dann einen weiteren Blick in den Geländewagen und gab den Pass mit einem: »Have a nice day, Sir!«, zurück. Dann öffnete sich die Schranke, und Colonel Drew beschleunigte kurz, bevor er in eine Seitenstraße rechts abbog.

»Wenn Sie nicht auf eine Führung durch die Basis Wert legen, dann bringe ich Sie direkt zu Ihrem Meetingpoint«, sagte Drew und sah John fragend an.

»Perfekt, danke«, antwortete John und warf einen interessierten Blick aus dem Fenster.

Auf der gesamten Air Base wurde gebaut, Kräne wuchsen in den Himmel, Baucontainer beherrschten das Bild.

»Hier wird unentwegt weitergebaut«, erklärte Drew, der Johns Blick bemerkt hatte. »Ich bin jetzt mehr als zwanzig Jahre in Ramstein, aber ich kann mich nicht erinnern, dass sich hier nicht die Kräne drehten.«

Auf der linken Seite kam das riesige Vorfeld in Sicht, auf dem militärische Versionen von Passagier- und Transport-Maschinen in Reih und Glied standen.

»Über Ramstein wird die Ein- und Ausreise der meisten in Europa stationierten US-Soldaten und ihrer Angehörigen abgewickelt«, erklärte Drew und wies auf die großen Boeing-

Jet-Airliners. »Unterschätzen Sie das Passagieraufkommen nicht. Zudem ist hier eine Drehscheibe für Truppentransporte in den Mittleren und Nahen Osten oder nach Afrika. An manchen Tagen ist hier der Teufel los.«

Der Geländewagen fuhr eine längere Strecke auf einer schnurgeraden Straße, die entlang der Startbahn verlief, dann bog er links ab, zu einer Gruppe von Hangars, vor denen jede Menge Fahrzeuge standen.

»Hier wird der Straßenverlauf etwas wirr, wir kürzen deshalb lieber über die Grünfläche ab.« Drew rumpelte über einen etwas vernachlässigten Lagerplatz und eine Wiese. Schließlich hielt er vor einem der zahlreichen Hangars an und nickte John zu. »Ziel erreicht, Aufgabe erledigt«, sagte er lächelnd und schüttelte John die Hand. »Hat mich gefreut. Have a nice day, Sir! Und vergessen Sie Ihre Tasche nicht!«

Das Innere des flachen Gebäudes war klimatisiert und angenehm kühl. Ein schmaler Korridor, von dem ein Dutzend Türen abgingen, lag vor John. Bilder von Jagdflugzeugen und Kampfhelikoptern hingen an der Wand, dazwischen Abzeichen von Einheiten und die gemalten Maskottchen von Fliegern im Zweiten Weltkrieg.

Eine der Türen flog auf, und eine drahtige, rothaarige Soldatin in der Uniform der US Air Force blickte John neugierig entgegen. Ihr Gesicht war mit einer verschwenderischen Anzahl von Sommersprossen übersät, und die grünen Augen blitzten unternehmungslustig. »Mr. Finch?«, fragte sie und lächelte erwartungsvoll. »First Lieutenant Clara Mannings. Ich habe Sie noch nicht so früh erwartet. Mir wurde gesagt, Sie kommen aus Wien, und das sind doch ein paar Kilometer.« Sie schüttelte Johns Hand und musterte sein Gesicht. »Darf ich Ihren Ausweis sehen? Sie sind älter, als ich dachte.«

»Das hat vor Jahren schon einmal eine Frau zu mir gesagt,

am Ufer des Rio Negro«, entgegnete John und zeigte ihr seine Fluglizenz. »Eine andere Welt, eine andere Geschichte.«

»Und was ist daraus geworden?«, fragte Mannings.

»Seitdem sind wir zusammen.« John grinste und lehnte sich an den Türrahmen. »Also seien Sie vorsichtig mit solchen Äußerungen.«

»Keine Sorge, da hätte Mr. Mannings etwas dagegen. Kommen Sie rein in die gute Stube.«

Ihr Büro war klein, hell und bot einen Panorama-Blick auf das Vorfeld mit den Militärmaschinen. Hinter dem kleinen Schreibtisch hingen unzählige gerahmte Fotos an der Wand, neben Briefen, einigen Auszeichnungen und einer Landkarte von Europa.

John erkannte auf einigen Aufnahmen von Kampfflugzeugen karge Berge und Steinwüsten. »Waren Sie in Afghanistan?« Er deutete auf die Fotos.

»Ja, als Angehörige der 389th Expeditionary Fighter Squadron war ich Teil der ersten Kampfmission, die damals ausschließlich von Soldatinnen der US Air Force durchgeführt wurde.« Sie drehte einen Rahmen auf ihrem Schreibtisch um, der ein Foto eines lachenden Babys enthielt. »Dann kam Sally, und Mr. Mannings fand, ich sollte es jetzt etwas ruhiger angehen lassen. Aber so ganz ohne Flugzeuge halte ich es nicht aus. Und nachdem das hier eine Art kleines Dorf ist, wo jeder jeden kennt und man sich gegenseitig hilft, passt immer jemand auf einen Haufen Kinder auf.« Mannings lachte. »Sie sehen, heute halte ich den Trumpf in der Hand, morgen muss ich die Kindergartentante spielen.«

»Ich halte Sie bestimmt nicht lange auf. Zeigen Sie mir, wo mein Vogel steht, und Sie sind mich schon wieder los.«

»Ich nehme an, Sie haben Freunde in richtig hohen Positionen, Mr. Finch, angesichts der Tatsache, dass Sie als Zivilist einen Helikopter der Royal Air Force auf einem US-Stützpunkt abholen.« Mannings hob abwehrend die Hand. »Und nein, ich will gar nichts darüber erfahren. Meine Befehle sind klar und eindeutig. Wollen wir?«

Der Lynx AH-7 in grün-grauem Tarnanstrich stand alleine und etwas verloren in dem großen Hangar, durch dessen hohe Rolltore die warme Luft vom Flugfeld hereinströmte.

»Die Techniker sind schon wieder abgerückt und haben ›all systems clear‹ gegeben. Der Lynx ist ein Überbleibsel des Gütersloher Regiments des Army Air Corps, wo man am 4. Oktober vergangenen Jahres den Flugbetrieb einstellte. Er landete bei uns, weil er Probleme mit der Turbine hatte. Die wurde getauscht, aber das dauerte anscheinend ein wenig länger. Offenbar machte London nicht genug Druck, und ohne den geht hier nichts schnell.« Mannings zwinkerte John verschwörerisch zu. »Aber das habe ich nicht gesagt.«

»Und ich hab es nicht gehört«, lächelte John.

»Kennen Sie sich mit dem Copter aus?«

»Seit dem Krieg auf den Falklandinseln«, antwortete John. »Ein wahres Arbeitspferd, dem man bei Bedarf die Sporen geben kann. Tausendsiebenhundert PS, dreihundertdreißig Stundenkilometer schnell und eine Reichweite von fast achthundertfünfzig Kilometern. Hielt zwei Mal den Geschwindigkeits-Weltrekord.« Er kontrollierte rasch die Waffensystemaufnahmen. »Flugplan eingereicht?«

Mannings nickte und sah den Piloten nachdenklich an. »Auch wenn mir nicht ganz klar ist, wie Sie da eine Landegenehmigung erhalten wollen. Das ist zwar ein Militärflugplatz der United States Air Force in Europa, angesichts der angespannten Sicherheitslage jedoch ein äußerst sensibles Objekt, schon wegen seiner strategischen Nähe zu …«

»Ist mir schon klar«, unterbrach sie John. »Keine Angst, ich weiß, was ich tue. Und – ich werde erwartet, auch wenn Sie sich das wahrscheinlich nur schwer vorstellen können. Allerdings kaum mit Freudentränen in den Augen, aber wer wird das schon? Wo soll ich den Vogel wieder abgeben?«

»Das erste Regiment des Army Air Corps, dem der Lynx gehört und das zuvor in Gütersloh lag, ist nach Yeovilton umgezogen«, sagte Mannings. »Die würden sich darüber freuen, wenn Sie den Nachzügler mitbringen könnten.«

»Militärflugplatz in der Grafschaft Somerset«, John nickte, »kenne ich nur zu gut. Es ist doch immer wieder erstaunlich, wie Compton das Nützliche mit dem Angenehmen verbindet …«

»Wie meinen Sie?«

»Nichts, vergessen Sie es, und grüßen Sie Mr. Mannings von mir! Ich lasse ihm ausrichten, er hat eine ganz reizende Frau.« Mit diesen Worten drehte er sich um und winkte nochmal kurz, bevor er in den Lynx kletterte, alle Systeme hochfuhr und die beiden Rolls-Royce-Turbinen zum Leben erweckte.

Zehn Minuten später war er in der Luft.

12.38 Uhr

Im Luftraum über Mons/Belgien

Für John war der Flug viel zu kurz gewesen.

Er war nach Karte und Kompass geflogen, wie immer, wenn er bodennah unterwegs war und sich nicht in internationale Flugrouten einreihen musste. Die grünen Wälder Nordfrankreichs, die schachbrettartig angelegen Felder, die teilweise bereits abgeerntet wurden, der tiefblaue Himmel ... John war wieder in seinem Element, und er genoss es.

Der Lynx funktionierte klaglos, die Techniker in Ramstein hatten ganze Arbeit geleistet. Doch nun wurde es Zeit für den schwierigen Teil seiner Mission.

»Royal Air Force Military Helicopter SZ-766 from Ramstein – sind Sie das, Mr. Finch?«, kam eine Stimme durch den Äther, und sie klang ganz und gar nicht nach Party und guter Laune.

»Yes, Sir, request for landing at Chièvres Air Base«, antwortete John und wäre am liebsten doch weitergeflogen.

»Flight Commander Larssen hier. Lassen Sie Runway 08/26 rechts liegen, dann sehen Sie drei Hangars auf Ihrer linken Seite, jeder mit einer eigenen Zufahrt. Sie landen vor dem mittleren und, Mr. Finch, nur damit ich mich klar ausdrücke und es keine Missverständnisse gibt: Sollten Sie auch nur eine einzige Platzrunde drehen, dann lasse ich Sie aus der Luft holen und dünge mit Ihren Resten den Rasen vor dem Casino. Dieses Flugfeld ist off limits für Zivilisten, und das aus gutem Grund. Und den werde ich Ihnen nicht auf die Nase binden. Wie Sie es trotzdem geschafft haben, hier ohne Emergency einzuschweben, ist mir persönlich ein Rätsel. Wie alles andere an dieser Aktion übrigens auch.«

»Verstanden, Commander Larssen, touch down in rund drei Minuten«, erwiderte John und verzog das Gesicht. Das versprach, die reine Freude zu werden …

Im Anflug auf den mittleren Hangar konnte John erkennen, dass die Zufahrt durch rund ein Dutzend Fahrzeuge eingekreist und weiträumig abgesperrt war. Aus der Luft sah es aus wie eine Wagenburg im Wilden Westen. Allerdings störten die bis an die Zähne bewaffneten Soldaten in Tarnanzügen, die rund um seinen Landeplatz in Stellung gegangen waren, das idyllische Bild. Jemand hatte ein rotes Kreuz ausgelegt, um die Landeposition zu markieren, und John senkte den Lynx präzise in die Mitte. Dann fuhr er die Turbinen herunter und öffnete die Tür.

Der Offizier, der vor ihm stand, betrachtete den Neuankömmling mit einem Blick, der eine Klapperschlange zurück in ihren Korb getrieben hätte.

»Commander Larssen? Flying Officer John Finch. Danke für den gut organisierten Empfang.«

Larssens Augen wurden zu Sehschlitzen eines Schützenpanzers. »Sie haben bei der Air Force gedient?«

»Ich bin Harrier geflogen im Falklandkrieg gegen die Argentinier, aber das ist lange her«, erwiderte John gut gelaunt. »Seitdem privatisiere ich wieder, mehr oder minder. Und ab und zu vertraut man mir sogar militärisches Material an, um es wieder in die Heimat zurückzufliegen oder Freunde im Hindukusch aus dem Schlamassel zu holen.«

Commander Larssen zeigte sich wenig beeindruckt. »Warum sind Sie dann nicht von Ramstein direkt nach England geflogen? Sie hätten uns damit Ihren Besuch erspart und mir eine Menge Kopfzerbrechen.«

»Weil hier unter Umständen in wenigen Stunden die Hölle los ist, Commander«, sagte John ruhig. »Beten Sie, dass dem nicht so ist. In der Zwischenzeit lassen Sie Ihre Techniker die Waffensysteme, die Sie sicher heute Vormittag erhalten haben, an den Lynx montieren.«

Larssen wippte auf den Zehenspitzen, die Hände auf dem Rücken, die Nase angriffslustig nach vorne gestreckt. »Ist Ihnen eigentlich klar, was Sie da verlangen?«

»Das hat mich heute Morgen schon mal jemand gefragt.« John sah sich um und blickte in emotionslose Gesichter. »Ist mein Passagier schon eingetroffen?«

»Sie meinen diesen halbwüchsigen Franzosen, der als Erstes nach unserem WLAN fragte, in das er sich einloggen wollte? Sind hier eigentlich alle verrückt geworden? Das hier ist militärisches Sperrgebiet, ein spezieller Flugplatz für ganz besondere Einsätze. Hier kommt man nicht reinspaziert und fragt nach einem offenen Internetanschluss!«

»Glauben Sie mir, Commander, Ihr Intranet ist in der Zwischenzeit der Bildschirmschoner auf NSA-Computern, und Ihre bombensichere Befehlsleitung aus Ramstein wird wahrscheinlich über Langley geleitet«, wiegelte John ab. »Also ist Frederic bereits hier. Gut so. Bringen Sie mich bitte zu ihm, dann haben Ihre Techniker Zeit für die Installation der Waffensysteme, und niemand nervt sie mit Fragen.«

Larssen drehte sich wortlos um, gab seinen Leuten einen Wink und stapfte davon.

*

Frederic blickte von seinem Laptop hoch, als John mit zwei Bewachern im Schlepptau das Casino des Flughafens betrat.

»Mr. Finch! Schön, Sie hier zu sehen! Der Kaffee ist miserabel, das Sandwich trocken und die Belegschaft hat einen Hang zum Militarismus.« Er grinste und stand auf. »Wenn ich das gewusst hätte, dann hätte ich mich noch rasch umgezogen.«

Frederic trug ein schwarzes T-Shirt mit dem Schattenriss eines weißen US-Bombers, aus dem ebenso weiße Bomben auf ein unsichtbares Land regneten. Darunter stand: »Democracy is coming!«

»Du *hast* dich noch rasch umgezogen«, sagte John, grinste, setzte sich zu ihm und stellte die Tasche auf den Tisch. »Ich darf doch ›du‹ sagen, oder? Wir haben noch ein wenig Zeit. Hier die Originalausgabe der ›Centurien‹ und die Forschungsergebnisse von Franz Breitenstätter.« Er schob beides Frederic zu, der sofort den Kopf senkte und darin zu blättern begann.

»Ich wurde heute früh beobachtet«, raunte er John zu. »Vier Männer in einem grauen BMW. Ein weiteres Team in einem Renault-Lieferwagen ist etwas später dazugestoßen.«

»Wie hat man dich hierher gebracht?«, erkundigte sich John.

»Mit einem Wagen des Priesterseminars, im Auftrag von Kardinal Sanseverino«, antwortete Frederic, ohne seine Lektüre der Forschungsergebnisse des österreichischen Historikers zu unterbrechen. »Es ist ja nicht so weit von Paris nach Mons.«

»Also entweder Cäsarea, oder ihr hattet recht, dein Bruder und du. Der IS hat sich von Anfang an jedem von uns an die Fersen geheftet. Als ihr nach dem Tod von Rodney dazugestoßen seid, auch an eure. Das Attentat auf uns missglückte, und damit waren unsere Schatten ausgeschaltet. Und trotzdem ist der IS jetzt hier vor Ort, am Ziel der Suche. Er wird sein Ablenkungsmanöver durchziehen. Und dann, wenn alle in eine andere Richtung schauen, wird er versuchen, unbemerkt die Artefakte abzutransportieren.«

»Der war richtig gut«, murmelte Frederic geistesabwesend und tippte mit dem ausgestreckten Zeigefinger auf die Aufzeichnungen Breitenstätters. »Sprach sogar den einheimischen Dialekt.« Er schüttelte verwundert den Kopf. »Ich habe mich aufgrund Ihrer Infos ein wenig auf der Karte umgesehen.« Frederic schob sein Laptop näher, rief Google Maps auf, gab »Lessines« ein und zoomte näher.

»Moment mal«, raunte John erstaunt und zeigte auf den Bildschirm, »wieso hast du hier Internet-Zugang?«

Frederic sah ihn mitleidig an. »Soll ich diese Frage jetzt ernst nehmen? Glauben Sie, ich sitze hier zwei Stunden herum und drehe Däumchen, nur weil ein profilierungssüchtiger General das Passwort nicht herausrückt? Pff …«

»Ist gut, ich habe nicht gefragt.« John schaute angestrengt aus dem Fenster, um nicht laut herauszulachen.

»Haben Sie gesehen, dass die Abtei von Yves de Lessines, dieses Kloster Cambron, nur einen Steinwurf von hier entfernt ist? Auf der anderen Seite der Nationalstraße 56? Und der Chemin Royal, die Königsstraße, führte genau zum Kloster. Eine Erinnerung an Joseph II.?«

Frederic war schon wieder in seinem Element und fügte die Teile des Puzzles zusammen.

»Hast du detaillierte Karten dabei?«, erkundigte sich John.

»Klar, war kein Problem, hab sie mir aus dem belgischen Verteidigungsministerium runtergeladen, die haben immer die genauesten Generalstabskarten«, berichtete Frederic. Als er Johns Gesichtsausdruck sah, winkte er ab. »Nein, nein, nicht wieder, was Sie denken. Die sind öffentlich zugänglich.«

»Ich bin ja so was von beruhigt …«, murmelte John. »Ist es das?« Er zeigte auf das Foto eines kleinen weißen Kirchleins, das neben ein paar Bäumen scheinbar ganz verloren in der Landschaft auf einem niedrigen Hügel stand.

»Das Ende des Weges.« Frederic lächelte. »Das ist Notre-Dame de Scaubecq, erbaut im Jahr 1501 auf den Resten einer noch viel älteren, romanischen Kirche. Sie wurde irgendwann im Laufe der Zeit offenbar zerstört und 1726 wiederaufgebaut.«

»Ich hätte sie mir größer vorgestellt«, sagte John. »Gibt es eine alte Commanderie der Templer in der Nähe?«

»Nein, aber dann würde ich auch am alten Breitenstätter zweifeln«, sagte der junge Geistliche. »Wenn Sie den Templerschatz verstecken müssen, vergraben Sie ihn dann ausgerechnet in der Nähe einer Commanderie des Ordens?«

John schüttelte den Kopf.

»Eben. Da würde jeder als Erstes nachsehen. Aber ich habe etwas anderes herausgefunden. Die Wälder um Scaubecq gehörten zur Hälfte dem Kloster Cambron. Ich frage mich ja, ob nicht Yves de Lessines bei der Wahl des Verstecks mitgewirkt hat. Er war hier zuhause, kannte jede Ecke und jeden Baum, jede alte Kirche und Kapelle, war selbst adelig und noch dazu: Er konnte sich hier absolut unauffällig bewegen, als Prior und Landedelmann.«

»Du meinst, der Schatz liegt unter der Kapelle?« John schaute nochmals genauer hin und zoomte das Bild ein.

»Oder wurde in unmittelbarer Nähe versteckt. Das Kirchlein heißt ›Kapelle der Heiligen Jungfrau‹ und im Volksmund ›Kapelle Notre-Dame von Scaubecq‹«, dozierte Frederic. »Erinnert Sie das nicht an etwas? *Notre-Dame*?«

John nickte. »Irgendwo müssen wir ja beginnen, und warum nicht Breitenstätter vertrauen. Er hat jahrelang geforscht, und wir haben nichts zu verlieren ...«

»Also, wann starten wir?«, wollte Frederic wissen.

»Wenn der profilierungssüchtige General, wie du ihn nennst, den Lynx freigibt. Der Commander möchte uns so rasch wie möglich wieder vom Hof haben. Er misstraut uns, und dein T-Shirt macht uns sicher nicht vertrauenswürdiger in seinen Augen.«

Frederic starrte auf sein Laptop und auf die Karte von Mons, einer zehn Kilometer entfernten kleinen Stadt im Südosten.

»Ist Ihnen klar, dass es im Industriegebiet von Mons ein Gastanklager gibt? Viele riesengroße Tanks, genauer Inhalt unbekannt. Wenn die hochgehen ... Geradezu ideal als zusätzliches Ablenkungsmanöver für den IS ...«

»Mal nicht den Teufel an die Wand, vielleicht bilden wir uns alles nur ein und sind einfach nur paranoid.« John stand auf.

»Dennoch sollten wir die Möglichkeit im Auge behalten.« Frederic kratzte sich am Kopf. »Ich zumindest würde es so machen, um damit die Kräfte von Polizei und Einsatzkräften zu binden und woanders hinzuschicken. Das Ziel darf nicht allzu weit von der Kapelle entfernt sein, sonst bringt es strategisch keinen Vorteil. Aber Sie haben recht, vielleicht machen wir uns einfach zu viele Gedanken.«

»Wie immer es ausgeht, wir sitzen wenigstens in einem bis an die Zähne bewaffneten Kampfhubschrauber«, beruhigte ihn John. »Ich werde uns mal zwei Mineralwasser holen. Da können selbst die hier nichts verkehrt machen.«

Frederic streckte nur stumm einen Daumen hoch, während er weiterhin genau die Umgebung von Mons absuchte.

Endlich hatte er es gefunden.

Als er die Entfernung zwischen der Kapelle von Scaubecq und der riesigen Einrichtung am Stadtrand von Mons ablas, wusste er, dass sie sich nicht getäuscht hatten. Es lagen keine dreißig Kilometer Luftlinie zwischen der Kapelle Notre-

Dame de Scaubecq und dem Obersten Hauptquartier der Alliierten Streitkräfte in Europa, einem der beiden militärisch-strategischen Hauptquartiere der NATO. Die internationale Einrichtung, unter dem Kürzel SHAPE bekannt, war als Allied Command Operations für alle Einsätze und Operationen der NATO-Streitkräfte zuständig. Und der Flugplatz, auf dem sie festsaßen, Chièvres Air Base, war ausschließlich für den Flugverkehr der NATO reserviert.

Als Frederic eine Linie zog zwischen der Kapelle, bei der Breitenstätter den Schatz vermutete, und dem NATO-Hauptquartier, durchfuhr es ihn eiskalt.

Im Fall der Fälle würde der IS Sinn für Symbolik beweisen, dachte er und legte instinktiv seine Hand beschützend auf die ›Centurien‹.

Die Linie ging genau durch das Kloster Cambron.

13.57 Uhr

Autobahn A7, Ausfahrt Ath, Mons West/Belgien

Llewellyn zog den Mercedes in die Rechtskurve der Ausfahrt und bog danach links in die Rue Grande ein. Einstöckige, unverputzte Wohnhäuser aus roten Ziegeln säumten die Straße, die kerzengerade bis zum Horizont verlief.

Der Achtzylinder brummte gleichmäßig vor sich hin, und Llewellyn griff zu seinem Smartphone, suchte die richtige Nummer und wählte dann.

»Major Llewellyn, was verschafft mir die Ehre Ihres Anrufs?«, meldete sich Frederic.

»Ich dachte, der alte Haudegen sitzt vielleicht am Steuerknüppel, und ich wollte ihn nicht stören. Ich bin in der Rue Grande in Mons angekommen und fahre in Richtung SHAPE.«

»Wir sitzen noch immer in Chièvres, haben aber vor drei Minuten das Okay bekommen, um endlich von hier zu verschwinden und uns auf die Suche zu machen«, berichtete Frederic. »Monsieur Finch überprüft noch die Waffensysteme, dann heben wir ab. Mir sind heute Morgen vier Männer in einem grauen BMW gefolgt, dann eine weitere Gruppe in einem Renault-Lieferwagen. Auf der Autobahn habe ich sie aus den Augen verloren.«

»Also doch …«, sagte Llewellyn und beobachtete aufmerksam die geparkten Fahrzeuge, je näher er dem NATO-Hauptquartier kam. »Richten Sie John aus, dass Fiona bereits mit Amber auf dem Flug nach Kairo ist und Alex Jack Westworth in die Klinik am Corso Vittorio Emanuele II gebracht hat. Er ist außer Lebensgefahr und in den besten Händen. Und ich werde jetzt mal die Sicherheitsvorkehrungen bei den Jungs von SHAPE durchleuchten. Wir hören uns später.«

14.15 Uhr

Chièvres Air Base, Hennegau/Belgien

»Ihnen ›Guten Flug‹ zu wünschen wäre eine Lüge, die ich nicht mit meinem Gewissen vereinbaren könnte.« Commander Larssen machte aus seiner Ablehnung kein Hehl. »Wenn ich Sie nie mehr wiedersehe, Finch, dann ist das früh genug.«

»Setzen Sie die Sicherheitsstufe auf Rot, Commander, und lassen Sie die Zufahrten zur Basis zusätzlich bewachen«, riet ihm John, »und das aus gutem Grund. Und den werde ich Ihnen nicht auf die Nase binden.« Er grinste herausfordernd.

»Etwa weil Sie in der Luft sind?«, konterte Larssen schnippisch. »Nehmen Sie den Lynx und Ihren Anti-Kriegs-Helden, und verschwinden Sie endlich. Ich habe meinen Teil dazu beigetragen, auch wenn mir der Befehl gegen den Strich ging. Jetzt kann ich nur mehr beten, dass die da oben wissen, was sie tun. Adieu, Mr. Finch.«

Damit drehte er sich um, gab seinen Leuten das Zeichen zum Abrücken und stieg in einen kleinen, offenen Jeep, der sofort losfuhr.

»In dem haben Sie ja einen richtigen Fan«, lachte Frederic und schnallte sich an. »Der träumt jetzt jede Nacht, dass Sie womöglich wieder über seiner Landebahn auftauchen, und wacht völlig durchgeschwitzt auf.« Er hatte die Sitzbank in der Kabine des Lynx bezogen und seine Unterlagen, die ›Centurien‹, die Aufzeichnungen Breitenstätters neben sich ausgebreitet. Dann setzte er sich die Kopfhörer auf und schob die Tür zu. »Von mir aus kann's losgehen.«

»Du hast die Aufgabe des Navigators übernommen, ich bringe uns hin.« John fuhr die Systeme hoch und startete die Turbinen.

»Wir haben etwa acht Kilometer Luftlinie zur Kapelle.« Frederic breitete die Straßenkarte aus. »Wir folgen zuerst der N56, die vor der Basis verläuft, in nordwestlicher Richtung, umrunden Ath im Norden und überqueren die Autobahn A8, die Tournai mit Halle verbindet. Dann sind wir auch schon in der Hölle.« Er lachte und suchte die Generalstabskarte des betreffenden Gebiets. »›Enfer‹ ist ein alter Flurname und heißt ›Hölle‹ auf Französisch. Und gleich hinter der Hölle liegt unsere Kapelle.«

»Wie sieht es mit freien Flächen für die Landung aus?«, erkundigte sich John und fuhr die Turbinen hoch.

»Dieses Land ist Bauernland, viel Grün, Weiden und Wiesen, stellenweise ein wenig hügelig, insgesamt ziemlich flach, wenig Bäume«, erklärte Frederic. »Platz bis zum Abwinken.«

»Dann gehen wir auf Schatzsuche!«, rief John, ging in den Schwebeflug, richtete die Nase des Lynx in Richtung Casino, stellte den Helikopter an und beschleunigte wenige Meter über der Grünfläche der Basis immer schneller und schneller.

»Yaouhhh!«, schrie Frederic, hielt sich fest und lachte begeistert.

Wenige Meter vor dem Casino zog John den Lnyx hoch, ließ ihn förmlich über das Gebäude springen und legte ihn dahinter in eine enge Kurve, bevor er über der N56 einschwenkte.

»Das ist besser als jedes Computerspiel!«, rief der junge Geistliche atemlos, »jetzt kann ich verstehen, warum Sie Ihr Herz an das Fliegen verloren haben!«

»Wie mein Vater auch.« John sah plötzlich seinen alten Herrn vor sich, entspannt im Cockpit seiner Spitfire, wie er die unmöglichsten Figuren in den Himmel zeichnete oder mit der Flügelspitze eine weiße Fahne von einem Pfahl pflückte. »Wenn er uns jetzt zusieht, dann höre ich ihn sagen: ›Fliegen ist Freiheit, und *die* lass dir von keinem nehmen.‹«

»Amen!«, ergänzte Frederic. »Ich mag Ihren alten Herrn.«

»Ich denke, du hättest ihn zur Weißglut gebracht, und er war auch nicht besonders religiös. Seine Kirche war der Himmel, er mochte keine dunklen, engen Räume, und vor Kirchen hatte er Horror. Sie erinnerten ihn an Heirat und Begräbnisse, beides traumatische Ereignisse in seinen Augen.«

»Ich mag ihn immer mehr, muss ich feststellen.« Frederic grinste. »Da vorne liegt Ath, mit dem charakteristischen spitzen Kirchturm von Saint-Martin. Das Wahrzeichen der Stadt ist der Tour Burbant, erbaut im zwölften Jahrhundert. Ein gewaltiger Steinturm, der uneinnehmbar war. Der Hennegau ist uraltes Siedlungsgebiet, aber auch ein Landstrich der Auseinandersetzungen, eine Terre des Débats ... Kein Wunder, dass Gérard de Villiers hierherkam, um den Schatz zu verstecken.«

»Du hast deine Hausaufgaben gemacht«, sagte John und schwenkte den Lynx nach Norden.

»Ich frage mich ja, was aus dem Tempelritter geworden ist«, dachte Frederic laut nach. »Er verschwand spurlos, gemeinsam mit Hugues de Chalon. Vielleicht segelten sie nach Amerika, wie viele behaupten. Das war zwar noch nicht entdeckt, und trotzdem besagt die Legende, dass die Templer es gekannt hätten ...«

»Wieso nahmen sie dann den Schatz eigentlich nicht mit?«, wunderte sich John. »Wäre doch naheliegend gewesen.«

»Aber unsicher wegen der langen Reise, gefährlich und am

Ende weit, weit weg von Europa«, gab Frederic zurück. »Hätten Sie das Risiko auf sich genommen, den Schatz der Templer in den Tiefen des Atlantiks zu versenken, nachdem Ihr Schiff in einem Sturm gesunken war? Oder ihn in einem Kontinent zu vergraben, der unerforscht und wild war und am Ende der bekannten Welt lag? Nein, da hätte man ihn gleich vernichten können. Es ging ja darum, den Nachfolgern etwas zu hinterlassen, das sie jederzeit wieder bergen konnten, das Wertvollste, das es für den Orden gab. Nicht Fuhren von Gold oder Kisten voller Edelsteine. Nein, es waren Artefakte aus längst vergangenen Zeiten, aus dem Leben und Wirken Salomos, aus der Zeit Jesu, aus Jerusalem, über die sich der Orden auch identifizierte. Aufzeichnungen, vielleicht geheime Traktate, Urkunden, Verträge, Berichte über die Grabungen am Tempelberg, Listen von Geld- und Golddepots. Die Seele des Ordens, wenn Sie so wollen.«

»Ein schönes Bild«, musste John zugeben. »So gesehen, lagen die Ländereien des Klosters Cambron näher. In Reichweite Frankreichs und doch unerreichbar für Philipp.«

»Eine gute Wahl, würden wir heute sagen.« Frederic kontrollierte die Karte. »Das Band da vorne ist die Autobahn A8. Dahinter beginnt die Hölle.«

*

Llewellyn sah sich einem nur vage interessierten Sicherheitsoffizier gegenüber, der gelangweilt mit seinem Kugelschreiber spielte und von Zeit zu Zeit sein Handy auf neue SMS kontrollierte.

»Ich finde das Interesse, das Sie den Sicherheitsstandards bei SHAPE entgegenbringen, sehr löblich, Major Llewellyn«, sagte er unverbindlich. »Auch Ihre Warnungen, was mögliche terroristische Angriffe des IS betrifft, habe ich zur Kenntnis genommen und werde sie an die zuständigen Stellen weiterreichen. Wir haben hier im NATO-Hauptquartier bereits eine erhöhte Terrorwarnstufe seit dem Mordanschlag im Jüdischen Museum in Brüssel am 24. Mai dieses Jahres, der vier Todesopfer forderte. Davor gab es in Belgien keinen einzigen terroristischen Anschlag.« Er schaute Llewellyn etwas nachsichtig an. »Und bitte vergessen Sie nicht: Hier gelangt man nicht so einfach herein wie in ein Museum. Also ...«

»Ein Feuerstoß aus einer automatischen Waffe, und Ihre beiden Begrüßungskasper bei der Einfahrt sind ausgeschaltet, der daneben stehende Wagen der Sicherheitstruppe geht in einem Feuerball hoch, bevor die Jungs noch ihre Waffen aus dem Holster gezogen haben, und dann ...» Llewellyn sah sein Gegenüber mit einem sparsamen Lächeln an. »... dann steht jedes Terrorkommando direkt vor diesem Gebäude. Und da es ein Selbstmordkommando ist, können Sie dann gerne jeden Alarm der Welt auslösen.« Er zog ein kleines Merkblatt aus der Tasche und schob es über den Tisch. »Darauf sind die Merkmale eines neuen, hochbrisanten Sprengstoffs aufgelistet. Eine Bowlingkugel voll mit dem Zeug legt das gesamte Hauptquartier hier in Sekunden flach.«

Der Sicherheitsoffizier warf einen Blick auf das Blatt und legte es dann wieder zurück. »Darüber sind wir bereits vor Monaten informiert worden, allerdings ist meines Wissens das Problem der Instabilität des Stoffes noch nicht gelöst worden.«

»Dann sind Sie schlecht informiert«, konterte Llewellyn. »Kontaktieren Sie die italienischen Behörden im Piemont, und fragen Sie sie nach der Explosion im Valle Maira vor einigen Tagen.«

»Wir haben keinerlei Hinweise auf einen geplanten Anschlag auf NATO-Einrichtungen, weder auf die Einrichtungen in den Niederlanden oder in Italien noch auf das Hauptquartier hier in Mons«, stellte der Sicherheitsoffizier kategorisch fest. »Haben Sie neue Erkenntnisse, Major Llewellyn? Wenn ja, dann bringen Sie mir konkrete Anhaltspunkte. Wenn nicht, dann entschuldigen Sie mich bitte, ich habe heute noch eine ganze Reihe von Meetings und nicht viel Zeit. Und seien Sie versichert, wir nehmen die Sicherheit von SHAPE sehr ernst. Allerdings, und das werden Sie im Laufe Ihrer Karriere aus eigener Erfahrung gelernt haben, eine absolute Sicherheit gibt es nicht.« Damit nickte er Llewellyn zu und erhob sich. »Grüßen Sie mir die Insel, wenn Sie wieder heimkommen. Meine Frau liebt ihre regelmäßigen Shopping-Wochenenden in Mayfair.«

Als Llewellyn das Gelände des NATO-Hauptquartiers verließ, nahm ihm die Wache an der Haupteinfahrt den Besucherausweis ab und wünschte ihm: »Eine gute Fahrt!«

»Du mich auch«, murmelte der Major und fuhr die wenigen Meter vor, bis an die Rue Grande. Die Ampel stand auf Rot, und Llewellyn musste warten. Während er nach seinem Smartphone suchte, sah er bei der Martens-Tankstelle gegenüber einen grauen BMW aus Richtung der Waschstraße rollen.

Vier Männer saßen darin. Der Beifahrer hatte eine große Karte aufgeschlagen, die die Hälfte der Windschutzscheibe verdeckte.

Llewellyn konnte das französische Kennzeichen erkennen, dann sprang die Ampel auf Grün, und er bog in Richtung Mons ab.

Im Rückspiegel sah er, dass der BMW ihm folgte.

15.05 Uhr

In der Hölle, Scaubecq, Hennegau/Belgien

John ließ den Lynx in hundert Meter Höhe schweben, bevor er zur Landung ansetzte.

»So alleine steht die Kapelle gar nicht«, bemerkte er nach einem Blick von oben.

Die Straße, an der die Chapelle Notre-Dame de Scaubecq lag, führte an dieser Stelle durch eine Ansammlung von Häusern: Mehrere Bauernhöfe, einige ziemlich groß, alte Gehöfte scharten sich um eine Wegkreuzung, an der die kleine weiße Kirche lag.

»Sehen Sie die Fläche um die Kapelle?«, fragte Frederic, der die Schiebetür geöffnet hatte, um einen besseren Blick auf die Landschaft zu haben. »Rundherum stehen Bäume, die ein viel größeres Areal abgrenzen. Und dahinter geht es noch hundert Meter weiter, unbebaut und mit derselben Vegetation. Hier stand einmal ein größeres Haus. Sie können übrigens die Reste der Mauern etwas weiter hinten sehen, sie zeichnen sich hell im Rasen ab. Ich habe Vorlesungen über Luftarchäologie besucht, das hat mich schon immer interessiert.«

»Warum wundert mich das nicht?«, murmelte John und suchte einen geeigneten Landeplatz so nahe wie möglich an der Kapelle. »Großes Gebäude heißt auch großer Keller, und das klingt vielversprechend. Ich werde versuchen, an der

Kreuzung zu landen. Auf der Weide grasen keine Kühe, und der Bauer wird schnell genug aus seiner Scheune stürzen und den Dreschflegel schwingen, wenn ihm der Lynx auf seiner Wiese nicht gefällt.« Mit diesen Worten ließ er den Helikopter tiefer schweben. Einige Stromleitungen trafen an der Kreuzung zusammen, und so drehte John den Lynx, bevor er in sicherer Entfernung sanft aufsetzte und die Turbinen herunterfuhr. »Man kann nicht sagen, dass die Leute hier neugierig sind«, sagte er, als er schließlich die Tür öffnete und auf den Boden sprang.

Das Geräusch des landenden Hubschraubers hatte seltsamerweise keine Menschenseele aus den Häusern gelockt. Die Stille war beeindruckend. Nur ab und zu klingelte eine Kuhglocke auf einer der benachbarten Weiden.

Als John und Frederic über den niedrigen elektrischen Zaun stiegen, sahen sie einen buckligen, alten Mann im Tor der weißgekalkten Scheune auf der anderen Seite der Straße stehen, der sich auf seine Harke stützte und sie beobachtete.

»Ist das Ihre Wiese?«, fragte John ihn auf Deutsch, und der Alte nickte kaum merklich. »Können wir den Hubschrauber stehen lassen, oder stört er Sie?«

Ein kurzes Kopfschütteln war die Antwort.

»Die sind hier nicht sonderlich redselig«, raunte Frederic. Laut rief er auf Französisch: »Nous sommes venus pour visiter la Chapelle Notre-Dame de Scaubecq.«

Keine Reaktion.

Der Alte schien zu überlegen.

Dann kam ein kurzes, gebelltes: »Die ist zu!«

Wie um die Tatsache zu unterstreichen, zog der Bucklige ein Taschentuch aus der fleckigen Hose und schnäuzte sich lautstark.

»Reden wir darüber«, sagte John lächelnd, ging mit Frederic

zu dem Alten hinüber und griff in eine der Taschen seiner Fliegerjacke. Er zog einen silbernen Flachmann heraus und schraubte ihn auf, misstrauisch beobachtet von dem alten Bauern. »Aus Österreich«, sagte er und reichte dem Alten die Flasche. »Himbeerbrand aus der Steiermark.«

Für einen kurzen Moment erschien so etwas wie ein Lächeln auf den faltigen Zügen des Buckligen. Er roch an der Öffnung, wiegte den Kopf, zog die Augenbrauen hoch und nahm einen tiefen Schluck. Als er absetzte, glänzten seine Augen, und er nickte anerkennend. »*Deeer* is gut«, sagte er schließlich und drehte den Verschluss wieder zu. »Aber meiner ist auch nicht schlecht.« Damit drehte er sich um und verschwand im Halbdunkel der Scheune.

»Sie haben Schnaps dabei, wenn Sie fliegen?«, flüsterte Frederic erstaunt.

»Du musst noch viel lernen. Alte Buschfliegertradition. Hat mich schon aus so manchem Schlamassel gerettet. Auch damals in Algier, aber das ist eine andere Geschichte ... Vielleicht haben wir ja einmal Zeit, und ich erzähle sie dir ...«

Mit einem Mal stand der Alte wieder da, mit drei kleinen Gläsern und einer durchsichtigen Glasflasche ohne Etikett in Händen. Er bedeutete John, das Einschenken zu übernehmen. »Einen Großen für mich. Flieger und Kinder dürfen nicht so viel trinken.«

Der doppelt gebrannte Apfelschnaps musste mindestens fünfundvierzig Prozent haben und schwappte wie Öl im Glas.

»Zwei von denen, und ich muss den Heli nach Hause schieben«, sagte John, und der Alte grinste glücklich. »Danke, der ist sensationell. Ihre Äpfel?«

»Alte Bäume, manche noch von meinem Vater. Sie kommen also wegen der Kapelle ... mit einem Hubschrauber ...«

»Ja, und mich wundert, dass nicht schon das ganze Dorf zusammengelaufen ist.«

»Hier wird regelmäßig mit Hubschraubern Insektenschutzmittel auf die Felder gesprüht, ist einfacher und schneller«, erklärte der Alte und wies mit seiner Harke auf den Lynx. »Der lockt hier keinen mehr hinter dem Ofen hervor. Hier kümmert sich jeder um seins ...« Er kniff die Augen zusammen und fuhr sich mit seiner Hand durch das wirre graue Haar. »Das ist doch ein Militärhubschrauber ...«, murmelte er und stieß seine Harke wie zur Bestätigung auf den Boden. »Sind das Raketen links und rechts?«

»Wenn Sie es nicht weitersagen, ja«, nickte John.

»Passt nicht zur Kapelle«, stellte der Bauer trocken fest.

»Nein«, antwortete John ebenso einsilbig, was dem Alten nach einer Minute ein halbherziges Grinsen entlockte.

Dann schwiegen alle drei und blickten über die grünen, sanft geschwungenen Felder, die bis zum Horizont reichten.

»Sie gefallen mir«, sagte der Bucklige endlich, »Sie sind nicht so hektisch wie die meisten Städter. Schenken Sie mir noch einen ein?«

»Von meinem oder von Ihrem?«

»Wenn Sie so fragen ...«, antwortete der Alte und nickte, als John den Himbeerschnaps ins Glas goss. »Ich hab den Schlüssel ...«

Frederic wollte etwas sagen, aber John gab ihm ein verstecktes Zeichen, und er klappte den Mund wieder zu.

»Hab ich mir gedacht.« John versenkte seine Hände in den Taschen seiner Fliegerjacke und wartete.

Der Alte leerte das Glas in einem Zug.

»Aahhh ... Ist älter, als sie aussieht.«

»Soll aus 1500 sein. Und dann 1726 wieder aufgebaut.«

»Ach was, dummes Gerede. Gab schon vorher eine Kirche

da, größer soll sie gewesen sein«, fuhr der Bauer fort und stellte das Glas zurück. »Und zum Kloster gehört haben. Wie die Wälder.«

»Cambron?«, fragte John.

Der Alte nickte nur stumm. »Stand auch ein Haus daneben, ein herrschaftliches«, ergänzte er dann und stieß wieder die Harke auf den Boden. »Unser Hof gehörte auch dazu. Alte Zeichen auf den Holzträgern und den Steinen.«

»Wahrscheinlich haben Ihre Vorfahren die Steine des Hauses und der Kirche damals für den Bau verwendet«, sagte John, doch der Alte schüttelte nur den Kopf und schwieg.

Wieder verging eine Minute, bevor er weitersprach. »Unser Hof ist genauso alt«, sagte er schließlich. »Auf den Granitsteinen der Grundmauern steht die Jahreszahl. 1311.«

Eine weitere Pause, und John schenkte noch einmal nach.

»Wäre nicht nötig gewesen«, sagte der Alte. Dann leerte er das kleine Glas erneut in einem Zug, drehte es in der Hand und nickte andächtig. »Können auch was, die Österreicher. Sind mir lieber als die Franzosen.« Er kicherte ein wenig. »In unserer Familie erzählt man sich, dass 1311 Haus und Kirche schon standen. Dann erst kam unser Hof, wohl für die Wirtschaft. Und mein Urahn wurde Bauer hier.«

»In der Hand einer Familie, seit dem Mittelalter?«, erkundigte sich John.

»Ja, seit damals«, bestätigte der Bucklige etwas stolz. »Warten Sie hier.« Dann verschwand er erneut im Dunkel der Scheune.

»Wir müssen uns die Zeichen ansehen, von denen der Alte gesprochen hat«, sagte Frederic leise zu John. »Außerdem ist mir etwas anderes aufgefallen, als wir hergeflogen sind. Scaubecq liegt auf halbem Weg zwischen Renaix, einer Stadt, die bereits weit vor der Jahrtausendwende gegründet wurde, und dem Kloster Cambron. Also R und C. Auf Poussins Gemälde zeigt der bärtige, kniende Hirte oder Bauer auf das Wort ›arcadia‹, genauer gesagt auf die Buchstaben R und C. Sehen Sie!« Frederic zog sein Tablet hervor und rief das Poussin-Gemälde auf. Dann hielt er es John hin.

»Ich wusste, warum ich dich mit dabeihaben wollte.« Der Pilot nickte zufrieden. »Wir sind genau am richtigen Platz gelandet.«

Als der Bucklige wieder auftauchte, bedeutete er John und Frederic, ihm zu folgen. Er führte sie ein kleines Stück die Straße entlang, um die Vorderseite seines Grundstücks herum, bis zu einem schmalen Weg, der von Rosenbüschen flankiert war und zur Kapelle führte.

»Die Studierten sind ja immer so gescheit«, plapperte er vor sich hin, während er mit den Schlüsseln klapperte und mit seinen Fingerspitzen beim Gehen über die Rosenblüten strich. »Aber der eine weiß nicht, was der andere sagt.«

Die Chapelle Notre-Dame de Scaubecq war eine kleine Kirche mit einem hölzernen, viereckigen Glockenturm, wie man ihn oft auf alten Feuerwehrstationen fand. Weiß gekalkt und eher unscheinbar lag sie unter ausladenden alten Bäumen.

»Ist unser Grund und Boden. Schon seltsam ... In der Familie kamen immer genug Jungen auf die Welt. Alle wurden hier getauft, und einer übernahm stets den Hof.« Es war John, als hätte der Bucklige plötzlich Tränen in den Augen. Der alte Bauer trat ein, bekreuzigte sich und gab seinem Besuch ein Zeichen, es ihm gleichzutun.

Der kleine, schmucklose Innenraum roch nach Staub und trockenem Holz.

Frederic begab sich sofort auf die Suche nach geheimnisvollen Zeichen, doch John folgte dem Bauern zu einer Figurengruppe, die aus einem Stück Holz geschnitzt schien. In der

Mitte thronte Maria mit dem Jesuskind, während vier Engel links und rechts der Muttergottes auf stilisierten Weinreben, die wie geschwungene Säulen aussahen, in den Himmel stiegen.

»Das ist die sogenannte Notre-Dame von Scaubecq«, erklärte der Alte. »Die Experten haben sie auf 1391 datiert, fragen Sie mich nicht weshalb, davon verstehe ich nichts. Nur das Podest, auf dem sie steht, und die Engel sind später dazugekommen. Aber die Figur stammt aus der Kirche, die vor der Kapelle hier stand. Angeblich kamen im Mittelalter viele Pilger auf Wallfahrt vorbei, beteten und spendeten. Zuerst Cambron, dann Scaubecq.« Der Bauer verstummte.

»Richtig, Cambron war ja auch ein Wallfahrtsort. Das wichtigste Kloster weit und breit.«

Der Alte nickte nur. »Die vier Engel links und rechts kamen 1701 dazu, angeblich von einem Maler gestiftet. Der war damals aber schon lange tot. Na ja, vielleicht wollte er etwas für sein Seelenheil tun.«

»Wissen Sie, wie der Maler hieß?«, wollte John wissen, aber der Bucklige schüttelte nur den Kopf.

»Liegt angeblich in Rom begraben. Prunkvolles Grab, Marmor und so. Aber tot ist er trotzdem.« Er stieß mit seiner Harke auf den Boden, und der trockene Laut hallte ein wenig in dem Gewölbe der Kapelle nach.

»Danke, dass Sie uns die kleine Kirche gezeigt haben.« John reichte dem Alten die Hand. »Mein Name ist Finch, John Finch, und ich komme aus Crawley in England.«

»Dachte ich mir schon, dass Sie nicht von hier sind.« Der Bauer schüttelte Johns Hand. »Barbu, Noel Barbu. Der letzte Bauer auf diesem Hof. Meine Kinder wohnen alle in der Stadt. Ja, in der Stadt. Keiner will meinen Platz einnehmen.« Mit diesen Worten drehte er sich um und stapfte schwerfällig hinaus.

Frederic stand mit offenem Mund da und blickte ihm nach.

»Was gibt's?«, erkundigte sich John stirnrunzelnd.

»›Barbu‹ heißt in Französisch ›bärtig‹ …«, flüsterte der junge Geistliche andächtig. »Poussin war ein Genie.«

15.46 Uhr

Happy Days Café, Grand' Place, Lessines, Hennegau/Belgien

Llewellyn war von Mons über Ath nach Lessines gefahren. Zuerst hatte er die Nationalstraße genommen, dann war er über Nebenstraßen gefahren, hatte zwei Mal Lessines durchquert, nur um festzustellen, dass der graue BMW ihm noch immer in sicherer Entfernung folgte.

War es das österreichische Kennzeichen, das ihn verraten hatte?

Nun saß er seit zehn Minuten vor dem Happy Days Café in Lessines und überlegte, wie er seine Bewacher wieder loswerden könnte. Der PKW mit den vier Männern war zwar nirgends zu sehen, aber Llewellyn war sicher, dass seine Verfolger ihn nicht aus dem Auge ließen.

Die wenigen Metalltische des Cafés waren leer, und der neu gepflasterte Hauptplatz mit seinen großzügigen Parkplätzen und den überbordenden Blumentrögen lag verlassen da. Einige deutsche Touristen, auf der Suche nach dem berühmten Spital à la Rose, das bereits im zwölften Jahrhundert gegründet worden war, flanierten an Llewellyn vorbei.

Aus einer schmalen Gasse kommend, betrat ein schlanker, hochgewachsener Mann in Jeans und T-Shirt den Platz, sah sich offenbar unschlüssig um und wandte sich dann nach links, in Richtung des Happy Days Cafés. Er blickte auf seine Armbanduhr, ging dann auf den Tisch neben Llewellyn zu und ließ sich auf einen der bequemen Stühle fallen. Nachdem er ein Bier bestellt hatte, lehnte er sich zurück und sah sich um.

»Schmeckt das lokale Bier, Major?«, erkundigte er sich leise und nickte der Kellnerin zu, als die sein beschlagenes Glas Pils servierte. »Sehen Sie nicht her, wir werden beobachtet.«

»Sollte ich Sie kennen?«, fragte Llewellyn und nahm einen weiteren Schluck seines Trappisten-Biers.

»Sie haben mich in den vergangenen Tagen zwar gesucht, aber nicht gefunden. Da standen wir noch nicht auf derselben Seite. Mein Name ist Rebus.«

Llewellyn schwieg überrascht. Was machte Reiter hier? Wie war er so schnell …?

»Ich dachte, Sie könnten etwas Hilfe gebrauchen«, fuhr Reiter fort, als hätte er Llewellyns Gedanken erraten.

»Ihre Aktion in Bologna war beeindruckend«, stellte der Major fest. »Peter Compton hat uns davon berichtet.«

»Aus Ihrem Mund nehme ich das als großes Kompliment.« Rebus nickte zufrieden.

»So war es auch gemeint«, antwortete Llewellyn. »Mir ist der IS auf den Fersen, und ich überlege, wie ich die Gruppe im BMW loswerden könnte.«

»Das habe ich mir gedacht, nachdem wir Sie seit Ramstein nicht mehr aus den Augen gelassen haben. Die Jungs vom IS hängen seit der Rue Grande in Mons wie die Kletten an Ihnen.« Reiter nahm einen tiefen Zug Pils.

»Die kamen aus Paris«, klärte ihn Llewellyn auf, »gemeinsam mit einer weiteren Gruppe in einem Renault-Lieferwagen. Beschatteten Frederic und folgten dem Wagen von Saint-Sulpice bis zum Militärflugplatz Chièvres. Dann fuhren sie wohl zum NATO-Hauptquartier, und da lief ich ihnen in die Hände. Und ich kenne mich hier nicht genügend aus, um sie einfach so abzuhängen. Ihr BMW ist entweder getunt oder ein M5.«

»Lassen Sie Ihren Autoschlüssel auf dem Tisch liegen, gehen Sie langsam den Platz hinunter, und biegen Sie rechts in die Nebengasse ein«, forderte ihn Reiter auf. »Am Ende der Gasse sehen Sie einen Parkplatz, ein schwarzer Range Rover mit Chauffeur wartet da auf Sie. Fuhrpark des Vatikans. Der kleine Italiener redet viel, versteht aber sein Handwerk. Überlassen Sie mir die Jungs im BMW, und fahren Sie nach Scaubecq. John und Frederic warten sicher bereits auf Sie. Wir sehen uns dann später.«

»Ich hoffe, wir trinken unser nächstes Bier an *einem* Tisch!« Llewellyn legte den Mercedes-Schlüssel neben eine Fünf-Euro-Note und machte sich auf den Weg.

*

Rebus ließ sich die neueste Ausgabe des »Le Soir« bringen und begann, in aller Ruhe zu lesen, um Llewellyn ein wenig Vorsprung zu verschaffen. Dann bezahlte er, ging wieder die Grand' Place hinunter und bog in die Seitengasse ab. Kaum war er aus der Sichtweite des Platzes verschwunden, blieb er stehen und lugte um die Ecke zurück. Ein Motor wurde gestartet, am oberen Ende des Platzes parkte der graue BMW aus und rollte langsam in Richtung Nebengasse.

Rebus hatte genug gesehen. Er sprintete los, bog in eine schmale Fußgängerpassage ein, in der ein wenig Sperrmüll herumlag, und lief weiter, bog bei der nächsten Gelegenheit sofort wieder nach links ab und stand wenig später wieder auf der Grand' Place.

Der BMW war verschwunden.

Reiter lief zum Mercedes und startete ihn, parkte aus und beschleunigte gemächlich nordwärts. Dabei kontrollierte er im Rückspiegel, ob der BMW erneut auftauchte. Als sich die Schnauze der grauen Limousine aus einer der Seitengassen wieder auf den Platz schob, gab Rebus Gas, und der Mercedes AMG schoss nach vorne.

Sofort nahm der BMW die Verfolgung auf.

»Und jetzt beginnt die ›Operation Smokescreen‹.« Reiter schaltete die Automatik in den manuellen Modus, nahm die Rue de la Porte d'Ogy, fuhr bewusst gegen die Einbahnstraße und drängte entgegenkommende Fahrzeuge an den linken Fahrbahnrand. Als er unbeschadet den Kreisverkehr erreicht hatte, folgte er mit quietschenden Reifen der N42.

Nordwärts.

Weg von Mons, weg von Scaubecq, weg vom NATO-Hauptquartier.

Bald lag das Ortsgebiet hinter ihm, und er beschleunigte auf hundertvierzig Stundenkilometer, zwängte sich rücksichtslos zwischen den Fahrzeugen hindurch, den BMW immer im Rückspiegel. In weniger als zehn Minuten erreichte er den flämischen Teil Belgiens und fünf Kilometer später die erste große Stadt Geraardsbergen.

»Zeit für den Moment der Wahrheit«, murmelte er, zwängte sich durch den empört hupenden Gegenverkehr und lief die erste Tankstelle der Stadt auf der linken Straßenseite an.

Als er ausstieg und sich streckte, hielt der BMW schräg gegenüber an.

Die Enttäuschung und Verwirrung der IS-Leute darüber, dass nicht Llewellyn, sondern ein Unbekannter dem Mercedes entstieg, war greifbar. Reiter begann in aller Ruhe, den Mercedes zu tanken, ließ aber den BMW nicht aus dem Auge. Die

Insassen diskutierten hektisch, zogen einen Plan heraus, der Fahrer telefonierte und gestikulierte.

Alexander Reiter ging bezahlen, kaufte sich einen Softdrink und ein Sandwich.

Als er wieder herauskam, war der BMW verschwunden.

16.30 Uhr

In der Hölle, Scaubecq, Hennegau/Belgien

Noel Barbu saß auf seiner Bank vor dem Haus und hörte John zu. Er hatte die Harke mit einem Stock getauscht und warf den herumlaufenden Hühnern hin und wieder Mais zu, während er stets aufs Neue erstaunt den Kopf schüttelte.

»Ein Schatz unter der Kapelle?«, fragte er ungläubig.

Frederic saß neben ihm und suchte in seiner Tasche nach den ›Centurien‹. Er schlug das kleine Büchlein auf der ersten Seite auf und zeigte Barbu das Symbol.

»Haben Sie das schon einmal gesehen?«, fragte er.

Barbu nickte nur.

Frederic wollte nachfragen, doch John schüttelte unmerklich den Kopf.

Alle drei schwiegen. Durch das offene Scheunentor, drang der Klang eines Achtzylinders, der schließlich verstummte.

»Mein Vater wollte die Zeichen übertünchen, damals, als die Deutschen kamen«, begann Barbu. »Er hatte Angst. Aber mein Großvater verbot es ihm. Meinte, es brächte Unglück über die Familie. Es sind alte Zeichen.«

»Ja, aus der Zeit von Yves de Lessines, dem Abt von Cambron«, bestätigte John.

»Hat er das geschrieben?«, erkundigte sich der Alte und deutete auf die ›Centurien‹.

John nickte.

Barbu setzte seine Brille auf, nahm Frederic das Büchlein ab und blätterte vorsichtig darin. Sein Finger fuhr die Zeilen entlang. »Schwer zu lesen, ist aber von hier«, stellte er fest. »Picardische Worte. Unsere Sprache.« Er sah auf und runzelte die Stirn, als er zwei Männer durch die Scheune auf den Hof kommen sah.

»Die gehören zu uns«, beruhigte John den Alten. »Freunde von mir.«

Llewellyn, in Begleitung eines kleinen, etwas zappeligen Mannes, den John noch nie gesehen hatte, betrat den Hof und sah sich um.

»Ich dachte mir, dass du hier bist, nachdem du den Lynx vor der Tür geparkt hast. Ist das der Hausherr?«, fragte der Major und schüttelte Barbu die Hand.

»Könntet ihr die Bewachung des Heli übernehmen?«, bat John den Major und zwinkerte ihm zu.

Llewellyn verstand sofort. Er drehte sich um und bedeutete seiner Begleitung, ihm zu folgen. »Melde dich, wenn du uns brauchst«, rief er über die Schulter zurück.

Der Alte schwieg. Er schien zu überlegen. Schließlich fragte er: »Wollen Sie es sehen?«

»Lassen Sie mich raten – es befindet sich im Keller?« John sah ihn fragend an.

Statt eine Antwort zu geben, erhob sich Barbu und stapfte los in Richtung Haus, John und Frederic folgten ihm.

Im Bauernhaus roch es säuerlich, nach verdorbener Nahrung und schmutziger Wäsche.

Barbu wandte sich nach rechts, zu einer roh gezimmerten, niedrigen Tür, die er aufstieß. Als John durchgehen wollte, versperrte ihm der Alte mit seinem Stock den Weg. »Wenn die Geschichte stimmt, und Sie finden den Schatz …« Er verstummte und sah John durchdringend an.

»Dann müssen Sie sich keine Sorgen mehr machen«, beruhigte ihn der Pilot. »Dann ist Ihre Familie reich, darauf gebe ich Ihnen mein Wort.«

Doch der Alte schüttelte den Kopf. »Ich bin vierundachtzig und brauche wenig. Meine Söhne haben ihr Auskommen, sind alle was geworden, gehen auch bald in Pension. Aber …« Er zögerte. »Ich will, dass hier jemand übernimmt. Die Landwirtschaft. Ein paar Tiere, die Kapelle. Und alles so bleibt, wie es siebenhundert Jahre lang war.«

»Versprochen«, antwortete John. »Sie haben mein Wort.«

»Dann ist es gut«, sagte Barbu und gab den Weg frei. »Dann ist es gut.«

Die Treppe bestand aus Granitblöcken, die durch die Jahrhunderte abgenutzt und an den Kanten rund geschliffen worden waren. Im Licht einer einsamen gelben Glühbirne tastete sich John immer tiefer. Es roch weder modrig noch feucht, sondern nach Kartoffeln und ausgelaufenen Weinflaschen.

Im großen Keller angekommen, blieben John und Frederic stehen und warteten auf Barbu.

»Da drüben steht die Kapelle«, sagte der und wies mit dem Stock in Richtung der langen Seitenwand, die aus regelmäßigen Steinblöcken gebaut worden war.

Massive Holzbalken überspannten den Raum, lagen auf kunstvoll skulptierten Steinvorsprüngen.

»Das war nie und nimmer der Keller eines Bauernhofs«,

raunte Frederic. »Eher die Fundamente eines mittelalterlichen befestigten Hauses. Die Unterkirche eines Gotteshauses aus dieser Zeit wäre ein Gewölbe auf Pfeilern, hier sind es Holzbalken, die die Decke tragen. Also stehen wir im Keller eines befestigten Hauses.«

Schweigend ging Barbu voran, schaltete eine Reihe von Glühbirnen ein und blieb schließlich knapp vor dem Ende des Raumes stehen. Dann wies er nach oben. Das Zeichen, das Yves de Lessines seinen »Centurien« vorangesetzt hatte, prangte unübersehbar auf dem fast schwarzen Balken.

»Das Zeichen des Schatzmeisters«, flüsterte Frederic andächtig. »Damit erlangte er Zugang bei allen Commanderien der Templer zum Wertvollsten, das der Orden behütete.« Aufgeregt ging der junge Geistliche weiter. Er zog eine kleine Taschenlampe aus seiner Tasche und leuchtete die Decke ab. Plötzlich blieb er stehen und wies nach oben. »Da! Der sechseckige Stern, das Siegel Salomons. Jetzt verstehe ich, warum Ihr Großvater es übertünchen wollte. Das Hexagramm wird in moderner Zeit als Davidstern mit dem Judentum in Verbindung gebracht. Er hatte damals Angst, dass die deutschen Besatzer ihn als Juden verhaften und den Hof arisieren würden.«

Barbu nickte nur stumm.

»Mein Gott, wir sind hier tatsächlich am richtigen Ort, Breitenstätter hatte recht.« Frederic konnte den Lichtkegel der Taschenlampe nicht von dem sechszackigen Stern lösen. »Das Zeichen geht auf eine orientalische Überlieferung zurück, nach der König Salomon einen magischen Siegelring mit einem Hexagramm besaß, der ihm Macht über das Dämonenreich verlieh und ihn die Sprache der Tiere verstehen ließ.«

»Wollen Sie hier Wurzeln schlagen?«, brummte der Alte und ging voran in ein dunkles Eck des Kellerraums, wo eine

Tür in einen weiteren Durchgang führte. »Meine Vorfahren haben immer scherzhaft gesagt, das sei der Weinkeller«, erzählte er, während er einen Lichtschalter betätigte und damit in einem weiteren Raum eine Reihe von Glühlampen einschaltete, die in ihren Fassungen von der Decke hingen und eine Wand voller Fächer erleuchteten.

»Das ist seltsam.« Frederic wunderte sich und leuchtete mit seiner Taschenlampe in die Abteilungen.

Rund um ein größeres Fach in der Mitte waren viele kleinere angeordnet, jedes einzelne große genug, um fünfzig oder sechzig Weinflaschen aufzunehmen.

»Wurde hier jemals Wein angebaut?«, erkundigte sich John, während er die Wand entlangging.

»Ach wo, viel zu kalt, falscher Boden«, grummelte der Alte.

Die Fächer waren nicht gemauert, sondern aus Steinplatten kunstvoll zusammengesetzt, das mittlere Fach erinnerte an ein gotisches Spitzbogenfenster. Kartoffeln waren hier gelagert, einige Flaschen Schnaps, Mineralwasser und Gläser mit Marmelade und eingelegten Früchten.

»Sehen Sie!«, flüsterte Frederic und stieß John an. »An der Rückwand sind jeweils zwei Metallringe angebracht, in jedem Fach, nur im großen nicht ...«

»Wahrscheinlich machte es das leichter, die Platten senkrecht zu halten, als dieses Regal gebaut wurde. Man sollte das Gewicht der Steine nicht unterschätzen.«

»Dann gäbe es auch Ringe im großen Mittelfach«, erwiderte Frederic. »Wie viele dieser Fächer gibt es überhaupt?«

Nach kurzem Zählen stellte sich heraus, dass es vierundzwanzig kleine Fächer und ein großes Fach waren, die die gesamte Wand bedeckten.

»Alle gleich, bis auf das mittlere«, stellte der junge Geistliche leise fest und leuchtete in jedes der Fächer. »Keine Zeichen, nur glatte Steinflächen und zwei Ringe. Seltsam ...«

John sah ihn fragend an.

»In siebenhundert Jahren müssten die längst verrostet sein, egal, wie trocken die Keller hier sind.« Frederic lehnte sich vor und bewegte einen der Ringe. »Haben Sie ein Messer?«

Der Alte schnappte sich ein Gemüsemesser mit Holzgriff, das neben den eingelagerten Kartoffeln lag, und reichte es Frederic.

Der kratzte an einem der Ringe. »Silber, ich dachte es mir. Diese Fächer und die Ringe waren so wichtig, dass man sie aus Silber fertigte, um sie vor dem Verrosten und damit vor dem Zerfall zu bewahren. Wenn Gérard de Villiers das hier errichten ließ, dann wusste er genau, was er tat.«

»Aber hatte er so viel Zeit?«, fragte John. »Musste er den Schatz nicht rasch verstecken?«

Frederic schüttelte den Kopf. »Allein das Sammeln all der wichtigen Stücke und Dokumente aus den europäischen Commanderien dauerte einige Monate, darüber sind sich Historiker einig. Denken Sie an die Distanzen! Als die Entscheidung einmal gefallen war, hatte Villiers also genügend Zeit, um alles vorzubereiten.«

»Ringe in den kleinen Fächern, ein Mittelfach ohne«, grübelte John. Dann griff er zu seinem Smartphone und rief Llewellyn an. »Kommt ins Haus und in den Keller, wir brauchen hier jede Hand.«

Drei Minuten später standen Llewellyn und Giacomo, der kleine italienische Fahrer, staunend vor dem beeindruckenden Steinregal.

»Das reicht für mindestens tausend Flaschen«, sagte der Major staunend.

»Ja, passend für ein Weingut, das es hier nie gab«, antwortete

John, »also steht es aus einem anderen Grund in diesem Keller. Ich vermute, dass die Ringe etwas damit zu tun haben. Wenn wir etwa annehmen, dass dieses große Mittelfach eine Art Tür in den nächsten Raum ist, dann wird sie vielleicht mit den Ringen entriegelt.«

»Zwei Ringe pro Fach, vierundzwanzig Fächer, macht achtundvierzig Ringe. Wenn wir annehmen, dass man auch nur zwei Ringe gleichzeitig betätigen muss, dann gibt es über zweitausend Möglichkeiten«, überschlug Frederic rasch. »Wir sollten also die genauen Fächer kennen, weil wir wahrscheinlich Ringe an verschiedenen Stellen betätigen müssen. Andererseits ...« Er verstummte und überlegte. »Zwei Männer versteckten den Schatz, Villiers und Hugues de Chalon. Wenn die Tür auch wieder verriegelt werden muss, dann müssen wir nur zwei richtige Fächer finden.«

»Klingt alles logisch, aber an der Rückwand des großen Faches ist keinerlei Griff oder Ring«, warf John ein. »Wenn wir annehmen, dass unsere beiden Ritter den Schatz durch dieses Fach in den nächsten Raum transportierten, wie sollten sie die Tür wieder schließen, wenn sie von außen nicht ziehen konnten?«

Alle schwiegen und starrten gebannt auf das steinerne Regal, als stünde die Lösung aller Fragen in den Fächern geschrieben.

Mit einem Mal lachte Frederic und begann von links oben zu zählen. »Major? Würden Sie bitte in das sechste Fach von links greifen und beide Ringe in Ihre Hände nehmen?«, forderte er Llewellyn auf. » Sie, Monsieur Finch, zählen ebenfalls und greifen dann in das dreiundzwanzigste und tun das Gleiche. Und wir beide«, er sah Giacomo an, »stemmen uns gegen die Rückwand des mittleren Fachs.«

»Gibt's auch eine Erklärung dazu?«, erkundigte sich Llewellyn.

»Poussin, die Selbstporträts, zwei Winkel, die sich im Bild des geplünderten und brennenden Tempels wiederholen. Sechs und dreiundzwanzig. Sie erinnern sich?«

»Wenn das stimmt, dann brauchen die britischen Geheimdienste Sie wie ein Verhungernder ein Stück Brot«, brummte der Major anerkennend, stieg auf einen Stuhl, griff in das sechste Fach und nahm die Ringe in seine Hände.

John musste sich bücken, denn das vorletzte Fach befand sich knapp über dem Boden.

»Ziehen oder drehen, rütteln oder eine Kombination von allem«, gab Frederic vor.

Dann kletterten Giacomo und er in das große Fach, das etwa mannshoch war.

»Und los!«, rief er, und beide Männer stemmten sich gegen die Rückwand.

»Drehen geht, ziehen nicht«, meldete Llewellyn.

»Dafür kann ich ziehen!«, rief John.

Und dann geschah es.

Knirschend bewegte sich die Rückwand des großen Faches, verschob sich immer weiter und kippte schließlich ins Dunkel, bevor sie mit einem dumpfen Knall auf dem Boden des nächsten Raums aufschlug.

Noel Barbu stand wie erstarrt und blickte auf das schwarze Loch. »Unglaublich«, murmelte er, »all die Jahre ...«

Frederic war in die Hocke gegangen und leuchtete mit seiner Taschenlampe in den verborgenen Raum. »Ich denke, wir haben Gérard de Villiers gefunden«, sagte er leise und bekreuzigte sich ergriffen. »Er war es, der die Tür von innen zugedrückt hat, um Hugues de Chalon die Möglichkeit zu geben, sie zu verriegeln. Er blieb beim Schatz, den er gerettet hatte, bis zuletzt.«

Alle schwiegen betroffen, der alte Barbu bekreuzigte sich und senkte erschüttert den Kopf.

In diesem Moment drängten vier Männer mit schwarzen Masken, Kampfanzügen und Schnellfeuergewehren in den Raum und brüllten auf Englisch: »Hände hinter den Kopf, hinknien! Los! Los!«

»Scheiße!«, zischte Llewellyn und ging auf die Knie.

Frederic war blass geworden und drückte Giacomo, der nach seiner Waffe greifen wollte, rasch zu Boden.

John rief Barbu auf Deutsch zu: »Knien Sie sich hin, schnell!«, doch der Alte stand unbeweglich, stützte sich auf seinen Stock und schaute einem der Terroristen unverwandt in die Augen.

Der brüllte erneut: »Hinknien!«, doch Barbu rührte sich nicht.

Da hob der Angreifer sein Gewehr und drückte ab.

Der alte Mann schwankte und schien sich nochmals zu fangen, doch schließlich stürzte er schwer zu Boden.

Dann brach die Hölle los.

Die Männer, die durch die Kellertür sprangen, zögerten nicht einen Lidschlag. Sie schossen sofort. Schüsse peitschten, Querschläger jaulten durch den Keller, die Salven donnerten durch den Raum.

Dann war es mit einem Schlag still.

Die vier Terroristen lagen blutüberströmt auf dem Boden, keiner rührte sich mehr.

Der Mann, der neben Barbu kniete, erhob sich und schüttelte stumm den Kopf. Er hielt eine 45er Magnum in der Hand, und seine stahlblauen Augen erfassten die Lage auf einen Blick. »Alles sicher!«, rief er laut, dann trat er zu John. »Haben Sie gefunden, was Sie gesucht haben?«

John nickte und wollte etwas sagen, da traten zwei Männer durch die Kellertür, mit denen er überhaupt nicht gerechnet hatte: Kardinal Lorenzo Sanseverino und Peter Compton.

»John! Llewellyn! Alles okay?«, erkundigte sich Compton besorgt und sah Barbu blutüberströmt auf dem Boden liegen. »Es tut mir leid, dass wir nicht früher eingegriffen haben, sonst wäre der alte Bauer noch am Leben.«

Sanseverino war vor der Leiche Barbus stehen geblieben, nun segnete er sie, kniete nieder und schloss dem alten Mann die Augen. Dann richtete er sich auf. »Mr. Finch, starten Sie Ihren Helikopter. Sofort! Wenn sich die Terrorgruppe nicht mit einer Erfolgsmeldung bei ihren Kumpanen meldet, dann werden die zwar eine Zeitlang warten, aber dann auf eigene Faust handeln und das Ablenkungsmanöver wie geplant durchziehen. Ich denke, Frederic hat recht. Der IS schlägt an zwei Orten zu. Und wir übernehmen hier.«

»Das Hauptquartier ist eine zu große Verlockung«, pflichtete Compton Sanseverino bei, »beeilen Sie sich.«

John überlegte nicht lange und stürmte aus dem Keller, die Stiegen hinauf und über den Hof. Der Lynx, inzwischen umringt von Kühen, stand immer noch da, wo John ihn gelandet hatte.

Als der Pilot die Tür aufriss, sich in den Sitz fallen ließ und begann, die Systeme hochzufahren, sah er, wie Llewellyn, einen Stock in der Hand, die Kühe zurück auf die Nachbarweide trieb.

Dann stieg der Major ein und schnallte sich an, als die Turbinen jaulend Drehzahl annahmen. »Du glaubst doch nicht, ich lass dich auf der letzten Strecke des Wegs alleine?«, brummte Llewellyn.

»Starrköpfiger Waliser!« John grinste, fuhr die Leistung hoch, und der Lynx sprang regelrecht in die Luft. »Schluss mit den Regeln, wir fliegen in Maulwurfshügelhöhe, und ich meine, was ich sage! Halt dich fest!«

Damit stellte er den Lynx an und schoss wenige Meter über den elektrischen Leitungen davon in Richtung Mons.

17.48 Uhr

NATO-Hauptquartier SHAPE, Rue Grande, Mons/Belgien

Die beiden Männer in dem Renault-Lieferwagen waren unentschlossen.

Sie hatten ihren Wagen auf dem großen, leeren Parkplatz eines geschlossenen Spielsalons gegenüber dem Haupteingang von SHAPE abgestellt, und versuchten bereits seit mehr als fünfzehn Minuten, die andere Einsatzgruppe zu erreichen.

Vergeblich.

Der Anführer sah nervös auf die Uhr. »Noch vier Minuten, ich gebe ihnen noch vier Minuten, dann legen wir los.«

*

John ignorierte die immer dringender werdenden Rückfragen der Luftfahrtkontrolle im Raum Südbelgien, indem er das Funkgerät einfach abschaltete.

»Die machen mich nur nervös«, sagte er, als er den Bois des Dames überflog, ein weitläufiges Waldgebiet im Westen des Hauptquartiers. »Wo würdest du einen Angriff starten?«, fragte er Llewellyn. »Den Haupteingang nehmen oder über eines der Nebentore rein?«

»Die Haupteinfahrt ist bewacht, wenn auch durch wenige

Kräfte, und die sind sicher mit der Zeit nachlässig geworden. Also eher die Nebentore, die wahrscheinlich unbewacht sind, kontrolliert über steuerbare Kameras. Strategisch günstiger, weil ungefährlicher, unauffälliger und überraschender. Wenn ich aber eine Sprengladung direkt am Hauptgebäude platzieren möchte, dann bin ich über den Haupteingang schneller dort. Weniger Fahrzeit innerhalb des SHAPE-Geländes bedeutet auch ein geringeres Risiko, von den Sicherheitsdiensten abgefangen zu werden.«

»Danke für die Entscheidungshilfe.« John hielt den Lynx knapp über den Baumkronen, bis er das Gelände des NATO-Hauptquartiers erreichte, dann schwenkte er nach rechts, überflog eine Kiesgrube und querte anschließend die Rue Grande.

Dahinter: weitere Wälder, keine Häuser.

»Der perfekte Platz, um zu warten«, stellte John zufrieden fest und wurde langsamer, bis der Lynx fast still in der Luft stand. »Frederic hat von einem Renault-Lieferwagen gesprochen, der ihn von Paris aus verfolgt hat … Entweder er ist bereits da, oder er muss jeden Augenblick kommen. Die Gruppen haben seit mehr als einer halben Stunde keinen Kontakt mehr, und jetzt müssen sie bei SHAPE losschlagen. Oder die beiden Brüder in Paris haben sich geirrt, und es gibt gar keinen Anschlag.«

»Das werden wir ja sehen«, gab Llewellyn zurück und begann, aufmerksam die Parkplätze unter dem Lynx abzusuchen.

*

»Was ist das?«, fragte einer der Männer in dem Lieferwagen, als er das Geräusch der Turbinen hörte.

»Ein Hubschrauber«, antwortete der Anführer und blickte aus dem Fenster nach oben. Ein Helikopter in Tarnanstrich schwebte fast genau über ihnen. »Kann Zufall sein oder eine Übung. Wir warten, bis er etwas weiter weg ist, dann schlagen wir los.«

»Warum meldet sich Abdal nicht? Irgendetwas stimmt hier nicht!«

*

John hatte den Lynx weiter entlang der Rue Grande gesteuert, über ein Einkaufszentrum, dann ein Restaurant hinweg. Auf der anderen Seite der Straße erhob sich hinter einem Flaggenwald das Gebäude von SHAPE. Die riesigen Parkplätze links und rechts des Hauptquartiers waren leer, die meisten Angestellten bereits nach Hause gegangen.

Plötzlich sah John aus den Augenwinkeln einen Feuerball aufsteigen. Dann folgte der Knall der Explosion.

Er riss den Helikopter herum.

Am Haupteingang brannte ein Wagen, dunkler Rauch stieg auf, und Feuerstöße aus automatischen Waffen waren zu hören. Dann gab es eine weitere Explosion.

»Sie greifen an!«, rief Llewellyn und deutete auf den weißen Lieferwagen, der hinter der Absperrung als Einziger auf der Zufahrtsstraße in Richtung Operations Center raste.

Die Parkplätze waren durch niedrige Betonbarrieren von der Straße getrennt, doch der Fahrer des Lieferwagens nahm keinerlei Rücksicht. Er durchbrach die Absperrung, rammte die Barrieren und beschleunigte weiter.

Der Lynx schien in einer weiten Kurve aus dem Himmel zu fallen. John drückte ihn tiefer und tiefer, bis er zwei Meter über dem Asphalt der Parkplätze schwebte.

Hundert Meter vor ihm beschleunigte der Lieferwagen auf das zweistöckige Gebäude zu. Der Fahrer hielt eine schwarze Fahne mit weißen arabischen Schriftzeichen aus dem Seitenfenster, sein Beifahrer schoss in die Luft.

John drückte auf den roten Knopf. Fauchend lösten sich zwei FN-Herstal-70-mm-Raketen, zogen zwei Feuerspuren und trafen den Lieferwagen voll in Höhe des Laderaums.

Die folgende Explosion war gewaltig und schleuderte den Lynx fünfzig Meter weit über den Parkplatz, dann traf ihn ein Hagel aus kleinen Metallteilen, der einige Fenster zertrümmerte, die Außenhaut durchlöcherte und den Helikopter steuerlos über den Asphalt schliddern ließ.

Als er zum Stehen gekommen war, legte John, dem das Blut in Strömen über das Gesicht rann, alle wichtigen Schalter um und kappte die Treibstoffzufuhr zu den Turbinen. Dann schnallte er sich los und zog mühsam den ohnmächtigen Llewellyn aus der Kabine, der aus einer tiefen Kopfwunde blutete.

Sirenen ertönten, es roch nach Rauch und verbrannten Gummi, in der Ferne schrien Menschen durcheinander.

Doch der Schatz des Tempels war sicher, das Attentat vereitelt und der Asphalt warm von der Sommerhitze …

Das waren seine letzten Gedanken, bevor John zusammensank und bewusstlos wurde.

Epilog

I.

18. September 1337, Châteauneuf Lès Moustiers, Provence/Frankreich

Godefrois de Blacas spürte sein Ende kommen.

Es war kalt geworden auf den Bergen der Provence an diesem Tag im September, der eisige Mistral aus dem Norden jagte die ersten Vorboten des Herbstes übers Land. Die Höhle, in der er mehr als zwanzig Jahre lang zurückgezogen als Eremit gelebt hatte, bot mit ihrem großen Eingang wenig Schutz gegen Stürme.

Fieberschauer schüttelten ihn. Für einen Moment überlegte er, die alte Menegulde mit ihren Kräutern zu rufen, doch dann ließ er es bleiben. Es gab Dinge, die konnte man nicht aufhalten, mit keinem Kraut der Welt.

Die Einwohner des nahen, kleinen Ortes sahen in ihm einen Heiligen, einen Propheten, einen Asketen, der sein ganzes Leben lang nur Gutes getan hatte. Doch das war falsch. Er hatte Menschenleben auf dem Gewissen, hatte gekämpft und gelitten, wie viele Männer seiner Generation.

Aber er hatte niemals gegen die Religion, gegen Gott gesündigt.

Der alte Mann bekreuzigte sich, stützte sich auf seinen Stock und humpelte mühsam in den hinteren Teil der Grotte. Da schob er einen Stein zur Seite und holte ein Bündel hervor, das schwer in seiner Hand wog. Er begann bereits Fieberbilder zu sehen, Grimassen, die sich auf der Felswand bildeten und mit geifernden Mäulern nach ihm zu schnappen schienen.

Warum war er damals nach Süden gegangen?

Tränen liefen über seine Wangen, als er sich, das Bündel unter den Arm geklemmt, beschwerlich auf den Weg zu der kleinen Kapelle machte, die er selbst in der Höhle gebaut hatte. Gewidmet war sie Unserer Lieben Frau, weshalb die Einheimischen seine Grotte »Notre Dame« nannten und ihn selbst Antonius, nach dem legendären Einsiedler der Heiligen Schrift.

Aber er hieß nicht Antonius, er hieß Godefrois.

Godefrois de Blacas, aus einer adeligen südfranzösischen Familie, deren Wurzeln sich im Dunkel der Zeit verloren. Keuchend wiederholte er den Namen immer und immer wieder, als wolle er ihn nicht vergessen auf seinem letzten Weg.

Warum war er damals südwärts gegangen?

Weil er nach Hause wollte?

Weil es ihn in den warmen Süden gezogen hatte, den er kannte und liebte? Weil er dachte, sich in der wilden Landschaft des Verdon leichter verstecken zu können vor den Häschern des Königs und der Inquisition?

Es war ein Fehler gewesen, der größte, den er in seinem Leben je gemacht hatte.

Und er hatte ihn in den Jahren der Einsamkeit tausend Mal bereut.

Jetzt, jetzt ging sein Leben zu Ende, und der Teufel würde ihn holen, aber er hatte keine Angst.

Templer kannten keine Angst. Sie wichen auch nicht vor dem Tod zurück.

Ehrfürchtig packte er das Bündel aus. Den weißen Umhang mit dem roten Kreuz, das Schwert, dessen Klinge er in den Jahren stets sorgsam gepflegt hatte.

Und seine Stiefel.

Wie oft war er versucht gewesen, in harten Wintern die Stiefel hervorzuholen und sie anzuziehen? Doch stets hatte das Pflichtbewusstsein gesiegt, und er war weiterhin in seinen Sandalen gegangen, oder barfuß, wie ein Büßer.

Der Mistral pfiff zwischen den Felsen durch, brauste über die Berghänge und peitschte die Bäume, dass die Äste knackten.

Mit zitternden Händen wickelte sich der alte Mann in seinen Umhang, legte die Stiefel an und zog sein Schwert aus der Scheide.

Er hätte nordwärts reiten sollen, wie vereinbart, nach Cambron, um dem Abt des Klosters die Last abzunehmen.

Die Last des Wissens.

Doch er hatte gefehlt, war schwach geworden, hatte mit Grauen an die unglaublich große Verantwortung gedacht, die dieser Ritt mit sich gebracht hätte. Sterben auf dem Scheiterhaufen vielleicht? Oder zerbrechen unter der Folter der Inquisition? Verrecken in den kalten Kerkern der Gierigen, aufgefressen von Ratten?

So war er von Paris nach Süden gegangen, immer weiter in den Süden, auf versteckten Pfaden, und hatte sich nicht umgeblickt. Er hatte die Commanderien gemieden, die er alle kannte, hatte sich in Lumpen gekleidet, um nicht erkannt zu werden.

Er hatte den Orden verleugnet und im Stich gelassen.

Dafür würde er in der Hölle schmoren.

Ein letztes Mal blickte Godefrois de Blacas über die wilde Landschaft des Verdon. Die schroffen Berge, die Wälder und den hohen Himmel des Südens.

Der Wind zerrte an seinem Mantel, als wollte er sagen: »Geh jetzt, ich nehm dich mit ans Meer und darüber hinaus.«

So legte sich der alte Mann, am ganzen Körper zitternd vor Fieber und Kälte, auf den harten Felsboden der Höhle, mit dem Gesicht zur Erde, nach der alten Tradition der Templer, unter sich sein blankes Schwert.

Zeichen der Ehrerbietung und der Bescheidenheit vor Gott auf dem letzten Weg.

*

Godefrois de Blacas, einer der wichtigsten Schatzmeister des Templerordens, starb wenige Stunden später, im Gebet vertieft und seine Seele Gott anvertrauend, in der Höhle, die sein Zuhause und sein Fegefeuer geworden war.

Sein Tod am 18. September 1337 ereignete sich auf den Tag genau dreiundzwanzig Jahre und sechs Monate nach dem des Großmeisters der Templer, Jacques de Molay, auf dem Scheiterhaufen in Paris.

23,5

Die Bewohner von Châteauneuf Lès Moustiers, die den Toten einen Tag später entdeckten, begruben ihn unweit der Höhle, genau so, wie sie ihn gefunden hatten: in seinen Mantel gehüllt, mit den Stiefeln an seinen gichtigen Beinen, das blanke Schwert unter ihm, sein Gesicht zur Erde gewandt.

Ein aufrechter Ritter, der am Ende doch gescheitert war.

Die Prophezeiung des Godefrois de Blacas, dass nach ihm die Einsamkeit in die Berge kommen würde, erfüllte sich gleich zwei Mal im Laufe der Geschichte des kleinen Ortes.

Châteauneuf Lès Moustiers, das zu Lebzeiten des Eremiten zweihundert Einwohner gehabt hatte, war nur fünfzig Jahre nach dem Tod Blacas' menschenleer und verlassen.

Ein einziges Mal, im Herbst 1642, kam ein Unbekannter vorbei, der seinen Namen nicht nannte und den noch niemand je gesehen hatte. Er sei auf dem Weg nach Rom, so sagte er, und fragte nach den Umständen des Ablebens und nach dem Grab des Eremiten.

Als man es ihm zeigte, kniete er nieder, betete lang und legte eine kunstvoll gravierte Steintafel an das Kopfende der Grabstätte, die sechseinhalb Arpents oder rund vierhundert Meter entfernt von der kleinen Kapelle im Berg lag.

6,5

Auf der Steintafel standen vier Worte in Latein, die niemand verstand:

»Et in arcadia ego.«

Der Pfarrer aus dem nahen Moustiers, der eines Tages zu einer kurzen Andacht vorbeikam, schrieb sie staunend ab, konnte die Worte jedoch auch nicht ganz erklären.

Wenige Jahre später war die Tafel spurlos verschwunden.

Kurz danach wurde Châteauneuf Lès Moustiers erneut besiedelt, von unternehmungslustigen Bauern, die nach einer Dürre ihre Schafe auf den saftigeren Weiden der Berghänge grasen lassen wollten. Im Jahre 1818 hatte der Ort wieder fast siebenhundert Einwohner, und die Vorhersage des Eremiten schien längst vergessen, doch dann ging es mit einem Schlag endgültig bergab. Der unbarmherzige Aderlass des Ersten Weltkriegs versetzte dem Ort endgültig den Todesstoß, und die Prophezeiung Godefrois' wurde zuletzt ein zweites Mal Wirklichkeit.

Im Jahr 1930 verließen die letzten Einwohner Châteauneuf Lès Moustiers in den schroffen Bergen der Provence und kehrten nie mehr zurück.

Die Häuser verfielen, die Menschen vergaßen, die Spuren verwehten.

Die Einsamkeit war erneut in die Berge gestiegen. Und diesmal war sie gekommen, um zu bleiben.

Heute fegt der Mistral nur mehr über vereinzelte Ruinen und Mauerreste zwischen hohem Gras, auf seinem Weg in den Süden und ans Meer.

Das Grab von Godefrois de Blacas ist bereits seit Langem unter Büschen und Sträuchern verschwunden, seine Seele mit dem Wind südwärts gezogen. Seinen Körper aber deckte die Erde gnädig zu, als wollte sie ihn warm halten und vor neugierigen Augen verbergen.

Niemand in der Gegend erinnert sich heute noch an den Templer der »Grotte von Notre Dame«. Nur ab und an sprechen Wanderer ein Gebet vor der kleinen Kapelle im Höhleneingang, deren Erbauer den weißen Mantel mit dem roten Kreuz trug, das Schwert für Gott führte und der einmal in seinem Leben Angst hatte.

Als es galt, nach Norden zu reiten ...

II.

10. August 2014, Zamalek-Bezirk, Kairo/Ägypten

Die Villa sah aus wie ein kleiner, vergessener Palast aus Tausendundeiner Nacht. Der maurische Baustil mit hell abgesetzten Fensterbrüstungen, Türmchen und Balkonen, kontrastierend zu den dunklen Mauern, war eine angenehme Abwechslung angesichts der vielen Neubauten in der Nachbarschaft.

Zamalek, im Nordteil der Insel Gezira im Nildelta gelegen, war einer der lebendigen Wohn- und Geschäftsbezirke Kairos. Neben herrschaftlichen Wohnhäusern hatten sich über die Jahre Botschaften angesiedelt, Geschäftshäuser waren hochgezogen worden, aber auch die Studenten der American University in Cairo wohnten hier und gaben dem Bezirk einen jugendlichen Anstrich.

Alexander Reiter lehnte sich im Schatten des Hauses gegenüber an die warme Wand und ließ seinen Blick über die Villa vor ihm schweifen.

Es waren keine Kameras zu sehen, aber er hatte auch nichts anderes erwartet.

Einige alte Palmen standen im schmalen Vorgarten, der etwas vernachlässigt war. Das doppelflügelige Eisentor mit den geschwungenen Arabesken hätte, wie auch das Gitter des hohen Zauns, einen neuen Anstrich gebrauchen können. Die Klinke der kleinen Gartentüre war blank geschliffen, während zwischen den Flügeln des großen Tores und den Steinen des kleinen Platzes dahinter bereits Gras und Unkraut wucherten.

Keiner der Bewohner der Villa schien ein Auto zu haben, folgerte Reiter.

Die einzige Klingel verriet ihm, dass es auch nur eine Wohnpartei geben musste.

Die braunen Fenster mit den kleinen Scheiben waren blank geputzt, doch auf der kleinen Treppe, die zur Haustür hinaufführte, lagen vertrocknete Blätter und die Blüten eines Jacaranda-Baums.

Gedankenverloren stieß sich Reiter ab und überquerte die Fahrbahn der wenig befahrenen Seitengasse. Als er näher an das Gartentor trat, versuchte er, die verblasste Schrift auf dem Stück Karton über der Klingel zu entziffern. Vergeblich. Die arabischen Schnörkel waren seit langer Zeit unleserlich, von der Sonne ausgebleicht. Er warf einen kurzen Blick auf das Schloss der Türe, das noch aus dem Erbauungsjahr der Villa stammen mochte und das ein Schuljunge mit einer Haarnadel oder einer Büroklammer hätte öffnen können.

Hier hatte man keine Angst vor Einbrüchen, dachte Reiter. Vielleicht weil alle wussten, dass es hier nichts mehr zu holen gab?

Reiter war versucht, einfach auf den Klingelknopf zu drücken und zu warten, was passieren würde. Die Sonne brannte sengend heiß von einem dunkelblauen Himmel, und die Kühle in der Villa mit ihren dicken Wänden war verlockend nah.

Trotzdem schlenderte Reiter den Zaun entlang, betrachtete die hochherrschaftliche überdachte Auffahrt, die schon lange keinen prachtvollen Empfang mehr gesehen hatte und nun als Abstellplatz für riesige leere Blumentöpfe diente. An der Schattenseite des großen Hauses standen die Fenster offen, um den Wind durchstreichen zu lassen. Einige bestickte Vorhänge bauschten sich im Luftzug.

Alexander Reiter blickte sich rasch um. Die Straße war menschenleer, die Millionenmetropole schien weit weg und doch war er genau in ihrem Herzen …

Zwei Klimmzüge später stand er im Vorgarten, und zwei Katzen, die er aufgeschreckt hatte, flüchteten lautlos unter einen Busch. Im Haus hatte sich nichts gerührt, aber er hatte auch nichts anderes erwartet.

Er rückte die Umhängetasche zurecht, ging weiter am Haus entlang bis zu einem grün-grauen Garagentor, dessen Anstrich großflächig abgeblättert war. Vorsichtig drückte er probeweise die große Klinke nieder, und das Tor schwang leise quietschend auf.

Als sich seine Augen an das Halbdunkel gewöhnt hatten, sah er einen alten Jaguar Mark II aus den Fünfzigerjahren, zentimeterdick mit Staub überzogen, dessen Scheinwerfer blind ins einfallende Licht des Tages starrten. Die Luft war bereits vor vielen Jahren aus den Reifen entwichen, und nun stand der alte Wagen praktisch auf den Felgen. Die weiße Lackierung war grau und unscheinbar geworden, durch die offen stehenden Fenster waren Mäuse in den Innenraum der Limousine gelangt und hatten die Lederpolsterung aufgerissen. Die Zeit hat ihn in die Knie gezwungen, dachte Reiter mit Bedauern und strich fast zärtlich über den langen, geschwungenen Kotflügel.

Dann fiel sein Blick auf eine schmale Tür am Ende des Raums, er ging hinüber und drückte sie auf. Eine dunkle Treppe, die mit abgetretenen Resten eines ehemals roten Läufers ausgelegt war, führte nach oben.

Noch immer war alles still in der alten Villa, und Reiter, zwei Stufen auf einmal nehmend, eilte nach oben. Es wurde wärmer, die Luft war weniger abgestanden und roch nach Minze und Orangenblüten.

Als er die Tür am oberen Ende der Treppe aufstieß, stand er

im Foyer des Hauses, einer ovalen Eingangshalle, die früher einmal prächtig gewesen sein musste und nun wie ein Depot für alte Möbel aussah. Der Weg, der von der Haustüre zur Haupttreppe führte, war von hohen Schränken, übereinandergestapelten Truhen, Sesseltürmen und einem alten Klavier begrenzt. Dahinter erstreckte sich ein Tohuwabohu an Mobiliar bis zu den Wänden, an denen Fresken mit arabischen Szenen verblassten.

Die breite Freitreppe aus Holz mit den opulent geschnitzten Handläufen, die in die obere Etagen führte, sah aus wie das personifizierte Knarren. Ein Tritt auf eine der Stufen, und das gesamte Haus würde wissen, dass ein ungebetener Besucher seine Aufwartung machte.

So trat Reiter nach kurzer Überlegung durch eine der seitlichen Türen und durchquerte eine Bibliothek mit leeren Regalen, ein Raucherzimmer, das seltsamerweise nicht nach Zigarettenrauch roch, und fand endlich die Küche, die aus der Nachkriegszeit zu stammen schien.

Aus der Zeit nach dem Ersten Weltkrieg ...

Sie schien überraschenderweise unbenutzt zu sein. Staubig zwar, aber penibel aufgeräumt. Reiter öffnete den altmodischen Kühlschrank. Er war leer, dunkel und warm und roch modrig. An der Wand hing das Schwarz-Weiß-Porträt des jungen Gamal Abdel Nasser, zu dessen Begräbnis 1970 mehr als fünf Millionen Menschen gekommen waren, um den Trauerzug zu formieren.

Behutsam stieß Reiter die nächste Tür auf und stand auf der Dienstbotentreppe, einer Wendeltreppe aus Eisen, die kunstvoll durchbrochen und schwarz gestrichen worden war und über die Speisen und Getränke in die Speisezimmer im ersten Stock gebracht werden konnten.

»Bingo!« Er schmunzelte zufrieden und begann lautlos mit dem Aufstieg.

Die Wendeltreppe endete in einem engen Gang vor einer Tapetentür, die jedoch versperrt war. Nach kurzem Überlegen wandte sich Reiter nach links und stand bald darauf in einem Kabinett, das in Dunkelblau gehalten war. Er sah sich um. Goldene Sterne zierten die Decke, eine Mahagoni-Sitzgruppe mit üppigen Kissen drängte sich in einer der Zimmerecken. Vor dem Fenster stand ein Lehnstuhl mit hoher Lehne, mit dem Rücken zu Reiter. Der Perserteppich auf dem glänzenden Holzboden hatte Löcher und war an vielen Stellen fadenscheinig dünn.

Wohin jetzt, dachte Reiter und wollte sich bereits auf den Weg in den nächsten Raum machen, da ertönte eine brüchige Stimme vom Fenster her.

»Vergangene Pracht, untergegangener Luxus. Hier gibt es nichts mehr zu holen.« Der alte Mann, der im Lehnstuhl saß, hatte Englisch gesprochen.

Als Reiter an den Lehnstuhl trat, in dem der schmale, zerbrechlich wirkende Hausherr fast verschwand, wehte eine Brise warmer Luft zum Fenster herein und bauschte die Gardinen.

»Sie haben ein schönes Haus«, begann Reiter und sah den alten Mann genauer an. Er war blass, und seine Hakennase schien wie ein Schnabel aus dem faltigen Gesicht hervorzustechen. »Ich entschuldige mich für mein formloses Eindringen, Herr Salomon Lévy de Benzion. Es erschien mir allerdings … angemessen und passend.«

»Es ist jedenfalls praktisch, ich hätte Ihnen kaum die Tür öffnen können«, sagte der Alte mit einem bitteren Unterton. »Zuerst die Augen, dann die Beine. Nach und nach lässt mich mein gesamter Körper im Stich. Er gibt auf, so wie ich aufgegeben habe, und ich kann es ihm nicht verdenken.«

Reiter sah nochmals hin. Die Augen Benzions blickten ins

Leere, immer geradeaus, direkt ins Licht des Nachmittags. Sein Gegenüber war blind.

»Wohnen Sie ganz alleine hier?«, wollte Reiter wissen, doch zugleich spürte er auch den schalen Beigeschmack der Frage.

»Bedienen Sie sich, es wird Sie niemand dabei stören, wenn Sie das meinen«, erwiderte der Alte, und sein Kopf schwankte dabei wie ein Schiff im schweren Seegang.

»Ich wollte Ihnen eigentlich anbieten, etwas zu trinken aus der Küche zu holen«, sagte Reiter, doch der Alte wehrte ab.

»Ich habe alles, was ich brauche, machen Sie sich keine Gedanken. Was hat Sie in mein Haus gebracht?«

»Ihr Großvater, Moïse Lévy de Benzion, und seine unschätzbare Sammlung alter Meister.«

»Mein Großvater ist lange tot, mein Vater ebenso. Der Stimme nach sind Sie noch keine fünfzig, also können Sie beide kaum gekannt haben. Außerdem stammen Sie dem Akzent nach aus einem deutschsprachigen Land.«

Aus seinem Mund klang es wie die Offenlegung eines Makels.

»Und was die Sammlung betrifft ...« Er winkte ab. »Meine Schwester hat nach dem Krieg einige Bilder zurückbekommen, hat sie anschließend in den Fünfzigerjahren verkauft und so die schlimmsten Schulden getilgt. Sie lebte in Südfrankreich, wo auch mein Großvater 1943 starb, bald nachdem ihn die Nazis gefangen genommen hatten. Vorher hatten Rosenberg und seine Hyänen vom Sonderstab die Sammlung der Familie in Paris geplündert. Mehr als eintausend Objekte ...« Der alte Mann machte eine Pause. »Sehen Sie sich um, sehen Sie irgendwelche Gemälde an den Wänden, Herr ...?«

»Namen tun nichts zur Sache«, erwiderte Reiter, »glauben Sie mir.«

»Natürlich nicht«, flüsterte der Mann im Lehnstuhl mit den

blicklosen Augen, die durch Reiter durchzusehen schienen. »Natürlich nicht. Wie damals, im Dritten Reich. Da waren die Diebe stets anonym …«

»Erzählen Sie mir von Ihrem Großvater«, bat ihn Reiter und setzte sich auf das breite Fensterbrett. »Und bitte glauben Sie mir, ich will Ihnen ganz bestimmt nichts wegnehmen.«

»Von meinem Großvater?«

Der Kopf des alten Mannes fiel auf seine Brust, und die gichtigen Hände schienen sich ineinander zu verkriechen. »Mein armer Großvater. Er war ein sephardischer Jude und wurde 1873 in Alexandria geboren. In guter jüdischer Tradition übernahm er das Geschäft der Familie Lévy de Benzion, das bereits 1857 gegründet worden war. Großvater war ein cleverer Geschäftsmann, er expandierte unentwegt, arbeitete wie ein Berserker und schuf nicht nur einen Markennamen, sondern richtete große Kaufhäuser ein, kaufte die Konkurrenz auf, investierte in Immobilien, die er zum richtigen Zeitpunkt wieder abstieß. So ging es stetig bergauf. Dazu kam, dass Großvater ein begeisterter Sammler war. Er kaufte und tauschte und verkaufte alte Meister, chinesische und orientalische Kunst, Textilien, Teppiche, Bücher und eine herausragende Auswahl an ägyptischen Antiquitäten, die er alle in seinem Haus in Paris oder seinem Schloss nahe der Hauptstadt aufbewahrte. Die Sammlung wurde immer größer und wertvoller. Zu diesem Zeitpunkt hatte er das Unternehmen in Ägypten längst an meinen Vater übergeben. Doch der war leider nicht so überragend als Geschäftsmann, leider, nein, das war er ganz und gar nicht.« Der alte Mann verstummte und fuhr sich mit der Zunge über die trockenen Lippen. »Großvater wurde von den Nazis verhaftet und starb 1943 in Südfrankreich als gebrochener Mann. Die wenigen Stücke seiner Sammlung, die in Kairo verblieben waren, wurden im Rahmen einer Auktion in unserem alten

Haus, der Villa Benzion, im Frühjahr 1947 versteigert. Damit war alles weg, was meinem Großvater so lieb und teuer gewesen war. Die Villa Benzion lag in einem Viertel von Zamalek, in dem damals viele Kaufleute wohnten. Doch das ist lange vorbei. Unser Haus musste verkauft werden, wurde abgerissen, und wir zogen hierher um. Gleichzeitig führte mein Vater die Firma in den Ruin. Der Versteigerungserlös und der Verkauf der wenigen Bilder, die wir nach dem Krieg zurückerhielten, dienten zum Begleichen der Schulden, die Vater gemacht hatte.«

»Und die Familie Salomon Goldmann in Paris?«

»Was wissen Sie von den Goldmanns?«, fragte der Alte überrascht. »Das war die Familie meiner Frau ... Bis auf sie sind alle Goldmanns in den Gaskammern umgekommen.« Er verstummte und legte den Kopf schief. »Sie wissen überhaupt ziemlich viel, so scheint mir ...«

»Ich komme nicht unvorbereitet in ein Haus in Kairo«, antwortete Reiter. »Wo ist Ihre Frau eigentlich?«

Der alte Mann zeigte mit einem knöchrigen Finger nach oben. »Sie wartet auf mich, sie ist vorausgegangen. Dinah war eine gute Frau, sie hat sich nie beklagt, selbst in den schlechtesten Zeiten nicht ... Fünf Jahre bin ich nun alleine, und es ist genug, glauben Sie mir. Mein einziger Sohn hat eine Pflegerin aufgetrieben, doch die behandelt mich wie einen infantilen Aussätzigen. Aber dafür ist sie billig und putzt auch hin und wieder die Fenster. Wenn man kein Geld hat, dann hat man keine Wahl.«

Die beiden Männer schwiegen.

»Sie sind doch nicht in mein Haus eingestiegen, um mit mir über die Geschichte meiner Familie zu philosophieren«, brach der alte Mann endlich das Schweigen. »Da gibt es außerdem nicht mehr viel zu erzählen. Mein Sohn arbeitet als Journalist, und sonst ist außer mir nur noch meine Schwester übrig. Sie vegetiert in einem Altenheim in der Nähe von Nizza vor sich hin. Wir warten beide auf den Tod, der den Weg zu mir scheinbar nicht finden kann. Doch zurück zu Ihnen. Sie sind doch kein Tourist mit Fotokamera, der einfach so vorbeigeschaut hat, oder?«

»Nein, das bin ich nicht«, gab Reiter zu und griff in seine Umhängtasche. »Ich wollte nie etwas von hier mitnehmen, ich habe Ihnen im Gegenteil etwas mitgebracht.« Mit diesen Worten legte er eine Rolle in den Schoß des alten Mannes. »Aus der Sammlung Ihres Großvaters sind Hunderte Stücke im Dritten Reich oder in den Wirren der Nachkriegszeit verschwunden.«

Reiter beobachtete, wie Benzion mit tastenden Bewegungen abzuschätzen versuchte, was ihm sein unbekannter Besucher mitgebracht hatte.

»Darunter Werke so berühmter Maler wie Renoir, Pissarro, Matisse, Utrillo, Manet oder Fragonard. Meist wurden sie zuerst in die Sammlung Görings eingegliedert, dann verkauft oder getauscht oder am Ende des Krieges einfach gestohlen. Die Geschichten der Gemälde sind meist dieselben, aber das wissen Sie ja am besten.« Reiter ging in die Knie und legte seine Hand auf die knochige Schulter des alten Mannes. »Zwei Gemälde aus der Sammlung Ihres Großvaters habe ich lokalisieren können: die ›Liegende Frau‹ von Renoir, die 1945 in Hohenschwangau geplündert wurde, und die ›Orientalinnen‹ von Matisse, die einem hohen Nazi-Funktionär in Paris geschenkt wurden. Für seine Hilfe beim größten Raubzug aller Zeiten. Ich habe sie … nun sagen wir … sichergestellt. Sie gehören Ihnen.«

Benzion hatte die Rolle geöffnet und tastete sprachlos vorsichtig weiter über die zusammengerollten Leinwände, während über seine Wangen Tränen ihre silbernen Spuren zogen.

»Die beiden Bilder sollten Ihr Leben einfacher machen und für die dringendsten Kosten aufkommen«, fuhr Reiter fort. »Beauftragen Sie eines der großen Versteigerungshäuser, die Preise für Kunst sind gerade jetzt erfreulich hoch.«

Der alte Mann schüttelte fassungslos den Kopf und stammelte immer wieder: »Warum?«

Reiter antwortete nicht, sondern griff ein weiteres Mal in seine Umhängtasche und reichte Benzion eine schmale Schatulle aus Zedernholz mit einem feinen, gestickten Medaillon auf dem Deckel, dem Porträt eines Mannes. »Ich glaube, das gehörte der Familie Ihrer Frau«, sagte er leise, »und ich finde, Sie sollten das Kästchen haben. Es ist an der Zeit, dass es nach Hause kommt.«

Aufgeregt tasteten Benzions Finger über das Holz, öffneten den Deckel und strichen über Briefe und den Ring. »Wunderbar, einfach wunderbar!«, flüsterte er tief bewegt. »Die Schatulle Fouquets mit dem Ring von Nicolas Poussin. Es ist ein Wunder! Sie sind ein Zauberer! Wo haben Sie das alles gefunden?«

»Es gab jemanden, der mir einen Gefallen schuldig war«, lächelte Rebus geheimnisvoll. »Sie in Kairo zu finden war dann nur mehr der leichte Teil der Aufgabe, dank eines Freundes, der lange hier gelebt hat.«

»Wer sind Sie?«, flüsterte der alte Mann mit brüchiger Stimme ergriffen.

»Das tut nichts zu Sache, das habe ich Ihnen schon gesagt«, erwiderte Reiter leise. »Ich bin ein Mann ohne Namen, ohne Schatten, ohne Heimat. Ich bin unterwegs.«

»Dann lassen Sie mich wenigstens Ihr Gesicht sehen.« Benzion streckte suchend die zitternden Hände aus, und Reiter verstand.

Er beugte sich hinunter zu dem alten Mann, der behutsam

die Linien seines Gesichts abtastete. »Sie sind kein Jude, habe ich recht?«

Reiter nickte.

»Ich weiß nicht, was ich sagen soll und wie ich Ihnen danken kann«, raunte der alte Mann in Reiters Ohr, während er fast zärtlich über seine Haare strich. »Das Leben hat mich gelehrt, dass wir alle an einen Gott glauben, egal, welchen Namen wir ihm geben. Er war es, der Ihre Wege hierher gelenkt hat und mich damit beschämt und gedemütigt hat. Beschämt angesichts meiner Stunden der Verzweiflung, in denen ich meinen Glauben verflucht habe, und gedemütigt, weil ich Ihnen Ihre Großzügigkeit nie vergelten kann. Meine Familie wird für immer in Ihrer Schuld stehen.« Damit legte er segnend beide Hände auf Reiters Kopf. »Danke, aus tiefstem Herzen! Gott schütze Sie auf all Ihren Wegen, mein Sohn.«

Als Alexander Reiter sich wieder aufgerichtet hatte, klammerten sich die Finger Benzions erneut um die Rolle mit den Gemälden wie an ein lebensrettendes Seil.

»Wohin werden Sie nun gehen?«, erkundigte sich der alte Mann. »Ich habe ein großes Haus, und Sie sind stets herzlich willkommen.«

»Das weiß ich zu schätzen, doch ein Freund wartet mit seiner DC-3 am Flughafen auf mich, um mich zu einem Termin in den Vatikan zu bringen«, lächelte Rebus. »Wir müssen mit jemandem Pizza essen gehen, der sich das bereits seit langer Zeit wünscht. Aber danach, wer weiß? Vielleicht werde ich irgendwann auf Ihr Angebot zurückkommen.«

III.

15. August 2014, Charlotte Road, Barnes, Südwest-London/England

John und Llewellyn drückten das niedrige Gartentor auf und nahmen den schmalen Weg durch die Büsche und duftenden Blumenrabatten, bis sie vor der Terrasse mit der großen Sitzgarnitur angekommen waren.

Peter Compton saß in einem der ausladenden Stühle, mit dem Rücken zu ihnen, und blätterte in der »London Times«. »Ich habe euch bereits erwartet«, sagte er, ohne aufzublicken. »Kaffee und Kuchen kommen gleich. Warum habt ihr nicht den Vordereingang genommen, wie üblich?«

»Weil wir nicht ein Dutzend neugieriger Personenschützer auf unseren Fersen haben wollten«, erklärte John.

»Und wir dir nicht die Fluchtmöglichkeit durch den Garten in dein zweites Haus geben wollten, um den unbequemen Fragen auszuweichen«, fügte Llewellyn mit einem bitteren Unterton hinzu. »Ich kann mich noch zu gut an das Archiv von Lawrence of Arabia erinnern, das du dort aufbewahrt hattest, während wir ahnungslos durch die Welt stolperten.«

»Und weil schlussendlich in dieser Geschichte nichts so ist, wie es scheint«, vollendete John. »Ich bin sicher, Machiavelli hätte Sie in einem seiner Bücher verewigt, hätte er den alten Fuchs Peter Compton gekannt.«

Der ehemalige Geheimdienstchef winkte ab. »Ihr übertreibt, beide. Mir ist lediglich der Zufall zu Hilfe gekommen …«

»Ach ja? Nennt man das jetzt so?« Llewellyn ließ sich in den Gartenstuhl neben Compton fallen. »Trägt der Zufall den Vornamen ›Peter‹? Alles begann damit, dass deine Frau eine Kassette von ihrem Besuch bei Gerda Cummings in Baden bei Wien mitbrachte. Sie zeigte dir das Kästchen, erzählte dir die Geschichte, und bei näherer Betrachtung kam dir das fein gestickte Porträt am Deckel sofort irgendwie bekannt vor. Doch da war ja auch noch der Inhalt, fünf Briefe und ein Ring, vereint seit mehr als dreihundertfünfzig Jahren ...«

»Wie eine Zeitkapsel – unversehrt, unberührt und immer noch brisant wie damals«, warf Compton ein. »Verlockend brisant ...«

»Dir wurde schnell klar, dass die Briefe von einem gewissen Abbé Louis Fouquet stammten und an dessen Bruder Nicolas Fouquet gerichtet waren, jenen Mann, der als Finanzminister unter Ludwig XIV. einer der mächtigsten und einflussreichsten Männer Frankreichs war«, fuhr Llewellyn fort. »War er nicht ein Zeitgenosse des Mannes mit der eisernen Maske?«

»Du bist erstaunlich gut informiert«, gab Peter Compton zu.

»Da gibt es zwei unbestechliche Brüder in Paris, die uns ein gewisser Kardinal Sanseverino ans Herz gelegt hat«, erklärte der Major, »wandelnde Lexika, Computerfreaks, blitzgescheit und grundehrlich. Aber du hast Frederic ja kennengelernt. Ohne sie wären wir nie bis ans Ende des Weges gelangt. Aber zurück zu dir. Mit einem Mal stand also diese Schatulle auf *deinem* Tisch in *deinem* Haus, und sie ließ dir natürlich keine Ruhe, ihr Geheimnis brannte dir sozusagen unter den Fingernägeln.«

John zog einen der herumstehenden Stühle näher und ließ sich müde hineinfallen. »Sie haben die Briefe gelesen, und als sich nach einigen Recherchen herausstellte, dass Poussins Geheimnis bis heute nicht aufgedeckt worden war ...«

»... wolltest du einen Teil des Ruhms und hast begonnen, deine Schachzüge zu planen«, vollendete Llewellyn.

»Ach was, Ruhm ... Auch wenn ihr es nicht glaubt, dann kam ein zweites Mal der Zufall ins Spiel.« Compton lächelte sparsam. »Ein Informant hatte mir von einem gewissen Leutnant Umar, einem Sympathisanten des IS, berichtet, der Kunst liebte und seit Jahrzehnten dem Geheimnis Poussins auf der Spur war. Dann erfuhr ich, dass Umar und Khamis Al-Gaddafi Libyen in Richtung Tunis verlassen wollten. Ich zählte also zwei und zwei zusammen und entwickelte einen Plan ... Ich brauchte diesen Umar in Europa. Ich wollte ihn entweder selbst auf der Spur des Templerschatzes wissen oder sein Notizbuch in die Hand bekommen.«

John und Llewellyn sahen den ehemaligen Geheimdienstchef entgeistert an.

»Du wusstest damals bereits von Umar?«, fragte Llewellyn ungläubig.

»Von Umar und seinem Notizbuch«, nickte Compton. »Doch wie Umar und Gaddafi aus ihrem Versteck locken? Da kam mir die Idee, ihnen einen Köder vor die Nase zu halten, dem sie nicht widerstehen könnten. Eine DC-3 mit dem besten Piloten am Steuer, die noch dazu von einem libyschen Flughafen abhebt ...«

Llewellyn sah Compton entgeistert an.

»Du warst es? Du hast John dahingelockt, auf diesen menschenleeren Flughafen im Nirgendwo ...«, flüsterte Llewellyn kopfschüttelnd. »Du hast nicht nur Gaddafi und Umar eine Karotte vor die Nase gehalten, sondern auch John: Eine der seltenen noch flugfähigen DC-3 stünde zum Verkauf! Und noch dazu unverschämt günstig! Gibt es den libyschen Waffenhändler überhaupt, oder war das einer deiner Strohmänner? Du selbst hast die Maschine nach Ghad fliegen und dann durchsickern lassen, dass ein Pilot sie wenige Tage später nach Tunis fliegen würde. Habe ich recht?«

»In der Wüste verbreiten sich Nachrichten in Windeseile«, gab Compton zu. »Es dauerte nicht lange, und Gaddafi und Umar bissen an.«

»Doch dann kam alles anders als geplant«, warf John ein. »John Finch kaufte zwar prompt, aber er funktionierte nicht ganz so, wie Sie es sich vorgestellt haben. Umar kam ums Leben, ich nahm sein Notizbuch an mich, und Gaddafi wurde in Tunis gleich nach der Landung verhaftet. Dann rief ich Llewellyn an und traf mich mit ihm in Rom, anstatt nach Kairo zu fliegen. Innerhalb eines Tages war alles aus dem Ruder gelaufen, Ihr gut überlegter Plan nur mehr Makulatur. Umar konnte nicht mehr auf die Suche nach dem Schatz der Templer gehen, er nahm seine bisherigen Recherche-Ergebnisse mit ins Grab. Bis auf die Informationen, die er verschlüsselt und in seinem Notizbuch notiert hatte ...«

»Moment ... Da ist noch etwas, das mich irritiert«, unterbrach ihn Llewellyn. »Du vergisst den Peilsender in der Toilette der DC-3. Gaddafi und Umar hatten keine Zeit, ihn vor dem Abflug in der Maschine anzubringen. Und vor allem, wann hätten sie das tun sollen, wenn sie erst im letzten Moment von dem Abflug erfuhren?«

Compton nippte still an seinem Portwein.

»Das ergibt überhaupt keinen Sinn«, bestätigte John, »es sei denn ...« Er verstummte und fixierte den Hausherren. »... es sei denn, jemand möchte kontrollieren, ob sein Plan funktioniert, nachdem er einem englischen Piloten im tiefsten Afrika eine DC-3 wie eine Karotte vor die Nase gehalten hat ... War es nicht so?«

»War der Peilsender tatsächlich dein Ass im Ärmel?« Llewellyn musterte den betont unbeteiligt dreinschauenden Peter

Compton. »Natürlich war er es, warum wundert mich das nicht? So konntest du den Weg der DC-3 stets verfolgen, von Ghad nach Tunis und weiter nach Rom Fiumicino. Als John da landete, um mich zu treffen, hattest du bestimmt schon unsere Überwachung in der Ewigen Stadt organisiert. Hast du uns auch beim Essen in den Due Ladroni beschatten lassen?«

»Ihr nehmt das viel zu persönlich«, brummte Compton. »Ich musste meine Pläne ändern, und zwar rasch. Dazu musste ich wissen, was ihr plant und wo ihr euch herumtreibt. John hatte zwar das Notizbuch, doch unglücklicherweise gab es einen Haftbefehl auf seinen Namen. Umar war tot und nicht in Europa auf den Spuren des Schatzes unterwegs, und damit drohte die gesamte Operation zu scheitern. Und dann passierte zu allem Überfluss noch der Super-GAU: Rodney schickte euch ausgerechnet zu Professor Gabriele Briseno, Mitglied der Fratelli Neri, und damit war an ein diskretes Vorgehen nicht mehr zu denken.«

»Wie elegant ausgedrückt!«, sagte der Major spöttisch. »Ab da brannte deine Hütte lichterloh. Der IS war stocksauer, dass ihn Umar nicht mehr zu dem versprochenen Schatz führen würde, und hängte sich in der Folge an John. Die Mitglieder der Loge P4 holten sich prompt Umars Notizbuch von mir, um einen Informationsvorsprung zu haben und dranzubleiben. Der Wettlauf hatte begonnen, und dein ursprünglicher Plan war nur mehr eine blasse Erinnerung.«

»Leider ja. Ab da war das Wichtigste, euch auf dem vordersten Platz zu halten«, gestand Compton.

»Auf dem vordersten Platz?«, platzte es aus Llewellyn heraus. »Wie wäre es gewesen, wenn du uns allen etwas mehr geholfen hättest, am Leben zu bleiben? Oder zur Abwechslung mit offenen Karten gespielt hättest, anstatt im Geheimen deine Winkelzüge zu planen?«

»Hättet ihr dann noch mitgespielt?«, fragte Compton und runzelte die Stirn. »Oder wäre John dann tatsächlich in Urlaub gegangen, während du auf einem langen Bildungstrip durch die Kulturstädte Italiens verschwunden wärst?«

»Das wäre wohl das Schlimmste gewesen, was dir hätte passieren können«, ärgerte sich Llewellyn. »Das Wort Skrupel kennst du nicht, oder? Du gehst über Leichen, alter Mann, du hast Rodney und seine Frau auf dem Gewissen und die Mitglieder der P4 von Anfang an unterschätzt. Das Attentat des IS in Duxford vereitelten meine Männer …«

»… nachdem ich sie zum Hangar des ARC geschickt hatte«, vollendete Compton den Satz. »Das mit Rodney tut mir leid, mehr als du dir vorstellen kannst. Und die Entführung von Fiona auch. Eine furchtbare Geschichte. Mit einem Mal lief alles aus dem Ruder.«

Alle drei Männer schwiegen.

»Du kannst mir nicht erzählen, dass du nie daran gedacht hast, dass bei einem so hohen Preis die Verlockung für die Loge P4 und den IS einfach irgendwann zu groß werden würde und sie alle Register ziehen würden.« Llewellyn sah Peter Compton abschätzig an. »Du, das große Geheimdienst-Genie?«

Compton ging gar nicht darauf ein. Stattdessen sagte er: »Aber zum Glück fand Rebus rechtzeitig den Weg zu mir und klärte die Situation in Turin.«

»Sie sind ein hohes Risiko eingegangen und haben Sanseverino und Pro Deo an Bord geholt«, gab John zu bedenken. »Das hätte danebengehen können.«

Peter Compton nickte gedankenverloren, bevor er sagte: »Im Gegensatz zu meinen anfänglichen Bedenken hat die Allianz hervorragend funktioniert und beiden geholfen – dem Vatikan und Großbritannien. Und sie hat verhindert, dass einer der größten und legendärsten Schätze einer skrupellosen Loge oder dem IS in die Hände fiel. Und, nicht zu vergessen, wir sind den Franzosen zuvorgekommen.« Er rieb sich die Hände und lächelte zufrieden. »Die päpstlichen Archive haben sämtliche schriftlichen Dokumente des Ordens zur Auswertung erhalten, alle anderen Artefakte gingen ans British Museum und werden da untersucht, restauriert und vorläufig unter Verschluss gehalten. Wir werden sie nach und nach der Öffentlichkeit vorstellen, in Absprache mit dem Vatikan. Eine heikle politische Entscheidung, die andere treffen müssen, und ich kann nur hoffen, dass sie sie zum richtigen Zeitpunkt treffen werden. Vielleicht aber auch nie.«

»Erfolg auf ganzer Linie also«, zog John Bilanz.

»Die DC-3 gehört Ihnen, die Rechnung für den Check bei ARC wurde beglichen, und ich denke, dass Sie bei Sanseverino, beim Heiligen Stuhl, der NATO und dem britischen Königreich etwas gut haben«, gab Compton zu bedenken. »Der Himmel steht Ihnen also offen, auch in Europa. Ist der Silberdollar Ihres Vaters noch immer in Ihrem Besitz?«

John nickte, zog die Münze aus seiner Tasche und legte sie auf den Tisch.

Compton seinerseits holte ein kleines Etui aus seinem Blazer, klappte es auf und platzierte einen unscheinbaren Siegelring mit stilisiertem, sechseckigem Stern neben dem Dollar.

»Der ist ab sofort mein Talisman«, sagte er, »auch wenn ich ihn gerne schon viel früher gefunden hätte.«

»Ist es das, was ich denke?«, fragte Llewellyn und beugte sich vor, um den Ring besser zu sehen, doch Compton nahm ihn rasch an sich und steckte ihn an.

»König Salomons Ring.« John lächelte wissend. »Gérard de Villiers trug ihn ebenfalls, steckte ihn an, wohl kurz bevor er starb.«

Es war ein schöner Sommernachmittag, und die Vögel im Garten der Comptons zwitscherten aus voller Kehle.

Der ehemalige Geheimdienstchef legte den Kopf schräg und lauschte minutenlang fasziniert. Schließlich lachte er leise und deutete auf die glänzende, blank geriebene Münze. »Der Silberdollar erinnert John an seinen Vater, wohin er auch geht. Er verbindet für ihn die Leidenschaft zum Fliegen mit dem Vermächtnis seines Vaters. Dieser Ring wird für mich eine Verpflichtung sein, im Sinne des legendären Königs zu handeln und zu urteilen. Und zugleich ist er eine Erinnerung an eine der wichtigsten Geheimdienst-Aktionen, die ich je geleitet habe. An den Nostradamus-Coup.«

Nachwort

There are so many stories to tell and there is so little time left…

Immer wieder werde ich von Lesern und Freunden gefragt, ob mir nicht langsam mal die Ideen ausgehen, nach insgesamt acht Büchern – und dann kommt mir die obige Zeile in den Sinn. Es gibt noch so viele Geschichten zu erzählen, so viele Abenteuer zu bestehen, so viele interessante Menschen zu treffen …

Wie sagt man in Österreich? Das wird sich nicht alles ausgehen…

Vorher werden die »Geheimdienst-Dinosaurier«, rund um Llewellyn Thomas, Peter Compton und John Finch leider bereits das Zeitliche gesegnet haben. Ihre Welt wird untergegangen sein, Bürokraten und Computer werden übernommen haben, und ihre Spuren werden langsam verwehen.

Aber bis dahin, ja, bis dahin verspreche ich, am Ball zu bleiben und den Geschichten zuzuhören, die mir ins Ohr flüstern, weil sie erzählt werden wollen.

Der Mann, der bereits vor rund fünfundzwanzig Jahren die »Centurien« von Nostradamus kritisch unter die Lupe genommen hat, ist ein freundlicher, älterer Universitätsprofessor aus dem Hennegau im Süden Belgiens, Rudy Cambier. Ihn brachte ein einzelner Satz auf die Spur des Ivo de Lessinis, wie der sich in den »Centurien« selbst verewigt hat: »Was hältst du von Nostradamus?«

Nach kurzem Nachdenken antwortete Cambier, was auch ich gesagt hätte: »Nichts!«

Aber um genau das untermauern zu können, begann er sich mit dem »Seher aus Salon« zu beschäftigen, nahm dessen »Centurien« unter die Lupe und fand darin versteckt tatsächlich das ursprüngliche Manuskript des Yves de Lessines aus dem vierzehnten Jahrhundert.

So gab eines das andere. Cambier begann, die Original-Verse zu entschlüsseln und sie als das zu lesen, was sie offenbar waren: eine Wegbeschreibung zu einem bestimmten Punkt im Hennegau, im Süden Belgiens, unweit seines Wohnhauses, das seine Familie bereits seit mehr als fünfhundert Jahren ihr Eigen nennt.

Cambier schrieb vor rund zwanzig Jahren ein Buch darüber mit dem Titel »Le dernier chemin des Templiers« (»Der letzte Weg der Templer«), das allerdings nur auf Französisch erschien, erst später ins Englische übersetzt und bei einem kleinen kanadischen Verlag verlegt wurde. Ich kann es allen, die keine Schwierigkeiten haben, in diesen beiden Sprachen zu lesen und mehr über seine Forschung erfahren wollen, nur ans Herz legen.

Nicolas Poussin war ein faszinierender Maler und eine vielschichtige Persönlichkeit. Die Symbolik in seinen Bildern ist viel komplexer, als manche glauben. Ich bin selbst auf diese Entdeckungsreise gegangen und habe keine Minute davon bereut. Vieles, das ich in dieses Buch eingebracht habe, ist noch nicht allgemein bekannt und beruht auf eigenen Beobachtungen und Nachforschungen.

Die Achse Poussin – Fouquet – Ludwig XIV – Geheimnis der Templer – Tempelschatz ist eine naheliegende, wenn man all die geschichtlichen Details berücksichtigt.

Das macht mögliche Verwicklungen und Verstrickungen umso spannender.

Auch dieses Buch basiert wieder – wie alle meine Bücher –

auf Fakten, die jeder leicht selbst nachprüfen kann. Ob es die Reisen Josephs II. sind, die Aktivitäten des IS, der Loge P2 bzw. P4, die Bilder Poussins, der Einsatzstab Rosenberg oder die DC-3 von John Finch, das Bücherlager in Tanzenberg oder die Bibliothek in Stift Admont.

Der »Nostradamus-Coup« soll wie jedes meiner Bücher den Anstoß liefern, weiterzurecherchieren, tiefer in die Materie des internationalen Kunsthandels oder der Aktivitäten der Vatikanbank einzutauchen, Admont einen Besuch abzustatten oder einen Tag im Imperial War Museum in Duxford zu verbringen und den fliegenden Oldtimern zuzusehen. (Glauben Sie mir, es lohnt sich. Und wenn Sie schon da sind, dann grüßen Sie Amber Rains!)

Wie immer zum Schluss eines Buches möchte ich mich bei all jenen bedanken, die mich auf dieser Abenteuer-Reise begleitet oder sie mir überhaupt erst ermöglicht haben. Sie sind unerschütterlich an meiner Seite gestanden, haben an mich und meine neue Geschichte geglaubt. Günter Berg als mein Agent, Daniela Jarzynka von Lübbe als meine Lektorin und Tanja Frei als unbestechliche Erstleserin.

Schreiben ist eine sehr einsame Tätigkeit, mehr als einhundertachtzigtausend Worte wollen getippt werden. Manchmal ist man nach drei fertigen Seiten am Ende eines Tages glücklich, manchmal schafft man zehn oder zwölf und kommt sich vor wie ein König. Eines ist allen Tagen gemein: Man taucht in die Geschichte ein und verschwindet aus dem Alltag. Das müssen Freunde und Familie erst einmal aushalten.

Denn wer schreibt, der ist ein einsamer Reisender. Und der »Nostradamus-Coup« war eine lange Reise.

Bleibt zu hoffen, dass Ihnen das Buch gefallen hat, dass

John Finch und Llewellyn Thomas, Alexander Reiter, der junge Geistliche und Computer-Nerd Frederic und die Pilotin Amber Rains Sie gut und heil wieder auf dem Boden der Tatsachen abgesetzt haben. Alle sind schon wieder auf ihrem Weg zu den nächsten Abenteuern.

Und ich?

Ich werde mich hinsetzen, den Geschichten zuhören und sie wieder aufschreiben.

Hoffentlich noch oft ...

G.S.

Gibt es ein Video von Jesus Christus?

Andreas Eschbach
DAS JESUS-VIDEO
Thriller
704 Seiten
ISBN 978-3-404-17035-7

Bei archäologischen Ausgrabungen in Israel findet der Student Stephen Foxx in einem 2000 Jahre alten Grab die Bedienungsanleitung einer Videokamera, die erst in einigen Jahren auf den Markt kommen soll. Es gibt nur eine Erklärung: Jemand muss versucht haben, Aufnahmen von Jesus Christus zu machen! Der Tote im Grab wäre demnach ein Mann aus der Zukunft, der in die Vergangenheit reiste – und irgendwo in Israel wartet das Jesus-Video darauf, gefunden zu werden. Oder ist alles nur ein großangelegter Schwindel? Eine atemberaubende Jagd zwischen Archäologen, Vatikan, den Medien und Geheimdiensten beginnt ...

Bastei Lübbe

Wenn Sie mit einer Zeitmaschine in die Zeit von Jesu Kreuzigung reisen könnten *– würden Sie versuchen ihn zu retten?*

Andreas Eschbach
DER JESUS-DEAL
Thriller
ISBN 978-3-404-17353-2

Wer hat das originale Jesus-Video gestohlen? Stephen Foxx war immer überzeugt, dass es Agenten des Vatikans gewesen sein müssen. Es ist schon fast zu spät, als er die Wahrheit erfährt: Tatsächlich steckt eine Gruppierung dahinter, von deren Existenz Stephen zwar weiß, von deren wahrer Macht er aber bis dahin nichts geahnt hat. Die Videokassette spielt eine wesentliche Rolle in einem alten Plan von unglaublichen Dimensionen – einem Plan, der nichts weniger zum Ziel hat als das Ende der Welt, wie wir sie kennen …

Bastei Lübbe